A MORAL UNIVERSAL

A MORAL UNIVERSAL

ou

os deveres do homem fundamentados na sua natureza

BARÃO DE HOLBACH

Tradução
REGINA SCHÖPKE
MAURO BALADI

martins fontes
selo martins

© 2015 Martins Editora Livraria Ltda., São Paulo, para a presente edição.
Esta obra foi originalmente publicada em francês sob o título *La morale universelle ou les devoirs de l'homme fondés sur sa nature* por Barão de Holbach.

Publisher *Evandro Mendonça Martins Fontes*
Coordenação editorial *Vanessa Faleck*
Produção editorial *Susana Leal*
Preparação *Juliana Amato*
Revisão *Renata Sangeon*
Ellen Barros
Ubiratan Bueno
Julio de Mattos

Dados Internacionais de Catalogação na Publicação (CIP)
(Câmara Brasileira do Livro, SP, Brasil)

Holbach, Barão de, 1723-1789.
A moral universal : ou Os deveres do homem fundamentados na sua natureza / Barão de Holbach ; tradução Regina Schöpke, Mauro Baladi. – São Paulo : Martins Fontes – selo Martins, 2014.

Título original: La morale universelle : ou Les devoirs de l'homme fondés sur sa nature

ISBN 978-85-8063-181-4

1. Ética I. Título. II. Título: Os deveres do homem fundamentados na sua natureza.

14-11768 CDD-170

Índices para catálogo sistemático:
1. Ética : Filosofia 170

Todos os direitos desta edição reservados à
Martins Editora Livraria Ltda.
Av. Dr. Arnaldo, 2076
01255-000 São Paulo SP Brasil
Tel.: (11) 3116 0000
info@emartinsfontes.com.br
www.emartinsfontes.com.br

Porque é a natureza quem deve ser o nosso guia; é ela quem observa, é ela quem consulta a razão. Portanto, é uma mesma coisa viver feliz e viver segundo a natureza.

Sêneca, *Da vida feliz,* VIII.

Sumário

Prefácio XIII

Parte I – Teoria da Moral 1

Seção Primeira – Princípios gerais e definições 3

    Capítulo I – Da moral, dos deveres, da obrigação moral... 3

    Capítulo II – Do homem e de sua natureza 6

    Capítulo III – Da sensibilidade, das faculdades intelectuais 7

    Capítulo IV – Do prazer e da dor; da felicidade 11

    Capítulo V – Das paixões, dos desejos, das necessidades... 19

    Capítulo VI – Do interesse ou do amor por si mesmo ... 25

    Capítulo VII – Da utilidade das paixões.............. 34

    Capítulo VIII – Da vontade e das ações 39

    Capítulo IX – Da experiência...................... 42

    Capítulo X – Da verdade 45

Capítulo XI – Da razão 48

Capítulo XII – Do hábito, da instrução e da educação ... 51

Capítulo XIII – Da consciência 56

Capítulo XIV – Dos efeitos da consciência moral 63

Seção Segunda – Deveres do homem no estado de natureza e no estado de sociedade. Das virtudes sociais 69

Capítulo I – Deveres do homem isolado ou no estado de natureza 69

Capítulo II – Da sociedade, dos deveres do homem social 73

Capítulo III – Da virtude em geral 77

Capítulo IV – Da justiça 85

Capítulo V – Da autoridade 88

Capítulo VI – Do pacto social 90

Capítulo VII – Da humanidade 97

Capítulo VIII – Da compaixão ou da piedade 101

Capítulo IX – Da beneficência 108

Capítulo X – Da modéstia, da honra e da glória 115

Capítulo XI – Da temperança, da castidade e do pudor ... 122

Capítulo XII – Da prudência 128

Capítulo XIII – Da força, da grandeza de alma e da paciência 132

Capítulo XIV – Da veracidade 139

Capítulo XV – Da atividade 143

Capítulo XVI – Da brandura, da indulgência, da tolerância, da complacência e da polidez, ou das qualidades agradáveis na vida social 147

Seção Terceira – Do mal moral ou dos crimes, dos vícios e dos defeitos do homem 157

Capítulo I – Dos crimes, da injustiça, do homicídio, do roubo e da crueldade 157

Capítulo II – Do orgulho, da vaidade, do luxo 173

Capítulo III – Da cólera, da vingança, do mau humor, da misantropia 190

Capítulo IV – Da avareza e da prodigalidade 203

Capítulo V – Da ingratidão 210

Capítulo VI – Da inveja, do ciúme e da maledicência ... 217

Capítulo VII – Da mentira, da adulação, da hipocrisia e da calúnia 225

Capítulo VIII – Da preguiça, da ociosidade, do tédio e de seus efeitos, da paixão pelo jogo etc. 237

Capítulo IX – Da dissolução dos costumes, da devassidão, do amor e dos prazeres desonestos 251

Capítulo X – Da intemperança 264

Capítulo XI – Dos prazeres honestos e desonestos 271

Capítulo XII – Dos defeitos, das imperfeições, dos ridículos ou das qualidades desagradáveis na vida social... 281

Parte II – Prática da moral 317

Seção Quarta – Moral dos povos, dos soberanos, dos poderosos, dos ricos etc.; ou deveres da vida pública e das diferentes categorias sociais 319

Capítulo I – Do direito das gentes ou da moral das nações e de seus deveres recíprocos 319

Capítulo II – Deveres dos soberanos 340

Capítulo III – Deveres dos súditos................... 372

Capítulo IV – Deveres dos grandes 389

Capítulo V – Deveres dos nobres e dos guerreiros 408

Continuação do Capítulo V – Dos deveres dos nobres e dos guerreiros................................... 439

Capítulo VI – Deveres dos magistrados e dos homens da lei 455

Capítulo VII – Deveres dos ministros da religião 472

Capítulo VIII – Deveres dos ricos 484

Capítulo IX – Deveres dos pobres 507

Capítulo X – Deveres dos sábios, dos letrados e dos artistas 523

Capítulo XI – Deveres dos comerciantes, industriais, artesãos e agricultores............................ 574

Parte III – Dos deveres da vida privada 595

Seção Quinta – Dos deveres da vida privada............. 597

Capítulo I – Deveres dos cônjuges 597

Capítulo II – Deveres dos pais, das mães e dos filhos 631

Capítulo III – Da educação 652

Capítulo IV – Deveres dos parentes ou dos membros de uma mesma família 716

Capítulo V – Deveres dos amigos.................... 723

Capítulo VI – Deveres dos patrões e dos empregados.... 741

Capítulo VII – Da conduta no mundo, da polidez, da decência, do espírito, da alegria e do bom gosto........ 762

Capítulo VIII – Da felicidade 808

Capítulo IX – Da morte 840

Prefácio

Embora, por muitos séculos, o espírito humano tenha se ocupado da moral, essa ciência, a mais digna de interessar os homens, não parece ter feito todos os progressos que se poderia esperar dela. Seus princípios ainda estão sujeitos a disputas, e, em todos os tempos, os filósofos pouco têm entrado em acordo sobre os fundamentos que se deveria conferir a eles. Nas mãos da maior parte dos sábios da Antiguidade, a filosofia moral, feita para esclarecer igualmente a conduta de todos os homens, tornou-se comumente abstrata e misteriosa. Por uma fatalidade que tem em comum com todos os conhecimentos humanos, ela negligencia a experiência e se deixa guiar, em primeiro lugar, pelo entusiasmo e pelo amor ao maravilhoso. Daí todas as hipóteses tão variadas de tantos filósofos antigos e modernos que, bem longe de esclarecerem a moral e torná-la popular, nada mais fizeram que envolvê-la em espessas trevas, a ponto de o estudo mais importante para o homem ter se tornado, para ele, quase inútil pelo cuidado que tiveram em torná-lo impenetrável. Por uma fraqueza comum a quase todos os primeiros sábios, eles conferiram às suas lições um tom de inspiração e mistério, visando torná-las mais respeitáveis para o vulgo admirado.

A Antiguidade não nos mostra nenhum sistema de moral bem encadeado. Ela só nos oferece, nos escritos da maioria dos filósofos, algumas palavras vagas, desprovidas de definições exatas, alguns princípios soltos e muitas vezes contraditórios: não encontramos nela senão algumas máximas, algumas vezes muito belas e muito verdadeiras, mas isoladas, que não colaboram de maneira alguma para formar um conjunto, um corpo de doutrina capaz de servir de regra constante na condução da vida.

Pitágoras, que foi o primeiro a adotar o nome de *filósofo* ou *amigo da sabedoria*, buscou seus conhecimentos misteriosos entre os sacerdotes do Egito, da Assíria e do Hindustão. Não temos dele senão alguns preceitos obscuros, ou, antes, alguns enigmas recolhidos por seus discípulos, com os quais seria bem difícil formar um conjunto. Sócrates, considerado o pai da moral, fez – dizem – que ela descesse do céu para esclarecer os homens. Porém, seus princípios, tais como nos são apresentados por seus discípulos Xenofonte e Platão, embora adornados com os encantos de uma eloquência poética, não oferecem ao espírito senão algumas noções embaralhadas, algumas ideias pouco definidas, acompanhadas dos impulsos de uma imaginação brilhante, mas pouco capaz de nos fornecer uma instrução real.

O estoicismo, por suas virtudes fanáticas e ferozes, não tornou a virtude, de maneira alguma, atraente para os homens; as perfeições impossíveis que ele exigia não puderam fazer do sábio senão um ser de razão. Toda moral que pretender tirar o homem de sua esfera, elevá-lo acima de sua natureza, que lhe disser para não sentir nada, para ser indiferente quanto ao prazer e a dor, para se tornar impassível à força de raciocínios, para deixar de ser um homem, bem poderá ser admirada por alguns entusiastas, mas não convirá jamais a seres que a natureza fez sensíveis e repletos de desejos. Os homens sempre admiram uma moral austera; eles reverenciam aqueles que a pregam; eles os consideram homens raros e divinos, mas jamais a praticam.

Se a moral de Epicuro foi assim como nos é representada por seus adversários, que o acusam de ter soltado as rédeas de todas as paixões, ela não foi apropriada para regular a conduta do homem. Porém, se, como sustentam seus partidários, essa moral convidava o homem à virtude apresentada sob os nomes de *prazer*, de *bem-estar* e de *volúpia*, ela é verdadeira e não tem nada a recear das imputações de seus inimigos, pecando apenas por não ser suficientemente explicada.

Que moral seria possível fundar com base nos princípios exagerados e bizarros dos cínicos, que pareciam não ter se proposto senão a atrair os olhares do vulgo por meio da sua impudência chocante e da sua singularidade? A ciência dos costumes não devia fazer grandes progressos na escola de um Pirro e de seus seguidores, cujo princípio era duvidar das verdades mais bem demonstradas. Ela não podia senão obscurecer-se, tornar-se muito incerta e muito vaga em Aristóteles, cujos discípulos, à força de distinções e de sutilezas, pareciam ter elaborado o projeto de embaralhar as verdades mais simples e mais claras. No entanto, a doutrina desses últimos filósofos, servindo por longo tempo de guia para a Europa, impediu que fossem descobertos os verdadeiros princípios de toda a filosofia e manteve o espírito humano acorrentado sob o jugo de uma autoridade tirânica que teve de ser reverenciado como infalível. Entre os escolásticos, a moral não foi senão um jogo do espírito, um amontoado de sofismas e armadilhas no qual foi praticamente impossível isolar a verdade. Essas reflexões, ao que tudo confirma, podem nos fazer ver aquilo que se deve pensar do preconceito que desejaria nos colocar incessantemente em adoração diante da sabedoria antiga, assim como do preconceito que se persuade de que, na moral, *tudo está dito*.

É possível descobrir que os antigos filósofos não tiveram uma ideia bem clara sobre os verdadeiros princípios dessa ciência. Se algumas vezes eles os perceberam, quase sempre os perderam de vista e praticamente nunca extraíram deles as consequências mais imediatas. Quanto àqueles que pensam que não há mais nada a dizer sobre a moral, acreditamos poder mostrar-lhes que até aqui nada tem sido feito além de acumular os materiais apropriados para construir um edifício, que as meditações acumuladas dos homens poderão um dia conduzir à sua perfeição. Os antigos nos forneceram uma grande parcela desses materiais; alguns modernos, depois, contribuíram amplamente com isso. A posteridade, tirando proveito das luzes e dos erros de seus predecessores, poderá dar, com o tempo, a última demão nessa grande obra. O famoso templo de Éfeso foi construído à custa de todos os reis e povos da Ásia; o templo da sabedoria deve erguer-se pelos trabalhos em comum de todos os seres pensantes.

Geralmente, é possível dizer que os primeiros esforços da filosofia, pela falta de princípios seguros, não produziram senão erros entremeados com algumas verdades. O espírito sutil dos gregos afastou-os da simplicidade; sua imaginação levou as coisas ao extremo. Para eles, a filosofia muitas vezes não se tornou nada senão pura charlatanice, que cada um valorizava da melhor maneira que podia. O amor-próprio de todo chefe de seita lhe fez crer que ele era o único a ter encontrado a verdade, ao passo que todas as seitas afastavam-se igualmente dela por diferentes caminhos. Esses pretensos sábios não pareciam se propor, comumente, senão a contradizer, a desacreditar e a combater uns aos outros, a se estorvar reciprocamente por meio de sofismas e de contestações intermináveis. A sã filosofia, sinceramente ocupada com a procura daquilo que é útil e verdadeiro, não deve, de maneira alguma, ser exagerada ou propor coisas impraticáveis ou ininteligíveis. Ela deve se precaver contra o entusiasmo, contra uma vaidade pueril e contra o espírito de contradição: sempre de boa-fé consigo mesma, sempre calma, ela não deve seguir senão a razão esclarecida pela experiência, que é a única que nos mostra os objetos tais como eles são. Ela deve aceitar a verdade de todas as mãos que a apresentem e rejeitar o erro e o preconceito com qualquer autoridade na qual se queira apoiá-los.

Os filósofos da Antiguidade parecem também ter muitas vezes, intencionalmente, envolvido sua doutrina em nuvens: a maior parte deles, para torná-la mais inacessível ao vulgo, teve uma dupla doutrina, uma pública e a outra particular, difíceis de distinguir em seus escritos, sobretudo depois que um grande número de séculos fez que a sua chave se perdesse. Para ser útil em todas as épocas e a todos os homens, a filosofia deve ser franca e sincera; aquela que não é inteligível senão para uma época ou para alguns iniciados torna-se um enigma inexplicável para a posteridade.

Assim, não sigamos como cegos as ideias dos antigos; não adotemos seus princípios ou suas opiniões, a não ser quando o exame mostrar que eles são evidentes, luminosos, conformes à natureza, à experiência e à utilidade constante dos homens de todos os séculos. Tiremos proveito, com reconhecimento, de uma multidão de máximas sábias e verdadeiras que os filósofos mais célebres da Antiguidade muitas vezes nos transmitiram junto com uma multidão de erros. Diferenciemos essas máximas, se possível, daquelas que o entusiasmo produziu. Sigamos Sócrates quando ele nos recomenda *conhecer a nós mesmos*; escutemos Pitágoras e Platão quando eles nos oferecem preceitos inteligíveis; recebamos os conselhos de Zenão quando os acharmos em conformidade com a natureza do homem; duvidemos, como Pirro, das coisas cujos princípios até aqui não foram suficientemente desenvolvidos; empreguemos a sutileza de Aristóteles para isolar o verdadeiro tantas vezes confundido com o falso. Até o momento em que o erro for manifesto, que a autoridade desses nomes respeitados não mais se imponha sobre nós.

Tratando da moral, não desçamos de maneira alguma ao fundo dos abismos de uma metafísica sutil ou de uma dialética tortuosa. Como as regras dos costumes são feitas para todos, devem ser simples, claras e demonstrativas, ao alcance de todos. Os princípios nos quais se fundamentam os nossos deveres devem ser tão evidentes e tão gerais que cada um possa se convencer deles e deles extrair as consequências relativas às suas necessidades e à posição que ocupa na sociedade.

Algumas noções obscuras, abstratas e complicadas, algumas autoridades muitas vezes suspeitas e um fanatismo exaltado não podem esclarecer nem guiar seguramente. Para que a moral seja eficaz, é preciso apresentar ao homem a razão dos preceitos que lhe são dados; é preciso fazê-lo sentir os motivos prementes que devem levá-lo a segui-los; é preciso fazê-lo conhecer em que consiste a virtude; é preciso fazer com que ele a ame, mostrando-a como a fonte da felicidade. O entusiasmo e a autoridade, se têm alguma utilidade, não servem senão para governar por algum tempo os povos ignorantes e sem experiência, cujo espírito ainda não está suficientemente exercitado.

Espantar os homens para persuadi-los, desencaminhar o espírito humano por meio de enigmas, ofuscá-lo com maravilhas, tal foi comumente o método dos primeiros sábios que se ocuparam da instrução e do governo das nações grosseiras. Mas se esses primeiros legisladores recorreram ao sobrenatural para submetê-los às regras que queriam lhes prescrever; se eles se serviram, para conduzi-los, do entusiasmo, que quase não raciocina, e do maravilhoso, que causa mais impressão sobre o vulgo que os melhores raciocínios, esses meios não estão mais de acordo quando se trata de falar com povos menos selvagens e saídos da infância. O homem, ao se tornar mais racional, deve ser conduzido pela razão; os filósofos devem chamá-lo de volta à sua própria natureza; a função dos legisladores é exortá-lo e obrigá-lo a segui-la.

Os moralistas modernos, quase sempre arrastados pela autoridade dos antigos, seguiram muito fielmente os caminhos deles, sem se empenhar muito em abrir novas rotas para descobrir a verdade. A maior parte deles, por não examinar o homem com bastante atenção, não o viu tal como ele é. Eles acreditaram, como alguns antigos, que o homem recebia da natureza algumas ideias, que eles chamaram de *inatas*, com a ajuda das quais ele julgava o bem e o mal. Eles consideraram a razão, a virtude, a justiça, a benevolência e a piedade como qualidades essencialmente inerentes à natureza humana: segundo eles, essa natureza gravou em todos os corações as verdades primitivas, o amor ao bem e o ódio ao mal moral, os quais o homem julgava com a ajuda de um *senso moral*, ou seja, de uma qualidade oculta, de certo *critério* inerente desde o nascimento, que o coloca em condições de se pronunciar com certeza sobre o mérito ou demérito das ações. Em vão, o profundo Locke provou que as *ideias inatas* não passavam de quimeras; esses moralistas persistem em seu preconceito; eles querem crer ou se persuadir que o homem, mesmo sem ter sentido o bem ou o mal que resulta das ações, é capaz de decidir se elas são boas ou más. Faremos ver, de acordo com alguns filósofos mais esclarecidos, que o homem não possui, quando chega ao mundo, senão a faculdade de sentir, e que sua maneira de sentir é o verdadeiro *critério*, ou a única regra de seus julgamentos ou de seus sentimentos morais sobre as ações ou sobre as causas sentidas – verdade tão palpável que é bem surpreendente a existência de alguns homens que ainda queiram prová-la! Enfim, faremos ver que as leis ou as regras que se supõem escritas pela natureza em todos os corações não são senão consequências necessárias da maneira como os homens são conformados pela natureza e da maneira como as suas disposições foram cultivadas. O verdadeiro sistema de nossos deveres deve ser aquele que resulta de nossa própria natureza, apropriadamente modificada.

Outros, de acordo com Cudworth*, fundamentaram a moral em algumas regras, *algumas conformidades eternas e imutáveis*, que eles supuseram anteriores ao homem e totalmente independentes dele. De onde se vê que eles nada mais fizeram que realizar algumas puras abstrações, que eles supuseram algumas modificações ou qualidades anteriores aos seres ou sujeitos suscetíveis de recebê-las e algumas relações independentes dos seres entre os quais elas possam subsistir. No entanto, se a moral é a regra dos homens vivendo em sociedade, ela não pode deixar de coexistir com os homens e de se fundamentar nas relações estabelecidas entre eles. Uma moral anterior à existência dos homens e de suas relações é uma moral aérea, uma verdadeira quimera. Não pode haver nem regras, nem deveres, nem relações entre seres que não existem senão nas regiões imaginárias.

De maneira alguma falaremos aqui da moral religiosa, cujo objeto, conduzir os homens por vias sobrenaturais, não reconhece em sua marcha os direitos da razão. Não pretendemos propor nesta obra senão os princípios de uma moral humana e social, adequada ao mundo em que vivemos, no qual a razão e a experiência são suficientes para guiar na direção da felicidade presente a que se propõem alguns seres vivendo em sociedade. Os motivos que essa moral expõe são puramente humanos, ou seja, fundamentados unicamente

---

* Ralph Cudworth (1617-88), filósofo e teólogo inglês. Autor de *O verdadeiro sistema intelectual do universo* (1678) e da obra póstuma *Tratado concernente à eterna e imutável moralidade* (1731). (N. T.)

na natureza do homem tal como ela se mostra aos nossos olhos, abstraindo as opiniões que dividem o gênero humano – nas quais uma moral feita igualmente para todos os habitantes da terra não deve se deter de maneira alguma. Somos homens antes de ter uma religião, e, qualquer que seja a religião que adotemos, nossa moral deve ser a mesma que aquela que a natureza prescreve para todos os homens – sem o que ela seria destrutiva para a sociedade.

Os filósofos, com efeito, estiveram e ainda estão divididos quanto à natureza do homem, quanto ao princípio de suas operações e faculdades, tanto visíveis quanto ocultas. Uns – e são a grande maioria – sustentam que os seus pensamentos, as suas vontades e as suas ações não devem de maneira alguma ser atribuídos ao seu corpo, que não passa de um conjunto de órgãos materiais incapazes de pensar e de agir, se não forem movidos por uma alma ou por um agente espiritual distinto desse corpo que lhe serve de invólucro ou de instrumento. Outros – porém em menor número – rejeitam a existência desse motor invisível e acreditam que a organização humana é suficiente para realizar os atos, para produzir os pensamentos, as faculdades e os movimentos dos quais o homem é suscetível.

Não nos deteremos na discussão desses diversos pontos de vista. Para saber aquilo que o homem deve fazer na sociedade, não há necessidade de recuar tanto. Assim, não examinaremos nem a causa secreta que pode mover o corpo, nem as engrenagens invisíveis das quais esse corpo é composto – deixemos essas investigações para a metafísica e para a anatomia. Para descobrir os princípios da moral, contentamo-nos em saber que o homem age e que sua maneira de agir é geralmente a mesma em todos os indivíduos de sua espécie, não obstante as nuances que os diferenciam. A maneira de ser e agir comum a todos os homens é bastante conhecida para que se possa deduzir dela, com certeza, a maneira como eles devem se conduzir no caminho da vida. O homem é um ser sensível; qualquer que seja a causa a que se deva a sua sensibilidade, essa qualidade reside essencialmente nele e é suficiente para fazê-lo conhecer aquilo que deve a si mesmo e aquilo que deve aos seres com os quais está destinado a viver sobre a terra.

As variações quase infinitas observadas entre os indivíduos que compõem a espécie humana não impedem que uma mesma moral convenha a todos eles. No fundo, todos estão em conformidade, e é apenas na forma que eles variam: todos desejam ser felizes, mas não podem sê-lo da mesma maneira. Se fossem encontrados alguns homens conformados de tal maneira que os princípios da moral não pudessem lhes convir, essa moral nem por isso deixaria de ser menos certa. Seria preciso concluir disso, simplesmente, que ela não é feita para seres constituídos diferentemente de todos os outros. Não existe nenhuma moral para os monstros ou para os insensatos; a moral universal não é feita senão para os seres suscetíveis de razão e bem-organizados. Para esses últimos, a natureza nunca varia; trata-se apenas de observá-la bem para deduzir dela as regras invariáveis que eles devem seguir.

Também não é esse o lugar para examinar se o homem está destinado a outra vida, ou seja, se sua alma é feita para sobreviver à ruína de seu corpo ou se a morte o aniquila por inteiro: cabe à metafísica e à teologia discutir essas questões, nas quais não pretendemos tocar aqui. A moral que apresentamos é o conhecimento natural dos deveres do homem na vida desse mundo. Qualquer que seja o ponto de vista adotado sobre a sua alma e sobre a sua sorte futura – seja essa alma imortal ou não –, os deveres da vida social serão sempre os mesmos, e para esclarecê-los basta saber que o homem é suscetível ao prazer e à dor, e que ele vive com alguns seres que sentem como ele, dos quais ele é obrigado a merecer a benevolência para obter aquilo que lhe agrada e para afastar aquilo que pode desagradá-lo.

Quaisquer que sejam as especulações que adotemos, a qualquer grau que levemos o ceticismo e a incredulidade, nunca, se tivermos boa-fé, poderemos nos iludir a ponto de duvidar de nossa própria existência e da dos seres que se parecem conosco, pelos quais estamos rodeados, sobre os quais as nossas ações influem e que reagem sobre nós, conforme a maneira como eles são afetados pelas nossas próprias ações. Em poucas palavras, jamais duvidaremos de que subsistam algumas relações necessárias entre os homens vivendo em sociedade e que eles contribuam reciprocamente para o seu bem-estar ou para a sua infelicidade.

Mesmo se alguém adotasse o sistema de Berkeley, esse cético extravagante que afirmava não haver nada de real fora de nós, e que todos os objetos que a natureza apresenta ao homem estão apenas em sua imaginação, em seu próprio cérebro, essa hipótese sutil e bizarra não excluiria a moral. Se, como esse filósofo supõe, tudo aquilo que vemos no mundo não passa de uma ilusão, de um sonho contínuo, seguindo os preceitos da moral, os homens procurariam ao menos os sonhos ordenados, agradáveis, úteis ao seu repouso, adequados ao seu bem-estar durante o tempo de seu sono nesse mundo, e os indivíduos que sonharem não perturbarão de maneira alguma uns aos outros com sonhos funestos.

Diz um ilustre moderno[1]: "Eu acreditarei que exista o vício e a virtude, assim como existe a saúde e a doença". As noções primitivas da moral não podem ser contestadas de maneira alguma; elas são suficientes para que delas se deduzam todos os deveres do homem social e para fixar o caminho que deve conduzi-lo à felicidade na vida presente, nas diferentes situações nas quais seu destino o situa e nas diversas relações que se estabelecem entre ele e os seres da sua espécie.

Assim, o sistema que tentamos apresentar não ataca os cultos ou as opiniões religiosas estabelecidas entre os diferentes povos da Terra. Ele se propõe unicamente a mostrar aos homens, de qualquer país e de qualquer religião, os meios

---

1. Voltaire, em sua *Homilia sobre o ateísmo*.

que a natureza fornece para obter o bem-estar que ela os obriga a desejar e a lhes indicar os motivos naturais feitos para incitá-los seja a fazer o bem, seja a fugir do mal. Em poucas palavras, repito, uma moral humana não tem como objeto senão a conduta dos homens nesse mundo; ela deixa para a teologia o cuidado de conduzi-los na outra vida. As religiões dos povos variam nas diferentes regiões de nosso globo, mas os interesses, os deveres, as virtudes e o bem-estar são os mesmos para todos aqueles que o habitam.

Alguns sábios da Antiguidade sustentaram que a filosofia nada mais era que a *meditação da morte*[2]. Porém, algumas ideias mais conformes aos nossos interesses e menos lúgubres nos farão definir a filosofia como *a meditação da vida*. A arte de morrer não precisa ser aprendida; a arte de bem viver interessa bem mais aos seres inteligentes e deveria ocupar todos os seus pensamentos nesse mundo. Quem tiver meditado bem sobre os seus deveres e os tiver praticado fielmente desfrutará de uma felicidade verdadeira durante a vida e a deixará sem temor e sem remorsos. "A vida", diz Montaigne, "não é em si nem um bem, nem um mal; é onde se situa o bem e o mal, conforme o lugar que vós deis a eles. No meu modo de ver, é o viver ditosamente, e não o morrer ditosamente, que traz a felicidade humana." Uma vida ornada de virtudes é necessariamente feliz e nos conduz tranquilamente

---

2. "*Tota philosophorum vita commentatio mortis est*" (Cícero, *Tusculanos*, I, caps. 30-31).

para um término no qual nenhum homem poderá se arrepender de ter seguido o caminho que a sua natureza lhe traçou. Uma moral em conformidade com a natureza jamais poderá desagradar o ser reverenciado como o autor desta natureza.

O homem é em toda parte um ser sensível, ou seja, suscetível de amar o prazer e de temer a dor: em toda sociedade, ele está rodeado de seres sensíveis que, assim como ele, buscam o prazer e temem a dor; esses últimos só contribuem para o bem-estar de seus semelhantes quando são determinados a isso pelo prazer que lhes é proporcionado; eles se recusam a contribuir a partir do momento em que lhes fazem mal. Eis os princípios nos quais é possível fundamentar uma moral universal ou comum a todos os indivíduos da espécie humana. É por desconhecerem esses princípios incontestáveis que os homens se tornam quase sempre tão infelizes, e que muitas pessoas acreditaram que a felicidade estava para sempre banida de sua morada.

Não adotamos essas ideias aflitivas. Acreditamos firmemente que o homem é feito para ser feliz. Não lhe aconselhamos de maneira alguma a renunciar à vida social sob o pretexto de se subtrair aos inconvenientes pelos quais ela está quase sempre acompanhada. Mostramo-lhe que eles são contrabalançados por algumas vantagens inestimáveis. Os vícios, os crimes, os defeitos pelos quais a sociedade é atormentada são consequências da ignorância, da inexperiência e dos preconceitos de que os povos ainda são vítimas, porque muitas causas continuamente se opuseram ao desenvolvimento da sua razão. A moral, assim como a maior parte dos conhecimentos humanos, só tem sido até agora tão imperfeita e tão tenebrosa porque não tem consultado suficientemente a experiência, e porque muitas vezes ela contrariou loucamente a natureza – que ela deveria ter tomado incessantemente como guia. Os costumes dos homens são corrompidos porque aqueles que deveriam tê-los conduzido à felicidade – fazendo que observassem os deveres da moral –, por falta de conhecer os seus próprios interesses, acreditaram que era necessário que os homens fossem cegos e irracionais, a fim de melhor domá-los e mantê-los acorrentados. Se a moral foi incapaz de conter os povos, é porque as potências da Terra jamais lhe prestaram o socorro das recompensas e das penas das quais elas eram depositárias. Governos injustos temeram a verdadeira moral; governos negligentes a consideraram uma ciência de pura especulação, cuja prática era totalmente indiferente à prosperidade dos impérios. Eles não sentiram que só ela podia ser a base da felicidade pública e privada, e que sem ela os Estados aparentemente mais poderosos caminhavam para sua ruína.

Assim, não admitimos os princípios insensatos de um filósofo célebre por seus paradoxos, que fez um tremendo esforço de reflexão para nos provar que *os vícios particulares revertiam em proveito da sociedade*[3], a menos que este autor

---

3. Mandeville, na *Fábula das abelhas*. É muito provável que este autor engenhoso tenha se proposto, em sua obra, a fazer ver que era necessário renunciar totalmente aos bons costumes em um país tal como o seu, no qual todas as vistas do governo e dos particulares estão voltadas para as riquezas (cf. aquilo que será dito no cap. I da § 4).

tenha desejado, por meio de uma sátira engenhosa, provar a seus concidadãos a impossibilidade de conciliar as virtudes sociais com a paixão desordenada pelas riquezas e o luxo (cuja característica é aniquilá-las totalmente). Diremos, pelo contrário, que os vícios dos particulares sempre influem de uma maneira mais ou menos incômoda sobre o bem-estar das nações. Os vícios epidêmicos causam-lhes desvarios e delírios dos quais elas cedo ou tarde são vítimas. Os vícios dos indivíduos destroem a felicidade das famílias, e é o conjunto das famílias que constitui as nações. A pretensa atividade que os vícios conferem aos homens é a mesma que a febre produz neles: os países onde o luxo domina parecem doentes imprudentes, nos quais os alimentos com os quais eles se sobrecarregam se convertem em veneno. As riquezas, acumulando-se cada vez mais em um povo, servem apenas para torná-lo dia após dia mais vicioso e mais miserável.

Talvez nos digam que é indiferente para o governo, desde que ele seja rico e poderoso, ocupar-se com os costumes dos homens. Mas nós responderemos que esses costumes interessam a todos os cidadãos, para os quais não é de modo algum indiferente que seus concidadãos sejam pessoas honestas ou velhacos, visto que eles têm de viver com eles. Diremos, além disso, que um Estado, para ser florescente e poderoso, tem mais necessidade de virtudes que de riquezas. Enfim, diremos que é bem mais importante para uma nação ser feliz do que ter grandes tesouros e grandes forças – dos quais ela seria tentada a abusar a todo momento. A opulência e o poderio de uma nação, que despropositadamente têm sido confundidos com a sua felicidade, são muitas vezes, para ela, ocasiões próximas de destruição.

Assim, os vícios e as paixões dos particulares jamais são úteis ao Estado. Eles bem podem ser úteis para os déspotas, os tiranos e seus cúmplices, que se servem dos vícios de seus súditos para dividir os seus interesses e subjugá-los uns pelos outros. Se é a utilidade desses personagens que o autor sobre o qual falamos tinha em vista, ele confundiu o interesse de uma nação com o de seus mais cruéis inimigos. De resto, toda a nossa obra apresentará em cada linha uma refutação desse sistema temerário e fará ver as consequências funestas da tirania ou da negligência daqueles que deveriam regular os costumes dos homens.

Por uma consequência da mesma perversidade ou da mesma indiferença, a educação foi negligenciada por toda parte, ou aquela que tem sido oferecida não é de maneira alguma capaz de formar seres sociáveis ou virtuosos. Enfim, no seio da dissipação e dos prazeres frívolos, a moral, muito séria e muito incômoda para seres viciosos e levianos, ainda não foi estudada. Cada um se contenta com algumas noções superficiais; cada um acredita saber o bastante sobre ela para se conduzir nesse mundo. Pouquíssimas pessoas se deram ao trabalho de entender a cadeia dos princípios e dos motivos, feita para regular suas ações a cada passo. Todo mundo pretende ser bom juiz em moral, ao passo que não existe nada mais raro que homens que tenham sobre ela as ideias mais simples. Todo mundo, na teoria, reconhece sua utilidade, mas poucas pessoas se preocupam em colocá-la em prática. Todos, levianamente, prestam homenagem à virtude, e quase ninguém a define bem. Todos nos falam da razão, e nada é menos comum do que alguns seres que a cultivem. Enfim, nesta imensa multidão de tratados de moral que inunda o universo, raramente se encontram algumas concepções capazes de esclarecer o homem sobre os seus deveres.

Todavia, um preconceito muito universal persuade não somente de que os antigos disseram tudo, mas também de que os costumes antigos valiam bem mais do que aqueles que eles veem reinar no nosso tempo. Muitas pessoas parecem admitir a fábula da Idade de Ouro, ou pelo menos imaginam que os povos, em sua origem, eram mais virtuosos e mais felizes do que a sua posteridade. Basta a menor reflexão sobre os anais do mundo para destruir tal opinião. As nações não foram inicialmente senão hordas selvagens, e os selvagens não são nem felizes, nem sábios, nem verdadeiramente sociáveis. Se eles foram isentos de mil necessidades geradas depois pelo luxo e pelos vícios que ele engendra, eles foram ferozes, cruéis, injustos, turbulentos e totalmente estranhos aos sentimentos de equidade e humanidade. Se os primeiros tempos de Roma mostram nos Cúrios* e nos Cincinatos**

---

* Mânio Cúrio Dentato, general romano falecido em 270 a.C. (N. T.)
** Lúcio Quíncio Cincinato, estadista romano nascido por volta de 519 a.C. (N. T.)

alguns exemplos de frugalidade, eles nos fazem ver em todos os romanos uma ambição injusta, pérfida, desumana, que não deve predispor em favor da sua moral. Na república de Esparta, de cujas virtudes tantas vezes nos louvam, todo homem de bem não pode ver senão uma tropa de bandoleiros muito austeros e muito malvados.

A Antiguidade nos mostra alguns povos guerreiros, alguns povos muito poderosos, mas não nos mostra povos sábios e virtuosos. Não fiquemos de modo algum espantados com isso; os costumes das nações são sempre o fruto das ideias que lhes inspiram aqueles que as governam. A verdadeira moral teve de combater em todos os tempos os preconceitos enraizados no espírito dos povos, algumas opiniões e usos que o tempo tinha tornado sagrados e, sobretudo, os falsos interesses daqueles que faziam mover a máquina política. Que moral e que virtudes reais podiam ter alguns romanos a quem tudo inspirava, desde a mais tenra infância, um amor excessivo pela pátria, próprio para torná-los injustos para com todos os povos da terra? Um filósofo que, em Roma, tivesse recomendado as virtudes sociais, teria sido favoravelmente ouvido por um senado perverso cujo interesse queria que o povo estivesse sempre em guerra, a fim de domá-lo mais facilmente e torná-lo mais submisso aos seus decretos? Ele talvez tivesse sido admirado como um orador eloquente, mas suas máximas teriam sido consideradas contrárias aos interesses do Estado. Um homem verdadeiramente sensível, equitativo e virtuoso teria sido considerado em Roma um péssimo cidadão.

Os verdadeiros princípios da moral parecem, com efeito, se chocar com algumas noções, costumes e instituições visivelmente opostos à sociabilidade, que vemos estabelecidos em quase todos os povos. Manifestando diante de seus olhos as regras da equidade, os fundamentos da autoridade e os direitos dos cidadãos, qual é o governo que não suspeita logo de que se está criticando a sua conduta e de que se quer atacar o seu poder? A política, não tendo sido outrora – e não sendo ainda comumente – senão a arte fatal de cegar os povos e de pô-los na servidão, acreditou-se quase sempre interessada em suprimir as luzes e em reduzir a razão ao silêncio. Enfim, a verdadeira moral encontrará obstinados contraditores na ignorância, na pusilanimidade e na inércia dos próprios cidadãos que teriam mais necessidade de que ela moderasse as paixões daqueles dos quais a todo momento eles experimentam os rigores.

Esses obstáculos não são feitos para rechaçar as almas que ardem com um desejo sincero de serem úteis ao gênero humano, animadas do amor pela virtude. A moral é a verdadeira ciência do homem, a mais importante para ele, a mais digna de ocupar um ser verdadeiramente sociável. É à moral que cabe amadurecer o espírito humano, tornar o homem racional, libertá-lo dos cueiros da infância, ensiná-lo a andar com um passo firme na direção dos objetos verdadeiramente desejáveis para os seres inteligentes. Os talentos reunidos dos homens que pensam deveriam, enfim, cooperar para fazer que os povos e seus chefes conheçam seus verdadeiros interesses, a fim de desenganá-los de tantas frivolidades, de tantos brinquedos vãos, de tantas paixões cegas que causam as suas misérias. Por muito tempo, os talentos não serviram senão para adular baixamente os poderosos, propagar os erros, fomentar alguns vícios e acalmar o tédio dos homens. O espírito e o gênio deveriam, enfim, se ocupar da sua instrução e da sua felicidade. Será que existe um objeto mais digno da nossa curiosidade do que a ciência de bem viver e de se tornar feliz?

A moral é a ciência da felicidade. Ela é útil e necessária a todos os habitantes da Terra. Ela é útil às nações, aos soberanos, aos cidadãos, aos grandes e aos pequenos, aos ricos e aos pobres, aos pais e aos filhos, aos senhores e aos escravos, que ela convida igualmente a procurar o próprio bem-estar. Sem ela, como provaremos, a política não passa de uma pilhagem em larga escala para aniquilar os costumes dos povos; sem ela, o gênero humano é perpetuamente perturbado pela ambição dos reis; sem ela, uma sociedade não reúne senão inimigos sempre prontos a causar dano uns aos outros; sem ela, as famílias em discórdia nada mais fazem que aproximar alguns desgraçados que se atormentam diariamente com os seus caprichos e seus humores incômodos; sem ela, enfim, cada homem é a todo momento o joguete e a vítima dos vícios e dos excessos aos quais a sua imprudência o entrega.

Em poucas palavras, a moral é feita para regular o destino do universo. Ela abrange os interesses de toda a raça humana. Ela tem o direito de comandar todos os povos, todos os reis e todos os cidadãos, e seus decretos jamais são impunemente violados. A *política*, como logo veremos, nada mais é que a moral aplicada à conservação dos Estados. A *legislação* nada mais é que a moral tornada sagrada pelas leis. O *direito das gentes* não é senão a moral aplicada à conduta das nações entre si. O *direito da natureza* não é senão a reunião das regras da moral extraídas da natureza do homem. Portanto, é com justa razão que é possível chamar esta ciência de *universal*, visto que seu vasto domínio compreende todas as ações do homem em todas as posições da vida.

Que os homens que meditam procurem, pois, libertar essa importante ciência das nuvens com as quais há tantos séculos só se tem feito rodeá-la. Que seus princípios, cuidadosamente discutidos, adquiram enfim esse grau de certeza apropriado para convencer os espíritos. Que, unicamente guiada pela experiência, ela não imite mais a linguagem da alegoria; que ela não pronuncie mais do alto do empíreo oráculos ambíguos; que ela renuncie às miragens do platonismo; que ela abandone o tom repulsivo do estoicismo; que ela abjure as excentricidades do cinismo; que ela se liberte dos labirintos do aristotelismo. Por fim, sempre guiada pela boa-fé e pela retidão, que ela fale com franqueza e simplicidade; que não espante mais com paradoxos e que se envergonhe da charlatanice com a qual alguns homens vãos e enganadores tantas vezes a revestiram.

Para ser útil, repito, a moral deve ser simples e verdadeira. É preciso que ela se explique claramente. Ela não buscará de maneira alguma ofuscar com vãos ornamentos que quase sempre desfiguram a verdade. Ela não prometerá um *soberano bem* ideal, vinculado a uma apatia insociável, a uma misantropia perigosa, a uma sombria melancolia. Ela não aconselhará os homens a se afastarem uns dos outros ou a odiarem a si mesmos. Ela não os repelirá com preceitos austeros, com conselhos impraticáveis, com perfeições inacessíveis. Ela não lhes prescreverá jamais virtudes contrárias à sua natureza. Ela os consolará dos seus sofrimentos e lhes dirá para esperar que eles terminem e para buscar os remédios para eles. Ela lhes ordenará que sejam homens, que reflitam, que consultem a sua razão que sempre os tornará justos, humanos, beneficentes e sociáveis; que lhes ensinará em que consiste o seu real bem-estar; que lhes permitirá os prazeres honestos; que lhes indicará os meios legítimos de assegurar para si uma felicidade sólida durante uma vida isenta de vergonha e de remorsos.

Tal é o objetivo com o qual nos esforçamos para contribuir nesta obra, em que tentamos mostrar detalhadamente a natureza do homem moral, sua tendência invariável, os desejos e as paixões que a movem; os princípios da vida social; as virtudes que mantêm e os vícios que perturbam a sua harmonia. Na primeira parte, apresentamos algumas definições simples e expomos claramente os princípios da ciência dos costumes. Na segunda parte, aplicaremos os princípios estabelecidos na primeira a todas as condições da vida. Com o risco de parecer redundantes, iremos nos permitir evocar e aplicar mais de uma vez os mesmos princípios, a fim de torná-los sempre presentes para aqueles leitores que não tiverem apreendido o seu conjunto. Uma moral elementar exige que se sacrifique a brevidade ao desejo de colocá-la ao alcance de todo mundo. As obras rigorosas e precisas – mais agradáveis, sem dúvida, para as pessoas esclarecidas – nem sempre são úteis àqueles que procuram se instruir. Muitas vezes nos tornamos obscuros querendo ser muito breves.

Por fim, para juntar a autoridade ao raciocínio, acreditamos dever enriquecer esta obra com pensamentos notáveis e máximas úteis, extraídos dos antigos e dos modernos, com o intuito de formar uma espécie de repertório de textos, capaz de *fortalecer cada um dos elos do sistema moral que tentamos estabelecer.*

Parte I

Teoria da moral

Seção Primeira – Princípios gerais e definições

Capítulo I – Da moral, dos deveres, da obrigação moral

A moral é a ciência das relações que subsistem entre os homens e dos deveres que decorrem dessas relações: se preferirem, a moral é o conhecimento daquilo que devem necessariamente fazer ou evitar os seres inteligentes e racionais que queiram se conservar e viver felizes em sociedade.

Para ser universal, a moral deve ser conforme à natureza do homem em geral, ou seja, fundamentada na sua essência, nas propriedades e qualidades que se encontram constantemente em todos os seres da sua espécie, pelas quais ele é distinto dos outros animais. De onde se vê que a moral supõe a ciência da natureza humana.

Toda ciência não pode ser senão fruto da experiência. Saber uma coisa é ter experimentado os efeitos que ela produz, a maneira como ela age, os diferentes pontos de vista sob os quais é possível considerá-la. Para ser segura, a ciência dos costumes não deve ser senão uma consequência de experiências constantes, reiteradas, invariáveis, que são as únicas que podem fornecer um conhecimento verdadeiro das relações subsistentes entre os seres da espécie humana.

As *relações* subsistentes entre os homens são as diferentes maneiras como eles agem uns sobre os outros, ou pelas quais eles influem sobre o seu bem-estar recíproco.

Os *deveres* da moral são os meios que um ser inteligente e suscetível de experiência deve adotar para obter a felicidade para a qual sua natureza o força a tender incessantemente. Andar é um dever para quem quer se transportar de um lugar para outro; ser útil é um dever para quem quer merecer a afeição e a estima de seus semelhantes; abster-se de fazer o mal é um dever para quem teme atrair para si o ódio e o ressentimento daqueles que ele sabe que podem contribuir para a sua própria felicidade. Em poucas palavras, o dever é a adequação dos meios à finalidade a que nos propomos. A sabedoria consiste em tornar esses meios proporcionais a essa finalidade, ou seja, empregá-los utilmente para obter a felicidade que o homem é feito para desejar.

A *obrigação* moral é a necessidade de fazer ou evitar determinadas ações, visando ao bem-estar que nós buscamos na vida social. Aquele que quer o fim deve querer os meios. Todo ser que deseja ser feliz é obrigado a seguir o caminho mais apropriado para conduzi-lo à felicidade e se afastar daquele que o desvia do seu objetivo, sob pena de ser infeliz. O conhecimento desse caminho ou desses meios é fruto da experiência, a única que pode nos fazer conhecer o objetivo que devemos nos propor e as vias mais seguras para alcançá-lo.

Os laços que unem os homens uns aos outros não são senão as obrigações e os deveres aos quais eles estão submetidos de acordo com as relações que subsistem entre eles. Essas obrigações ou deveres são as condições sem as quais eles não podem se tornar reciprocamente felizes. Assim são os laços que unem os pais e os filhos, os soberanos e os súditos, a sociedade com seus membros etc.

Esses princípios bastam para nos convencer de que o homem de modo algum traz o conhecimento dos deveres da moral ao nascer, e que nada é mais quimérico do que a opinião daqueles que atribuem ao homem alguns sentimentos morais *inatos*. As ideias que ele tem sobre o bem e o mal, sobre o prazer e a dor, sobre a ordem e a desordem, sobre os objetos que ele deve buscar e dos quais ele deve fugir, o que ele deve desejar ou temer, não podem ser senão consequências de suas experiências; e ele só pode contar com as suas experiências quando elas são constantes, reiteradas e acompanhadas de juízo, de reflexão e de razão.

O homem não traz, ao vir ao mundo, senão a faculdade de sentir; e de sua sensibilidade decorrem todas as faculdades consideradas *intelectuais*. Dizer que temos algumas ideias morais anteriores à experiência do bem ou do mal que os objetos nos fazem sentir é dizer que conhecemos as causas sem ter sentido os seus efeitos.

Capítulo II – Do homem e de sua natureza

O homem é um ser sensível, inteligente, racional e sociável que, em todos os instantes, busca sem interrupção se conservar e tornar sua existência agradável.

Qualquer que seja a prodigiosa variedade encontrada nos indivíduos da espécie humana, eles têm uma natureza comum que não se desmente jamais. Não existe nenhum homem que não se proponha algum bem em todos os momentos de sua vida; não existe nenhum que, pelos meios que ele supõe serem os mais apropriados, não busque proporcionar a si mesmo a felicidade e se preservar do sofrimento. Nós muitas vezes nos enganamos quanto ao objetivo e quanto aos meios, seja porque carecemos de experiências, seja porque não estamos em condições de fazer uso daquelas que pudemos recolher. A ignorância e o erro são as verdadeiras causas dos extravios dos homens e das infelicidades que eles atraem.

Por não terem formado ideias verdadeiras sobre a natureza do homem, muitos moralistas se enganaram em seus sistemas sobre a moral e nos apresentaram romances e fábulas em vez da história do homem. A palavra *natureza* comumente foi, para eles, um termo vago ao qual quase sempre não souberam vincular um sentido bem definido. No entanto, sendo a moral a ciência do homem, é importante começar a ter algumas ideias verdadeiras sobre ela, sem que corrêssemos o risco de nos extraviar a todo momento. Mas, para conhecer o homem, não é necessário – como quase sempre tem acontecido –, com a ajuda de uma metafísica incerta e enganosa, procurar os mecanismos ocultos que o movem: basta considerar o homem tal como ele se apresenta à nossa vista, tal como ele age constantemente diante dos nossos olhos, e examinar suas qualidades e propriedades visíveis e constantes.

Isso posto, chamaremos de *natureza*, no homem, a reunião das propriedades e qualidades que constituem aquilo que ele é, inerentes à sua espécie e que a distinguem ou não das outras espécies animais. Sem remontar penosamente, através do pensamento, até os princípios invisíveis aos quais são devidos o sentimento e o pensamento, é suficiente – na moral – saber que todo homem sente, pensa, age e busca o bem-estar em todos os instantes de sua vida; eis aí as qualidades e as propriedades que constituem a natureza humana, encontradas constantemente em todos os indivíduos de nossa espécie. Não há necessidade de saber mais sobre isso para descobrir a conduta que todo homem deve adotar para atingir o objetivo que ele se propõe.

Capítulo III – Da sensibilidade, das faculdades intelectuais

No homem, assim como em todos os animais, a sensibilidade é uma disposição natural, que faz que ele seja agradável ou desagradavelmente afetado pelos objetos que atuam sobre ele, ou com os quais ele tem algumas relações. Essa faculdade depende da estrutura do corpo humano, de sua organização particular, dos sentidos de que ele é provido. Essa organização torna o homem suscetível a receber impressões duradouras ou passageiras da parte dos objetos pelos quais os seus sentidos são impressionados. Esses sentidos são a visão, o tato, o paladar, o olfato e a audição. As impressões que o homem recebe por essas diferentes vias são impulsos, movimentos das modificações efetuadas nele próprio e das quais ele tem *consciência*. A consciência nada mais é que o conhecimento íntimo das modificações ou dos efeitos que os objetos que o afetam produzem em seu organismo. Esses efeitos são chamados de *sensações* ou *percepções* porque, experimentados por seus sentidos, eles lhe fazem perceber que os objetos atuam sobre ele.

As sensações fazem nascer ideias, ou seja, imagens, traços das impressões que os nossos sentidos receberam: a sensação continuada ou renovada das impressões ou das ideias que foram traçadas em nós é chamada de *pensamento*. A faculdade de contemplar essas ideias impressas ou traçadas dentro de nós mesmos pelos objetos que agiram sobre os nossos sentidos é chamada de *reflexão*. A faculdade de representarmos novamente para nós mesmos as ideias ou imagens que nossos sentidos nos trouxeram, mesmo que os objetos que as produziram estejam ausentes, é chamada de *memória*. Chama-se *juízo* a comparação entre os objetos que nos afetam ou que nos afetaram, entre as ideias que eles produzem ou que produziram em nós e entre os efeitos que estamos sentindo ou que já sentimos. O *espírito* é a facilidade de comparar com presteza as relações entre as causas e os efeitos. A *imaginação* é a faculdade de representarmos para nós mesmos, com força, as imagens, as ideias ou os efeitos que os objetos fizeram nascer em nós. A inteligência, a razão, a previdência, a prudência, a habilidade e a astúcia nada mais são do que as consequências de nossas maneiras de sentir.

Todos os animais apresentam evidentemente sinais mais ou menos marcantes de sensibilidade. Do mesmo modo que o homem, nós os vemos serem afetados pelos objetos que atuam sobre eles. Nós os vemos buscarem com ardor aquilo que é útil à sua conservação, aquilo que é apropriado para satisfazer as suas necessidades, aquilo que é capaz de lhes proporcionar o bem-estar. Nós vemos que eles fogem dos objetos com os quais experimentaram sensações dolorosas. Encontramos neles reflexões, memória, previdência e sagacidade. Enfim, tudo nos prova que eles algumas vezes têm em seus órgãos um refinamento superior ao do homem. Aquilo que nós chamamos de *instinto* nos animais é a faculdade de obter os meios de satisfazer algumas necessidades; ele se parece muito com aquilo que é chamado de *inteligência*, de *razão* e de *sagacidade* no homem. Muitos homens, pela sua conduta, apresentam tão poucos sinais de inteligência e de razão que as suas faculdades intelectuais parecem estar muito abaixo daquilo que é chamado de instinto das bestas. Existem alguns homens que diferem bem mais dos outros homens do que o homem em geral difere dos brutos. A criança que acaba de nascer tem menos astúcia e recursos do que os animais mais desprovidos de razão. Será que todo homem que se entrega irrefletidamente à devassidão, à intemperança, à embriaguez, à cólera e à vingança se mostra realmente superior às bestas?

O homem difere dos outros animais e se mostra superior a eles por sua atividade, pela energia de suas faculdades, pela força de sua memória, pela multiplicidade de suas experiências e por sua astúcia, que o colocam em condições de satisfazer com mais facilidade as suas necessidades. Em poucas palavras, o homem, à força de experiências e de reflexões, não somente experimenta as sensações presentes, mas também se recorda das sensações passadas e prevê as sensações futuras. Uma sagacidade superior o coloca em condições de fazer a natureza inteira contribuir para a sua própria felicidade. Mas essas faculdades exigem ser desenvolvidas; sem isso, ele permaneceria em um embrutecimento pouco diferente do das bestas. Ao nascer, ele traz algumas disposições naturais que, bem ou mal cultivadas, o tornam racional ou insensato, bom ou mau, prudente ou imprudente, capaz ou incapaz de reflexão e de juízo, experiente ou ignorante.

No entanto, embora todos os homens geralmente pareçam conformados da mesma maneira e sujeitos às mesmas paixões, a sensibilidade não é a mesma em todos os indivíduos dos quais o gênero humano é composto. Esta sensibilidade é mais ou menos viva de acordo com o maior ou menor refinamento e mobilidade com que a natureza dotou os seus órgãos, segundo a qualidade dos fluidos e dos sólidos pelos quais o seu organismo é composto, de onde decorre a variedade dos seus temperamentos e das suas faculdades.

O *temperamento* nada mais é que a maneira de ser peculiar a cada indivíduo da espécie humana. Ele resulta da organização ou da conformação que lhe é própria. Por consequência desse temperamento, entre os homens, uns são mais sensíveis que os outros, ou seja, mais suscetíveis de serem prontamente afetados pelos objetos que impressionam os seus sentidos. Uns têm vigor, espírito, imaginação, paixões fortes, entusiasmo e impetuosidade, ao passo que outros são fracos, covardes, estúpidos, preguiçosos e lânguidos. Uns têm uma memória ditosa, um juízo sadio, são capazes de experiência, reflexão, razão, prudência e previdência, ao passo que outros parecem totalmente privados dessas faculdades. Uns são dispostos à alegria, movediços, inquietos e dispersivos; outros são ajuizados, melancólicos, sérios, fechados dentro si mesmos etc.

Em poucas palavras, os diferentes graus de sensibilidade produzem essa maravilhosa diversidade que nós vemos entre os caracteres, as tendências e os gostos dos homens. Essa qualidade os distingue tanto quanto as feições de seus rostos. Os homens só diferem entre si porque eles não sentem precisamente da mesma maneira; a partir disso, eles não podem ter precisamente as mesmas sensações, as mesmas ideias, as mesmas inclinações e as mesmas opiniões sobre as coisas, e nem, por conseguinte, adotar a mesma conduta na vida.

Capítulo IV – Do prazer e da dor; da felicidade

Não obstante as infinitas nuances que distinguem os homens, de maneira que não existam dois deles exatamente iguais, eles têm um aspecto geral sobre o qual todos estão de acordo: o amor ao prazer e o temor à dor. Na mesma família de plantas não existem duas que sejam rigorosamente iguais; não existem duas folhas em uma árvore que não mostrem algumas diferenças para o olhar observador. No entanto, essas plantas, essas árvores e essas folhas são da mesma espécie e extraem igualmente os seus sucos nutritivos da terra e das águas. Colocadas em um solo adequadamente preparado, aquecidas pelos raios de um sol favorável e regadas cuidadosamente, essas plantas se animam, se desenvolvem, crescem e apresentam aos nossos olhos os sinais de uma espécie de alegria. Ao contrário, se elas se encontram em um terreno árido, elas definham, parecem sofrer, murcham e se destroem, por mais que se tenha tido cuidado para cultivá-las[1].

---

1. O engenhoso autor do livro *Do espírito** acredita que a educação, ou a modificação, basta para fazer dos homens aquilo que se quer. Esse célebre filósofo não parece ter prestado atenção no fato de que, se a natureza não fornece um sujeito idôneo, é impossível modificá-lo adequadamente. É em vão que se semearia sobre uma rocha, assim como em um terreno muito alagado. Teremos oportunidade de voltar a essa questão quando falarmos da educação (cf. o Capítulo III da Seção V da Parte II deste livro). Plutarco diz, segundo a tradição de Amyot: "A natureza sem instrução e nutrição é uma coisa cega; a educação sem a natureza é defeituosa, e o exercício, sem as duas primeiras, é coisa imperfeita. Não mais e nem menos que na lavoura, é preciso primeiramente que a terra seja boa; em segundo lugar, que o lavrador seja homem entendido; e, em terceiro lugar, que a semente seja escolhida e selecionada. Assim, a natureza representa a terra; o mestre que ensina se parece com o lavrador; e os ensinamentos e exemplos equivalem à semente" [cf. Plutarco, *Como é preciso educar as crianças* (p. 2b, tomo II da edição de Paris, 1624)].
* Claude-Adrien Helvétius. (N. T.)

Entre as impressões ou sensações que o homem recebe dos objetos que o afetam, umas, por sua conformidade com a natureza de seu organismo, lhe agradam, e outras, pela perturbação e pelo desarranjo que trazem para ele, lhe desagradam. Por conseguinte, ele aprova umas, deseja que elas continuem ou se renovem nele, ao passo que desaprova as outras e deseja que elas desapareçam. Conforme a maneira agradável ou incômoda como os nossos sentidos são afetados, nós amamos e odiamos os objetos, nós os desejamos ou os tememos; nós os buscamos ou tratamos de desviar as suas influências.

Amar um objeto é desejar a sua presença; é desejar que ele continue a produzir sobre os nossos sentidos impressões adequadas ao nosso ser; é querer possuí-lo a fim de estar muitas vezes em condições de experimentar seus efeitos agradáveis. Odiar um objeto é desejar a sua ausência, a fim de acabar com a impressão penosa que ele produz sobre os nossos sentidos. Nós amamos um amigo porque a sua presença, a sua conversação e as suas qualidades estimáveis nos causam prazer; nós desejamos não encontrar um inimigo porque sua presença nos incomoda.

Toda sensação ou todo movimento agradável excitado em nós mesmos e do qual desejamos a duração é chamado de *bem, prazer*; e o objeto que produz essa impressão em nós é chamado de *bom, útil, agradável*. Toda sensação cujo fim nós desejamos, porque ela nos perturba e desarranja a ordem de nosso organismo, é chamada de *mal* ou *dor*; e o objeto que a provoca é chamado de *mau, nocivo, perverso, desagradável*. O prazer duradouro e contínuo é chamado de *alegria, bem-estar, felicidade*; a dor contínua é chamada de *infelicidade, infortúnio*. A felicidade é, portanto, um estado de aquiescência contínua às maneiras de sentir e de existir que nós achamos agradáveis ou em conformidade com o nosso ser.

O homem, por sua natureza, deve amar necessariamente o prazer e odiar a dor, porque o primeiro é conveniente ao seu ser, ou seja, à sua organização, ao seu temperamento, à ordem necessária à sua conservação; a dor, ao contrário, desarranja a ordem do organismo humano, impede os seus órgãos de cumprir as suas funções e prejudica sua conservação.

A ordem é, de modo geral, a maneira de ser pela qual todas as partes de um todo colaboram sem obstáculos para proporcionar o fim que sua natureza lhe propõe. A ordem, no organismo humano, é a maneira de ser que faz que todas as partes do corpo cooperem para a sua conservação e para o bem-estar do conjunto. A *ordem moral* ou social é a feliz coincidência entre as ações e as vontades humanas, de onde resultam a conservação e a felicidade da sociedade. A desordem é todo desarranjo da ordem ou tudo aquilo que prejudica o bem-estar do homem ou da sociedade.

O prazer só é um bem enquanto ele está em conformidade com a ordem; a partir do momento em que ele produz desordem, seja imediatamente, seja por suas consequências, esse prazer passa a ser um mal real, visto que a conservação do homem e sua felicidade duradoura são bens mais desejáveis do que alguns prazeres passageiros seguidos de dor. No momento em que, banhado de suor, um homem bebe com ardor uma água gelada, ele sente sem dúvida um prazer muito forte; mas esse prazer pode ser seguido de uma doença, que pode causar a morte.

O prazer deixa de ser um bem para se tornar um mal a partir do momento em que produz em nós, seja imediatamente, seja em seguida, efeitos prejudiciais à nossa conservação e contrários ao nosso bem-estar permanente.

Entretanto, a dor pode se tornar um bem preferível ao próprio prazer quando ela tende a nos conservar e a nos proporcionar constantes vantagens. Um convalescente suporta pacientemente os aguilhões da fome e se abstém dos alimentos que agradariam passageiramente o seu paladar visando recuperar a saúde, que ele considera uma felicidade mais desejável do que o prazer fugidio de contentar seu apetite.

Só a experiência pode nos ensinar a distinguir os prazeres aos quais é possível se entregar sem receio, ou que se deve preferir, daqueles que podem ter para nós algumas consequências perigosas. Embora o amor pelo prazer seja essencialmente inerente ao homem, ele deve estar subordinado ao amor pela própria conservação e ao desejo de um bem-estar duradouro, que ele se propõe a cada instante. Se ele quer ser feliz, tudo colabora para lhe provar que, para atingir este objetivo, ele deve selecionar os seus prazeres, usá-los com moderação, rejeitar como maus aqueles que forem seguidos de dores e preferir algumas dores momentâneas quando elas podem lhe proporcionar uma felicidade mais sólida e maior.

Isso posto, os prazeres devem, portanto, ser distintos de acordo com a sua influência sobre a felicidade dos homens. Os *prazeres verdadeiros* são aqueles que a experiência nos mostra estarem em conformidade com a conservação do homem, e serem incapazes de lhe causar dor. Os *prazeres enganosos* são aqueles que, agradando-o por alguns instantes, terminam por lhe causar males duradouros. Os prazeres racionais são aqueles que convêm a um ser suscetível de distinguir o útil do nocivo, o real do aparente. Os prazeres honestos são aqueles que não são seguidos de lamentos, de vergonha e de remorsos. Os prazeres desonestos são aqueles dos quais nós somos forçados a nos envergonhar, porque eles nos tornam desprezíveis para nós mesmos e para os outros. O prazer termina sempre por atormentar quando não está em conformidade com os nossos deveres. Os prazeres legítimos são aqueles aprovados pelos seres com quem nós estamos em sociedade. Os prazeres ilícitos são aqueles que nos são proibidos pela lei etc.

Os prazeres ou sensações agradáveis que se fazem sentir imediatamente em nossos órgãos são chamados de prazeres *físicos*. Embora eles proporcionem ao homem uma maneira de ser que ele aprova, eles não podem durar muito tempo sem causar o enfraquecimento desses mesmos órgãos, cuja força é naturalmente limitada. Assim, os mesmos prazeres terminam por nos fatigar, se nós não interpusermos entre eles alguns intervalos que permitam aos sentidos repousar ou retomar as forças. A visão de um objeto brilhante inicialmente nos agrada, mas termina por ferir nossos olhos quando eles se detêm nele por muito tempo. Os prazeres mais vivos são comumente os menos duradouros, porque produzem as comoções mais violentas no organismo humano; de onde se segue que um homem sábio deve ser econômico com eles, visando à sua própria conservação. Vê-se por aí que a temperança, a moderação e a abstinência de alguns prazeres são virtudes fundamentadas na natureza humana.

O homem, desfrutando de vários sentidos, tem necessidade de que os seus sentidos sejam alternadamente exercitados. Sem isso, ele cai logo na apatia e no tédio, o que nos faz deduzir que a natureza do homem exige que ele varie seus prazeres. O tédio é a fadiga de nossos sentidos afetados por algumas sensações uniformes.

Os prazeres que são chamados de *intelectuais* são aqueles que nós experimentamos dentro de nós mesmos ou que são produzidos pelo pensamento ou pela contemplação das ideias que nossos sentidos nos forneceram, através da memória, do juízo, do espírito e da imaginação. Assim são os gozos variados proporcionados pelo estudo, pela meditação e pelas ciências. Esses tipos de prazeres são preferíveis aos prazeres físicos, porque nós possuímos em nós mesmos, à disposição, as causas capazes de incitá-los ou de renová-los em nós. Quando a leitura da história gravou na memória alguns fatos curiosos, agradáveis e interessantes, percorrendo esses fatos, contemplando-os dentro de si mesmo, o homem de letras experimenta um prazer análogo – mas superior – ao de um curioso cujos olhos examinam os quadros reunidos em uma vasta galeria. Quando a filosofia faz conhecer o homem, suas relações, suas variedades, suas paixões e seus desejos, o filósofo, meditando, desfruta da contemplação dos materiais com os quais sua cabeça está ornada. Enfim, o homem virtuoso desfruta dentro de si mesmo do bem que ele faz aos outros e se nutre agradavelmente da ideia de ser amado por isso.

Além disso, os prazeres intelectuais e os gozos que eles nos proporcionam são mais nossos do que aqueles que nos são dados pelas vantagens exteriores – tais como as riquezas, as grandes posses, as dignidades, o crédito e o favor, que a fortuna concede e arrebata ao seu bel-prazer. Nós estamos sempre em condições de desfrutar dos prazeres, cuja fonte trazemos dentro de nós mesmos, e dos quais os outros homens não podem de modo algum nos privar. Apenas algumas doenças capazes de causar uma desordem total em nosso organismo é que podem nos impedir de usufruir de nossas faculdades intelectuais e de nossas virtudes. Essas qualidades, inerentes ao homem, são as únicas que podem merecer dele um apego sincero, uma amizade verdadeiramente desinteressada. Amar alguém por ele mesmo é amá-lo não em virtude do seu poder ou da sua opulência, mas em virtude das qualidades agradáveis e das disposições louváveis que se desfruta no relacionamento com ele, que residem habitualmente nele e com as quais se pode contar, porque elas não lhe podem ser arrebatadas, a não ser por alguns acidentes pouco comuns na vida.

Capítulo V – Das paixões, dos desejos, das necessidades

As paixões, no homem, são movimentos mais ou menos intensos de amor pelos objetos que ele crê apropriados para lhe fornecer algumas impressões, sensações e ideias agradáveis; ou então são movimentos de ódio pelos objetos que ele descobre ou que supõe que são capazes de afetá-lo de maneira dolorosa. Todas as paixões se reduzem a desejar algum bem, algum prazer, alguma felicidade real ou falsa e a temer e fugir de algum mal, seja verdadeiro ou imaginário. Os desejos são movimentos de amor por um bem verdadeiro ou suposto que não se possui. A esperança é o amor por um bem que se espera, mas do qual ainda não se pode desfrutar. A cólera é um ódio súbito por um objeto que se acredita ser nocivo etc.

Nada é, portanto, mais natural no homem do que ter paixões e desejos. Esses movimentos de atração que ele experimenta por certos objetos, e de repulsa por outros, são devidos à analogia ou à discordância entre os seus órgãos e as coisas que ele ama ou odeia. A maioria das crianças ama com paixão o leite, os frutos doces, os alimentos açucarados, e detestam as coisas amargas, porque as primeiras substâncias produzem nas papilas nervosas de seu palato sensações que lhes agradam, ao passo que o amargor provoca movimentos desagradáveis.

Os estoicos, e muitos outros moralistas como eles, consideraram as paixões *doenças da alma*, que precisavam ser totalmente extirpadas. Mas as paixões dos homens são doenças do mesmo modo que a fome, que lhes é natural, que os solicita a se nutrir, que faz que eles desejem os alimentos mais adequados aos seus gostos, que os adverte de uma necessidade do seu organismo que eles devem satisfazer se quiserem se conservar. Do fato de que muitos homens sobrecarregam o estômago com alimentos nocivos à saúde não é possível concluir que a fome seja uma doença, nem que o desejo de satisfazê-la seja censurável e não deva ser ouvido. Uma filosofia fanática é a causa de, na moral, os homens quase nunca poderem concordar em nada.

Por pouco que queiramos refletir, reconheceremos que as paixões, em si mesmas, não são nem boas, nem más; elas só se tornam uma coisa ou outra pelo uso que se faz delas. Como todo homem nasce com algumas necessidades, nada é mais natural nele que o desejo de satisfazê-las. Suscetível de sentir o prazer e a dor, nada é mais natural que amar um e odiar outro. De onde se deduz que as paixões e os desejos são essenciais ao homem, inerentes à sua natureza, inseparáveis de seu ser e necessários à sua conservação. Um ser sensível que odiasse o prazer, que fugisse do bem-estar, que desejasse o mal e que, enfim, não tivesse nenhuma necessidade, não seria mais um homem. Incapaz de conservar a si mesmo, ele seria totalmente inútil para os outros.

É chamado de *necessidade* tudo aquilo que é útil ou necessário, seja para a conservação, seja para a felicidade do homem. As necessidades consideradas *naturais* são as de se alimentar, se vestir e se proteger das injúrias do clima e de se reproduzir. As necessidades de todos os homens são as mesmas; elas não variam senão pelos meios de satisfazê-las. O pão seco é suficiente para o homem pobre apaziguar a necessidade da fome; o homem opulento necessita de uma mesa suntuosa e coberta das mais raras iguarias para contentar seu apetite e, sobretudo, a sua vaidade, que se tornou uma necessidade bem mais premente que a fome, porque a sua imaginação lhe representa habitualmente o fausto como um bem necessário à sua felicidade. A pele dos animais é suficiente para vestir um selvagem, ao passo que o habitante de um país onde reina o luxo se acha desgraçado e se envergonha quando não tem trajes magníficos, nos quais sua imaginação lhe mostra o meio de fazer que os outros tenham uma alta ideia sobre ele.

É assim que a imaginação, o hábito, as convenções e os preconceitos nos criam uma porção de necessidades que nos afastam de nossa natureza. Nós nos achamos muito lastimáveis quando não estamos em condições de satisfazê-las. Nada é mais importante que limitar suas necessidades, a fim de poder contentá-las sem dificuldade. Nossas necessidades naturais são limitadas e em pequeno número, ao passo que as necessidades criadas pela imaginação são insaciáveis e inumeráveis. Quanto mais os homens têm necessidades, mais é difícil para eles se tornarem felizes. A felicidade consiste na harmonia entre as nossas necessidades e o poder de satisfazê-las.

Dissemos anteriormente que os diferentes graus de sensibilidade nos homens eram as causas da prodigiosa diversidade que se observa entre eles. É da mesma fonte que parte a diversidade das suas paixões, dos seus apetites, das suas necessidades, dos seus gostos e das vontades que os fazem agir. Seguindo a organização particular de cada homem, que constitui nele o temperamento, sua imaginação e suas próprias necessidades são variadas. Embora todos os homens tenham necessidade de nutrição, os mesmos alimentos de maneira alguma agradam a todos: o estômago de um exige uma quantidade maior que o de outro; aqueles que caem bem para uns não são de maneira alguma adequados para outros, causando-lhes muitas vezes moléstias incômodas.

É daí que resulta esta grande variedade que se pode observar nas paixões. Elas diferem não somente pelos objetos para os quais se voltam, mas também pela força e pela duração. Todas as paixões são excitadas pelas necessidades dos homens; essas necessidades são devidas seja ao temperamento, seja à imaginação, seja ao hábito, seja ao exemplo, seja à educação – de onde se deduz que elas não são as mesmas em todos os seres da nossa espécie. Além disso, elas estão sujeitas a variar no mesmo indivíduo. Todos os homens experimentam a sede ou a necessidade de beber; para uns, a água basta para apaziguá-los; outros exigem o vinho, que se tornou necessário para reanimar seu estômago; outros, acostumados ao refinamento, têm necessidade de vinhos deliciosos; por fim, os melhores vinhos causam repugnância a algumas pessoas doentes ou enjoadas. A necessidade ou o desejo de beber são bem mais fortes em um homem que foi violentamente aquecido pelo exercício do que no mesmo homem que se manteve tranquilo. Um homem cuja imaginação viva lhe pinta intensamente os prazeres do amor vinculados a um objeto sente-se atormentado por desejos mais violentos ou por paixões mais fortes do que aquele cuja imaginação é mais pacífica. Um amante muito enamorado pelos encantos de sua amada, que sua imaginação exagera para ele, sente uma paixão natural excitada por uma necessidade redobrada a todo momento por essa imaginação.

Assim, as necessidades nos homens são coisas que eles acham verdadeiramente – ou que eles supõem falsamente – necessárias à sua conservação, aos seus prazeres, ao seu bem-estar. As necessidades *naturais* são, como acabamos de dizer, as coisas que a nossa natureza tornou necessárias para a conservação de nosso ser em uma existência feliz. As necessidades *imaginárias* são aquelas que uma imaginação quase sempre desregulada nos pinta muito falsamente como indispensáveis para a nossa felicidade. Uma imaginação permanentemente incitada pelos exemplos, pelas opiniões e pelos hábitos que encontramos estabelecidos na sociedade faz de nós escravos de inúmeras necessidades pelas quais somos incessantemente atormentados e nos coloca na dependência daqueles que podem satisfazê-las.

Para ser feliz e livre, seria preciso não ter senão as necessidades que se pode satisfazer por si mesmo e sem muitas dificuldades. As necessidades imensas exigem trabalhos e auxílios multiplicados, quase sempre muito inúteis. A partir disso, essas necessidades nos tornam tão infelizes que muitas pessoas acreditaram que, para impedi-las de aumentar, o homem deveria combater com todas as forças as suas necessidades — mesmo as mais naturais —, viver como um selvagem ou como um anacoreta, privar-se de todo alimento agradável, fazer mal a si mesmo, voltar-se ao celibato etc.

Essa moral exagerada não é de modo algum feita para os homens. Uma moral mais sábia lhes diz para satisfazerem suas necessidades naturais de maneira que não seja nociva nem para eles mesmos, nem para os outros; para circunscreverem essas necessidades a fim de não ficarem infelizes na falta de satisfazê-las; para tomarem cuidado para não multiplicá-las, porque elas os arrastam para o vício ou para o crime. Nossas necessidades fazem nascer nossos desejos; diminuindo as primeiras, os desejos diminuem ou desaparecem. Muitos homens só são infelizes e malvados porque criam algumas necessidades que tornam seus desejos indomáveis. A felicidade consiste em não desejar senão aquilo que se pode obter.

Capítulo VI – Do interesse ou do amor por si mesmo

Nossos desejos, excitados por algumas necessidades reais ou imaginárias, constituem o *interesse*, que é como se designa geralmente aquilo que cada homem deseja, porque acredita ser útil ou necessário a seu bem-estar; em poucas palavras, o objeto no gozo do qual cada um faz consistir o seu prazer ou a sua felicidade. O interesse do voluptuoso está no gozo dos prazeres dos sentidos; o avaro situou o seu na posse de seus tesouros; o pomposo tem o máximo interesse em fazer uma vã exibição de suas riquezas; o ambicioso, cuja imaginação se inflama pela ideia de exercer seu domínio sobre outros homens, coloca seu interesse no gozo de um grande poder; o interesse do homem de letras consiste em merecer a glória; enfim, o interesse do homem de bem consiste em se fazer estimar e prezar pelos seus semelhantes. Quando se diz que os interesses dos homens são variados, indica-se simplesmente que suas necessidades, os seus desejos, as suas paixões e os seus gostos não são os mesmos, ou que eles relacionam a ideia de bem-estar a objetos diversos.

É, pois, indubitável que todos os indivíduos da espécie humana não agem e não podem agir senão por interesse. A palavra *interesse*, assim como a palavra *paixão*, não apresenta ao espírito senão o amor por um bem, o desejo da felicidade. Não se pode, portanto, censurar os homens por serem interessados (o que significa terem algumas necessidades e algumas paixões) a não ser quando eles têm alguns interesses, paixões e necessidades nocivas, seja para eles mesmos, seja para os seres com interesses opostos aos seus.

É de acordo com os seus interesses que os homens são bons e maus. Ao fazer o bem, assim como ao fazer o mal, nós agimos sempre visando a uma vantagem que acreditamos ser resultado da nossa conduta. A ideia de bem-estar, ou o interesse ligado a alguns prazeres ou a alguns objetos contrários à nossa felicidade, constitui aquilo que se chama de interesse *mal-entendido*; ele é a fonte dos erros e dos extravios dos homens que, por falta de experiência, de reflexão e de razão, desconhecem muitas vezes os seus verdadeiros interesses e não escutam senão algumas necessidades imaginárias e algumas paixões cegas geradas pela sua ignorância, pelos seus preconceitos e pelos impulsos de uma imaginação desregrada.

O interesse pessoal e as paixões que ele põe em jogo só são disposições censuráveis quando contrárias ao bem-estar daqueles com quem nós vivemos, ou seja, quando nos fazem adotar uma conduta que é incômoda ou nociva para eles. Os homens não aprovam senão aquilo que lhes é útil; assim, seu interesse os força a censurar, odiar e desprezar tudo aquilo que contraria a sua tendência à felicidade.

O interesse é louvável e legítimo quando ele tem por objeto coisas verdadeiramente úteis, a nós mesmos e aos outros. O amor pela virtude nada mais é que o nosso interesse ligado a algumas ações vantajosas para o gênero humano.

Se um interesse sórdido* é o motor do avaro, um interesse mais nobre anima o ser benevolente; ele quer ganhar a afeição, a estima e a ternura daqueles que estão ao alcance de sentir os efeitos de sua generosidade.

Sacrificar seu interesse significa sacrificar um objeto que agrada ou que se ama por um objeto que se ama mais fortemente ou que agrada mais. Um amigo consente em sacrificar uma parte da sua fortuna por seu amigo, porque este amigo lhe é mais caro que a porção dos bens que ele lhe sacrifica. O entusiasmo é a paixão por um objeto que é considerado com exclusividade, levada a uma espécie de embriaguez que faz que o homem lhe sacrifique tudo, até a si mesmo. Veremos mais adiante que, nesse caso, é sempre ao seu próprio interesse, ou seja, a si mesmo, que o homem se sacrifica.

Agir sem interesse seria agir sem motivo. Um ser inteligente, ou seja, que se propõe o bem-estar em todos os momentos e que sabe empregar os meios apropriados para alcançar esse objetivo, não pode nem por um instante perder de vista o seu interesse. Para que este interesse seja louvável, ele deve sentir que, como a natureza o colocou na sociedade, seu interesse verdadeiro é que ele se torne útil e agradável nela, porque os seres pelos quais ele está rodeado, sensíveis, enamorados pelo bem-estar e interessados como ele, não contribuirão para a sua felicidade a não ser visando

---
* Conforme a edição de 1820. A edição de 1776 traz a palavra "sólido". (N. T.)

à felicidade que eles esperam dele, de onde se vê que é sobre o interesse que a moral deve fundamentar solidamente todos os seus preceitos para torná-los eficazes. Ela deve provar aos homens que seu verdadeiro interesse exige que eles se liguem à virtude, sem a qual não pode haver bem-estar sobre a terra.

Alguns filósofos fundamentaram a moral em uma *benevolência* inata, que eles acreditaram ser inerente à natureza humana. Porém, esta benevolência não pode ser senão o efeito da experiência e da reflexão, que nos mostram que os outros homens são úteis a nós mesmos, estão em condições de contribuir para a nossa felicidade. Uma benevolência desinteressada, ou seja, da qual não resultaria para nós – da parte daqueles que nos inspiram esta benevolência – nem ternura e nem retorno, seria um sentimento desprovido de motivos ou um efeito sem causa. É com relação a si mesmo que o homem demonstra benevolência com os outros. Ele quer fazer amigos, ou seja, seres que se interessem por ele; ou então ele tem esse sentimento por aqueles de quem ele próprio experimentou as disposições favoráveis; ou, enfim, ele quer atrair a estima de si mesmo e da sociedade.

Talvez venham nos dizer que algumas pessoas virtuosas levam o desinteresse a ponto de mostrarem benevolência com os ingratos, e que outras a mostram com alguns homens que jamais conheceram e que não verão jamais. Porém, essa benevolência não é de maneira alguma desinteressada. Se ela provém da piedade, veremos logo que o homem compassivo alivia a si mesmo fazendo o bem aos outros. Enfim, provaremos que todo homem que faz o bem encontra sempre em si mesmo a recompensa que os ingratos lhe recusam ou que os desconhecidos não podem lhe testemunhar.

Todas as paixões, os interesses, as vontades e as ações do homem não têm como objeto constante senão satisfazer o amor que ele tem por si mesmo. Este *amor por si*, tão criticado por alguns moralistas e confundido despropositadamente por eles com um *egoísmo* insociável, não é, de fato, senão o desejo permanente de se conservar e de proporcionar a si mesmo uma existência feliz. Condenar o homem porque ele ama a si mesmo é censurá-lo por ser homem. Pretender que essa afeição provenha de sua natureza corrompida é dizer que uma natureza mais perfeita teria feito que ele negligenciasse a sua conservação e o seu próprio bem-estar. Sustentar que esse princípio das ações humanas é ignóbil e vil é dizer que é vil e ignóbil ser um homem.

Deixando de lado os preconceitos que abundam nas obras de um grande número de moralistas, se nós quisermos examinar o homem tal como a natureza o fez reconheceremos que ele não poderia subsistir se perdesse de vista o amor que ele tem por si mesmo. Enquanto ele desfruta de órgãos sadios ou bem constituídos, ele não pode se odiar, ele não pode ser indiferente ao bem ou ao mal que lhe acontece, ele não pode se impedir de desejar o bem-estar que ele não tem, nem de temer o mal pelo qual se vê ameaçado. Ele não pode amar os seres de sua espécie a não ser enquanto os considera favoráveis aos seus desejos e dispostos a contribuir para a sua conservação e para a sua própria felicidade. É sempre visando a si mesmo que ele tem afeição pelos outros e que se une com eles.

É visando ao prazer que causam em nosso coração a presença, os conselhos e os consolos de um amigo que nós amamos esse amigo; somos nós que sentimos os efeitos agradáveis da sua convivência que nos ligam a ele. É visando ao prazer que uma amada proporciona à sua imaginação ou aos seus sentidos que um amante ama essa amada a ponto de algumas vezes se sacrificar por ela. É visando ao prazer que uma terna mãe sente ao ver um filho querido que ela o ama, que ela lhe prodigaliza os seus cuidados mesmo à custa da própria saúde e da própria vida. Somos nós mesmos que nos amamos nos outros, assim como em todos os objetos aos quais vinculamos o nosso amor. É a si próprio que o amigo ama ternamente em seu amigo, o amante em sua amada, a mãe em seu filho, o ambicioso nas honrarias, o avaro nas riquezas, o homem de bem na afeição de seus semelhantes e, na falta disso, no contentamento interior que a virtude proporciona.

Se algumas vezes o amor por si mesmo parece não ter nenhuma participação em nossas ações, é que então o coração se perturba, o entusiasmo o embriaga, ele não raciocina, não calcula mais. E, na desordem em que o homem se encontra, ele é capaz de sacrificar a si mesmo ao objeto pelo qual só estava apaixonado porque encontrava nele a sua felicidade. Eis aí como a amizade sincera algumas vezes foi levada até o ponto de querer perecer por um amigo.

Nós nos enternecemos com nós mesmos quando misturamos nossas lágrimas às de um infeliz. Nós choramos por nós mesmos quando choramos sobre as cinzas de um objeto no qual havíamos colocado nossa afeição porque ele nos proporcionava grandes prazeres. Enfim, é pelo amor da glória que se derramará sobre ele, ou pelo temor da vergonha que recairá sobre ele, que o herói se imola e se empenha nos combates. Ele nada mais faz, então, que sacrificar sua vida pelo desejo de merecer a consideração e a glória, cuja ideia inflama sua imaginação e o distrai quanto ao perigo. Ou, então, ele se sacrifica pelo temor de viver desonrado, aquilo que lhe parece o cúmulo do infortúnio. É por si mesmo que o guerreiro quer a estima e teme a vergonha; é, portanto, por amor a si mesmo que ele expõe a sua vida e que ele enfrenta a morte. No calor da sua imaginação ele não pensa que, se vier a perecer, não colherá os frutos dessa honra, na qual ele se habituou a fazer consistir o seu bem-estar.

Assim, não censuremos de maneira alguma o amor que todo homem tem por si mesmo. Esse sentimento é natural e necessário para a sua própria conservação, para a sua utilidade e para a da sociedade. Um homem que odiasse a si mesmo, ou que fosse indiferente quanto à própria felicidade, seria um insensato pouco disposto a fazer o bem a seus associados. Um homem que deixasse de se amar seria um doente para quem a sua própria vida se tornaria incômoda e que não se interessaria de modo algum pelos outros. Os melancólicos que se matam são seres dessa têmpera, assim como os fanáticos que, tornando-se inimigos de si mesmos, separam-se da sociedade e se tornam inúteis ao mundo. Todavia, o solitário e o anacoreta não são isentos de interesse ou de amor por eles mesmos; seu ódio pelo mundo, por seus prazeres e pelas coisas que os outros homens desejam está fundamentado na esperança de serem mais felizes por se privarem, durante sua vida, dos objetos que excitam as paixões dos outros – de onde se vê que são a si próprios que eles amam, ao se tornarem infelizes por algum tempo.

No homem que reflete, o amor por si é sempre acompanhado de afeição pelos outros. Amando os seres com os quais ele tem relações, ele nada mais faz que amar mais eficazmente a si mesmo, visto que ele ama os instrumentos de sua própria felicidade. "Aquele", diz Sêneca, "que é muito amigo de si mesmo é amigo de todos os outros[2]." Ele diz também, em outra parte, que "é preciso ensinar ao homem como ele deve se amar, porque seria loucura duvidar que ele amasse a si mesmo"[3]. Um ser sociável não pode, com efeito,

---

2. "*Qui sibi amicus est, scito hunc amicum omnibus esse*" (Sêneca, *Epístolas morais*, I, 6, parte final).
3. "*Modus ergo diligendi praecipiendus est homini, id est, quomodo se diligat ut prosit sibi. Quin autem se diligat aut prosit sibi dubitare dementis est.*" – "*Omne enim animal, simul et ortum est, se ipsum et omnes partes suas diligit*" [Todo ser animado, desde que sua nasceu, ama a si mesmo e a tudo aquilo que é dele] (Cícero, *De finibus*, II, 33). Arriano diz que "*todos os atos dos seres animados, e mesmo os da Divindade, partem do amor por si*" (cf. Arriano, livro I, cap. XIX). Cícero também reconhece que "todos os

amar-se verdadeiramente a não ser interessando seus semelhantes pela sua felicidade – o que ele só pode efetuar fazendo que eles sintam as boas disposições de seu coração. Violar os deveres que nos ligam aos outros é sempre um pecado contra si mesmo.

Assim, longe de constituir o projeto insensato de apagar no coração do homem o amor essencial e natural que ele tem por si mesmo, a moral deve servir-se dele para lhe mostrar o interesse que ele tem em ser bom, humano, sociável e fiel aos seus compromissos. Longe de querer aniquilar as paixões inerentes à sua natureza, ela as dirigirá para a virtude, sem a qual nenhum homem sobre a Terra pode jamais desfrutar de uma verdadeira felicidade. Essa moral dirá a todo homem, portanto, para amar a si mesmo e lhe indicará os verdadeiros meios de contentar essa necessidade que o reconduz a todo momento para si mesmo, fazendo que ela seja partilhada por aqueles que o rodeiam. As paixões assim direcionadas contribuirão para o seu bem-estar, seja quan-

---

nossos desejos e as nossas aversões, nossos projetos de toda espécie, têm como único motor o prazer ou a dor. De onde se deduz que todas as ações boas e louváveis não têm como objetivo senão uma vida cômoda e feliz" (cf. Cícero, *De finibus*, livro I, cap. 12). Antes de todos esses autores, Aristóteles tinha combatido muito bem a opinião daqueles que, no seu tempo, assim como algumas pessoas de hoje em dia, consideravam o amor por si mesmo, ou o interesse, como um princípio ignóbil e vicioso (cf. Aristóteles, *Ética*, livro IX, cap. 8). De onde se vê que diversos filósofos da Antiguidade conheceram muito bem o verdadeiro motor das ações humanas, ou o verdadeiro princípio de toda moral, do qual eles se afastaram por falta de terem dado a ele toda a extensão adequada.

do ele está isolado, seja quando vive em sociedade. Elas o tornarão interessante como esposo, pai, amigo, cidadão, soberano e súdito. Enfim, suas paixões e seus interesses, de acordo com os da sociedade, tornarão ele próprio feliz com a felicidade dos outros.

Aquele em quem o amor por si sufoca toda a afeição pelos outros é um ser insociável, um insensato que não vê que todo homem, vivendo com outros homens, está em uma completa impossibilidade de trabalhar pela sua felicidade sem a assistência dos outros. Todas as nossas paixões cegas, nossos interesses mal-entendidos, nossos vícios e nossos defeitos nos separam da sociedade. Indispondo nossos associados contra nós, tudo isso os torna inimigos pouco favoráveis aos nossos desejos. Todos os perversos que são detestados vivem como se estivessem sozinhos na sociedade; o tirano que o oprime vive tremendo no meio de seu povo, que o odeia; o rico avarento vive desprezado como um ser inútil; o homem cujo coração gelado não se aquece por ninguém não tem motivos para esperar que alguém se interesse por ele. Em poucas palavras, não existe na moral uma verdade mais clara do que aquela que prova que o homem em sociedade não pode ser feliz sem o auxílio dos outros.

Capítulo VII – Da utilidade das paixões

Plutarco compara as paixões aos ventos, sem os quais um navio não pode avançar. Nada é, portanto, mais inútil que invectivar contra as paixões; nada é mais impraticável que o projeto de destruí-las. O moralista deve expor as vantagens da virtude e os inconvenientes do vício. A tarefa do legislador é convidar, interessar e mesmo forçar cada um, por seu próprio interesse, a contribuir para o interesse geral. Instruir os homens é indicar-lhes aquilo que eles devem amar ou temer; é incitar suas paixões pelos objetos úteis; é ensinar-lhes a reprimir e a não excitar os desejos que poderiam ter efeitos funestos, seja para eles mesmos, seja para os outros. Opondo algumas paixões a outras, o temor à impetuosidade dos desejos desregrados, o ódio e a cólera às ações nocivas, alguns interesses reais a alguns interesses fictícios e imaginários, um bem-estar constante a algumas fantasias momentâneas, será possível fazer das paixões um uso vantajoso. Elas serão direcionadas para a utilidade pública, à qual, na vida social, a utilidade particular de cada homem se encontra necessariamente ligada. Eis aí como os interesses individuais diversos podem ser combinados com o interesse geral.

Um homem desprovido de paixões ou de desejos, longe de ser um homem perfeito, como pretenderam alguns pensadores, seria um ser inútil para si mesmo e para os outros, e com isso pouco feito para a vida social. Um homem que não fosse suscetível nem de amor, nem de ódio, nem de esperança, nem de temor, nem de prazer, nem de dor – em poucas palavras, o sábio do estoicismo – seria uma massa inerte que não poderia de maneira alguma ser posta em ação[4].

---
4. Alguém, ouvindo falar das máximas de Epiteto, disse que ele era *um homem de madeira*.

Como modificar, configurar ou educar uma criança que, privada de paixões, não tivesse nenhum motor e fosse indiferente ao prazer e à dor, às recompensas e aos castigos que lhe fossem propostos? Como incitar ao bem seres despojados de paixões e de interesses, para os quais não existe nenhum motivo próprio para fazê-los agir? Que poderia fazer um legislador de uma sociedade de homens igualmente insensíveis a suas ameaças e recompensas, às riquezas e à indigência, à glória e à ignomínia, ao louvor e à censura?

A ciência do político e do moralista, cujas intenções devem ser as mesmas, consiste em incitar, direcionar e regular as paixões dos homens de maneira a fazê-los cooperar para a sua felicidade mútua. Não há nenhuma paixão que não possa ser voltada para o bem da sociedade e que não seja necessária à sua manutenção, à sua felicidade.

A paixão amorosa, tão justamente depreciada por seus efeitos desastrosos, é o efeito de uma necessidade natural – ela é necessária à conservação de nossa espécie. Trata-se apenas, portanto, de regular o amor de maneira a não causar nenhum dano, nem àquele que o sente, nem ao ser que é o seu objeto, nem à sociedade.

A cólera e o ódio, algumas vezes tão funestos por seus efeitos terríveis, se forem contidos em justos limites, são paixões úteis e necessárias para afastar de nós e da sociedade as coisas capazes de causar dano. A cólera, a indignação e o ódio são movimentos legítimos que a moral, a virtude e o amor pelo bem público devem despertar nos corações honestos contra a injustiça e a maldade.

A paixão pelo poder, que se chama *ambição* e que quase sempre somos forçados a detestar, é um sentimento natural no homem, que quer estar em condições de fazer que os outros contribuam para a sua própria felicidade. Esse sentimento é útil à sociedade quando ele leva o cidadão a se tornar digno de comandar e de exercer o poder pelos talentos que ele adquire.

A paixão pela glória, que quase sempre é considerada uma vaidade inútil, nada mais é que o desejo de ser estimado pelos outros homens. Esse desejo é necessário à sociedade, no seio da qual ele faz nascer a coragem, o sentimento de honra, a beneficência, a generosidade e todos os talentos que contribuem, seja para o bem-estar, seja para os prazeres do gênero humano.

O desejo das riquezas não é senão o desejo dos meios de subsistir comodamente e obrigar os outros a cooperar para a nossa felicidade particular. Essa paixão, bem dirigida, é a fonte do engenho, do trabalho, da atividade necessária à vida social.

O temor, esse sentimento que muitas vezes cria os covardes, as almas baixas e servis, é útil e necessário para conter todas as paixões cujos efeitos poderiam ser fatais a nós mesmos e aos outros. O temor de causar dano à nossa própria conservação, à nossa felicidade duradoura, é o freio natural de todo ser que se ama verdadeiramente. O temor de desagradar aos outros é o laço de toda sociedade, o princípio de toda virtude. Enfim, o temor dos castigos muitas vezes inspira respeito aos homens mais insensatos.

O amor por nós mesmos, que se chama *orgulho* ou *amor-próprio* e que desagrada quando deprecia os outros, é um sentimento muito louvável quando nos faz temer que nos aviltemos por algumas ações baixas e dignas de desprezo.

A inveja, essa paixão tão comum e tão vil, se enobrece quando, em vez de nos fazer odiar covardemente os grandes homens e os grandes talentos, nos leva a imitá-los e a merecer, como eles, a estima de nossos concidadãos. Ela se transforma, então, em emulação louvável.

Assim, não escutemos mais as vãs invectivas de uma filosofia que faz que a felicidade e a virtude consistam na privação total das paixões e dos desejos. Que a educação semeie nos corações algumas paixões úteis, para nós e para os outros. Que ela impeça de se desenvolver, ou que sufoque com cuidado, aquelas das quais resultaria o mal para nós e para os nossos associados. Que ela incite a atividade necessária à sociedade. Que ela reprima ou suprima os impulsos perigosos. Que ela direcione as vontades particulares para o bem geral do todo, ao qual o bem dos membros está sempre ligado. Enfim, que o governo, de acordo com a moral, se sirva das paixões dos homens para fazê-los querer e agir da maneira mais adequada ao seu verdadeiro interesse. O homem de bem não é aquele que não tem nenhuma paixão, é aquele que não tem senão paixões adequadas à sua felicidade constante, que ele não pode separar da dos seres feitos para colaborar com ele em sua própria felicidade. A sabedoria não nos diz para não amar nada, mas para não amar senão aquilo que é verdadeiramente digno de amor; para não desejar senão aquilo que nós estamos em condições de obter; para não querer senão aquilo que é capaz de nos tornar solidamente felizes. "Cada homem", diz Cícero, "deveria se propor unicamente a fazer que aquilo que é útil para ele mesmo se torne útil para todos[5]."

Capítulo VIII – Da vontade e das ações

A vontade é no homem uma direção, uma tendência, uma disposição interna conferida pelo desejo de obter os objetos nos quais ele vê encanto ou utilidade, ou pelo temor daqueles que ele julga contrários a seu bem-estar. Essa direção não é determinada senão pela ideia de um bem ou de um mal vinculado ao objeto que excita o desejo ou o temor, a afeição ou a aversão. Nossa vontade é flutuante, vaga, indeterminada, enquanto não estamos seguros do bem ou do mal que pode resultar do objeto que nós desejamos. Então hesitamos e nos encontramos, por assim dizer, colocados em uma balança que sobe e desce alternadamente até que um novo peso a faça pender para um dos lados. Esses pesos que determinam a vontade do homem são as ideias de um inte-

---

5. "*Unum debet esse omnibus propositum, ut eadem sit utilitas uniuscuiusque et universorum*" (cf. Cícero, *De officiis*, livro III).

resse, de um bem-estar ou de um prazer maior que, comparadas às ideias do mal ou de um interesse menor, terminam necessariamente por nos arrastar, por decidir nossa vontade, por nos dirigir para o objetivo ou para o objeto que julgamos mais útil para nós mesmos.

Enquanto não conhecemos suficientemente as qualidades de um objeto, ou seja, seus efeitos úteis ou nocivos, ficamos na incerteza, nos sentimos ora atraídos e ora repelidos, deliberamos. *Deliberar* sobre um objeto é, alternadamente, amá-lo pelas qualidades úteis que se acredita encontrar nele e odiá-lo pelas qualidades nocivas que se supõem nele. Deliberar sobre as suas ações é pesar as vantagens e as desvantagens que delas podem resultar para si. Quando acreditamos estar seguros dos efeitos de nossas ações não balançamos mais, nossa vontade deixa de ser oscilante, somos direcionados ou determinados em nossa escolha pela ideia do bem-estar ligado ao objeto sobre o qual estávamos incertos; nós agimos então para obtê-lo ou evitá-lo.

As *ações* são os movimentos orgânicos produzidos pela vontade, determinada pela ideia do bem ou do mal que reside em um objeto. Todas as ações de um ser que busca o prazer e teme a dor tendem a lhe proporcionar a posse dos objetos que ele crê úteis ou a lhe fazer evitar aqueles que ele julga nocivos.

Um exemplo pode servir para explicar essa teoria. No momento em que a fome me oprime, minha visão é impressionada por um fruto que a experiência me faz conhecer como agradável. Essa visão faz nascer meu desejo; minha vontade é direcionada ou determinada para esse objeto; eu não titubeio, porque estou seguro da bondade desse fruto; por conseguinte, eu ajo ou produzo os movimentos necessários para obtê-lo; meus pés se adiantam, eu me aproximo da árvore, estendo os braços para colher o objeto de meus desejos e, sem hesitar, o levo à minha boca. Porém, se eu ignoro a natureza do fruto que se ofereceu à minha vista, eu hesito, eu oscilo, examino seu cheiro, procuro identificar suas qualidades e provo-o com precaução. Quando o resultado do meu exame me faz conhecer que o fruto é ruim ou pode me causar dano, a vontade, excitada pela fome, é aniquilada pelo temor do perigo; a vontade de me conservar contrabalança então a vontade de me proporcionar uma satisfação passageira e eu me abstenho de comer esse fruto, rejeitando-o com desdém.

Os homens são louvados ou censurados pelas ações que partem de sua vontade, porque sua vontade é suscetível de ser direcionada ou modificada de uma maneira adequada ao bem da sociedade. Todo homem que vive com outros homens supostamente deve ser habituado, conformado e modificado de maneira a não querer senão aquilo que pode agradar a seus associados e a não querer de maneira alguma aquilo que pode atrair o ressentimento ou o ódio deles. No entanto, o homem que busca incessantemente a felicidade não deve querer senão aquilo que pode conduzi-lo seguramente a ela e deve suspender suas ações até que a experiência e o exame lhe tenham feito conhecer claramente aquilo que é útil para ele querer e fazer. Enquanto nós ignoramos a natureza dos objetos, nosso interesse nos ordena examiná-los com atenção, a fim de bem conhecer se eles são verdadeiramente úteis ou nocivos e se as ações apropriadas para que nós os obtenhamos não estão sujeitas a alguns inconvenientes. Um ser racional é aquele que, em todas as suas ações, se serve dos meios mais seguros para obter o resultado a que se propõe, e cujas vontades são continuamente dirigidas pela prudência e pela reflexão.

Capítulo IX – Da experiência

A moral, assim como qualquer outra ciência, só pode ser solidamente estabelecida com base na experiência. Toda sensação, todo movimento agradável ou incômodo despertado em nossos órgãos é um fato. Pelo prazer ou pela dor que são produzidos em nós por um objeto que nos afeta, formamos a ideia deste objeto, nos instruímos sobre a sua natureza por seus efeitos sobre nós mesmos, adquirimos a experiência que pode ser definida como *o conhecimento das causas por seus efeitos sobre os homens*.

O homem é suscetível de experiência, ou seja, ele é por sua natureza capaz de sentir, de retraçar suas sensações com a ajuda de sua memória, de refletir sobre as sensações e as ideias que ele recebeu ou de se lembrar delas, de compará-las entre si e de conhecer aquilo que ele deve amar ou temer. A experiência é a faculdade de conhecer as relações ou a maneira como os seres da natureza atuam uns sobre os outros. Colocando um carvão em brasa sobre a pólvora, eu aprendo que essa pólvora se inflama com explosão, e que ela imprime um sentimento de dor em mim se chego muito perto dela. Desse modo, adquiro uma experiência, e a ideia da pólvora sempre se apresentará na minha memória acompanhada de combustão, de explosão e de dor.

A moral, para ser segura, não deve ser senão uma série de experiências feitas sobre as disposições essenciais, as paixões, as vontades, as ações dos homens e seus efeitos. Na moral, ter experiência é conhecer com certeza os efeitos resultantes da conduta dos homens. Por falta de experiência, uma criança comete uma ação que desagrada seu pai e este a castiga; assim, a criança aprende a não mais repetir a ação, porque a memória a representa seguida de um castigo, ou seja, de uma dor.

Não é senão à força de experiências que os homens podem aprender aquilo que eles devem fazer ou evitar. Apenas a experiência pode nos mostrar a verdadeira natureza dos objetos, aqueles que nós devemos desejar ou temer, as ações úteis ou prejudiciais para nós mesmos e para os outros. Sem experiência e sem reflexão, permanecemos em uma infância perpétua. "Aquele", diz um árabe, "que faz experiências aumenta o seu conhecimento; mas aquele que é crédulo aumenta a sua ignorância[6]."

---

6. Provérbio árabe, in Thomas Erpenius, *Grammatica arabica*.

Os homens estão sujeitos a se enganar em suas experiências. A extrema sensibilidade, assim como a rigidez de seus órgãos, fazem que muitas vezes eles sejam incapazes de constituir ideias verdadeiras, de se lembrar exatamente das impressões que receberam e prever os efeitos remotos que suas ações produzirão sobre eles. Um temperamento muito ardente, uma imaginação muito exaltada, algumas paixões impetuosas e desejos irrefletidos impedem de julgar sensatamente, perturbam a memória e tornam a experiência inútil ou defeituosa. Um homem estúpido é aquele cujos sentidos estão embotados, que não sente senão debilmente, que dificilmente relaciona suas ideias, que apreende com dificuldade as relações e que carece de memória. Com tais disposições, é quase impossível adquirir experiência ou julgar sensatamente algumas coisas. No entanto, o homem de espírito é quase sempre muito sensível, muito precipitado, com uma imaginação muito arrebatada. Daí os erros e os frequentes extravios da imaginação e do gênio, cuja efervescência prejudica a reflexão e, por conseguinte, a exatidão das experiências. Enfim, o tumulto das paixões, a dissipação e o amor desordenado pelo prazer, assim como a insensibilidade, a apatia e a estupidez, apresentam contínuos obstáculos ao desenvolvimento da razão humana, que não pode ser senão fruto da experiência.

É necessário um temperamento precisamente equilibrado; são necessários órgãos sadios, juízo e reflexão para fazer experiências seguras. Ser bem nascido é ter recebido da natureza ou da arte as disposições apropriadas para julgar as coisas sensatamente. Uma mão abalada por uma agitação violenta não é capaz de traçar senão imperfeitamente os caracteres da escrita, que ela executa com facilidade e precisão a partir do momento em que está descansada.

Nossos sentidos nos enganam ou nos fazem relatos infiéis quando nós não os chamamos sucessivamente em nosso auxílio. Uma torre quadrada nos parece redonda a certa distância, mas, ao nos aproximarmos mais dessa torre, tocando-a, o erro de nossos olhos é retificado.

A primeira impressão de um objeto me faz considerá-lo um bem desejável; mas a experiência, ajudada pela reflexão, logo me ensina que ele pode causar dano e que o prazer momentâneo que ele parece me prometer será, cedo ou tarde, seguido de lamentos e dores.

A previdência está fundamentada na experiência, que me ensina que as mesmas causas devem produzir os mesmos efeitos. Aquele que sentiu o amargor do fruto abstém-se dele dali por diante, já que prevê que aquela mesma sensação será desagradável. Eis aí como a experiência, o juízo e a memória colocam o homem em condições de pressentir o futuro, ou seja, de ver de antemão os efeitos que os objetos cuja natureza ele conhece causarão.

Capítulo X – Da verdade

A experiência, acompanhada das circunstâncias que a tornam segura, descobre a *verdade*, que nada mais é que a conformidade dos juízos que emitimos com a natureza das coisas, ou seja, com as propriedades, as qualidades e os efeitos imediatos ou remotos dos seres que agem ou podem agir sobre nós, que a experiência nos faz conhecer ou prever.

Quando digo que o fogo provoca dor, eu digo uma verdade, quer dizer, eu pronuncio um juízo conforme à natureza do fogo, fundamentado na experiência constante de todos os seres sensíveis. Quando digo que a intemperança e a devassidão destroem a saúde, eu digo uma verdade, emito um juízo confirmado pela experiência cotidiana, que prova que uma consequência natural desses vícios é enervar o corpo e causar, mais cedo ou mais tarde, uma existência miserável. Quando digo que a virtude é amável, eu julgo de uma maneira conforme à experiência constante de todos os habitantes da Terra.

A verdade consiste em ver as coisas tais como elas são, atribuir-lhes as qualidades que elas realmente possuem, prever com certeza os seus efeitos bons ou ruins, distinguir aquilo que é útil, louvável e desejável daquilo que não é senão quimérico e aparente.

O erro é o fruto de experiências malfeitas, de julgamentos precipitados, da inexperiência total que se chama ignorância, do delírio da imaginação e da perturbação de nossos sentidos. Em poucas palavras, o erro é a oposição entre os nossos juízos e a natureza das coisas. Estou errado quando penso que alguns prazeres desonestos podem proporcionar a felicidade; porque a experiência, a reflexão e a previdência deveriam ter me convencido de que esses prazeres, seguidos de longas dores, me tornarão desprezível aos olhos de meus concidadãos.

Os preconceitos são juízos destituídos de experiências suficientes. Assim como as nações, os indivíduos se deixam enganar por uma imensidão de preconceitos perigosos, que os afastam incessantemente do bem-estar para o qual eles acreditam se encaminhar. As opiniões dos povos, suas instituições, seus usos e suas leis, muitas vezes tão contrários à razão, são devidos à sua inexperiência, são consagrados pelo hábito e se transmitem sem exame dos pais para os filhos. Eis aí como os erros mais nocivos, as ideias mais falsas, os costumes mais depravados e mais opostos ao bem das sociedades e os abusos mais gritantes se perpetuam entre os homens.

Por falta de ver as coisas sob o seu verdadeiro ponto de vista, os princípios da moral são ignorados pela maioria dos homens. Nós os vemos guiados por alguns preconceitos destrutivos, alguns usos bárbaros, algumas opiniões falsas, pela rotina cega cujo efeito é iludi-los, impedi-los de conhecer os seus interesses e os objetos que eles devem estimar ou desprezar. A verdadeira glória, a verdadeira honra, os deveres mais evidentes e as verdades mais manifestas são totalmente obscurecidos por uma imensidão de erros que formam um labirinto de onde o espírito tem dificuldade para escapar.

Que moral, com efeito, seria aquela que se fundamentasse nos preconceitos, nas opiniões e nos costumes muitas vezes abomináveis que vemos estabelecidos na maior parte dos povos da Terra?! Quase por toda parte a violência e a força constituem direitos.

Alguns interesses frívolos tornam alguns povos inimigos dos outros povos. O homicídio, as guerras, os duelos, as crueldades, os adultérios, a rapina e a má-fé não são de maneira alguma crimes aos olhos de muitas nações que se dizem civilizadas. Em poucas palavras, vendo a conduta que a maior parte dos homens adota entre si, alguns especuladores acreditaram que a moral não tinha nenhum princípio seguro, não era senão uma pura quimera e que seus deveres dependiam unicamente dos caprichos dos legisladores e das convenções dos homens.

É à verdade, fundamentada na experiência, que cabe julgar os homens, suas instituições, sua conduta e seus costumes. A ignorância e o erro são as fontes do mal moral. Somente a verdade, esclarecendo os mortais sobre a natureza das coisas, pode um dia conseguir torná-los melhores ou mais racionais.

Capítulo XI – Da razão

Na moral, a razão é o conhecimento da verdade aplicado à conduta da vida. É a faculdade de distinguir o bem do mal, o útil do nocivo, os interesses reais dos interesses aparentes, e de se conduzir como consequência disso.

Quando dizem que *o homem é um ser racional*, não querem de maneira alguma dar a entender com isso que ele traz ao nascer o conhecimento daquilo que lhe é vantajoso ou nocivo. Querem indicar apenas que ele desfruta da faculdade de sentir e distinguir aquilo que lhe é favorável daquilo que lhe é contrário; aquilo que ele deve amar e buscar daquilo que ele deve odiar e temer; aquilo que proporciona um bem duradouro daquilo que não proporciona senão um prazer passageiro.

De onde somos forçados a concluir que a razão no homem não pode ser senão o fruto tardio da experiência, do conhecimento do verdadeiro, da reflexão – aquilo que supõe, como já vimos, uma organização bem constituída, um temperamento moderado, uma imaginação regulada e um coração isento de paixões turbulentas. É dessa feliz e rara combinação de circunstâncias que resulta a razão esclarecida, feita para guiar os homens na conduta da vida. "Apenas", diz Sêneca, "a ciência do bem e do mal pode levar o espírito à sua perfeição[7]."

O homem, em sua infância, mostra tão pouca razão quanto os animais selvagens. O que estou dizendo?! Bem menos capaz de ajudar a si mesmo que a maioria dos animais, sem o auxílio de seus pais ele estaria exposto a perecer no mesmo instante de seu nascimento. Não é senão à força de experiências, que se inscrevem mais ou menos fácil e duravelmente em sua memória, que ele aprende a se conservar, a conhecer

---

7. *"Una re consummatur animus, scientia bonorum ac malorum inmutabili"* (Sêneca, epístola 88).

os objetos, a distinguir aqueles que lhe agradam daqueles que lhe desagradam, aqueles que podem lhe fazer bem daqueles que lhe são nocivos. A criança, levada pela necessidade da fome, leva naturalmente à boca tudo aquilo que lhe cai nas mãos; se ela experimenta então, pelo sentido do paladar, uma impressão agradável, essa experiência basta para que ela vincule a ideia de prazer ao objeto que uma vez fez nascer nela algumas sensações favoráveis. A partir daí, ela ama esse objeto, ela o deseja, ela se habitua a ele, ela estende os braços para obtê-lo, ela se irrita e chora quando ele lhe é recusado. Ao contrário, se um objeto provocou uma vez em sua boca uma sensação dolorosa ou desagradável, ela aprende a odiá-lo; sua visão lhe causa repugnância, porque ela se lembra da impressão incômoda que experimentou. Não se pode determinar que ela o tome sem afligi-la.

Ao nascer, o homem não passa de uma massa inerte, mas é capaz de sentir. Pouco a pouco ele aprende a conhecer aquilo que deve amar ou temer, aquilo que deve querer ou não querer de maneira alguma, os meios que é preciso empregar para obter as coisas que deseja e para evitar aquelas que podem lhe causar dano. Não é senão com o tempo que ele aprende a se mover, fazer uso de seus membros, andar, falar, exprimir suas paixões e suas vontades. Em poucas palavras, é com muita lentidão que o homem aprende a agir. Não é senão reiterando algumas experiências que os seus pais, a sua ama e os seus professores lhe ajudam a fazer que ele adquira o hábito ou a facilidade de se mover, enunciar, falar, de escrever e pensar como os outros homens[8].

Capítulo XII – Do hábito, da instrução e da educação

Educar, instruir uma criança, desenvolver a sua razão, é ajudá-la a fazer experiências; é comunicar-lhe aquelas que recolhemos por nós mesmos; é transmitir-lhe as ideias, as noções e as opiniões que nós constituímos. A experiência superior, ou a razão mais exercitada dos pais e dos mestres, é o fundamento natural da influência ou da autoridade que eles exercem sobre as crianças e os jovens. O respeito que se mostra na sociedade pelos velhos, pelos magistrados e pelos soberanos supõe neles mais experiência, razão e luz que nos outros homens. A consideração que se tem pelos sábios, pelos sacerdotes, pelos médicos etc. não está fundamentada senão na ideia da experiência que eles adquiriram com relação aos objetos dos quais eles se ocupam. O sábio só é estimável porque ele desfruta de uma razão mais esclarecida que a do vulgo.

---
8. Os autores antigos, assim como os relatos modernos, nos falam de povos de tal modo grosseiros que ainda ignoravam o uso da palavra. Diodoro da Sicília atribui esta ignorância aos ictiófagos* que, segundo ele, não tinham senão alguns gestos para comunicar suas ideias. Garcilaso de la Vega diz a mesma coisa de algumas povoações vizinhas do império dos incas do Peru.
* Povos que se alimentavam predominantemente de peixes e frutos do mar. Essa denominação não pertence propriamente a nenhum povo específico, já que povos com essas características existiam – e ainda existem – em diversas ilhas e regiões litorâneas. (N. T.)

O homem não se torna aquilo que é senão com a ajuda de sua experiência própria ou daquela que outros lhe fornecem. A educação consegue modificá-lo. De uma massa que não faz senão sentir, de um organismo quase inanimado, ele se torna pouco a pouco, com a ajuda da cultura, um ser experimentado que conhece a verdade e que, segundo a maneira como a sua matéria-prima foi modificada, mostra em seguida mais ou menos razão.

Na infância, o homem aprende não só a agir, mas também a pensar. Nossas ideias, nossas opiniões, nossas afeições, nossas paixões, nossos interesses, as noções que temos do bem e do mal, da honra ou da vergonha, do vício e da virtude, nos são infundidas primeiramente pela educação, e em seguida pela sociedade. Se essas ideias são verdadeiras, conformes à experiência e à razão, tornamo-nos seres sensatos, honestos e virtuosos. Se essas ideias são falsas, nosso espírito se enche de erros e preconceitos; tornamo-nos animais irracionais, incapazes de proporcionar a felicidade quer a nós mesmos, quer aos outros.

É ainda na infância que nós adquirimos nossos hábitos bons ou ruins, ou seja, algumas maneiras de agir úteis ou nocivas a nós mesmos e aos outros. O *hábito* geralmente é uma disposição em nossos órgãos, causada pela frequência dos mesmos movimentos, da qual resulta a facilidade de produzi-los. A criança aprende com bastante dificuldade a andar; porém, à força de exercitar suas pernas, ela adquire esse hábito e anda com facilidade; ela sofre quando a impedem de correr. Na tenra infância, o homem não produz senão gritos ou sons inarticulados; porém, pouco a pouco sua língua exercitada pronuncia algumas palavras e termina por exprimi-las com rapidez.

Nossas ideias morais não são, portanto, senão efeitos do hábito[9]. As amas, os professores e os pais não transmitem a quem eles educam senão as noções verdadeiras ou falsas das quais eles próprios estão imbuídos. Se as suas noções estão em conformidade com a experiência, esses educandos terão ideias verdadeiras e adquirirão hábitos adequados; se as suas noções são falsas, as pessoas cuja sede elas terão saciado desde a infância com a taça do erro serão insensatas e malvadas.

As opiniões dos homens nada mais são que associações verdadeiras ou falsas das ideias que se tornaram habituais para eles à força de se reiterarem em seus cérebros. Se desde a infância a ideia de virtude nunca fosse mostrada senão acompanhada pela ideia de prazer, de felicidade, de estima e de veneração; e se alguns exemplos funestos não desmentissem em seguida esta associação de ideias, há todo motivo para crer que uma criança instruída desta maneira se tornaria um homem de bem, um cidadão estimável. Quando, des-

---

9. "O caráter" – diz Hobbes – "nasce do temperamento, da experiência, do hábito, da prosperidade e da adversidade, das reflexões, dos discursos, do exemplo e das circunstâncias. Modificai essas coisas e o caráter se modificará. Os costumes são formados a partir do momento em que o hábito passa para o caráter."

de a sua mais tenra juventude, o homem, de acordo com as ideias de seus pais ou de seus mestres, habitua-se a juntar a ideia de felicidade aos adornos, ao dinheiro, ao nascimento e ao poder, será muito espantoso que façam dele um homem vão, um avarento, um orgulhoso, um ambicioso?

A razão nada mais é que o hábito adquirido de julgar sensatamente as coisas e identificar prontamente aquilo que é conforme ou contrário à nossa felicidade. Aquilo que se chama *instinto moral* é a faculdade de julgar com prontidão, sem hesitar, sem que a reflexão pareça tomar parte em nosso julgamento. Esse instinto ou essa prontidão em julgar não se deve senão ao hábito adquirido pelo exercício frequente. No aspecto físico, nós nos voltamos instintivamente para os objetos apropriados para causar prazer aos nossos sentidos; no aspecto moral, nós experimentamos um pronto sentimento de estima, de admiração, de amor pelas ações virtuosas e de horror pelas ações criminosas, das quais conhecemos à primeira vista a tendência e o objetivo.

A prontidão com que esse *instinto* ou esse *tato* moral é exercido pelas pessoas esclarecidas e virtuosas fez que vários moralistas acreditassem que essa faculdade era inerente ao homem, que a traria ao nascer. No entanto, ela é fruto da reflexão, do hábito e da cultura, que tiram proveito de nossas disposições naturais ou que nos inspiram os sentimentos que devemos ter. Na moral, assim como nas artes, o gosto ou a aptidão para bem julgar algumas ações dos homens é uma faculdade adquirida pelo exercício; ela é nula na maior parte dos homens. O homem sem cultura, o selvagem e o homem do povo não têm nem o instinto, nem o gosto moral do qual falamos. Pelo contrário, eles julgam normalmente muito mal[10]. A multidão muitas vezes admira os maiores crimes, as injustiças e as violências mais gritantes nos heróis e nos conquistadores, que ela proclama grandes homens. É apenas a reflexão e o hábito que nos ensinam a julgar sensata e prontamente na moral, ou a apreender com um olhar rápido as belezas e deformidades das ações humanas.

Essas reflexões nos fazem sentir a importância de uma boa educação. Só ela pode formar seres racionais, virtuosos pelo hábito, capazes de tornar felizes a si mesmos e contribuir para a felicidade dos outros. O homem não deve ser considerado inteligente e racional senão quando ele adota os verdadeiros meios de obter a própria felicidade; ele é insensato, imprudente e ignorante a partir do momento em que segue um caminho oposto.

Os prazeres do homem são racionais quando eles contribuem para lhe proporcionar um bem-estar sólido, que ele sempre deve preferir a alguns gozos passageiros. As paixões e as vontades do homem são racionais quando elas se propõem alguns objetos verdadeiramente vantajosos para ele; as ações do homem são racionais sempre que elas contribuem para fazer que ele obtenha alguns bens reais sem causar da-

---

10. "*Interdum vulgus rectum videt; est ubi peccat*" (Horácio, epístola 7, livro II, v. 63).

no aos outros. O homem guiado pela razão não quer, não deseja, não faz senão aquilo que lhe é verdadeiramente útil; ele nunca perde de vista aquilo que deve a si mesmo e aquilo que deve aos seres com os quais vive em sociedade. Toda a vida de um ser sociável deve ser acompanhada de uma atenção contínua sobre si mesmo e sobre os outros.

Capítulo XIII – Da consciência

As experiências que fazemos, as opiniões verdadeiras ou falsas que nos são dadas ou que adotamos, nossa razão mais ou menos cuidadosamente cultivada, os hábitos que adquirimos e a educação que recebemos desenvolvem em nós um sentimento interior de prazer ou dor que se chama *consciência*. É possível defini-la como o conhecimento dos efeitos que as nossas ações produzem sobre os nossos semelhantes e, por via indireta, sobre nós mesmos.

Por menos que reflitamos sobre isso, reconheceremos que, do mesmo modo que o *instinto* ou o sentimento moral do qual acabamos de falar, a consciência é uma disposição adquirida, e que é com pouquíssimo fundamento que tantos moralistas a consideraram um sentimento inato, ou seja, como uma qualidade inerente à nossa natureza. Quando quisermos nos entender na moral, seremos forçados a reconhecer que o coração do homem não passa de uma tábula rasa, mais ou menos disposta a receber as impressões que nela podem ser produzidas. "As leis da consciência" – diz

Montaigne – "que nós acreditamos nascerem da natureza, nascem do costume. Como todos veneram internamente as opiniões e os costumes aprovados e admitidos ao seu redor, não podem se desprender deles sem remorsos e nem pô-los em prática sem aplauso." Plutarco tinha dito, antes dele, "que os costumes e condições são qualidades que se imprimem ao longo de certo tempo; e quem disser que as virtudes morais também são adquiridas por hábito, em meu modo de ver, não estará enganado"[11].

Como um homem que não tivesse nenhuma ideia clara da justiça poderia ter a consciência de ter cometido um ato injusto? É preciso ter aprendido, quer por nossa própria experiência, quer por aquela que nos é transmitida, os efeitos que as causas podem produzir sobre nós para julgar essas causas, ou seja, para saber se elas nos são favoráveis ou nocivas. São necessárias experiências e reflexões ainda mais multiplicadas para descobrir e prever as influências de nossa conduta sobre outras, ou para pressentir suas consequências muitas vezes bastante remotas.

Uma consciência esclarecida é o guia do homem moral. Ela não pode ser senão o fruto de uma grande experiência, de um conhecimento perfeito da verdade, de uma razão cultivada, de uma educação que tenha modificado adequadamente um temperamento apropriado para receber a cul-

---

11. Cf. Montaigne, *Ensaios*, livro I, cap. 22; Plutarco, *Como é preciso educar as crianças*, tomo II, p. 2B e 3A da edição de Paris, 1624 (tradução de Amyot).

tura que lhe pôde ser dada. Uma consciência desta têmpera, longe de ser no homem o efeito de um *senso moral* inerente à sua natureza, longe de ser comum a todos os seres de nossa espécie, é infinitamente rara e não se encontra senão em um pequeno número de homens seletos, bem nascidos, providos de uma imaginação viva ou de um coração muito sensível e adequadamente modificado.

Por menos que olhemos em torno de nós, reconheceremos essas verdades: descobriremos que pouquíssimas pessoas estão em condições de fazer as experiências e as reflexões necessárias à conduta da vida. Pouquíssimas pessoas têm a calma e o sangue-frio que tornam capaz de pesar e prever as consequências de suas ações. Enfim, a consciência da maioria dos homens é depravada pelos preconceitos, pelos exemplos, pelas ideias falsas e pelas instituições insensatas que eles encontram na sociedade.

Entre a imensa maioria dos homens não se encontra senão uma consciência *errônea*, quer dizer, que julga de uma maneira pouco conforme à natureza das coisas ou à verdade; isso provém das opiniões falsas que formamos ou recebemos dos outros, que fazem que relacionemos a ideia de bem a algumas ações que acharíamos muito nocivas se as tivéssemos examinado com mais maturidade. Muitas pessoas fazem o mal e cometem até mesmo alguns crimes com tranquilidade de consciência, porque sua consciência está falseada por alguns preconceitos.

Não existe nenhum vício que não perca a deformidade de suas feições quando é aprovado pela sociedade em que vivemos. O próprio crime se enobrece pelo número e pela autoridade dos culpados. Ninguém se envergonha do adultério ou da dissolução dos costumes em um povo corrompido. Ninguém tem vergonha de ser vil na corte. O soldado não fica envergonhado com as suas rapinas e com os seus crimes, ele chegará mesmo a exibi-los como troféus diante de seus camaradas que ele sabe que estão dispostos a fazer como ele. Por menos que se abram os olhos, encontram-se alguns homens muito injustos, muito perversos, muito desumanos, e que, no entanto, não se recriminam nem pelas suas frequentes injustiças – que eles confundem quase sempre com ações legítimas ou com direitos –, nem pelas suas crueldades – que eles consideram efeitos de uma coragem elogiável, deveres. Vemos alguns ricos a quem sua consciência não diz nada por terem adquirido uma imensa fortuna à custa de seus concidadãos. Os viajantes nos mostram alguns selvagens que se creem obrigados a fazer que os seus pais morram quando a decrepitude os tornou inúteis. Encontramos alguns zelosos cuja consciência, cega por algumas falsas ideias de virtude, os solicita a exterminar sem remorsos e sem piedade aqueles que não têm as mesmas opiniões que eles. Em poucas palavras, existem nações de tal modo viciadas que a consciência nada recrimina em alguns homens que se permitem rapinas, homicídios, duelos, adultérios e seduções, porque esses crimes e esses vícios são aprovados ou tolerados pela opinião geral ou não são reprimidos pelas leis; desse modo, cada um se entrega a eles sem vergonha ou remorsos. Esses excessos não são evitados senão por alguns homens mais moderados, mais tímidos, mais prudentes que os outros.

A vergonha é um sentimento doloroso provocado em nós pela ideia do desprezo em que sabemos ter incorrido.

O remorso é o temor que produz em nós a ideia de que nossas ações são capazes de atrair para nós o ódio ou o ressentimento dos outros.

O arrependimento é uma dor interna por termos feito algo cujas consequências consideramos desagradáveis ou perigosas para nós mesmos.

Os homens não têm normalmente nem vergonha, nem remorsos, nem arrependimento das ações que eles veem ser autorizadas pelo exemplo, toleradas ou permitidas pelas leis e praticadas pela maioria: esses sentimentos não se elevam neles senão quando percebem que essas ações são universalmente censuradas ou podem atrair castigos para eles. Um espartano não se envergonhava de um furto ou de um roubo astucioso que ele via ser autorizado pelas leis de seu país. Um déspota continuamente aplaudido por seus aduladores não tem nenhuma vergonha do mal que faz a seus súditos. Um cobrador de impostos dificilmente se envergonha de uma fortuna adquirida injustamente sob a autoridade do príncipe. Um duelista não se arrepende de um assassinato que muitas vezes o dignifica aos olhos de seus concidadãos. Um fanático se congratula pelas devastações e pelas perturbações que o seu zelo produz na sociedade.

Apenas algumas reflexões profundas e contínuas sobre as relações imutáveis e os deveres da moral podem esclarecer a consciência e nos mostrar aquilo que devemos evitar ou fazer, independentemente das noções falsas que encontramos estabelecidas. A consciência é nula, ou pelo menos se faz ouvir muito fracamente, de modo muito passageiro, nas sociedades muito numerosas nas quais os homens não são bastante observados, nas quais os seres mais perversos se perdem na multidão. É por isso que as grandes cidades se tornam comumente os pontos de encontro dos velhacos que saem dos campos ou das províncias. Os remorsos são logo evaporados, e a vergonha desaparece no tumulto das paixões, no turbilhão dos prazeres, na dissipação contínua. A irreflexão, a leviandade e a frivolidade muitas vezes tornam os homens tão perigosos quanto a maldade mais negra. A consciência do homem leviano não lhe censura nada, ou pelo menos a voz dela é logo sufocada naquele que voeja incessantemente, que não pesa nada e que jamais tem a atenção necessária para prever as consequências das suas ações. Todo homem que não reflete não tem tempo de julgar a si mesmo. Nos malvados convictos, os golpes reiterados da consciência produzem com o passar do tempo um endurecimento que a moral não tem possibilidade de destruir.

A consciência não fala senão àqueles que adentram a si mesmos, que raciocinam sobre as próprias ações e nos quais uma educação adequada fez nascer o desejo, o interesse de agradar e o temor habitual de se fazer desprezar ou odiar. Um ser assim modificado torna-se capaz de se julgar; ele se condena quando cometeu alguma ação que sabe que pode alterar os sentimentos que ele gostaria de incitar constantemente naqueles cuja estima e a ternura são necessárias ao seu bem-estar. Ele sente vergonha, remorsos ou arrependimento todas as vezes em que agiu mal. Ele se observa, ele se corrige pelo temor de ainda experimentar, na sequência, esses sentimentos dolorosos que o forçam muitas vezes a detestar a si mesmo; porque ele se vê, então, com os mesmos olhos com que é visto pelos outros.

De onde se vê que a consciência supõe uma imaginação que retrata para nós de uma maneira viva e marcante os sentimentos que incitamos nos outros. Um homem sem imaginação só representa para si mesmo pouco ou nada dessas impressões ou sentimentos; ele não se coloca no lugar dos outros. É muito difícil transformar em um homem de bem um estúpido a quem a imaginação não diz nada, assim como um insensato que essa imaginação mantém em contínua embriaguez.

Tudo nos prova, portanto, que a consciência, longe de ser uma qualidade inata ou inerente à natureza humana, só pode ser fruto da experiência, da imaginação guiada pela razão, do hábito de se voltar para dentro de si mesmo, da atenção sobre as próprias ações, da previdência de suas influências sobre os outros e de sua reação sobre nós mesmos.

A boa consciência é a recompensa da virtude; ela consiste na segurança de que as nossas ações devem nos proporcionar os aplausos, a estima e a afeição dos seres com quem vivemos. Temos o direito de estar contentes com nós mesmos quando temos a certeza de que os outros estão ou devem estar contentes conosco. Eis aí o que constitui a verdadeira beatitude, o repouso da boa consciência, a tranquilidade da alma, a felicidade duradoura, que o homem deseja sem cessar e para a qual a moral deve guiá-lo. Não é senão em uma boa consciência que consiste o *Soberano bem; e só a virtude é capaz de proporcioná-lo.*

Capítulo XIV – Dos efeitos da consciência moral

Por uma lei constante da natureza, o perverso não pode jamais desfrutar de uma felicidade pura nesse mundo[12]. Suas riquezas e seu poder não o garantem contra si mesmo. Nos momentos lúcidos que suas paixões lhe deixam, se ele se volta para dentro de si é para suportar as censuras de uma consciência perturbada pelas medonhas imagens que a imaginação lhe apresenta. É assim que o assassino, durante a noite, mesmo desperto, acredita ver a sombra lastimosa daqueles que ele cruelmente degolou; ele vê os olhares cheios de horror do público irritado que clama por vingança; ele vê alguns juízes severos que pronunciam sua sentença; enfim, vê os preparativos para o suplício que ele reconhece ter muito justamente

---

12. "*Nemo malus felix*" (Juvenal, Sátira IV, verso 8).

merecido. Esse espetáculo imaginário é algumas vezes tão cruel para alguns espíritos dotados de uma imaginação muito forte que se tem visto alguns culpados se oferecerem por si mesmos aos golpes da justiça e buscarem nos tormentos e na morte um asilo contra os remorsos pelos quais eles se sentiam incessantemente agitados. Tais são os terríveis efeitos do desespero em alguns seres que, pelo horror de seus crimes, se tornam impotentes para se reconciliar consigo mesmos.

Nós nos enganaríamos, no entanto, se acreditássemos que a consciência atua de uma maneira tão poderosa sobre todos os culpados. Ela não diz quase nada aos espíritos embotados; ela não fala senão secretamente a alguns seres frívolos e dissipados; ela se cala inteiramente no tumulto das paixões; ela se opõe inutilmente às inclinações do hábito – este último se torna uma necessidade imperiosa que faz que se fique surdo aos seus clamores.

Não fiquemos espantados se tantas pessoas nesse mundo cometem o mal sem pensar nisso, persistem até o túmulo em vícios e desordens dos quais raramente se recriminam e quase não se embaraçam com o cuidado de reparar as injustiças que elas fizeram os outros sofrer. Só se repara o mal quando se tem a consciência assiduamente atormentada. A continuidade das feridas que ela nos inflige nos força não somente ao arrependimento, mas também a destruir, tanto quanto está em nosso poder, o mal cuja ideia nos assedia e que deve ter nos tornado odiosos para os seres com os quais vivemos. Reparando o mal, todo homem se propõe a ficar novamente de bem consigo mesmo e com os outros; ele trata, então, de banir do seu espírito as imagens hediondas das quais está infestado; ele se esforça para apagar do espírito dos outros as impressões desfavoráveis que a sua conduta deve necessariamente ter produzido neles.

Existem alguns vícios, faltas e até mesmo alguns crimes que são reparáveis. Uma injustiça feita a alguém se repara fazendo-lhe justiça, indenizando-o de uma maneira generosa pelo dano que se pôde lhe causar. A restituição repara o crime do roubo. Uma declaração solene pode reparar as injúrias feitas à reputação de outrem. Alguns sinais de submissão e arrependimento podem desarmar o ressentimento produzido por uma ofensa. O coração do homem parece se alegrar todas as vezes que ele reparou o mal cuja ideia o oprime e o enfraquece.

Nada é mais raro, no entanto, que uma reparação completa, ou seja, capaz de aniquilar em nós mesmos as cicatrizes da consciência, e, nos outros, a lembrança do mal que nós lhes fizemos suportar. O homem é sempre forçado a sentir dor, um sentimento secreto de desprezo por ele mesmo quando se lembra de que se tornou odioso ou desprezível aos olhos dos seres de sua espécie. Esses últimos, pelo seu lado, têm dificuldade para pôr totalmente no esquecimento algumas ações que os afligiram cruelmente.

Por outro lado, a reparação dos erros sempre parece custar infinitamente, seja à vaidade, seja à cupidez dos homens. Ela supõe uma grandeza de alma, uma coragem da qual os perversos, sem uma modificação total, quase não são capazes. É por isso que tantos culpados se arrependem de sua conduta, parecem renunciar a ela, mas raramente consentem em reparar o mal de que são os autores. Essas lamentações infrutíferas, esses sentimentos de justiça abortados são devidos à ignorância, à falta de força ou à fraqueza dos aguilhões da consciência, que não atormentam o suficiente para que se busque desvencilhar-se totalmente deles. A maior parte dos homens, quando não está convicta no vício e no crime, passa a vida lutando contra si mesma, recriminando-se e depois procurando alguns sofismas apropriados para fazer sua consciência voltar a adormecer sempre que ela desperta para importuná-los.

Os homens deveriam tremer se pensassem nas consequências inevitáveis de suas paixões para eles mesmos. Por um justo castigo da natureza existem crimes que não podem ser reparados de maneira alguma. Como devolver à vida um amigo fiel que o delírio da cólera fez perecer em um duelo? Como um tirano, cujos excessos tornaram todo um povo infeliz por alguns séculos, poderia se reconciliar consigo mesmo? Como acalmar os remorsos de um conquistador, quando sua imaginação faz que ele escute os clamores das nações desoladas? Como apaziguar a consciência de um ministro cujos conselhos pérfidos aniquilaram a felicidade de seus concidadãos? Será que existe algum meio de fazer a paz voltar ao coração do juiz cuja ignorância ou a iniquidade fez perecer o inocente? Enfim, como tranquilizar o espírito daquele que enriqueceu com o sustento do pobre, da viúva e do órfão?

Alguns homens dessa têmpera quase não escutam o clamor da consciência. Neles, esse clamor está permanentemente abafado pelo tumulto dos negócios, pelos prazeres ruidosos, pelo vício impudente, pelos aplausos servis e pelos consolos pérfidos dos impostores que os rodeiam. Quando, por acaso, a consciência eleva neles a sua voz; quando a sua imaginação alarmada lhes pinta os efeitos vastos e quase sempre irreparáveis das suas paixões, ela é comumente tranquilizada com alguns remédios imaginários. A superstição se encarrega de expiar todos os seus crimes; com a ajuda de algumas práticas, ela lhes fornece os meios de apaziguar os males daqueles que a sua ambição, a sua cupidez e as suas vinganças imolaram*. A partir disso, os maiores criminosos acreditam que estão limpos de suas máculas. Porém, eles logo recairão nos crimes cujos remorsos é tão fácil descartar. Eis como tudo contribui para aliviar a consciência daqueles cuja conduta influi da maneira mais cruel sobre o bem-estar e os costumes das nações.

A moral, fundamentada na natureza, não possui nenhuma receita para curar as feridas arraigadas da consciência daqueles que o hábito consolidou no crime. Aos olhos dela, o arrependimento estéril não pode reparar nada; ela não acre-

---

* Um bom exemplo disso está no livro *A bolsa e a vida*, de Jacques Le Goff, que aborda a questão da agiotagem na Idade Média. (N. T.)

dita que vãs lamentações sejam suficientes para tranquilizar o perverso que persiste em suas iniquidades; ela o condena a gemer até a morte sob o açoite das Fúrias; ela quer que suas feridas nunca parem de sangrar; ela quer que, na falta dos castigos que a tirania absolutamente não teme da parte dos homens, ela puna a si mesma. É uma crueldade, uma traição acalmar os remorsos daqueles que fazem a infelicidade da terra. Que eles sintam, se for possível, todos os tormentos da vergonha, do terror e do desprezo por si mesmos, até que façam cessar os infortúnios que eles mesmos fazem surgir. A única expiação que a moral pode fornecer aos criminosos é romper com o crime. É fazendo enormes benefícios aos homens que podemos fazer que eles esqueçam os sofrimentos que lhes causamos. É reconhecendo os nossos extravios que aprendemos a corrigi-los. É nos ocupando da felicidade de nossos semelhantes que podemos aliviar a consciência sempre que ela recrimina os estragos que uma conduta criminosa pôde causar. Uma consciência sempre serena e sem nuvens é uma recompensa que não cabe senão à inocência. A consciência do perverso não pode lhe mostrar senão algumas chagas assustadoras. A consciência do vicioso desiludido mostra-lhe algumas cicatrizes. A consciência do homem de bem não lhe anuncia senão uma saúde constante. Levar os homens a estabelecer a ordem e a paz em si mesmos por meio do contentamento que eles proporcionam aos outros: eis aí o grande objetivo ao qual a moral deve se propor.

Seção Segunda – Deveres do homem no estado de natureza e no estado de sociedade. Das virtudes sociais

Capítulo I – Deveres do homem isolado ou no estado de natureza

O homem pode ser considerado sob dois pontos de vista gerais: sozinho ou vivendo com outros homens com os quais ele tem algumas relações. Os moralistas e filósofos chamaram de *estado de natureza* a posição do homem isolado, quer dizer, sem levar em conta as suas relações com os seres da sua espécie. Embora o homem nunca, ou pelo menos raramente, se encontre neste estado abstrato, quando ele se encontra só, livre de todas as ligações com os outros, incapaz de influir sobre eles pelas suas ações e de sentir os efeitos das deles, ele não deixa de estar submetido a alguns deveres para consigo mesmo.

Os deveres, como dito anteriormente, são os meios necessários para obter a finalidade proposta. O homem isolado, ou no estado de natureza, tem sem dúvida uma finalidade, que é se conservar e tornar sua existência feliz. Como o homem isolado é um ser sensível, ou seja, capaz de sentir alguns prazeres e algumas dores, sua natureza o força a amar os primeiros e temer as outras. Ele tem alguns desejos, alguns temores, algumas paixões e algumas vontades. Ele pode agir, fazer experiências e, por mais fracos que sejam os conhecimentos que ele adquira nesse estado de abandono, ele está em condições de recolher experiências suficientes para regular sua conduta em sua vida solitária.

Um selvagem, se vivesse completamente sozinho, ou um homem que o naufrágio tivesse lançado em uma ilha deserta, seriam – para se conservar – obrigados a adotar os meios para isso. Consequentemente, eles se ocuparão do cuidado de se alimentar; eles diferenciarão entre os frutos doces e os frutos amargos que o seu local de moradia produz; eles terão o cuidado de se abster dos alimentos que tiverem lhes causado dores e doenças; eles se restringirão àqueles que a experiência tiver lhes mostrado como incapazes de causar dano à sua saúde. Sob pena de serem punidos por sua imprudência, eles resistirão à tentação de comer as coisas que, depois de lhes terem fornecido algumas sensações deleitosas, tiverem produzido algum desarranjo incômodo em seu organismo.

Vê-se, portanto, que o homem, em qualquer posição em que se encontre, está submetido a alguns deveres, quer dizer, se vê obrigado a trilhar os caminhos necessários para obter o bem-estar que ele deseja e para afastar o mal que sua natureza lhe faz temer.

Quando um homem vive totalmente só, suas ações não podem influir sobre os outros; mas influem sobre ele mesmo. Um ser sensível, inteligente e racional não pode se perder de vista; mesmo que não existam testemunhas de sua conduta, ele é a própria testemunha. Ele tem a consciência de fazer o bem ou o mal a si mesmo; ele sente lástimas e remorsos quando sabe que atraiu para si, por sua imprudência, alguns males que poderia ter evitado se tivesse consultado a experiência e a razão.

No homem isolado, a consciência é o conhecimento adquirido pela experiência dos efeitos que suas ações podem produzir sobre ele mesmo. A consciência, no homem em sociedade, é – como já foi dito – o conhecimento dos efeitos que suas ações devem produzir sobre os outros, e indiretamente sobre ele.

A vergonha, no homem isolado, é o desprezo por si mesmo, provocado pela ideia de sua insensatez e de sua própria fraqueza; o remorso é nele a ideia do castigo que a natureza reserva para a sua conduta insensata.

Refletindo sobre aquilo que se passa em nós quando estamos totalmente sozinhos, todo mundo pode se convencer de que o homem isolado é forçado a julgar a si mesmo, a se arrepender de suas paixões e de suas ações irrefletidas, quando elas têm para ele consequências incômodas, e a sentir vergonha de seus vícios e de suas fraquezas – em poucas palavras, a se condenar por ter falhado naquilo que devia a si mesmo. Embora sozinho, um ser inteligente deve amar a ordem e odiar a desordem, cujo cenário se encontra dentro dele. Ele deve ficar inquieto sempre que as suas funções orgânicas são perturbadas; ele deve experimentar sentimentos de temor; ele se ressente contra si mesmo quando suspeita de que suas forças e suas faculdades não são capazes de lhe fornecer os bens a que ele se propõe, ou de afastar os males pelos quais ele está ameaçado. No entanto, o homem sozinho se congratula quando tudo nele transcorre em ordem, quando suas faculdades o servem conforme a sua vontade, quando suas forças, sua habilidade e sua engenhosidade correspondem às suas intenções ou o colocam em condição de obter o bem-estar e de rechaçar os perigos que poderiam se apresentar.

Essas reflexões nos provam claramente que o homem considerado isolado, ou, se preferirem, no estado de natureza, deve ser racional, consultar a experiência, suspender as ações cujos efeitos lhe pareçam incertos, recusar os prazeres seguidos de dores e reprimir as suas paixões desordenadas. Ainda que estivesse completamente sozinho no mundo, essa solidão absoluta não o dispensaria de maneira alguma de viver de maneira conforme à sua natureza. As qualidades que são chamadas de força, prudência, moderação e temperança são tão necessárias ao homem somente enquanto estiver em sociedade. Recusando-se a se submeter aos seus deveres, o homem isolado será punido por isso; ele se verá debilitado e doente, será incapaz de desfrutar dos prazeres que deseja, terá desgosto pelo seu ser e não terá senão uma existência incômoda, pela qual será forçado a acusar a sua própria loucura. Vivendo em contínuas inquietações, a vida não será para ele senão um fardo difícil de suportar.

Embora o estado de natureza, ou do homem totalmente privado de relações com os seus semelhantes, seja puramente ideal, todo mundo às vezes se encontra por algum tempo em completa solidão, durante a qual não há outra testemunha além de si mesmo. Então é possível aplicar à sua conduta os princípios que acabam de ser expostos. Eles lhe ensinarão a se respeitar e se temer, a conter as suas paixões e a não se permitir algumas ações das quais teria motivo de se arrepender; e a nem mesmo se entregar a alguns pensamentos desonestos que poderiam inflamar sua imaginação – em poucas palavras, a se abster daquilo que poderia obrigá-lo a se envergonhar, diante de seus próprios olhos, de sua imprudência ou de sua fraqueza.

Capítulo II – Da sociedade, dos deveres do homem social

Não é senão por abstração que o homem pode ser considerado em um estado de solidão ou privado de todas as relações com os seres de sua espécie. Aquilo que se chama *estado de natureza* seria um estado contrário à natureza, quer dizer, oposto à tendência das faculdades do homem, nocivo à sua conservação, oposto ao bem-estar que está em sua natureza desejar constantemente. Todo homem é fruto de uma associação formada pela união de seu pai e sua mãe, sem cujo auxílio ele jamais teria podido se conservar. Nascido na sociedade, rodeado de seres úteis e necessários à sua conservação, aos seus prazeres, à sua felicidade, seria contra a sua natureza querer renunciar a um estado do qual ele sente a todo instante a necessidade, e que ele não poderia dispensar sem se tornar infeliz.

Quando dizem que o homem é um ser *sociável*, indicam assim que sua natureza, suas necessidades, seus desejos e seus hábitos o obrigam a viver em sociedade com os seres semelhantes a ele, a fim de se proteger com o auxílio deles dos males que teme e obter os bens necessários à sua própria felicidade.

Uma sociedade é o conjunto de diversos seres da espécie humana reunidos com a intenção de trabalhar em colaboração para a sua felicidade mútua. Toda sociedade supõe invariavelmente esse objetivo. Seria contrário à natureza que alguns seres incessantemente animados pelo desejo de se tornar e se conservar felizes se aproximassem ou se unissem uns aos outros para trabalhar para a sua destruição ou para a sua infelicidade recíproca. A partir do momento em que dois seres se associam, deve-se concluir que eles têm necessidade um do outro para obter algum bem que desejam em comum. Assim, a felicidade comum dos associados é a finalidade necessária de toda sociedade composta de seres inteligentes e racionais.

O gênero humano, em seu conjunto, não passa de uma vasta sociedade composta de todos os seres da espécie humana. As diferentes nações não devem ser consideradas senão como indivíduos dessa sociedade geral. Os diversos povos que vemos ao redor do globo são sociedades particulares, distintas das outras pelos nomes das regiões que elas habitam. Se elas tivessem mais razão, em vez de se combaterem e se destruírem, deveriam cooperar para se tornar reciprocamente felizes. Em cada nação, uma cidade ou uma aldeia constitui uma sociedade particular, composta por certo número de famílias e de cidadãos igualmente interessados no bem-estar dessa associação particular e na conservação da nação da qual fazem parte. Uma família é uma sociedade ainda mais particular, composta de um número mais ou menos considerável de indivíduos descendentes do mesmo tronco e distintos pelo nome daqueles que têm origem diferente. O casamento é uma sociedade formada pelo homem e pela mulher para trabalhar por suas necessidades e sua felicidade mútua. A amizade é uma associação de diversos homens que se julgam capazes de contribuir para a sua felicidade recíproca. As reuniões duradouras ou passageiras daqueles que se associam para algumas empreitadas, para o comércio etc., não têm e não podem ter como finalidade senão a união de suas forças em comum a fim de obter algumas vantagens em comum.

Em poucas palavras, logo que diversos indivíduos se reúnem com a intenção de obter um fim comum, eles formam uma sociedade. As associações entre os diferentes povos e seus chefes se chamam *alianças*. Elas têm como objetivo sua defesa, sua conservação e seus interesses recíprocos – enfim, algumas vantagens que eles sozinhos não poderiam obter.

O conhecimento dos deveres do homem para consigo mesmo o conduz diretamente à descoberta daquilo que ele deve aos seus semelhantes, aos seus associados. Independentemente da variedade que se encontre entre os indivíduos dos quais o gênero humano é composto, todos são unânimes – como já se viu – em buscar o prazer e em fugir da dor. A menor reflexão deveria, portanto, ensinar a cada um deles aquilo que ele deve a alguns seres organizados, conformados, sensíveis como ele, cuja assistência, afeição, estima e benevolência são necessárias à sua própria felicidade em todos os momentos da sua vida. Assim, cada homem em sociedade deveria dizer para si mesmo: "Eu sou homem, e os homens que me cercam são seres como eu. Eu sou sensível, e tudo me prova que os outros são, como eu, suscetíveis de sentir o prazer e a dor. Eu busco um e temo a outra; portanto, alguns seres semelhantes a mim sentem os mesmos desejos e os mesmos temores. Eu odeio aqueles que me fazem mal ou que colocam obstáculos à minha felicidade; portanto, eu me torno um objeto desagradável para todos aqueles que têm os seus desejos contrariados pelas minhas vontades ou pelas minhas ações. Eu amo aqueles que contribuem para a minha própria felicidade; estimo aqueles que me proporcionam uma existência agradável e estou pronto a fazer tudo por eles. Portanto, para ser querido, estimado e considerado por alguns seres que se parecem comigo, eu devo contribuir para o bem-estar deles, para a sua utilidade".

É em algumas reflexões tão simples e tão naturais que toda moral deve se fundamentar. Que o homem examine aquilo que ele é, aquilo que ele deseja, e descobrirá que a natureza lhe indica aquilo que ele deve fazer para merecer a afeição dos outros, e que esta natureza o conduz à virtude.

Capítulo III – Da virtude em geral

A virtude em geral é uma disposição ou vontade habitual e permanente de contribuir para a felicidade constante dos seres com os quais vivemos em sociedade. Essa disposição só pode ser solidamente fundamentada na experiência, na reflexão e na verdade, com a ajuda das quais nós conhecemos os nossos verdadeiros interesses e os interesses daqueles com quem temos relações. Sem experiências verdadeiras, agimos ao acaso e sem regra, confundimos o bem com o mal, podemos prejudicar a nós mesmos e aos outros, mesmo acreditando fazer o bem. A virtude não consiste em alguns movimentos passageiros que nos conduzem ao bem, mas em algumas disposições sólidas e permanentes[13]. Proporcionar aos homens alguns prazeres frívolos e passageiros, mas logo

---

13. "Acho" – diz Montaigne – "que existem muitas distinções a serem feitas entre os impulsos e repentes da alma e um hábito constante e resoluto" (*Ensaios*, livro II, cap. 29).

seguidos de lástimas ou de sofrimentos duradouros, não é, de maneira alguma, virtuoso.

Não existe nenhuma virtude em favorecer os homens em seus vícios, seus preconceitos, suas opiniões falsas e suas inclinações desregradas. A virtude deve ser esclarecida e se propor ao bem duradouro da espécie humana. A virtude deve ser amada porque ela é útil à sociedade e a cada um de seus membros. Aquilo que é verdadeiramente útil é aquilo que proporciona o tempo todo a maior soma de felicidade.

Essa disposição chamada de *virtude* deve ser habitual ou permanente no homem. Um homem não é virtuoso por ter feito algumas ações úteis aos outros homens; ele só merece essa nomeação quando o hábito incita constantemente nele o amor pelas ações conformes ao bem-estar dos outros homens, ou o ódio por aquelas que podem lhes prejudicar. Esse hábito, adquirido desde cedo, identifica-se com o homem de bem e o dispõe o tempo todo a fazer aquilo que é vantajoso e a se abster daquilo que pode ser contrário à felicidade alheia.

Entretanto, o homem virtuoso pode algumas vezes ser enganado ou seduzido pelo primeiro aspecto das coisas. Porém, acostumado a refletir sobre as consequências de suas ações, ele é logo contido pelo temor dos efeitos, que, tornando-se habitual nele, o detém e o impede de consentir na sedução das paixões e da imaginação, das quais ele sabe que deve desconfiar. Sem deixar de ser virtuoso, um homem pode desejar o prazer; mas a razão logo lhe chama de volta ao seu dever mostrando-lhe as consequências das ações que ele cometeria para obtê-lo. A virtude supõe reflexão, experiência, temor e moderação. O homem de bem é um homem que calcula, combina com justeza, observa a si mesmo, teme desagradar; o malvado é um homem que se deixa arrastar e não raciocina de maneira alguma sobre a própria conduta. "A incerteza e a vertigem", diz Juvenal, "foram sempre o caráter do perverso[14]."

É com razão, pois, que Sêneca nos diz que "a virtude é uma arte que precisa ser aprendida"[15]. Ela é evidentemente o fruto, infelizmente muito raro, da experiência e da reflexão. É voltando-se para dentro de si mesmo que se consegue aprendê-la, familiarizar-se com ela, identificá-la; é à força de exercício que se adquire o seu hábito; é pesando as vantagens que ela proporciona, é saboreando as suas doçuras, é contemplando os sentimentos desejáveis que ela desperta naqueles que sentem as suas influências, que se aprende a amá-la. Depois de ter conhecido o seu mérito e o seu valor, achamo-nos bastante fortes para resistir a alguns interesses fúteis, a alguns prazeres desprezíveis, quando comparados às vantagens constantes da virtude.

Quando se diz que *a virtude é a sua própria recompensa*, indica-se que todo homem que a pratica é feito para usufruir da ternura, estima, consideração e glória – em suma, de um

---
14. "*Mobilis et varia est ferme natura malorum*" (*Sátiras*, XII, 236).
15. "*Discenda est virtus, ars est bonum fieri*" (Epístola LXXXVIII).

bem-estar necessariamente ligado a uma conduta conforme ao bem da sociedade. Aquele que faz a felicidade daqueles com os quais se relaciona adquire alguns direitos sobre a sua afeição e se coloca no direito de se estimar, se aplaudir, gozar das doçuras de uma boa consciência, que muitas vezes o compensa da ingratidão dos homens.

Alguns moralistas nos representam a virtude como penosa, como um sacrifício contínuo de nossos interesses mais caros, como um ódio implacável aos prazeres que a natureza nos leva a desejar, como um combate fatigante contra as nossas paixões e nossas inclinações mais doces. Porém, não é nos tornando inimigos de nós mesmos que poderemos nos tornar amigos da virtude. Ela não ordena que renunciemos aos prazeres, ela nos diz para selecioná-los e usá-los com sabedoria. Ela não nos proíbe de desfrutar dos benefícios da natureza, mas nos diz para não nos entregarmos a eles cegamente e para não fundamentarmos neles a nossa felicidade permanente. Ela não nos ordena o sacrifício impossível de todas as nossas paixões, ela nos prescreve que conheçamos bem os objetos que devemos amar e que sacrifiquemos a eles as paixões irrefletidas por alguns objetos que não nos dariam senão alguns gozos momentâneos, seguidos de longas lástimas.

Em poucas palavras, a virtude não é de maneira alguma contrária às inclinações de nossa natureza; ela é – como diz Cícero – *a natureza aperfeiçoada*[16]. Ela não é nada austera e feroz; ela não é de maneira alguma um entusiasmo fanático; ela é um doce hábito de encontrar um prazer constante e puro no uso de nossa razão, que nos ensina a saborear o bem-estar que espalhamos sobre os outros.

Não, a verdadeira virtude não consiste em uma renúncia total ao amor por si, em um desprendimento ideal de qualquer interesse, em um desprezo exagerado por aquilo que os homens desejam. Ela consiste em se amar verdadeiramente, em situar seu interesse em objetos elogiáveis, em não fazer senão as ações das quais possam resultar a estima, a afeição, a consideração e a glória reais, em obter por vias seguras aquilo que os homens querem obter por caminhos incertos e falsos. Será a afeição de vossos concidadãos que buscais? É lhes fazendo o bem que podereis merecê-la. Será a glória que constitui o objeto de vossos desejos? Ela não pode ser senão o salário de vossas ações universalmente úteis. Será o poder que a vossa ambição exige? Será que existe um poder mais doce e mais seguro do que aquele que os vossos benefícios vos farão exercer sobre os vossos semelhantes? Será o contentamento interior que o vosso coração deseja? Estais seguro de desfrutar dele através da virtude; só ela vos dará o justo direito de vos aplaudirdes, ainda que a injustiça dos homens vos privasse das homenagens que havereis merecido.

---

16. "*Est autem nihil aliud virtus quam in se perfecta et ad summum perducta natura*" (Cícero, *De legibus*, livro I, cap. VIII).

Assim, não acreditamos que a virtude seja um sacrifício cruel de seus interesses. Ninguém sabe melhor como é preciso se amar do que o homem que a pratica. O que será, com efeito, que mais desejamos nesse mundo, senão nos fazer querer, estimar, honrar e respeitar pelos outros, fazer que os outros tenham uma boa opinião sobre nós e desfrutar constantemente de uma satisfação interior que nada pode arrebatar? A virtude fornece todas essas vantagens. Ela é o mais seguro meio de conquistar os corações, alcançar a consideração, adquirir a superioridade, exercer sobre os outros homens um poder que eles aprovem.

A verdadeira honra é, como veremos, o direito que a virtude nos dá à estima de nossos semelhantes. O mérito é geralmente a reunião das qualidades úteis ou louváveis, ou às quais se dá valor na sociedade. A superioridade de um homem sobre outro não pode ser fundamentada senão nas vantagens mais marcantes que ele faz o outro desfrutar. A autoridade legítima, ou seja, reconhecida por aqueles sobre quem ela é exercida, não pode ter como base senão o bem que ela lhes faz sentir. A verdadeira glória não pode ser, aos olhos de um ser racional, senão o reconhecimento público, a admiração geral, incitados por algumas ações, talentos e disposições universalmente úteis ao gênero humano.

Tais são as recompensas que a sociedade, por seu próprio interesse, deve outorgar à virtude. Quando, cega pela ignorância, ela lhe recusa a sua paga; quando as suas ideias falsas a tornam insensível ao mérito; quando o governo, em vez de incentivar os cidadãos a se ocuparem do bem público ou da felicidade da qual eles são feitos para gozar em comum, não mostra pela virtude senão ódio e desdém, a sociedade não tarda a ser punida pela sua injustiça e pela sua loucura. As virtudes necessárias à ordem, à harmonia social, à concórdia e à paz desaparecem. Os laços da sociedade se afrouxam ou se rompem. Os interesses particulares fazem esquecer o interesse geral. Os cidadãos se dividem e o mundo se torna a arena dos combates contínuos a que se entregam os vícios e as paixões dos homens.

A virtude só é tão rara porque a loucura dos homens quase sempre a priva das recompensas a que ela tem o direito de almejar. As sociedades, assim como os indivíduos, entregues a erros funestos, desconhecem os seus interesses, têm ideias falsas da honra, da glória e do bem-estar, e prestam suas homenagens a alguns objetos fúteis e muitas vezes aos crimes mais nocivos. É assim que, para muitos povos da Terra, a equidade é totalmente ignorada; a força se confunde com o direito; a autoridade é o quinhão não dos benefícios, mas da violência; a glória está ligada a alguns atentados contra o gênero humano e a ideia de honra a algumas ações ferozes e cruéis; a ideia de superioridade se acha ligada, em todos os espíritos, a algumas vaidades, a algumas distinções pueris das quais não resulta nenhum bem para a sociedade.

Por falta de razão e de luzes, os homens, na sua maioria, ignoram o que é a virtude e prostituem seu respeitável nome atribuindo-o às disposições mais contrárias à felicidade do gênero humano. Nações inteiras não têm considerado virtude por excelência o valor guerreiro, essa qualidade bárbara que tantas vezes põe as sociedades em lágrimas?

Para amar a virtude, é preciso formar sobre ela ideias verdadeiras; é preciso ter meditado sobre os seus efeitos; é preciso conhecer as suas vantagens constantes; é preciso ter sentido sua influência necessária sobre a felicidade geral das sociedades e sobre a felicidade particular dos indivíduos. O amor pela virtude não é senão o amor pela ordem, pela concórdia, pela felicidade pública e privada. Não existe nenhuma sociedade que não tenha necessidade de virtudes para se conservar e para desfrutar dos benefícios da natureza. Não existe nenhuma família que não encontre na virtude a doçura, o consolo e a força. Não existe nenhum indivíduo que não tenha o máximo interesse em experimentar os efeitos da virtude e em mostrar algumas virtudes para os outros. Sob qualquer ponto de vista que se considere, a ideia de virtude está necessariamente ligada à de utilidade, bem-estar, contentamento e paz. No meio da sociedade mais insensata, o homem de bem, muitas vezes forçado a gemer com a depravação pública da qual é vítima, se consola voltando-se para dentro de si mesmo, congratula-se por encontrar em seu coração uma alegria pura, um contentamento sólido, o direito de almejar a ternura e a estima daqueles sobre quem sua sorte lhe permite influir. Eis o que constitui o repouso da *boa consciência*, que nada mais é que a segurança de merecer a afeição e a estima dos seres com quem se vive, e que a ideia da sua própria superioridade sobre os perversos que se vê serem atormentados por seus vícios e joguetes contínuos de suas tristes loucuras.

O que acaba de ser dito prova que somente o homem virtuoso pode ser considerado o homem verdadeiramente *sociável*, ou seja, como um membro que contribui de boa-fé para o objetivo que toda sociedade se propõe. Examinemos detalhadamente as virtudes sociais ou as disposições que a experiência nos mostra como as mais capazes de fazer que as nações, assim como os cidadãos, obtenham uma felicidade permanente.

Capítulo IV – Da justiça

A moral, propriamente falando, não tem senão uma única virtude a propor aos homens[17]. O único dever do ser sociável é ser justo. A justiça é a virtude por excelência; ela serve de base para todas as outras. Podemos definir a virtude como uma vontade ou disposição habitual e permanente de manter os homens no gozo de seus direitos e de fazer por eles tudo aquilo que gostaríamos que eles fizessem por nós.

Os *direitos* dos homens consistem no livre uso de suas vontades e de suas faculdades para obter os objetos necessá-

---

17. Segundo Plutarco, o filósofo Menêdemo afirmava que não havia nenhuma diferença real entre as virtudes e que existia apenas uma que era designada por diversos nomes. Ele dizia que era sempre a mesma virtude que ora era chamada de justiça, ora de prudência, ora de temperança (cf. Plutarco, *Da virtude moral*).

rios à sua felicidade. No estado de natureza, o homem isolado tem direito de adotar todos os meios que ele julga adequados para se conservar e obter o seu bem-estar; ele não faz mal a ninguém. No entanto, como já vimos, mesmo nesse estado os direitos do homem são limitados pela razão, que lhe prescreve para não fazer das suas faculdades senão um uso adequado à sua conservação e à sua verdadeira felicidade. Nenhum homem, sem loucura ou sem um desarranjo total de seu organismo, pode exercer o direito de se causar dano ou de se destruir. Todo ser inteligente e racional deve, portanto, justiça a si mesmo; seus direitos, com relação a isso, estão fixados pela natureza. Causar dano a si mesmo por vontade própria não seria usar dos seus direitos ou da sua liberdade, seria abusar deles.

No estado de sociedade, os direitos dos homens ou a liberdade de agir são limitados pela justiça, que lhes mostra que eles não devem agir senão de uma maneira conforme ao bem-estar da sociedade, feita para interessá-los, porque eles são os membros dela. Todo homem que vive em sociedade seria injusto se o exercício dos seus próprios direitos ou da sua liberdade prejudicasse os direitos, a liberdade e o bem-estar daqueles com os quais ele se encontra associado. Assim, os direitos do homem em sociedade consistem em um uso da sua liberdade adequado à justiça que ele deve aos seus associados.

A justiça de modo algum rouba do homem a liberdade ou a faculdade de trabalhar pela própria felicidade. Ela apenas o impede de exercer esse poder de maneira prejudicial aos direitos de todos aqueles que a sociedade deve manter. Isso posto, a liberdade do homem na vida social é o direito que todo cidadão pode exercer sem causar prejuízo aos seus associados. Todo uso do poder que prejudica os outros é injusto e se chama *abuso*. Todo homem, quase sempre não consultando senão o próprio interesse, as próprias paixões e os próprios desejos desregrados, pode ser injusto, ignorar os direitos dos outros e lhes fazer o mal. Assim, para o bem de todos, a sociedade o obriga a respeitar a justiça para com seus associados. Ela regula a sua conduta para torná-la conforme ao interesse geral.

É pelas *leis* que a sociedade pode regular as ações de seus membros e impedi-los de se prejudicarem reciprocamente. As leis são as vontades da sociedade, ou as regras de conduta que ela prescreve a cada um de seus membros para obrigá-los a cumprir entre si os deveres que a justiça lhes impõe, ou para impedi-los de perturbar uns aos outros no uso de seus direitos.

As leis são justas quando mantêm cada membro da sociedade em seus direitos; quando o preservam de qualquer violência; quando proporcionam a cada um o gozo de sua pessoa e dos bens necessários à própria conservação e felicidade. São esses os objetos que a sociedade deve assegurar igualmente a todos os seus membros. Sua autoridade sobre eles não tem por base senão as vantagens que ela lhes proporciona. Essa autoridade é justa quando está em conformidade com o objetivo da sociedade, ou seja, quando contribui para a felicidade que deve aos seus membros.

Capítulo V – Da autoridade

A autoridade é o poder de regular as ações dos homens. Toda sociedade, para o bem de seus membros, deve exercer seu poder sobre eles. Sem isso, suas paixões discordantes, suas vontades e seus caprichos injustos e seus interesses diversos perturbariam a todo momento a tranquilidade pública e a felicidade particular das famílias e dos cidadãos. Os homens vivem em sociedade visando o seu bem-estar. Cada um deles encontra na vida social uma segurança, algumas vantagens, auxílios e prazeres dos quais estaria privado se vivesse separado. Consequentemente, cada membro de uma família, de uma corporação ou de uma associação qualquer é forçado a depender da sociedade em geral.

Depender de alguém é ter necessidade dele para se conservar e se tornar feliz. A necessidade é o princípio e o motivo da vida social. Nós dependemos daqueles que nos proporcionam alguns bens que seríamos incapazes de obter por nós mesmos. A autoridade dos pais e a dependência dos filhos têm como princípio a contínua necessidade desses últimos da experiência, dos conselhos, dos auxílios, dos benefícios e da proteção de seus pais, para obter algumas vantagens que eles são incapazes de conseguir. É nesses mesmos motivos que se fundamenta a autoridade da sociedade e de suas leis que, para o bem geral, devem comandar a todos.

A diversidade e a desigualdade que a natureza pôs entre os homens conferem uma superioridade natural àqueles que ultrapassam os outros pelas forças do corpo, pelos talentos do espírito, por uma grande experiência, por uma razão mais esclarecida ou por algumas virtudes e qualidades úteis à sociedade. É justo que aquele que é capaz de fazer que os outros desfrutem de grandes benefícios seja preferido àquele que não lhes serve para nada. A natureza não submete os homens a outros homens a não ser pelas necessidades que ela lhes dá e que eles não podem satisfazer sem o auxílio alheio.

Toda superioridade, para ser justa, deve estar fundamentada nas vantagens reais das quais se faz que os outros homens desfrutem. Eis aí as legítimas razões da soberania, da grandeza, das riquezas, da nobreza e de toda espécie de poder. Eis aí a fonte racional das distinções e das diversas posições que se estabelecem em uma sociedade. A obediência e a subordinação consistem em submeter nossas ações à vontade daqueles que julgamos capazes de proporcionar os bens que desejamos ou de nos privar deles. A esperança de algum bem ou o temor de algum mal são os motivos da obediência do súdito a seu príncipe, do respeito dos cidadãos por seus magistrados, da deferência do povo pelas pessoas importantes, da dependência dos pobres com relação aos ricos e aos poderosos etc.

Porém, se a justiça aprova a preferência ou a superioridade que os homens concedem àqueles que são mais úteis a seu bem-estar, a justiça deixa de aprovar essa preferência logo que esses homens superiores abusam da sua autoridade para causar dano. A justiça é chamada de *equidade* porque, não obstante a desigualdade natural entre os homens, ela quer que se respeitem igualmente os direitos de todos e proíbe que os mais fortes se prevaleçam de suas forças contra os mais fracos.

De acordo com esses princípios, vê-se que a sociedade, ou aqueles que ela escolheu para anunciar suas leis, exerce uma autoridade que deve ser reconhecida por todos aqueles que desfrutam das vantagens da sociedade. Se as leis são justas, ou seja, conformes à utilidade geral e ao bem dos seres associados, elas obrigam a todos igualmente e punem muito justamente aqueles que as violam. Punir alguém é causar-lhe mal, é privá-lo das vantagens de que ele desfruta e das quais ele teria continuado a desfrutar se tivesse seguido as regras da justiça indicadas pela prudência da sociedade.

Destinada a conservar os direitos dos homens e a protegê-los de suas paixões mútuas, a lei deve punir aqueles que se mostram rebeldes às vontades gerais. Ela pode privar do bem-estar e reprimir aqueles que perturbam a felicidade pública, a fim de conter pelo temor aqueles que são impedidos pelas suas paixões de ouvir a voz pública e que se recusam a cumprir os compromissos do *pacto social*.

Capítulo VI – Do pacto social

Esse pacto é a soma das condições tácitas ou expressas sob as quais cada membro de uma sociedade se compromete com os outros a contribuir para o seu bem-estar e a respeitar com relação a eles os deveres da justiça. Em poucas palavras, o pacto social é a soma dos deveres que a vida social impõe àqueles que vivem juntos para a sua vantagem comum.

Ao se reunirem para a sua felicidade mútua, os homens, pelo próprio objetivo a que eles se propõem, têm evidentemente o compromisso e a necessidade de seguir o caminho capaz de conduzi-los a ele. Quer esses compromissos tenham sido escritos, expressos, publicados ou não, eles são sempre os mesmos. É fácil conhecê-los, eles são indispensáveis e sagrados, fundamentados na necessidade de empregar os meios apropriados para alcançar o objetivo que se propõe ao viver com outros homens.

Basta viver em sociedade para estar obrigado a cooperar com o objetivo da sociedade ou para estar comprometido, mesmo sem uma declaração formal, a servir – segundo os seus talentos e as suas forças –, a socorrer e defender seus associados; a respeitar seus direitos, se conformar à justiça e se submeter às leis apropriadas para manter a ordem necessária à conservação do conjunto.

Em troca, a sociedade inteira, ou os depositários de sua autoridade, acham-se natural e necessariamente comprometidos a socorrer, defender, proteger e conservar em seus justos direitos aquele que, com essa garantia, se obriga a cumprir fielmente os deveres da vida social.

Em consequência desses compromissos naturais e recíprocos, cada membro adquire alguns direitos sobre a sociedade, quer dizer, pode esperar que a obediência que ele lhe demonstra, que a afeição que ele tem por ela e que os serviços que ele lhe presta sejam pagos com algumas vantagens, tais como a proteção, a segurança pessoal e de seus bens e a porção de felicidade que a vida social coloca em condições de desfrutar. Cada membro da sociedade está no direito de exigir um bem-estar maior do que aquele de que desfrutaria se vivesse isolado. A sociedade não pode, sem injustiça, privá-lo desse direito. Sem isso, ela contrariaria o seu objetivo, prejudicaria a sua própria conservação, ela nada mais faria que reunir alguns seres injustos, animados por interesses pessoais, cujas paixões estariam continuamente em guerra com o bem público.

O amor sincero pela pátria não pode ser, nos cidadãos, senão o efeito das vantagens que a pátria lhes proporciona. Uma sociedade sem justiça, ou governada por leis iníquas e parciais, convida todos os seus membros à injustiça e à perversidade ou os torna indiferentes aos interesses dos outros.

Pela imprudência e pela insensatez dos povos e daqueles que os governam, os homens são quase sempre guiados por leis injustas, usos perversos, opiniões errôneas e preconceitos capazes de aniquilar a felicidade pública. Acorrentadas por costumes ou hábitos pouco racionais, as nações se acham infelizes e se enchem de maus cidadãos, permanentemente ocupados em prejudicar uns aos outros aberta ou ocultamente por alguns interesses particulares sempre opostos ao interesse geral.

A reunião dos interesses particulares com o interesse geral não pode ser senão o efeito de uma sociedade fiel em cumprir os compromissos do pacto social. Leis imparciais obrigariam todos os cidadãos a respeitar as leis da justiça; e todo homem racional se encontraria na necessidade de ser virtuoso, ou seja, teria a disposição habitual de respeitar os direitos de seus semelhantes.

É na balança da equidade que se deve pesar as leis, os costumes e as instituições humanas. Para distinguir o bem do mal, o útil do nocivo, o justo do injusto, é preciso experiência e razão. Por falta de refletir, os homens, em sua maioria, consideram justo tudo aquilo que as leis ou os usos ordenam ou permitem e consideram injusto aquilo que eles proíbem. Semelhantes princípios são feitos para confundir, obscurecer e aniquilar todas as ideias sobre a justiça natural.

Aquilo que as leis ou os usos de um povo permitem é chamado de *lícito*, e aquilo que eles proíbem é chamado de *ilícito*. Aquilo que é lícito ou permitido pela lei ou pelo uso pode ser algumas vezes muito injusto. Entre os lacedemônios, o furto ou o roubo realizado com astúcia era permitido ou lícito, sem ser, por isso, uma ação justa. A menor reflexão nos prova que é danoso para os direitos dos homens arrebatar-lhes alguns bens dos quais a sociedade deve ser fiadora. Em uma associação de bandoleiros, tal como a dos romanos – esses conquistadores do mundo e esses flagelos do gênero humano –, o roubo, o assassinato e a violência, exercidos contra os outros povos, eram ações não somente permitidas, mas também aprovadas e louvadas como virtudes.

Portanto, não é a vontade muitas vezes insensata de um povo, não são os seus interesses particulares, não são as suas leis e os seus usos que tornam justo aquilo que não o é por sua natureza. Não há nada de verdadeiramente justo a não ser aquilo que está em conformidade com os direitos do gênero humano. A violência e a conquista podem estar em conformidade com os interesses de um povo ambicioso; aqueles que contentam suas paixões podem ser aos seus olhos personagens estimáveis e virtuosos. Porém, tal povo não passa de um amontoado de malfeitores e assassinos, para qualquer um que tenha ideias sãs sobre o direito das gentes, insolentemente violado por uma nação inimiga de todas as outras. O interesse permanente do homem em geral, do gênero humano, da grande sociedade do mundo, quer que um povo respeite os direitos de outro povo, do mesmo modo que o interesse geral de toda sociedade particular quer que cada um dos membros respeite os direitos de seus associados.

Nada pode dispensar os homens de serem justos. A justiça é necessária a todos os habitantes da Terra. Ela é a pedra angular de toda associação. Sem ela, não pode haver sociedade. Sua finalidade nada mais é que proteger os homens de suas injustiças mútuas. O governo e as leis não podem ter como objetivo legítimo senão convidar e forçar os cidadãos a viverem juntos segundo as regras da justiça. A política não pode ser senão as regras imutáveis da justiça, fortalecidas pelas recompensas e pelos castigos da sociedade. Obrigar os homens a serem justos é obrigá-los a serem humanos, benfazejos, pacíficos e sociáveis; é forçá-los a trabalhar pelo bem-estar de seus semelhantes a fim de adquirirem justos direitos à afeição, à benevolência, à assistência, à estima e à proteção dos outros.

Ser justo é cumprir fielmente os deveres que prescreve a vida social; é sentir o interesse que temos em merecer, da parte dos nossos associados, os sentimentos e as disposições que reconhecemos como úteis à nossa felicidade, em todas as posições onde possamos nos encontrar. A justiça ensina o homem a reprimir suas paixões, porque ela lhe mostra que, não lhes opondo nenhuma resistência, ele desencadearia contra si o ódio e as paixões dos outros. A justiça faz que o homem respeite a boa-fé nos tratados, modere seu amor-próprio, julgue a si mesmo imparcialmente, não se aproprie senão daquilo que lhe é devido e entregue aos outros aquilo que eles podem exigir. O homem que se julga assim contém os arroubos do orgulho, da vaidade, da inveja e do ciúme, que produzem a todo momento tantas divisões na Terra. Avaliar a si mesmo, pôr-se em seu lugar na sociedade, mostrar atenção, polidez e indulgência para com todos os homens; manifestar deferência, consideração e respeito por aqueles que desfrutam da superioridade sobre nós por causa das vantagens que eles proporcionam à sociedade, mostrar reconhecimento por aqueles de quem recebemos alguns benefícios e fazer o bem aos outros homens para merecer o seu amor não são evidentemente senão atos de justiça.

Nunca é demais insistir sobre as vantagens que a justiça proporciona aos homens, nem é demais repetir-lhes que essa virtude é suficiente para torná-los felizes[18], e que a sua ausência é a causa imediata de todo o mal moral. Por falta de conhecer as vantagens da equidade, os governos, destinados a manter a justiça, degeneram em despotismo e tirania. Por terem ignorado os direitos da equidade, os povos, em todos os tempos, destruíram uns aos outros por meio de guerras fatais, cujo objetivo foi comumente a ambição, as pretensões injustas e a avidez de alguns soberanos. Por falta de sentirem os deveres da equidade, na maioria das nações os poderosos oprimem os fracos e querem desfrutar, com a exclusão dos outros cidadãos, dos direitos que a justiça consigna a todos igualmente. É a injustiça que transforma tantas vezes os pais de família, os esposos, os patrões, os ricos e os poderosos em tiranos detestáveis que, no entanto, têm a coragem de almejar a afeição, a submissão e as homenagens sinceras daqueles que eles tornam continuamente infelizes.

Portanto, a justiça é evidentemente a base de todas as virtudes, a fonte comum de onde elas emanam, o centro em

---

18. "O justo" – diz Epicuro – "é o único de todos os homens que pode viver sem perturbação e sem desordem. O injusto, ao contrário, está sempre no temor e na agitação" [*Justus a perturbationibus maxime liber est; injustus autem a plurimis perturbationibus obsidetur*] (cf. Diógenes Laércio, *Vidas e doutrinas dos filósofos ilustres*, livro X, § 120).

que elas vêm se encontrar. Essa virtude encerra todas as virtudes morais ou sociais. A probidade, a integridade, a boa-fé, a fidelidade, a humanidade, a beneficência, o reconhecimento etc. não são, como logo veremos, senão disposições fundamentadas na justiça – ou, antes, elas não são senão a própria justiça, considerada sob diferentes pontos de vista. Assim, não peçamos aos homens senão para serem justos, e eles logo terão todas as qualidades necessárias para tornar a sociedade constantemente agradável e afortunada. O homem justo é o único que pode ser considerado o ser sociável por excelência.

Capítulo VII – Da humanidade

A humanidade é a afeição que devemos aos seres de nossa espécie como membros da sociedade universal, aos quais, por conseguinte, a justiça quer que mostremos benevolência e que demos os auxílios que exigimos para nós mesmos. Ter humanidade, como o próprio nome indica, é conhecer aquilo que todo homem, nessa qualidade, deve a todos os seres de sua espécie; eis a virtude do homem por essência[19].

Um ser sensível que ama o prazer e que foge da dor, que deseja ser socorrido em suas necessidades, que ama a

---

19. Sêneca diz que a virtude constitui o homem ("*Virtus virum facit*"). Com efeito, a palavra latina *virtus*, da qual derivou a palavra *virtude*, vem de *vir*, indica uma qualidade essencialmente própria do homem e poderia ser traduzida por *humanidade*. De onde se vê que a palavra *virtus*, tão indignamente aplicada pelos romanos ao valor guerreiro, era diretamente oposta ao seu verdadeiro sentido.

si mesmo e quer ser amado pelos outros, por pouco que reflita reconhecerá que os outros são homens como ele, têm os mesmos desejos, as mesmas necessidades. Essa analogia ou conformidade lhe mostra o interesse que ele deve ter por todo ser que é seu semelhante, seus deveres para com ele, aquilo que ele deve fazer pela sua felicidade e as coisas das quais a equidade lhe ordena que se abstenha em relação a ele.

A justiça ordena que eu mostre benevolência com todo homem que se apresente diante dos meus olhos, porque eu exijo sentimentos de bondade dos seres mais desconhecidos entre os quais a sorte pode me lançar. O chinês, o maometano e o tártaro têm direito à minha justiça, à minha assistência, à minha humanidade, porque, como homem, eu exigiria a ajuda deles se me visse transplantado para as suas terras.

Assim, a humanidade, fundamentada na equidade, condena antipatias nacionais, ódios religiosos, preconceitos odiosos que fecham o coração do homem para seus semelhantes. Ela condena essa afeição restrita que não se volta senão para alguns homens conhecidos. Ela proscreve essa afeição exclusiva pelos membros de uma mesma sociedade, pelos cidadãos de uma mesma nação, pelos membros de uma mesma corporação, pelos adeptos de uma mesma seita. O homem verdadeiramente humano e justo é feito para se interessar pela felicidade e pela infelicidade de todo o ser de sua espécie. Uma alma verdadeiramente grande abarca, em sua afeição, o gênero humano por inteiro, e desejaria ver todos os homens felizes[20].

Assim, não escutemos as conversas vãs daqueles que afirmam que amar todos os homens seja algo impossível e que o amor pelo gênero humano – tão elogiado por alguns sábios – é um pretexto para não amar ninguém. Amar os homens é desejar o seu bem-estar; é ter a vontade de contribuir com ele na medida das nossas possibilidades. Ter humanidade é estar habitualmente disposto a mostrar benevolência e equidade a qualquer um que se encontre na condição de ter necessidade de nós. Existem, sem dúvida, em nossas afeições, alguns graus fixados pela justiça. Nós devemos mais amor aos nossos pais, aos nossos amigos, aos nossos concidadãos, à sociedade da qual somos membros – àqueles, em suma, dos quais nós experimentamos os auxílios e os benefícios, dos quais nós temos uma necessidade contínua – do

---

20. Homero exprimiu bem o sentimento de humanidade na *Odisseia*. Ele faz que Eumeu diga a Ulisses, seu senhor, que está disfarçado de pobre mendigo: "Não me é permitido de maneira alguma desprezar um estranho, nem um indigente, ainda que ele estivesse em um estado mais abjeto do que aquele a que vós me pareceis reduzido, porque é Zeus quem nos manda o desconhecido e o pobre".

"Honra" – diz Focílides – "igualmente o estrangeiro e o concidadão, porque nós somos todos viajantes espalhados pela terra" (cf. Focílides, *Carmina*). Cícero e Arriano nos propõem o exemplo de Sócrates: quando alguém lhe perguntou de que país ele era, ele respondeu "do mundo" (cf. Cícero, *Tusculanos*, livro I, e Arriano, livro I, cap. IX). Marco Aurélio diz: "Sendo por minha natureza um ser racional e sociável, quaisquer que sejam a minha cidade ou o meu país, eu direi, como Marco Aurélio, que sou de Roma e direi, como homem, que sou do mundo" (cf. Marco Aurélio, *Pensamentos*, livro VI, § 44).

que a alguns estrangeiros que não estão ligados a nós por outros laços que não os da humanidade.

As necessidades mais ou menos prementes tornam os deveres dos homens mais ou menos indispensáveis ou sagrados. Por que será que devemos mais amor à nossa pátria do que a outro país? Porque a nossa pátria contém as pessoas e as coisas mais úteis à nossa própria felicidade. Por que um filho deve sua afeição e seus cuidados a seu pai, de preferência a qualquer outro? Porque seu pai é, de todos os seres, o mais necessário à sua própria felicidade, aquele ao qual ele se encontra ligado pelos laços do maior reconhecimento.

A necessidade é, portanto, o princípio dos laços que unem os homens e os mantêm em sociedade. É em razão da necessidade que eles têm uns dos outros que eles se ligam reciprocamente. Um homem que não tivesse nenhuma necessidade de ninguém seria um ser isolado, imoral, insociável, desprovido de justiça e de humanidade. Aquele que imagina poder abrir mão dos outros comumente se acredita dispensado de lhes mostrar alguns sentimentos.

Os príncipes e os poderosos, sujeitos a se persuadirem de que são de uma espécie diferente da dos outros, são pouco tentados a lhes mostrar humanidade. É preciso comumente ter sentido a infelicidade ou o temor para tomar parte nos sofrimentos dos miseráveis. Se a humanidade é uma disposição distintiva dos homens, como é que encontramos tão poucos que mereçam levar o nome de sua espécie?

A moral deve se propor a reunir pelos interesses todos os indivíduos da espécie humana e, sobretudo, os membros de uma mesma sociedade. A política deveria colaborar incessantemente para estreitar os laços da humanidade, seja recompensando aqueles que mostram essa virtude, seja infamando aqueles que se recusam a exercê-la. Em poucas palavras, tudo deveria fazer que os mortais sentissem que eles têm necessidade uns dos outros e lhes provar que o poder supremo, que a posição social, o nascimento, as dignidades e as riquezas, bem longe de ser motivos para desprezar aqueles que não têm essas vantagens, impõem àqueles que as possuem o dever de socorrer e proteger seus semelhantes. O desprezo pela miséria, pela pobreza e pela fraqueza é um ultraje para a espécie humana. Em vez de exaltar aquele que se torna culpado disso, ela deve depreciá-lo, fazer que ele perca a sua dignidade e os direitos à afeição e ao respeito de seus concidadãos.

Capítulo VIII – Da compaixão ou da piedade
Compadecer-se dos males dos homens, na acepção da palavra, é sentir aquilo que eles sentem, é sofrer com eles, é partilhar suas dores; é, de alguma maneira, colocar-se no lugar deles para experimentar a situação penosa que os atormenta. Assim, a compaixão no homem é uma disposição habitual a sentir, mais ou menos intensamente, os males pelos quais os outros são afligidos.

Para explicar as causas dessa sensibilidade, que interessa os homens pelos sofrimentos de seus semelhantes, alguns moralistas recorreram a certa *simpatia*, ou seja, a uma causa oculta e quimérica que não pode explicar nada. É na organização do homem, em sua sensibilidade, em uma memória fiel e em uma imaginação ativa que é preciso buscar a verdadeira causa da compaixão[21]. Aquele que tem órgãos sensíveis sente intensamente a dor, se recorda exatamente da sua ideia; sua imaginação a pinta com força com a visão do homem que sofre; assim, ele próprio fica perturbado, ele treme, seu coração fica apertado, ele sente uma verdadeira dor que, nas pessoas muito sensíveis, se manifesta algumas vezes por desmaios ou convulsões. O efeito natural da dor que sente a pessoa vivamente afetada é buscar os meios de fazer cessar nos outros a situação penosa que foi transmitida a ela própria. Do alívio dado àquele que sofre resulta um alívio real para a pessoa que lhe dá auxílio; prazer dulcíssimo que a reflexão aumenta ainda mais pela ideia de ter feito o bem a alguém, de ter adquirido direitos sobre a sua afeição, de ter merecido o seu reconhecimento, de ter agido de maneira que prova que se possui um coração terno e sensível (disposição que todos os homens desejam encontrar em seus semelhantes, cuja ausência faria crer que se é mal conformado).

Como os homens são muito variados pela organização e pela força da imaginação, eles não podem ser suscetíveis de sentir com igual intensidade os males de seus semelhantes.

---

21. Conhecemos o exemplo de um sibarita que, ao ver alguns operários trabalhando em seu jardim, sentiu-se de tal modo perturbado que proibiu para sempre que se fizesse algo por lá quando ele estivesse presente.

Existem alguns seres para quem a compaixão é nula, ou pelo menos não forte o bastante para determiná-los a fazer cessar as dores que eles veem os outros sofrerem. Muitas vezes encontramos alguns homens que o hábito do bem-estar, o gozo das comodidades[22] e a inexperiência do mal insensibilizam quanto aos males alheios e impedem até mesmo que se faça uma ideia deles. O desgraçado é comumente bem mais compassivo do que aquele que jamais sentiu os golpes da sorte. Aquele que já sentiu as dores da gota ou dos cálculos está bem mais disposto que os outros a lastimar aqueles que ele vê afligidos pelas mesmas moléstias. O indigente que muitas vezes experimentou os horrores da fome conhece toda a sua força e lastima aquele que a sente; ao passo que o rico, perpetuamente saciado, parece ignorar que existam no mundo milhões de infelizes privados do necessário.

Alguns moralistas acreditaram que a compaixão, ou essa disposição em tomar parte nos infortúnios alheios, encontrada nas pessoas sensíveis, bem nascidas e adequadamente educadas, devia ser considerada como a base de todas as vir-

---

22. "Quanto mais se é favorecido pelos bens da fortuna" – diz um moralista moderno –, "menos se está disposto a aliviar aqueles que são desprovidos deles. Os pobres obtêm mais auxílio das pessoas quase tão pobres quanto eles do que das pessoas ricas. Parece que não se tem compaixão senão pelos males que se experimenta em parte. Eu digo em parte, porque um homem acabrunhado pela dor esgota em si mesmo toda a sua sensibilidade; e o excesso de infelicidade torna tão incapaz de comiseração quanto o cúmulo da prosperidade" (cf. livro intitulado *Os costumes*, parte II, cap. 4, art. 2).

tudes morais e sociais[23]. Porém a piedade, como tudo prova, é muito rara na Terra. O mundo está repleto de uma multidão de seres insensíveis, cujos corações são pouco ou nada afetados pelos infortúnios de seus semelhantes. Em alguns, esse sentimento não existe; em outros, ele é tão fraco que o menor interesse, a menor paixão, a mais leve fantasia são capazes de sufocá-lo.

Embora todos os homens desejem ser considerados sensíveis, existem pouquíssimos que dão sinais de uma sensibilidade verdadeira. Se um primeiro impulso os mostra vivamente comovidos, esses sentimentos não têm consequência e logo são abortados. Alguns príncipes contemplam com os olhos secos as desgraças de todo um povo, que muitas vezes uma palavra da sua boca poderia remediar. Alguns pais de família veem com sangue-frio correrem as lágrimas de uma esposa, dos filhos e dos servidores para os quais o seu mau humor ou as suas loucuras causam os infortúnios. Alguns homens ávidos veem sem piedade a miséria dos povos, que suas extorsões reduzem à mendicância. Enfim, existem pouquíssimas pessoas bastante comovidas com as infelicidades de seus semelhantes para dignar-se a consolá-los ou para lhes estender uma mão caridosa[24]. Comumente se foge

---
23. Os estoicos tiveram uma opinião totalmente oposta. Eles consideravam a piedade uma fraqueza, acima da qual o sábio devia se elevar.
24. "A visão dos desafortunados – diz um célebre filósofo – causa na maioria dos homens o efeito da cabeça da Medusa. Diante dela, os corações se transformam em rochas" (cf. o livro *Do espírito*, disc. III, cap. 14, p. 358 da edição in-4º).

do espetáculo da infelicidade, que se considera aborrecido, e se procura mil pretextos para se dispensar de socorrer o infeliz, visto normalmente como um ser incômodo e totalmente inútil.

O que estou dizendo?! Os homens, em sua maioria, se acreditam autorizados, pela fraqueza ou pelo infortúnio dos outros, a ultrajá-los impunemente, e sentem um bárbaro prazer em afligi-los, fazer que sintam a sua superioridade, tratá-los cruelmente e ridicularizá-los. Assim, alguns seres que estão expostos aos caprichos da fortuna, longe de se comover com a sorte dos infelizes, agravam ainda mais seus sofrimentos com o seu ar orgulhoso, com zombarias maliciosas e desprezos insultantes[25]. Não existe nada mais bárbaro, mais desumano e mais covarde do que insultar o fraco e o desgraçado que se vê desprovido de socorro. Nada é mais revoltante para o coração do homem do que se ver exposto ao desprezo e à insensibilidade de seus semelhantes.

Para estar habitualmente disposto a lastimar e a cuidar dos infelizes, não basta ter um coração sensível que, como já vimos, é um dom da natureza[26]. É preciso também que essa sensibilidade natural tenha sido cuidadosamente cultivada. A educação deveria incessantemente exercitar a sensibilidade dos príncipes, dos poderosos e daqueles que estão

---

25. *"Nil habet infelix paupertas durius in se, quam quod ridiculos homines facit"* (Juvenal, Sátira III, verso 152).
26. [...] *Molissima corda / Humano generi dare se natura fatetur, / Quæ lacrymas dedit* (Juvenal, Sátira XV, verso 131).

destinados a desfrutar da opulência. Desde cedo deveriam sufocar esse orgulho que lhes persuade de que eles não têm necessidade de ninguém, de que eles são seres de uma ordem mais elevada que o povo indigente. Deveriam repetir-lhes que eles são homens frágeis, sujeitos a mil acidentes, e que mil circunstâncias inopinadas podem a cada instante mergulhá-los no infortúnio. Deveriam enternecer suas almas endurecidas por meio do espetáculo tão comovente e quase sempre tão pungente da miséria. Deveriam excitar sua imaginação pintando-lhes sob os traços mais fortes a situação deplorável pela qual, para contentar o luxo e a vaidade de alguns favoritos da sorte, os outros estão condenados por toda a vida a comer um pão regado de suores e lágrimas. Com a visão desses quadros tão impressionantes, qual homem cujo coração não ficaria ao menos comovido? Educado nessas ideias, qual monarca, poderoso ou rico que não se recriminaria por desfrutar de um inútil supérfluo enquanto tantos de seus semelhantes definham no infortúnio e amaldiçoam sua existência?

É assim que o sentimento da piedade poderia ser desenvolvido nos corações que a natureza dotou de sensibilidade. Porém, como essa disposição é infelizmente muito rara, a equidade deve supri-la para os que foram privados dela pela natureza. Será mostrado a eles, portanto, que eles próprios estão expostos, como os outros, a alguns reveses e que, para adquirir direitos sobre a piedade dos outros, eles devem se mostrar sensíveis, tomar parte nas misérias humanas ou, ao menos, aliviá-las. O rico desdenhoso deve aprender que um acidente imprevisto pode, no momento que ele menos espera, reduzi-lo ao mesmo estado do desgraçado de quem ele desvia os olhos. Enfim, todo homem que se diz sociável deveria saber que sendo homem ele é obrigado a tomar parte nos infortúnios de seus semelhantes e a aliviá-los tanto quanto esteja em seu poder.

No entanto, pouquíssimas pessoas cumprem esse dever tão sagrado. Todos encontram pretextos para se dispensar de demonstrar piedade justamente por aqueles que deveriam incitar uma piedade mais forte. É assim que se encontra muitas vezes em um santo zelo um pretexto para odiar aqueles que estão no erro, mesmo quando se acredita que os seus desvios podem conduzi-los a infinitas desgraças. Consequentemente se atormentam, se perseguem e se exterminam algumas vezes homens que talvez pudessem ser reconduzidos ao bom caminho pela brandura, e pelos quais se deveria sentir a mais terna comiseração. Do mesmo modo, quase não se tem piedade por aqueles que, por sua culpa, caíram no infortúnio, quando se deveria lastimá-los por serem assim constituídos. Os extravios dos homens provêm dos seus temperamentos, da sua ignorância, da sua educação, de suas paixões indomadas, de sua inadvertência, de seu desatino. Aos olhos do homem de bem, o malvado, que ele é forçado a evitar, é bem mais digno de piedade que de ódio, visto que ele trabalha incessantemente para se tornar infeliz.

Capítulo IX – Da beneficência

É violar o pacto social, é ser injusto, negligenciar ou se recusar a fazer o bem, quando é possível, aos seres com os quais se vive em sociedade. Tudo é troca entre os homens; a beneficência é o meio mais seguro de encadear os corações; ela é paga com a ternura, a estima e a admiração daqueles que sentiram os seus efeitos.

A beneficência é uma disposição habitual a contribuir para o bem-estar daqueles com quem o nosso destino nos liga, visando merecer sua benevolência e seu reconhecimento. Assim, a beneficência não pode ser desinteressada ou desprovida de motivos[27]. Se todo homem, por sua natureza, deseja a afeição de seus semelhantes, nada é mais natural e mais legítimo que adotar os meios para isso. É verdade que os benefícios nem sempre são pagos com os sentimentos que eles deveriam naturalmente provocar. Porém, a despeito dos ingratos, um ser benfazejo é sempre estimável aos olhos da sociedade; suas disposições felizes são aplaudidas por todos os corações sensíveis, cujo julgamento equitativo o vinga da injustiça dos outros.

"Aquele que vos dá sempre vos tira alguma coisa", diz um antigo árabe[28]. Todo benefício confere àquele que foi o seu autor uma superioridade necessária sobre aquele que o re-

---

27. "O que é um benefício?" – diz Sêneca. – "É um ato de benevolência feito para dar alegria e para recebê-la" [*Quid est ergo beneficium? benevola actio, tribuens gaudium, capiensque tribuendo*] (Sêneca, *Dos benefícios*, livro I, caps. 5 e 6).
28. Provérbio árabe in Thomas Erpenius, *Grammatica arabica*.

cebe: "Aquele" – diz Aristóteles – "que faz o bem a alguém o ama mais do que é amado por ele[29]." Todos temem encontrar em um benfeitor um senhor orgulhoso que ponha um preço muito alto no bem que ele pôde fazer. Eis aí, sem dúvida, por que as almas nobres e altivas quase sempre recusam os benefícios e estão precavidas contra os auxílios que podem se tornar onerosos para elas. A beneficência é uma arte quase sempre dificílima, que consiste em poupar a suscetibilidade daqueles que são objetos dela. Muitas vezes ficamos envergonhados com os benefícios que recebemos porque os consideramos grilhões, como compromissos de servidão[30]. Os benefícios acompanhados de altivez revoltam aqueles que os recebem e não fazem senão ingratos. É quase sempre culpa do benfeitor se ele não encontra nos corações os sentimentos que pretendia fazer eclodir neles. Só se recebe um benefício com reconhecimento quando se tem a confiança de que o benfeitor não se valerá disso para fazer sentir a sua superioridade de uma maneira incômoda para o amor-próprio. Os benefícios cujo objetivo é sujeitar são insultos e ultrajes, e assim são de natureza a desagradar todo homem que quer conservar sua liberdade. As almas vis e venais estão prontas a receber de todas as mãos; mas o homem

---

29. Montaigne acrescenta que "aquele a quem é devido ama mais do que aquele que deve; e todo operário ama mais a sua obra do que seria amado por ela, se a obra tivesse sentimentos" (Montaigne, *Ensaios*, livro II, cap. 8). Voltaremos a esse princípio quando falarmos da ingratidão e da afeição paterna, que é mais comum que a devoção filial.
30. "*Beneficium accipere, libertate vendere est*", diziam os antigos.

de bem, que tem consciência de seu próprio valor, não pode consentir em perder o direito de se estimar. Ele não recebe benefícios senão quando está seguro de poder pagá-los com o seu reconhecimento. Apenas o homem sensível e virtuoso sabe verdadeiramente obsequiar, e apenas o homem sensível é verdadeiramente grato. "É preciso" – dizia Quílon* – "esquecer o bem que se faz aos outros e não se lembrar senão daquele que se recebe."

A beneficência, exercida sem escolha, é quase sempre menos uma virtude do que uma fraqueza. Para ser estimável, ela deve ser regulada pela justiça e pela prudência. Fazer o bem aos perversos é ser tolo, é reforçá-los em sua maldade. Fazer o bem aos insensatos é lhes fazer um mal real, é conservá-los em suas disposições nocivas. A beneficência do homem fraco não faz senão ingratos; acredita-se estar dispensado de felicitá-lo por aquilo que ele não tem força para recusar. O homem beneficente por fraqueza merece mais a piedade do que a estima das pessoas honestas, e torna-se presa dos velhacos[31].

Para ser justa, a beneficência deve propor o bem público e recompensar a virtude. Será que o vício e a maldade me-

---

* Trata-se de Quílon de Esparta (século VI a.C.), que costuma ser incluído na célebre lista dos "sete sábios da Grécia". (N. T.)

31. Plutarco censura Nícias "por ter sempre estado pronto a dar aos perversos, que não pensavam senão em fazer o mal, e aos bons, que eram dignos de suas liberalidades. Em poucas palavras, sua fraqueza era um fundo seguro para os perversos, e sua humanidade, para as pessoas de bem" (Plutarco, *Vida de Nícias*). Aquele a quem um homem fraco fez um bem comumente se felicita por ter *logrado* seu benfeitor.

receriam um salário? Dizia Focílides: "Não espalhe benefícios sobre os malvados, porque seria semear sobre o mar".

Alguns benefícios espalhados sem seleção e alguns favores concedidos a homens indignos são injustiças reais cujo efeito é desencorajar o mérito e os talentos necessários à felicidade da vida social. Cumulando de favores alguns homens vis e rasteiros, derramando os tesouros do Estado sobre cidadãos inúteis ou perversos, um príncipe não é de maneira alguma benfazejo; ele é injusto para com seu povo, cujos inimigos ele recompensa à custa dele.

Será que a beneficência deve ser estendida até aqueles que nos fizeram mal? A mais nobre das vinganças é, sem dúvida, aquela que nos leva a fazer o bem àqueles dos quais temos motivos para nos queixar. Ela é apropriada para modificar o coração de um inimigo. Será que existe algo mais satisfatório que exercer sua influência sobre aquele mesmo que nos marcou com o seu desprezo? Será que existe algo que indique mais grandeza e verdadeira força na alma do que mostrar a seu inimigo que ele não tem o poder de perturbá-lo? Plutarco afirma que "não se vingar de um inimigo quando se encontra uma oportunidade é uma prova de humanidade; porém, ter piedade dele quando ele caiu na adversidade, dar-lhe os auxílios que ele pede, é sinal da máxima benevolência e generosidade"[32].

---

32. Cf. Plutarco, *Da utilidade dos inimigos*. "Levanta" – diz Focílides – "a besta de carga de teu inimigo, se ela caiu pelo caminho" (Focílides, *Carmina*, verso 133).

A beneficência não é de modo algum o apanágio exclusivo do poder, do crédito, da grandeza e da opulência. Todo cidadão virtuoso pode ser beneficente na esfera em que a sorte o situou. Serve-se utilmente a pátria por suas virtudes, por seus talentos, por suas luzes e por seu trabalho. O sábio que esclarece seus concidadãos, o erudito e o artista habilidoso, e o lavrador laborioso, merecem estima e amor. Eles podem, com justiça, se gabar de serem benfeitores de seu país.

Aquilo que se chama de *espírito público* é a beneficência aplicada à sociedade em geral. Uma política sábia deveria incitá-la, sobretudo, nos corações dos ricos e dos poderosos, que encontrariam na glória e nas distinções honoríficas a recompensa de um emprego da sua fortuna preferível, sem dúvida, às loucas despesas que não têm como objeto senão o luxo e a vaidade. O espírito público, ou a beneficência estendida sobre toda uma nação, anuncia um bom governo e cidadãos cuidadosos de merecer a estima de seus concidadãos; essas disposições fazem ver que cada um toma a peito o bem-estar de seu país.

Porém, logo veremos que a beneficência deve ser acompanhada de modéstia. É preferível – dizem – dar a receber; dar é, com efeito, um sinal de poder ou superioridade, ao passo que receber é um sinal de fraqueza ou inferioridade. O reconhecimento, na acepção da palavra, é a admissão de sua dependência e da potência do benfeitor. É preciso, portanto, que o benfeitor poupe a suscetibilidade dos homens, se ele quer merecer sua afeição e seu reconhecimento. Qualquer um que, por sua conduta, demonstre desprezo por aqueles que ele obsequia se paga com as suas próprias mãos. O homem arrogante revolta, e assim ele não é um ser benfazejo. Aplaudir-se interiormente pelo bem que se faz aos homens é um sentimento natural e legítimo; mas fazer que eles sintam a sua superioridade é afligi-los sensivelmente.

A liberalidade é uma consequência da beneficência. Ela consiste em compartilhar os bens da fortuna com aqueles que têm necessidade deles. Ela deve ser regulada pela equidade, pela prudência e pela razão. Uma liberalidade sem seleção se chama prodigalidade – ela é, como logo veremos, um vício, e não uma virtude.

A generosidade também é um efeito da beneficência. Ela consiste em fazer o sacrifício de uma parte de nossos direitos visando ao bem-estar da sociedade ou daqueles a quem queremos dar sinais de nossa benevolência. Essa disposição tão nobre, que parece nos desligar de nós mesmos, de nossos mais caros interesses e, algumas vezes, até mesmo da vida, tem por motivo um grande amor pelos homens, um desejo ardente de agradá-los, um grande entusiasmo pela glória, sem mesmo poder se vangloriar de usufruir dela. Os Codros*, os

---

* Codro foi o último dos reis legendários de Atenas. Segundo a lenda, o oráculo de Delfos havia previsto que a vitória da guerra entre os dórios e os atenienses caberia ao povo que tivesse o seu rei morto. Assim, Codro escondeu sua identidade e desafiou os soldados inimigos, sacrificando-se por seu país. (N. T.)

Cúrcios* e os Décios** eram homens generosos, inebriados de amor pelo seu país a ponto de correrem para uma morte certa, na esperança de serem admirados e queridos por seus concidadãos.

Perguntarão, talvez, qual é a medida da beneficência, da liberalidade e da generosidade. Ela é estabelecida pela equidade, que nos diz que devemos fazer pelos outros aquilo que gostaríamos que fizessem por nós. Porém, essa mesma equidade nos mostra que não podemos justamente exigir da beneficência ou da generosidade dos outros senão os sacrifícios que faríamos por eles.

A beneficência, a liberalidade e a generosidade, para serem bem reguladas, devem ter como objeto primitivo as pessoas que têm as relações mais íntimas conosco. Essas disposições são dívidas quando se trata da pátria, de nossos pais, nossos próximos e nossos amigos sinceros; elas são atos de benevolência, humanidade e piedade quando nos levam a socorrer os indiferentes, os desconhecidos e as pessoas com as quais não temos senão uma fraca ligação; elas são sinais de grandeza de alma quando se estendem àqueles dos quais nós temos motivo para nos queixar. "A maldade do homem,"

---

* Marco Cúrcio foi um herói romano que se sacrificou por sua pátria. Conta a lenda que, quando um enorme abismo abriu-se no meio do *forum*, em Roma, um oráculo previu que ele só se fecharia quando os romanos lançassem nele o seu bem mais precioso. Cheio de modéstia, Cúrcio vestiu o seu traje militar e atirou-se no abismo. (N. T.)
** Segundo as lendas, três gerações dos Décios se sacrificaram consecutivamente em prol de Roma. (N. T.)

– dizia Dião, segundo Plutarco – "embora difícil de desarraigar, não é, no entanto, comumente nem tão feroz, nem tão rebelde que não se corrija e não se abrande, por fim, quando ela é vencida por alguns benefícios reiterados[33]."

Em poucas palavras, a beneficência é, de todas as virtudes, a mais apropriada para tornar o homem querido por seus semelhantes e contente consigo mesmo. Assim, terminaremos este artigo com a advertência de Políbio a Cipião, que ele exortava a nunca voltar para casa sem ter feito um amigo com os seus benefícios. "Em toda parte em que se encontre um homem se pode exercer a beneficência[34]."

Capítulo X – Da modéstia, da honra e da glória

A modéstia é uma virtude que consiste em não se prevalecer de seus talentos e de suas virtudes de maneira desagradável para aqueles com quem nós vivemos. Um juízo demasiado favorável sobre nós mesmos ofende nossos semelhantes, que, querendo julgar livremente as nossas ações, têm dificuldade para suportar que consignemos a nós mesmos, em nossa opinião, uma condição ou algumas recompensas que eles não outorgaram.

Para sentir que a modéstia está fundamentada na justiça, basta que cada um tenha sentido a que ponto a sociedade se encontra fatigada por esses homens soberbos e vãos,

---
33. Cf. Plutarco, *Vida de Dião*.
34. "*Ubicumque homo est, ibi beneficio locus*" (Sêneca, *Da vida feliz*, cap. 24).

que não parecem viver nela senão para fazer os outros suportarem os seus desprezos insultantes, ou por esses personagens ridículos que, incessantemente ocupados com o seu mérito real ou pretenso, fazem os outros suportarem o aborrecimento de seu *egoísmo* impertinente. Além disso, um ser sociável deve se conhecer, sentir que ele tem algumas imperfeições e defeitos, julgar-se com equidade e reprimir por essa consideração os movimentos de orgulho que se levantam nele quando ele se compara aos outros. A consciência de nossos próprios defeitos é um remédio seguro contra a opinião demasiado elevada que temos sobre nós mesmos.

Nenhum homem que tem a justa confiança de ter virtude, probidade ou alguns talentos pode desprezar a si mesmo. Esse sentimento, se possível fosse, seria injusto. Todas as vezes que o homem tem a consciência de ter agido bem, de possuir algumas qualidades estimáveis ou talentos úteis, ele adquire o direito de se aplaudir e de sentir os direitos que tem sobre a estima dos outros. Porém, ele perderia esses direitos se acreditasse estar autorizado a prejudicá-los; ele desagradaria e feriria verdadeiramente se mostrasse arrogância e desprezo a alguns seres essencialmente apaixonados por si mesmos, ciumentos de sua igualdade e que jamais reconhecem, a não ser com lástima, a superioridade alheia.

Somente a modéstia é capaz de desarmar a inveja, que quase sempre torna os homens muito injustos. Todo homem verdadeiramente grande, ou que mostra alguns talentos extraordinários, se anuncia na sociedade como um mestre cuja superioridade todos invejam. Eis aí, sem dúvida, a causa da aversão e do ciúme muito comuns que surgem por causa dos grandes talentos, cujo brilho ofusca os espíritos medíocres[35]. É pela modéstia que se pode reconduzir os homens à equidade e lhes fazer esquecer a desproporção que as virtudes ou o gênio colocam entre eles e os seres mais distintos de sua espécie.

Temem-se naturalmente os príncipes, as pessoas importantes e os poderosos da Terra; para amá-los, exige-se que desçam da sua posição e se coloquem no nível dos outros. Faz parte da natureza do homem recear aqueles que lhe parecem maiores e mais fortes, porque eles lhe recordam a todo momento a sua baixeza ou sua mediocridade.

Todo ser verdadeiramente sociável deve se acomodar à fraqueza dos homens; se ele quer merecer o seu amor e a sua estima, ele deve ser modesto e resistir aos impulsos de um amor-próprio que lhe atrairia o ódio ou o desprezo, em vez da afeição e da estima que ele é feito para esperar. O homem virtuoso deve desejar a boa opinião de seus semelhantes; mas a reflexão lhe prova que suas intenções seriam frustradas se, com a sua arrogância, o seu orgulho e a sua presunção, ele afligisse os seres dos quais quer merecer o amor.

Vê-se, portanto, que o desejo da estima e o amor pela glória, guiados pela razão, são compatíveis com a modéstia, que, longe de tirar o valor do mérito e da virtude, os torna bem mais

---

35. *"Urit enim fulgore suo qui praegravat artes. Intra se positas"* (Horácio, livro II, epístola I, verso 13).

apropriados a tocar os corações dos homens. Aquele que tem a consciência de seu próprio valor espera em paz que lhe façam justiça; aquele que não está seguro de seu próprio mérito se crê obrigado a advertir os outros sobre ele e, por uma tola vaidade, não atrai na maioria das vezes senão o desprezo.

Um amor-próprio inquieto, um orgulho insensato e uma arrogância pouco racional denunciam a fraqueza e a desconfiança de seu próprio mérito. A virtude real, os verdadeiros talentos, a grandeza de alma e a verdadeira honra estão tranquilos quanto aos seus direitos.

A *honra* é o direito legítimo que nós adquirimos por nossa conduta sobre a estima dos outros e sobre a nossa própria estima. O homem não tem o direito de almejar a estima da sociedade a não ser quando ele é um membro útil dela. Ele não tem o direito de se estimar ou se aplaudir a não ser quando está seguro de ter merecido a estima de seus semelhantes. Assim, o homem de honra (que jamais pode ser distinto do homem honesto) só pode ser desonrado quando, mudando de conduta, ele se priva do direito à estima dos outros e à sua própria estima. Sem isso, ele bem pode ser difamado pela calúnia e atormentado pela inveja; algumas circunstâncias infelizes poderão por algum tempo empanar sua reputação; mas ele jamais perderá o direito de estimar a si mesmo, que nenhum poder sobre a Terra poderá lhe tirar.

Aquilo que o preconceito adorna com o nome de honra não passa na maioria das vezes de um orgulho inquieto, uma vaidade suscetível, uma presunção de seus direitos incertos sobre a estima pública. Algumas pessoas de honra desta espécie estão sempre alertas. Elas temem que uma palavra ou um gesto lhes arrebate uma honra quimérica; e para mostrar seu direito à estima pública, vós os vereis muitas vezes cometerem crimes e assassinatos para colocarem a sua honra em segurança. É em semelhantes noções que se fundamenta o uso bárbaro dos combates singulares que, bem longe de desonrarem aos olhos das nações que se dizem racionais e civilizadas, fazem estimar como pessoas de honra aqueles que cometem semelhantes atentados. A verdadeira honra não é destruída por uma afronta e não é restabelecida por um assassinato. Um homem não pode ser ferido em sua honra senão por ele mesmo. A coragem é uma fraqueza quando não pode suportar nada. A honra real não pode consistir senão na virtude; a virtude não pode ser nem cruel, nem sanguinária; ela é pacífica, ela é branda, ela é justa, paciente e modesta; ela não é de maneira alguma arrogante e soberba, porque se tornaria odiosa ou desprezível.

Cícero nos informa que Sócrates amaldiçoava aqueles que haviam separado o útil do honesto e considerava essa distinção como a fonte de todos os males[36].

Os antigos filósofos chamavam de *honesto* aquilo que nós chamamos de bom, justo, louvável e útil à sociedade. Com efeito, aquilo que tem essas características é honesto ou, segundo a acepção da palavra, merece ser honrado. Isso

---
36. Cf. Cícero, *Das leis*, livro I, cap. 12; *Dos ofícios*, livro III, cap. 3.

posto, apenas a virtude é honorável, e o homem honesto jamais deve ser distinto do homem honrado. Entretanto, os mesmos filósofos chamavam de *vergonhoso* aquilo que nós chamamos de mau ou de nocivo à sociedade. De acordo com esse princípio, uma vingança feroz, um homicídio, bem longe de serem ações honoráveis, deveriam cobrir de vergonha e infâmia aquele que se torna culpado por elas.

Tácito observa que "o desprezo pela glória conduz ao desprezo pela virtude"[37]. O desejo da estima e da reputação é um sentimento natural que não pode ser censurado sem insensatez. Trata-se de um motivo poderoso para incitar as grandes almas a se ocuparem de objetivos úteis ao gênero humano. Essa paixão só é censurável quando é incitada por alguns objetos enganadores ou quando emprega meios destruidores da ordem social[38].

Segundo Marco Aurélio, "nós não devemos desejar os louvores da multidão; não devemos ambicionar senão os das pessoas que vivem em conformidade com a natureza". A glória foi bem definida como *o louvor dos bons*, ou seja, daqueles que julgam bem e que merecem eles mesmos ser louvados. A virtude é a única coisa que merece a estima das pessoas de bem, e ela não consiste senão em algumas disposições

---

37. *Contemptu fama contemni virtutes* (Tácito, *Anais*, livro IV, cap. 38, parte final).
38. "A honra" – diz Platão – "é um gozo divino" (cf. Platão, *Leis*, livro V). "A glória" – diz Cícero – "é a verdadeira recompensa da virtude. Não existe nada mais apropriado a incitar os homens de um gênio superior às ações honestas" (cf. Cícero, *Consolatio*).

úteis à felicidade de nossa espécie. A glória não é, portanto, feita senão para aqueles que fazem enormes bens aos homens; ela não é de maneira alguma destinada àqueles que os destroem. Quantos pretensos grandes homens são degradados aos olhos daqueles que têm algumas ideias verdadeiras sobre a glória! Porém, os grandes crimes impressionam de tal modo a imaginação do vulgo que ele honra quase sempre alguns delitos detestáveis; ele eleva à condição de deuses alguns monstros que não merecem ser considerados homens! O preconceito embriaga de tal modo os povos que eles admiram aqueles mesmos dos quais sentem os furores. A admiração que se mostra por alguns heróis desta espécie denuncia a perfídia, a baixeza ou a estupidez.

Um conquistador imagina que suas façanhas o conduzirão à glória; ele começa por roubar algumas províncias e reinos, e, para alcançar um objetivo tão honesto, ele arruína os seus próprios Estados; ele imola os próprios súditos para ter a vantagem de exterminar os dos outros! Em um herói dessa têmpera, a razão não pode ver senão um furioso, um bandoleiro, um desgraçado sem honra e sem glória. O sábio Plutarco observou muito bem que o sobrenome de *justo*, que ele chama de *muito real* e *muito divino*, dado ao bom Aristides, não foi de maneira alguma ambicionado pelos grandes reis. "Eles preferiram bem mais ser chamados de *poliorcetes* (tomadores de cidades), de *cerauni* (heróis de guerra) ou de *nicanores* (vencedores). Alguns chegaram mesmo a sentir prazer ao se verem chamados de *águias* e de *abutres*, preferindo assim a honra inútil desses títulos, que não assinalam senão a força e a potência, à glória sólida daqueles que assinalam a virtude[39]."

Um conquistador estimável é aquele que domina a si mesmo e que sabe pôr um freio em suas paixões. Afirma-se que a moral não é absolutamente feita para os heróis. Nesse caso, um herói não passa de uma besta feroz que não é feita nem para viver com os homens, nem para governá-los. Aqueles que têm a baixeza de louvar esses pretensos grandes homens, cuja glória consiste em esmagar as nações sob o carro da vitória, encorajam-nos ao crime e merecem ser, como eles, votados à infâmia.

Capítulo XI – Da temperança, da castidade e do pudor

As paixões são efeitos naturais da organização dos homens e das ideias que eles fazem ou que lhes são dadas sobre a felicidade. Porém, se o homem é um ser racional e sociável, ele deve ter algumas ideias verdadeiras sobre o seu bem-estar e tratar de obtê-lo por vias compatíveis com os interesses daqueles a quem a sociedade o une. Um insensato que segue os impulsos cegos de suas paixões não é nem um ser inteligente, nem um ser sociável e dotado de razão. O ser inteligente

---

39. Cf. Plutarco, *Vida de Aristides*. A esses flagelos da Antiguidade a história moderna pode opor os Ricardo *Coração de Leão*, os Roberto *o Diabo* e a tropa dos príncipes que mereceram o sobrenome de *grande* pelos grandes males que fizeram às suas próprias nações, e àquelas que tiveram a desgraça de exercitar suas grandes almas.

é aquele que adota justas medidas para obter a sua felicidade; o ser sociável é aquele que concilia o seu bem-estar com o de seus semelhantes; o ser racional é aquele que distingue o verdadeiro do falso, o útil do nocivo e que sabe que deve pôr um freio em seus desejos. O homem não é jamais aquilo que deve ser se não mostra moderação em sua conduta.

A *temperança* é o hábito de conter os desejos, os apetites e as paixões nocivas, seja para o próprio homem, seja para os outros. Essa virtude, do mesmo modo que todas as outras, está fundamentada na equidade. O que aconteceria com uma sociedade na qual cada um se permitisse seguir as próprias fantasias mais desregradas? Se cada um, por seu interesse, deseja que os seus associados resistam aos seus caprichos, ele deve reconhecer que os outros têm o direito de exigir que ele contenha os seus nos limites prescritos pelo interesse geral.

Entretanto, se, como dito anteriormente, mesmo o homem isolado deve, visando à sua conservação e à sua felicidade duradoura, recusar-se a satisfazer seus apetites desordenados, ele é obrigado mais ainda a fazer isso na vida social, na qual suas ações influem sobre um grande número de seres que reagem sobre ele próprio. Se os excessos do vinho são capazes de prejudicar todo homem que a eles se entrega, eles lhe prejudicarão muito mais ainda na sociedade, em que esses excessos o expõem ao desprezo e podem, perturbando a sua razão, levá-lo a algumas ações puníveis pelas leis.

Alguns moralistas severos, para tornar o homem temperante, prescreveram-lhe um divórcio total de todos os prazeres e até mesmo lhe ordenaram que os odiasse, que fugisse deles. Máximas tão duras poriam o homem em uma guerra contínua contra a própria natureza e pareceriam se propor a fazer dele um misantropo inimigo de si mesmo e desagradável à sociedade.

Os apetites do homem devem ser, sem dúvida, regulados pela razão. Tudo lhe prova que existem alguns prazeres dos quais ele deve se privar para sua própria vantagem, e isso pelo temor das consequências, muitas vezes terríveis, que eles poderiam ter para si próprio e para seus associados. É contra as seduções dos prazeres desta espécie que o ser sociável deve se precaver; é contra algumas paixões injustas e criminosas que ele deve aprender a combater incessantemente, a fim de adquirir o hábito de resistir a elas.

O hábito, com efeito, nos facilita algumas coisas que inicialmente pareciam impossíveis[40]. Um dos principais objetivos da educação deveria ser acostumar desde cedo os homens a resistir aos impulsos irrefletidos de seus desejos, pelo temor dos efeitos que podem resultar deles.

A temperança tem como princípio o temor de desagradar os outros e prejudicar a si mesmo. Esse temor, tornando-se habitual, é suficiente para contrabalançar os esforços das paixões que podem nos solicitar ao mal. Todo homem que não fosse suscetível de temor dificilmente poderia reprimir os impulsos de seu coração. Nós vemos que os homens isen-

---

40. "*Gravissimum est imperium consuetudinis*" (Públio Siro).

tos de temor pelo privilégio de sua condição são comumente os mais nocivos à sociedade. Um temor justo e bem fundamentado dos seres que nos rodeiam, e de quem nós sentimos a necessidade para a nossa própria felicidade, constitui o homem verdadeiramente sociável e faz que, para ele, a temperança seja um dever. É por meio dela que ele se habitua a reprimir as efervescências súbitas de cólera ou de ódio pelos objetos que põem alguns obstáculos aos seus desejos. É por meio dela que ele aprende a recusar os prazeres desonestos, quer dizer, que o tornariam odioso ou desprezível para a sociedade. É por meio dela que ele resiste às seduções do amor, essa paixão que produz tanta devastação entre os homens.

A *castidade*, que resiste aos desejos desregrados do amor, é uma consequência da temperança ou do temor dos efeitos da volúpia. A paixão natural que impele um sexo para o outro é uma das mais violentas em um imenso número de homens; mas a experiência e a razão fazem conhecer os perigos de entregar-se a ela. As leis de quase todas as nações e as opiniões da maior parte dos povos civilizados – conformes, nesse ponto, à natureza e à justa razão – puseram entraves ao amor desregrado para prevenir as desordens que ele causaria na sociedade. É de acordo com as mesmas ideias que a continência absoluta, o celibato, a renúncia total aos prazeres mesmo legítimos do amor, foram admirados como perfeições, como os esforços de uma virtude sobrenatural.

Os pensamentos acendem os desejos, excitam a imaginação, dão atividade às nossas paixões. De onde se segue que a temperança nos prescreve que ponhamos um freio mesmo em nossos pensamentos, que expulsemos de nosso espírito aqueles que podem nos recordar ideias desonestas, capazes de irritar nossas paixões pelos objetos cujo uso nos é interdito. É certo que meditando incessantemente sobre o prazer que um objeto pode nos causar, ou que a nossa imaginação exagera, não fazemos senão atiçar nossos desejos, dar-lhes novas forças, torná-los habituais e transformá-los em necessidades imperiosas que não podemos domar. "A temperança é o vigor da alma", diz Demófilo. Ela supõe a força, que sempre merecerá a consideração dos homens.

Essas reflexões, confirmadas pela experiência, devem nos revelar a utilidade do *pudor*. É possível defini-lo como o temor de acender em si mesmo ou nos outros paixões perigosas através da visão dos objetos capazes de excitá-las.

Alguns pensadores acreditaram que o sentimento do pudor não tinha como base senão o preconceito, as convenções dos homens, os usos dos povos civilizados. Porém, examinando a coisa de perto, seremos forçados a reconhecer que o pudor está fundamentado na razão natural, que nos mostra que, se a volúpia e a devassidão são capazes de produzir devastações na sociedade, está evidentemente demonstrado que o interesse da sociedade exige que se vigiem com cuidado os objetos aptos a despertar alguns desejos criminosos. Se nos citarem o exemplo dos selvagens que andam nus e que não têm nenhuma ideia do pudor, diremos que os selvagens são homens que, por causa de sua razão pouco cultivada, não devem de maneira alguma ser tomados como modelos. Mesmo o impudente Diógenes dizia que "o pudor é a cor da virtude".

A temperança, que põe um freio em nossos pensamentos e em nossas ações, pela mesma razão prescreve que ponhamos também um freio em nossas palavras, nos proíbe os discursos desonestos e condena esses escritos obscenos cujo efeito necessário é alarmar o pudor, é apresentar imagens lascivas capazes de acender as paixões dos homens.

Foi evidentemente para habituar os homens à temperança que o cinismo e o estoicismo convidaram seus seguidores a se privar dos prazeres e das comodidades da vida. Com base no mesmo princípio, Pitágoras prescrevia um silêncio rigoroso a seus discípulos. Enfim, é para enfraquecer as paixões dos homens que algumas religiões prescreveram abstinências, jejuns e mortificações, cuja finalidade era visivelmente habituar à temperança e acostumar a se privar das coisas capazes de inflamar as paixões. Se esses preceitos foram algumas vezes exagerados por alguns legisladores bizarros, eles ao menos partiam de um princípio racional. A medicina não nos mostra que a dieta ou o jejum são os remédios mais seguros contra um grande número de doenças? A abstinência total do vinho, ordenada pelo Corão, se fosse mais fielmente respeitada, isentaria os muçulmanos de um grande número de acidentes aos quais a embriaguez, tão comum, expõe os habitantes de nossas terras.

As virtudes levadas ao excesso deixam de ser virtudes e se tornam loucuras. As ideias de perfeição, levadas longe demais, são falsas a partir do momento em que elas nos convidam a nos destruir; elas causam, então, os mesmos efeitos do orgulho que pretende se elevar acima da natureza humana ou de uma imaginação em delírio. A verdadeira temperança é acompanhada da *moderação*, que nos faz evitar os excessos em todos os gêneros. A verdadeira moral, sempre guiada pela razão e pela prudência, prescreve ao homem que viva segundo a sua natureza e que não pretenda elevar-se acima dela. Ela sabe que alguns preceitos demasiado rigorosos são inúteis para a grande maioria dos mortais e não tendem senão a fazer entusiastas orgulhosos ou velhacos hipócritas. Os iogues ou penitentes da Índia são velhacos, e não homens temperantes. O fanático, que faz que a sua perfeição consista em se enfraquecer ou em se destruir pouco a pouco, torna-se um membro inútil da sociedade.

Capítulo XII – Da prudência

O homem em sociedade é obrigado a harmonizar seus movimentos com os dos seres que o rodeiam; ele tem necessidade de sua assistência, de sua afeição, de sua estima e deve adotar os meios de obtê-las. Eis aquilo que constitui a *prudência*, comumente incluída entre as virtudes. A prudência nada mais é que a experiência e a razão aplicadas à conduta da vida. Podemos defini-la como o hábito de escolher os meios mais apropriados para atrair a benevolência e os auxílios dos outros e para nos abster daquilo que pode nos indispor com eles. A experiência, fundamentada no conhecimento dos homens, nos torna prudentes, ou seja, nos indica como é preciso agir para agradá-los e o que é preciso evitar para não perder o seu apego ou a sua estima, da qual nós temos uma necessidade contínua.

A justiça é a base da prudência assim como de todas as outras virtudes. Permanentemente expostos a suportar impacientemente algumas imprudências, desatinos, defeitos e caprichos dos outros, somos forçados a concluir disso que uma conduta que nos desagrada neles deve necessariamente desagradá-los em nós e prejudicar os sentimentos que queremos experimentar da parte deles.

A circunspecção que, na acepção da palavra, consiste em *olhar em torno de si*, em prestar atenção nos seres que nos cercam, é uma qualidade necessária a quem quiser viver em sociedade. O desatinado parece esquecer de que ele está com outros homens cujos direitos deve respeitar, poupar o amor-próprio e merecer a benevolência; ele age como um insensato que, de olhos fechados, se atira em uma multidão na qual se choca com todos aqueles que possa encontrar em seu caminho, sem pensar que ele mesmo está exposto aos golpes daqueles cuja cólera ele provoca.

Tal é comumente a posição do malvado; armado contra todos, ele se expõe aos golpes de todos. A imprudência, a inadvertência e o desatino, frutos comuns da leviandade, da dissipação e da frivolidade, são fontes de desgostos.

O homem sociável é feito para refletir, para observar a si mesmo e para pensar nos outros. Se a felicidade é um objeto que merece nossa atenção, deduz-se que cada um de nós tem o máximo interesse de estar naquilo que faz, de pesar os seus procedimentos, de examinar se o caminho que ele tomou pode conduzi-lo ao objetivo a que ele se propõe. O tumulto dos prazeres, a dissipação contínua e uma vida muito agitada são obstáculos ao desenvolvimento da razão humana. A frivolidade, a leviandade e a incúria são disposições incômodas pelo fato de elas nos impedirem de conceder aos objetos mais interessantes para nós alguns momentos que acreditamos dever apenas ao prazer. Eis aí a verdadeira fonte da maior parte dos males que perturbam a nossa vida. Muitos homens permanecem em uma infância perpétua e morrem sem jamais terem chegado à idade madura. Neles, a sisudez dos costumes parece ridícula e deslocada; ninguém está seriamente ocupado com aquilo que faz; ninguém se perturba com os objetos mais necessários à sua felicidade duradoura; ninguém pensa senão em proporcionar a si mesmo alguns divertimentos passageiros, sem trabalhar para fundamentar um bem-estar sólido.

Um ilustre filósofo diz que "a seriedade é a muralha da honestidade pública; assim, o vício começa por desmanchar a primeira, a fim de derrubar mais seguramente a segunda"[41].

---
41. Diderot, *Enciclopédia*, artigo "seriedade".

A seriedade nos costumes é uma atenção sobre si, fundamentada no temor de cometer inadvertidamente algumas ações capazes de nos indispor com os seres com quem nós vivemos. Essa espécie de seriedade é fruto da experiência ou de uma razão exercitada; ela convém a todo ser verdadeiramente sociável que, para merecer a benevolência dos outros, deve medir sua conduta, seus discursos, e mostrar por sua própria atitude que ele presta a atenção necessária aos objetos que a merecem. A seriedade torna-se ridícula e se transforma em pedantismo quando, fundamentada em uma vaidade pueril, ela não tem como objeto senão algumas bagatelas que trata com importância; então, ela é desprezível, porque exige respeito por algumas coisas pouco dignas de ocupar seres racionais. A seriedade decente e adequada é aquela que faz respeitar alguns objetos verdadeiramente importantes para a sociedade e que mostra que nós respeitamos a nós mesmos assim como aos nossos associados. Ela está, então, fundamentada na prudência ou no justo temor de perder a opinião favorável daqueles com quem nós temos algumas relações.

Na linguagem ordinária, nada é mais comum que confundir a prudência com a sutileza e a astúcia com a arte quase sempre censurável de alcançar os seus fins. A verdadeira prudência é a escolha dos meios necessários para nos tornar felizes no mundo. Ulisses era um velhaco, sem ser um homem prudente.

Capítulo XIII – Da força, da grandeza de alma e da paciência

Os moralistas, tanto antigos quanto modernos, fizeram da *força* uma virtude. Uns designaram por esse nome o valor guerreiro, a coragem que faz enfrentar os perigos e a morte quando se trata dos interesses da pátria. Essa disposição é, sem dúvida, útil e necessária; por conseguinte, ela é uma virtude quando tem verdadeiramente como objetivo a justiça, a conservação dos direitos da sociedade e a defesa da felicidade pública. Mas a força não é mais uma virtude quando ela deixa de ter a justiça como base, quando ela nos faz violar os direitos dos homens, quando ela se presta à injustiça. A coragem ou a força de um romano – que vemos ser qualificada como a virtude por excelência – não passava de um atentado contra os direitos mais sagrados de todos os povos da Terra. É desse ponto de vista que um célebre escritor disse com razão que "a coragem não é de maneira alguma uma virtude, mas uma qualidade feliz, comum aos celerados e aos grandes homens"[42]. Catão disse, com o mesmo espírito, que "existe muita diferença entre estimar a virtude e desprezar a vida"[43].

---

42. Voltaire.
43. Cf. Plutarco, na *Vida de Pelópidas*. "Não saque a espada" – diz Focílides – "para matar, mas para defender" (cf. Focílides, *Carmina*, verso 29). Plutarco menciona, na vida do mesmo Pelópidas, um belo epitáfio feito em homenagem a alguns lacedemônios que tinham perecido em um combate: "Esses morreram persuadidos de que a felicidade não consiste nem em viver e nem em morrer, mas em fazer ambas as coisas com glória".

A força é, segundo os estoicos, a virtude que combate pela justiça. De onde se vê que ela não é de maneira alguma a virtude dos conquistadores e de tantos heróis celebrados pela história. A força do homem de bem é o vigor da alma consolidada no amor aos seus deveres e inviolavelmente ligada à virtude. Trata-se de uma disposição habitual e refletida a defender os direitos da sociedade e a lhe sacrificar os seus interesses mais caros. As almas bem compenetradas do amor ao bem público são suscetíveis de um entusiasmo ditoso, de uma paixão tão forte que as arrebata a ponto de fazer que elas se esqueçam de si mesmas. Alguns corações muito inebriados pelo desejo da glória não enxergam nada senão este objetivo e se imolam para obtê-lo; o temor da ignomínia tem muitas vezes mais poder que o temor da morte. Essas disposições se tornam habituais pelo exemplo e pela opinião pública que, emprestando forças contínuas às imaginações ardentes, as determinam a ações que muitas vezes parecem sobrenaturais.

Em uma sociedade, nem todos os membros são suscetíveis a esse ardor louvável e a essa grandeza de alma que raciocina: o valor militar não é, na grande maioria dos soldados, senão o efeito da imprudência, da leviandade, da temeridade e da rotina. As ideias de bem público, de justiça e de pátria são nulas para a maior parte dos guerreiros; eles estão pouco acostumados a refletir sobre esses objetos muito vastos para os seus espíritos frívolos; eles combatem, seja pelo temor do castigo, seja pelo temor de se desonrarem diante dos olhos de seus camaradas, cujo exemplo os arrasta.

Se o valor guerreiro não é igualmente necessário a todos os membros de uma sociedade, a firmeza e a coragem são qualidades muito úteis em todas as condições da vida. A força moral é uma disposição vantajosa, para nós mesmos e para os outros; ela produz a *constância*, a *firmeza*, a *grandeza de alma* e a *paciência*. A temperança, como já se viu, supõe a força de resistir às nossas paixões, de reprimir os impulsos de nossos desejos desregrados. É preciso força para perseverar na virtude que, em mil circunstâncias, parece contrária aos nossos interesses de momento.

A força, a constância e a firmeza serão sempre consideradas disposições louváveis nos seres de nossa espécie. As mulheres odeiam os covardes, porque elas têm necessidade de protetores. Nós admiramos a força da alma quando ela leva a grandes sacrifícios; nós não amamos senão os homens com cuja constância e firmeza acreditamos poder contar. Pela mesma razão, a pusilanimidade, a fraqueza e a inconstância nos desagradam; nós não gostamos de tratar senão com homens nos quais supomos um caráter sólido, capaz de resistir às seduções momentâneas que desviam os outros do objetivo que eles se propõem.

Os homens têm tal estima pela força que a admiram mesmo no crime; eis aí, como vimos anteriormente, a fonte da admiração que os povos muitas vezes têm pelos destruidores do gênero humano. Em geral, tudo aquilo que anuncia um grande vigor, uma grande firmeza, uma grande obstinação, parece sobrenatural ao vulgo, que se acha incapaz disso. Eis aí, sem dúvida, o princípio da veneração que provoca nele as grandes austeridades, os gêneros de vida extraordinários, as singularidades para as quais alguns fanáticos ou alguns impostores atraem algumas vezes os olhares. Em poucas palavras, tudo aquilo que assinala força, tanto física quanto moral, impõe respeito. Diz Montaigne que "o mundo não pensa nada útil que não seja penoso; a facilidade é suspeita para ele". Eis por que ele muitas vezes admira alguns grandes esforços que não provam de maneira alguma a virtude. Tais são, talvez, os fundamentos da veneração que os antigos e os modernos tiveram pela moral austera e quase sempre insociável dos estoicos.

A força não é uma virtude senão quando ela é útil ou quando dá consistência às outras virtudes. A força e a firmeza nas coisas não são de nenhuma utilidade, não provam senão uma vaidade pueril; a firmeza nas coisas nocivas ou desagradáveis aos outros provém de um orgulho condenável e deve atrair o desprezo. A verdadeira força é a firmeza no bem; a teimosia é a firmeza no mal. A obstinação, a rigidez no caráter, a dureza, um humor implacável, a falta de indulgência e de polidez são vícios reais por meio dos quais alguns homens limitados algumas vezes imaginam se tornar muito estimáveis: essas disposições, que causam desordens e desgostos no mundo, partem ordinariamente da presunção e da baixeza. Render-se à razão, jamais resistir à equidade ou à sensibilidade de seu coração, ter respeito pelas convenções ou pelos usos racionais, fazer o seu amor-próprio ceder ao dos outros são qualidades que nos tornam amáveis e que mostram muito mais nobreza e força que uma inflexibilidade feroz ou uma tola vaidade. A verdadeira força é aquela que se torna inflexível todas as vezes que se trata da virtude; para ser louvável, ela deve sempre estar acompanhada de uma timidez que faz temer desagradar os outros, feri-los, perder seus direitos à estima e ao amor deles. Essa espécie de timidez é muito compatível com a coragem, com a grandeza de alma e com a força; ela é, como esta última, a guardiã das virtudes[44].

A verdadeira grandeza de alma supõe a virtude; sem isso, ela não seria senão uma vã presunção. Não é senão a justa confiança em suas faculdades que permite empreender grandes coisas, sem se espantar com alguns obstáculos tão assustadores para o comum dos homens. A grandeza de alma, fundamentada na consciência de sua própria dignidade, coloca o homem virtuoso acima das injúrias, das afrontas e dos falatórios que perturbam e desonram tantos corações pusilânimes. Segundo Plutarco, os espartanos, tão famosos por sua coragem, pediam aos deuses em suas preces *a força*

---

44. Plutarco diz que "aqueles que são os mais temerosos e os mais tímidos para as leis são comumente os mais valentes e os mais intrépidos contra os inimigos; e aqueles que temem mais a má reputação temem menos as dores, os sofrimentos e as feridas". É por isso que teve uma grande razão quem disse: "Lá onde está o medo está também a vergonha". Ele tinha dito antes que os lacedemônios tinham capelas consagradas *ao medo*, persuadidos de que o medo é o laço de toda boa civilização (Plutarco, *Vida de Ágis e de Cleômenes*).

de suportar as injúrias: a grandeza de alma faz que elas sejam perdoadas; superior à inveja, à maledicência e à calúnia, ela despreza os seus dardos impotentes, que ela sabe serem incapazes de feri-la ou de perturbar a sua serenidade. A grandeza de alma é franca e verdadeira, porque, fortalecida pela consciência de seu mérito, ela não sente a necessidade de enganar e seduzir com ardis; esses são meios vis que ela deixa para a fraqueza. A grandeza de alma é benfazeja e generosa, porque é necessário energia para sacrificar os seus interesses aos dos outros.

A grandeza de alma confere às ações do homem inviolavelmente ligado à virtude esse vigor que é visto como um desprendimento heroico. Por ela, como diz Sêneca, "a má opinião que deixamos terem de nós causa muitas vezes prazer, quando é por uma boa ação". A consciência segura do homem de bem o coloca, então, acima dos julgamentos do público e o compensa das iniquidades dele. Não existe ninguém para quem o homem virtuoso não pareça maior quando ele suporta com coragem as injustiças da sorte; ele parece, então, medir suas forças com as do destino e lutar com ele corpo a corpo. Sêneca diz "que não existe espetáculo maior para os deuses e para os homens do que o de ver o homem de bem lutando contra a fortuna". Mas esse espetáculo (indigno, sem dúvida, dos deuses senhores da fortuna) é feito para interessar e tocar vivamente os mortais, eles próprios alvos dos golpes da sorte.

É à grandeza de alma ou à força que se deve a paciência, essa qualidade que tantos pretensos bravos consideram um sinal de baixeza e covardia. É importante para os homens fortalecer suas almas e preparar-se de antemão para suportar tantos males pelos quais a vida é assediada a todo momento. O que aconteceria com a sociedade se aqueles que a compõem não pudessem consentir em tolerar uns aos outros? A paciência é, portanto, uma virtude social; ela nos coloca em condições de suportar as desgraças da fortuna, os defeitos e as enfermidades dos homens e as infelicidades da vida. Nada é mais necessário, nas vicissitudes contínuas às quais as coisas humanas estão sujeitas, que estar pronto para suportá-las com firmeza. Diz Anacársis: "É um grande mal não poder suportar nenhum mal; é preciso sofrer, a fim de menos sofrer". Entregar-se, com efeito, a acessos contínuos de impaciência, irritar-se com tudo aquilo que nos contraria não é aliviar o sofrimento, é redobrá-lo incessantemente, é agravar a todo momento algumas feridas que o tempo poderia curar. O homem impaciente é muito infeliz na sociedade que lhe fornece incessantemente causas de perturbação e mau humor. Aquele que é privado de paciência é um homem fraco, cujo bem-estar depende de quem quer que queira atormentá-lo.

A paciência é a mãe da indulgência, tão necessária – como logo veremos – em todas as posições da vida. Uma tola vaidade persuade algumas pessoas de que contribui para a sua glória não tolerar nada. Porém, a experiência cotidiana nos mostra que o homem brando e paciente desperta o interesse de todo mundo, e que ele é bem mais estimado do que aquele que se deixa arrastar pela cólera. Seria essencial acostumar a juventude fogosa a acalmar a impaciência, a se submeter à necessidade, contra a qual é sempre inútil se revoltar, e preveni-la assim contra as adversidades – das quais ninguém pode se gabar de estar sempre isento.

Em poucas palavras, a força é uma virtude que serve de apoio para todas as outras. É preciso firmeza em um mundo corrompido; alguns homens covardes e pusilânimes não fazem senão cambalear no caminho da vida. Sem uma audácia generosa, não se encontraria ninguém que tivesse a coragem de anunciar a verdade – ela não encontra comumente senão inimigos implacáveis naqueles que deveriam amá-la e tomá-la como guia.

Capítulo XIV – Da veracidade

Sócrates dizia que a virtude e a verdade eram a mesma coisa[45]. Com efeito, se a verdade, como tudo prova, é uma necessidade premente para o homem; se ela é da máxima utilidade para todo o gênero humano; se ela é o objeto das investigações do ser racional, parece que os moralistas deveriam ter

---
45. Wollaston reduz todas as noções do bem e do mal moral às de verdade e de mentira. Porém, essa ideia parece ser mais sutil que verdadeira. Sêneca dizia do mesmo modo: "O bem está sempre junto do verdadeiro; porque, se ele não fosse verdadeiro, não seria o bem, mas teria apenas a sua aparência". "A verdade" – diz Píndaro – "é o fundamento da virtude mais sublime."

posto a *veracidade* no rol das virtudes sociais. Nós a definiremos como uma disposição habitual a manifestar aos homens as coisas úteis e necessárias à sua felicidade.

Essa virtude, como todas as outras, é visivelmente derivada da justiça, visto que ela está fundamentada no pacto social que nos obriga a contribuir para o bem-estar de nossos semelhantes – objetivo que não podemos alcançar a não ser ajudando-os com os nossos conselhos, as nossas experiências e as nossas luzes. Todo homem sociável deve a verdade a seus associados, pela mesma razão que lhes deve o seu auxílio, a fim de adquirir o direito de contar com o deles.

Aquele que engana se parece com aqueles que espalham dinheiro falso pelo público; aquele que se recusa a comunicar a seus semelhantes algumas verdades úteis à sua felicidade pode ser comparado com o avaro que não compartilha o seu tesouro com ninguém. Os homens só amam a verdade porque ela lhes é útil; eles deixam de amá-la quando acreditam que ela é contrária aos seus interesses. Porém, nossos extravios provêm comumente do fato de que nós relacionamos a ideia de utilidade a algumas coisas nocivas, e em seguida a ideia de verdade àquilo que julgamos falsamente ser útil. Dizer a verdade aos homens é ensinar-lhes aquilo que é real e constantemente útil ao seu bem-estar, e não aquilo que só é útil de acordo com os seus preconceitos.

As verdades chamadas de *perigosas* são aquelas que contrariam os preconceitos públicos. Porém, não é por isso que essas verdades são menos úteis, visto que as maiores calamidades das nações são devidas a algumas opiniões falsas, a alguns preconceitos perigosos dos quais elas são vítimas. Quem quer que tivesse dito em Roma que um povo conquistador não passa de um bando de salteadores detestáveis teria sido considerado um insensato; e o senado ambicioso não teria deixado de puni-lo como um perturbador do repouso público, como um inimigo da pátria. No entanto, aos olhos de todo homem virtuoso, esse cidadão corajoso teria parecido muito sábio, muito amigo da paz, muito amigo do gênero humano e muito amigo dos próprios romanos, que ele teria procurado desenganar de seus preconceitos injustos e bárbaros, aos quais eles se sacrificavam todos os dias.

Os magistrados dos amicleanos, fatigados com as falsas notícias que várias vezes tinham ameaçado sua cidade com um cerco, proibiram, sob pena de morte, que se falasse disso. Como consequência do silêncio imposto por essa lei, os inimigos realmente vieram, a cidade foi tomada e seus habitantes foram degolados; não se encontrou um cidadão generoso o bastante para advertir sua pátria do perigo ao qual ela estava exposta. Um amicleu corajoso teria, portanto, sido culpado se, desprezando uma lei extravagante, tivesse anunciado audaciosamente uma verdade perigosa, mas necessária à salvação de todos os seus concidadãos?

A veracidade não é uma virtude senão quando revela aos homens alguns objetos necessários à sua alegria, à sua conservação e à sua felicidade permanente. Ela deixa de ser útil e pode se tornar mesmo um mal, quando os aflige sem proveito ou quando prejudica seus interesses reais. Se eu anuncio bruscamente a uma mãe terna, sensível e sobrecarregada pela doença que o seu filho querido está em perigo de morte quando ela está impossibilitada de salvar a sua vida, eu lhe digo uma verdade inútil e nociva, causo-lhe um mal real, desferindo um golpe mortal. Se um tirano envia assassinos para degolar um amigo virtuoso, será que sou obrigado a lhes revelar que esse amigo refugiou-se em minha casa? Não. Sem dúvida, eu me tornaria criminoso revelando a verdade a homens bastante perversos para se tornarem os instrumentos do inimigo da sociedade. Eu não devo a verdade senão quando ela é útil; ela é sempre inútil para os malvados.

É, portanto, à prudência, à razão e à justiça que cabe distinguir as verdades que é preciso dizer daquelas que é preciso calar ou dissimular; as verdades realmente úteis daquelas que são inúteis ou perigosas. Toda verdade que tende evidentemente ao bem da sociedade não pode ser ocultada sem crime; toda verdade que, sem proveito para a sociedade, pode prejudicar alguns de seus membros é uma verdade nociva.

A verdade na conduta chama-se *retidão*, *boa-fé*, *franqueza*, *ingenuidade*, *candura*, *fidelidade*. Todas essas disposições são desejáveis na vida social. O homem correto pode aspirar à estima e à confiança de todos aqueles que têm relações com ele. Os velhacos mais convictos desejam encontrar nos outros as qualidades de que eles mesmos são desprovidos. Querer conhecer os homens é desejar saber suas verdadeiras disposições. Aqueles que demonstram candura, simplicidade, ou que têm – como se diz – *o coração na ponta da língua*, são seres preciosos nas relações da vida. Nós tememos todo homem sombrio e dissimulado, porque ignoramos os meios de tratar com ele; gostamos de um caráter aberto e, muitas vezes, em consideração à sua franqueza, fechamos os olhos para os seus defeitos. A boa-fé e a veracidade são tão raras porque, desde a mais tenra infância, nos acostumamos à mentira, à dissimulação e à falsidade; em seguida, os vícios e as más disposições do coração parecem forçar os homens a não se mostrarem senão mascarados. Apenas o homem de bem não deve temer mostrar-se com o rosto descoberto. "Aquele que caminha com simplicidade caminha com confiança", diz o Sábio.

Capítulo XV – Da atividade

A virtude deve ser atuante; as virtudes contemplativas são inúteis à sociedade quando ela não pode sentir os seus efeitos. Como reconhecem todos os moralistas, a ociosidade e a preguiça são disposições desprezíveis que conduzem infalivelmente ao vício. O interesse da sociedade exige que cada um de seus membros contribua segundo o seu poder para a prosperidade do corpo. Parece, portanto, que se deveria transformar em uma virtude a *atividade*, a ocupação, o amor pelo trabalho, no qual se pode encontrar o meio mais justo e mais honesto de subsistir ou, pelo menos, de se subtrair ao tédio, este impiedoso tirano de todos os desocupados.

Isso posto, definiremos a atividade como uma disposição habitual a contribuir, com o nosso trabalho, para o bem da sociedade. Sêneca compara muito justamente a sociedade com uma abóbada sustentada pela pressão recíproca das pedras que a compõem[46]. Cada corpo, cada ordem de cidadãos, cada família, cada indivíduo devem, à sua maneira, contribuir para a sustentação do conjunto, no qual, para seguir a comparação de Sêneca, não deve haver nenhuma pedra solta; o legislador é o fecho destinado a manter cada uma em seu lugar. O soberano deve zelar por tudo, seus ministros são feitos para auxiliar em seus objetivos; os magistrados devem ocupar-se em fazer as leis serem cumpridas; as pessoas importantes e os poderosos devem sustentar os fracos, os ricos devem dar assistência aos pobres, o agricultor deve alimentar a sociedade, o sábio e o artista devem esclarecê-la e tornar seus trabalhos mais fáceis, o soldado deve defender aqueles que o fazem subsistir.

O homem desocupado que não faz nada pela sociedade é um membro inútil dessa sociedade e não pode – sem injustiça – aspirar às vantagens da vida social, à estima, às honrarias e às distinções; essas recompensas são devidas apenas àqueles dos quais a pátria pode obter auxílio. Eis aí como os interesses particulares encontram-se necessariamente unidos ao interesse público, e não podem de maneira alguma ser separados dele.

---

46. "*Societas nostra lapidum fornicationi simillima est; quae casura, nisi invicem obstarent; hoc ipso sustinetur*" (Sêneca, epístola 95, edição *variorum*, tomo II, p. 471). Cito a página porque essa epístola é muito longa.

Essas reflexões naturais podem fazer ver aquilo que devemos pensar desses moralistas irrefletidos que aconselham a alguns seres sociáveis que se tornem selvagens, que se isolem da sociedade e se ocupem unicamente consigo mesmos, sem tomar nenhuma parte no interesse geral. Uma moral mais sensata faz que seja um dever de todo cidadão contribuir segundo as suas forças para a utilidade pública. Uma política sábia deve convocar todos os cidadãos para servirem ao Estado e, guiada pela justiça, ela deveria preferir a todos os outros aqueles que se distinguem por sua atividade, por seus talentos e por seu mérito pessoal.

Em uma sociedade justa e bem constituída, não deve ser permitido que ninguém se isole ou viva inutilmente. Não é senão em uma sociedade corrompida que o homem de bem, isolado pela injustiça, é forçado a se concentrar em si mesmo. Toda nação submetida à tirania pode ser comparada a uma abóbada esmagada pelo peso de seu fecho, na qual todas as pedras estão desunidas. Nesse edifício ruinoso não se encontra nenhuma ligação, nenhum conjunto; as corporações são inimigas, cada um vive apenas para si, os cidadãos se dispersam, não existe mais espírito público; uma profunda indiferença apodera-se de todos os corações; o sábio, obrigado a envolver-se tristemente com o manto filosófico, está reduzido a desfrutar, no círculo estreito de seus semelhantes, do bem-estar que ele buscaria inutilmente fora daí.

A ambição é uma paixão louvável, nobre e justa quando é despertada pela ideia da consideração ligada aos serviços que se pode prestar a seu país. Essa paixão é legítima quando é acompanhada da vontade e da capacidade de fazer um grande número de felizes. Porém, ela é muito condenável quando não se propõe senão o exercício de um poder injusto; ela é vil quando não quer exercer seu domínio senão sobre alguns infelizes ou tirar proveito dos despojos do naufrágio da pátria. A desocupação, a inação e o retiro são deveres para o homem honesto sempre que ele se vê na impossibilidade de fazer o bem. A atividade só é uma virtude quando ela contribui para a utilidade geral.

Refletindo sobre esses princípios, poderemos facilmente descobrir as causas da maioria das desordens que vemos reinar nas sociedades. Por uma consequência necessária da injustiça dos políticos, que não se propõem senão os seus vis interesses, a atividade de todos aqueles que participam do poder não tem como objetivo senão o seu interesse pessoal; a virtude e os talentos, excluídos dos cargos, são forçados a definhar na inação. A sociedade se enche de malvados que só são ativos para lhe fazer mal ou de desocupados perpetuamente absortos em enganar o seu tédio, seja por meio de divertimentos frívolos, seja por meio de vícios vergonhosos. É assim que o mel é continuamente devorado por alguns zangões malfazejos, pouquíssimo dispostos a contribuir para o bem de uma sociedade à qual eles não têm nenhum apego.

Incitar ao trabalho os cidadãos, empregá-los segundo os seus talentos, impedi-los de ser ociosos ou de tirar proveito, sem nada fazer, dos trabalhos da sociedade, deveria ser o objeto dos cuidados contínuos de um político sábio. Todo homem que trabalha é um cidadão estimável; todo homem que vive na inação é um membro inútil, cujos vícios não tardarão a se tornar incômodos para os seus associados. É preciso ter trabalhado para ter o direito de desfrutar das doçuras do repouso; o repouso contínuo é, de todos os estados, o mais fatigante para o homem[47]. A inação torna o espírito doente, do mesmo modo que a falta de exercício enche o corpo de enfermidades[48].

Capítulo XVI – Da brandura, da indulgência, da tolerância, da complacência e da polidez, ou das qualidades agradáveis na vida social

Das virtudes sociais que acabaram de ser examinadas, decorrem algumas qualidades próprias para tornar queridos aqueles que as possuem, e cuja ausência torna-se quase sempre muito fatal à harmonia social e à doçura da vida. Essas qualidades são verdadeiramente úteis à sociedade, visto que tendem a aproximar os seus membros; sem serem virtudes, derivam delas; todas, assim como as virtudes, fundamentam-se na justiça, que nos ensina que devemos nos tornar amáveis se quisermos adquirir o direito de ser amados. Um ser verdadei-

---

47. Um grão-senhor dizia um dia, na presença de seu caseiro, "que estava mortalmente entediado". O caseiro respondeu-lhe: "É que, para vós, é sempre domingo."
48. "A inação" – diz o autor do livro *Sobre os costumes*, já citado – "é uma espécie de letargia igualmente perniciosa para a alma e para o corpo" (Parte II, cap. II, art. 2, § 1).

ramente sociável deve, pelo seu interesse, possuir ou adquirir as disposições apropriadas para lhe granjear o apego daqueles cujos sentimentos favoráveis contribuem para a sua felicidade. Todo homem que se ama verdadeiramente deve desejar ver esse sentimento tão natural compartilhado pelos outros. O homem mais vaidoso, o mais presunçoso, fica aflito quando se vê privado dos sufrágios daqueles mesmos que ele parece desprezar.

A indulgência e a brandura são disposições muito necessárias na vida social, que nos fazem suportar as falhas e as fraquezas dos outros. Elas se fundamentam na equidade, o que nos faz sentir que, para sermos perdoados pelas falhas ou fraquezas a que estamos sujeitos, devemos perdoar e suportar as enfermidades que vemos naqueles com quem vivemos. A indulgência é o fruto de uma paciência refletida, de um grande hábito de vencermos a nós mesmos, de resistirmos à cólera que muitas vezes nos revolta contra as pessoas ou as coisas contra as quais nos chocamos.

Essa disposição é visivelmente emanada da humanidade – virtude que, como já vimos, nos faz amar os homens tais como eles são. A compaixão nos faz lastimar os próprios malvados, porque tudo nos mostra que eles são as primeiras vítimas de suas loucuras criminosas.

A brandura e a indulgência verdadeiras são os frutos raros da reflexão, da experiência e da razão. Podemos considerá-las, nos homens vivos e sensíveis, o máximo esforço da razão humana. Essas disposições não se encontram naturalmente senão em um pequeno número de almas ao mesmo tempo fortes e ternas, nas quais a natureza tomou o cuidado de temperar as paixões. As imaginações vivas, os espíritos impetuosos, encontram em seu temperamento obstáculos intransponíveis à indulgência. A brandura tem direitos sobre todos os corações; os homens mais arrebatados prestam-lhe homenagem e se deixam desarmar por ela.

Quanto mais o homem é esclarecido, mais ele sente a necessidade da indulgência[49]. Ninguém é menos indulgente que os ignorantes e os tolos. O grande homem deveria ser forte demais para ser ferido por algumas minúcias indignas de ocupá-lo; ele quase não se apercebe dos ridículos e dos defeitos tão evidentes para a malignidade vulgar. Os ignorantes são privados de indulgência porque jamais refletiram sobre a fragilidade humana; os tolos carecem de indulgência porque as tolices dos outros e, sobretudo, das pessoas de espírito parecem degradar essas últimas e aproximá-las dos tolos. É preciso ter nascido sensível e brando; é preciso ter humanidade; é preciso ter-se habituado à moderação, à temperança e à equidade, para ter ou para adquirir essa indulgência tão necessária e tão rara na vida social.

---

49. "A indulgência" – diz um célebre filósofo – "é uma justiça que a fraca humanidade está no direito de exigir da sabedoria. Ora, nada é mais apropriado para nos levar à indulgência, para fechar os nossos olhos para o ódio e abri-los para os princípios de uma moral humana e branda que o conhecimento profundo do coração humano: assim, os homens mais esclarecidos teriam quase sempre sido os mais indulgentes" (cf. *Do espírito*, discurso I, cap. 4).

A indulgência que temos para com as opiniões e os erros dos homens é chamada de *tolerância*. Por pouco que consultemos a experiência, a razão, a equidade e a humanidade, reconheceremos que nada é mais necessário que essa disposição; que nada é, ao mesmo tempo, mais tirânico e mais insensato do que odiar ou atormentar nossos semelhantes porque eles não pensam como nós. Será, portanto, que os homens teriam o poder de ter ou não ter as opiniões que lhes foram inculcadas desde a infância e que lhes fizeram considerar essenciais à sua felicidade? Será menos irracional detestar um homem pelos seus erros do que por não ter nascido dos mesmos pais, por não ter recebido as mesmas ideias, por não ter aprendido a mesma língua que nós? As opiniões, verdadeiras ou falsas, são hábitos adquiridos desde a mais tenra idade e estão de tal modo identificados com aquele que os recebeu que é comumente impossível extirpá-los[50]. É tão pouco justo odiar alguém porque ele se engana quanto odiá-lo por não ter olhos tão bons, tanta destreza ou tanto espírito quanto nós. Os erros dos homens quanto aos objetos que eles julgam muito importantes para eles são sempre involuntários; eles só são obsti-

---

50. Montaigne diz, com grande razão: "E jamais existiram no mundo duas opiniões idênticas, não mais que dois pelos ou dois grãos. Sua mais universal qualidade é a diversidade" (*Ensaios*, livro II, cap. 37, parte final).
O doutor Swift* observou muito bem que "os homens têm comumente bastante religião para se odiarem, mas que eles raramente têm bastante para amarem uns aos outros".

* Jonathan Swift (1667-1745), escritor satírico britânico nascido em Dublin. Sua obra mais conhecida é *As viagens de Gulliver*. (N. T.)

nados em suas ideias porque acreditam que é muito perigoso modificá-las; querer arrancá-las deles é querer que renunciem à sua felicidade para serem complacentes conosco. Todo homem que, achando-se mais forte, violenta outro para fazê-lo adotar as suas próprias opiniões dá evidentemente a este outro o direito de violentá-lo, por sua vez, quando for o mais forte. O maometano que, tendo a força do seu lado, acredita que tem o direito de atormentar o brâmane, o pársi ou o cristão dá evidentemente a esses últimos o direito de atormentá-lo quando eles tiverem poder para isso.

Em poucas palavras, nada é mais injusto, mais desumano, mais extravagante e mais contrário ao repouso da sociedade que odiar e perseguir seus semelhantes por causa de algumas opiniões. Porém – nos dirão –, se essas opiniões são perigosas, não será preciso sufocá-las? As opiniões só são perigosas quando se quer fazer os outros adotá-las à força. O crime está sempre do lado daquele que primeiro empregou a violência. Quem quer que deseje tiranizar merece que lhe seja oposta a força e não tem direito de se queixar quando se servem das mesmas armas contra ele. Alguns agressores injustos podem ser justamente punidos ou repelidos. Dirão, talvez, que aquele que tem algumas opiniões verdadeiras está no direito de usar a força para reconduzir à verdade aqueles que se desviaram dela. Mas, em matéria de opiniões, cada um está certo de ter a verdade do seu lado; e se, de acordo com essa presunção, se está autorizado a constranger ou a perseguir os outros, é evidente que todos os povos da Terra, cada um dos quais acredita desfrutar exclusivamente da verdade, estarão autorizados a exterminar uns aos outros por causa dos seus diversos sistemas. De onde se vê que nada é mais apropriado para tornar os homens insociáveis do que a falta de indulgência em matéria de opiniões. Se alguém merecesse ser privado dos direitos da humanidade, seria evidentemente aquele que desejasse que fossem degolados sem piedade todos os que não pensassem como ele.

Como o homem em sociedade deve, por seu próprio interesse, procurar se tornar agradável, a *complacência* honesta deve ser considerada uma qualidade louvável. É possível defini-la como uma disposição habitual a se conformar às vontades justas e aos gostos racionais dos seres com quem vivemos. Quem se recusar a se prestar aos desejos e aos prazeres legítimos dos outros demonstra presunção, denuncia um humor pouco sociável e perde o direito de exigir a complacência de seus associados. A complacência é um dos laços mais doces da vida; ela supõe a brandura do caráter, facilidade e flexibilidade apropriadas para fazer que sejamos amados. Não se deve confundi-la com uma covarde condescendência para com os vícios, nem com uma vil adulação cujo efeito é alimentar as disposições mais criminosas. Os limites da complacência, assim como os de todas as outras qualidades sociais, estão evidentemente fixados pela equidade, que proíbe que nos conformemos a alguns gostos viciosos e perversos. A complacência torna-se condenável quando causa dano, seja àqueles com quem nós a mostramos, seja à sociedade; ela não é, nesse caso, senão uma baixeza digna de todo o nosso desprezo.

A complacência justa, humana e sociável é a alma da vida; ela estreita os laços da união conjugal, conserva a amizade, nos habitua a contentar todos os seres com os quais temos algumas relações. Contida em seus justos limites, a complacência nos torna queridos por todo mundo. Porém, quando ela é excessiva, ela nos faz ser desprezados por aqueles mesmos com quem nós a manifestamos. Ela deve estar fundamentada na bondade, na filantropia, em um desejo de agradar por meios equitativos. Ela desagrada e nos avilta a partir do momento em que não se propõe senão a um interesse sórdido. A complacência do cortesão, do parasita e do adulador não indica senão a baixeza de suas almas e os torna desprezíveis mesmo para aqueles que se fartam com as suas lisonjas. O verdadeiro amigo estima aquele que ele ama e não lhe pede senão coisas incapazes de degradá-lo. Exigindo uma complacência covarde, o amigo seria um verdadeiro tirano.

Todas as qualidades sociais das quais acabamos de falar só podem ser sinceras ou estar solidamente estabelecidas tendo como base a bondade, a brandura de caráter, dom precioso da natureza que quase não é encontrado nas almas impetuosas, nos espíritos altivos e nas pessoas privadas da educação e do convívio social. O homem do povo não aprendeu absolutamente a vencer a si mesmo. No entanto, a moral fornece àqueles que quiserem consultá-la alguns motivos para combater os impulsos do orgulho e de um temperamento muito irascível. Ela nos leva de volta à equidade; ela nos mostra que os seres desprovidos de brandura, indulgência e complacência revoltam todo mundo, sobretudo as pessoas mais arrebatadas; ela nos prova que a brandura, ao contrário, prevalece sobre a violência e triunfa bem mais seguramente que a força ou a astúcia. Voltando-se muitas vezes para dentro de si mesmo, todo homem racional pode conseguir domar o seu caráter e conferir à sua conduta o tom necessário para agradar a sociedade. Será que o exemplo dos cortesãos não nos prova a que ponto o caráter pode ser modificado? Vê-se na corte os homens mais arrogantes, os mais coléricos e os mais vaidosos suportarem com paciência as afrontas mais cruéis e não oporem senão um silêncio respeitoso aos discursos mais ofensivos de seus senhores.

O homem sociável é feito para se observar, se reprimir, trabalhar sobre si mesmo quando a natureza não lhe concedeu as disposições necessárias para se tornar agradável. Sob pena de ser punido com a aversão de todos aqueles que o rodeiam, um ser suscetível de razão e reflexão é obrigado a se voltar para dentro de si mesmo, a julgar suas ações, a se condenar quando errou e a se corrigir de seus defeitos. Qualquer um que se recuse a reprimir suas paixões e seu humor faz necessariamente os outros sofrerem e dificilmente pode se gabar de atrair sua afeição.

Existem ainda outras qualidades que contribuem para tornar o homem agradável nas relações da vida; tal é, sobretudo, a *polidez*, que pode ser definida como o hábito de mostrar às pessoas com quem vivemos os sentimentos e o respeito que devem uns aos outros, reciprocamente, os seres reunidos em sociedade. Tal é também o cuidado de se conformar às regras da decência. Por fim, deve-se pôr no rol das disposições feitas para contribuir para o encanto da vida o espírito, a jovialidade, a alegria, os conhecimentos – sejam úteis ou agradáveis –, as ciências, o gosto, os talentos etc. Mas nós nos comprometemos a entrar em alguns detalhes sobre essas qualidades na sequência desta obra[51].

Em geral, a vida social exige uma atenção sobre nós mesmos, um desejo de agradar os outros, uma timidez racional que deve nos fazer afastar de nossos discursos e de nossas maneiras tudo aquilo que pode indispor. Sem essa timidez louvável, a sociedade seria incômoda e aborrecida. Se a justiça prescreve a todo homem que respeite o seu semelhante, a humanidade faz que ele tenha o dever de poupar as suas fraquezas. Qualquer um que seja muito altivo para dobrar seu caráter e domar seu humor deve viver sozinho e se mostra pouco afeito ao relacionamento com os homens.

Todo homem que deseja viver agradavelmente não deve jamais perder de vista os seus associados. Segundo um moralista moderno, muito sensato, toda a vida do homem não deve ser senão "um encadeamento da atenção ao presente, da previdência para o futuro e do retorno ao passado"[52]. Assim,

---
51. Conferir a Parte II, Seção II, Cap. VII.
52. Cf. as *Lições da sabedoria**.
* É bem provável que Holbach esteja se referindo ao livro *Les leçons de la sagesse sur les défauts des hommes* [As lições da sabedoria sobre os defeitos dos homens] (1758), de Louis de Bonnaire. (N. T.)

como iremos provar, o malvado não passa nunca de um imprudente, um insensato, um estouvado que, em sua embriaguez ou em sua loucura, trabalha continuamente para destruir a felicidade que ele acredita encontrar cometendo o mal. Nenhum homem se basta a si mesmo; nenhum homem em sociedade pode se tornar feliz à custa de todos os outros – de onde se deduz que, pela própria natureza das coisas, nenhum homem pode prejudicar os seus semelhantes sem prejudicar a si mesmo.

Seção Terceira – Do mal moral ou dos crimes, dos vícios e dos defeitos dos homens

Capítulo I – Dos crimes, da injustiça, do homicídio, do roubo e da crueldade

O exame que acaba de ser feito das virtudes sociais, assim como das qualidades desejáveis que delas são derivadas ou que as acompanham, nos prova que não é senão praticando-as que o homem em sociedade pode obter a afeição, a estima e o bem-estar pelos quais ele não cessa de suspirar. Alguns interesses tão evidentes deveriam ser motivos bem poderosos para determinar todo ser racional seja a cultivar as disposições felizes que ele recebeu da natureza, seja a tratar de adquiri-las e torná-las habituais e familiares para si – em vista das recompensas que ele vê ligadas a elas –, seja, enfim, a combater, reprimir e aniquilar, se possível, as inclinações desregradas, as paixões perigosas, os vícios e os defeitos cujo efeito infalível seria torná-lo odioso, desprezível, castigável e infeliz. Mostremos, portanto, a todo homem, da maneira mais clara, que não existe nenhum vício que não seja severamente castigado pela própria natureza das coisas e pela sociedade, e que toda conduta nociva aos outros termina sempre por recair sobre aquele que a adota. Segundo Platão, "a dor segue sempre o vício". Hesíodo diz que "ela nasce com ele". O homem deixa de ser feliz a partir do momento em que se torna culpado.

Se, como tanto se tem provado, a virtude é o hábito de contribuir para o bem-estar da vida social, o *vício* deve ser definido como o hábito de causar dano à felicidade da sociedade – da qual, sendo nós mesmos os membros, experimentamos a reação necessária. Se somente a virtude merece a afeição, a estima e a veneração dos homens, o vício merece o seu ódio, seu desprezo e seus castigos. Se é apenas na virtude que consistem a verdadeira glória e a verdadeira honra, o vício não pode atrair senão a vergonha e a ignomínia. Se a boa consciência ou a estima merecida por si mesmo é um bem reservado à inocência e à virtude, o temor, o opróbrio, o remorso e o desprezo por si devem ser o quinhão do crime. Se apenas o homem virtuoso pode ser considerado verdadeiramente sábio, racional, esclarecido, o vicioso não passa de um cego, um insensato, uma criança desprovida de experiência e de razão que desconhece os seus mais caros interesses. Se o homem que pratica a virtude é o ser verdadeiramente sociável, tudo nos mostra que o perverso é um furioso que se ocupa em romper os laços da sociedade, que demole a casa feita para lhe servir de abrigo. Enfim, se todas as virtudes são derivadas da justiça, todos os crimes, vícios e defeitos dos homens são violações mais ou menos acentuadas da equidade, dos direitos do homem, daquilo que o ser sociável deve a si mesmo e aos outros.

É injusto causar dano aos seus associados, porque nenhum homem tem o direito de fazer mal aos seus semelhantes. É causar dano a si mesmo atrair, pela sua conduta, o desprezo ou o ressentimento da sociedade, que, para a sua própria conservação, é obrigada a punir aqueles que a ultrajam. São chamadas de *crimes*, *delitos* e *atentados* as ações que perturbam evidentemente a sociedade. O assassinato, a opressão, a violência, o adultério e o roubo são crimes ou violações graves da justiça, feitos para inspirar o terror em todos os cidadãos: não existe membro da sociedade que não esteja interessado no castigo de semelhantes excessos, dos quais cada um pode temer se tornar vítima. Todo homem que se entrega a eles se declara inimigo de todos; desse mesmo modo, ele os adverte de que renuncia à associação e, por conseguinte, à proteção e ao bem-estar que a sociedade só se compromete a lhe proporcionar com a condição expressa de ser justo, contribuir para a felicidade dela ou, pelo menos, não interpor nenhum obstáculo a isso. O perverso incita todos os homens contra ele, aniquila seus próprios direitos, se expõe ao ressentimento daqueles de quem necessita para a sua felicidade.

Se entre os homens a vida é considerada o maior dos bens, não existe nenhum outro que a sociedade esteja mais interessada em defender. O homicídio é, portanto, muito justamente considerado o atentado mais negro que se possa cometer. Aquele que arranca a vida de seu semelhante parece desprovido de justiça, humanidade e piedade – e, por conseguinte, é um monstro contra quem a sociedade deve se armar. Aquele que mata seu benfeitor junta ainda a essas disposições tão criminosas a ingratidão mais atroz. Aquele que mata seu pai deve inspirar um horror especial; ele parece ter espezinhado alguns sentimentos que o hábito deveria ter identificado com ele; supõe-se que depois de ter transposto os obstáculos e rompido os laços que deveriam tê-lo impedido de cometer semelhante delito, o parricida deve estar familiarizado com o crime a ponto de a vida dos outros homens não passar de um jogo para ele.

Os crimes, do mesmo modo que as virtudes, são quase sempre efeitos do hábito; é pouco a pouco que os homens se tornam perversos[53]. O crime planejado parece bem mais odioso do que aquele que não passa do efeito da efervescência passageira de alguma paixão súbita, que pôde produzir no homem uma loucura momentânea. Aquele que cometeu um crime dessa maneira torna-se objeto de piedade. Um único crime nem sempre evidencia um coração totalmente deprava-

---

53. "*Nemo repente fuit turpissimus*" [Nenhum homem se torna perverso repentinamente] (Juvenal, *Sátiras*, II, 83).

do; mas o crime premeditado ou reiterado indica uma natureza empedernida no mal, para a qual a maldade é uma necessidade e que, a partir disso, é indigna de qualquer compaixão. Os grandes crimes evidenciam um temperamento indomável, uma espécie de delírio ou algumas disposições funestas enraizadas pelo hábito, que tornam muitas vezes o homem capaz de cometer as ações mais atrozes com sangue-frio. Os Calígula, os Nero e os Cômodo parecem ter sido loucos perigosíssimos, sem dúvida, mas muito menos odiosos que um Tibério, cuja crueldade foi sempre tranquila e refletida.

Pensar com prazer nas vantagens que podem resultar de um crime, ocupar-se sem descanso do interesse que pode haver em cometê-lo, excitar incessantemente a imaginação com a imagem do proveito que pode resultar dele – eis os degraus que conduzem os homens ao crime. Eles se inebriam a ponto de não enxergar as consequências disso. Todo homem sujeito à cólera desejaria no mesmo momento a destruição daquele que o irrita; porém, acostumado a refletir sobre as consequências de suas ações, ele sente calafrios com a visão do perigo ao qual podia expô-lo o impulso de uma paixão temerária. Se tem grandeza de alma, ele esquece a ofensa que recebeu e não pensa mais em se vingar.

Os grandes crimes evidenciam comumente a falta de uma educação apropriada para modificar os homens, ou seja, para habituá-los a resistir às suas inclinações cegas. As pessoas bem-educadas estão acostumadas a não pensar no crime senão com horror; a simples ideia de um assassinato as faz tremer; o roubo não se mostra aos seus olhos a não ser acompanhado de infâmia. Porém, essas mesmas pessoas deixarão de encarar o homicídio pelo mesmo ponto de vista quando o preconceito as tiver persuadido de que um duelo é uma coisa necessária para a sua honra. Outras permitirão a si mesmas o roubo e a rapina porque se acreditarão autorizadas a isso pela lei, pelo uso e pela opinião pública. Como existem pessoas que imaginam que a permissão do príncipe as autoriza a despojar os cidadãos!

Para fixar nossas ideias sobre as ações dos homens, é útil defini-las com precisão. Isso posto, o roubo é toda ação que priva um homem injustamente e contra a sua vontade daquilo que ele tem o direito de possuir; é uma violação da propriedade que toda sociedade se compromete a conservar para cada um de seus membros. Nenhuma lei pode autorizar ações contrárias ao objetivo da sociedade. Assim, todo homem justo jamais se prestará aos pontos de vista introduzidos pela tirania e altamente contraditos pela equidade natural; esta última proíbe que todos os homens se apoderem dos bens alheios e faz do roubo um crime, sob qualquer nome com o qual se procure encobri-lo. Ela mostra que as conquistas são roubos de reinos e de províncias, e que as guerras injustas são assassinatos. Ela mostra que os impostos que não têm como objetivo a utilidade pública são roubos comprovados; que os lucros ilícitos, os emolumentos injustos, a recusa de pagar suas dívidas, as extorsões, as rapinas e os peculatos do despotismo são roubos tão criminosos quanto aqueles cometidos nas estradas[54]. Os ladrões comuns podem ao menos jogar a culpa dos seus crimes sobre a miséria, sobre a carência, sobre a necessidade que não conhece nenhuma lei, ao passo que os tiranos e seus sequazes quase sempre não roubam senão para adquirir o supérfluo, do qual só fazem um uso evidentemente contrário à felicidade da sociedade particular e à de todo o gênero humano.

Quando as nações estão corrompidas, elas se familiarizam facilmente com as ações mais criminosas. Além disso, o número e a posição social dos culpados parecem enobrecer a conduta mais desonrosa, e a negligência dos legisladores parece, de alguma maneira, absolvê-la. Uma pessoa ilustre que toma empréstimos de todos os lados; um pródigo que, após ter dissipado insensatamente a sua fortuna, arruína seus credores; um comerciante que, abusando da confiança que mostram nele, desarranja pela sua má conduta ou pelos seus empreendimentos arriscados os seus próprios negócios, e faz que os outros vão à bancarrota, não são na maioria das vezes nem punidos, nem desonrados. Eles se mostram descaradamente na sociedade e mesmo, algumas vezes, glorificam-se

---

54. Os velhacos pouco se preocupam em chamar as coisas pelo seu verdadeiro nome. Quando os beduínos árabes pilharam uma caravana e despojaram alguns viajantes, eles dizem que *ganharam* aquilo que apanharam. Os patifes chamam seu ofício de *trabalho* e dão o nome de *lucro* aos frutos de suas extorsões, que eles designam pelo nome de *um bom negócio*. Na boa moral, todo homem que se apodera do bem alheio, ou que desfruta da paga e das recompensas da sociedade sem nenhum proveito para ela, é um ladrão.

com suas patifarias. Porém, aos olhos do homem justo, esses diferentes personagens não passam de infames ladrões que as leis deveriam punir – ou, pelo menos, que, na falta disso, as boas companhias deveriam excluir sem piedade. Se aqueles que vivem à custa dos outros são ladrões, os aderentes e os parasitas do pródigo ou do velhaco endividado são verdadeiros receptadores.

A moral nos leva a fazer o mesmo juízo de todos esses vendedores de má-fé que, sem pudor e sem remorsos, tiram proveito da simplicidade, do pouco conhecimento ou da necessidade dos outros para enganá-los indignamente.

Muitos mercadores se persuadem de que a sua profissão os coloca no direito de aproveitar todas as oportunidades para ganhar, que todo ganho é legítimo. E mesmo aqueles que em qualquer outra coisa temeriam violar as regras da probidade mais severa e ferir a sua consciência não têm mais probidade nem consciência a partir do momento em que se trata do seu ofício. Além disso, existem homens bastante perversos para se vangloriarem abertamente da maneira vergonhosa como abusaram da credulidade alheia. A ignorância muito comum na qual vive o povo acerca dos verdadeiros princípios da justiça faz que, sobretudo nas grandes cidades, quase todos os pequenos comerciantes sejam ladrões e velhacos. É somente entre os comerciantes de uma ordem mais elevada que se encontra a honra e a boa-fé, sentimentos que somente a boa educação pode inspirar.

A indigência, a preguiça e o vício levam comumente ao crime. Os homens que desfrutam do necessário ou que o obtêm pelo seu trabalho, que não têm nenhum vício a satisfazer, quase não são tentados a roubar ou a perturbar a sociedade. Os vícios fazem cometer crimes, para contentar alguns vícios dos quais se adquiriu o desgraçado hábito. O homem do povo, a partir do momento em que não tem nada para fazer, torna-se necessariamente vicioso e se entrega a todos os tipos de crimes para saciar suas novas necessidades. O homem opulento e poderoso é comumente repleto de vícios e necessidades porque é desocupado; como a mais ampla fortuna mal é suficiente para saciar a sua cupidez, ele se crê forçado a recorrer ao crime, na esperança frívola de se tornar mais feliz.

A *injustiça* pode ser definida, de modo geral, como uma disposição a violar os direitos dos outros em favor de nosso interesse pessoal. A *tirania* é a injustiça exercida contra toda a sociedade por aqueles que a governam. Como toda autoridade legítima não é fundamentada senão nas vantagens proporcionadas àqueles sobre quem ela é exercida, essa autoridade torna-se uma tirania a partir do momento em que se abusa dela contra eles; ela não passa, então, de uma usurpação odiosa. Como não é senão com a intenção de usufruir das vantagens da justiça que os homens vivem em sociedade, vê-se muito claramente que a injustiça aniquila o pacto social e que, então, a sociedade se parece apenas com inimigos sempre prontos a causar dano uns aos outros, opressores e oprimidos.

A injustiça afrouxa e dissolve os laços da sociedade conjugal: um marido, transformado em tirano, não tem mais o direito de esperar de sua mulher sentimentos de amor; um pai injusto não encontra senão inimigos em seus próprios filhos; um patrão injusto não deve contar com a dedicação de seus servidores. Todo homem injusto parece, por sua conduta, anunciar a todos aqueles que têm relações com ele que ele renuncia à sua afeição, que ele consente no seu ódio, que ele não tem necessidade de ninguém e não pensa senão em si. Em poucas palavras, a justiça é o esteio do mundo, e a injustiça é a fonte de todas as calamidades pelas quais ele é afligido.

Se a humanidade, a compaixão e a sensibilidade são virtudes necessárias à sociedade, a ausência dessas disposições deve ser encarada como odiosa e criminosa. Um homem que não gosta de ninguém, que recusa auxílio a seus semelhantes, que se mostra insensível aos seus sofrimentos, que tem prazer em vê-los sofrer em vez de ser tocado por suas misérias, é um monstro indigno de viver em sociedade, que seu horrível caráter condena a morar em um deserto com os bichos que se parecem com ele. Ser desumano é deixar de ser homem; ser insensível é ter recebido da natureza uma organização incompatível com a vida social; ou, então, é ter adquirido o hábito de se empedernir diante dos males que se deveria aliviar. Ser cruel é achar prazer nos sofrimentos dos outros; disposição que faz o homem descer abaixo das bestas: o lobo dilacera sua presa, mas é para devorá-la, ou seja, para satisfazer a necessidade premente da fome; ao passo que o homem cruel farta agradavelmente a sua imaginação com a ideia dos tormentos de seus semelhantes, tem prazer em fazê-los durar, procura maneiras engenhosas de tornar mais intensos os aguilhões da dor e transforma em um espetáculo, em um gozo para si os males que ele vê os outros sofrerem.

Por pouco que se reflita, tem-se motivo para se consternar vendo a inclinação que os homens, em sua maioria, têm para a crueldade. Todo um povo acorre em multidão para desfrutar do suplício das vítimas que as leis condenam à morte; nós o vemos contemplar com um olhar ávido as convulsões e angústias do miserável que se entrega ao furor dos carrascos; quanto mais os seus tormentos são cruéis, mais eles excitam os desejos de uma população desumana, no rosto da qual logo se vê, no entanto, o horror se pintar. Uma conduta tão bizarra e tão contraditória é devida à curiosidade, ou seja, à necessidade de ser fortemente afetado, efeito que nada produz tão vivamente no homem quanto a visão de seu semelhante atormentado pela dor e lutando contra a própria destruição. Essa curiosidade contentada dá lugar à piedade, ou seja, à reflexão, ao retorno que cada um faz para dentro de si mesmo, à imaginação que o coloca, de alguma maneira, no lugar do desgraçado que ele vê sofrer. No começo dessa medonha tragédia, atraído por sua curiosidade, o espectador é por algum tempo sustentado pela ideia de sua própria segurança, pela comparação vantajosa de sua situação com a do criminoso, pela indignação e pelo ódio que causam os crimes pelos quais esse desgraçado vai sofrer o castigo e pelo espírito de vingança que a sentença do juiz lhe inspira. Porém, no fim, a cessação desses motivos permite que ele se interesse pela sorte de um ser de sua espécie, que a reflexão lhe mostra ser sensível e estar dilacerado pela dor.

É assim que se podem explicar essas alternativas de crueldade e piedade tão comuns entre a gente do povo. As pessoas bem-educadas são normalmente isentas dessa curiosidade bárbara; mais acostumadas a pensar, elas se tornam assim mais sensíveis, e seus órgãos menos fortes teriam dificuldade para resistir ao espetáculo de um homem cruelmente atormentado. De onde se pode concluir, como foi dito anteriormente, que a piedade é o fruto de um espírito exercitado, no qual a educação, a experiência e a razão amorteceram essa curiosidade cruel que leva as pessoas comuns para o pé dos cadafalsos.

As crianças são comumente cruéis, como se pode julgar pela maneira como tratam os pássaros e os animais que elas têm em seu poder. Nós as vemos chorar, em seguida, quando elas os fizeram perecer, porque estão privadas deles. Sua crueldade tem como motivo a curiosidade, que vem se juntar ao desejo de testar suas forças ou exercer seu poder. Uma criança não escuta senão os impulsos súbitos de seus desejos e temores; se ela tivesse força para isso, exterminaria todos aqueles que se opõem às suas fantasias. É na idade mais tenra que se deveria reprimir as paixões do homem; é então que seria necessário sufocar cuidadosamente todas as disposições cruéis, acostumá-lo a se enternecer com o sofrimento alheio e exercer a piedade, tão necessária e tão rara na vida social[55].

A história nos mostra os tronos quase sempre repletos de tiranos ferozes e cruéis; nada é mais raro que os príncipes a quem tenha sido ensinado desde a infância a reprimir seus movimentos desregrados. Dá-se a eles, pelo contrário, uma tão alta ideia sobre si mesmos e uma ideia tão baixa sobre o resto dos humanos que eles consideram os povos como destinados, pela natureza, a servir-lhes como brinquedos. É assim que se formam tantos monstros, que se divertem em sacrificar alguns milhões de homens às suas paixões indomáveis e mesmo às suas fantasias passageiras. Ao colocar fogo em Roma, Nero não procurou senão satisfazer a sua curiosidade; ele quis ver um incêndio imenso e alimentar seu orgulho com a ideia de seu poder sem limites, que lhe permitia ousar de tudo contra um povo escravizado. O orgulho foi sempre um dos principais motores da crueldade e do esquecimento daquilo que se deve aos homens.

Longe de dar aos poderosos da Terra um coração sensível e terno, tudo colabora para lhes inspirar sentimentos ferozes: incitando o seu ardor guerreiro, eles são familiarizados com o sangue, são habituados a contemplar com os

---

55. Dizem que uma sábia nação recusou um cargo de magistratura a um homem considerável porque tinha sido observado que, em sua juventude, ele tinha prazer em despedaçar pássaros. Em outro país, um homem foi expulso do senado por ter esmagado um pássaro que tinha vindo se refugiar em seu peito (cf. Addison, *Mentor Moderno*, n. 61).

olhos secos uma multidão massacrada, cidades reduzidas a cinzas, campos arrasados, nações inteiras banhadas de lágrimas: tudo isso para contentar a própria avidez ou para entreter suas paixões. Os próprios prazeres com os quais se entretém a sua ociosidade são góticos e selvagens; eles parecem não ter como objetivo senão torná-los insensíveis e bárbaros. Desde cedo, fazem que seja para eles uma ocupação importante perseguir animais, atormentá-los sem descanso, encurralá-los[56], vê-los se debater e lutar contra a morte.

Será esse, portanto, o meio de formar almas piedosas? Será que o príncipe que se acostumou a ver as angústias de um animal palpitante sob o seu cutelo se dignará a tomar parte nos sofrimentos de um homem que sempre lhe é mostrado como um ser de uma espécie inferior à sua?

---

56. Nada é mais cruel que a caça ao cervo, prazer comumente reservado para os reis e os príncipes; este animal geme e derrama lágrimas quando se vê forçado. "*Questuque cruentus, atque imploranti similis*", diz Ovídio*. Ele parece implorar a piedade do homem seu inimigo. No entanto, é às mulheres que é reservada comumente a honra de lhes enfiar o cutelo! Nada é mais apropriado para tornar os homens cruéis do que tolerar que as crianças se divirtam atormentando os bichos. Locke fala de uma mãe sensata que permitia que os seus filhos tivessem pássaros, mas que os recompensava ou punia conforme eles faziam bem ou mal a eles (cf. *Tratado da educação*). Plutarco, entre os antigos, e Rousseau, em seu *Emílio*, defenderam muito eloquentemente a causa dos animais, que eles vingaram da crueldade dos homens. Os jornais ingleses de 1770 relatam que um caçador, vendo um pobre homem que levava em sua mão uma cabeça de carneiro para o seu jantar e para o da sua mulher e de seus filhos, exclamou: "São esses patifes que fazem que nos custe tão caro para alimentar os nossos cães".

* "E, sangrando, com suas lágrimas parece pedir clemência." A citação, na verdade, é de Virgílio (*Eneida*, VII, 501-2). (N. T.)

A guerra, esse crime hediondo e tão frequente dos reis, é evidentemente muito apropriada para perpetuar a injustiça e a desumanidade sobre a Terra. O valor guerreiro será, pois, outra coisa que uma crueldade verdadeira exercida com sangue-frio? Será que um homem nutrido no horror dos combates, acostumado a esses assassinatos coletivos que são chamados de batalhas, que – pela sua condição – deve desprezar a dor e a morte, estaria muito disposto a se comover com os males de seus semelhantes? Um ser sensível e compassivo seria certamente um péssimo soldado.

Assim, a crueldade dos reis contribui necessariamente para fomentar essa disposição fatal nos corações de um grande número de cidadãos. Se as guerras se tornaram menos cruéis que outrora, é porque os povos, à medida que se distanciam do estado selvagem e bárbaro, voltam-se mais frequentemente para dentro de si mesmos; eles sentem os perigos que resultariam para eles se não pusessem alguns limites à sua desumanidade; por conseguinte, esforçam-se para conciliar tanto quanto possível a guerra com a piedade. Esperemos, portanto, que, com a ajuda dos progressos da razão, os soberanos, tornando-se mais humanos e mais brandos, renunciem ao prazer feroz de sacrificar tantos homens às suas injustas fantasias. Esperemos que as leis, tornando-se mais humanas, diminuam o número das vítimas da justiça e moderem o rigor dos suplícios, cujo efeito é excitar a curiosidade do povo e alimentar a sua crueldade, sem jamais diminuir o número dos criminosos.

Para ser desumano e cruel não é necessário exterminar alguns homens ou submetê-los a alguns suplícios rigorosos. Todo homem que, para satisfazer sua paixão, seu furor, sua vingança, seu orgulho ou sua vaidade, faz a infelicidade duradoura dos outros, possui uma alma dura e deve ser acusado de crueldade. Um coração sensível e terno deve, portanto, ser abominado por todos esses tiranos domésticos que diariamente matam a sede com as lágrimas de suas mulheres, de seus filhos, de seus parentes, de seus empregados e de todos aqueles sobre os quais eles exercem a sua autoridade despótica. Quantas pessoas, por causa de seu temperamento indomável, submetem todos aqueles que as cercam a longos suplícios! Como existem homens que teriam vergonha de serem considerados cruéis e que, diariamente, fazem que o veneno do desgosto seja saboreado pelos infelizes que a sorte colocou em seu poder! O avarento não estará empedernido contra a piedade? O devasso, o pródigo e o faustoso não recusam, muitas vezes, o necessário às pessoas que deveriam lhes ser as mais queridas, ao passo que sacrificam tudo à sua vaidade, ao seu luxo, aos seus prazeres criminosos? A negligência, a incúria, a falta de reflexão tornam-se quase sempre crueldades comprovadas. Aquele que, quando pode, negligencia ou se recusa a fazer cessar a desgraça de seu semelhante é um bárbaro que a sociedade deveria punir com a infâmia e que as leis deveriam chamar aos deveres de todo ser sociável.

Capítulo II – Do orgulho, da vaidade, do luxo

O orgulho é uma ideia elevada de si mesmo acompanhada de desprezo pelos outros. O orgulhoso é injusto porque ele jamais avalia a si mesmo com equidade. Ele exagera o próprio mérito e não faz justiça ao dos outros. O orgulhoso revela a imprudência e a tolice; ele pretende atrair para si a estima, a consideração e o respeito dos outros, ao passo que os revolta com a sua conduta e não atrai comumente senão o ódio e o desprezo deles. O orgulhoso é um ser insociável; ele faz de si o centro único da sociedade, da qual ele quer obter a atenção com exclusividade, sem nenhum respeito pelos direitos de seus associados. O homem orgulhoso não vê por toda parte senão ele mesmo, e só. Ele parece crer que os seus semelhantes não são feitos senão para adorá-lo e para lhe prestar homenagens, sem ser obrigado a lhes mostrar nenhuma retribuição. O orgulhoso é colérico, inquieto, muito pronto a se alarmar – o que sempre denota a ausência de um mérito real. A boa consciência, ou seja, a estima merecida de si mesmo e dos outros confere força, confiança, segurança; ela não teme ser privada de seus direitos.

Será que demonstrar orgulho não é ignorar os seus interesses? Mortificante para os outros, ele os leva naturalmente a examinar os títulos daquele que pretende se elevar acima deles; desse exame, raramente resulta que o orgulhoso seja digno da elevada opinião que ele tem ou que quer apresentar sobre si mesmo. O mérito real jamais é orgulhoso; ele é comumente acompanhado de modéstia[57], virtude tão necessária para levar os homens a reconhecer a superioridade que se tem sobre eles, que eles sempre têm tanta dificuldade para admitir.

Todo homem ama a si próprio, sem dúvida, e prefere a si mesmo aos outros; mas todo homem deseja ver seus sentimentos confirmados pelos outros. Para ter o direito de se estimar e ver seu amor-próprio apoiado pelos sufrágios públicos é preciso mostrar alguns talentos, algumas virtudes, algumas disposições verdadeiramente úteis, algumas qualidades que se possa sinceramente apreciar. O amor legítimo por si, a estima fundamentada na justa confiança de que se merece a ternura e a benevolência dos outros não é de maneira alguma um vício; é um ato de justiça que deve ser ratificado pela sociedade e ao qual, sem ser injusta, não pode se recusar a subscrever.

Proibir o homem de bem de amar a si mesmo, de se estimar, de se fazer justiça, de sentir o seu mérito e o seu valor é proibi-lo de gozar as vantagens e satisfações de uma boa consciência – que, como já fizemos ver, nada mais é que o conhecimento dos sentimentos favoráveis que uma conduta louvável deve despertar. O sentimento de sua própria

---

57. "Quem se examina profundamente" – diz o filósofo já citado* – "surpreende-se quase sempre em erro por não ser modesto. Ele não se orgulha de suas luzes; ele ignora a sua superioridade. O espírito é como a saúde: quando a temos, nunca nos apercebemos dela" (cf. *Do espírito*, discurso II, cap. 7, p. 90 da edição in-4º).
* Helvétius. (N. T.)

dignidade é feito para sustentar o homem de bem contra a ingratidão, que muitas vezes lhe recusa as recompensas às quais ele tem direito de pretender. A confiança conferida pelo verdadeiro mérito permite ao sábio, com efeito, essa ambição legítima, que supõe a vontade e o poder de fazer o bem aos seus semelhantes. Onde estaria a sociedade se jamais fosse permitido que as almas honestas aspirassem às honrarias, às dignidades e às posições nas quais um grande coração pode exercer a sua beneficência? Enfim, é o sentimento da honra, é o respeito por si mesmo e uma nobre altivez que impedem o homem virtuoso de se aviltar, de se prestar a algumas baixezas e aos meios vergonhosos pelos quais tantas pessoas se esforçam para vencer na vida, sacrificando sua honra à fortuna. As almas vis e rasteiras não têm nada a perder; elas estão acostumadas ao desprezo alheio e a estimar muito debilmente a si mesmas.

Assim, não proibamos que o homem virtuoso, beneficente e esclarecido estime a si mesmo, visto que ele tem direito a isso; mas proibamos a qualquer homem que quer agradar à sociedade de exagerar o seu próprio mérito, ou de manifestá-lo com ostentação, de uma maneira humilhante para os outros; ele perderia, assim, a estima de seus concidadãos. Digamos a ele que a presunção, ou a confiança pouco fundamentada nos talentos e nas virtudes que não se tem, é um orgulho muito ridículo, e não pode ser senão o apanágio de um tolo, cuja loucura é acreditar ter um mérito que ele não tem. Temamos nos tornar desprezíveis por uma fatuidade que faz que nos mostremos ocupados apenas com nós mesmos e com as qualidades que acreditamos possuir. Se essas qualidades estão realmente em nós, fatigamos os outros à força de apresentá-las a eles. Se elas são falsas, nós lhes parecemos impertinentes e ridículos a partir do momento em que eles identificaram a impostura ou o erro. Evitemos a arrogância e a altivez, cujo efeito é repelir e ferir; rejeitemos como uma loucura toda insolência que consiste em fazer que sintam o nosso orgulho mesmo aqueles a quem devemos submissão e respeito. A grosseria, a brutalidade e a falta de polidez são efeitos ordinários de um orgulho que se coloca acima do respeito, que recusa se conformar aos costumes e a mostrar as deferências e as atenções que os seres sociáveis devem uns aos outros. Todo orgulhoso parece acreditar que existe sozinho na sociedade.

A impudência pode ser definida como o orgulho do vício; o atrevimento é a coragem da vergonha. Somente a corrupção mais completa pode tornar um homem orgulhoso daquilo que deveria fazer enrubescer aos olhos de seus concidadãos. Todo escravo, todo homem vil ou corrompido que se glorifica deve ser considerado um impudente, um atrevido.

A vaidade é um orgulho baseado em algumas vantagens que não são de nenhuma utilidade para os outros. "A vaidade é", dizem, "a glória das almas pequenas." Um grande homem não pode estar lisonjeado com a posse das coisas que ele reconhece inúteis à sociedade. O orgulho do nascimento é uma pura vaidade, já que ele se fundamenta em uma circunstância do acaso, que não depende de maneira alguma de nosso próprio mérito, e da qual não resulta nenhum bem para o resto dos homens. A ostentação, o fausto, os adornos, são sinais de vaidade; eles indicam que um homem se estima e quer ser estimado pelos outros por alguns aspectos que não são de maneira alguma interessantes para o público. Que vantagem resultaria do fato de um homem exibir aos olhos dos passantes carruagens douradas, criados com trajes magníficos e cavalos de grande valor? Os banquetes suntuosos do pródigo não são úteis senão a alguns parasitas, que pagam com adulações o tolo que os regala.

O luxo é uma emulação de vaidade que se vê surgir entre os cidadãos das nações opulentas. Essa vaidade, alimentada pelo exemplo, torna-se para os ricos a mais premente das necessidades, pela qual, por conseguinte, tudo é sacrificado. Vendo-se as maldades e os crimes que essa vaidade epidêmica faz que se cometam todos os dias, é impossível subscrever o juízo que alguns escritores – aliás, bem intencionados – fizeram do luxo. É verdade que ele atrai riquezas para um Estado; mas será que essas riquezas tendem a aliviar a miséria do maior número? Não, sem dúvida; o dinheiro atraído pelo luxo se concentra logo em um pequeno número de mãos e não sai delas senão para alimentar o luxo das riquezas, sem levar o menor auxílio para os agricultores, para os cidadãos trabalhadores, para as artes verdadeiramente úteis que o luxo desdenha. Os tesouros do homem não estão reservados para entreter seu fausto, sua languidez, suas volúpias. Ele os espalha a mancheias sobre alguns aduladores, alguns proxenetas, alguns cortesãos, alguns velhacos de toda a espécie. Como o prazer da beneficência é ignorado por ele, ele não tem jamais com o que encorajar ou consolar os talentos aflitos; as despesas necessárias ao seu luxo não lhe deixam jamais os meios de fazer o bem. A vaidade endurece a alma e fecha o coração à benevolência. Enfim, como pequenas causas multiplicadas produzem os maiores efeitos, é a vaidade pueril do luxo que produz sempre a ruína dos maiores Estados. Uma vaidade nacional é sempre o efeito de um governo injusto e vão. Cada um, descontente com o seu lugar, quer se colocar acima de seu nível.

É, pois, igualmente do interesse da política e da moral sadia reprimir, depreciar o luxo e curar os homens da fatal vaidade que o faz nascer. Para esse efeito, é útil ter ideias precisas sobre esse mal contagioso, tão funesto às sociedades e aos indivíduos. Parece que se deve chamar de *luxo* toda despesa que não tem por objetivo senão a vaidade, o desejo de igualar ou ultrapassar os outros, a intenção de fazer de suas riquezas uma ostentação inútil. Além disso, devem ser chamadas de *despesas de luxo* todas aquelas que excedem nossas faculdades ou que deveriam ser empregadas para alguns usos mais necessários e mais conformes aos princípios da moral. O soberano de uma nação opulenta não pode ser acusado de luxo quando, sem oprimir seus súditos, manda erguer um palácio suntuoso, cuja magnificência anuncia aos cidadãos a residência de um chefe ocupado com o bem-estar deles e que eles devem respeitar. Esse soberano pode, sem censura, conferir à sua residência todos os ornamentos que seu gosto lhe sugere, enquanto eles não são comprados à custa da felicidade pública. Mas um monarca que, para contentar seu orgulho, esmaga seu povo com impostos, mergulha-o na indigência e o insulta, em seguida, com alguns monumentos soberbos, é um tirano culpado do luxo mais criminoso, cujos trabalhos custosos devem ser detestados por todas as almas honestas.

Se um príncipe, animado por sua gratidão, construir um asilo amplo e cômodo para os guerreiros que o serviram, não se poderá acusá-lo de luxo ou vaidade. Mas se, não consultando senão seu gosto pelo fausto, ele faz desse abrigo da indigência um soberbo palácio oneroso para o seu povo, ele não é mais beneficente, ele alimenta seu orgulho exibindo um luxo inútil; ele teria empregado bem melhor o seu dinheiro se tivesse economizado nos vãos ornamentos para alimentar um maior número de desafortunados.

Um poderoso ou um cidadão opulento podem sem luxo construir para si uma habitação agradável, adornada com móveis cômodos; mas eles são insensatos quando se propõem a copiar a magnificência de um rei; eles se tornam criminosos se constroem à custa de seus concidadãos; eles se tornam culpados da loucura mais condenável se contentam sua vaidade arruinando a sua posteridade.

Todo homem que desfruta da abastança pode se vestir de uma maneira que o distinga do indigente; ele pode, sem luxo, ter alguns carros e servidores. Porém, se ele precisa todos os dias de vestimentas ricas e novas, carruagens brilhantes e joias preciosas, se ele povoa sua casa de criados inúteis, ele comete um erro com todos aqueles de quem deveria cuidar. Ele enriquece alguns alfaiates, alguns joalheiros e alguns seleiros, mas priva os campos de cultivadores, multiplica os ociosos e os vícios; ele prejudica a sociedade; e, se desorganiza os seus negócios, ele prejudica a si mesmo e rouba os seus credores. Enfim, ele causa dano ao homem menos abastado, cuja vaidade é animada por seu exemplo, mas para quem as comodidades e os ornamentos do rico podem ser um luxo destrutivo.

Os ricos e os poderosos podem proporcionar a si mesmos os prazeres da mesa, reunir alguns amigos, oferecer-lhes uma excelente comida, selecionar muito bem as iguarias que lhes apresentam; mas não haverá uma vaidade extravagante em não poder se contentar com os produtos e as iguarias fornecidas pela região na qual se habita? Existe loucura em querer, à custa de sua fortuna, disputar com os banquetes dos soberanos; há insensibilidade em sacrificar à sua vaidade quimérica aquilo que faria subsistir muitas famílias honestas, que muitas vezes não têm pão.

O que é necessário para o rico torna-se luxo para o pobre. O homem opulento adquire mil necessidades que o indigente deveria ignorar. O uso do tabaco é um luxo ruinoso para o operário que ganha apenas com o que viver. O rico, sem se desarranjar, pode ir aos espetáculos; o artesão está perdido a partir do momento em que tomou gosto por eles.

O luxo, enfim, empurra todos os homens para fora de sua esfera; ele os embriaga com mil necessidades imaginárias às quais eles têm muitas vezes a loucura de sacrificar as necessidades mais reais, os deveres mais sagrados. Em uma terra de luxo, o agradável leva sempre vantagem sobre o útil; a vaidade de aparecer faz que ninguém se sinta à vontade; desde o soberano até os menores súditos, cada um excede as suas forças e ninguém está contente com a própria sorte. Cada um é atormentado por uma vaidade inquieta e invejosa que o faz sentir vergonha de se ver ultrapassado pelos outros; ele se acredita desprezível a partir do momento em que não pode igualá-los. Essa vaidade degenera em tamanha mania que o suicídio não é raro nas cidades das quais o luxo se apoderou: a vergonha de ser rebaixado reduz o homem ao desespero.

A ambição, que, pelas devastações que produz sobre a Terra, é chamada de "paixão das grandes almas", não passa comumente do efeito de uma vaidade irrequieta ou descontente com a própria sorte. Essa fome excessiva de dominação e glória é uma loucura que, em vez de conduzir à verdadeira glória, deveria conduzir à execração pública. Um conquistador é comumente um gênio limitado que, muito pouco capaz de bem governar os antigos súditos que o destino havia lhe submetido, tem a presunção de acreditar que governará bem melhor os novos que ele vai subjugar. Se, pela sabedoria de sua conduta e de suas leis, Alexandre tivesse feito a felicidade dos Estados que havia herdado de seus pais, talvez lhe fossem perdoadas as suas conquistas na Ásia. Mas esse herói, orgulhoso de suas vitórias, tem a tola vaidade de se fazer passar por filho de Júpiter; ele morre sem ter dado ao universo o menor sinal de sabedoria, de luzes e de virtude – sem as quais não existe, no entanto, nem honra, nem glória.

Aquilo que vulgarmente é chamado de *honra*, na maior parte das nações, não é, como já observamos, senão uma vaidade suscetível que, sempre inquietada pela consciência de seu pouco mérito, e temendo ser rebaixada na opinião alheia, é capaz de levar os homens aos mais hediondos excessos. Em virtude dos preconceitos nos quais essa honra se fundamenta, o homem culpado de um assassinato, de um crime, anda de cabeça erguida no meio da sociedade; sua vaidade feroz lhe persuade de que ele tem direito à estima pública por ter tido a coragem de matar a sangue-frio um cidadão e de afrontar as leis.

Enfim, de todos os vícios dos homens, talvez não haja nenhum que faça cometer um maior número de crimes do que a vaidade, sem contar as loucuras e os caminhos tortuosos nos quais ela os precipita a cada passo. Essa vaidade persuade aos poderosos da Terra de que é por meio de um fausto ruinoso para os povos que é preciso atrair os olhares dos imbecis mortais. De acordo com essas vãs ideias, as nações são forçadas a irrigar a terra com sangue e suor para pôr seus vãos tiranos em condições de aparecer com brilho, de erguer edifícios pomposos, de sustentar o esplendor de seu trono.

Príncipes! Deixai para lá o vosso fausto; governai vossos súditos com justiça; ocupai-vos do cuidado de lhes proporcionar a felicidade, e vós não tereis necessidade de ofuscá-los com um vão aparato, que revela sempre uma alma estreita que se esforça para se ocultar sob a máscara de uma grandeza emprestada.

Os poderosos, os nobres, os cidadãos mais distintos das nações, por efeito de seus preconceitos, sacrificam continuamente sua felicidade permanente e duradoura às necessidades imaginárias que lhes cria a vaidade. Eles são vistos trocando o seu tempo, a sua liberdade, sua honra, sua fortuna e sua vida por alguns títulos, por alguns sons, por alguns adornos e algumas fitas*; marcas fúteis das quais, na falta de mérito e de virtudes, tanta gente tem necessidade para se tornar ilustre aos olhos de seus concidadãos! Alguns privilégios injustos, precedências vãs e prerrogativas ideais são comumente as causas das querelas, das divisões e dos conluios que dilaceram as cortes, que colocam as nações em guerra e terminam algumas vezes por inflamar o universo.

A moral não pode, portanto, mesmo com o risco de não falar senão a surdos, deixar de repetir aos homens para cultivarem sua razão, pesarem as consequências de suas loucas vaidades e sentirem que é apenas na virtude que consiste a glória, a honra, a nobreza e a verdadeira grandeza. Como os

---

* São as fitas que, geralmente presas à lapela, representam condecorações. (N. T.)

maiores homens são pequenos aos olhos daqueles que refletem e veem a fraqueza dos motores pelos quais muitas vezes a máquina do mundo é movida! Algumas disputas sobre minúcias, algumas opiniões frívolas, algumas hipóteses pueris, sustentadas obstinadamente por alguns homens inflados pela mais tola vaidade, bastam para acender alguns ódios imortais e perturbar o repouso das nações.

A teimosia, que se confunde tantas vezes com a firmeza, com o amor pela verdade, com o zelo pela justiça, não passa mais comumente do efeito de uma vaidade desprezível que faz para si o ponto de honra de jamais se render. O homem teimoso tem a loucura de acreditar que sua razão superior não pode extraviá-lo de maneira alguma; seu amor-próprio raramente lhe permite ser justo; ele persiste na injustiça e imagina que sua glória depende de jamais se retratar. Será que existe um extravio mais comum e mais funesto? Será que tudo não colabora para provar que nada é mais honroso e mais nobre que uma confissão franca de seu erro, que uma homenagem sincera prestada à verdade? Nós encontramos sempre grandeza de alma e força naquele que sabe domar sua vaidade e desprezamos os obstinados cujo orgulho inflexível não quer jamais se dobrar. Com quantas ondas de sangue a Terra terá sido mil vezes inundada pela teimosia de alguns especuladores que quiseram fazer que as nações adotassem as suas opiniões como oráculos infalíveis! Quantas devastações não causou a máxima altiva e perniciosa de tantos soberanos, que foram persuadidos de que *a autoridade jamais deve recuar*? Um príncipe jamais é maior e mais querido pelo seu povo do que quando, reconhecendo que se enganou, remedeia os males que seus erros puderam causar.

Gostamos das pessoas tímidas e que não resistem porque esperamos dispor delas de acordo com a nossa vontade. No entanto, a timidez que normalmente apreciamos e confundimos quase sempre com a modéstia não passa do efeito de uma vaidade secreta que teme não ser tão considerada quanto ela acredita merecer. Esse amor-próprio delicado não quer se expor a investidas que ele se sente incapaz de suportar.

Em poucas palavras, não existe nenhuma forma que o amor-próprio não empregue para se mascarar. Essa paixão hipócrita, quando não tem a coragem de se mostrar a descoberto, adota alguns subterfúgios que os observadores mais atentos mal podem distinguir. Porém, dificilmente nos enganaremos quando dissermos que uma vaidade encoberta ou visível é o motor universal da conduta da maior parte dos homens. Muitas vezes, sua marcha é tão secreta que ela escapa de nós mesmos; ela nos engana a todo o momento; ela nos ilude e algumas vezes, à nossa revelia, ela nos conduz pouco a pouco a algumas ações muito bruscas e muito criminosas, seguidas de longos remorsos.

Alguns interesses mal-entendidos, um amor-próprio irrefletido, uma vaidade pueril, eis aí os verdadeiros flagelos das nações e das sociedades particulares, que se tornam arenas nas quais cada um vem, por assim dizer, rivalizar em vaidade; cada um quer *preponderar*, *dominar* os outros, representar um papel distinto. Entre alguns seres que se dizem sociáveis, é preciso uma incômoda circunspecção, um temor contínuo de ferir as pretensões impertinentes de todos aqueles que se encontra. Os amigos mais íntimos e familiares estão prontos a se desunir, a se separar para sempre, a se degolar por uma palavra indiscreta que uma vaidade suspeitosa não pode suportar. Nada é mais difícil e mais perigoso do que viver com homens que não colocam sua honra e sua glória senão em algumas puerilidades. Elas tornam muitas vezes os cidadãos de uma nação civilizada tão coléricos, tão vingativos e tão cruéis quanto os selvagens mais irrefletidos. Ao ver os objetos nos quais a maioria dos homens faz consistir a sua vaidade ou as suas pretensões, seríamos tentados a considerá-los como crianças, incapazes de um dia chegar à maturidade[58]. Não se vê nesse mundo senão pessoas cujo amor-próprio é continuamente ferido pelo dos outros. Não encontramos nele senão alguns insensatos** que têm a loucura de exigir aquilo que eles não dão a ninguém.

É, com efeito, ao orgulho, à presunção e a uma louca vaidade que se deve atribuir o defeito desses tiranos da sociedade que são chamados de *exigentes*. Uma arrogância muito

---

58. O cavaleiro Digby* observa "que os homens têm tal desejo de parecer superiores aos outros que eles chegam a ponto de se gabar de terem visto aquilo que jamais viram". Daí as mentiras dos viajantes, os exageros dos contistas etc.
* Kenelm Digby (1603-1665), filósofo, cientista e diplomata inglês. (N. T.)
** Como curiosidade, a edição de 1820 utiliza aqui a palavra "insetos". (N. T.)

injusta lhes persuade de que se falha com eles incessantemente, que não se tem para com eles as atenções que merecem; ao passo que eles próprios falham muitas vezes com seus amigos e com todo mundo. Nada é mais incômodo no comércio da vida que alguns homens desse caráter; nada é mais injusto que alguns orgulhosos que querem ser amados sem mostrar nenhuma afeição pelos outros; nada é mais comum do que seres que querem ser considerados por aqueles mesmos que eles desprezam, e aos quais muitas vezes eles demonstram francamente o pouco caso que fazem deles. Nada é mais insociável que um amor-próprio que refere tudo a si mesmo, sem jamais ter respeito pelo amor-próprio dos outros. São comumente os homens mais exigentes que têm os direitos menos fundamentados sobre a estima daqueles dos quais eles exigem a devoção mais completa.

Considerando a conduta da maioria dos homens que são vistos incessantemente ocupados com suas vaidades pueris, seríamos tentados a crer que eles não passam de crianças, que a razão jamais poderá curar das suas loucuras. Uma tola vaidade e um orgulho desprezível transparecem em todas as ações e parecem ser as alavancas que fazem mover o mundo.

No entanto, aquele que desprezasse totalmente a si mesmo teria pouca avidez de merecer a estima de seus semelhantes, à qual todo homem deve estar muito ligado. Todos aqueles que têm a consciência de serem pouco dignos de consideração abandonam, por assim dizer, a si mesmos e terminam por algumas baixezas das quais seu amor-próprio enfraquecido não sabe mais se envergonhar. Se lhes resta ainda alguma energia, eles se tornam impudentes e afrontam insolentemente o *que dirão sobre isso*. Nada é mais perigoso do que os homens aviltados que renunciaram totalmente à estima pública[59].

Fazendo justiça a si mesmo, entrando algumas vezes no fundo de seu próprio coração, será possível moderar pouco a pouco os impulsos de uma vaidade que parece estar tão fortemente ligada à natureza humana. A equidade nos ensina a não elogiar em excesso as qualidades que podemos possuir. Se cada homem, de boa-fé consigo mesmo, se indagasse em que consiste, pois, essa preeminência que ele atribui a si sobre os outros; se ele examinasse com sangue-frio os motivos pelos quais exige o respeito alheio, e que, na falta dele, confere a si mesmo com a sua própria autoridade, há todo o motivo para acreditar que esse exame habitual o tornaria mais circunspecto, e assim mais agradável à sociedade, que ficaria contente com os sacrifícios que ele consentisse em fazer a ela. Tornemo-nos verdadeiramente estimáveis e não teremos necessidade de astúcias para nos fazer estimar. Como os homens poupariam preocupações e sofrimentos se eles consentissem em ser aquilo que são!

---

59. "Dizer menos de si do que aquilo que se é, é tolice e não modéstia. Dar a si mesmo menos valor do que se tem é covardia e pusilanimidade, segundo Aristóteles" (cf. Montaigne, *Ensaios*, livro II, cap. 6).

Na falta de fazer algumas reflexões tão simples, uma vaidade desagradável envenena todas as ações; ela povoa a sociedade com uma multidão de pessoas bastante insensatas para preferirem o tolo prazer de parecerem felizes ao de sê-lo realmente; ela enche os círculos sociais de *janotas*, de fátuos, de impertinentes, de *vaidosos*, de *importantes* e de levianos que fazem despesas e esforços incríveis para se tornarem ridículos e mesmo insuportáveis. Uma porção do gênero humano está continuamente ocupada em zombar da outra, para se vingar das feridas causadas pelas suas vaidades recíprocas. Todos se esforçam para brilhar por fora, atrair todos os olhares, inspirar respeito pelas qualidades fictícias que eles acreditam ser apropriadas para lhes fazer obter a preferência que ambicionam; mas ninguém desce dentro de si mesmo[60], ninguém se incomoda em adquirir algumas qualidades às quais o público não poderia recusar sua homenagem. Enfim, ninguém pensa em mostrar na sua conduta essa modéstia que lhe agrada sempre que ele a encontra nos outros. Para tratar de obter um lugar distinto na opinião pública, a maioria dos homens se entrega a tormentos contínuos, que normalmente terminam por torná-los incômodos e desprezíveis aos olhos daqueles pelos quais eles pretendem se fazer considerar. O caminho mais seguro para a estima é merecê-la por algumas virtudes reais. Todo homem que se elogia em excesso acaba comumente posto abaixo de seu justo valor.

---

60. "*Ut nemo in sese, tentat descendere*" (Pérsio, *Sátiras*, IV, 23).

Capítulo III – Da cólera, da vingança, do mau humor, da misantropia

A cólera é um ódio súbito, mais ou menos permanente, contra os objetos que julgamos contrários ao nosso bem-estar. Nada é mais natural que essa paixão em um ser perpetuamente ocupado com a própria conservação e com a sua felicidade; mas nada é mais necessário a um ser racional e sociável do que reprimir alguns movimentos impetuosos, tão perigosos para ele mesmo quanto para aqueles com os quais o seu destino é viver. Geralmente, a razão prova que, pelo seu próprio interesse, todo homem vivendo em sociedade deve estar precavido contra todos os impulsos que o perturbam e o impedem de fazer uso de seu juízo, de sua reflexão, da experiência destinada a lhe servir de guia. Diz Epicuro: "O sábio pode ser ultrajado pelo ódio, pela inveja e pelo desprezo dos homens; mas ele acredita que depende dele colocar-se acima de todo preconceito pela força da razão. A sabedoria é um bem tão sólido que tira daquele que a tem como apanágio toda a disposição para sair de seu estado natural e o impede de mudar, pela cólera, de caráter, ainda que ele tivesse vontade de fazer isso"[61].

Do mesmo modo que todas as paixões, a cólera pode ser detida, equilibrada, comprimida pelo temor das consequên-

---

61. "*Detrimenta quae ex hominibus, sive odii, sive invidiae, sive contemptus causa fiunt, sapientem autumat ratione superare. Eum vero qui semel fuerit sapiens, in contrarium habitum transire non posse, nec sponte variare*" (cf. Diógenes Laércio, *Vidas e doutrinas dos filósofos*, livro X, § 117).

cias desagradáveis que ela pode ter para nós mesmos e para os outros. Todo homem sociável deve ser sensato, ou seja, deve distinguir os movimentos naturais que ele pode seguir sem perigo daqueles aos quais ele deve prudentemente resistir. Ele deve ser modificado de modo a regular esses movimentos da maneira que convém à vida social; ele deve desde cedo ter adquirido o hábito de se dominar e o exercício deve lhe proporcionar a força necessária para conseguir isso. Nunca é demais repetir: todo homem que não aprendeu a resistir às inclinações de sua natureza não pode ser senão um membro nocivo na sociedade. Os príncipes, os poderosos e os ricos, assim como a gente do povo, são os mais sujeitos à cólera, pois suas paixões, na infância, foram satisfeitas ou negligenciadas. Seria inútil falar aqui dos efeitos temíveis da cólera dos reis; todo o universo ecoou em todos os tempos os medonhos rugidos desses leões enfurecidos, ou os gritos das nações desoladas por seus furores.

Embora, à primeira vista, os arroubos da cólera pareçam anunciar um grande impulso, uma força, uma energia na alma, os moralistas, em sua maior parte, atribuíram essa paixão à fraqueza. Ela supõe, com efeito, uma mobilidade nos órgãos que os torna suscetíveis de serem facilmente afetados. Essa decomposição tão fácil do organismo, ou essa *irritabilidade*, é observada, sobretudo, nas mulheres, que a natureza tornou comumente mais sensíveis, mais fracas e, assim, mais sujeitas à cólera do que os homens. Do mesmo modo as crianças, desde a mais tenra idade, dão através dos seus gritos, das suas lágrimas, do seu bater de pés e das suas convulsões alguns sinais pouco equívocos da cólera pela qual elas são agitadas sempre que não nos rendemos aos seus caprichos. Se as forças correspondessem aos seus furores, uma criança seria capaz de exterminar a sua ama ou a sua mãe pela recusa de um bombom. Pouco a pouco os seus órgãos se fortalecem, ela se torna mais tranquila; ela é castigada pelos seus desatinos, que poriam algumas vezes a sua saúde ou a sua vida em perigo; o temor a ensina a se conter. Dessa maneira, ela adquire a razão gradualmente e se acha imperceptivelmente modificada de maneira a poder viver em sociedade.

Todo homem convivendo com homens deve saber que está cercado de seres que, como ele, estão repletos de defeitos, paixões, vaidades e fraquezas: ele deve, portanto, concluir disso que o seu próprio interesse faz que seja um dever suportá-los, e que uma cólera contínua o colocaria em um estado de guerra contínua com todos aqueles que ele frequenta. Aquele que é sujeito à cólera é habitualmente infeliz; tudo o fere, o ódio está perpetuamente em seu coração, e ele desperta esse sentimento deplorável em todos os seres que seus desatinos assustam e tornam muito miseráveis. O homem colérico não pode jamais desfrutar de uma felicidade duradoura, visto que a mínima coisa é capaz de perturbá-lo. Descontente com todo o mundo, ele não torna ninguém feliz; ele é como um tirano em meio aos escravos que ele suspeita que lhe têm aversão; ele é forçado a ler o terror que inspira no rosto de sua mulher, seus filhos e seus criados, que só descansam na sua ausência.

A brandura é um meio bastante seguro de desarmar a cólera. No entanto, existem homens de tal modo dominados por essa paixão que a própria brandura os irrita ainda mais e os lança em uma espécie de desespero e raiva; então, a vergonha de ter errado, ou a vaidade, juntando-se à cólera, parecem dar-lhe novas forças e a levam até o delírio. Esse fenômeno moral nos prova evidentemente que o homem brando desfruta de uma superioridade que, mesmo em sua loucura, o homem colérico é forçado a perceber.

Com efeito, a cólera é, em algumas pessoas, um frenesi, uma raiva de curta duração, uma verdadeira loucura. Sem isso, como explicar a conduta de alguns violentos? Daqueles que, nos acessos de sua fúria cega, atacam os objetos inanimados, batem com violência em uma mesa, uma parede, ferindo-se muitas vezes gravemente e chegando a correr risco de morte?

Vê-se, portanto, que o homem entregue à cólera, temível para todo mundo, deve temer a si mesmo e não pode jamais prever até onde os seus desatinos o levarão. Se mesmo estando sozinho ele é capaz de causar dano a si próprio, o que acontecerá quando ele estiver na companhia dos outros? Ele nunca está seguro de rever sua casa; incapaz de tolerar qualquer coisa, ele pode a cada instante encontrar alguns homens tão perigosos quanto ele, que o punirão por seu temperamento insociável. "A cólera" – diz um sábio do Oriente – "começa com a loucura e termina com o remorso."

Aristóteles sustentou que a cólera podia algumas vezes servir de arma para a virtude; mas nós diremos, como Sêneca e Montaigne, que, em todo caso, "trata-se de uma arma de uso recente; porque nós manejamos as outras armas, enquanto essa nos maneja; nossa mão não a guia, mas é ela quem guia a nossa mão; nós não a seguramos"[62].

Embora a cólera seja uma paixão perigosa, existe uma que devemos aprovar. É a cólera social que deve necessariamente despertar em todas as almas honestas o crime, a injustiça e a tirania, sobre os quais não é permitido de maneira alguma ser indiferente, e que devem irritar todo bom cidadão ou fazer nascer em seu coração uma indignação duradoura. Essa cólera legítima, chamada por Cícero de *ódio cívico*, é um sentimento feito para animar todos aqueles que se interessam intensamente pelo bem-estar humano. Todo homem que não é perturbado com a visão das injustiças e das opressões a que são submetidos os seus semelhantes é um covarde, um mau cidadão. Dizem os árabes que "é em sua cólera que se reconhece o sábio"[63].

A cólera oculta, nutrida no fundo do coração e por longo tempo contida, não é menos cruel em seus efeitos; é ela quem produz a *vingança*. Essa paixão temível, incubada pelo pensamento, atiçada pela imaginação e fortificada pela reflexão, torna-se ainda mais perigosa que a cólera mais viva,

---

62. Cf. *Ensaios*, livro II, cap. 31 (parte final).
63. Cf. os provérbios árabes na *Grammatica arabica* de Erpenius.

que logo se evapora. A violência aberta merece mais indulgência; ela deve ser bem menos temida que o furor oculto desses homens bastante senhores de si para dissimular seus sentimentos até o momento em que lhes proporcione a oportunidade para se vingarem ao seu bel-prazer. Pode-se muitas vezes contar com a bondade do coração e com a generosidade daquele que está pronto a se irritar. Quanto mais fortes são os seus arroubos, menos eles duram; ao passo que jamais se pode contar com a reconciliação sincera de um homem bastante dissimulado para esconder e comprimir por muito tempo em seu coração a cólera despertada por um ultraje. O sentimento da cólera é tanto mais incômodo quanto mais se tem dificuldade para impedi-lo de se manifestar; assim, o vingativo é o carrasco de si mesmo, ao mesmo tempo que ele espreita as oportunidades de fazer que os outros experimentem a sua crueldade.

A vingança tem sempre o orgulho ou a vaidade como móvel. Vingar-se é punir aquele que despertou nossa cólera; é ter prazer em fazê-lo sentir que se tem o poder de torná-lo infeliz. A vingança é comumente cruel, porque a imaginação e o pensamento exageram o ultraje que se recebeu. O vingativo crê que sua vingança está incompleta se aquele do qual ele se vinga ignora de que mão partem os golpes que ele recebe. É por isso, sem dúvida, que Calígula tinha um grande prazer em mandar que viessem à sua presença as vítimas que ele destinava a perecer nos tormentos; é por isso que ele dizia a seus servidores que os "ferissem de maneira a fazer com que eles sentissem os horrores da morte"[64].

Como os homens são sempre juízes suspeitos e recusáveis em sua própria causa, as leis, em todos os países civilizados, reservaram-se o direito de vingar os cidadãos; elas tiraram desses últimos o direito de punir os ultrajes que lhes foram feitos. Nisso, essas leis são muito conformes ao interesse da sociedade e dos indivíduos; elas são justas pelo fato de que impedem os homens de serem injustos e cruéis; elas são sociáveis, já que assim indicam que seres perpetuamente expostos a se irritarem reciprocamente devem refletir sobre as consequências de suas ações e se esquecerem das ofensas que não são quase sempre senão minúcias e efeitos da fraqueza humana. A natureza, a justiça, a humanidade, a grandeza de alma e a filosofia são unânimes em proscrever a vingança e em fazer com que tenhamos o dever de perdoar algumas injúrias[65].

---

64. A Itália nos fornece o exemplo de uma vingança bem atroz e tão estranha que acreditamos dever relatá-la. Uma mulher de má vida, irritada com a infidelidade de seu amante, dissimula o desejo de se vingar durante os dois anos que durou a nova paixão de seu pérfido. Ao fim desse tempo, este último retorna à primeira amante, que o recebe com ardor, não lhe faz nenhuma censura, mas lhe enfia um punhal no coração imediatamente depois de ter-lhe permitido que cometesse um pecado pelo qual ela presumia que ele devia ser eternamente condenado.
65. A filosofia tinha ensinado desde cedo aos homens a doutrina do perdão das injúrias. Plutarco nos informa que os pitagóricos consideravam sempre um dever darem-se as mãos em sinal de reconciliação antes do pôr do sol, quando tinham se ofendido reciprocamente. "O mais virtuoso entre os mortais" – diz Menandro – "é aquele que melhor sabe suportar

Disseram que a vingança era o *manjar dos deuses*, ou seja, um prazer tão grande que eles o invejavam nos mortais. Mas que deuses eram esses seres vingativos da mitologia, que, sensíveis ao desprezo dos homens, não demoravam a puni-los senão para extrair disso uma vingança mais estridente e mais capaz de assustar! Esses deuses coléricos, ocultos em suas vinganças, implacáveis, insociáveis, não são feitos para servir de modelo a seres que vivem em sociedade. Tudo prova que a vaidade é uma verdadeira pequenez, que a indulgência e a humanidade são virtudes apreciáveis e necessárias e que a verdadeira força supõe a paciência. Não será tornar a si mesmo muito infeliz trazer incessantemente o ódio e a raiva no fundo do coração? A vingança não é apropriada senão para eternizar as inimizades no mundo. O prazer fútil que ela dá é sempre seguido de arrependimentos duradouros. Ela nos mostra à sociedade como membros perigosos. "Aquele", diz Filêmon, "que perdoa uma injúria força seu inimigo a injuriar a si mesmo." Tudo deve nos convencer de que o homem que sabe perdoar parece, aos olhos de todos os seres sociáveis e racionais, muito mais estimável, mais forte e maior do que o insensato que o feriu, ou do que o covarde que não pode suportar nada. "Um covarde" – diz

---

as injúrias com paciência." Juvenal disse, mais tarde, que a vingança não é um prazer senão para as almas estreitas: "[...] *minuti / Semper et infirmi est animi, exiguique voluptas / Ultio* [...]" (cf. Juvenal, *Sátira* XIII, verso 189).

um moderno – "pode combater; um covarde pode vencer; mas um covarde não pode jamais perdoar[66]."

A generosidade que faz perdoar as injúrias é um sentimento desconhecido das almas pequenas, da gente do povo, dos homens comuns. Os selvagens, segundo os relatos dos viajantes, são implacáveis em suas vinganças, que se perpetuam de geração em geração e terminam por levar à destruição total de suas diversas hordas. O espírito vingativo, que ainda subsiste em um grande número de povos que acreditamos civilizados, e a ideia que faz crer que um homem de coragem não deve jamais tolerar uma afronta são, visivelmente, alguns restos da barbárie espalhada na Europa pelas nações ferozes e guerreiras que outrora subjugaram o vasto império dos romanos. Mas alguns homens dessa têmpera, alguns soldados ferozes e insensatos, não são modelos a serem seguidos por homens que se tornaram mais sábios, quer dizer, mais instruídos sobre os interesses da sociedade e sobre aquilo que constitui a grandeza de alma, a glória verdadeira. O homem inculto e selvagem não reflete; ele segue como cego os impulsos momentâneos de seu furor. O homem civilizado é verdadeiramente sociável e se acostuma a conter suas paixões, porque ele conhece as suas perigosas consequências. Não é senão pela experiência que o homem racional difere da criança, do selvagem e do insensato[67].

---

66. Cf. Addison, no *Mentor Moderno*, n. 20.
67. Em todos os países onde a justiça não se exerce fielmente, vê-se comumente reinarem as vinganças mais cruéis. Quando a lei não vinga o homem,

Existe ainda uma disposição que, sem ter os efeitos impetuosos da cólera ou as crueldades lentas e refletidas da vingança, não deixa de tornar muitas pessoas incômodas à sociedade. Estou falando do *mau humor*; é uma disposição habitual a se irritar. Ela deriva comumente de um temperamento vicioso e influi de maneira muito incômoda sobre o caráter, a menos que esse vício da organização tenha sido cuidadosamente prevenido ou retificado pela educação, pelo hábito, pelo convívio social e pela reflexão. Existem algumas pessoas de tal modo dominadas pelo mau humor, ou cuja bile é tão fácil de agitar, que as menores coisas as irritam; elas não parecem jamais gozar de alguma serenidade. Poderia se dizer que elas se nutrem de amargura e de fel, e que, não encontrando prazer senão em atormentar a si mesmas, elas não podem suportar a paz e o contentamento dos outros. Todo homem sujeito a essa cólera habitual é tão infeliz quanto insociável. É bem difícil que aquele que está descontente com todo mundo seja capaz de granjear a amizade de alguém.

Por falta de querer fazer algumas reflexões tão naturais, muitos irascíveis se tornam os flagelos de suas famílias e da sociedade. Quantos esposos, sem motivos válidos, vivem como verdadeiros inimigos e parecem não poder encarar uns

---

ele próprio se vinga, quase sempre além da medida. Eis a causa à qual é possível atribuir os frequentes assassinatos que são cometidos nos países despóticos, onde a justiça é sempre muito mal administrada. Nada é mais capaz de levar os homens ao desespero do que a meia justiça.

aos outros a sangue-frio ou falar sem cólera! Como existem pais rabugentos que não podem, sem se irritar, apreciar as brincadeiras mais inocentes de seus filhos! Como existem patrões que acreditariam estar se degradando se não falassem com aspereza com seus empregados trêmulos! Existem alguns homens que não parecem ter amigos senão para fazer que, a todo momento, suportem os efeitos do seu mau humor. Enfim, existem pessoas de tal modo cheias de bile que não agem no mundo senão para terem a oportunidade de despejá-la. Tudo revolta esses misantropos, aos olhos dos quais a natureza inteira parece desfigurada.

Será que as pessoas dominadas por um humor sombrio ignoram, portanto, que em todas as posições da vida o homem deve amar para ser amado? Existirá um estado mais cruel que o de uma mulher condenada por toda a vida a suportar os caprichos de um marido cujas carícias não podem abrandar o mau humor inveterado? Será que os filhos, repelidos pela fronte austera de um pai, poderão ter uma ternura verdadeira por esse tirano que jamais lhes sorri? Um patrão rabugento e a quem tudo descontenta será servido com zelo por empregados perpetuamente intimidados? Que amigos pode merecer um homem insociável e brutal com o qual a convivência os aflige e os humilha? Será que não existe uma presunção bem ridícula em acreditar que todo mundo, e mesmo aqueles que não dependem de maneira alguma dele, é feito para suportar o mau humor de um homem que não quer suportar nada?

Comumente um tolo orgulho, juntamente com a bile, constitui o caráter desses homens ferozes e rabugentos, que quase sempre envenenam o convívio social. Que eles não venham nos dizer que *não é possível se refazer*, que seu mau humor é o efeito de seu temperamento. É trabalhando em cima de nós mesmos, observando-nos com cuidado e combatendo os defeitos de nossa organização que podemos nos tornar seres verdadeiramente sociáveis. A consciência de nossos próprios defeitos deveria incessantemente nos conduzir à indulgência para com os erros dos outros. Aliás, muitas vezes o mau humor os exagera para nós, e mesmo algumas vezes os erros deles não existem senão na nossa imaginação doentia. Que, nos acessos de seu mal, o homem bilioso se separe por algum tempo – se for possível – da sociedade que o fatiga e que o aflige. Que, em alguns intervalos mais calmos, ele se pergunte a razão de seu mau humor. Quase sempre ele descobrirá que seu desgosto não tem nenhum motivo e que ele errava ao se irritar com os outros ou ao atormentar a si mesmo.

A indulgência, a paciência, a brandura e o desejo de agradar são os únicos laços que podem unir entre si alguns seres imperfeitos. A cólera e o mau humor, longe de remediarem alguma coisa, não podem senão perturbar e dissolver a sociedade.

A misantropia, ou a aversão pelos homens, é um mau humor habitual e contínuo que nos faz odiar os seres com os quais devemos viver em sociedade. Essa disposição, verdadeiramente desumana e selvagem, parece advir de diversas causas que todo homem racional deveria cuidadosamente combater. Ela é devida a um orgulho muito irascível que, fechando os nossos olhos para os nossos próprios defeitos, exagera para nós os dos outros e nos faz julgá-los com muito rigor. O misantropo não conhece nem a indulgência, nem a piedade. A inveja e o ciúme, paixões sempre descontentes, têm comumente muita participação no mau humor que se sente contra o gênero humano. A bile é, sobretudo, agitada com a visão da prosperidade daqueles que supomos serem menos dignos dela que nós. A inveja constitui a filosofia de muitos cortesãos; seus insucessos os tornam muitas vezes cáusticos e misantropos.

No entanto, pode acontecer que a aversão pelos homens parta algumas vezes de uma fonte menos impura. Um homem honesto e sensível pode, por fim, indignar-se por ter sido por um longo tempo o espectador ou o joguete, seja da perversidade, seja da insensatez de seus semelhantes, e conceber por isso muita aversão ou desprezo por eles. Embora essa misantropia fundamentada em uma experiência deplorável pareça menos censurável que aquela que nasce da inveja, ela revela, no entanto, uma falta de justiça, pelo fato de envolver todos os homens na mesma condenação.

A verdadeira sabedoria, sempre isenta de preconceitos, não pode aprovar o ódio aos homens em um ser feito para viver com eles. Ela aprova a prudência que nos faz evitar a companhia dos insensatos e dos malvados; mas censura um humor sombrio que não se acomoda com ninguém; ela condena um ódio obstinado que dispõe muito pouco a se tornar útil aos outros ou que bane a benevolência universal. O misantropo é quase sempre um malvado que, não sabendo se fazer amar por ninguém, toma o partido de odiar todo mundo.

A moral deve trabalhar para tornar o homem sociável; ela deve mostrar-lhe os seus interesses sempre ligados aos de seus semelhantes. A razão, guiada pela experiência, lhe fará ver que o seu destino é viver em uma multidão na qual ele será necessariamente empurrado, ora pelos malvados, ora pelos estouvados – ainda bem mais comuns. Ele se armará, portanto, de paciência, coragem e indulgência, a fim de percorrer tranquilamente o seu caminho; ele tratará de conter a sua indignação e a sua cólera, que, agitando-o de maneira muito incômoda, o tornariam eternamente descontente com a sua sorte e o poriam em um contínuo estado de guerra contra aqueles que o cercam.

O mau humor, a insociabilidade e a misantropia são vícios reais. Os moralistas que fazem deles perfeições e virtudes, que persuadem o homem de que existe mérito em se separar de seus semelhantes, em se isolar, em viver inútil à sociedade, visivelmente ignoraram que a virtude deve ser sempre útil e benfazeja.

Capítulo IV – Da avareza e da prodigalidade

Por pouco que se tenha feito uma ideia dos interesses da sociedade e do mérito vinculado à humanidade, à beneficência, à compaixão e à liberalidade, pode-se reconhecer que a avareza é uma disposição desumana e desprezível, visto que é incompatível com todas essas virtudes. Essa paixão consiste em uma sede inextinguível das riquezas por si mesmas, sem jamais fazer uso delas nem para o seu próprio bem-estar, nem para o dos outros. As riquezas não são de maneira alguma a felicidade nas mãos do homem sensato; elas nada mais são que meios de obtê-la, pois o colocam em condições de fazer um grande número de homens colaborarem para a sua própria felicidade. O avarento é um homem isolado, concentrado em si mesmo, cujo coração não se abre para os seus semelhantes. Acostumado a se privar de tudo, como ele seria tentado a entrar nas necessidades dos outros ou a lhes estender uma mão auxiliadora? Ele não vive senão com o seu ouro; esse ídolo inanimado é o objeto único de seu culto e de seus cuidados; ele o adora em segredo e lhe sacrifica a cada instante todas as suas outras paixões, assim como todas as virtudes sociais. Ele recusa tudo a si mesmo e se congratula por suas próprias privações, que se tornam para ele gozos contínuos, visto que elas o levam ao objetivo proposto, que é unicamente acumular.

Os moralistas têm, com razão, condenado a avareza. Os poetas lançaram a mancheias os dardos da sátira sobre ela. Não parece, no entanto, que eles tenham analisado suficientemente os motivos ocultos e poderosos que servem para nutrir em alguns homens essa paixão insociável, e que os ligam a ela por alguns laços impossíveis de romper. O avarento nos é pintado como um ser desgraçado, porque ele recusa a si mesmo alguns prazeres que julgamos dignos de inveja. Porém, o avarento é pouco sensível a esses prazeres; ele fez para si um contentamento à parte que, em sua imaginação, leva vantagem sobre tudo – ou, antes, que lhe apresenta todos os prazeres reunidos. Por que será que ele vai sozinho contemplar o seu tesouro? É que o seu tesouro pinta em seu espírito todos os gozos do mundo; esse tesouro representa para ele o poder de adquirir honrarias, palácios, terras, possessões, joias raras, mulheres, se ele tem alguns sentimentos de volúpia. Em poucas palavras, em seu cofre o avarento vê tudo, ou seja, a facilidade de obter, se ele quiser, tudo aquilo que constitui o objeto dos desejos dos outros. Essa possibilidade lhe basta, e ele não vai além disso. Empregando o seu dinheiro na aquisição de algum objeto particular, sua ilusão acabaria; não lhe restaria senão a coisa adquirida ou a recordação de algum prazer passado; ele não veria mais com a imaginação a faculdade de ter tudo aquilo que se pode obter com o dinheiro.

O avarento recusa tudo a si mesmo, é verdade, mas cada privação torna-se um bem para ele. Ele talvez faça alguns sacrifícios custosos, mas é próprio de toda paixão dominante imolar todas as outras ao objeto que ela ama. Ele faz que o desprezem[68]; mas ele se estima bastante com a visão de seu cofre, que ele considera sua força, seu amigo mais certo, con-

---

68. "[...] *Populus me sibilat, at mihi plaudo / Ipse domi, simul ac nummos contemplor in arca*" [A multidão me apupa; porém, quando eu chego em casa, aplaudo-me contemplando os tesouros na minha arca] (Horácio, *Sátira* I, livro I, verso 66 e seguintes).

tendo aquilo que pode lhe proporcionar algumas vantagens que ele não poderia esperar do resto da sociedade. Ele não tem compaixão porque não tem necessidades, ou pelo menos porque tem o poder de impor silêncio a elas. Ele não ama ninguém porque o seu dinheiro absorve todas as suas afeições. Ele recusa o necessário à sua mulher, aos seus filhos, ao seu criado, porque o necessário lhe parece supérfluo. Ele é atormentado por algumas inquietações, mas será que toda paixão não é agitada pelo temor de perder o objeto que ela mais ama? Ele não é nem mais feliz, nem mais infeliz que o ambicioso que se atormenta e teme perder seu poder, que o amante ciumento que desconfia da fidelidade de sua amante, que o entusiasta da glória que teme que ela lhe escape. Não existe nenhuma paixão forte que não seja agitada e que não provoque de tempos em tempos a vergonha e alguns remorsos. Porém, esses sentimentos penosos são logo apagados pelas ilusões que apresenta à imaginação o objeto pelo qual se está muito fortemente excitado.

Assim, o avarento é infeliz, sem dúvida, pelos tormentos de sua própria paixão e pela ideia dos efeitos que ela produz sobre os outros. Ele não só os priva de tudo, mas ainda é capaz das ações mais baixas para saciar a sede que o queima sem descanso. Enfim, no excesso de sua loucura, ele é capaz de se enforcar após ter perdido o seu ouro, porque essa perda o priva do único objeto que o prende à vida.

A avareza é, como muitas outras, uma paixão exclusiva, que separa o homem da sociedade. Seria um erro acreditar que se é avarento pelos outros. Um pai de família prudente e sábio é econômico sem ser avarento; ele resiste aos seus gostos, às suas fantasias; ele se priva das coisas inúteis, ele diminui as suas despesas para dar um destino agradável a seus filhos. Mas o avarento é *pessoal*; não é jamais por afeição pelos outros que nos carregamos com uma paixão insuportável para aqueles que não estão plenamente infectados por ela. Vemos todos os dias alguns homens que, sem terem herdeiros, sem gostarem dos seus parentes e sem a intenção de fazerem, algum dia, o menor bem a alguém, não se permitem usar de sua imensa fortuna, vivem em uma verdadeira indigência e até na beira do túmulo não cessam de acumular tesouros dos quais não farão nenhum uso[69]. Os verdadeiros avarentos amam o dinheiro por ele mesmo e apenas para eles. Eles o consideram um bem real, e não a representação da felicidade ou um meio de obtê-la. O homem sociável e racional considera o dinheiro unicamente o meio de obter alguns gozos honestos, e o homem virtuoso não conhece gozo mais verdadeiro que o de fazer os outros felizes. Ele é beneficente e liberal porque sabe que é no exercício da beneficência que consiste toda a vantagem da riqueza sobre a indigência ou sobre a fortuna mediana.

---

69. "*Non propter vitam faciunt patrimonia quidam, / Sed vitio caeci propter patrimonia vivunt*" ["A maior parte dos homens não acumula para viver. Cegos pela cupidez, vivem apenas para acumular"] (Juvenal, *Sátira* XII, versos 50 e 51).

O filho de um avarento é comumente pródigo. Ele sofreu muito com o vício de seu pai, e assim se lança no extremo contrário. Além disso, esse pai, ao lhe recusar tudo, não permitiu que ele aprendesse o bom uso que se pode fazer de seus bens. O pródigo acredita ser estimável entregando-se a outra loucura.

A prodigalidade é o vício oposto à avareza. Essa paixão, fundamentada na vaidade, consiste em espalhar sem medida e sem seleção os bens da fortuna, ou em fazer das suas riquezas um uso pouco útil para si mesmo e para a sociedade. O pródigo não é de maneira alguma um ser beneficente, ele é um insensato que não conhece o verdadeiro uso do dinheiro, que não recusa nada aos seus desejos mais desregrados, que quer se tornar ilustre por meio de algumas despesas desprovidas de utilidade ou por uma espécie de desprezo fingido pelas riquezas, das quais todo o valor deveria ser dado pelo seu emprego[70]. César dava ao povo romano festas que lhe custavam alguns milhões de sestércios. Essas prodigalidades, feitas para servir à sua ambição, não tinham como objetivo senão corromper cada vez mais um povo já vicioso e corrompido. As prodigalidades de Marco Antônio e Cleópatra, que faziam dissolver pérolas de um valor imenso para engoli-las em um banquete, eram verdadeiras loucuras produzidas pela embriaguez da opulência.

---

70. "*Nescis quo valeat nummus? Quem praebeat usum?*" ["Será que não conheces o valor do dinheiro? E o uso que se pode fazer dele?"] (Horácio, *Sátira* I, livro I, verso 73).

A prodigalidade nos príncipes, que se enfeita muitas vezes com o nome de beneficência, não passa de uma fraqueza muito criminosa. Os povos são forçados a gemer para que tenham condições de satisfazê-la. Um soberano pródigo é logo obrigado a se tornar um tirano; ele é cruel com o seu povo porque quer contentar os cortesãos que o rodeiam e que ele vê, ao passo que ele não vê o seu povo e quase não se preocupa com ele. Tem-se o cuidado de impedi-lo de ouvir os murmúrios do vulgo desprezado.

Será, portanto, que é benfazejo pilhar a sociedade inteira para enriquecer os mais inúteis ou os mais nocivos dos seus membros? As prodigalidades de Nero e de Heliogábalo eram ultrajes impudentes feitos à miséria pública.

O pródigo causa dano a si mesmo. Conseguindo arruinar sua fortuna, quase não lhe resta auxílio entre os seus amigos. Irrefletido em sua escolha, ele comumente não espalhou as suas generosidades senão sobre alguns aduladores e parasitas, alguns homens desprovidos de bons costumes e de bons sentimentos, sobre alguns ingratos que acreditam tê-lo pago suficientemente com as suas complacências vis e as suas covardes adulações. Apenas o homem sábio sabe usar a fortuna; o homem vicioso, vão e frívolo sabe apenas abusar dela.

O avarento e o pródigo têm em comum o fato de nenhum dos dois conhecer o uso das riquezas que igualmente desejam. Um é ávido por acumular e o outro é ávido por despender: ambos, quando podem, demonstram igual avidez que os torna injustos e criminosos; ambos não são nem amados, nem estimados, porque o avarento não faz o bem a ninguém e porque o pródigo só faz favores a alguns ingratos. O avarento pilha para enriquecer a si mesmo; o pródigo rouba e frauda seus credores, ele se arruína e não enriquece senão alguns velhacos e pessoas desprezíveis, os únicos que sabem tirar proveito da sua extravagância.

Capítulo V – Da ingratidão

"Nada", disse um antigo, "envelhece mais prontamente do que um benefício[71]." Não existe vício mais detestável e, no entanto, mais comum do que a ingratidão. Platão o considera contentor de todos os outros. Ele consiste no esquecimento dos benefícios, e algumas vezes chega a ponto de fazer que o benfeitor seja odiado. Nada é mais odioso, mais injusto e mais insociável do que essa disposição criminosa. Ela transforma aquele que se torna culpado dela, de algum modo, em inimigo de si mesmo. Além disso, ela não pode deixar de lhe atrair o ódio de toda a sociedade. Todos sentem, com efeito, que a ingratidão tende a desencorajar as almas beneficentes, a banir das relações sociais a compaixão, a bondade, a liberalidade e o desejo de fazer favores, que são seus mais doces laços. Não existe, portanto, nenhum homem que não esteja pessoalmente interessado em compartilhar a ini-

---

71. Um espanhol disse também: "Aquele a quem vós dais, escreve isso na areia; e aquele de quem vós tirais, escreve isso no aço".

mizade que se deve aos ingratos. Não reconhecer os benefícios que se recebeu manifesta uma insensibilidade, uma injustiça, uma insensatez e uma covardia surpreendentes. Odiar aquele que nos fez o bem indica uma estranha ferocidade. Se os homens reunidos devem prestar uns aos outros auxílios mútuos, que motivos lhes restariam para exercer sua benevolência quando eles tiverem todas as razões para acreditar que ela não seja paga senão com a ingratidão e o ódio?

Por mais desinteressadas que suponhamos a benevolência, a generosidade e a liberalidade, essas virtudes têm necessariamente como objetivo adquirir alguns direitos sobre os corações daqueles a quem se faz algum favor. Nenhum homem faz o bem a seu semelhante visando fazer dele um inimigo. O cidadão generoso, ao servir sua pátria, não pode ter a intenção de se tornar odioso ou desprezível aos olhos dela. Qualquer um que faz o bem espera, com razão, o reconhecimento, a ternura ou pelo menos a equidade daqueles que ele trata com distinção. Ainda que a beneficência se estenda aos inimigos, aquele que a exerce tem motivo para se orgulhar de que assim desarmará o seu ódio e fará deles seus amigos. As pretensões à afeição e à gratidão são, portanto, justas e fundamentadas. Elas são as motivações naturais da beneficência, e essas mesmas pretensões não podem ser frustradas sem injustiça e insensatez. A ingratidão é tão revoltante que é capaz de aniquilar a humanidade no fundo dos corações mais honestos.

Fazer favores a alguns ingratos, fazer o bem a alguns injustos, seria – dizem – a prova da virtude mais robusta, da magnanimidade mais maravilhosa, da generosidade mais rara e talvez, muitas vezes, da maior fraqueza. Mas poucos homens são capazes de um desprendimento tão perfeito. Ele suporia um entusiasmo pouco comum, uma imaginação bastante fecunda para compensar a si mesma pela injustiça alheia. Todo homem que nos faz um favor anuncia que quer adquirir sobre a nossa afeição e a nossa estima alguns direitos que não podemos lhe recusar sem crime. Ele nos mostra evidentemente que nos quer bem, que se interessa por nós, que ele está, em relação a nós, nas disposições que desejamos naturalmente encontrar. Assim, quaisquer que sejam os seus motivos, não podemos nos dispensar de conceder a reciprocidade a qualquer um que manifeste por nós interesse, boa vontade.

De acordo com algumas verdades tão fáceis de perceber, não será surpreendente encontrar tantos ingratos sobre a Terra? No entanto, diversas causas parecem contribuir para multiplicá-los. O orgulho e a vaidade parecem ser, geralmente, as verdadeiras fontes da ingratidão. Exagera-se o seu próprio mérito, e cada um, então, considera os benefícios que recebe como dívidas; cada um acredita encontrar em si mesmo a razão suficiente dos serviços que lhe são prestados, e não quer ter obrigações senão para consigo mesmo. Além disso, temem-se as vantagens que podem ser conferidas àqueles de quem se recebe benefícios; receia-se que eles sejam tentados a abusar da superioridade ou dos direitos que adquirem; tem-se vergonha de reconhecer que se depende deles, ou que se tem necessidade de seus auxílios para sua própria felicidade. Enfim, teme-se que eles ponham em seus benefícios um preço tão alto que não se possa pagá-los. Os ingratos têm sido muito bem comparados com os maus devedores, que temem encontrar com os seus credores. Enfim, a inveja, essa paixão fatal que se irrita até mesmo com alguns benefícios que ela recebe e que torna injusto e cruel para com aqueles que se deveria amar e considerar, torna-se muitas vezes a causa da mais negra ingratidão.

Por outro lado, a arte de fazer o bem, como já fizemos observar ao falar da beneficência, é desconhecida da maioria dos homens. Ela exige uma modéstia, uma delicadeza e um fino tato que possam assegurar o amor-próprio daqueles a quem se faz um favor e dos quais se quer merecer a gratidão. Esse amor-próprio está tão pronto a se inflamar que o benfeitor tem necessidade de todos os recursos do espírito para não ofender as pessoas que ele tem a intenção de favorecer. Os orgulhosos, os homens vãos, imperiosos, faustosos e pródigos não conhecem absolutamente a arte de fazer o bem; assim, eles serão comumente ingratos. Apenas as pessoas sensíveis sabem fazer favores. Fazendo o bem, o orgulhoso não quer senão estender o seu domínio, aumentar o seu número de escravos, mostrar-lhes a todo instante o seu poder e sua superioridade. O homem faustoso não quer senão ostentar as suas riquezas ou a sua reputação e espalha indistintamente os seus favores para aumentar sua corte. Todos aqueles que, ao fazerem o bem, não buscam senão multiplicar em torno deles os aduladores, os escravos e os joguetes das suas fantasias, dificilmente devem esperar muito reconhecimento. Esses homens abjetos sempre acreditarão estar plenamente desobrigados por conta de suas baixezas e suas vis complacências. Apenas a virtude modesta pode atrair a confiança das almas honestas e virtuosas. Apenas as almas dessa têmpera são verdadeiramente gratas.

É raro que os poderosos saibam verdadeiramente favorecer ou fazer o bem. Pouco habituados a se reprimir, eles favorecem com altivez e exigem quase sempre sacrifícios muito custosos em troca de seus favores. Nada é mais cruel para uma alma honesta do que não poder amar ou estimar aqueles que lhe fazem o bem, e do que ser interiormente forçada a odiá-los ou a desprezá-los. Como se ligar sinceramente a alguns homens que, por sua conduta soberba e seus procedimentos humilhantes, tomam o cuidado de dispensar de antemão todos aqueles que eles favorecem do reconhecimento que esses últimos gostariam de sentir por eles? Será que existe uma posição mais horrível do que a de um filho bem-nascido que é forçado pela tirania de um pai a não amar o autor dos seus dias, aquele a quem o seu coração gostaria de poder mostrar a gratidão mais terna, o apego mais verdadeiro? Os tiranos de toda a espécie não podem produzir senão ingratos.

No entanto, os príncipes, os ricos e os poderosos da Terra se tornam comumente culpados da mais negra ingratidão. Criados acima dos outros, eles imaginam que ninguém pode forçá-los, que nenhum homem está no direito de pensar que pôde lhes prestar serviços bastante grandes para merecer a gratidão de sua parte. Cercados de caluniadores e aduladores, vós os vedes dispostos a crer que tudo lhes é devido, que eles jamais estão em débito com aqueles que os servem, que eles não devem nada a ninguém, que a vantagem de servi-los é uma honraria bastante grande para dispensá-los dos sentimentos que exigem dos outros. Os tiranos, sempre inquietos e covardes, estão prontos, diante das menores suspeitas, a pagar os serviços com a desgraça e muitas vezes com a morte[72]. Além disso, os serviços brilhantes conferem àqueles que os prestam um lustro capaz de inflamar as almas mesquinhas desses orgulhosos potentados. Eles são comumente bastante pequenos para se enciumarem com a glória adquirida por alguns cidadãos que, por suas grandes ações, parecem ser colocados no nível de seus soberbos senhores.

---

72. O sultão Bajazet II mandou matar Acomath, seu vizir, que havia assegurado o seu trono e estendido consideravelmente o seu império porque, como esse próprio príncipe admitia, *ele se achava na impossibilidade de reconhecer dignamente os serviços que dele tinha recebido*. Por um motivo semelhante, Calígula fez perecer Macro, a quem ele devia o império. Tibério, tendo sido informado de que o áugure Lentulus o tinha, em seu testamento, instituído seu herdeiro, mandou alguns capangas para matá-lo, a fim de desfrutar do seu legado. Luís XI, que nisso se conhecia, tinha o costume de dizer que "os grandes benefícios faziam os grandes ingratos".

A inveja não permite jamais que os tiranos amem sinceramente os homens que os eclipsam.

Como veremos mais adiante, é ao temor da superioridade e à inveja que despertam os grandes talentos que devemos essas marcas revoltantes da mais negra ingratidão, da qual povos inteiros se tornaram culpados para com os magistrados e os chefes que mais utilmente os tinham servido. As repúblicas de Atenas e Roma nos fornecem alguns exemplos memoráveis da injustiça das nações para com seus maiores benfeitores. Os homens em grupo jamais parecem se envergonhar de sua ingratidão. Aquele que faz o bem ao público não é quase sempre recompensado por ninguém.

É à inveja sempre subsistente que se deve atribuir as injustiças tão frequentes do público para com aqueles que outrora lhe proporcionaram os maiores prazeres e as descobertas mais interessantes. É por isso que os homens de gênio foram em todos os tempos perseguidos, punidos pelos serviços que tinham prestado a seus contemporâneos; forçados a esperar da posteridade, mais equitativa, a recompensa e a glória que mereceriam os seus talentos. O público é composto de um pequeno número de pessoas justas e uma imensa multidão de seres injustos, covardes e invejosos, melindrados pelos grandes homens, que fazem todos os seus esforços para depreciá-los.

Será que é preciso favorecer os ingratos? Sim; é grandioso desprezar a inveja; é preciso fazer o bem aos homens a despeito deles; é preciso se contentar com os sufrágios das pessoas de bem; é preciso recorrer de seus contemporâneos ingratos à posteridade, sempre favorável aos benfeitores do gênero humano. Enfim, na falta dos aplausos e das recompensas que ele merece, todo homem verdadeiramente útil aos seus semelhantes, todo homem generoso, encontrará nos aplausos de sua própria consciência o salário mais doce pelos serviços que ele presta à sociedade. A injustiça e a ingratidão dos homens reduzem muitas vezes a virtude a se pagar com as próprias mãos.

Capítulo VI – Da inveja, do ciúme e da maledicência

A inveja, esse tirano encarniçado do mérito, dos talentos e da virtude, é uma disposição insociável que faz odiar todos aqueles que possuem algumas vantagens e qualidades estimáveis.

O ciúme, muito ligado à inveja, é a inquietação produzida em nós pela ideia de uma felicidade que supomos que os outros desfrutam ao passo que nós mesmos estamos privados dela.

O orgulho é a fonte da inveja. O amor preferencial que cada homem tem por si mesmo faz que ele odeie nos outros as vantagens capazes de lhes conferir na sociedade uma superioridade que cada um desejaria para si mesmo. "Aqueles que insultam os grandes homens parecem não causar nenhum mal; eles estão seguros de se ouvir sendo aplaudidos", diz Sófocles. Todo mortal que se faz notar por alguns talentos, pelo mérito, felicidade, reputação ou riquezas torna-se objeto da inveja pública. Cada um gostaria de desfrutar, preferivelmente a ele, de todas essas vantagens. Invejam-se os príncipes, os poderosos e os ricos porque se sabe que seu poder e sua fortuna os colocam em condições de exercer um domínio que se gostaria de exercer no lugar deles, do qual se tem orgulho de pensar que se faria um uso bem melhor.

O ciúme, ao contrário, supõe uma ideia baixa de si mesmo, uma ausência das vantagens ou qualidades que se vê ou que se supõe existir naqueles dos quais se têm ciúme. Um amante tem ciúme de seu rival porque ele teme não ter, aos olhos de sua amada, tantos encantos quanto aquele que causa as suas inquietudes. Os pobres têm ciúme dos ricos porque se sentem desprovidos dos meios que estes últimos podem empregar para obter todos os prazeres dos quais os primeiros estão privados.

A inveja e o ciúme são sentimentos naturais a todos os homens, mas que, para o seu próprio repouso e para o bem da sociedade, um ser sociável deve cuidadosamente reprimir. O invejoso é aquele que não aprendeu a combater e a vencer uma paixão cega, tão funesta para ele mesmo quanto para os outros. A vida social torna-se um tormento contínuo para um ser afligido por essa paixão infeliz. Tudo se torna, diante dos seus olhos, um espetáculo dilacerante. Não existe nenhuma vantagem obtida por alguém que não desfira um golpe mortal no invejoso. A opulência de seus concidadãos o desola; a elevação deles o irrita; a reputação deles o fere; os elogios que lhes são feitos são como punhaladas; a glória que eles adquirem o leva ao desespero – em poucas palavras, não existe nenhuma paz para o homem bastante malconformado para se irritar com todas as coisas boas que ele vê acontecerem aos outros. Se ele quer se furtar ao espetáculo desolador da felicidade pública, ele não tem nada melhor para fazer do que fugir para devorar seu próprio coração em uma terrível solidão.

A inveja é um sentimento vergonhoso que não ousa se mostrar, porque ofenderia todos aqueles que se tornassem testemunhas dela. Assim, ela saberia se esconder sob uma infinidade de formas diversas. Nenhum homem ousa admitir que inveja os outros. Sua paixão se mascara com o nome de amor pelo bem público quando quer depreciar aqueles que lhe desagradam. Então, ela se indigna com a visão dos postos eminentes concedidos a homens desprovidos de mérito; ela lamenta a opulência que vê nas mãos de pessoas pouco adequadas para possuí-la. Pretextando um amor puro pela verdade, ela vai remexer nos segredos dos corações para apresentar motivos odiosos e vis para as ações mais belas; ela busca na conduta dos homens tudo aquilo que pode rebaixá-los; ela gosta da maledicência porque degrada os seus rivais.

A inveja ocupa o lugar da moral para muitas pessoas. Pouco sensível aos interesses da virtude ou ao bem da sociedade, o invejoso torna-se um lince quando se trata de desvelar os vícios e os defeitos daqueles cujo bem-estar o ofende. A inveja torna-se audaciosa, violenta, quando ela pode se disfarçar com o nome de zelo pela virtude.

Sob o pretexto do bom gosto, ela critica sem cessar e não acha nada bom; ela escuta avidamente os sarcasmos e os epigramas; a zombaria, a sátira mais cruel, são para ela alimentos deliciosos; elas suspendem por alguns instantes a dor que lhe causam o mérito e os talentos. Adota sem exame a calúnia, porque sabe que ela deixa sempre atrás de si algumas cicatrizes difíceis de desaparecer. Em poucas palavras, a malignidade, a perversidade e a perfídia são as dignas companheiras da inveja, com a ajuda das quais ela consegue ao menos atormentar o mérito, desencorajá-lo, quando não consegue sufocá-lo.

A maledicência é uma verdade prejudicial àqueles que são objetos dela. O maledicente não é um homem verídico; ele não passa de um invejoso, um malicioso e um perverso, cujos discursos não podem agradar senão alguns seres que se parecem com ele. Se não existisse nenhum invejoso, a maledicência seria banida da sociedade. Só se ouve a maledicência com tanta solicitude porque ela deprecia os outros diante da opinião pública. Cada um vê um inimigo a menos no grande homem que é atacado, ou que a maldade quer destruir. "O maledicente", diz Quintiliano, "não difere do perverso senão pela oportunidade[73]." Ele só faz o mal por meio dos seus discursos porque é covarde demais para fazê-lo por meio das suas ações.

---

73. "*Maledicus a maleficio non distat nisi occasione*" (Quintiliano, *Instituições oratórias*, livro XII, cap. 9, n. 9, edição Gesner, Gottinghem, 1738, in-4º).

O maledicente é um homem vão que, revelando as enfermidades dos outros, não quer quase sempre senão persuadir de que ele é sadio. Além disso, ele se vangloria de ser verídico, quando não passa de um hipócrita que faz alarde de sentimentos honestos, mas sempre falsos, a partir do momento em que não estão acompanhados pela bondade, pela indulgência e pela humanidade. O maledicente deveria ser considerado um inimigo público. No entanto, ele é ouvido, e poderíamos dizer que os homens só se frequentam para terem o prazer de falar mal uns dos outros.

Para curar os homens da inveja e do ciúme que os atormentam, assim como da maledicência e da difamação, seria oportuno lhes fazer ver que os seus esforços são inúteis contra o mérito e os verdadeiros talentos. Em vão, a maledicência é exercida sobre o homem de bem. Ah! Será que não se sabe que nenhum mortal na Terra está isento de defeitos? Uma crítica injusta quer depreciar as produções do gênio? Mas será que não se sabe que o gênio é inconstante e não pode ser regular em sua marcha? Será que algumas falhas minúsculas fizeram algum dia caírem no esquecimento as obras imortais do espírito humano? A calúnia quer manchar a probidade? Mais cedo ou mais tarde a iniquidade é descoberta, ela envergonha o invejoso que a fez surgir e torna a inocência, que ela queria oprimir, mais amável e mais interessante.

Como existiriam poucos invejosos se as pessoas refletissem sobre a pequena quantidade de homens verdadeiramente felizes ou dignos de serem invejados! Os poderosos são invejados porque se supõe que eles são os mais contentes dos mortais. Mas como um homem que pensa poderia invejar alguns cortesãos perpetuamente atormentados por uma inveja mútua, por sustos contínuos, por desgostos pungentes, por inquietudes tão longas quanto a vida? O rico é objeto do ciúme e da inveja do pobre. Para desenganar esse último, que ele seja informado de que, com todos os meios capazes de obter o bem-estar e o repouso, esse rico não põe muitas vezes nenhum em uso. Devorado pela sede das riquezas, ele nunca tem o bastante. Consumido pela ambição, ele jamais está satisfeito com a própria sorte. Farto de prazeres, ele não conhece mais nenhum meio de se divertir. Fatigado por seu ócio, ele caiu no tédio, o mais cruel de todos os tormentos com os quais a natureza pode punir o homem que não quer trabalhar. Enfim, tudo prova ao indigente laborioso que o seu destino, que lhe parece tão lamentável, o isenta de uma infinidade de necessidades imaginárias, de intrigas e sofrimentos do espírito, pelos quais a grandeza e a opulência são incessantemente agitadas.

Para desenganar os ouvintes invejosos ou maliciosos do prazer que lhes causa a maledicência, nós os advertiremos de que eles devem esperar que o mesmo personagem do qual eles escutam avidamente os discursos maliciosos, do qual eles saboreiam as sátiras impiedosas, ao deixar a sua companhia, vai divertir à sua custa um outro círculo de pessoas com a mesma disposição.

Enfim, para desenganar o próprio maledicente do prazer que ele encontra em prejudicar, nós lhe mostraremos a baixeza do papel que ele desempenha, que não pode senão fazer que ele seja temido, sem jamais fazer que seja amado ou estimado. A reputação do perverso será, pois, bem digna da ambição de um ser sociável? Será que existe ofício mais vil e mais baixo que o de delator público? Ouvi-lo com prazer não será se tornar cúmplice de sua infâmia? Admiti-lo no seu convívio familiar não será se desonrar? Diz um moderno que "o delator, sendo o mais vil dos homens, desonra as pessoas que convivem com ele, bem mais do que faria o carrasco: a conduta do primeiro é o efeito de seu mau-caráter, ao passo que o carrasco exerce o seu ofício"[74]. Este último faz o mal por dever, e o outro o faz para o seu prazer. Haverá, pois, um prazer mais detestável que o de correr de casa em casa para denegrir seus concidadãos, para divulgar os episódios que podem prejudicá-los, para lhes fazer perder a reputação e o repouso, sem proveito real para a sociedade?

O maledicente nos dirá, talvez, que é preciso ser verdadeiro, e que é importante para o público conhecer os homens. Ele acrescentará que não fala mal senão das pessoas indiferentes, às quais ele não deve nada. Mas nós responderemos que a verdade só é útil ao público quando se trata de crimes, e não de defeitos ou imperfeições ocultas. O homem

---

74. Cf. a publicação inglesa denominada *Adventurer*, n. 46.

verídico não passa de um assassino covarde quando ele espalha algumas verdades capazes de aniquilar a opinião positiva, de arrefecer a benevolência e de prejudicar a fortuna de seus concidadãos. Somos pouco levados a fazer o bem àqueles sobre os quais temos uma ideia negativa. Por fim, nós lhe diremos que um ser sociável deve, mesmo aos desconhecidos, aos indiferentes e aos estrangeiros, algum respeito e consideração, e que, faltando com isso, ele dá ao primeiro que vier o direito de denegrir a ele próprio e divulgar os seus segredos. Haverá um homem bastante vão para se gabar de não ter defeitos? Se não existe ninguém que consinta que as suas fraquezas sejam expostas, deduz-se que devemos encobrir as dos outros.

Sob qualquer ponto de vista que se considere a maledicência, ela é muito condenável pelas desordens, as inimizades e as querelas que produz a todo instante. Ela causa muito mal e não faz nenhum bem. Odeia-se o maledicente, embora a maledicência agrade. A maledicência é filha do ódio, do mau humor, da inveja e da ociosidade. Ela não tem nada para se glorificar de uma origem tão desprezível. O vazio do espírito, a incapacidade de se ocupar e a inação alimentam esse vício odioso. Por falta de poder falar de coisas, fala-se de pessoas. Nada é mais útil do que saber se calar; a necessidade de falar é um dos maiores flagelos de todas as sociedades.

Capítulo VII – Da mentira, da adulação, da hipocrisia e da calúnia

A palavra deve servir aos homens para comunicar seus pensamentos, para se prestarem auxílio mutuamente e para transmitirem uns aos outros as verdades que podem lhes ser úteis, e não para se destruírem reciprocamente e se enganarem. O mentiroso peca contra todos os seus deveres e, por conseguinte, torna-se nocivo a seus associados. Mentir é falar contra o seu pensamento, é induzir os outros ao erro, é violar as convenções nas quais se fundamenta o comércio da linguagem, que se tornaria muito funesta se os homens só se servissem dela para abusar uns dos outros. Digamos, portanto, com a franqueza de Montaigne: "Na verdade, mentir é um vício maldito. Nós não somos homens e não estamos ligados uns aos outros a não ser pela palavra. Se nós conhecêssemos o horror e o peso desse vício, nós o condenaríamos ao fogo com mais justiça que a outros crimes"[75]. Aristóteles diz que "a recompensa do mentiroso é não ser acreditado, mesmo quando ele fala a verdade".

Todos os moralistas estão de acordo quanto ao horror que deve inspirar a mentira. Aqueles que contraíram esse hábito infeliz perdem toda a confiança da parte dos outros; a palavra torna-se para eles, por assim dizer, inútil. Com efeito, esse vício é baixo e servil; ele manifesta sempre o temor ou a vaidade. O homem de bem é sincero; ele não tem na-

---
75. Cf. *Ensaios* de Montaigne, livro I, cap. 9.

da a temer mostrando a verdade, que não pode deixar de lhe ser vantajosa. As crianças e os criados são os mais sujeitos a mentir, porque a sua conduta imprudente os expõe incessantemente a algumas correções desagradáveis. Apolônio diz que não cabe senão aos escravos mentir.

Os persas, segundo Heródoto, cobriam os mentirosos de infâmia. As leis dos indianos, segundo Filóstrato, ordenavam que todo homem reconhecidamente mentiroso fosse declarado incapaz de ocupar qualquer magistratura. Essa infâmia vinculada à mentira subsiste ainda entre as nações modernas, nas quais um desmentido é considerado um insulto tão grave que as pessoas se veem obrigadas a lavá-lo com sangue.

Segundo Plutarco, Epainetos tinha o costume de dizer que "os mentirosos são a causa de todos os crimes cometidos nesse mundo"[76]. Ele tem razão, sem dúvida. O erro e a impostura são as fontes fecundas de todas as calamidades pelas quais o gênero humano é afligido. Independentemente dos erros devidos à ignorância dos homens, existe um grande número deles que lhes vêm dos mentirosos que tiveram o cuidado de enganar a sua credulidade para submetê-los mais seguramente ao seu domínio.

Um impostor surge na Arábia e conta, em nome do céu, algumas mentiras que ele consegue fazer ser respeitadas por uma parcela de seus concidadãos. Logo, tornando-se sagra-

---

76. Cf. Plutarco, em *Os ditos notáveis dos lacedemônios*.

das essas mentiras, elas propagam-se por meio das armas pela Ásia, pela África e pela Europa. Elas autorizam alguns fanáticos ambiciosos a conquistar toda a terra e banhá-la em sangue. A lei de Maomé se estabelece pela violência; ela derruba os tronos e, sobre as ruínas do mundo, estabelece a tirania muçulmana. É assim que alguns mentirosos fabricam alguns exaltados que assumem o dever de perturbar o universo, alguns hipócritas que procuram tirar proveito das desgraças dos homens e alguns tiranos que acorrentam os povos e os obrigam a contribuir, à custa da sua vida, com seus injustos projetos.

Dentre os meios de enganar os homens, não existe nenhum que tenha produzido em todos os tempos maiores desgraças que a adulação. Diógenes dizia que "o mais perigoso dos animais selvagens é o maledicente; e o mais perigoso dos animais domésticos é o adulador".

A adulação tem sido bem definida, dizendo-se que ela é uma troca de mentiras, fundamentada de um lado no interesse mais vil, e do outro, na vaidade. O adulador é um mentiroso que engana para se tornar agradável àquele cuja vaidade ele planeja seduzir. É um pérfido que lhe enfia uma espada coberta de mel[77]. "Quem vos lisonjeia vos odeia", disse um sábio árabe[78]. Com efeito, todo adulador é forçado a se rebaixar diante do tolo que ele lisonjeia; trata-se de uma hu-

---
77. "*Adulatio mellitus gladius*" (Hierão).
78. Cf. os provérbios árabes na *Grammatica arabica*, de Erpenius.

milhação que deve ser custosa para a sua vaidade; ele deve odiar e desprezar aquele que o forçou a se aviltar. Os príncipes e os poderosos enganam-se redondamente quando se creem amados pelos homens vis que os rodeiam. Ninguém pode amar aquele que o degrada. Apesar da baixeza convencional na corte, nenhum adulador é bastante intrépido para jamais se envergonhar.

Diz Charron: "A adulação é pior que o falso testemunho; este último não corrompe o juiz, mas apenas o engana; ao passo que a adulação corrompe o juízo, encanta o espírito e o torna inacessível à verdade"[79]. Tantos príncipes só fazem o mal com tanta constância porque estão cercados de aduladores que lhes dizem que eles agem bem; que seus súditos estão felizes; que seu reinado é abençoado; que eles podem continuar sem temor e dar um livre-curso a todas as suas paixões. Assim, alguns envenenadores públicos conseguem tornar inúteis as disposições mais favoráveis; eles infectam os melhores príncipes desde a infância, fazendo deles tiranos estúpidos que se tornarão gradativamente os flagelos de seus súditos. Se não existisse nenhum adulador, não haveria tiranos sobre a Terra. A adulação é, portanto, evidentemente, a mais negra traição; é um crime detestável que, depois de ter entregue a sociedade à tirania, expõe o tirano a revoluções terríveis e, muitas vezes, à sua própria destruição. O adulador é o mais perigoso inimigo dos povos e dos reis.

---
79. Cf. Charron, *Da sabedoria*, livro III, cap. 10.

Todos os homens amam a lisonja porque todos têm, em maior ou menor grau, orgulho, vaidade e uma opinião positiva sobre si mesmos. Nada é mais raro do que aqueles que têm a prudência ou a força de resistir às armadilhas dos aduladores. Todos adotam a adulação, mesmo reconhecendo que ela é uma pura mentira. Todos dizem, como Terêncio: "Bem sei que tu mentes, mas continue a mentir, porque tu me dás um grande prazer"[80]. Um célebre poeta assegura com razão que "ninguém está inteiramente inacessível à adulação, e que se adula um homem que demonstra ódio pelos aduladores louvando-o por odiar a adulação"[81].

A adulação começa sempre por cegar os homens. Examinando com cuidado a fraqueza daquele que eles têm vontade de enganar, os aduladores terminam por encontrá-la. Eles têm sido muito bem comparados aos ladrões noturnos, cujo primeiro cuidado é apagar as luzes nas casas que eles querem furtar. Antístenes dizia, com igual justeza, que "as cortesãs desejam para os seus amantes todos os bens, a não ser o bom senso e a sabedoria". Os aduladores têm os mesmos desejos para todos aqueles que eles querem atrair para as suas armadilhas. "Se tu não reconheces em ti" – diz Demófilo – "algumas coisas estimáveis, esteja certo de que os outros te adulem."

---

80. "*Mentiris, Dave; perge tamen, places*" (Terêncio).
81. Shakespeare, na tragédia *Otelo*.

Tem sido muito justamente observado que os tiranos mais detestados foram os mais adulados. Não fiquemos de maneira alguma surpresos com isso. Os príncipes mais perversos são comumente os mais vaidosos, os mais desconfiados e os mais temíveis. Assim o temor, vindo juntar-se à baixeza, a impele para além de todos os limites. Ela não pode ir muito longe quando se trata de agradar a um tirano, geralmente perverso e estúpido. A adulação não faz senão envaidecer a tolice e dar audácia à perversidade. Como diz o mesmo poeta: "Aplaudir os tolos é fazer-lhes um grande mal"[82].

A adulação mais baixa, mais servil e mais deslavada não revolta um espírito estreito. Mas, para o homem vaidoso, quando ele tem algum pudor, é necessária uma adulação mais delicada; ele precisa de um veneno preparado por mãos mais hábeis; uma adulação grosseira assustaria a sua vaidade. Tibério dava de ombros ao ver as baixezas que alguns senadores inábeis empregavam para adulá-lo[83]. Mesmo Alexandre, que levou a loucura até o ponto de querer se fazer passar por um deus, reprimiu algumas vezes os aduladores que lhe ofereciam um louvor pouco refinado. A adulação

---

82. Cf. *Poetae graeci minores, Demophili sententia*. Dião Cássio, falando de Sejanus, observa que quanto mais os homens são tolos ou desprovidos de mérito, mais eles têm fome de adulação e submissão (cf. Dião Cássio, *História romana*, livro 58, cap. 5).
83. "*Memoriae proditur, Tiberium, quotiens curia egrederetur, graecis verbis in hunc modum eloqui solitum: O homines ad servitutem paratos! Scilicet etiam illum, qui libertatem publicam nollet, tam projectae servientium patientiae taedebat*" (Tácito, *Anais*, livro III, cap. 65, na parte final).

é desagradável quando manifesta muita baixeza naquele que a prodigaliza. As pessoas mais sensíveis à adulação são pouco ou nada tocadas por ela quando ela parte de um homem que elas são forçadas a desprezar. É forçoso, para agradá-las, que o adulador manifeste algum mérito e, sobretudo, que ele aparente sinceridade. Nenhum homem pode gostar das adulações desprovidas de verossimilhança; deseja-se que elas tenham ao menos alguma aparência de verdade.

Seja como for, a adulação sempre manifesta baixeza naquele que a prodigaliza e tola vaidade naquele que se deixa enganar por ela. O adulador parece sacrificar inteiramente, àquele que ele lisonjeia, o seu orgulho e o seu amor-próprio. Não é que ele seja isento desses vícios, mas ele sabe suspender o seu efeito. Nada é mais comum do que ver os escravos mais rastejantes, na presença de seu amo, mostrarem a altivez mais insolente para com seus inferiores. Embora a ambição seja o fruto do orgulho, ela se rebaixa em adular para obter a faculdade de fazer que os outros sintam o peso de sua potência subalterna. Não há nada mais arrogante e mais soberbo do que um escravo; ele desconta nos outros os ultrajes que suporta da parte daqueles que é obrigado a adular. Rebaixando-se até o chão, o adulador ambicioso nada mais faz do que tomar impulso.

Alguns moralistas exagerados sustentaram que jamais era permitido mentir, ainda que se tratasse da salvação do universo[84]. Porém, uma moral mais sábia não pode adotar essa

---

84. Santo Agostinho.

máxima insociável. Uma mentira que salvasse o gênero humano seria a ação mais nobre da qual um homem pode ser capaz. Uma mentira que salvasse a pátria seria uma ação muito virtuosa e digna de um bom cidadão. Uma verdade que a fizesse perecer seria um crime detestável. Uma mentira que salvasse a vida de um pai, de um amigo, de um homem inocente injustamente oprimido só pode parecer criminosa aos olhos de um insensato. A virtude é sempre a utilidade dos seres de nossa espécie. Uma verdade que prejudica alguém, sem proveito para a sociedade, é um mal real. Uma mentira útil àqueles que nós devemos amar e que não causa dano a ninguém não merece de maneira alguma ser censurada.

A mentira pode ser encontrada na conduta, assim como no discurso. Existem homens cuja conduta é uma mentira contínua. A hipocrisia é uma mentira na atitude assim como nas palavras, cujo objetivo é enganar demonstrando exteriormente algumas virtudes das quais se é totalmente desprovido. O malvado mais decidido é muito menos perigoso que o pérfido que nos engana sob a máscara da virtude. Podemos nos precaver contra o primeiro, ao passo que é quase impossível se proteger dos golpes imprevistos do homem que nos seduz com uma aparência impostora.

O hipócrita foi muito justamente comparado ao crocodilo, que parece – dizem – deplorar a sorte daqueles que ele está prestes a devorar.

A hipocrisia exige uma arte infinita para enganar por um longo tempo sem desmascarar a si mesma. Custaria cem vezes menos para adquirir as virtudes que ela aparenta do que para mostrá-las. Quantos tormentos e afrontas os homens poupariam a si mesmos se fossem mais verdadeiros ou se adotassem como princípio não parecerem senão aquilo que são! Enganar por muito tempo supõe uma atenção e um trabalho assíduo dos quais poucas pessoas são capazes. A melhor das políticas consiste, evidentemente, em ser bom e sincero.

A traição é uma mentira na conduta ou no discurso. Ela consiste em fazer o mal àqueles a quem nós devemos fazer o bem, ou que nós enganamos com alguns sinais de benevolência. Trair a pátria é entregar a seus inimigos a sociedade que somos obrigados a defender; trair seu amigo é prejudicar o homem a quem tínhamos dado o direito de contar com a nossa afeição. A traição supõe uma covardia e uma depravação detestáveis. Mesmo aqueles que mais tiram proveito dela não podem estimar ou amar os infames que se tornam culpados disso. Gostamos algumas vezes da traição, mas detestamos os traidores, porque jamais é possível confiar neles. Todo tirano é um traidor que causa dano à sociedade pela felicidade da qual ele se comprometeu a zelar. Todo cidadão que favorece e apoia a tirania é um traidor que seus concidadãos deveriam olhar com horror.

A vaidade, pela qual tantos homens frívolos e levianos estão infectados, faz eclodir uma infinidade de mentiras na conduta, que são chamadas de *pretensões*. Elas são o tormento daqueles que as têm e daqueles que elas importunam no comércio da vida. Se a hipocrisia e a impostura são mentiras, é evidente que aqueles que mostram algumas pretensões de qualquer gênero são mentirosos. As pessoas sensatas desprezam uma multidão de homens que, por sua arrogância, sua fatuidade, sua afetação e sua vaidade, levam continuamente a discórdia e a perturbação para a sociedade.

Os círculos de conversação, destinados ao divertimento daqueles que os compõem, tornam-se muitas vezes reuniões nas quais alguns mentirosos vão se fatigar reciprocamente com suas pretensões, suas impertinências e suas tolices. Um tem pretensão de ter espírito, outro ciência e outros, mesmo virtude, ao passo que ninguém se dá ao trabalho de adquirir as qualidades que o tornariam verdadeiramente estimável. "Seja aquilo que tu queres parecer", eis a máxima que deve seguir todo homem prudente e sábio.

Se as vãs pretensões dos homens são mentiras incômodas para a sociedade, que ela pune com o ridículo, existem outras pelas quais ela demonstra um justo horror, relacionado às desordens medonhas que elas causam: entre essas está a calúnia. Ela consiste em mentir contra a inocência, em imputar-lhe falsamente algumas faltas ou ações capazes de lhe fazer perder a estima pública, e mesmo de atrair-lhe castigos injustos. De onde se vê que esse crime viola insolentemente a justiça, a humanidade e a piedade – em poucas palavras, as virtudes mais sagradas. Por conseguinte, ele interessa igualmente a todos os cidadãos, cada um dos quais exposto aos golpes públicos ou ocultos da calúnia.

Tão horroroso quanto seja esse crime, ele, no entanto, é muito comum na Terra; nada é mais surpreendente do que a rapidez com que a calúnia se espalha entre os homens. Por um fenômeno muito estranho, à primeira vista eles detestam a calúnia e são perpetuamente seus cúmplices e vítimas dela. Para deixar de ficar espantado com isso, basta ver as fontes de onde parte esse crime destruidor. Ele é devido principalmente à inveja, à vingança, à cólera e à malignidade que têm um secreto prazer em demolir ou perturbar a felicidade alheia. No entanto, a imprudência, a leviandade e a irreflexão impedem de ver as coisas tais como elas são e de pressentir as consequências dos discursos que se faz. As mesmas causas que fazem nascer a calúnia a propagam com a máxima facilidade. Ela é abraçada sem exame, porque se tem prazer em ver seus semelhantes serem depreciados. A malignidade está sempre intimamente ligada à inveja. O zelo pela virtude anima muitas vezes o homem de bem muito crédulo contra aquele que é caluniado, e o perturba a ponto de não fazê-lo pesar suficientemente as provas. Enfim, a imprudência, tão comum entre os homens, faz que eles não deem a atenção adequada ao exame dos fatos que lhes são narrados; eles são recebidos levianamente e espalhados do mesmo modo, sem prever a que ponto essa leviandade pode tornar-se funesta àquele cuja reputação, e talvez a vida, está sendo sacrificada.

A discrição, a reflexão e a suspensão de juízo: eis os meios de se preservar de um crime tão detestável por seus efeitos, no qual a credulidade torna-se ela mesma condenável. Os príncipes, perpetuamente cercados de homens invejosos e levianos, deveriam, sobretudo, não dar ouvidos a alguns discursos que os expõem muitas vezes a sacrificar os homens mais virtuosos ao ódio ou à inveja de alguns celerados, que não dominam senão a arte horrorosa de causar dano.

Para se pôr em guarda contra as impressões da calúnia, basta refletir sobre as paixões dos homens. Além disso, a experiência nos prova que pouquíssimas pessoas têm a capacidade de ver bem os próprios fatos dos quais elas são testemunhas; pouquíssimas pessoas relatam fielmente aquilo que elas viram, aquilo que elas ouviram. Muitas vezes é difícil verificar os fatos que nós deveríamos estar em condições de melhor conhecer. Algumas circunstâncias, que parecem indiferentes ou insignificantes, podem agravar ou diminuir as imputações. Enfim, tudo nos convida a desconfiar dos outros e de nós mesmos. Muitas vezes estamos sujeitos a nos enganar com a melhor boa-fé deste mundo.

Tudo deve, portanto, nos fazer perceber a que ponto a mentira pode tornar-se funesta, sob qualquer forma que ela se apresente. É a ela que devemos a má-fé, a perfídia, a fraude, a duplicidade, os charlatanismos e as velhacarias de toda espécie e as fábulas com as quais tantas nações são alimentadas. Se a veracidade, como já provamos, é uma virtude necessária, tudo aquilo que tende a enganar os mortais deve ser censurado. Além disso, todo impostor inquieta o amor-próprio dos outros; ninguém quer ser enganado e todos se vingam do homem que pretendeu iludi-los. A afeição que se tinha por ele se transforma muitas vezes em ódio; acredita-se que nada é demais para rebaixá-lo. A vingança do amor-próprio ferido, quase sempre injusta, chega a ponto de recusar-lhe qualquer mérito e qualquer virtude.

Preservemo-nos não somente de enganar os homens, mas também de conservá-los em seus erros. Não existe nenhum preconceito, mentira e impostura que não sejam, para a raça humana, da maior consequência. Se não devemos toda a verdade aos indivíduos – porque muitas vezes ela se tornaria inútil ou nociva para eles –, nós a devemos constantemente à sociedade, da qual ela é o guia e a luz. A mentira jamais tem para ela senão uma utilidade passageira. Podemos esconder a verdade de um homem, podemos dissimulá-la para ele e mesmo enganá-lo para o seu bem; porém, jamais enganamos para o seu bem a sociedade inteira, para a qual os erros generalizados têm sempre consequências que se fazem sentir até nos séculos mais distantes[85].

Capítulo VIII – Da preguiça, da ociosidade, do tédio e de seus efeitos, da paixão pelo jogo etc.

O trabalho parece a todos os homens uma pena da qual eles gostariam de estar isentos. O homem laborioso, forçado a ganhar o seu pão com o suor do próprio rosto, inveja o homem rico mergulhado na ociosidade, ao passo que este úl-

---
85. Cf. a seção IV desta obra, cap. X.

timo deve, muitas vezes, ser mais lamentado do que ele. O pobre trabalha para acumular, na esperança de, um dia, descansar. Os preconceitos de alguns povos os fazem considerar o trabalho abjeto, quinhão desprezível dos desgraçados[86]. Em poucas palavras, observa-se nos homens em geral uma inclinação natural à preguiça, que, examinada sob o seu verdadeiro ponto de vista, é um vício real, uma disposição nociva a nós mesmos e aos outros, que a moral condena e que o nosso próprio interesse, assim como o da sociedade, nos incita a combater sem descanso. A apatia, a indolência, a frouxidão, a incúria, a indiferença, a covardia, o ódio ao trabalho e a ignorância são qualidades que nos tornam inúteis e incômodos para o corpo do qual somos os membros e que nos colocam fora de condições de obter o bem-estar que somos feitos para desejar. Enfim, se, como já fizemos ver, a atividade ou o amor ao trabalho é uma virtude real, é evidente que a inação e a indolência são vícios ou violações de nossos deveres. Não é senão para trabalhar por sua felicidade mútua que os homens vivem em sociedade.

---

86. Em todos os países quentes, os homens são indolentes, preguiçosos e, consequentemente, escravos, indigentes, descuidados e miseráveis. A máxima dos habitantes do Hindustão é "que mais vale sentar-se do que andar; deitar-se do que sentar-se; dormir do que estar acordado; e morrer do que viver". O governo, mais ainda que o clima, torna os homens indolentes e preguiçosos. O despotismo não produz senão alguns escravos desencorajados ou bandidos audaciosos que infestam os territórios. Tal é a verdadeira fonte da preguiça, da miséria e das desordens que vemos reinar na Espanha, na Itália e na Sicília – ou seja, nas mais belas regiões da Europa.

A preguiça, a negligência e a inércia são verdadeiros crimes nos soberanos destinados a cuidar incessantemente das necessidades, dos interesses e da felicidade das nações. A ociosidade e a apatia são vícios vergonhosos em um pai de família, encarregado pela natureza de se ocupar do bem-estar daqueles que lhe estão subordinados. A preguiça é um defeito punível nos servidores que se comprometeram a trabalhar para os seus patrões. Todo homem que recebe as recompensas e os benefícios da sociedade se compromete a contribuir segundo as suas forças para a utilidade pública, e não passa de um ladrão a partir do momento em que falta aos seus compromissos. O artesão, o operário e o homem do povo trabalham sob pena de morrer de fome ou de perecer pelos crimes que a preguiça lhes fará cometer mais cedo ou mais tarde.

"Jamais", diz Xenofonte, "um espírito entregue à preguiça produz nada de bom". Um adágio muito conhecido nos diz que *a ociosidade é a mãe de todos os vícios*. É dela, com efeito, que vemos sair as fantasias mais bizarras, os gostos mais pervertidos, os prazeres mais insensatos, os divertimentos mais fúteis e as despesas mais extravagantes. Essas coisas não têm como objetivo senão tomar o lugar de algumas ocupações honestas que impediriam os príncipes, os ricos e os poderosos de sentir o fardo da ociosidade com o qual eles estão incessantemente carregados. Diz Demócrito que "Não existe fardo mais pesado que o da preguiça". Com efeito, ela está sempre acompanhada pelo tédio, suplício rigoroso do qual a natureza se serve para punir todos aqueles que se recusam a se ocupar.

O tédio é esse langor, essa estagnação mortal que produz no homem a ausência das sensações, capazes de adverti-lo de sua existência de uma maneira agradável. Para escapar do tédio, é preciso que os órgãos humanos, tanto externos quanto internos, sejam postos em ação de maneira que os exercite sem dor. O ferro enferruja quando não é continuamente friccionado; e o mesmo acontece com os órgãos do homem: muito trabalho os desgasta, e a ausência de trabalho lhes faz perder a facilidade ou o hábito de cumprir as suas funções.

O indigente trabalha com o corpo para subsistir. A partir do momento em que deixa de trabalhar com os seus membros, ele trabalha com o espírito ou com o pensamento – e como, normalmente, esse espírito não é nada cultivado, sua desocupação o conduz ao mal. Ele vê o crime como a única coisa que pode substituir o trabalho do corpo que sua preguiça o fez abandonar. "Todo preguiçoso tem as mãos prontas para roubar", diz Focílides[87].

O homem opulento, cuja condição o dispensa do trabalho físico, tem comumente o espírito ou o pensamento em um movimento perpétuo. Continuamente atormentado pela necessidade de sentir, ele busca em suas riquezas alguns meios de variar suas sensações, recorrendo a exercícios por vezes muito penosos. A caça, os passeios, os espetáculos, a boa mesa, os prazeres dos sentidos e a devassidão contribuem para

---

87. Focílides, *Carm.*, verso 144. Mais adiante, no verso 147, ele diz: "O trabalho aumenta a virtude. Que aquele que não aprendeu a cultivar as artes trabalhe com a enxada".

dar em seu organismo movimentos diversificados que bastam, por algum tempo, para mantê-lo na atividade necessária ao seu bem-estar. Porém, os objetos que o afetaram agradavelmente logo produzem em seus sentidos todo o efeito possível; seus órgãos se fatigam pela repetição das mesmas sensações; eles precisam de novas maneiras de sentir, e a natureza, esgotada pelo abuso que se fez dos prazeres que ela apresenta, deixa o rico imprudente em uma languidez mortal. "Ninguém", dizia Bíon*, "tem mais sofrimentos do que aquele que não quer ter nenhum."

O boi que trabalha é evidentemente mais estimável ou mais útil do que o rico ou o poderoso entregues à ociosidade. Assim como a vida do corpo, a vida social consiste na ação. Os homens que não fazem nada pela sociedade nada mais são que cadáveres, feitos para infectar os vivos. Viver é fazer o bem aos seus semelhantes, é ser útil, é agir de acordo com o objetivo da sociedade. "Amigos, perdi o meu dia!", exclamava o bom Tito, quando não tinha tido a oportunidade de fazer nenhum bem aos seus súditos.

Porém, por uma estranha fatalidade, os príncipes, os ricos e os poderosos, que deveriam animar e vivificar as nações, estão comumente mergulhados na indolência, não passam de corpos mortos, incômodos para aqueles que os rodeiam; ou, se eles agem e dão alguns sinais de vida, não é senão para

---

* Bíon de Esmirna, poeta bucólico grego nascido na Lídia, que viveu entre os séculos II e I a.C. (N. T.)

perturbar a sociedade. A desocupação habitual na qual vivem os ricos e os poderosos é visivelmente a verdadeira fonte dos vícios pelos quais eles estão infectados, e que eles transmitem aos outros. Estimular todos os cidadãos ao trabalho, ocupá-los utilmente e marcar com a infâmia a ociosidade deveria ser um dos primeiros cuidados de todo bom governo.

A curiosidade, tão volúvel e sempre insaciável, que vemos reinar nas sociedades opulentas, nada mais é do que uma necessidade contínua de experimentar sensações novas, capazes de devolver instantes de vida a alguns organismos entorpecidos. Essa necessidade torna-se tão imperiosa que se enfrentam perigos reais e inumeráveis incômodos para satisfazê-la. É ela que leva multidões aos espetáculos e às novidades de toda espécie. Todos esperam encontrar ali algum alívio momentâneo para o seu langor habitual. Porém, as almas vazias e os espíritos incapazes de se bastarem a si mesmos encontram em todos os lugares esse tédio pelo qual eles são obstinadamente perseguidos. Ele é encontrado nas próprias diversões, nas visitas periódicas, nos mais brilhantes círculos sociais, nos jogos, nesses banquetes, nessas ceias e nessas festas onde se esperava saborear os prazeres mais intensos.

Não é senão dentro de si mesmo que o homem pode encontrar um abrigo seguro contra o tédio. Para prevenir os sinistros efeitos dessa estagnação fatal, a educação deveria inspirar desde a infância, às pessoas destinadas a usufruir sem trabalho do conforto ou da opulência, o gosto pelo estudo, pelo trabalho do espírito, pela ciência, pela reflexão.

Exercendo suas faculdades intelectuais, seria fornecido a elas um meio de se ocuparem agradavelmente, de variarem seus gozos, de abrirem para si mesmas uma fonte inesgotável de prazeres úteis para elas e para a sociedade, que as tornariam felizes e que poderiam atrair para elas a consideração. Enfim, fariam que elas adquirissem o hábito do trabalho mental, com a ajuda do qual elas saberiam um dia se subtrair à languidez que desola a opulência grosseira, a grandeza ignorante e a letargia incapaz de agir.

Habituando a juventude desde cedo à reflexão, à leitura, à busca da verdade, proporcionamos a ela uma maneira de empregar o tempo que é agradável para ela mesma e proveitosa para a sociedade. O homem, assim acostumado a viver sem dificuldades consigo mesmo, torna-se útil aos outros. Suas ocupações mentais, quando ele tem a felicidade de se ligar a elas, preenchem seus momentos, desviam seu espírito das futilidades, das vaidades pueris, das despesas ruinosas e, sobretudo, dos prazeres desonestos ou dos divertimentos criminosos – recursos infelizes que os homens desocupados encontram contra o tédio que os persegue.

Todo mundo se queixa da brevidade do tempo e da curta duração da vida, ao passo que quase todo mundo desperdiça esse tempo que dizem ser tão precioso. Os homens, em sua maioria, morrem sem ter aprendido a desfrutar verdadeiramente de nada. O repouso não pode ser doce a não ser para aquele que trabalha; o prazer não é sentido senão por aqueles que não abusaram dele[88]; os divertimentos mais saborosos tornam-se insípidos para o imprudente que se entregou a eles irrefletidamente. Saímos com pesar de um mundo em que perdemos o nosso tempo correndo atrás de um bem-estar que jamais pudemos definir. A arte de empregar o tempo é ignorada pela maioria daqueles que se lamentam da sua rapidez. Uma morte sempre temida encerra uma vida da qual eles não souberam tirar nenhum partido para a própria felicidade.

A ignorância é um mal, pois ela deixa o homem em uma espécie de infância, em uma inexperiência vergonhosa, em uma estupidez que o torna inútil para si mesmo e de pouca ajuda para os outros. Um homem cujo espírito não tem cultura não tem outros meios de se distinguir no mundo a não ser por seu fausto, seus ornamentos, seu luxo e sua fatuidade. Ele jamais saberá como empregar seu tempo e carrega de círculo em círculo seus aborrecimentos, sua inépcia, sua presença incômoda: sempre uma carga para si mesmo, ele se torna uma carga para os outros. Sua conversa estéril não gira senão em torno de ninharias indignas de ocupar um ser racional. Catão dizia, com razão, que "os ociosos são os inimigos jurados das pessoas ocupadas"; eles são os verdadeiros flagelos da sociedade: sempre infelizes, atormentam os outros sem descanso.

---

88. "*Voluptates commendat rarior usus*" (Juvenal, *Sátira* XI, verso 208).

O tempo, tão precioso e sempre tão curto para as pessoas que sabem empregá-lo utilmente, torna-se de uma extensão insuportável para o ignorante desocupado. Ele o desperdiça indignamente com algumas ninharias, com extravagâncias, com discursos frívolos, com ocupações quase sempre mais funestas que a ociosidade[89]. O jogo, feito para descansar o espírito de tempos em tempos, torna-se para o ocioso uma ocupação tão séria que muitas vezes o expõe à perda total de sua fortuna. Sua alma embotada tem necessidade de abalos vigorosos e reiterados; ela não os encontra senão em uma diversão terrível, durante a qual está continuamente balançada entre a esperança de enriquecer e o temor da miséria.

É evidentemente a ignorância e a incapacidade de ocupar-se adequadamente que fazem nascer e perpetuar a paixão

---

89. O célebre Locke, estando certo dia na casa do Conde de Shaftsbury, encontrou esse lorde e seus amigos intensamente ocupados em jogar. Nosso filósofo, aborrecido por ter sido durante um longo tempo o espectador mudo desse divertimento estéril, sacou bruscamente seu caderninho de anotações e se pôs a escrever com um ar muito atento. Um dos jogadores, tendo-se apercebido disso, pediu que ele comunicasse ao grupo as boas ideias que acabara de consignar em seu caderninho. De pronto, Locke, dirigindo-se a todos, respondeu: "Cavalheiros, querendo tirar proveito das luzes que tenho o direito de esperar de pessoas do vosso mérito, pus-me a registrar a vossa conversação nas últimas duas horas". A resposta envergonhou os jogadores, que deixaram para lá as cartas para se divertir de uma maneira mais adequada às pessoas de espírito.
"Devemos", diz Sêneca, "conceder algumas vezes descanso ao nosso espírito e restituir-lhe algumas forças através dos divertimentos. Porém, esses próprios divertimentos devem ser ocupações úteis" ["*Sic nos animum aliquando debemus relaxare, et quibusdam oblectamentis reficere; sed ipsa oblectamenta opera sint; ex his quoque, si observaveris, invenies quod possit fieri salutare*"].

pelo jogo, da qual vemos tantas vezes os efeitos mais deploráveis. Um pai de família, para dar alguma atividade a seu espírito, arrisca, em uma carta ou em um lance de dados, o seu conforto, a sua fortuna, a de sua mulher e de seus filhos. Uma vez escravo dessa paixão detestável, acostumado aos movimentos vivos e frequentes produzidos pelo interesse, pela incerteza, pelas alternâncias contínuas entre o terror e a alegria, o jogador é comumente um furioso que nada pode converter, a não ser a perda de todos os seus bens.

Segundo as convenções que os jogadores estabelecem entre si, são chamadas na sociedade de *dívidas de honra* aquelas que o jogo faz contrair. Segundo os princípios de uma moral inventada pela corrupção, as dívidas dessa natureza devem ser quitadas preferencialmente a todas as outras. Um homem está desonrado se deixa de pagar aquilo que perdeu no jogo e que se comprometeu a pagar, ao passo que ele não é de maneira alguma punido ou desprezado quando se esquece ou se recusa a pagar alguns mercadores, artesãos e operários indigentes cujas famílias, pela sua má-fé ou pela sua negligência, mergulham muitas vezes na miséria mais profunda.

E ainda não bastam os perigos inerentes ao próprio jogo; essa paixão cruel expõe a muitos outros. Aqueles que são favorecidos pelo jogo mostram serenidade; aqueles contra os quais a fortuna se declara são tomados pelo mais profundo desgosto e, algumas vezes, sentem os furores convulsivos dos frenéticos mais perigosos. Daí essas frequentes querelas que vemos surgir entre alguns homens que, querendo inicialmente matar o tempo ou se divertir, terminam algumas vezes por se degolar.

Sem produzir sempre efeitos tão cruéis, o jogo deve ser censurado a partir do momento em que ele favorece a avareza e a cupidez. Será que existe alguma coisa menos sociável que alguns concidadãos, homens que se consideram amigos, que se reúnem para se divertir e que fazem todos os esforços para arrancar uns dos outros uma parte da sua fortuna? O jogo jamais deveria chegar a ponto de afligir aquele que a sorte não favoreceu. O jogo pesado supõe sempre algumas almas baixamente interesseiras, que desejam arruinar-se e afligir-se reciprocamente.

É também à desocupação que se deve atribuir tantas extravagâncias e crimes que terminam por perturbar o repouso e a felicidade das famílias. É ela que multiplica a devassidão, os casos amorosos, os desregramentos e os adultérios. Tantas mulheres só se afastam do caminho da virtude porque não sabem de maneira alguma ocupar-se com os objetos mais interessantes para elas.

Tais são os terríveis efeitos a todo momento produzidos pela ociosidade e pelo tédio, que sempre anda atrás dela. É a esse tédio que devem ser atribuídos quase todos os vícios, as despesas insensatas e os defeitos dos poderosos, dos ricos e dos próprios príncipes que não conhecem outra ocupação além dos prazeres e que, depois de tê-los esgotado logo cedo, passam a vida toda em um langor contínuo, esperando que novos prazeres venham devolver alguma atividade às suas almas adormecidas.

Todo ocioso é um membro inútil da sociedade. Comumente, ele não tarda a se tornar tão perigoso para ela quanto incômodo para si mesmo[90]. É ocupando o homem do povo, sem sobrecarregá-lo com um trabalho muito penoso, que tornaremos a sua condição agradável e o desviaremos do vício e do crime. Os malfeitores e os celerados só são tão comuns nos maus governos porque os homens desencorajados pela tirania preferem a ociosidade a uma vida laboriosa; então, o crime se lhes torna o único meio de subsistir.

A ociosidade de um soberano é um crime tão grave quanto a tirania mais comprovada. Os súditos de um monarca ocioso não podem, pelos trabalhos mais rudes, suprir as infinitas necessidades, as imensas fantasias e os vícios que lhe são necessários para encher o seu tempo.

Acostumando desde cedo os príncipes, os poderosos e os ricos a se ocuparem, eles ficam protegidos das loucuras e dos excessos aos quais quase sempre a desocupação e a ignorância os entregam. A preguiça e os vícios das pessoas importantes são imitados pelo povo, o qual, para satisfazer às paixões que o exemplo fez brotarem nele, se entrega cegamente ao mal e desafia insolentemente as leis e os suplícios.

Independentemente da ociosidade, cujos efeitos funestos acabamos de descrever, existe também uma preguiça de

---

90. Pelas leis de Sólon, era permitido denunciar qualquer cidadão que não tivesse nenhuma ocupação. Entre os ginosofistas, não se dava nada para comer aos jovens sem que eles tivessem prestado contas daquilo que tinham feito durante o dia.

temperamento que, pelo embotamento e a inércia que produz nos corações, torna-se tão perigosa quanto a inação e a incapacidade de se ocupar. Ela poderia ser comparada a uma verdadeira letargia, ao passo que as outras paixões muitas vezes têm os arroubos do delírio, que parece adormecer as faculdades. Aquele que é atingido por ela torna-se indiferente, mesmo quanto aos objetos que deveriam interessar todo ser racional. Os preguiçosos dessa espécie, longe de terem vergonha de uma disposição tão pouco sociável, congratulam-se por ela, encontram nela um encanto secreto e algumas vezes se vangloriam dela como da posse de um imenso bem, como de uma verdadeira filosofia.

"É enganar-se", diz um moralista célebre, "acreditar que apenas as paixões violentas, como a ambição e o amor, podem triunfar sobre as outras. A preguiça, por mais lânguida que seja, não deixa, assim, de ser muitas vezes a dominante. Ela se apodera de todos os objetivos e ações da vida. Ela consome insensivelmente as outras paixões e as virtudes[91]." Ele diz, em outra parte, que, "de todas as paixões, a mais desconhecida de nós mesmos é a preguiça; ela é a mais ardente e a mais maligna de todas, embora sua força seja imperceptível e os danos que ela cause sejam muito ocultos. Se considerarmos atentamente o seu poder, veremos que ela se torna, em todo encontro, a dona dos nossos sentimentos, dos nossos interesses e dos nossos prazeres. Ela é a rêmora que

---

91. Cf. as *Reflexões morais* do Duque de La Rochefoucauld.

tem força para deter os navios... Para dar, enfim, a verdadeira ideia dessa paixão, é preciso dizer que a preguiça é como a beatitude da alma, que a consola de todas as suas perdas e assume nela o lugar de todos os bens... De todos os nossos defeitos, aquele que admitimos mais facilmente é a preguiça; nós nos persuadimos de que ela está ligada a todas as virtudes pacíficas e que, sem destruir inteiramente as outras, suspende apenas as suas funções".

Além disso, aqueles que estão encadeados por essa espécie de preguiça consideram isso um mérito, uma virtude. Mas essa apatia do coração, essa indiferença por tudo, essa privação de toda a sensibilidade, esse desapego à estima e à glória, não podem ser de maneira alguma considerados virtudes morais ou sociais. Um ser verdadeiramente sociável deve se interessar pela felicidade e pelas desgraças dos homens; deve compartilhar seus prazeres e suas dores; deve se apegar fortemente à justiça; deve estar sempre pronto a prestar a seus semelhantes os serviços e os cuidados de que é capaz. O preguiçoso é um peso inútil na Terra; ele está morto para a sociedade. Ele não pode ser nem um bom príncipe, nem um bom pai de família, nem um bom amigo, nem um bom cidadão. Um homem com esse caráter, concentrado em si mesmo, não existe senão para ele mesmo. Uma vida puramente contemplativa, a preguiça filosófica dos epicuristas, a apatia dos estoicos, exaltadas por tantos moralistas, são vícios reais: todo homem que vive com outros homens é feito para ser útil. Sólon queria que todo o cidadão que se recusasse a tomar parte nas facções* da república fosse suprimido dela como um membro incômodo. Se essa lei parece muito rigorosa, seria ao menos de se desejar que todo cidadão indiferente aos males de seu país, ou que não contribui em nada para a sua felicidade, fosse punido com o desprezo[92].

Capítulo IX – Da dissolução dos costumes, da devassidão, do amor e dos prazeres desonestos

O homem social, como muitas vezes temos repetido, deve, pelo seu próprio interesse e pelo de seus associados, pôr um freio em suas paixões naturais e resistir aos impulsos desregrados de seu temperamento. Nada é mais natural no homem do que amar o prazer. Porém, um ser guiado pela razão foge dos prazeres que ele sabe que podem se transformar em dores, teme se prejudicar e se abstém daquilo que pode fazê-lo perder a estima de seus semelhantes.

Assim, devemos incluir entre os vícios todas as disposições que, seja diretamente, seja por suas consequências necessárias, podem causar dano àquele que a elas se entrega, ou produzir alguma perturbação na sociedade. Muitos homens são arrastados por suas inclinações mais perversas por não raciocinarem sobre as próprias ações. O vício é brusco,

---

* A edição de 1820 apresenta "funções". (N. T.)
92. "A preguiça e a indolência", diz Demóstenes, "na vida doméstica, assim como na vida civil, não se tornam inicialmente perceptíveis por cada uma das coisas que se deixou de lado, mas elas se fazem sentir, por fim, por sua soma total" (cf. Demóstenes, *Filípica* IV).

irrefletido; ao passo que a razão, assim como a equidade, está sempre em equilíbrio. Os homens só são viciosos porque não pensam senão no presente.

O amor, essa paixão tão loucamente exaltada pelos poetas e tão depreciada pelos sábios, é um sentimento inerente à natureza do homem; ele é o efeito de uma de suas mais prementes necessidades. Porém, se não é contido em justos limites, tudo nos prova que ele é a fonte das mais terríveis desordens. É aos prazeres do amor que a natureza vincula a conservação de nossa espécie e, por conseguinte, da sociedade. Assim como o homem, os animais são sensíveis ao amor e buscam com ardor seus prazeres. Porém, a temperança e a prudência nos ensinam e nos habituam a resistir às solicitações de um temperamento impetuoso ou de uma natureza sempre cega, quando ela não é guiada pela razão.

Falando em temperança, já provamos suficientemente a importância dessa virtude na conduta da vida. Sem ela, o homem, continuamente empurrado pela atração do prazer, tornar-se-ia a todo momento inimigo de si mesmo e levaria a desordem para a sociedade. Nós fizemos ver, do mesmo modo, as vantagens do pudor, esse guardião respeitável dos costumes; e provamos que, velando aos olhares os objetos capazes de despertar paixões destrutivas, ele opunha obstáculos positivos aos arroubos de uma imaginação que se torna muitas vezes indomável quando está muito acesa.

O amor é comumente uma criança criada na apatia e na ociosidade. Nós já deixamos entrever que é ele, sobretudo, que conduz os homens à devassidão e que a torna para eles um hábito, uma necessidade. Ela preenche o imenso vazio que a desocupação deixa comumente na cabeça dos príncipes, dos ricos, dos poderosos e, particularmente, das mulheres da alta sociedade, que sua condição parece condenar à apatia, à inércia. Eis, como já se viu, a verdadeira fonte da *galanteria* – fruto, aliás, necessário do contato muito frequente entre os dois sexos. Trata-se, em alguns homens desocupados, da vontade de agradar a todas as mulheres sem se ligar sinceramente a nenhuma. Por mais inocente que pareça esse comércio fraudulento, que não parece fundamentado senão na polidez, na deferência e na consideração que se deve ao belo sexo, ele não deixa de se tornar muito perigoso pelos seus efeitos. Ele debilita as almas dos homens[93] e dispõe as mulheres a se familiarizar com algumas ideias que podem ter para elas as consequências mais funestas. A fraqueza só está em segurança evitando o perigo. É bem difícil que uma mulher exposta permanentemente às seduções de um grande número de adoradores tenha sempre a força de resistir a elas. Nada é mais importante do que prever e prevenir os perigos pelos quais a virtude, em um mundo pervertido, se encontra continuamente cercada.

---

93. César informa que os antigos germanos davam enorme importância à castidade como sendo apropriada para fortalecer os homens e cobriam de infâmia aqueles que, antes dos vinte anos, tinham frequentado as mulheres. Segundo o padre Laffiteau, os jovens selvagens só têm liberdade de fazer uso de alguns direitos do casamento um ano depois de terem se comprometido (cf. *Os costumes dos selvagens*, pelo padre Laffiteau; e César, *A guerra das Gálias*, livro IV, cap. 21, na parte inicial).

Se, como demonstramos anteriormente, o homem isolado – ou seja, considerado em relação a si mesmo – é obrigado a resistir aos impulsos de uma natureza cega e bruta, e opor a eles as leis de uma natureza mais experimentada, segue-se daí que o homem, em qualquer posição na qual ele se encontre, deve, para a conservação de seu ser, combater e reprimir os pensamentos e os desejos que o levariam muitas vezes a fazer de suas forças um abuso sempre funesto para ele mesmo. De onde se vê que os prazeres que têm relação com o amor são interditos ao homem ou à mulher isolados. O interesse de sua conservação e de sua saúde exige que eles respeitem os próprios corpos e que temam adquirir alguns hábitos e necessidades que eles não poderiam contentar sem causar a si mesmos, como consequência, um dano irreparável. A experiência nos mostra, com efeito, que o hábito de atender aos caprichos de um temperamento muito ardente é, de todos os hábitos, o mais contrário à conservação do homem e o mais difícil de extirpar. De onde se deduz que a contenção, a temperança e a pureza deveriam acompanhar o homem mesmo no fundo de um deserto inacessível ao resto dos humanos.

Esta obrigação torna-se ainda mais forte na vida social, em que as ações do homem não só influem sobre ele mesmo, mas também são capazes de influir sobre os outros. A castidade, a contenção e o pudor são qualidades respeitadas em todas as nações civilizadas; a impudícia, a dissolução e a impudência, ao contrário, são geralmente consideradas vergonhosas e desprezíveis. Será que essas opiniões estariam fundamentadas apenas em alguns preconceitos ou em algumas convenções arbitrárias? Não; elas têm como base a experiência, que prova muito constantemente que todo homem entregue por hábito à devassidão é comumente um insensato que se perde e que não está de maneira alguma disposto a se ocupar utilmente para os outros. O devasso, atormentado por uma paixão exclusiva, excita continuamente a sua imaginação lasciva e não pensa senão nos meios de satisfazer as necessidades que ela lhe cria. Uma jovem que violou as regras do pudor, dominada por seu temperamento, odeia o trabalho, é inimiga de toda reflexão e zomba da prudência não é de maneira alguma apropriada para se tornar uma mãe de família atenta e laboriosa e não pensa senão no prazer – ou quando, por seus desregramentos, o prazer se tornou menos atraente para ela, ela não pensa senão no proveito que pode tirar do tráfico de seus encantos.

Para conhecermos os sentimentos que a libertinagem, o gosto habitual pelos prazeres desonestos e pela devassidão devem provocar nas almas virtuosas, examinemos as consequências dessas disposições embrutecedoras naqueles que a sorte destina a governar os impérios. Elas extinguem visivelmente neles toda a atividade; elas os adormecem em uma languidez contínua que, quase sempre mais que a crueldade, conduz os Estados à ruína. Que cuidados os povos da Ásia poderiam esperar de seus sultões voluptuosos, perpetuamente ocupados com os sujos prazeres de seus serralhos, onde eles próprios são governados pelos caprichos e as astúcias de algumas favoritas e de alguns eunucos? No reinado de um Nero, de um Heliogábalo, Roma não passava de um lugar de prostituição, onde infames cortesãs, no centro da devassidão, decidiam a sorte de todos os cidadãos, dissipavam os tesouros do Estado e distribuíam as honrarias e os favores a alguns homens nos quais a corrupção fazia o papel do mérito, dos talentos e da virtude. Uma nação está perdida[94] quando a dissolução dos costumes, autorizada pelo exemplo dos chefes – e recompensada por eles –, torna-se universal. Então, o vício ousado não procura mais se encobrir com as sombras do mistério, e a devassidão infecta todas as classes da sociedade. Pouco a pouco a decência se torna ridícula e é forçada, por sua vez, a se envergonhar.

O horror e o desprezo que devemos ter pela devassidão estão, portanto, muito justamente fundamentados nos seus efeitos naturais. As ideias que temos acerca de suas infelizes vítimas não são, portanto, o efeito de um preconceito. Nas sociedades em que a virtude e a honra das mulheres estão ligadas principalmente ao cuidado que elas tomam para conservar a castidade, onde a educação tem como objetivo precavê-las, seja contra a fragilidade de seus corações ou contra a força de seu temperamento, pode-se naturalmente supor que uma jovem que transpôs as barreiras do pudor está

---

94. "*Definit esse remedio locus, ubi quae fuerant pitia, mores sunt*" ["Não há mais remédio, a partir do momento em que aquilo que era vício no começo se converte em costume"] (Sêneca, *Cartas a Lucílio* XXXIX, parte final).

perdida sem apelação, não é mais adequada para nada, não pode ser considerada, doravante, senão o instrumento venal da brutalidade pública.

Consequentemente, uma prostituta está excluída dos círculos decentes; ela é objeto de horror para as mulheres honestas; ela atrai pouco respeito até mesmo daqueles que a devassidão leva para junto dela. Banida, por assim dizer, da sociedade, ela é forçada a se distrair por meio da dissipação, da intemperança, das despesas insensatas e da vaidade. Incapaz de refletir, desprovida de toda a previdência, ela vive um dia de cada vez, não pensa de maneira alguma no dia de amanhã e perece rapidamente por conta de suas libertinagens – ou arrasta dolorosamente até o túmulo uma velhice indigente, inerte e desprezada.

No entanto, é em favor desses objetos desprezíveis que se veem todos os dias tantos ricos e poderosos abandonarem mulheres amáveis e virtuosas, arruinarem-se sem escrúpulos e não deixarem nada além de dívidas para a posteridade. Mas a virtude não tem mais direitos sobre as almas corrompidas pela devassidão. Os homens depravados por ela ignoram os encantos do pudor e da decência. Eles precisam doravante da impudência. O vício descarado e as conversas obscenas e grosseiras os fizeram perder para sempre o gosto por toda conversação honesta e por uma conduta reservada. É por isso que alguns maridos libertinos preferem muitas vezes uma cortesã sem encantos e do pior mau gosto a algumas esposas cheias de atrativos e virtudes que não lhes proporcionam os mesmos prazeres que um gosto pervertido lhes faz encontrar no relacionamento com as prostitutas – que eles não podem, no fundo, se impedir de desprezar e que abandonam à triste sorte quando ficam entediados delas.

Tais são as consequências ordinárias do amor desregrado. É a esse aviltamento deplorável que algumas moças muito fracas são conduzidas por infames sedutores que as leis deveriam punir. Porém, na maioria das nações, a sedução não é de modo algum considerada um crime. Aqueles que se tornam culpados dela se congratulam como se tivessem efetuado uma conquista e consideram troféus as vitórias que alcançaram sobre um sexo frágil e crédulo, que sua fraqueza parece autorizar a enganar da maneira mais cruel. Qual deve ser a depravação das ideias em algumas nações nas quais semelhantes ações não atraem o castigo, nem a desonra? Que almas devem ter esses monstros de luxúria cujos atentados levam a desolação e a vergonha duradoura para algumas famílias honestas? Existirá uma crueldade maior do que a desses devassos que, para satisfazer um desejo passageiro, entregam pelo resto da vida as vítimas que eles seduziram ao opróbrio, às lágrimas e à miséria? Mas a devassidão, tornando-se habitual, aniquila todo sentimento no coração, toda reflexão no espírito. É por meio de novos excessos que o libertino sufoca os remorsos que os primeiros crimes poderiam fazer nascer nele. Além disso, bastante cego para não ver o mal que faz a si mesmo, como ele se censuraria pelas faltas que comete contra os outros?

Será que aqueles que consideram a devassidão e a dissolução dos costumes assuntos para os quais o governo deve fechar os olhos examinaram seriamente as consequências disso? Será que não vemos a todo momento famílias arruinadas por pais libertinos, que nada transmitem aos seus filhos a não ser os seus gostos depravados, com a impossibilidade de satisfazê-los? Será que alguns exemplos muito frequentes não provam a que excessos de cegueira e de delírio algumas ligações vergonhosas podem muitas vezes conduzir? Praticamente não existe fortuna capaz de resistir às seduções dessas sereias, à voracidade dessas harpias esfaimadas, uma vez que elas se apoderam do espírito de um devasso. Nada pode contentar os desejos desenfreados, os caprichos bizarros e a vaidade impertinente dessas mulheres, que não conhecem nenhuma medida. Somente a ruína completa de seus amantes coloca um fim às suas exigências. Então, uma vítima arruinada é obrigada a dar lugar a uma nova vítima, que por sua vez será despojada, porque essa é a ternura e a constância que os amantes insensatos podem esperar desses seres abjetos e mercenários aos quais eles fizeram a loucura de se relacionar.

Se a libertinagem produz diariamente tantos efeitos deploráveis, mesmo sobre os ricos e as pessoas mais abastadas, que estragos ela não produz quando se apodera das pessoas de fortuna limitada! Ela embrutece o homem de letras, cujo gênio adormece; ela afasta o mercador de seu comércio e logo o força a se tornar um patife; ela faz o artista sair de seu ateliê; ela faz o artesão perder o gosto pelo trabalho necessário à sua subsistência cotidiana. Enfim, depois de ter desordenado o homem opulento, a devassidão conduz o homem do povo ao hospital ou ao cadafalso. Quase não se vê nenhum malfeitor com cuja perda algumas mulheres de má vida não tenham contribuído grandemente. Um miserável não rouba, não assassina e não comete delitos senão para contentar a vaidade ou as necessidades de uma amante que talvez o traia, e que o entregará mais cedo ou mais tarde ao suplício.

É também ao desregramento dos costumes que se deve imputar essas disputas frequentes e esses combates sangrentos que levam tantos jovens estouvados para o túmulo. Quantos imprudentes impetuosos, por um tolo ciúme, têm a cruel extravagância de arriscar a própria vida para disputar os favores banais e desprezíveis de uma vil prostituta! Não será preciso ter algumas ideias bem estranhas sobre a honra para fazê-la consistir na posse dessas mulheres dissolutas que são do primeiro que aparece? Mas é próprio do amor – ou, antes, da devassidão viciosa – extinguir toda a reflexão sensata, todo o pensamento racional.

Independentemente do justo desprezo que a libertinagem atrai para aqueles que a ela se entregam, independentemente do esgotamento que ela causa, a natureza tomou o cuidado de castigar, da maneira mais direta, os imprudentes que as ideias de decência ou de razão não podem deter em suas inclinações desregradas. A juventude deveria tremer com a visão dos terríveis contágios com os quais a volúpia a ameaça. Por qual horror os devassos deveriam ser tomados ao pensarem que os frutos de suas desordens também podem infectar a sua posteridade mais remota! Mas essas considerações não têm nenhuma força sobre o espírito desses embrutecidos, que, mesmo à custa da própria vida, procuram satisfazer suas vergonhosas paixões. O vício é um tirano que confere a seus escravos uma fatal coragem, capaz de fazê-los enfrentar as doenças e a morte.

Tudo na sociedade parece incitar e fomentar nas almas dos ricos, sobretudo dos poderosos, o gosto funesto pelo vício e pela volúpia. A educação pública, os discursos obscenos, os espetáculos pouco castos[95], os romances sedutores e os exemplos perversos contribuem todos os dias para semear em todos os corações os germes da devassidão. Uma corrupção contagiosa neles se insinua, por assim dizer, por todos os poros, e muitas vezes os espíritos são estragados antes mesmo que a natureza tenha dado aos órgãos do corpo uma con-

---

95. Os governos, em algumas nações, parecem autorizar a corrupção pública através de espetáculos muito licenciosos. O teatro inglês é evidentemente uma escola de prostituição. Muitas peças do teatro francês, como *La fille capitaine, La femme juge et partie, Georges Dandin, A escola de mulheres* etc.*, não dão seguramente à juventude lições úteis aos costumes. A ópera, em alguns países, parece não ser imaginada senão para acender nos corações o gosto pela devassidão, pelos cantos, pelas máximas e pelas danças lúbricas. As paradas fazem o povo perder tempo e corrompem seus costumes. As peças menos licenciosas sempre oferecem aos olhos e à imaginação dos jovens alguns objetos apropriados para incitar as paixões.

* As duas primeiras são comédias de Antoine Montfleury (1639-85) e as duas últimas são de Molière (1622-73). (N. T.)

sistência suficiente. Daí essa velhice precoce que se observa, sobretudo, nos poderosos e nos habitantes corrompidos das cortes – cuja raça fraca e raquítica denuncia evidentemente os desregramentos dos pais. O devasso não apenas causa dano a si mesmo, mas também lega sua fraqueza e seus vícios a seus infelizes descendentes.

Não falaremos aqui desses gostos bizarros e pervertidos contrários às intenções da natureza, pelos quais vemos algumas vezes nações inteiras infectadas. Diremos somente que esses gostos inconcebíveis parecem ser efeitos de uma imaginação depravada que, para reanimar alguns sentidos desgastados pelos prazeres ordinários, inventa novos apropriados para despertar por algum tempo os infelizes que são reduzidos ao desespero pelo seu aniquilamento e pela sua fraqueza. É assim que a natureza se vinga daqueles que abusam da volúpia. Ela os reduz a buscar o prazer por alguns caminhos que colocam o homem abaixo das bestas. As libertinagens engenhosas e requintadas dos gregos, dos romanos e dos orientais[96] denunciam nesses povos uma imaginação perturbada, que não sabe mais o que inventar para satisfazer alguns doentes cujo apetite é desregrado.

Perguntarão, talvez, que remédios é possível opor à dissolução dos costumes, que parece de tal modo enraizada em

---

96. Os relatos do Oriente nos dizem que, por um efeito da poligamia, os maometanos ricos, os persas, os mongóis e os chineses comumente estão esgotados com a idade de trinta anos ou totalmente insensíveis aos prazeres naturais. Eis aí, sem dúvida, a causa dos gostos vergonhosos e depravados que reinam na Ásia.

algumas regiões que seríamos tentados a crer que é impossível fazê-la desaparecer. Diremos que uma educação mais vigilante impediria a juventude de adquirir alguns hábitos capazes de influir sobre o bem-estar de toda a sua vida. Diremos que, infalivelmente, pais mais regrados em sua conduta formariam filhos menos corrompidos. Diremos que soberanos virtuosos influiriam, por seus exemplos, sobre os seus súditos. Fechando aos vícios o caminho do favorecimento, das honrarias, das dignidades e das recompensas, um príncipe logo conseguiria diminuir ao menos a corrupção pública e escandalosa da qual a corte é o verdadeiro foco. O exemplo dos grandes, sempre fielmente copiado pelos pequenos, restabeleceria em pouco tempo a decência e o pudor, há muito tempo banidos do seio das nações opulentas. Essas últimas não têm comumente, sobre as pobres, senão a funesta vantagem de ter muito mais inércia e vícios, e muito menos forças e virtudes.

Falando dos deveres dos esposos, faremos ver os inconvenientes, não menos terríveis que frequentes, que resultam, para as famílias e para a sociedade, da infidelidade conjugal, do coquetismo e dessas galanterias que, em algumas nações familiarizadas com a corrupção, tem-se a temeridade de considerar bagatelas, passatempos, jogos de espírito.

Se a razão condena a devassidão, ela proscreve necessariamente tudo aquilo que pode provocá-la. Assim, ela proíbe os discursos licenciosos, as leituras perigosas, os trajes lascivos e os olhares desonestos. Ela ordena desviar a imaginação desses pensamentos lúbricos que poderiam pouco a pouco conduzir a ações criminosas; essas últimas, reiteradas, formam hábitos permanentes, capazes de resistir a todos os conselhos da razão. Dizia Isócrates: "Não é preciso somente que um homem sábio contenha suas mãos, é preciso também que ele contenha seus olhos".

Os prazeres do amor, sendo os mais intensos daqueles que o organismo humano possa experimentar, são de natureza a dificilmente poderem ser substituídos. Pela mesma razão, a experiência nos mostra que eles são os mais destrutivos para o homem. Seus órgãos não podem suportar, sem um dano notável, os movimentos convulsivos que esses prazeres causam neles. É por isso que, dominado por seus hábitos perigosos, o devasso é comumente escravo deles até o túmulo. Mesmo na falta da capacidade de satisfazer suas necessidades inveteradas, sua imaginação em perpétua atividade não lhe dá nenhum descanso. Nada é mais digno de piedade do que a velhice enferma e desprezível desses homens cuja vida foi consagrada à volúpia.

Capítulo X – Da intemperança

Tudo aquilo que causa dano à saúde do corpo, tudo aquilo que perturba as faculdades intelectuais ou a razão do homem, tudo aquilo que o torna nocivo – para si mesmo ou para os outros – deve ser considerado vicioso e criminoso, e não pode ser aprovado pela moral sadia. Se a temperança é uma virtude, a intemperança é um vício que pode ser definido como o hábito de se entregar aos apetites desregrados do paladar. Todos os excessos da boca – a gula, a embriaguez – devem ser considerados disposições perigosas para nós mesmos e para aqueles com quem vivemos.

É à medicina que cabe fazer sentir os perigos aos quais a intemperança expõe o corpo. Em consonância com a moral, ela prova que o glutão, escravo de uma paixão aviltante, está sujeito a algumas moléstias cruéis e frequentes, vegeta em um estado de langor e encontra comumente uma morte prematura em alguns prazeres para os quais seu estômago não pode bastar.

A moral, por sua vez, não vê no homem intemperante senão um desgraçado cujo espírito, absorvido por uma paixão brutal, não se ocupa senão com os meios de contentá-la. Nos países onde o luxo fixou sua morada, os ricos e os poderosos, dos quais todos os órgãos se encontram comumente embotados pelo abuso que fazem deles, estão reduzidos a buscar nos alimentos fora de estação, raros e dispendiosos alguns meios de reanimar um apetite inerte. Como sua terra não lhes fornece mais nada que seja bastante saboroso, vós os vedes assumindo como uma ocupação séria imaginar novas combinações, capazes de excitar seus paladares embotados. Eles se valem dos mares e das terras distantes para tornar a despertar seus sentidos desgastados. A esse enfraquecimento físico do organismo junta-se ainda uma tola vaidade, que considera um mérito apresentar a alguns convivas espantados alguns produtos caros, destinados a lhes dar uma alta ideia da opulência daquele que os regala. Ele tem a nobre ambição de ser considerado o responsável pela mesa mais refinada e não tem vergonha de dividir uma glória que deveria ser adequada apenas para o seu mordomo ou para o seu cozinheiro.

É sobretudo nos prazeres da mesa e na glória de oferecer a seus convivas iguarias bem preparadas, bem escolhidas e bem caras que muitas pessoas fazem consistir o aparato e a grandeza. Banquetes suntuosos parecem, para elas, anunciar o bom gosto, a generosidade, a nobreza e a sociabilidade. O homem opulento e o homem que ocupa um cargo importante gozam interiormente com os aplausos que eles acreditam obter de uma multidão de aduladores, de glutões e muitas vezes de desconhecidos que eles reúnem ao acaso e sem seleção, para torná-los testemunhas da sua pretensa grandeza e da sua felicidade. É assim que as casas dos ricos e dos poderosos se transformam em hospedarias, abertas a qualquer recém-chegado, cujos proprietários fazem a tolice de desordenar sua fortuna e sua saúde por algumas pessoas que eles mal conhecem, e que, no entanto, eles têm a loucura de considerar amigos. Não há nada mais desprezível que esses amigos de mesa, atraídos unicamente pela boa comida e que poderiam ser qualificados, com mais razão, de *amigos do cozinheiro* do que de amigos do seu patrão[97]. Este último, depois

---

97. Plutarco qualifica os amigos desta espécie de *amigos da panela*.

de ter desordenado a sua fortuna – o que ocorre com muita frequência –, fica muito surpreso ao se ver abandonado por seus pretensos amigos. Ele percebe tarde demais que não estava reunindo em sua casa senão alguns glutões cuja sensibilidade estava apenas no estômago, que não têm nenhuma gratidão pelas despesas insensatas que ele fez por eles – ou, antes, em favor da sua tola vaidade.

Com efeito, o pródigo, como já vimos, não é de modo algum um ser benfazejo; trata-se de um extravagante, quase sempre desprovido de sensibilidade, que sacrifica sua fortuna à vontade de aparecer. Como um ser verdadeiramente sensível não se reprovaria pelas despesas muitas vezes enormes de seus festins, se viesse a refletir que elas seriam suficientes para proporcionar o necessário a algumas famílias indigentes que comem apenas pão? Mas alguns benefícios desse gênero não têm, para o homem rico, todo o brilho exigido pela sua vaidade. Ele prefere *aparentar* e se arruinar tolamente do que dar os mais leves auxílios aos miseráveis. Ele encontra em sua posição social, no cargo que exerce, uma obrigação indispensável de gastar, que lhe fornece alguns pretextos para jamais aliviar as necessidades mais prementes do pobre.

As despesas extravagantes dos poderosos e dos ricos e as dilapidações de suas mesas também contribuem para tornar a sorte do indigente mais deplorável. É, com efeito, a essas causas que podem ser atribuídas a escassez das provisões e dos gêneros comestíveis que se vê comumente reinar nas regiões onde o luxo não faz senão tornar a pobreza mais desgraçada. Os festins contínuos, os guisados requintados e os desperdícios dos criados consomem e destroem, muitas vezes em um dia, em uma grande cidade, tantos víveres quantos seriam necessários para alimentar durante um mês os agricultores de toda uma província.

Tais são, no entanto, os efeitos desse luxo ao qual muitas pessoas fazem apologia. A reflexão nos mostra esse luxo como o destruidor impiedoso do rico, a quem arruína, e do pobre, a quem priva a todo momento do necessário. Tudo nos prova que uma política sadia, de acordo com a moral, deveria proscrevê-lo e reconduzir os cidadãos à frugalidade, não menos útil à saúde e à fortuna dos ricos e dos poderosos do que à comodidade e ao bem-estar do povo, pelo qual os governantes geralmente parecem se interessar muito pouco.

É, sem dúvida, à sua negligência ou a alguns interesses fúteis e mal-entendidos que se deve atribuir o alcoolismo pelo qual se vê comumente o povo miúdo infectado. Tudo prova os estragos que os excessos do vinho e uma devassidão habitual causam entre as classes mais subalternas da sociedade. No entanto, não se busca nenhum meio de remediar isso. Bem longe disso, em algumas nações, a política se torna cúmplice dessas desordens; visando a um lucro sórdido ou algumas taxas que o governo cobra sobre as bebidas, a intemperança do povo é considerada um bem para o Estado, e temer-se-ia uma diminuição nas *finanças* se o povo se tornasse mais sóbrio e mais racional[98].

A preguiça, a ociosidade e a dificuldade de obter os alimentos adequados determinam o povo ao alcoolismo e fazem-no, sobretudo, adquirir o hábito das bebidas fortes, que o destroem em pouco tempo. Essas últimas se tornam necessárias para reanimar seu organismo, por sinal, pouco nutrido. Além disso, elas proporcionam ao seu paladar algumas sensações intensas. Porém, privando-o habitualmente de sua razão, elas terminam cedo ou tarde por embrutecê-lo totalmente e por torná-lo incapaz de subsistir pelo seu trabalho.

Em algumas nações, as instituições religiosas, ao obrigarem o povo a permanecer na inação, parecem muitas vezes convidá-lo à intemperança. As solenidades e as festas multiplicadas, que condenam o artesão e o homem do povo a não fazerem uso de seus braços, não lhes deixam, em sua desocupação, outro recurso além de se embebedarem. Assim, eles se privam do lucro que poderiam ter com o seu trabalho e se põem muitas vezes fora de condições de dar pão aos seus filhos. Além disso, sua embriaguez os expõe a algumas rixas fortuitas, a incontáveis perigos. Muitas vezes, ela chega

---

98. No Império da Rússia, o soberano reserva para si com exclusividade o monopólio da aguardente e mantém um registro exato da quantidade necessária todos os anos para cada família. Em todas as nações europeias os governos impõem tributos muito altos sobre as bebidas: por conseguinte, eles têm o máximo interesse em que o povo se embriague. As bebidas destiladas são o recurso dos pobres, sobretudo nos países onde o vinho é muito caro.

a levá-los ao crime. Prevenindo a ociosidade, a política preveniria muitas desordens que ela é continuamente obrigada a punir sem poder fazê-las cessar.

Embora em algumas nações a embriaguez pareça banida da boa sociedade, esse vício subsiste nas províncias e parece o recurso comum de todos os desocupados. Quantos homens que se dizem racionais não encontram outro meio de empregar um tempo que lhes pesa a não ser afogando no vinho o pouco de bom senso de que desfrutam! Se os habitantes dos países meridionais mostram mais sobriedade, os dos países do Norte acreditam encontrar no rigor de seu clima alguns motivos prementes para se embriagar habitualmente e se vangloriam muitas vezes por sua vergonhosa intemperança. Bela glória, sem dúvida, aquela que resulta, para um ser inteligente, de se privar periodicamente de sua razão e de se avilar muitas vezes abaixo da condição das bestas!

A embriaguez é, evidentemente, um prazer de selvagens. Vemos essas hordas de homens – ou melhor, de crianças irrefletidas –, das quais o Novo Mundo está povoado, subjugadas pelas bebidas fortes das quais os europeus lhes proporcionaram o fatal conhecimento. É ao uso imoderado dessas funestas beberagens que muitos viajantes atribuem a destruição quase completa desses povos desprovidos de prudência e razão.

Anacársis afirmava que a vinha produzia três tipos de uva: o prazer, a embriaguez e o arrependimento. A experiência cotidiana basta para nos convencer de que nada é mais contrário ao homem físico, assim como ao homem moral, do que a intemperança. Enfraquecendo o corpo, ela leva a passos largos para a velhice, as enfermidades e a morte. "A intemperança", diz Demócrito, "dá breves alegrias e longos desprazeres." Uma vida sensual e refinada nos faz adquirir uma letargia que nos torna inúteis e desprezíveis. O excesso do vinho, perturbando permanentemente o cérebro, embrutece o homem que a ele se entrega, o torna incapaz de trabalhar, o impede de pensar ou de cumprir qualquer dos seus deveres e muitas vezes o conduz a crimes próprios para lhe atrair alguns castigos.

O ser verdadeiramente racional deve zelar por sua conservação. O ser verdadeiramente sociável deve conservar o sangue-frio e jamais perturbar suas faculdades intelectuais, por medo de ser arrastado à revelia e contra a sua vontade a algumas ações que o degradariam e das quais, voltando a si, ele seria forçado a se envergonhar[99].

Capítulo XI – Dos prazeres honestos e desonestos

Uma moral feroz e repugnante para a natureza do homem faz que todos os prazeres sejam um crime para ele. Porém, uma moral mais humana o convida à virtude, provando-lhe que somente ela pode proporcionar alguns prazeres isentos

---
99. "[...] *Hic murus aheneus esto / Nil conscire sibi, nulla pallescere culpa*" ["Uma consciência que não é agitada por nenhum remorso, um rosto que nenhum crime faz empalidecer, são como um muro de bronze"] (Horácio, *Epístola* I, livro I, versos 60-61).

de amargura e remorsos. A razão nos permite e nos ordena desfrutar dos benefícios da natureza, seguir algumas inclinações reguladas, buscar alguns prazeres e divertimentos que não causem prejuízo nem a nós mesmos, nem aos outros. Ela nos aconselha a fazer uso deles na medida fixada pelo interesse de cada homem, assim como pela boa ordem ou pelo interesse geral da sociedade.

Em todas as suas ações os homens buscam o prazer. É ele que as nossas paixões e os nossos desejos têm como objetivo. Nós só o encontramos tão raramente porque o procuramos onde ele não está ou porque temos a imprudência de abusar dele.

Já tínhamos anteriormente (seção I, Capítulo 4) definido o prazer. Nós o tínhamos dividido em duas espécies: os prazeres que atuam diretamente sobre os nossos órgãos visíveis são chamados de *prazeres dos sentidos* ou *prazeres corporais*; e aqueles que se fazem sentir dentro de nós mesmos são chamados de *prazeres intelectuais* ou prazeres do espírito e do coração.

É sobretudo contra os prazeres dos sentidos que uma multidão de moralistas em todos os tempos se insurgiu. Alguns os proscreveram totalmente. No entanto, esses prazeres em si nada têm de criminoso. Quando verdadeiramente úteis a nós, eles não podem causar nenhum dano a ninguém. Os prazeres da mesa, cujos abusos acabamos de examinar, não têm em si nada de censurável; é muito natural e muito conforme à razão gostar dos alimentos agradáveis ao paladar, e preferi-los àqueles que lhe seriam insípidos ou desagradáveis. Mas seria contrário à natureza consumir esses alimentos sem medida e, para satisfazer um prazer passageiro, expor-se a longas enfermidades. Seria odioso e criminoso devorar em festins o sustento do pobre. Seria insensato desarranjar sua fortuna para contentar um apetite muito imperioso. A paixão desordenada pelas iguarias requintadas ou pelos vinhos deliciosos é feita para nos tornar desprezíveis. Um glutão nunca parece um ser muito estimável; um homem muito difícil de contentar é quase sempre infeliz.

Os olhos podem sem crime se voltar para os diversos encantos que a natureza espalha por suas obras. Uma bela mulher é um objeto digno de atrair os olhares, e é muito natural sentir prazer com a sua visão. Mas esse prazer se tornaria fatal para nós se acendesse em nossos corações um ardor importuno. Ele se transformaria em crime se provocasse em nós uma paixão capaz de nos fazer realizar algumas ações desonrosas para o objeto que inicialmente admiramos inocentemente.

Não pode haver nenhum mal em ouvir com prazer alguns sons harmoniosos que agradam os nossos ouvidos. Mas esse prazer pode ter consequências censuráveis se ele nos debilita o coração, dispondo-o à volúpia e à devassidão, ou se ele nos faz esquecer os nossos deveres essenciais.

É muito natural amar e buscar os encantos e as comodidades da vida, preferir as roupas macias àquelas que causam uma impressão desagradável ao toque. Porém, é pueril não ter o espírito ocupado senão com vãos adornos. Seria insensato desarranjar sua fortuna para contentar uma tola vaidade. A moral só condena o luxo e os prazeres porque eles servem de alimentos a algumas paixões extravagantes, que nos fazem comumente desconhecer aquilo que devemos à sociedade. O amor pelo fausto fecha os nossos corações às necessidades de nossos semelhantes; ele conduz à nossa própria ruína e à da pátria.

Os espetáculos e as várias diversões que a sociedade nos apresenta são passatempos que a razão aprova enquanto não têm consequências perigosas. Mas ela condena os espetáculos licenciosos que não enchem o espírito de uma juventude exaltada senão com imagens lúbricas e seu coração com máximas envenenadas. Será que a moral sadia poderia deixar de se insurgir contra tudo aquilo que faz eclodir ou que fomenta algumas paixões capazes de devastar a sociedade? Como será que algumas mulheres fracas, e de uma imaginação viva, resistiriam a algumas paixões que o teatro lhes mostra todos os dias sob os traços mais apropriados para seduzir?

Muitos moralistas, comumente acusados de uma severidade ridícula, censuraram os espetáculos e os consideraram uma fonte de corrupção. Por mais rigoroso que pareça esse juízo, a moral sadia se acha, em muitos aspectos, obrigada a subscrevê-lo. Se o amor é uma paixão funesta pelas desordens que ele produz, se a devassidão é um mal, se a volúpia é perigosa, que efeitos essas paixões, apresentadas sob os traços mais sedutores, não devem produzir sobre uma juventude imprudente, que não corre ao teatro senão para atiçar alguns desejos que já traz em seu coração? Sem falar dessas peças licenciosas, admitidas ou toleradas em alguns países, a juventude, se falasse de boa-fé, reconheceria que ela vai buscar no teatro bem mais os encantos de uma atriz e algumas imagens lascivas do que os sentimentos virtuosos que um drama pode conter. É o doce veneno do vício que vão beber em longos goles tantos voluptuosos desocupados, para os quais os espetáculos se tornaram o principal negócio. Os mais opulentos dentre eles nos provam, pela sua conduta, que não é de modo algum a virtude que eles vão aplaudir ou buscar por lá. O teatro é um recife contra o qual a fidelidade conjugal, a razão, as fortunas e os costumes vão a todo momento se chocar.

Podemos, sem risco de nos enganar, fazer o mesmo juízo sobre as assembleias públicas e noturnas, conhecidas pelo nome de *bailes*, onde a libertinagem curiosa, as intrigas criminosas e as aventuras imprevistas ou programadas aproximam as pessoas dos dois sexos. É difícil acreditar que seja o desejo de fazer um exercício útil para a saúde que desperte um tão intenso ardor pela dança em um grande número de mulheres delicadas ou de homens efeminados. Exemplos multiplicados nos provam que, para muitas pessoas, o baile não é nada além de um prazer inocente. Mas, por uma cruel necessidade, nas sociedades corrompidas, os prazeres originariamente mais simples, pelo abuso que o vício traz com eles, convertem-se em veneno e não servem senão para estender e multiplicar a corrupção. Esta última é uma necessidade indispensável para uma multidão de opulentos viciosos e desocupados, que buscam por toda parte o vício, transformado no único alimento adequado às suas almas fenecidas. A moral mais simples deve parecer revoltante e feroz para alguns homens sem bons costumes ou para alguns estouvados, incapazes de considerar as consequências muitas vezes terríveis de seus vãos divertimentos. Não é de maneira alguma a seres dessa têmpera que a razão pode endereçar suas lições.

Nas mãos do homem imprudente e depravado, tudo se transforma, tudo se desnatura e se torna perigoso. A leitura só lhe agrada na medida em que contribui para alimentar suas inclinações desregradas. Daí o fato de tantos romances amorosos, tantos versos e produções cuja frivolidade é apenas o menor dos defeitos serem o único estudo das pessoas mundanas, das quais eles só servem para fortalecer as inclinações bastante funestas ao repouso das famílias e da sociedade.

Portanto, com o risco de desagradar muita gente, a moral não aprovará de maneira alguma os prazeres ou divertimentos de onde resultem visivelmente os males mais reais. O homem de bem resiste à opinião pública sempre que ela é contrária à felicidade pública, sempre invencivelmente ligada à bondade dos costumes. Todos os prazeres capazes de favorecer algumas paixões naturais que devem ser contidas não podem ser inocentes aos olhos da razão. Será, pois, que os homens não podem se divertir sem sujar a imaginação, sem se incitar ao vício, sem causar danos a si mesmos e aos outros? O grande mal dos ricos vem do fato de que eles querem se entreter sem jamais estarem verdadeiramente ocupados.

Os diversos jogos, inventados para dar descanso aos espíritos fatigados pelas ocupações habituais, não são censuráveis senão quando assumem o lugar dessas ocupações mais importantes. O jogo não passa de um furor insensato quando nos expõe à ruína. Ele prova o vazio daqueles que, sem ele, não saberiam nem se ocupar, nem conversar uns com os outros. Um jogador profissional não serve para nada e se entedia a partir do momento em que deixa de segurar as cartas ou os dados[100].

Em poucas palavras, não são os prazeres dos sentidos que a razão condena; é o abuso que comumente se faz deles; é o seu uso muito frequente que os torna insípidos ou faz deles necessidades prementes, que nós não podemos mais satisfazer senão em detrimento de nós mesmos ou dos outros.

Os prazeres *intelectuais*, ou do espírito, são, como já dissemos alhures, os prazeres que os sentidos nos ofereceram, renovados pela memória, contemplados pela reflexão, comparados pelo juízo e animados, exaltados, embelezados e multiplicados pela nossa imaginação. Quando estamos retirados, por assim dizer, dentro de nós mesmos, recordamos-nos dos objetos ou das sensações que nos agradaram; nós os exami-

---

100. É bom observar que as cartas de jogar foram inventadas para divertir Carlos VI, rei da França, quando ele caiu na demência. Poderíamos dizer que, depois, o mal desse príncipe alastrou-se por toda a Europa, onde as cartas são a felicidade ou o recurso da boa sociedade, e mesmo da pior.

namos sob várias facetas, nós os comparamos uns com os outros e imaginamos com traços quase sempre mais sedutores que a realidade. Porém, do mesmo modo que os prazeres dos sentidos, os prazeres intelectuais podem se tornar elogiáveis ou censuráveis, honestos ou criminosos, vantajosos ou nocivos, seja para nós, seja para a sociedade. É à razão que cabe regular o nosso espírito e impor alguns limites à nossa imaginação, muitas vezes sujeita a nos inebriar, a nos transviar, a nos arrastar para o mal. Um espírito vivo, uma imaginação ardente, são guias muito perigosos quando perdem de vista o farol da razão. A moral deve dirigir nossos pensamentos e banir de nosso espírito as ideias que possam ter consequências incômodas para nós. Os desvios do pensamento são logo seguidos pelos desvios da conduta.

Os prazeres do espírito podem ser muito honestos ou muito criminosos. A ciência, o estudo e algumas leituras úteis deixam em nosso cérebro alguns traços ou ideias que, embelezados por uma imaginação brilhante, tornam-se uma fonte inesgotável de gozos para nós mesmos e para aqueles a quem transmitimos nossas descobertas. Mas o cérebro do homem ignorante, desocupado, vicioso, não se enche senão de imagens fúteis, lúbricas e desonestas, capazes de pôr suas paixões e as dos outros em uma perigosa fermentação. A imaginação regulada de um homem de bem lhe pinta com verdade as vantagens da virtude, a glória que dela resulta, a ternura que ela atrai para ele e as doçuras da paz de uma boa consciência. A imaginação extraviada de um ambicioso lhe mostra as fúteis vantagens de um poder incerto do qual ele não sabe fazer uso; a de um fátuo lhe mostra todos os olhos espantados com o seu fausto, com as suas carruagens luxuosas, com a sua criadagem, com os seus ornamentos; a de um avarento lhe mostra bens inumeráveis dos quais jamais desfrutará.

A imaginação é, portanto, a fonte comum do vício e da virtude, dos prazeres honestos e desonestos. É ela que, regulada pela experiência, exalta aos olhos do homem de bem os prazeres morais, os encantos da ciência, os atrativos da virtude. Esses prazeres são totalmente desconhecidos de uma multidão de espíritos limitados, dessas almas mesquinhas para quem a virtude não passa de uma palavra inútil, ou para tantos homens desprovidos de reflexão que não acreditam ver nela senão um objeto triste e lúgubre. O que será a beneficência, a humanidade e a generosidade para a maioria dos ricos senão a privação de uma porção de seus bens, que eles destinam à obtenção de alguns prazeres pouco sólidos? Essas virtudes apresentam uma ideia totalmente diferente para aquele que reflete sobre os seus efeitos nos corações dos mortais, que conhece a reação do reconhecimento, que se vê, na sua própria imaginação, como objeto digno do amor de seus concidadãos.

A consciência é quase nula para o estouvado que nunca reflete, para aquele que a paixão cega, para o estúpido que não tem nenhuma imaginação. Mas ela é necessária para nos mostrar com força os sentimentos diversos que as nossas ações, boas ou más, produzirão nos outros. É preciso ter refletido sobre o homem para saber a maneira como ele pode ser afetado, seja para o bem, seja para o mal. Essa imaginação ágil e essa reflexão constituem a sensibilidade, sem a qual os prazeres morais quase não nos tocam e a consciência só fala debilmente. Que prazer pode encontrar em aliviar um outro aquele que não se sente afetado o bastante pela descrição de seus males para ter uma grande necessidade de aliviar a si mesmo? É preciso ter ouvido ressoar em seu coração o grito do infortúnio para achar prazer em fazê-lo cessar.

O homem que não sente nada ou que não pensa em nada não sabe desfrutar de nada. A natureza inteira está como morta para ele; as artes que a representam em nada afetam os seus olhos entorpecidos. A imaginação e a reflexão nos fazem saborear os encantos e os prazeres que resultam da contemplação do universo. É através delas que o mundo físico e o mundo moral tornam-se um espetáculo encantador, em que todas as cenas nos comovem intensamente. Enquanto uma multidão imprudente corre atrás dos prazeres enganadores que ela jamais pode determinar, o homem de bem, sensível, esclarecido, encontra por toda parte alguns gozos. Depois de ter encontrado o prazer no trabalho, ele o encontra nos passatempos honestos, nas conversações úteis e no exame de uma natureza infinitamente diversificada. A sociedade, tão fatigante para alguns seres que reciprocamente se incomodam e se entediam, fornece multiplicadas observações ao homem que pensa, com as quais seu espírito se enche; ele acumula fatos, ele acumula provisões próprias para diverti-lo na solidão. Os campos, tão uniformes para os habitantes agitados de nossas cidades, lhe oferecem a cada passo mil novos prazeres. A confusão barulhenta das cidades e as extravagâncias do vulgo são para ele espetáculos interessantes. Em poucas palavras, tudo nos prova que não existem verdadeiros prazeres senão para o ser que sente e que reflete. Tudo lhe demonstra as vantagens da virtude, e os inconvenientes que resultam das loucuras e dos defeitos dos homens.

Capítulo XII – Dos defeitos, das imperfeições, dos ridículos ou das qualidades desagradáveis na vida social

Depois do exame que acabamos de fazer dos vícios ou das disposições nocivas à vida social, resta-nos ainda falar dos defeitos ou das imperfeições cujo efeito é nos tornar incômodos ou desagradáveis para aqueles com quem vivemos. Assim como os vícios, os defeitos dos homens são consequências de seu temperamento, diversamente modificado pelo hábito. Podemos defini-los como privações das qualidades necessárias para se tornar agradável na sociedade.

Como um ser sociável se sente sempre interessado em agradar as pessoas com as quais ele deve viver, ele não somente se crê obrigado a resistir às suas paixões e a combater as suas inclinações desregradas, mas também procura corrigir os defeitos que poderiam enfraquecer a benevolência que ele deseja incitar. Todos são cegos para os próprios defeitos; mas o homem sociável deve estudar a si mesmo, tratar de se ver com os mesmos olhos com os quais ele é visto pelos outros, julgar suas imperfeições como julga aquelas que ele percebe nos seus semelhantes. Aquilo que ele acha desagradável ou chocante neles é suficiente para lhe fazer conhecer aquilo que deve chocá-los ou desagradá-los nele. É assim que o sábio pode tirar um proveito real das imperfeições e das fraquezas dos homens; ele aprende dessa maneira a evitar em suas ações aquilo que lhe desagrada na conduta deles. Ele sabe que não deve negligenciar nada para merecer a estima e a afeição, e que os menores defeitos, embora não causem efeitos tão perceptíveis e tão imediatos quanto o crime, não deixam, com o passar do tempo, de ferir profundamente as pessoas que sentem os seus efeitos prolongados. Montaigne diz que "a menor sobrecarga rompe as barreiras da paciência"[101]. Todos os homens têm alguns defeitos mais ou menos incômodos para aqueles que sentem os seus efeitos. Nós sofremos algumas vezes com aqueles aos quais estamos sujeitos, sem nos apercebermos disso. Eles nos desagradam nos outros, ao passo que nós não pensamos de modo algum em nos corrigir. Somos muito perspicazes quando se trata de ver as imperfeições e as fraquezas alheias e somos cegos a partir do momento em que se trata das nossas. Como explicar esse fenômeno? É fácil resolver. Nós estamos, por hábito, acostumados à nossa maneira de ser; boa ou ruim, acreditamos que ela é necessária para a nossa felicidade. Não ocorre o

---

101. *Ensaios* de Montaigne, livro I.

mesmo com os defeitos alheios, com os quais quase nunca nos acostumamos. Nós desejamos que eles se corrijam, porque seus defeitos nos ferem; e não nos corrigimos porque os nossos defeitos nos dão prazer ou nos parecem bens.

Ficamos muito surpreendidos por ver na sociedade algumas pessoas, há muito tempo acostumadas a viver juntas, se separarem por vezes bruscamente e se desunirem para sempre. Porém, deixaremos de ficar espantados com essa conduta se considerarmos que alguns defeitos, que inicialmente pareciam fáceis de suportar, ao se fazerem sentir cotidianamente, tornam-se insuportáveis. São leves picadas que, continuamente reiteradas, formam chagas dolorosas que nada pode curar. É por isso, sem dúvida, que nada é mais raro do que ver perseverarem até o fim algumas pessoas cujo humor ou caráter se harmonizam bastante para viverem por muito tempo juntas em grande familiaridade. Essa própria familiaridade, parecendo autorizá-las a banir entre si as cerimônias, contribui para fazê-las sentir melhor os seus defeitos recíprocos. Tal é a verdadeira causa da frequente desunião que se vê entre os esposos, os parentes e os amigos mais íntimos.

Que o homem social julgue, portanto, imparcialmente a si mesmo; que ele se corrija dos defeitos capazes de alterar ou de aniquilar a benevolência que ele quer encontrar. Porém, a humanidade recomenda que ele tenha indulgência para com as imperfeições de seus semelhantes; e, de acordo com a justiça, ela lhe prova que é apenas a esse preço que ele próprio pode esperar fazer tolerar as próprias fraquezas. Como já foi provado, aquele que não tem indulgência é um ser insociável, que se condena a sofrer um julgamento rigoroso. Nenhum homem na Terra está isento de defeitos[102]. Irritar-se incessantemente contra as fraquezas dos outros é declarar-se pouco afeito a viver em sociedade. Apenas uma grande indulgência, uma brandura contínua no caráter, uma atenção frequente, uma amenidade no humor e uma espontaneidade nos costumes podem cimentar as uniões entre os homens. Quase sempre, a partir do momento em que se veem de perto, eles deixam de se amar.

Muito temor de ser ferido pelos defeitos de nossos semelhantes nos conduz à desconfiança e à misantropia, disposições muito contrárias à vida social e que dão motivo para crer que aquele no qual elas se encontram é de um caráter suspeito. Aqueles que não acreditam na virtude alheia devem fazer presumir que eles próprios dificilmente a têm. "Todos os homens são celerados", dizia um misantropo a um homem muito honesto que ele encontrava muitas vezes. "E onde você viu isso?", perguntou-lhe este último. "Em mim", replicou imediatamente o primeiro.

O homem desconfiado, suspeitoso, para quem tudo é duvidoso, é necessariamente muito miserável. Perpetuamente cercado de armadilhas e perigos imaginários, ele não conhe-

---

102. *"Nam vitiis nemo sine nascitur; optimus ille est, / Qui minimus urgetur"* ["Ninguém nasce sem defeitos, e o melhor é aquele que os têm em menor quantidade"] (Horácio, *Sátira* III, verso 68).

ce nem os encantos da amizade, nem as doçuras do repouso, nem os ornamentos da sociedade. Ele se vê sozinho no mundo, exposto às emboscadas de uma multidão de inimigos. A desconfiança contínua é um suplício longo e cruel do qual a natureza se serve para punir os tiranos e todos aqueles que têm a consciência de terem atraído sobre si a inimizade dos homens. O malvado está sempre armado de temores e suspeitas.

No entanto, a confiança excessiva também não é de maneira alguma uma virtude; ela é um sinal de fraqueza e de inexperiência. É depois de ter testado os homens que podemos conceder a eles a nossa confiança. Infeliz daquele que não encontrou ninguém digno de merecê-la! A prudência é a virtude que ocupa um justo meio entre a desconfiança misantrópica e a confiança excessiva. Não se pode, sem perigo, confiar em todo mundo; mas é ser bem desgraçado não confiar em ninguém. "Confiar em todo mundo e não confiar em ninguém são dois vícios", diz Sêneca, "mas existe mais honestidade em um e mais segurança no outro."

Como a firmeza, a coragem, a constância e a força são qualidades sociais ou virtudes, devemos considerar a fraqueza, a inércia e a inconstância defeitos reais e, muitas vezes, vícios imperdoáveis. O homem fraco é sempre hesitante em sua conduta. Pouco senhor de si, ele se submete incessantemente ao primeiro que chegar, pronto a se deixar levar para onde se queira conduzi-lo. É impossível contar com o homem sem caráter. Ele não tem nenhum objetivo definido, ele não opõe nenhuma resistência aos impulsos que lhe são dados; ele se torna o joguete contínuo daqueles que adquirem facilmente a ascendência sobre o seu espírito. Sem sistema e sem princípios em sua conduta, ele é irresoluto, inconstante, sempre oscilando entre o vício e a virtude. Aquele que não está fortemente ligado a alguns princípios é tão pouco capaz de resistir às próprias paixões quanto às dos outros. A fraqueza é comumente o efeito de uma preguiça habitual e de uma indolência que chega algumas vezes a ponto de se prestar ao próprio crime. Um soberano sem firmeza torna-se um verdadeiro flagelo para o seu povo. O homem fraco pode ser amado e lastimado, mas nunca pode ser sinceramente estimado. Às vezes, sem saber, ele faz mais mal que o perverso convicto, cujo procedimento conhecido faz ao menos que ele seja evitado. Um caráter muito acessível inspira uma confiança que quase sempre acaba por ser enganada.

Nada é mais desagradável e menos seguro no comércio da vida que esses caracteres covardes e pusilânimes que, por assim dizer, mudam de direção conforme o vento. Como contar por um instante com alguns homens que praticamente nunca têm outra opinião além daquela das pessoas que eles encontram, prontos a modificá-la logo que eles mudem de companhia; dispostos a entregar os próprios amigos a quem quer que deseje ultrajá-los? Um homem covarde, sem caráter ou firmeza, jamais pode ser considerado um amigo sólido.

Existem pouquíssimas pessoas no mundo que sejam bem firmemente aquilo que são, que demonstrem um caráter bem marcado e que tenham um objetivo para o qual elas caminhem com um passo firme. Nada é mais raro que o homem sólido que segue um plano sem perdê-lo de vista[103]. Daí todas as variações, as contradições e as inconsequências que observamos na conduta da maioria dos seres com quem vivemos. Nós os vemos, por assim dizer, continuamente transviados, sem objetivo determinado e prontos a se deixar desviar do seu caminho pelo menor interesse que venham lhes apresentar. A moral deve se propor a fixar invariavelmente os olhos dos homens nos seus interesses verdadeiros e oferecer-lhes os motivos mais capazes de fortalecê-los no caminho que conduz à felicidade.

É a falta de fixidez nos princípios e de estabilidade no caráter que torna os vícios e os defeitos dos homens tão contagiosos. A convivência social, a frequentação da corte e dos poderosos e o relacionamento com as mulheres, ao mesmo tempo que servem para polir, contribuem muitas vezes para dissolver o caráter e desgastar o coração. Como queremos agradar, adotamos o tom daqueles que frequentamos e nos tornamos às vezes viciosos ou perversos por pura complacência. O hábito de sacrificarmos nossas vontades e nossas próprias ideias às dos outros faz que não ousemos mais ser nós mesmos, não tenhamos mais fisionomia, mudemos a todo momento de princípios e conduta. Sem isso, temeríamos

---

103. *"Idem eadem possunt horam durare probantes?"* ["Será que o mesmo homem pode, por uma única hora, amar a mesma coisa?"] (Horácio, *Epístola* 1, livro I, verso 82).

ser acusados de inflexibilidade, excentricidade, impolidez ou pedantismo. "É preciso ser como todo mundo" é a máxima banal de tantas pessoas sem coragem, sem princípios e sem caráter, das quais o mundo está repleto. Eis como os vícios se espalham, os defeitos se perpetuam e quase todos os homens acabam por se assemelhar[104]. Eis como eles são continuamente arrastados pelo exemplo, pelo temor de desagradar a alguns seres depravados. Por fim, eis aí como a ignorância – ou a incerteza quanto ao objetivo a que devemos nos propor – e a fraqueza são as verdadeiras fontes do mal moral, dos vícios, das extravagâncias e até mesmo, muitas vezes, da perversidade que vemos reinar entre os homens.

É preciso vigor para ser virtuoso no meio de um mundo insensato ou perverso. "Ousai ser sábio", disse um antigo. Porém, por falta de luzes, poucas pessoas têm essa coragem – que tudo, aliás, se esforça para diminuir. Com efeito, não se pode duvidar de que o governo, feito para agir tão poderosamente sobre os homens, influa da maneira mais marcante sobre os seus caracteres e seus costumes. O despotismo não faz de seus escravos senão autômatos, prontos a receber todos os impulsos que ele lhes dá; e esses impulsos os levam sempre para o mal. Um governo militar dá a toda uma nação o tom da irreflexão, da vaidade, da arrogância, da presunção e da licenciosidade. É preciso ser bem firme e ter os

---

104. Um homem de espírito dizia que as pessoas mundanas eram como as moedas, cujas efígies se apagaram quase inteiramente à força de terem passado de mão em mão.

nervos fortes para resistir constantemente a algumas forças que agem incessantemente sobre nós.

A leviandade, o desatino, a dissipação e a frivolidade constituem, ainda mais que a malícia do coração humano, obstáculos à felicidade social. Existem países onde a leviandade parece um ornamento. Porém, é bem difícil fazer de um homem leviano um amigo sólido, com os sentimentos e a discrição do qual seja permitido contar. Como contar com um ser que jamais está seguro de si mesmo? A moral, para ser posta em prática, exige reflexão, atenção, frequentes retornos para dentro de si mesmo, um recolhimento interior de que poucas pessoas são capazes. É por isso que a moral parece tão repelente para alguns espíritos frívolos, que preferem trocá-la por algumas bagatelas. Somente o hábito de pensar pode conferir a todo ser racional a faculdade de combinar prontamente as suas relações e os seus deveres. A felicidade do homem é um objetivo tão sério que pareceria merecer alguns cuidados da sua parte, e dever fixar seus olhares para os meios de obtê-la. "Consultaste por duas ou três vezes", diz o poeta Teógnis, "porque o homem precipitado é sempre um homem nocivo[105]."

Tudo nos prova a importância de pôr um freio em nossa língua em um mundo desocupado, curioso e cheio de malignidade. No entanto, nada é mais comum do que a *indiscrição*, que é uma necessidade de falar pela qual tanta gente parece

---

105. Cf. *Poetae graeci minores, Theognidis carmina*.

atormentada. Esse defeito, algumas vezes terrível por suas consequências, nem sempre denuncia um mau coração, embora produza muitas vezes efeitos tão cruéis quanto a maldade. Ele se deve à irreflexão, à leviandade e muitas vezes a uma tola vaidade que faz que seja um mérito saciar a curiosidade alheia. O indiscreto é tão desprovido de reflexão que ele divulga seu próprio segredo e compromete a si próprio tão facilmente quanto os outros. Ele é comumente fraco e sem caráter. Ele não tem a força para guardar o depósito que fizeram a tolice de lhe confiar. Embora a indiscrição seja algumas vezes tão perigosa quanto uma traição, ela é considerada uma falta leve em um mundo frívolo, ocioso e curioso.

A *curiosidade*, ou o desejo de conhecer os segredos alheios, é um defeito que denuncia comumente o vazio da cabeça. O curioso é normalmente um ocioso que só tem pouquíssimas ideias. Além disso, pouco se pode contar com a sua discrição. Diz Horácio: "Fuja do curioso porque ele é sempre indiscreto ou tagarela"[106]. Enfim, se é curioso por vaidade. Liga-se a glória a se poder dizer que *se sabe* ou que *se viu*. É um mérito para os tolos junto aos desocupados.

É difícil falar bem e falar muito. O que existe de mais fatigante do que esses discursadores impiedosos, que esses dissertadores eternos, que parecem sempre acreditar que estão na tribuna dos oradores, sem jamais quererem descer de-

---

106. "*Percontatorem fugito, nam garrulus idem est*" (Horácio, *Epístola* XVIII, livro I, verso 69 da edição Gesner).

la? É ter pouca consideração pelo amor-próprio dos outros não permitir que eles tenham a sua vez de falar. Porém, muitas pessoas têm a ideia de que é somente falando muito que se mostra muito espírito. Um provérbio trivial, mas muito sensato, nos diz que "um jarro cheio faz menos barulho que um jarro vazio".

Entretanto, nada é mais raro do que pessoas que saibam escutar, e nada é mais comum do que pessoas que querem ser escutadas. Essa injustiça, esse amor-próprio exclusivo mostra-se frequentemente na sociedade. Como a conversação é feita para instruir ou para divertir, todos se acreditam no direito de contribuir para ela. É fazer uma afronta aos outros excluí-los dela. Por uma consequência dessa vaidade, veem-se algumas vezes as pessoas de espírito só se sentirem bem na companhia dos tolos. "É um tolo", dizia um homem de espírito, "mas ele me escuta." Um autor moderno diz que "existem algumas pessoas que preferem ser reis em má companhia do que cidadãos em boa"[107].

Se a conversação deve ter como objetivo esclarecer e agradar, podemos falar quando acreditamos estar em condições de conseguir isso. Porém, não podemos nos esquecer de que os outros são capazes de contribuir para a nossa instrução e para o nosso divertimento. É preciso ouvir e se calar quando não se tem nada de agradável ou de útil a

---

107. Cf. Moncrif*, *A arte de agradar*.
 * François-Augustin Paradis de Moncrif (1687-1770), poeta e escritor francês célebre por seu livro *Os gatos*. (N. T.)

comunicar. É, como já dissemos, o vazio da conversação que torna a maledicência e a calúnia tão comuns: quando não sabemos falar das coisas, nos lançamos sobre as pessoas.

A grande arte da conversação consiste em não ferir, em não humilhar ninguém, em não falar senão das coisas que se sabe, em não entreter os outros senão com aquilo que pode interessá-los. Essa arte, que todo mundo acredita dominar, não é nem um pouco comum. As sociedades estão repletas de *importantes*, que previnem contra eles por sua tola vaidade, que querem falar de tudo; ou de aborrecidos que nos fatigam falando-nos de assuntos pouco aptos a nos interessar. Um tolo imagina que aquilo que impressiona a sua cabeça estreita tem direito de interessar o universo.

Somente a experiência, a reflexão, o estudo e, sobretudo, a benevolência e a bondade do coração podem nos tornar úteis e agradáveis no comércio da vida. Se as conversas das pessoas mundanas são comumente tão estéreis, se suas visitas são tão fastidiosas e se suas reuniões são mais brilhantes e seus banquetes suntuosos são tão repletos de tédio é porque o convívio social aproxima pessoas que se amam e se estimam muito pouco, que mal se conhecem, que não têm nada de bom para dizer umas às outras e que não falam senão inutilidades. Aquilo que se chama de *alta sociedade* não é, com frequência, composto senão de pessoas muito vãs, que não acreditam ter deveres recíprocos; que, privadas de instrução, não levam para a sociedade senão a inflexibilidade, a secura e o desgosto. A conversação deve ser necessariamente estéril e inerte quando o coração e o espírito não podem ter nenhuma participação nela. Somente a amizade franca e sincera, o conhecimento e a virtude podem dar vida ao relacionamento entre os homens.

A vaidade torna insociável. A ignorância, a ociosidade, a falta do hábito de pensar e a aridez do coração são as causas que fazem pulular os *fastidiosos*, os faladores de ninharias, os importunos e os fátuos, pelos quais as cortes, as cidades e os campos estão perpetuamente infestados. Todo homem cujo espírito está vazio torna-se muito incômodo para os outros, pela necessidade que ele tem de agitar sua alma entorpecida e de suspender seu tédio. Atormentado sem descanso por esse inimigo doméstico, ele não percebe de maneira alguma que é um verdadeiro flagelo para os outros. Um dos grandes inconvenientes do convívio social é expor as pessoas ocupadas a se tornarem vítimas de uma multidão de importunos, de ociosos e de fastidiosos que periodicamente vêm lhes informar de que não têm nada para lhes dizer. Será que um pouco de bom senso não deveria ser suficiente para ensinar a respeitar o tempo do homem ocupado? Existem alguns momentos em que o próprio amigo deve temer incomodar seu amigo. Porém, algumas reflexões tão naturais não entram na cabeça desses estúpidos, que a polidez faz tolerar, enquanto eles próprios violam todas as suas regras.

Examinando as coisas de perto, descobrir-se-á que, mesmo entre aqueles que mais se gabam da polidez, do saber viver e do traquejo social, existem pouquíssimas pessoas que possam ser verdadeiramente chamadas de *polidas*. Se a verdadeira polidez consiste em não chocar ninguém, nenhum homem vão é polido. O fátuo, o janota ridículo e a coquete leviana pecam tão grosseiramente contra a beneficência e a polidez quanto o camponês mais mal-educado. Será possível considerar verdadeiramente polidos esses personagens cuja postura arrogante, os olhares atrevidos e as maneiras desdenhosas ou desleixadas parecem insultar todo mundo? Um *elegante*, inebriado por suas perfeições, unicamente ocupado com os seus fúteis adornos, que, apresentando-se em um círculo, não presta atenção em ninguém, simula distração e nunca escuta aquilo que lhe dizem, nem a resposta que lhe dão e se orgulha dos seus defeitos, é evidentemente um impudente que se coloca acima da consideração que se deve à sociedade. As pessoas mais apaixonadas por si mesmas fazem comumente tudo o que podem para que os outros deixem de gostar delas. A impudência consiste em um desprezo insolente pela estima e pela opinião pública – que todo homem, qualquer que seja, deve sempre respeitar.

Muitas pessoas se mostram arrogantes e altivas pelo temor de serem desprezadas, ou pelo menos de não atraírem a dose de consideração que acreditam merecer. *É preciso se valorizar*, dizem. Sim, sem dúvida; mas é por meio de algumas qualidades amáveis e respeitáveis. O arrogante se faz odiar pelo medo de não ser suficientemente estimado.

Se o mérito mais real desagrada quando se mostra com ostentação, que sentimentos pode provocar aquele cujo mérito não consiste senão nas suas roupas, nas suas carruagens, e em maneiras que são afrontas contínuas para os outros? Mas os impertinentes dessa têmpera se bastam a si mesmos. Eles desdenham os juízos do público, do qual eles se gabam – à força de insolência – de arrancar a admiração. Uma elevada opinião sobre si constitui o orgulho; ele desagrada, mesmo com o mérito, porque usurpa os direitos da sociedade, que quer continuar tendo o poder de avaliar os seus membros. A vaidade é a elevada opinião sobre si fundamentada em algumas futilidades. De onde se vê que a presunção, o fausto e as grandes aparências anunciam algumas vantagens que só iludem alguns tolos. A simplicidade, a modéstia e a desconfiança de si mesmo são meios bem mais seguros de obter êxito do que as pretensões, a arrogância, a empáfia e o jargão de tantos impertinentes, que parecem desconhecer aquilo que se deve aos homens. A presunção e a fatuidade são doenças quase incuráveis. Como curar um homem sempre contente consigo mesmo e que se crê acima do julgamento alheio?

O espírito de contradição, a teimosia, o excessivo ardor nas discussões e o gosto pela excentricidade também são defeitos gerados pela vaidade. Muitas pessoas imaginam que é glorioso não ser da mesma opinião que ninguém. Elas acreditam, assim, dar provas de uma sagacidade superior. Mas elas só provam, muitas vezes, o seu mau humor e a sua falta de polidez. Elas nos dirão, sem dúvida, que se sentem animadas por um grande amor pela verdade. Porém, nós lhes responderemos que não é amá-la de maneira alguma apresentá-la de uma maneira própria para repelir. A razão não pode agradar quando ela assume o tom da impolidez e da insensibilidade. É bem difícil convencer aquele cujo amor-próprio está ferido.

A teimosia é o efeito de uma tola presunção e de um preconceito pueril, que nos sugerem que é vergonhoso se enganar, que existe baixeza em admitir o erro e que é belo *ter sempre a última palavra*. Porém, não será mais vergonhoso e mais insensato resistir à verdade? Não será mais nobre e mais grandioso ceder com brandura, mesmo quando se está seguro de ter a razão do seu lado, do que discutir sem fim com pessoas insensatas? O povo e os tolos dão razão àqueles que gritam mais e com mais força. Porém, as pessoas sensatas dão razão àquele que tem a coragem de se retratar quando errou, ou de não abusar da vitória quando combateu em prol da verdade[108].

A excentricidade não prova nenhum mérito real. Desviar-se das opiniões ou dos usos admitidos pela sociedade mostra comumente mais orgulho que sabedoria ou luzes. É preciso resistir à torrente do costume quando ela é evidentemente contrária à virtude, mas é preciso se deixar arrastar

---

108. Racine e Boileau* encontravam-se na Academia das Inscrições quando este último fez, por descuido, uma afirmação que não era justa. Racine, perto do qual seus próprios amigos não encontravam nenhuma mercê, quando lhes escapava alguma coisa que pudesse lhe dar motivo para criticá-los, não se limitou a um simples gracejo, mas atacou rudemente o seu amigo e chegou mesmo a insultá-lo. Boileau contentou-se em lhe dizer: "Reconheço que errei, mas prefiro muito mais estar errado do que ter razão tão orgulhosamente quanto vós".

* Na edição original consta "Rousseau". (N. T.)

por ela nas coisas indiferentes. Uma conduta oposta à de todo mundo impressiona algumas vezes por algum tempo, mas não pode atrair uma consideração duradoura.

Geralmente, toda afetação desagrada e evidencia a vaidade. O verdadeiro, o simples e o natural nos tornam queridos por aqueles com quem vivemos, porque eles sempre querem nos ver como somos. Precisamos ser nós mesmos para bem representar o nosso papel no teatro do mundo; não corremos nenhum risco, então, de nos vermos desmascarados. Uma aparência de gravidade não denuncia senão um tolo orgulho que gostaria de usurpar a consideração. Um pedantismo minucioso é próprio dos pequenos espíritos. Esses defeitos não devem ser confundidos com a gravidade dos costumes e com a exatidão severa em cumprir os seus deveres, que partem de uma atenção contínua sobre nós mesmos e de um elogiável temor de ofender os outros por algumas inadvertências e leviandades.

Nada é mais incômodo na vida do que esses homens temperamentais, cuja vaidade sensível e delicada está sempre pronta a se ofender. Aquele que se sente tão frágil não deveria de maneira alguma se expor ao choque com a sociedade, para a qual ele não pode trazer senão o constrangimento e o tédio. Uma vaidade muito pronta a se inquietar denuncia uma fraqueza, uma pequenez de espírito e uma inexperiência pueril. Todo homem muito fácil de melindrar torna-se necessariamente infeliz em um mundo mais repleto de irreflexão do que de maldade. Será que existe alguma coisa mais incômoda do que ter uma alma bastante frágil para ser a todo momento perturbada pelas inadvertências ou pelo menor esquecimento das pessoas que se frequenta? No entanto, essas ninharias, que um homem racional não deveria perceber, têm muitas vezes, em um mundo vão e frívolo, as consequências mais graves.

Geralmente a vaidade, como já dissemos, é o vício que mais produz desordens nesse mundo. Algumas pessoas de qualquer idade e de qualquer posição, pelo valor que dão a certas minúcias, parecem não passar de crianças grandes. Muitos homens, ao crescerem, nada mais fazem além de trocar de brinquedos: vestes mais ricas, carruagens mais brilhantes, joias mais custosas, os mais variados adornos e as inutilidades mais requintadas substituem todos os dias os objetos com os quais eles se divertiam na sua infância. Quão pequena e estreita deve ser a alma de tanta gente cuja fortuna e tempo são absorvidos no cuidado com os seus adornos! Que ideia é possível ter sobre essas mulheres e esses homens degradados que ocupam todos os seus dias com os seus trajes e os seus enfeites? O verdadeiro castigo dessas crianças é não serem notadas.

As nações onde o luxo predomina estão repletas de seres frívolos, seriamente ocupados com bagatelas que se tornaram, do seu ponto de vista, objetos muito importantes. É por elas que eles perdem o seu tempo e o seu dinheiro; é a algumas ninharias que eles sacrificam a sua felicidade e o seu repouso; é pelas minúcias de uma vaidade pueril que eles correm, que eles se invejam, que eles disputam e se ferem. A razão madura, ou a sabedoria, consiste em não estimar as coisas senão segundo o seu justo valor. Aquele que se pôs acima das bagatelas é mais feliz e maior do que todos aqueles que se tornaram escravos delas. A vaidade choca todo mundo; a moderação e a modéstia não podem chocar ninguém.

A estrada da vida é um caminho estreito no qual se encontra uma multidão de viajantes que, cada um à sua maneira, se esforça para chegar à felicidade. Vós os vedes se moverem com maior ou menor atividade, seguindo direções muito variadas que se cruzam e que muitas vezes são totalmente opostas. No meio dessa multidão confusa, os perversos são cegos que, com o risco de atrair o ressentimento geral, golpeiam e ferem todos aqueles que se encontram em seu caminho. Alguns viajantes imprudentes, levianos, distraídos e irrefletidos, sem qualquer objetivo fixo, agitam-se em todos os sentidos, apertam e são apertados, machucam e são machucados, são incômodos para todo mundo. O sábio marcha com precaução; ele olha ao seu redor; ele prevê e previne os obstáculos e os perigos; ele evita a multidão e, favorecido pelo auxílio de seus associados, avança com um passo firme para o ponto final da viagem, que os mais apressados não podem atingir. A estima, a consideração, a benevolência e a tranquilidade são o prêmio pela atenção que o homem de bem tem em sua conduta.

Por falta de refletir sobre o objetivo de toda a sociedade, os homens não parecem reunidos senão para se ferirem reciprocamente por meio de alguns defeitos cujos inconvenientes cada um reconhece nos outros, sem se dignar a perceber que os seus devem necessariamente produzir alguns efeitos muito semelhantes. A *leviandade* nada mais é do que a incapacidade de se ligar fortemente aos objetos interessantes para nós. A *inconstância* consiste em mudar perpetuamente de interesses ou de objetos. O *desatino* consiste em não se dar tempo para examinar bem os objetos ou refletir maduramente sobre as consequências de nossas ações. A *frivolidade* consiste em não dar sua atenção senão a alguns objetos incapazes de nos proporcionar uma felicidade verdadeira.

Tais são os inimigos que a razão tem quase sempre de combater na sociedade. A imprudência, as distrações contínuas, a dissipação, a vaidade, a embriaguez pelos prazeres e as paixões sérias por algumas futilidades são barreiras que se opõem à reflexão e que mantêm a maioria dos homens em uma infância perpétua.

A *distração* é uma aplicação de nossos pensamentos a outros objetos que não aqueles com que deveríamos nos ocupar. Trata-se de uma falta de consideração com aqueles com quem vivemos. Esse defeito, que achamos tão ridículo em certas ocasiões, é, no entanto, muito comum e quase universal. Como existem poucas pessoas que se ocupam dos assuntos mais interessantes para elas! Todos deixam esses assuntos de lado para não pensar senão nos interesses quase sempre fúteis que se apoderaram da sua imaginação e que absorvem suas faculdades. Cada um, em seu devaneio, parece esquecer-se de que vive na companhia de seres aos quais deve sua atenção e seus cuidados. É fácil perceber a quantos inconvenientes essa distração moral nos expõe. Um homem sensato deve sempre estar atento a si mesmo e aos outros; "eu não tinha pensado nisso" é uma desculpa ruim para um ser que vive em sociedade. Considerar seu objetivo e *fazer aquilo que se faz*, eis aí a base de toda a moral. A vida social é um ato religioso no qual todo homem deve dizer a si mesmo: "esteja naquilo que tu fazes"[109].

Muitas pessoas se acreditam desculpadas de suas faltas atribuindo-as ao *esquecimento*. Porém, a conduta da vida pressupõe uma memória bastante fiel para não se esquecer dos deveres essenciais que devem apresentar-se incessantemente em nosso espírito. Alguns esquecimentos são muito criminosos quando nos fazem perder de vista os deveres importantes da justiça, da humanidade e da piedade. Um ministro ou um juiz que esquecessem um inocente na prisão em detrimento da sua fortuna, da sua saúde ou da sua vida seriam, pois, menos condenáveis que os assassinos? Sem nos tornar tão criminosos, o hábito de esquecer nos torna desagradáveis na vida social; ele produz a inaptidão em nossos próprios negócios e nos dos outros. A vida do homem – nunca é demais dizer – exige atenção, memória e presença de espírito.

---

109. Plutarco informa que nos sacrifícios dos antigos, um pregoeiro advertia o sacerdote para se manter atento, dizendo-lhe *hoc age* – "esteja naquilo que fazeis".

A ignorância, que se alega quase sempre como uma desculpa válida, que se perdoa muitas vezes com muita facilidade e que se pune apenas com o ridículo, pode algumas vezes se tornar um crime gravíssimo. Que recriminações não teria de fazer a si mesmo um juiz sem luzes, que decide imprudentemente a sorte de seus concidadãos? Que remorsos deve sentir um médico ignorante que, à custa da vida dos homens, exerce uma profissão para a qual não está suficientemente instruído? Não é permitido ignorar os princípios de uma arte importante para o bem-estar de nossos semelhantes. A presunção é um crime a partir do momento em que brinca com a salvação dos homens. Todo homem que tem a audácia de exercer um ofício ou um emprego público para o qual ele se sabe incapaz é evidentemente estranho aos verdadeiros princípios da probidade. A ignorância é a fonte inesgotável dos incontáveis males pelos quais os povos são forçados a gemer. Em todas as posições da vida, o homem – pelo seu próprio interesse e pelo dos outros – deve tratar de se instruir. As luzes contribuem para desenvolver a razão, cujo efeito é nos tornar melhores, mais úteis e mais caros aos nossos associados.

A falta de experiência e de reflexão constitui a ignorância, que não pode deixar de ser desvantajosa, seja para nós mesmos, seja para os outros. O ignorante é desprezado porque ele não tem nenhuma utilidade na sociedade. O ignorante deve ser lastimado porque ele é comumente incapaz de ajudar a si mesmo. O conhecimento – que, como já dissemos, nada mais é que o fruto da experiência e do hábito de refletir – é estimado porque coloca aquele que o possui em condições de proporcionar auxílio, conselhos e prazeres que não se pode esperar do ignorante. Em todas as posições da vida, desde o monarca até o artesão, o homem mais experiente ou mais instruído é necessariamente mais estimado, mais buscado do que aquele que se vê privado de luzes ou de habilidade.

Se a razão, como já deixamos ver, nada mais é que a experiência e a reflexão aplicadas à conduta da vida, é muito difícil que o ignorante se torne um ser racional, um homem solidamente virtuoso. É preciso conhecer e refletir sobre os seus deveres para saber como se conduzir na vida. É preciso conhecer os usos do mundo para viver nele com agrado e para evitar o ridículo ligado à ignorância desses mesmos usos. O ignorante é um cego, um estouvado que anda ao acaso pela estrada desse mundo, com o risco de se chocar com os outros ou de cair a todo momento. Em poucas palavras, sem experiência ou sem luzes é impossível ser bom.

Talvez venham nos dizer que algumas vezes se encontram pessoas simples, grosseiras, desprovidas de instrução ou de ciência, e que, no entanto, como que *por instinto*, são virtuosas e fiéis aos seus deveres, ao passo que alguns homens dotados do espírito mais sublime e dos conhecimentos mais vastos comportam-se muito mal e não se fazem notar senão por desvios ou perversões. Nós responderemos que alguns homens muito simples podem facilmente sentir as vantagens ligadas à virtude, assim como os inconvenientes e os embaraços inumeráveis pelos quais o vício é acompanhado. Sem mostrarem por fora luzes bem brilhantes, eles fizeram internamente, para regular suas ações, algumas experiências e reflexões fáceis, que muitas vezes escapam à petulância do homem de espírito, ou que a sua vaidade desdenha. De onde resulta que, apesar da sua simplicidade, o homem de bem é algumas vezes mais querido e mais amável do que o homem de muito espírito; este último se faz temer, o *homem bom* se faz amar. Nunca somos tolos nem desprezíveis quando temos o talento de merecer a estima e a afeição de nossos semelhantes. O homem simples, virtuoso e modesto pode contar com uma benevolência mais duradoura do que aquele que só compraz por alguns impulsos passageiros, e que, mais vezes ainda, se torna desagradável por seu orgulho ou sua malignidade. O homem verdadeiramente esclarecido é aquele que conhece e segue os meios necessários para ser constantemente amado. Todo homem que acredita se fazer estimar através de alguns meios feitos para desagradar é ignorante, estouvado e tolo.

O ridículo consiste na pouca proporção entre os meios e o objetivo a que nos propomos. Virar as costas para o objeto que se quer obter constitui evidentemente a ignorância, o ridículo e a tolice. Não é ser muito ignorante não saber que o temor não atrai a ternura, que a arrogância indispõe, que a arrogância e a fatuidade são punidas com o ridículo? Como existem pessoas neste mundo cujo objetivo contínuo é se fazer admirar e considerar, e que, por sua conduta insensata, conseguem apenas se fazer odiar e desprezar! Eis aí aquilo que produzem a sua atitude altaneira, suas maneiras impertinentes, suas pretensões mal fundamentadas, seu fausto, suas despesas com as quais elas não podem arcar e seu tom peremptório sobre assuntos que elas não entendem.

Examinando a coisa de perto, descobrir-se-á sempre que o orgulho e a vaidade são provas indubitáveis de tolice. Eles mostram uma completa ignorância do caminho ao qual é necessário se ater para ganhar a benevolência e a estima dos homens. Um espírito estúpido e limitado, que se conserva humildemente em sua esfera, é muito menos ridículo ou desprezível do que o homem pretensioso que se diverte à custa dele. Na moral não existe nenhuma doença mais incurável do que a de um ignorante presunçoso ou de um tolo que tem a infelicidade de estar contente consigo. O primeiro passo para a sociabilidade é conhecer aquilo que nos falta e corrigir nossos defeitos.

Um ser verdadeiramente sociável jamais deve perder seus associados de vista. As distrações, o desatino, as loucuras e as faltas são sempre punidos, seja pela indignação ou pelo ódio, seja pelo desprezo ou pelo ridículo. Teme-se o *ridículo* porque ele supõe o desprezo. Ora, o desprezo é revoltante para um ser apaixonado por si mesmo. O homem racional afasta de sua conduta tudo aquilo que pode fazer que ele seja desprezado com justiça, porque então ele seria forçado a ratificar o julgamento dos outros. Porém, ele afronta o ridículo que, em um mundo vicioso, recai muitas vezes sobre o mérito e a virtude.

Com efeito, se o ridículo consiste em se chocar contra a opinião e a moda, que muito comumente ocupam o lugar da decência e da razão, é claro que uma conduta sábia e regrada deve muitas vezes parecer extravagante e bizarra em uma sociedade frívola ou corrompida. É por isso que se vê algumas vezes a virtude, a probidade, o pudor e a própria equidade expostos aos sarcasmos do vício; ele crê ser desculpado zombando das qualidades que o forçariam a se envergonhar. Na sociedade, a virtude se parece muitas vezes com a dama decente de Horácio, que dança ruborizada em meio aos sátiros impudentes[110].

As virtudes mais respeitáveis podem ser algumas vezes expostas às impertinências da zombaria e aos dardos do ridículo. Porém, assegurado por sua própria dignidade, o homem de bem despreza esses flagelos tão temíveis para as pessoas mundanas, esses ídolos imaginários aos quais as vemos sacrificarem a sua fortuna, a sua consciência e a sua vida. Um receio pueril da opinião pública impõe quase sempre obstáculos intransponíveis à virtude. Esse vão terror faz que, contra a nossa consciência e contra as nossas próprias luzes, sigamos a torrente do mundo, façamos *como os outros* e nos entreguemos ao mal sem poder nos deter. Os homens mais esclareci-

---

110. "*Intererit satyris paulum pudibunda protervis*" (Horácio, *Arte poética*, verso 233).

dos tornam-se algumas vezes escravos do costume e vivem em uma luta permanente contra a própria razão. "O desonroso", diz um célebre moralista, "ofende menos que o ridículo."

A *zombaria*, quase sempre armada pela inveja e pela malignidade, muitas vezes desconcerta a sabedoria e a probidade; mas ela não tem influência real senão sobre o vício; ela termina por se desonrar quando ataca a virtude. É preciso força para ousar ser virtuoso em nações onde o vício, todo orgulhoso do número e da posição social dos seus adeptos, leva a impudência até ao ponto de querer zombar das qualidades diante das quais ele deveria baixar os olhos.

Todo zombador é um homem vão e maldoso. A zombaria supõe sempre a intenção de ferir em maior ou menor grau aquele sobre quem ela é exercida. Ela contém a crítica a algum defeito que é exposto à galhofa. Uma dama célebre disse, com razão, que "as pessoas que têm necessidade de maldizer e que gostam de zombar têm uma malignidade secreta no coração. Da mais branda zombaria à ofensa não há mais do que um passo a ser dado. Muitas vezes o falso amigo, abusando do direito de gracejar, vos fere. Mas a pessoa que vós atacais é a única que tem o direito de julgar se vós estais gracejando; a partir do momento em que ela é ferida, ela não é mais zombada, ela é ofendida"[111]. Um antigo dizia que "a zombaria é como o sal, que deve ser utilizado com precaução".

---
111. Madame de Lambert.

A zombaria é quase sempre uma arma perigosa, e seus dardos são por vezes mais cruéis e insuportáveis do que uma injúria. Zombar daquele que chamamos de amigo é nos desonrar com uma verdadeira traição, é imolá-lo a alguns indiferentes, é demonstrar que se gosta menos dele do que de um bom gracejo. Zombar dos indiferentes é se expor tolamente ao seu ressentimento; é provocar gratuitamente o seu mau humor. Zombar dos seus superiores seria uma loucura pela qual se poderia temer ser castigado. A zombaria, portanto, só pode ser exercida impunemente sobre os amigos – e, então, ela é uma perfídia – ou sobre os inferiores e os desgraçados, o que é uma covardia detestável.

No entanto, nada é mais comum do que essa crueldade. Normalmente, os homens só se comprazem em zombar daqueles que eles deveriam lastimar e consolar. Eles derramam a mancheias o ridículo e os sarcasmos sobre pessoas cujos infortúnios ou defeitos deveriam incitar a piedade. Um homem é deformado? Tem o espírito limitado? Cometeu algum equívoco? Está necessitado e forçado a suportar tudo? Esse homem logo é alvo de contínuas zombarias. Ele se torna o joguete da sociedade. Ele aguenta ser espicaçado por uma multidão de covardes que procura brilhar à sua custa e que lhe faz sentir o peso de sua superioridade. Não existe ninguém que não se creia no direito de insultar os miseráveis.

Essas disposições se encontram, sobretudo, nas crianças, sempre muito prontas a captar os defeitos, as enfermidades, as fraquezas e os ridículos das pessoas que se oferecem à sua vista. Elas também são encontradas naqueles nos quais a educação e a reflexão não fizeram desaparecer essa inclinação desumana.* As pessoas do povo exercitam comumente os chistes de seu espírito inculto contra aqueles que revelam alguma desgraça natural. As crianças e a gente do povo, como já fizemos ver, são comumente cruéis.

Nada é mais comum do que ver os homens rirem dos acidentes e das desgraças que eles veem acontecer com os outros. Esse sentimento odioso parece advir da comparação – vantajosa para si – que se faz de sua própria segurança, de suas próprias perfeições, com a situação incômoda ou com os defeitos alheios. O homem, conforme a sua natureza totalmente bruta e sem cultura, é um ser tão pouco dotado de compaixão e de piedade que, se o seu coração não foi adequadamente modificado, ele é tentado a se regozijar com o mal de seus semelhantes, porque esse mal o adverte de que ele próprio está bem. Quando não reflete, ele não pensa de maneira alguma que está exposto aos acidentes pelos quais vê os outros afligidos e que é muito odioso rir das suas desgraças, dos seus defeitos e das suas fraquezas. É assim que o homem limitado torna-se comumente joguete do homem mais favorecido no que tange ao espírito. Este último, envaidecido com a ideia das vantagens que possui, não vê que é injusto e cruel para com um ser com quem deveria ser piedoso.

---

* A edição de 1776 apresenta "humana". Neste caso, adotamos a forma da edição de 1820, mais condizente com o sentido do texto. (N. T.)

Os homens jamais deveriam se esquecer de que devem respeito uns aos outros. As pessoas de espírito, sobretudo, deveriam ser ainda mais comedidas do que as outras e ter medo de ferir. A vivacidade do espírito, o calor da imaginação e a alegria produzem muitas vezes uma embriaguez e uma petulância contra as quais é bom se prevenir. As pessoas de espírito, em virtude da superioridade que sentem sobre as outras, são normalmente tentadas a se prevalecer disso contra aquelas que elas acham menos ditosas no aspecto das faculdades intelectuais. É isso, sem dúvida, o que muitas vezes faz que os letrados sejam vistos como pessoas perigosas para se conviver.

A ironia sangrenta e as brincadeiras ofensivas não podem agradar senão a alguns invejosos e malvados, dos quais todo homem que tenha um verdadeiro mérito não pode ambicionar os sufrágios. Elas são covardias, já que atacam comumente pessoas incapazes de se defender. Nada é mais bárbaro e mais covarde do que o gracejo ou a ironia na boca de um príncipe. Eles imprimem algumas vezes máculas inapagáveis, e isso é o suficiente para aniquilar a felicidade de toda a vida.

Todo homem bastante vão e bastante irrefletido para ofender, com seus ditos ou gracejos, não somente um amigo, mas também alguns indiferentes, não é feito para ser admitido em círculos honestos, cujos membros devem respeitar uns aos outros. Os zombeteiros, os gracejadores de profissão, os que contam anedotas e os bufões são algumas vezes pessoas de espírito com quem a malignidade se diverte. Porém, raramente os achamos estimáveis pelas qualidades do coração, bem mais importantes no comércio da vida do que esses chistes dos quais muitas vezes se faz tanto caso na sociedade. "Desconfiai", diz Horácio, "daquele que fala mal de seu amigo ausente; daquele que não o defende quando ele é acusado; daquele que busca fazer rir com os seus gracejos: ele possui seguramente uma alma depravada[112]."

No entanto, a desatenção, a leviandade e a falta de reflexão contribuem, tanto quanto o mau coração, para a zombaria, que não pode ser aprovada ou tolerada senão quando, sem ferir aquele que é o seu objeto, serve apenas para animá-lo e espalhar uma vivacidade agradável na conversação. Uma vida verdadeiramente sociável exige que ninguém deixe seus associados descontentes consigo mesmo ou com os outros.

A zombaria, o ridículo e o gracejo não são úteis e louváveis senão quando são exercidos de modo geral sobre os vícios reinantes na sociedade, da qual eles podem algumas vezes reprimir a impudência ou moderar a loucura. O que existe de mais ridículo, mais digno de provocar a sátira, do que a vaidade de tantos homens e mulheres seriamente ocupados com nulidades pomposas, com adornos, com joias, com modas bizarras, com enfeites? Serão, pois, homens ou crianças, esses seres frívolos dos quais a cabeça não está cheia

---

112. "[...] *absentem qui rodit amicum; / Qui non defendit, alio culpante; solutos / Qui captat risus hominum, famamque dicacis / Hic niger est, hunc tu, Romane, caveto*" (Horácio, *Sátira* IV, livro I, verso 81 e seguintes).

senão de brinquedos, pelos quais eles perdem o gosto a todo momento? Será que existe no mundo um ser mais risível do que um fátuo, que só se apresenta na sociedade para mostrar-lhe a sua tolice, a sua impertinência, a sua carruagem, as suas roupas? Será possível considerar sem riso as pretensões de uma coquete caduca, que até o túmulo ostenta o ar avoado, os enfeites e o estouvamento da juventude? Será possível ver sem piedade a vaidade burguesa e desajeitada de tanta gente do vulgo que tem a loucura de acreditar que copia a grandeza com suas impertinências? O que existe de mais fatigante que um discursador insípido, que se apodera da conversação para atordoar com seu falatório importuno? Existirá alguma coisa mais desprezível do que a arrogância de tantos pretensiosos que julgam e raciocinam sobre tudo sem nada conhecerem? Será que o homem sensato pode ver sem desgosto esses ociosos, insuportáveis para si mesmos, que vão periodicamente desfilar de círculo em círculo o seu tédio e a sua inutilidade? Com que olhos se podem ver esses enfadonhos, esses misantropos repletos de fel e inveja, que não saem de seus covis a não ser para despejar o seu humor incômodo? Haverá algo mais apropriado para banir a alegria e a harmonia sociável do que esses espíritos contraditores, que adotam como princípio jamais concordar com a opinião de ninguém? Existirá um objeto mais digno da sátira do que esse jogo contínuo, feito para suprir a esterilidade das conversações de tantos seres que se entendiam porque não têm nada para dizer uns aos outros?

Porém, o sábio, cujo coração é sensível, é bem mais levado a representar o papel de Heráclito que o de Demócrito na sociedade. Esses defeitos e essas loucuras deixam de ser ridículos aos seus olhos e lhe parecem deploráveis quando ele vê que algumas puerilidades se tornam, nos seres frívolos que se ocupam unicamente delas, a fonte dos crimes mais destrutivos, das injustiças mais gritantes, das querelas mais trágicas. Geme-se e se para de rir, vendo que títulos inúteis, precedências, cargos, condecorações e brinquedos despertam a ambição e fazem surgir as intrigas, as maquinações surdas, as perfídias e os crimes de tantas crianças grandes, que de início não pareciam senão ridículas. É preciso verter lágrimas quando se vê que um tolo orgulho, disfarçado sob o nome de honra, faz que todos os dias seja derramado o sangue dessas crianças perversas, que deixam então de ser divertidas. Deve-se sentir uma indignação profunda ao ver que esse fausto impertinente, pelo qual tantas pessoas se distinguem, é causa da ruína de uma multidão de infelizes, cujos trabalho e indústria não lhes são pagos. Geme-se quando se reflete que esse jogo, feito para a distração dos ociosos, absorve algumas vezes as mais amplas fortunas. Por fim, não se ri mais dessas galanterias indecentes que perturbam para sempre a harmonia, a confiança e a estima, tão necessárias à conservação da paz doméstica.

As fraquezas, os defeitos e as extravagâncias dos homens os conduzem muitas vezes ao crime e ao infortúnio. Não há nenhum vício que não puna a si mesmo[113] e que mais cedo ou mais tarde não produza na sociedade desordens que uma alma sensível é forçada a deplorar.

Lamentemos, pois, os mortais por seus extravios, consequências necessárias do seu desatino, da sua inexperiência, das falsas ideias que eles fazem da felicidade e dos caminhos enganosos que eles tomam para chegar a ela. Viver com os homens é viver com seres dos quais a maior parte é fraca, cega e imprudente. Odiá-los seria somar a injustiça à desumanidade, seria atormentar-se sem proveito para os outros. Fugir dos homens seria privar-se das vantagens da vida social que, apesar dos seus defeitos, também nos oferece alguns encantos. Nenhum homem é gratuitamente perverso. Ele só faz o mal porque dele espera algum bem. Ele é malvado porque é ignorante, desprovido de reflexão, pouco previdente quanto aos efeitos necessários de suas ações. Detestar os homens por suas fraquezas e seus vícios seria detestá-los porque são dignos da mais terna piedade.

Amemos, portanto, os nossos semelhantes, a fim de atrair o seu amor. Não fujamos deles se podemos prestar-lhes auxílio. Não os revoltemos com um humor irascível. Exortemo-los à virtude mostrando a eles os seus encantos. Desviemo-los do vício desvelando a sua deformidade. Não insultemos as suas misérias, invencivelmente ligadas aos preconceitos de toda espécie que eles beberam desde a infância na taça do

---

113. "*Omnis stultitia laborat fastidio sui*" (Sêneca).

erro. Não façamos que percam a esperança declarando que seus males não têm remédio e que estão condenados a definhar para sempre. Antes, consolemo-los com a esperança de ver cessar seus padecimentos. Mostremo-lhes, nos progressos da razão e na verdade, o antídoto do veneno pelo qual os espíritos estão infectados. Que eles entrevejam tempos mais propícios, em que as nações, amadurecidas pela experiência, renunciarão enfim às suas cruéis loucuras e colocarão a virtude no templo que lhe pertence. É então quando ela estabelecerá a harmonia social, inspirando um espírito de paz a todos os povos do mundo, reunindo pelos mesmos interesses as nações e seus chefes, confundindo a felicidade do cidadão com a da pátria, fazendo que cada membro da sociedade sinta que seu bem-estar está ligado ao de seus semelhantes e que ele jamais deve se separar deles.

Mesmo que não seja permitido se entregar a esperanças tão vastas e tão sedutoras, que ao menos se possa acreditar que certos princípios buscados na natureza do homem serão adotados por alguns seres pensantes, aos quais tudo provará que a virtude é o único fundamento da felicidade pública e privada, ao passo que o vício aniquila a cada dia o bem-estar das nações, das famílias e dos indivíduos. Essas são as verdades que tentaremos desenvolver cada vez mais na sequência desta obra, na qual se encontrará a aplicação de nossos princípios aos homens considerados em suas diversas categorias sociais.

Parte II

Prática da moral

Seção Quarta – Moral dos povos, dos soberanos, dos poderosos, dos ricos etc.; ou deveres da vida pública e das diferentes categorias sociais

Capítulo I – Do direito das gentes ou da moral das nações e de seus deveres recíprocos

Até aqui, tratamos de estabelecer os princípios da moral com base na natureza do homem. Apresentando a análise e a definição das virtudes e dos vícios, fizemos sentir as vantagens inestimáveis das primeiras e as consequências deploráveis dos últimos. Esse exame nos deixou em condições de descobrir as motivações naturais mais capazes de incitar os homens ao bem e de desviá-los do mal, e essas motivações se acharam fundamentadas em seus próprios interesses. Por fim, fizemos conhecer a natureza e o objetivo da vida social e os deveres que ela impõe. Apliquemos agora os fatos ou as experiências morais que recolhemos às diferentes sociedades pelas quais a Terra está povoada. Examinemos os deveres do homem em suas diversas categorias sociais ou sob as variadas relações que ele pode ter com os seres de sua espécie. Comecemos por examinar os deveres recíprocos das nações que partilharam entre si as diferentes regiões de nosso globo.

O gênero humano inteiro forma uma vasta sociedade, da qual as diversas nações são membros espalhados sobre a face da Terra, iluminados e aquecidos pelo mesmo sol, cercados pelas águas do mesmo oceano, configurados da mesma maneira, sujeitos às mesmas necessidades, formulando os mesmos desejos, ocupados com o cuidado de se conservar, de obter o bem-estar e de afastar a dor. Como a natureza tornou semelhantes, nesse aspecto, todos os cidadãos do mundo, segue-se daí que a conformidade de sua essência os aproxima, faz com que existam relações entre eles, faz que eles ajam da mesma maneira e que suas ações tenham uma influência necessária sobre a sua existência, sobre a sua felicidade ou infelicidade recíprocas.

Desses princípios incontestáveis será necessariamente forçoso concluir que os povos estão ligados a outros povos pelos mesmos laços e pelos mesmos interesses; que cada homem, em uma nação ou sociedade particular, está ligado a cada um de seus concidadãos. Consequentemente, cada nação deve observar para com as outras nações os mesmos deveres e as mesmas regras que a vida social prescreve a cada indivíduo para com os membros de uma sociedade particular. Uma nação é obrigada, por seu próprio interesse, a praticar as mesmas virtudes que todo homem deve mostrar a seu semelhante, mesmo que seja um estrangeiro ou um desconhecido. Um povo deve a justiça a outro povo, ou seja, é obrigado a respeitar os seus direitos, as suas posses, a sua liberdade e o seu bem-estar, pela mesmo razão que todo povo quer que se respeitem essas coisas das quais ele mesmo desfruta. Se, como já provamos suficientemente, a justiça é a fonte comum de todas as virtudes sociais, deduz-se necessariamente que ela prescreve a cada povo que preste aos outros povos os auxílios humanitários, que lhes mostre benevolência, compaixão em suas calamidades, proteção em sua fraqueza, reconhecimento por seus serviços, sinceridade e fidelidade nas convenções recíprocas ou nos tratados. Deduz-se ainda dos mesmos princípios que, para manter a união e a paz, tão úteis à felicidade mútua das nações, um povo, visando a essas vantagens, deve mostrar generosidade aos outros povos, sacrificar à concórdia e à glória até mesmo uma porção de seus direitos e não fazer que os outros sintam o peso do seu orgulho e da sua superioridade. Enfim, ele não deve faltar com o respeito que os cidadãos do mundo estão no direito de exigir uns dos outros.

Os povos limítrofes, evidentemente, devem uns aos outros os bons ofícios e a assistência que se devem reciprocamente os vizinhos em uma mesma cidade. Os povos aliados – ou seja, unidos mais intimamente por alguns interesses comuns – são amigos e devem assim observar os deveres sempre sagrados da amizade. As nações distantes umas das outras devem-se ao menos, reciprocamente, a equidade e a humanidade, as quais nenhum habitante da Terra tem o direito de ignorar. As nações em guerra devem, por seu próprio interesse, pôr em seu ódio, em sua cólera e em suas vinganças os limites fixados pela equidade, pela justa defesa de si, pela humanidade e pela piedade, sempre feitas para retomar seus direitos sobre os homens racionais e para comovê-los com a sorte dos infelizes.

Tais são evidentemente os deveres que a natureza impõe às nações, assim como a todos os outros homens. Tais são os princípios do *direito das gentes* – que nada mais é, no fundo, do que a moral dos povos. Por falta de prestar atenção a algumas verdades tão claras, acreditou-se que a moral destinada a regular as ações dos particulares não era de maneira alguma feita para os povos ou para os chefes que os representam. Sustentou-se que os soberanos e os Estados estavam sempre em um *estado de natureza*, que constantemente se opôs ao estado social. Mas esse estado de natureza é visivelmente uma quimera, pura abstração. Sempre existiu uma família que, ao se multiplicar, fez surgir diversas famílias ou sociedades, das quais nasceram nações que escolheram soberanos. Jamais, como já provamos, o homem esteve isolado sobre a Terra. A partir do momento em que existiram diversas famílias, sociedades ou nações, estabeleceram-se entre elas algumas relações mais ou menos íntimas, em razão de suas posições e suas necessidades recíprocas. Essas relações e essas necessidades produziram alguns deveres, dos quais o conjunto é o objeto da moral.

Além disso, se a moral deve se basear na natureza do homem, ela deve convir a ele em seu estado de natureza e, por conseguinte, estar apta a regular a conduta das nações, mesmo no estado de natureza no qual se supõe que elas permanecem. Assim, sob qualquer ponto de vista a partir do qual se considere os homens, divididos em grandes ou pequenas massas, eles estão sempre sob o império da moral. As mesmas regras são feitas para obrigar a todos; eles estarão submetidos aos mesmos deveres; eles serão forçados a se conformar com isso, sob pena de incorrerem, mais cedo ou mais tarde, nos castigos vinculados pela própria natureza das coisas à violação de suas leis.

Os homens, separados ou em massa, são os mesmos em todos os tempos e em todos os lugares. As nações são suscetíveis às mesmas paixões e atormentadas pelos mesmos vícios que os indivíduos. Elas não passam, com efeito, de amontoados de indivíduos. Os costumes nacionais, os usos — bons ou maus — e as opiniões verdadeiras ou falsas dos povos nunca são senão os resultados seja da ignorância, seja da razão mais ou menos exercitada da maioria daqueles pelos quais um corpo político é composto. Um povo só é guerreiro porque as paixões da maioria estão voltadas para a guerra. Um povo só é comerciante porque os desejos da maioria estão voltados para as riquezas que o comércio proporciona. Um povo é altivo porque todos os cidadãos se orgulham do seu sucesso, da sua boa sorte, das suas riquezas etc. Um povo é injusto, desumano e sanguinário porque os homens que o compõem são criados e nutridos com alguns princípios insociáveis.

Comumente, são os legisladores e os chefes dos povos que formam neles as paixões, os gostos, os vícios, os preconceitos e as loucuras pelos quais os vemos atormentados. O bandoleiro Rômulo reuniu de todos os lados outros bandoleiros; eles formaram, para a desgraça da Terra, uma raça de bandoleiros ou de guerreiros que não conheceram outra virtude, outra honra e outra glória que não fosse oprimir ou vencer todos os povos do mundo. O ambicioso Maomé transformou um bando de árabes em furiosos, que adotaram como um princípio religioso conquistar e espalhar os delírios do Corão.

A glória vinculada em quase todos os países à conquista, à guerra e à bravura é visivelmente um resto dos costumes selvagens que subsistiam em todas as nações antes que elas fossem civilizadas. Quase não existem povos que já tenham se desenganado desse preconceito, tão fatal ao repouso do universo. As próprias sociedades, que melhor deveriam sentir as vantagens da paz, admiram as grandes façanhas, vinculam uma ideia nobre ao ofício da guerra e não têm pelas injustiças e os delitos que ela acarreta todo o horror que eles mereceriam.

O que é, com efeito, fazer a guerra (exceto no caso de uma justa defesa), a não ser a violação mais gritante dos direitos mais sagrados da justiça e da humanidade? Se um assassino, um ladrão ou um bandoleiro parecem homens detestáveis, que indignação não deveria provocar em todos os corações um povo conquistador que, para satisfazer sua ambição, para aumentar seus domínios, para saciar sua avareza, sua vingança e sua raiva – e, algumas vezes, para contentar os caprichos de sua vaidade –, faz perecer milhões de homens, inunda os campos de sangue, reduz cidades a cinzas, arrasa em um instante as esperanças do agricultor e, insolentemente estabelecido sobre os restos das nações e dos tronos, aplaude-se por seus crimes, glorifica-se pelos incontáveis males que fez o gênero humano sofrer? "Durante a guerra", diz Tucídides, "a avareza desperta, a justiça cai por terra, a violência e a força reinam, a devassidão tem um livre-curso, o poder está nas mãos dos homens mais malvados, os bons são oprimidos, a inocência é esmagada, as moças e as mulheres são desonradas, as terras são devastadas, as casas são queimadas, os templos são destruídos, os túmulos são violados... Por fim, a fome e a peste seguem constantemente os passos da guerra."

Tais são os jogos que servem de divertimento para alguns povos furiosos, guiados por chefes desprovidos de justiça e entranhas. Se alguma coisa parece dever colocar o homem abaixo do animal, é, sem dúvida, a guerra. Os leões e os tigres não combatem senão para saciar a fome. O homem é o único animal que, deliberadamente e sem causa, persegue a destruição de seus semelhantes e se felicita por ter exterminado muitos deles. Durante a longa duração da República romana, talvez seja muito difícil encontrar uma única guerra legítima. Se o romano feroz foi atacado por outros povos, foi comumente para puni-lo por alguma empreitada injusta, da qual ele próprio havia se tornado culpado em primeiro lugar.

Mas a natureza tem o cuidado de castigar, mais cedo ou mais tarde, esses povos odiosos que se declaram inimigos do gênero humano. Forçados a pagar suas conquistas e suas vitórias com o próprio sangue, eles necessariamente se enfraquecem; e as riquezas acumuladas pela guerra os corrompem e os dividem[1]. As guerras civis vingam as nações oprimidas. O povo inimigo de todos os povos é atacado por todos os lados, seu império se torna presa de cem nações bárbaras, cuja cólera as suas violências tinham provocado. Tal foi o destino de Roma, que, após ter despojado, arrasado e desolado o mundo conhecido, tornou-se enfim presa dos godos, dos visigodos, dos hérulos, dos lombardos etc.

Além disso, um povo continuamente em armas não pode desfrutar por muito tempo nem de um bom governo, nem de uma felicidade verdadeira e permanente. A guerra leva sempre ao desregramento. As leis se calam com o barulho das armas; alguns soldados insolentes acreditam que elas não são feitas para eles[2]. Os chefes se dividem, combatem uns

---
1. "[...] *Savior armis / Luxuria incubuit, victumque ulciscitur orbem* (Juvenal, *Sátira* VI, verso 292)."
2. "Vossa cidade", dizia Numa aos romanos, "está tão acostumada às armas, e de tal modo envaidecida por seus sucessos, que bem se vê que ela não quer senão crescer e comandar as outras. Seria, pois, ridículo querer ensinar um povo a servir aos deuses, a amar a justiça, a odiar a violência e a guerra, quando esse povo pede bem mais para seguir um general do que para obedecer um rei" (cf. Plutarco, *Vida de Numa Pompílio*).

aos outros, tornam-se senhores do Estado enfraquecido por atrozes convulsões. O vencedor, crendo assegurar sua conquista, torna-se tirano. Assim, o despotismo acaba de arruinar até nos seus fundamentos a felicidade pública. Ele aniquila com um mesmo golpe a justiça, a liberdade e as leis. Tal é comumente o recife no qual vão naufragar os estados que se embriagaram com a vaidade das conquistas! É assim que, por suas guerras injustas, todos os grandes povos da Terra não tiveram senão a glória fatal de se destruírem sucessivamente.

Um povo sempre em guerra não pode ser nem livre, nem bem governado. Diz o poeta Timóteo* que "Marte é o tirano, mas o direito é o soberano do mundo". Um povo incessantemente armado é um louco furioso que mais cedo ou mais tarde volta a sua raiva contra si mesmo. Não existe nenhuma nação que não tenha o máximo interesse na manutenção da ordem, da justiça e da paz[3]. As guerras frequentes são incompatíveis com o povoamento, a agricultura, o comércio, a indústria e as artes úteis, que são as únicas coisas que podem tornar os Estados afortunados. A guerra, pelas despesas que exige, oprime e desencoraja o cidadão laborioso, opõe-se à sua atividade, impõe entraves aos negócios, despovoa os campos e comumente arruína um reino para conquistar uma fortaleza ou uma província, que ela come-

---
* Timóteo de Mileto, poeta e músico grego que viveu entre os séculos V e IV a.C. (N. T.)
3. Plutarco chama de *divino* o amor que Nícias tinha pela paz (cf. *A Vida de Nícias*; cf. também a *Vida de Demétrios*).

ça normalmente por devastar antes de apoderar-se dela. Marco Aurélio dizia: "Eu prefiro conservar um único cidadão do que destruir mil inimigos". A economia do sangue dos homens é a primeira das virtudes que se deveria ensinar aos soberanos, ou forçá-los a praticar.

Se consultarmos os anais do mundo, veremos que a guerra foi em todos os tempos o princípio da ruína dos impérios mais formidáveis e que pareciam poder se gabar da mais longa duração. Os Estados mais vastos não proporcionam àqueles que cresceram injustamente senão a funesta vantagem de ter perpetuamente de combater novos inimigos, os vizinhos alarmados pelos projetos dos conquistadores ambiciosos. Nenhum país melhora a própria sorte por meio das mais vastas conquistas. O maior Estado é comumente o mais mal governado. Ao estenderem os seus limites, os reis jamais aumentaram seu poder real, nem a felicidade dos povos. "As longas guerras", diz Xenofonte, "nunca terminam senão com a infelicidade dos dois partidos." Agesilau, vendo a guerra do Peloponeso, tão fatal para todos os gregos, exclamou: "Ó desgraçada Grécia! Que fez perecer por si mesma tantos de seus cidadãos quantos seriam necessários para vencer todos os bárbaros[4]".

As nações belicosas têm a loucura de sacrificar aquilo que elas possuem à esperança incerta de dominar, de representar um grande papel, de crescer. As mais vastas monar-

---
4. Cf. Plutarco, *Ditos notáveis dos príncipes*.

quias, constituídas por guerras e vitórias, curvaram-se sob o peso da própria grandeza. Em poucas palavras, sob qualquer ponto de vista que se considere a guerra, ela é uma calamidade mesmo para aqueles que a fazem com mais sucesso. O vencido se desola, e logo também o seu vencedor[5]. Será que um império pode desfrutar de uma verdadeira prosperidade quando sua ambição é a causa de todos os cidadãos gemerem na miséria, ou se deixarem degolar para estender as suas fronteiras?

Embora os príncipes e os povos não pareçam até aqui ter se curado do furor que os leva à guerra, a humanidade, no entanto, há alguns séculos faz progressos com relação à maneira de fazê-la. Antigamente, os povos ferozes exterminavam sem piedade os vencidos que caíam em suas mãos – ou pelo menos faziam que eles sofressem o jugo de uma escravidão muitas vezes mais cruel do que a morte. Hoje em dia, a voz sagrada da humanidade se faz ouvir mesmo em meio aos combates, e costumes mais brandos fizeram abolir a escravidão. Chegou-se ao ponto de sentir que um inimigo era um homem, e que, para adquirir o direito de ser humanamente tratado nos revezes da fortuna, era preciso poupar os vencidos. Diz Tito Lívio: "É ser uma besta feroz

---

5. "*Flet victus, et victor interiti*" (Erasmo, *Adágios*). Plutarco atribui a decadência de Esparta à sua paixão por crescer e dominar a Grécia. Ele acrescenta que Licurgo estava bastante persuadido de que uma cidade que quer ser feliz não tem necessidade de conquistas (cf. Plutarco, *Vida de Agesilau*).

e não um homem acreditar que a guerra não tem direitos como a paz"[6].

As injustiças da guerra e as desgraças que a acompanham não serão, pois, bastante terríveis para que os homens reconheçam a necessidade de pôr alguns limites em seus furores? Eles escutam, em alguns aspectos, a natureza que lhes clama que existe infâmia em exercer sua crueldade contra um inimigo que não pode mais causar dano e que entrega as armas.

Cansados, enfim, de suas crueldades, de seus crimes e de suas loucuras, os povos terminam suas guerras por meio de tratados, que devem ser vistos como contratos ou compromissos recíprocos. A equidade, a boa-fé e a razão deveriam concorrer para fazer que fossem respeitadas essas convenções solenes, nas quais comumente as partes contratantes tomam o céu como testemunha de suas promessas. Porém, o céu não é capaz de se impor a alguns homens desprovidos de equidade. Esses tratados, comumente impostos pela força à fraqueza abatida ou surpreendida pela astúcia, são quase a todo momento eludidos ou rompidos. Não fiquemos de maneira alguma surpresos com o fato de a violência, a fraude e a má-fé presidirem normalmente todos os compromissos firmados por seres desprovidos de retidão. E quase sempre a justiça é forçada a aprovar a ruptura dos la-

---

6. "*Truculenta est fera, non homo, qui in bellis nulla esse belli, ut pacis, jura censet; sed quidvis tum licere judicat, neque ea jura sancte servat*" (Tito Lívio, *História*).

ços formados pela iniquidade. Apenas os homens equitativos e que agem de boa-fé podem adquirir alguns direitos que a justiça torne invioláveis e sagrados[7].

Essa ambição, tão vã e tão altiva, não tem vergonha, pois, de muitas vezes recorrer covardemente à mentira e à fraude para chegar aos seus fins! O perjúrio, a perfídia e a traição parecem meios honrosos para as grandes almas desses heróis que marcham para a glória! Não acreditemos nisso: os povos e os reis se desonram quando faltam com a boa-fé. Os trapaceiros descobertos terminam por não mais enganar; eles deixam em seus nomes nódoas inapagáveis aos olhos da posteridade. A melhor política para os príncipes e os povos, assim como para os cidadãos comuns, será sempre ser verdadeiro. Porém, para ser sincero e verdadeiro, é preciso ser equitativo. A iniquidade foi e sempre será obrigada a seguir caminhos oblíquos e tenebrosos, incompatíveis com a retidão e a sinceridade. Quem quer que tenha alguns projetos desonestos é forçado a empregar a astúcia, a se ocultar com cuidado, a recorrer de modo vil à fraude, à mentira e à trapaça.

Entre as paixões pelas quais os povos se encontram agitados, assim como os particulares, devem ser incluídas a avareza e a cupidez, que muitas vezes provocam brigas. Vemos

---

7. Plutarco, na *Vida de Pirro*, falando dos políticos injustos, diz: "A guerra e a paz, esses nomes tão respeitáveis, são para eles dois tipos de moeda dos quais se servem para os seus interesses, e nunca para a justiça. E eles ainda são mais louváveis quando fazem uma guerra aberta do que quando disfarçam com os santos nomes de justiça, de amizade e de paz aquilo que não passa de uma trégua de injustiças e de crimes".

nações, inebriadas por essa paixão abjeta, elaborarem o projeto ridículo, impraticável e injusto de atrair para suas mãos a exclusividade do comércio do mundo. Políbio observa, com grande razão, que "nos estados marítimos e dedicados ao comércio, nada parece vergonhoso quando dá lucro" – princípio capaz de aniquilar os costumes e a probidade; princípio que deve tornar cada cidadão injusto ou avarento; e que dispõe as almas à venalidade. Além disso, a cupidez dos povos parece perpetuamente punir a si mesma e frustrar as suas próprias intenções. Guerras e empreendimentos a todo momento, para aumentar a massa das riquezas nacionais, fazem realmente desaparecer aquelas que estavam adquiridas para obter outras imaginárias. Um povo avarento sacrifica continuamente seu bem-estar, seu repouso e sua comodidade à esperança de enriquecer. Ele se coloca na indigência para alcançar a opulência[8].

Além disso, essa opulência não tarda a conduzir a nação à sua ruína. Ela traz o luxo, que sempre arrasta atrás de si a inércia, a devassidão e os vícios de toda a espécie. A avi-

---

8. Eis aqui como um orador moderno pinta o quadro alegórico da política atual: "Um colosso sem proporções em sua enorme estatura. Sua cabeça excessiva ergue-se altivamente sobre um corpo ressecado... Seus pés apoiam-se sobre os dois mundos. Sua mão direita está armada com uma espada e na esquerda ela segura a caneta da finança e a balança do comércio. Impetuosa e sensível, um sopro a agita e a põe em convulsão. Todas as partes da Terra tremem aos seus menores movimentos. No entanto, fria em seu furor e metódica em suas violências, ela calcula ao combater. Ela avalia os homens como moedas e pesa o sangue como mercadorias" (cf. *Discurso sobre os costumes*, do sr. Servan).

dez foi e sempre será o princípio da destruição dos impérios. "Um Estado é infeliz quando contém cidadãos muito ricos ou muito ávidos de riquezas⁹." Platão recusou-se a dar leis aos cireneus, porque eram ricos demais. Quando os arcádios e os tebanos solicitaram uma legislação a esse mesmo filósofo, ele quis estabelecer maior igualdade entre eles. Porém, como os ricos se recusaram a consentir nisso, ele os abandonou à sua má sorte, às suas discussões internas, aos seus vícios. Um governo mostra sinais indubitáveis de imprudência e loucura quando inspira em seus súditos uma forte paixão pelas riquezas, cuja natureza é logo absorver todas as outras e fazer desaparecer todas as virtudes necessárias à sociedade.

Assim, as nações, do mesmo modo que os indivíduos, sofrem o castigo pelas paixões pelas quais se deixam cegar. Concluamos, portanto, que a moderação e a temperança são tão necessárias à conservação e à felicidade permanentes dos povos e dos impérios quanto dos particulares. Concluamos que a moral é feita para guiar os soberanos e as nações, e, por fim, que a política jamais pode, impunemente, separar os seus interesses dos da virtude, sempre útil aos homens, em qualquer aspecto no qual eles sejam considerados.

Assim, repito, a moral é a mesma para todos os habitantes do mundo. Os povos são obrigados a observar seus deveres uns para com os outros. Eles não podem violá-los sem

---

9. Este pensamento é de Avídio Cássio. Ele é relatado por Vulcácio Galicano em sua *Vida de Avídio Cássio,* cap. 13 (cf. *Historiae Augustae scriptores*, tomo I, edição Lugduni Batavorum [Leida], 1671).

prejudicar a si mesmos. A política externa, para ser sadia, não deve ser senão a moral aplicada à conduta das nações. "A política", diz muito bem o sábio tradutor de Plutarco, "não é digna de louvor senão quando ela é empregada pela justiça para obter um fim louvável[10]."

Se a razão pudesse se fazer ouvir pelos povos ou por aqueles que dirigem os seus movimentos, ela lhes diria para serem justos, para desfrutarem por si mesmos e deixarem os outros desfrutarem em paz do solo e das vantagens que o destino lhes concede; para renunciarem para sempre essas conquistas criminosas que atraem para os conquistadores o ódio do gênero humano; para amaldiçoarem essas guerras que reúnem ao mesmo tempo todos os flagelos pelos quais os homens possam ser atormentados; para não recorrerem, ao menos, a esses meios terríveis, a não ser que eles sejam indispensavelmente necessários à sua conservação, à sua segurança e à sua felicidade real; para gemerem com essas vitórias sangrentas compradas à custa do sangue, das riquezas e do bem-estar da pátria; para reunirem suas forças para reprimir os projetos desses povos inquietos ou desses reis ambiciosos que não encontram a glória senão em perturbar a tranquilidade alheia; para amarem a paz, sem a qual nenhum Estado pode ser florescente e afortunado; para sacri-

---

10. Cf. Dacier, *Comparação entre Alexandre e César*, p. 316. Ele diz em outra parte: "A política sadia ensina que mais vale conquistar os homens pela boa-fé do que se tornar senhor deles pelas armas" (cf. Dacier, *Comparação entre Phokion e Catão*, tomo VI, p. 551).

ficarem de bom grado a esse bem tão desejável alguns interesses frívolos, sempre indignos de serem comparados com ele; para agirem com franqueza; para respeitarem a boa-fé, que é a única que pode fazer nascer e manter a confiança; para renunciarem aos meandros de uma política tortuosa, igualmente penosa e desonrosa para os soberanos e para os povos, e que não serve quase nunca senão para eternizar as suas rixas sangrentas; para sufocarem para sempre esses ódios nacionais tão contrários aos sagrados direitos da humanidade e a essa benevolência universal que devem mostrar uns aos outros os seres da mesma espécie; para conterem em justos limites o amor pela pátria, que se torna um atentado contra o gênero humano a partir do momento em que ele se torna injusto e cruel; para cultivarem em sua terra os costumes, a agricultura, as artes úteis e agradáveis à vida; para fazerem florescer nela um comércio racional; para se defenderem de uma avidez inquieta e sempre insaciável; e, sobretudo, para se protegerem dos efeitos destrutivos do luxo, que aniquila constantemente o amor pelo bem público e pela virtude para erguer sobre as suas ruínas os vícios, a venalidade, a injustiça, a rapina, a dissolução e a indiferença pela felicidade geral – em poucas palavras, as disposições mais contrárias à felicidade da sociedade.

Tais são, em poucas palavras, as verdades e as lições que a moral ensina a todas as nações da Terra. Tais são os princípios da verdadeira política, que nada mais é que a arte de tornar os homens felizes. Esses princípios são conhecidos e sentidos por todos os príncipes esclarecidos. Tudo lhes prova que os seus interesses reais, a sua glória genuína, a sua verdadeira grandeza, a sua própria conservação e a sua segurança estão inseparavelmente ligados ao bem-estar e às virtudes dos povos.

Falam-nos incessantemente da *glória das nações*, da *honra das coroas*. Essa glória não pode consistir senão em um governo que torne os povos afortunados, na felicidade pública. Essa honra consiste em merecer a estima das outras nações.

Os povos se desonram e se tornam condenáveis aos olhos dos outros povos pelos mesmos crimes e pelas mesmas ações que tornam os indivíduos odiosos ou desprezíveis. Os atentados, as perfídias e as iniquidades dos soberanos recaem quase sempre sobre as nações, que são consideradas cúmplices dos excessos aos quais não são vistas recusando-se a se prestar. Eis aí como povos inteiros adquirem muitas vezes a reputação de serem turbulentos, desumanos, velhacos e sem fé. Eles perdem a confiança e atraem a indignação, o ódio e o furor das outras sociedades. Um governo que falta aos seus compromissos, que viola as suas promessas – seja para com seus súditos, seja para com os estrangeiros –, não difere em nada de um falido, ou de um pródigo insensato e patife que arruína os seus credores. Ele aniquila o seu crédito, ele se priva de recursos, ele autoriza a fraude e a má-fé de seus súditos; ele os torna suspeitos uns aos outros e desprezíveis aos olhos de todos os povos do mundo. É dos soberanos que depende a boa ou a má reputação das nações, que deveriam ser infinitamente ciosas da sua honra e da sua verdadeira glória, nas quais todos os cidadãos estão fortemente interessados. Os povos, assim como os particulares, fazem que a sua grandeza e a sua glória consistam no poder de causar dano, de fazer a lei para os outros, de reunir uma grande massa de riquezas e de ser injustos impunemente. Em poucas palavras, o orgulho nacional consiste em uma tola vaidade, ao passo que deveria consistir na equidade, na probidade, em um governo sábio que proporcionasse a felicidade e a liberdade, sem as quais um povo não tem nenhuma razão para se orgulhar ou para se preferir aos outros[11].

Os homens aprovam sem exame e por hábito, ou procuram imitar, aquilo que eles, desde a infância, ouviram ser louvado e celebrado. Tal é a fonte ordinária dos preconceitos nacionais dos quais o vulgo está imbuído e dos quais as pessoas mais sábias têm muitas vezes dificuldade para se desfazer totalmente. Nada é mais apropriado para corromper o espírito e o coração dos príncipes e dos povos do que a veneração pouco racional que se inspira comumente à juventude pelos grandes homens, os guerreiros, os conquistadores da Antiguidade, que quase sempre ignoraram todos os princípios da moral. Alguns professores imprudentes não falam senão com ênfase dos gregos e dos romanos, que eles vos fazem considerar modelos de sabedoria, de virtude e de polí-

---

11. Agesilau, ao ouvir o rei da Pérsia ser chamado de *o grande rei*, exclamou: "Mas como? Será que ele é maior do que eu, se não é mais justo e mais virtuoso?" (cf. Plutarco, *Ditos notáveis dos lacedemônios*).

tica. Ensina-se, desde a mais tenra idade, a reverenciar como virtudes a coragem fogosa, a ferocidade bárbara, os atentados bem-sucedidos, sejam dos heróis fabulosos cantados pelos poetas, sejam dos grandes capitães que subjugaram nações e tornaram as suas famosas. Representam-se como homens divinos e raros os lacedemônios ferozes, injustos e sanguinários; os atenienses muitas vezes manchados por crimes; e, sobretudo, os romanos sempre prontos a violar os direitos mais sagrados da humanidade e a sacrificar todos os habitantes da Terra à insaciável pátria que ordenava os seus delitos.

Graças a essas instruções fatais, os homens se acostumam a ter respeito pela violência, pela injustiça e pela fraude, a partir do momento em que elas são úteis ao seu país. Os soberanos se creem grandes quando são bastante fortes para cometerem grandes crimes diante do universo; os povos imaginam estar cobertos de glória quando foram os instrumentos abjetos das iniquidades de seus chefes, que logo se tornam seus tiranos. De acordo com essas ideias, não há quase ninguém que não admire ou não justifique o macedônio furioso cuja temeridade criminosa derrubou o trono dos persas; reverenciam-se os Emílios; se é tomado de veneração pelo simples nome do destruidor de Cartago; aplaude-se em um César o gênio e os trabalhos que, depois de terem regado as Gálias de sangue, puseram-no em condição de acorrentar seus concidadãos.

É assim que, nos soberanos e nos súditos, vemos perpetuar a ambição, a paixão de representar um grande papel, o furor de fazer os seus vizinhos tremerem, a loucura das conquistas. Os exemplos de tantos pretensos heróis fazem brotar de século em século alguns insensatos e perversos que transmitem seu frenesi a seus povos imprudentes, e que, certos de serem aplaudidos, ilustram-se com alguns delitos que são chamados de façanhas. Encorajados pelos elogios dos poetas e do vulgo imbecil, os príncipes não se creem poderosos senão por terem feito muito mal ao gênero humano; e os povos se creem estimáveis quando tiveram a honra de auxiliar com coragem os seus infames projetos. A grandeza, na opinião da maioria dos homens, consiste na funesta vantagem de fazer muitos infelizes.

Longe de nos fazer admirar alguns povos destrutivos que assolaram a Terra, a história deveria mostrar que as nações injustas jamais trabalharam senão para forjar grilhões para si mesmas. As conquistas fazem tiranos, jamais fizeram povos afortunados. Leis sábias, apoiadas pela vontade constante das nações, deveriam atar para sempre as mãos desses potentados fogosos que, pouco capazes de se ocupar com o bem-estar de seus próprios súditos, só pensam em fazer que seus vizinhos sintam seus golpes. Para ser grande e respeitável, um povo deve ser feliz; nem os seus exércitos, nem as suas riquezas, nem a extensão de suas províncias proporcionam-lhe uma verdadeira felicidade, que não pode ser senão o efeito de suas virtudes. Uma nação será sempre poderosa e respeitada quando ela for composta de cidadãos reunidos em torno de chefes virtuosos. Uma nação guerreira, turbulenta e ávida dos bens alheios torna-se objeto do ódio universal e termina mais cedo ou mais tarde por sucumbir sob os esforços dos inimigos que ela fez.

Capítulo II – Deveres dos soberanos

Governar os homens é ter o direito de empregar as forças entregues pela sociedade nas mãos de uma ou várias pessoas para obrigar todos os seus membros a se conformar aos deveres da moral. Esses deveres, como já provamos anteriormente, estão contidos no pacto social, por meio do qual cada um dos associados se compromete a ser justo, a respeitar os direitos dos outros, a prestar-lhes os auxílios de que é capaz e a colaborar com todas as suas forças para a conservação do corpo social, sob a condição de, em troca da sua obediência e da sua fidelidade em cumprir com os seus deveres, a sociedade lhe conceder proteção para a sua pessoa e para os bens que sua indústria e seu trabalho possam legitimamente lhe proporcionar.

De acordo com os princípios difundidos nesta obra, é evidente que esse pacto compreende todos os deveres da moral, visto que ele compromete cada cidadão a se conformar às regras da equidade, que é a base de todas as virtudes sociais, e a se abster de todos os crimes ou vícios, que são, como vimos, violações mais ou menos manifestas desse contrato feito para ligar todos os membros da sociedade.

Porém, como as paixões dos homens fazem quase sempre que eles percam de vista os seus compromissos, ou como a sua leviandade faz quase sempre que eles esqueçam de que o próprio bem-estar está relacionado ao de seus associados, foi necessária, em toda a sociedade, uma força sempre subsistente, que zelasse por todos os membros do corpo político e que fosse capaz de reconduzi-los incessantemente ao respeito pelos deveres que eles parecem negligenciar. Essa força se chama *governo*. Ela pode ser definida como a força da sociedade destinada a obrigar seus membros a cumprirem os compromissos do pacto social. É por meio das leis que o governo exprime a vontade geral e prescreve aos cidadãos as regras que eles devem seguir para a conservação, a tranquilidade e a harmonia da sociedade.

A autoridade do governo é justa porque ela tem como objetivo proporcionar a todos os membros da sociedade algumas vantagens que seus desejos irrefletidos, seus interesses mal entendidos e discordantes, sua inexperiência e sua fraqueza os impediriam de obter por si mesmos. Se todos os homens fossem esclarecidos ou racionais, eles não teriam nenhuma necessidade de ser governados. Porém, como eles ignoram ou parecem desconhecer a finalidade que devem se propor e os meios de chegar a ela, é preciso que o governo, apresentando-lhes a razão pública expressa pela lei, recoloque-os no caminho do qual eles poderiam se desviar. "O magistrado", diz Cícero, "é uma lei falante[12]."

---

12. "*Vere dici potest magistratum legem esse loquentem; legem autem, mutum magistratum*" (Cícero, *Das leis*, livro III, cap. I).

Conforme as variadas circunstâncias e suas necessidades diversas, as nações deram diferentes formas a seus governos: umas entregaram a autoridade pública nas mãos de um único homem, e esse governo é chamado de *monarquia*; outras depositaram o poder da sociedade nas mãos de um número maior ou menor de cidadãos eminentes por suas virtudes, seus talentos, suas riquezas e seu nascimento, e esse governo é chamado de *aristocracia*. Outras conservaram a autoridade integral; então, o povo governa a si mesmo, ou ao menos através de alguns magistrados de sua escolha: esse governo foi chamado de *democracia*. Outras nações fizeram uma mistura dessas diferentes maneiras de governar; elas acreditaram achar vantagens em combinar as três formas de governo das quais acabamos de falar; essa mistura produziu aquilo que se chama de um governo *misto*. Chama-se de governo *absoluto* aquele cujos direitos a nação não limitou por meio de algumas convenções expressas. É chamado de *limitado* aquele cuja autoridade é restrita por regras expressas, impostas pela nação àqueles que a governam. Os depositários da autoridade social são chamados de *soberanos*, qualquer que seja a forma de governo adotada por uma sociedade.

Alguns especuladores discutiram inutilmente e por muito tempo para saber qual era a melhor forma de governo, ou seja, a mais conforme ao bem das sociedades, a mais capaz de proporcionar a felicidade às nações. Porém, o objetivo de todo governo é sempre o mesmo; ele não pode ser senão a conservação e a felicidade da sociedade governada. Seus direitos são sempre os mesmos, independentemente da forma que lhe seja dada, visto que apenas a equidade pode conferir direitos reais e válidos. Sua autoridade, quer tenha alguns limites prescritos, quer se tenha esquecido de fixá-los, está sempre igualmente temperada ou limitada pela vantagem que deve proporcionar à sociedade sobre a qual é exercida. Uma autoridade exercida sem proveito para a sociedade, ou que seja contrária aos seus interesses e à sua vontade, mudaria de natureza e não seria nada além de uma usurpação manifesta, uma tirania à qual a sociedade só poderia ser submetida pela violência, que jamais pode conferir direitos.

Todas as formas de governo são boas quando são conformes à equidade. Todo soberano exerce uma autoridade legítima quando, conformando-se ao objetivo invariável da sociedade, ele próprio respeita religiosamente e faz todos os cidadãos respeitarem, sem distinção, os compromissos do pacto social, do qual ele é o guardião e o depositário. O soberano absoluto pode fazer tudo aquilo que quiser, mas não deve querer nada além do que é conforme ao bem da sociedade, cuja salvação é a lei primitiva e fundamental que a natureza impõe a todos aqueles que governam os homens. Plutarco diz: "A boa cidade é aquela onde os bons comandam e onde os maus não têm nenhuma autoridade".

"Nem o próprio Júpiter", diz o mesmo filósofo, em outra parte, "pode governar bem sem justiça." No entanto, muitas vezes se discutiu, e ainda se discute, para saber se o soberano absoluto deve estar submetido às leis e se ele está preso aos compromissos do contrato social, que servem para ligar todos os membros do corpo político. Mas como seres racionais poderiam seriamente discutir para saber se o soberano – unicamente destinado a manter a justiça, a conservar os direitos de cada um e de todos e a zelar incessantemente pelo bem público – é obrigado a ser justo e a cumprir as condições que, ainda que jamais tivessem sido expressas, estão evidentemente contidas no poder que ele exerce na sociedade? Será possível, de boa-fé, duvidar que um soberano, o chefe de uma nação, que esteja ligado ao corpo político do qual ele é a cabeça, possa dispensar o tronco ou os membros e não sinta os golpes pelos quais eles são afetados? Será possível pôr em questão se alguns homens reunidos por suas necessidades mútuas para desfrutarem em segurança das vantagens da vida social, para serem protegidos das paixões de seus semelhantes, podem algum dia conceder a seus chefes o direito de aniquilar para eles todos os benefícios em vista dos quais eles vivem em sociedade? Enfim, as nações teriam podido, sem loucura, conferir àquele, ou àqueles, que elas tornaram depositários de seus direitos o direito de torná-las constantemente infelizes? Montaigne diz que "a jurisdição não se dá absolutamente em favor do judiciante, mas em favor do judiciado"[13].

---

13. Cf. os *Ensaios* de Montaigne, livro III, cap. 6: "Que aqueles, pois, que elevam a autoridade dos soberanos até o ponto em que ousem dizer que não têm outro juiz além de Deus façam o que fizerem, me mostrem que algum dia tenha havido uma nação que conscientemente, e

Assim, sob qualquer ponto de vista que se considere a autoridade soberana, ela está sempre submetida às leis imutáveis da equidade; destinada a conservá-las, ela não pode infringi-las sem degenerar em tirania. As leis que ela prescreve devem ser justas, em conformidade com a natureza do homem em sociedade. As leis positivas não podem jamais ser opostas às leis da natureza; elas não devem ser nada mais que essas leis aplicadas às necessidades, às circunstâncias e aos interesses específicos dos povos aos quais são destinadas. Elas não podem, em nenhum caso, chocar-se com a felicidade pública, elas são feitas para assegurar. Daí decorrem evidentemente todos os deveres dos soberanos.

---

     sem temor ou força, tenha se esquecido de si mesma até chegar a ponto de se submeter à vontade de algum soberano sem essa condição expressa e tacitamente entendida de ser justa e equitativamente governada... Ainda que um povo, conscientemente e por sua plena vontade, consentisse em alguma coisa que por si mesma é manifestamente irreligiosa e contra o direito natural, tal obrigação não pode valer... Certamente, seria uma coisa muito iníqua não conceder a toda uma nação aquilo que a equidade outorga aos cidadãos particulares, como os menores, as mulheres, aqueles que têm o senso afetado e aqueles que são enganados em mais da metade do justo preço – sobretudo se é evidente a má-fé daquele a quem tais pessoas estão obrigadas... Será que os povos são escravos? Pelo direito romano, o escravo que, estando doente, não for provido por seu senhor, é considerado liberto... Certamente, aquilo que eles alegam, que um rei não está sujeito às leis, não pode nem deve ser geralmente entendido assim como cantam os aduladores dos reis e arruinadores de reinos... Deduz-se daí, necessariamente, ou que os reis não são homens, ou que eles são obrigados às leis divinas e humanas ou naturais" (cf. o livro *Do direito dos magistrados sobre os súditos*, publicado em 1550*).

*   Trata-se, muito provavelmente, do livro do teólogo calvinista Teodoro de Beza: *Do direito dos magistrados sobre os seus súditos*, publicado em 1574. (N. T.)

No capítulo precedente, vimos os deveres dos povos e de seus chefes para com os outros povos. Vamos agora dar uma rápida olhada nos deveres desses chefes para com as nações que eles governam; e tudo nos provará que a moral prescreve aos príncipes as mesmas regras e os mesmos deveres que aos membros mais obscuros da sociedade; que a autoridade suprema nada mais faz do que estender esses deveres indispensáveis a um maior número de objetos. Se cada cidadão, na esfera estreita que o rodeia, é obrigado, por seu próprio interesse, a mostrar algumas virtudes, o soberano é obrigado, na vasta esfera em que atua, a manifestar com mais energia as virtudes da sua condição. Suas ações influem não somente sobre a sua nação, mas também sobre os outros povos da Terra. Os crimes e vícios do cidadão comum têm efeitos limitados, ao passo que os vícios e os defeitos dos príncipes produzem o infortúnio dos homens que vivem e das raças futuras. Leis ruins, resoluções imprudentes e atitudes precipitadas são quase sempre seguidas de infelicidades que são transmitidas à posteridade mais remota.

"A virtude deve ser comum ao lavrador e ao monarca", diz Confúcio. A virtude primitiva e fundamental do soberano, assim como do cidadão, deve ser a justiça. Ela é suficiente para lhe mostrar todos os seus deveres e traçar a rota que ele deve seguir. A justiça dos reis só difere da do cidadão porque ela se estende mais longe. O soberano tem relações não somente com o seu povo, mas também com os outros povos da Terra. Sua ambição, regulada pela justiça, se acha satisfeita a partir do momento em que ele comanda alguns súditos felizes. Ele não busca apoderar-se das províncias alheias, porque acha que um príncipe é bastante grande quando reina sobre uma nação que lhe é muito apegada. O monarca humano e justo treme com a simples palavra *guerra*, porque, mesmo acompanhada dos mais brilhantes sucessos, ela não serve senão para arruinar e despovoar um Estado. Ele é fiel a seus tratados, porque a equidade e a boa-fé lhe darão ascendência sobre alguns políticos velhacos de quem o universo inteiro logo se torna inimigo. O bom príncipe é pacífico, porque é na paz que ele pode trabalhar livremente pela felicidade dos cidadãos.

É no seio da tranquilidade que o soberano verdadeiramente grande pode mostrar sua sabedoria, seus talentos e seu gênio. Semelhante ao astro diurno, cujos raios iluminam e fecundam todo o globo, o príncipe justo vivifica todas as corporações, as famílias e os indivíduos da sociedade. Com mão firme, ele mantém o equilíbrio entre todos os seus súditos. A prevenção, o favor, a amizade e mesmo a piedade não o impedem, de maneira alguma, de manter invariavelmente as regras da equidade, que coloca em uma mesma linha o forte e o fraco, o grande e o pequeno, o rico e o indigente. A beneficência e a sensibilidade do príncipe não se detêm em alguns indivíduos; elas abarcam o conjunto do Estado, o povo inteiro. Sua piedade o comove, não com os lamentos da cupidez que o engana, mas com a miséria mais real de uma multidão que ele não vê e com as lágrimas dos infelizes que muitas vezes procuram esconder dos seus olhos. Somente uma justiça inquebrantável constitui a beneficência e a piedade de um monarca, aos olhos do qual todo o seu povo deve estar sempre presente. Ele está seguro de que os ricos e os poderosos abrirão caminho para chegar ao pé do trono, mas ele teme não ouvir os gritos do inocente e do pobre. Os direitos, a liberdade, os bens e os interesses de todos lhe parecem mais respeitáveis do que as pretensões e os pedidos dos cortesãos que o rodeiam. Ele não concede a ninguém o direito funesto de oprimir, porque ele sabe que não poderia, sem crime, atribuí-lo a si mesmo. Ele sabe que é o defensor, e não o proprietário dos bens de seus súditos. Ele sabe que um imposto é um roubo quando não tem como objetivo a conservação do Estado. Ele sabe que uma lei, que um édito, nunca tornarão legítima uma violação manifesta dos direitos do cidadão. Ele reconhece que os tesouros do Estado são do Estado, e não podem, sem traição, ser consagrados aos seus próprios prazeres. Ele sabe que o seu próprio tempo não é mais dele, mas pertence ao seu povo, ao qual ele deve todos os seus cuidados. Ele condenaria em si próprio, como crimes, uma vida inerte, indolente e dissipada, e divertimentos ruinosos para o seu país. Ele sabe que a vida de um soberano é penosa e laboriosa, e não deve de maneira alguma ser unicamente destinada aos prazeres. Ele se abstém, sobretudo, daqueles que tenderiam evidentemente a corromper os costumes de seu povo, porque ele sabe que um povo sem bons costumes não pode ser bem governado. Ele sabe, enfim, que é responsável pela conduta daqueles que ele encarrega dos detalhes da administração; que os crimes deles tornar-se-ão seus, e que ele próprio sofreria com as suas negligências. Ele anula, portanto, esses privilégios injustos que elevam seus favoritos acima das leis e que lhes permitem empregar seu prestígio e sua força para esmagar a inocência. Ele não acredita que todo o seu povo erra quando se queixa das opressões de um vizir. Seu favor desaparece a partir do momento em que se trata da justiça; ou antes, seu favor e seus benefícios são guiados por essa mesma justiça, que lhe mostra os cidadãos mais úteis, mais virtuosos e mais eminentes pelo seu mérito como os únicos dignos das recompensas, dos cargos e das graças. Quem quer que ouse perturbar com os seus crimes a felicidade pública, independentemente da posição social que ele ocupe, é entregue à severidade das leis; quem quer que se desonre por suas ações é punido com a desgraça; quem quer que cumpra negligentemente os deveres que lhe competem é privado de seu posto, que a equidade não atribui senão aos súditos capazes de ocupá-lo dignamente. Enfim, um soberano inviolavelmente ligado à justiça corrige a todo momento o vício, mostrando-lhe um rosto severo, e fortalece a virtude, chamando-a para as honrarias.

A moral será sempre inútil enquanto suas lições não forem apoiadas pelo exemplo e pela vontade dos soberanos[14]. Os povos serão corrompidos enquanto os chefes que regu-

---

14. *"Rex velit honesta, nemo non eadel volet"* (Sêneca, *Thieste*).

lam seus destinos não sentirem o interesse que eles próprios têm em ser virtuosos. É em vão que a religião ameaçará os mortais com a cólera do céu para desviá-los dos seus vícios e da sua maldade. É em vão que ela lhes prometerá as recompensas inefáveis de outra vida para incitá-los à virtude. A voz poderosa dos reis, as recompensas e os castigos da vida presente serão sempre os meios mais eficazes para fazer agir os seres ocupados com seus interesses atuais e que não pensam senão debilmente em sua sorte futura. A moral mais bem demonstrada bem pode convencer os espíritos de um pequeno número de pensadores; mas ela não influirá sobre as ações de todo um povo a não ser quando tiver recebido a sanção da autoridade suprema.

Todo príncipe amigo da justiça pode, mesmo sem esforço, restabelecer seus súditos em seus deveres, fazer que eles os pratiquem com alegria, encorajar o mérito e os talentos e reformar os costumes. Os homens conferem tão alto valor ao favor de seus senhores, ficam tão perturbados com a ideia de desagradá-los, nós os vemos de tal modo diligentes em merecer a sua benevolência, que a virtude do príncipe é suficiente para fazer reinar em pouco tempo a virtude em seu império e para estabelecer com ela a felicidade pública, que será sempre a sua companheira inseparável.

Tal é o objetivo a que parece se propor um monarca ainda jovem, que o destino favorável vem, para a felicidade de seus súditos, colocar no trono de seus pais. Cheio de sabedoria na idade da dissipação e dos prazeres, esse príncipe já voltou os olhos para os costumes por tanto tempo desprezados. Penetrado pelos sentimentos da equidade, seu coração já fez manifestar-se o desprendimento, a fidelidade nos compromissos e o desejo de aliviar um povo infeliz. Inimigo da opressão, ele baniu de sua presença os instrumentos detestados do despotismo e os autores das calamidades públicas. Desenganado das futilidades do luxo, ele mostrou sua aversão por esse mal tão perigoso em um Estado. Enfim, a aurora de um novo reinado parece prometer a todo um povo, entorpecido em longas trevas, a luz mais serena.

Recebe, ó, Luís XVI!, a homenagem pura e desinteressada de um desconhecido que te reverencia. Continua, príncipe verdadeiramente bom, a merecer a ternura de um povo sociável, dócil e submisso mesmo à autoridade mais dura. Que, por tuas mãos generosas, os grilhões do despotismo sejam partidos. Que as portas dessas prisões, que tantas vezes foram a morada da inocência oprimida, sejam para sempre fechadas. Depois de ter restabelecido a justiça em seu santuário, aniquila essas leis bárbaras, essa jurisprudência obscura e tortuosa, essas fórmulas arbitrárias, esses costumes quase sempre contrários à natureza e desoladores para os súditos. Torne-se o legislador de um grande povo; seja o *restaurador* de uma nação ilustre, o reformador de seus costumes, o criador de sua felicidade. Reprima a tirania do prestígio e do poder, a rapacidade do cobrador de impostos, as cabalas e as querelas do fanatismo, os excessos da opulência, as loucuras de um luxo destrutivo e as impudências da devassidão. Faça que a licenciosidade seja sucedida por uma liberdade legítima, tão útil aos soberanos quanto aos súditos. Estabeleça para todos os cidadãos a segurança, que põe o pobre ao abrigo de toda violência. O pobre é teu súdito; é ele que trabalha para ti e para os poderosos que te rodeiam. O pobre tem o máximo direito à tua justiça, à tua proteção e à tua bondade. Assim, sendo tu mesmo justo, ó, príncipe!, não permita que nenhum dos teus seja oprimido. Que teus olhares irritados afastem os cortesãos perversos, o homem injusto, o adulador interesseiro, o delator odioso*, o devasso que se degrada, o dissipador irrefletido, o devedor que retém o salário do cidadão, o insensato que se desvia do bom caminho por uma vaidade ruinosa. Pune o crime com a lei, em qualquer condição social que ele se encontre; mostra desprezo pelo vício; recompensa o mérito, os talentos e a virtude; convoca-os para os teus conselhos, junto da tua pessoa – assim, tu serás verdadeiramente grande e poderoso; teu povo será próspero e tu serás querido pelos teus súditos, respeitado pelos teus vizinhos e admirado pela posteridade.

Se essa conduta de um sábio monarca desagrada alguns cortesãos perversos, alguns poderosos orgulhosos, alguns homens corrompidos que desejam tirar proveito dos vícios e das fraquezas de seus senhores, ela despertará o entusiasmo de um povo inteiro, que não cessará de abençoar um sobe-

---

* Na edição de 1820, os adjetivos estão trocados. Nela, temos "o adulador odioso, o delator interesseiro". (N. T.)

rano cujos benefícios se farão sentir por toda a sociedade. Tal príncipe se tornará o ídolo dos cidadãos; seu nome só será pronunciado com arroubos de ternura; cada um de seus súditos o verá como seu protetor e pai, e viverá diante dos olhos dele como no seio de sua família. Seus preciosos dias serão defendidos por sua nação interessada em conservar nele o penhor da sua felicidade. Agásicles, rei de Esparta, dizia que "um rei não tinha necessidade de guardas quando governava seus súditos como um pai governa seus filhos". Plínio diz a Trajano que "um príncipe nunca é mais fielmente guardado do que pela sua inocência e pela sua virtude".

Um soberano benfazejo ou bom não é aquele que esbanja sem escolha os tesouros do Estado com o bando esfaimado pelo qual está cercado. Um príncipe clemente não é aquele que perdoa os atentados cometidos contra o seu povo. Um monarca indulgente não é aquele que espalha favores por alguns cortesãos e alguns favoritos sem mérito: é aquele que recompensa justamente o mérito. Um príncipe, quando é justo, não concede nenhuma graça ou favores gratuitos. Todos os seus benefícios nada mais são do que atos de equidade por meio dos quais ele paga as vantagens proporcionadas à sua nação, em nome e à custa da qual as dignidades, as pensões e as honrarias são distribuídas. Um soberano digno de amor não é um homem dócil, um pateta que se deixa guiar como cego por seus favoritos ou seus ministros. Um potentado respeitável não é aquele que se distingue por uma etiqueta orgulhosa, por enormes despesas, por um luxo desenfreado e edificações suntuosas.

O soberano verdadeiramente bom é aquele que é bom para todo o seu povo, que respeita os seus direitos, que se serve de seus tesouros com economia para incentivar o mérito e os talentos necessários à felicidade do Estado. Um príncipe clemente para com os culpados é cruel para com a sociedade. Um antigo dizia que perdoar os maus é perder os bons. Um soberano que se deixa guiar por alguns cortesãos aduladores nunca conhece a verdade e tolera que tornem os seus súditos infelizes. Um monarca orgulhoso, que faz que a glória consista apenas em um vão aparato, em seus esbanjamentos ruinosos, em uma magnificência sem limites, em prazeres custosos e em conquistas, é um soberano cuja alma mesquinha não conhece a glória que somente a virtude pode conceder. Diz Plínio a Trajano: "Bem mais honroso para a memória de um príncipe passar para a posteridade por ter sido bom do que por ter sido feliz". Será que um príncipe pode se crer feliz quando seus súditos estão mergulhados na miséria? Um soberano não pode ser poderoso e afortunado a não ser quando baseia a sua grandeza e a sua potência na liberdade e na felicidade de seu povo.

Vendo a conduta da maioria dos príncipes, diríamos que a sua posição não os obriga a nada. Acreditaríamos que eles não estão sobre a Terra senão para arrasá-la, sujeitá-la, devorar os povos ou para se divertir incessantemente, sem fazer nada de útil pelas nações. Será que reinar é, portanto, entregar as rédeas do império a alguns favoritos, enquanto aquele que deveria governar vive em uma vergonhosa ociosidade ou não pensa senão em distrair seu tédio com alguns prazeres quase sempre vergonhosos, com festas ruinosas e construções inúteis, que custam lágrimas a todo um povo ocupado em satisfazer os vícios e a vaidade de um chefe pouco disposto a fazer algo por ele?

Uma tola vaidade estaria apta a entrar no coração de um monarca? Um sentimento tão pequeno não estaria deslocado em uma alma verdadeiramente nobre? A verdadeira grandeza dos reis consiste na felicidade dos povos; seu verdadeiro poder consiste na afeição desses povos; sua verdadeira riqueza consiste na comodidade e na atividade de seus súditos; sua verdadeira magnificência consiste na abundância que eles fazem reinar. É nos corações das nações que os príncipes devem erigir seus monumentos, bem mais agradáveis e mais dignos de admiração do que essas construções soberbas feitas à custa da felicidade nacional. As pirâmides do Egito, que ainda subsistem, os monumentos da Babilônia, que já não existem mais, e os palácios em ruínas dos tiranos de Roma só evocam no espírito a loucura daqueles que os construíram. Montaigne diz, com muitíssima razão, que "é uma espécie de pusilanimidade dos monarcas e um testemunho de que eles não conseguem sentir bastante aquilo que são trabalhar para se valorizar por meio de despesas excessivas"[15]. "O maior rei", diz Zoroastro, "é aquele que torna a terra mais fértil[16]."

Aqueles que estão encarregados da educação dos príncipes, em vez de lhes mostrar a glória na guerra, nas conquistas injustas, em um fausto deslumbrante e em despesas frívolas, deveriam habituá-los desde a infância a combater suas paixões e seus caprichos, e lhes propor a conquista de seus súditos como o objetivo ao qual todos os seus desejos devem se voltar. Em vez de empedernir os príncipes, em vez de lhes ensinar a desprezar os homens, seus preceptores deveriam comover sua imaginação com a pintura tocante das misérias às quais tantos milhões de seus semelhantes estão condenados para fazer que eles próprios vivam no luxo e no esplendor. Os povos e seus senhores seriam bem mais felizes se, em vez de persuadir esses últimos de que são deuses ou seres de uma ordem superior ao resto dos mortais, lhes repetissem incessantemente que são homens e que, sem esse povo desprezado, eles próprios seriam muito infelizes.

Carnéades dizia que "os filhos dos príncipes não aprendem nada com mais cuidado do que a arte de montar a cavalo; porque, em qualquer outro estudo, todos lhe cedem o lugar, ao passo que um cavalo não é nada cortesão: ele derruba no chão tanto o filho de um rei quanto o de um camponês". O imperador Sigismundo dizia que "todo mundo se recusava a

---
15. Cf. *Ensaios*, livro III, cap. VI.
16. Cf. o *Zend Avesta*, o livro sagrado dos pársis.

exercer um ofício que não tinha aprendido e que apenas o ofício de rei – o mais difícil de todos – era exercido sem que se tivesse sido formado para isso". No entanto, o grande Ciro reconhecia que não cabe a nenhum homem comandar se ele não é melhor do que aqueles a quem ele comanda[17]. "Não se faça de príncipe se tu não aprendeste a sê-lo. Aprenda a te governar antes de governar os outros", diz Sólon.

A educação dos filhos dos reis, bem longe de esclarecê-los e de lhes dar um bom coração, parece se propor a sufocar neles os germes da justiça e da humanidade. Não lhes falam senão de combates e de conquistas; só se conversa com eles sobre a sua própria grandeza e a nulidade dos outros; os povos lhes são mostrados como vis rebanhos dos quais eles podem dispor ao seu bel-prazer, e que eles têm o direito de despojar e devorar. Dizem-lhes que eles devem fechar os ouvidos aos seus lamentos importunos e sempre destituídos de razão. É por isso que os príncipes raramente são equitativos ou providos de um coração sensível. É assim que se faz deles ídolos inacessíveis a seus súditos, sobre os quais – à sua revelia – são exercidas as mais estranhas crueldades. É assim que se faz deles ingratos, que incessantemente recusam ao mérito as suas justas recompensas para esbanjá-las com a baixeza e a adulação. Enfim, é assim que, no seio dos prazeres, da pompa e das festas, os soberanos estão em uma em-

---
17. Cf. Plutarco, nos *Ditos notáveis dos príncipes*. Ele diz, em outra parte, que "governar um Estado e ser filósofo é a mesma coisa". Já Pítaco dizia que "era difícil comandar e ser homem de bem".

briaguez contínua ou adormecem em uma segurança fatal que os conduz, mais cedo ou mais tarde, a uma perda certa[18].

A natureza, sempre justa em seus castigos, não poupa nenhum daqueles que ignoram as suas leis. Os maus reis tornam seus súditos infelizes, e as infelicidades dos súditos recaem necessariamente sobre seus injustos senhores. As províncias, esgotadas por guerras inúteis, não oferecem senão agricultores desencorajados pelo rigor dos impostos. O comércio desaparece com os entraves com os quais ele é continuamente sobrecarregado. Um governo negligente acaba sempre com violências e degenera em tirania. As fantasias do soberano tornam-se inesgotáveis, porque, na falta de ocupar-se com seus deveres, ele tem necessidade de prazeres e divertimentos contínuos. As necessidades e as exigências do príncipe aumentam na mesma proporção que sua nação se esgota e seus meios diminuem. Os impostos são multiplicados à medida que os povos se tornam mais pobres. Por fim, recorre-se a mil extorsões, à perfídia e à fraude, para acabar de arruinar um Estado endividado por um governo em delírio. Assim o déspota, tornando-se ele próprio mais miserável e mais esfaimado, não conhece mais freios. Ele esmaga as leis sob o peso das suas vontades arbitrárias e, logo, não

---

18. Quando Lúculo combateu contra Mitrídates, os generais desse monarca deixaram que ele ignorasse que o exército, no qual ele se encontrava em pessoa, sofria a escassez mais cruel. O primeiro que anunciou ao rei Tigranes a aproximação do mesmo Lúculo teve a cabeça cortada por ordem desse príncipe (cf. Plutarco, na *Vida de Lúculo*).

reina mais senão sobre escravos sem atividade e sem indústria. A consciência atormenta, então, o tirano em seu trono; ele sabe que mereceu o ódio universal; ele teme todos os olhares; ele vê inimigos em todos aqueles que se aproximam; ele tem medo de seu povo, do qual rejeitou a ternura. Inquieto e infeliz, ele se torna desconfiado, e logo desumano e cruel. Por fim, a tirania, chegada a seu ápice, produz levantes, revoltas e revoluções dos quais o tirano é a primeira vítima. Da escravidão ao desespero, muitas vezes não há senão um passo.

Um déspota é um soberano que põe a própria vontade no lugar da equidade, seu interesse pessoal no lugar do interesse da sociedade. Um soberano dessa têmpera tem a loucura de acreditar que ele sozinho constitui o Estado*, que sua nação não é nada, que a sociedade inteira não está destinada pelo céu senão a servir às suas fantasias. O tirano é o soberano que põe em prática os princípios do déspota e que, acreditando se tornar feliz sozinho, faz todo o seu povo infeliz. Mas ele próprio se torna efetivamente feliz? Não; ele está cheio de perturbações e inquietudes. Diz um antigo que "é preciso que aquele que se faz temer por muitas pessoas viva ele próprio no temor"[19]. Plutarco diz: "Os tiranos temem

---

* Provável alusão a Luís XIV, rei da França entre 1643 e 1715, que teria dito a frase "O Estado sou eu". (N. T.)

19. *"Necesse est multos timeat, quem multi timent"* (cf. Públio Siro, *Máximas*). Arato convenceu Lisíades, tirano de Megalópolis, a renunciar ao poder que ele havia usurpado, mostrando-lhe os perigos e as inquietações pelas quais ele vinha acompanhado (cf. Plutarco, *Vida de Arato*).

os seus súditos; os bons príncipes temem *por* seus súditos". Nenhum poder sobre a Terra pode cometer o mal em segurança por muito tempo.

Desejar o despotismo é desejar o poder de fazer o mal a todo um povo e de tornar a si mesmo muito miserável. O tirano é um desgraçado que governa desgraçados com uma espada cortante, com a qual ele próprio se fere. Não existe nenhum poder assegurado se ele não se submete às leis da equidade[20]. Porém, uma tendência natural a todos os homens, e que tudo contribui para fortalecer nos príncipes, os leva a desejar um poder sem limites. Eles detestam todos os obstáculos que sua autoridade pode encontrar. Os príncipes mais fracos e mais incapazes são mesmo os mais ciosos dela; não há nenhum que não se anime quando lhe falam da extensão de seu poder. Todos se creem infelizes quando não podem contentar todas as suas fantasias; todos suspiram pelo despotismo como o único meio de obter a suprema felicidade, quando esse despotismo não lhes põe nas mãos senão os meios de esmagar seus súditos e sepultar a si mesmos sob as ruínas do Estado. O poder absoluto foi e sempre

---

O primeiro ato de Numa ao tomar posse de sua soberania foi destituir a companhia de guardas, "porque", diz Plutarco, "ele não queria nem parecer desconfiar daqueles que confiavam nele, nem ser o rei daqueles que não teriam nele nenhuma confiança" (cf. Plutarco, *Vida de Numa Pompílio*).

20. "*Ea demum tuta est potentia, quae viribus suis modum imponit*" (Plínio, *Panegírico**).

* Esse trecho, na verdade, encontra-se no primeiro capítulo do livro IV dos *Dictorum factorumque memorabilium exempla*, de Valério Máximo. (N. T.)

será a causa da decadência e das desgraças dos povos, que os reis são mais cedo ou mais tarde forçados a compartilhar.

Essa verdade, confirmada pela experiência de tantos séculos, parece ser totalmente ignorada pela maioria daqueles que governam o mundo. Ela lhes é cuidadosamente ocultada por alguns ministros complacentes, cujo objetivo é tirar proveito de suas desordens. São, com efeito, essas almas vis e interesseiras que devem ser consideradas as verdadeiras causas da ignorância dos príncipes e das desgraças das nações. São os aduladores que formam os tiranos, e são os tiranos que, corrompendo incessantemente os costumes das nações, tornam a virtude tão penosa e tão rara. Políbio tem razão ao dizer que "a tirania é culpada de todas as injustiças e de todos os crimes dos homens".

Com efeito, sempre injusta, ela não pode ser servida de acordo com a sua vontade a não ser por homens sem costumes e sem probidade, por escravos tomados pelo interesse mais sórdido – que, quando seus senhores são ávidos ou corrompidos, tornam-se os únicos distribuidores dos favores, das dignidades, das honrarias e das recompensas. Esses últimos não concedem sua benevolência senão a homens da sua têmpera. Eles temem o mérito e a virtude, que os forçariam a se envergonhar. Pela negligência ou pela injustiça de um mau governo, uma nação inteira é forçada a se perverter. Como a virtude está excluída dos favores e dos cargos, é preciso renunciar a ela para chegar à fortuna; é preciso seguir a torrente que sempre arrasta para o mal. A moral é inútil e deslocada sob um governo despótico, no qual todo cidadão virtuoso deve necessariamente desagradar ao príncipe e àqueles que governam com ele. O tirano, para reinar, não tem necessidade nem de talentos, nem de virtudes; ele não precisa senão de alguns soldados, grilhões e prisões. Um tirano quase sempre não passa de um autômato, um ídolo imóvel, que não se move senão pelos impulsos que lhe são dados pelos escravos bastante hábeis para se assenhorar de seu poder. Um déspota, que atirou seu país na servidão, termina quase sempre por não ser, ele próprio, senão um tolo escravo; nunca é ele quem colhe os frutos da tirania.

A ciência mais essencial para aquele que quer governar sabiamente é, segundo Plutarco, a de "tornar os homens capazes de ser bem governados". Os costumes dos soberanos definem necessariamente alguns costumes de seus súditos. Distribuidores de todos os bens, honrarias e dignidades que os homens desejam, eles podem a seu bel-prazer voltar os corações para o vício ou para a virtude. As cortes dão o tom às cidades, e as cidades corrompem os campos: eis aí como, progressivamente, os povos se acham imbuídos dos preconceitos, das vaidades, do luxo, das frivolidades, das loucuras e dos vícios que vemos infectarem as cortes. Por toda parte, os soberanos dão o primeiro impulso às vontades dos poderosos, e estes transmitem a seus inferiores o impulso que receberam – se o primeiro impulso levasse ao bem, os costumes logo estariam reformados.

Todo mundo reconhece que o luxo, essa emulação fatal da vaidade, se dá principalmente devido ao fausto dos soberanos e dos poderosos, que cada um se esforça mais ou menos para imitar ou copiar. Esse mal tão perigoso parece ser inerente à monarquia e, sobretudo, ao despotismo, por meio do qual o príncipe, transformado em uma espécie de divindade, quer se impor a seus escravos, valendo-se de um fausto deslumbrante. Para deter os efeitos dessa perigosa epidemia, foram às vezes pensadas algumas leis que acreditaram ser capazes de reprimi-la; mas elas foram muito inúteis. A melhor das leis suntuárias para um Estado seria um príncipe frugal, ecônomo, inimigo do luxo e da frivolidade. Permitindo o luxo aos poderosos e proibindo-o aos pequenos, não se faz senão incitar cada vez mais a vaidade desses últimos, que pouco a pouco vencem a resistência das leis mais severas.

Nada seria, portanto, mais importante para a felicidade dos povos que inspirar desde cedo àqueles que devem reinar sobre eles o amor pela virtude, sem a qual não há nenhuma prosperidade sobre a Terra. Porém, as máximas de uma política injusta, cujo objetivo é exercer impunemente uma liberdade desregrada, quase sempre desempenham o papel da ciência e da moral para os soberanos. Assim, os interesses dos chefes quase nunca estão de acordo com os do corpo social. Estranha política, sem dúvida, pela qual aqueles que não são destinados senão a fazer respeitar os deveres da moral estão continuamente ocupados em violá-los e romper os laços que deveriam uni-los aos cidadãos!

Dizia Catão que "privar a virtude das honras que lhe são devidas é tirar a virtude da juventude". Mas afastar a virtude dos grandes cargos, corromper os homens para subjugá-los, dividi-los a fim de sujeitá-los uns pelos outros é ao que se reduzem todos os princípios de uma política odiosa, visivelmente imaginada não para a conservação, mas para a dissolução de um Estado. De acordo com tais máximas, os soberanos se tornam necessariamente inimigos de seus súditos e devem declarar uma guerra sangrenta à razão que poderia iluminá-los e à virtude que poderia reuni-los. É preferível, portanto, cegá-los e corrompê-los, mantê-los em uma infância eterna, inspirar-lhes alguns vícios capazes de pô-los em discórdia, a fim de impedi-los de se unirem contra aqueles que os oprimem. A virtude deve ser necessariamente detestada por todos aqueles que governam injustamente. Além disso, a moral não pode convir a escravos: a única virtude que um escravo deve conhecer é uma submissão cega à vontade de seu senhor[21].

Os cortesãos, sempre extremados em sua baixeza, quiseram fazer de seus reis divindades sobre a Terra; mas é fácil ver que, exaltando assim os seus senhores, eles fizeram vãos esforços para justificar a própria servidão e enobrecer

---

21. "Se os príncipes não visam senão à própria segurança, em vez da honestidade, eles deveriam procurar comandar rebanhos de carneiros, bois e cavalos, e não homens... Um tirano que prefere comandar mais escravos a homens integrais me parece propriamente fazer como o lavrador que preferisse colher gafanhotos e pássaros aos bons grãos de trigo e de cevada" (cf. Plutarco, *Banquete dos sete sábios*).

a sua covardia. Além disso, eles eram os sacerdotes dos deuses que assim tinham criado.

Uma política mais sã e mais útil quer que os soberanos se considerem homens, cidadãos, e que não separem jamais seus interesses dos de seus súditos. Da reunião desses interesses resultam a concórdia social e a felicidade comum do chefe e dos membros. O príncipe não é jamais verdadeiramente grande e poderoso se não é sustentado pela afeição de seu povo; e o povo é sempre infeliz se o soberano recusa-se a se ocupar da sua felicidade. Eléas, rei da Cítia, dizia que "quando estava ocioso, ele em nada se diferenciava de seu cavalariço". Uma vida desocupada e dissipada é sempre vergonhosa e criminosa para um rei, cujo tempo pertence a seus súditos.

Para governar de maneira a tornar as nações felizes, não é preciso nem um trabalho excessivo, nem luzes sobrenaturais, nem um gênio maravilhoso; é preciso tão somente retidão, vigilância, firmeza e boa vontade. Uma alma muito exaltada pode algumas vezes carecer de prudência; um bom espírito é muitas vezes mais apropriado para governar os homens do que um gênio transcendente. Que as nações não exijam de seus chefes talentos sublimes e raros, qualidades difíceis de encontrar. Todo homem de bem tem aquilo que é necessário para governar um Estado. Todo príncipe que quiser sinceramente o bem de seus súditos encontrará sem dificuldade alguns colaboradores. Ele fará nascer em sua corte uma emulação de talentos e de mérito, não menos útil aos seus interesses que aos de seus súditos. Todo monarca que quiser conhecer a verdade terá logo as luzes necessárias para administrar sabiamente. Enfim, todo soberano que se apegar fortemente à justiça fará que ela reine em seus Estados e a tornará respeitável para seus súditos. A justiça e a força – eis aí as virtudes dos reis.

A pompa vã pela qual os reis estão cercados, a facilidade e a presteza com que suas ordens são executadas, os divertimentos contínuos dos quais desfrutam e os prazeres nos quais se acredita vê-los mergulhados fazem que o vulgo os considere os mais felizes dos mortais – em poucas palavras, um erro muito comum faz supor que o poder supremo deva estar acompanhado da suprema felicidade. Mas a vida de um soberano que cumpre seus deveres é ativa, laboriosa, vigilante, incessantemente ocupada; a de um príncipe desocupado, dissipado e inimigo do trabalho é um tédio perpétuo. Todo monarca justo e sensível deve sentir a todo instante as mais vivas solicitudes. O soberano que desdenha se ocupar de seus próprios negócios se expõe a todos os males resultantes da má conduta ou da perversidade de seus ministros, que ele dificilmente tem condições de escolher bem. Os reis têm tanto ou mais a temer de seus amigos que de seus inimigos; ou, antes, eles jamais têm amigos, eles têm apenas aduladores, alguns homens viciosos ligados à sua pessoa, seja por um interesse sórdido, seja pela vaidade. Além disso, não tendo ninguém que seja igual a eles, não tendo nenhuma necessidade, os reis não desfrutam nem das doçuras da amizade, nem dos encantos da confiança, nem dos maiores atrativos da vida social. Eles são privados disso pela enorme distância que o trono põe entre eles e seus súditos mais eminentes; estes últimos estão sempre incomodados na presença de um senhor diante do qual não se pode mostrar nenhum atrevimento. De onde se vê que a alegria – que sempre supõe a liberdade, a segurança e a igualdade – jamais pode se mostrar na corte dos reis. Foi no meio de um festim que o grande Alexandre assassinou Clito, que ele próprio considerava seu amigo mais verdadeiro[22].

Enfim, a maior infelicidade ligada à condição dos reis é quase nunca poder saber a verdade; ela é escondida deles, sobretudo quando é desoladora, ou seja, quando seria mais importante conhecê-la. "Alguns príncipes", diz Gordon*, "souberam que estavam sendo destronados antes de saberem que não eram amados[23]." É o que acontece sobretudo com os soberanos absolutos, com os déspotas e com os tiranos, cujas paixões indomáveis jamais permitem que se fale com eles com sinceridade. Pouco acostumados a serem contrariados, tudo aquilo que se opõe às suas fantasias é suficiente para provocar a cólera dessas crianças imprudentes que querem poder tudo ousar impunemente. São, no entanto, os príncipes cujo poder é ilimitado que teriam o máximo interesse em conhe-

---

22. Esse príncipe dizia que "Heféstion amava o rei, mas que Clito amava Alexandre".
* Thomas Gordon, escritor e tradutor escocês falecido em 1750. (N. T.)
23. Cf. o discurso preliminar da sua tradução de Tácito.

cer as verdadeiras disposições de seus súditos; esses últimos, não podendo fazer que suas queixas cheguem ao trono, não se explicam senão por meio de revoltas, revoluções e massacres, dos quais o tirano é a primeira vítima.

Eis, portanto, a felicidade suprema à qual conduz o poder sem limites que os príncipes desejam com tanto ardor e que eles se acreditam infelizes por não possuir! Esse poder os priva da confiança, dos conselhos, dos auxílios e dos consolos que a amizade pode proporcionar. Além disso, o monarca que quer ser justo deve se prevenir contra as seduções daqueles que são favorecidos pela sua escolha e temer que sua afeição por eles o faça pecar contra a justiça universal que ele deve a todo o seu povo. É desse povo que ele deve ambicionar a amizade; é esse povo que ele deve ouvir para saber a verdade; é nesse povo que ele deve fundamentar a sua própria segurança; é sobre o bem-estar desse povo que ele deve estabelecer a sua própria grandeza, a sua glória e a sua felicidade. São aqueles que o farão obter essas vantagens que o príncipe deve considerar amigos. Teopompo dizia que "um grande rei é aquele que permite que os seus amigos lhe digam a verdade, que faz justiça a seus súditos e que obedece às leis".

Qualquer que seja a forma de governo adotada por uma nação, os deveres e os interesses de seus chefes serão sempre os mesmos. A política e a moral querem que, em um governo aristocrático, um tolo orgulho, um vão espírito de corpo e um apego obstinado a algumas prerrogativas injustas jamais levem vantagem sobre os direitos da pátria. Nada é mais deplorável nas aristocracias e mais insuportável para os povos do que a vaidade pueril dos nobres, dos magistrados ou dos soberanos coletivos. Estes últimos deveriam se distinguir pela decência e pela gravidade de seus costumes, sua equidade, sua probidade, sua afabilidade e sua modéstia, qualidades bem mais apropriadas para fazê-los amados e reverenciados do que uma arrogância insociável, que não pode fazê-los senão ser detestados por seus concidadãos, e que se acham fora de lugar nos governos republicanos.

Que os chefes de uma aristocracia deixem para os escravos favorecidos pelo despotismo a glória vã de se notabilizarem por sua altivez e por sua insolência. Que eles se notabilizem por sua bondade, sua moderação e sua integridade. A arrogância e o orgulho devem ser banidos dos Estados onde se desfruta de alguma liberdade. A aristocracia deve ter alguma consideração pelo povo; ela não o vê com os mesmos olhos da monarquia, que não distingue senão os seus nobres, ou do despotismo, que despreza igualmente o vil rebanho que ele esmaga.

Em poucas palavras, todo governo republicano supõe uma espécie de igualdade entre cidadãos igualmente submissos às leis. Nele, os magistrados são chefes, sem deixarem de ser cidadãos; de onde se segue que as suas maneiras altivas são mais chocantes e mais importunas ao povo do que no regime monárquico – que de longa data acostumou-o a suportar a insolência e o desprezo das pessoas importantes e de todos aqueles que desfrutam de algum poder. Em todo

Estado bem constituído, nenhum cidadão tem o direito de ser insolente. Esses aristocratas, comumente tão ciosos de seu poder e tão desconfiados, poupariam muitas despesas, embaraços e constrangimentos se se dignassem a lembrar que são cidadãos, e não tiranos ou déspotas; que a vaidade não é apropriada senão para fazê-los odiados; e que ela faz diariamente inimigos e descontentes, cujo rancor explode algumas vezes em terríveis revoluções[24].

Encontramos provas dessa verdade na história da maior parte das antigas aristocracias, que comumente degeneraram em verdadeiras tiranias. A história romana nos mostra um senado orgulhoso, avarento, cioso de suas prerrogativas usurpadas, permanentemente em querela com o povo, que ele se arrogava o direito de desprezar, de vexar com suas usuras, de oprimir de todas as maneiras e enviar para a carnificina no estrangeiro quando ele o incomodava. Logo, a divisão entre os chefes dessa república sempre armada produz algumas facções cruéis; medonhas guerras civis se desencadeiam; os cidadãos se armam contra os cidadãos. Por fim, após as sangrentas disputas entre Mário e Sula, o ambicioso César,

---

24. "O excessivo ciúme do poder", diz Tito Lívio, "e a obstinação em jamais descer de sua grandeza, em uma das ordens de uma república, produz quase sempre grandes rixas muito inúteis e que muitas vezes se tornam funestas a essa própria ordem" [*"Nimia unius ordinis reipublicae, in sua dignitate sibi retinenda, nullique alii communicanda sollicitudo, magnas saepe, easque inutiles, et ipsimet illi ordini exitiales contentiones parit"*]. "O povo considera sempre uma imensa honra não ser desprezado pelos poderosos" (cf. Plutarco, *Vida de Nícias*).

apoiado pela facção do povo, se ergue sobre as ruínas do Estado. Ele estabelece o despotismo de um só no lugar do despotismo dos magistrados; ele deixa o governo entregue a uma longa série de monstros, que pareciam disputar para ver quem cometeria mais crimes e infâmias. A nobreza romana torna-se, sobretudo, o objeto da crueldade dos Tibério, dos Calígula e dos Nero. Enquanto esses monstros afagavam o povo ou o divertiam com espetáculos, eles faziam correr o nobre sangue dos senadores e dos patrícios, cuja raça causava desconfiança à sua ambição tirânica. Em poucas palavras, o orgulho de um senado dividido pôs fim à república mais poderosa que já existiu neste mundo. "É pelos poderosos", diz Sólon, "que as cidades perecem; é pela imprudência do povo que elas caem na servidão."

As democracias ou governos populares só perecem comumente tão cedo pela injustiça, a licenciosidade, o ciúme e a inveja do povo, que o seu poder inebria e torna insolente. Uma população arrogante, adulada por seus demagogos, torna-se muitas vezes o mais cruel dos tiranos. Ela imola até mesmo a virtude à sua inveja, ao seu capricho, ao prazer de fazer o seu poder ser sentido pelos cidadãos que ela deveria amar e respeitar. Ela comete o crime sem remorsos, porque ela é irrefletida e porque, além disso, a vergonha por esse crime é suportada por um maior número de culpados. A ingratidão dos atenienses para com Aristides, Címon e Phokion*

---

* Os dois primeiros foram condenados ao ostracismo e o terceiro foi forçado a se envenenar. (N. T.)

faz que ninguém seja tentado a lamentar um povo frívolo e perverso por ter, ao fim, perdido totalmente a sua liberdade, da qual ele fazia um tão terrível uso[25].

Segundo Platão, Sócrates diz que "a democracia é o império dos maus sobre os bons, e que a multidão, quando ela desfruta da autoridade, é o mais cruel dos tiranos. Um déspota pode ser algumas vezes contido pelo temor, pela vergonha e pelos remorsos, ao passo que um povo tirano, arrebatado por suas paixões, perdeu todo o temor e todo o pudor".

Capítulo III – Deveres dos súditos

Todo governo equitativo exerce, como já se viu, uma autoridade legítima a que todo cidadão virtuoso é obrigado a obedecer. Mas um governo injusto não exerce senão um poder usurpado. Sob o despotismo e a tirania não existe mais autoridade, mas apenas um banditismo: a sociedade, contra a sua vontade, é forçada a sofrer o jugo que lhe é imposto pelo crime e pela violência. Como ela mesma está oprimida, ela não pode mais proporcionar aos cidadãos nenhuma das vantagens que se comprometeu a lhes assegurar pelo pac-

---

25. A ingratidão dos atenienses para com Péricles, a quem eles quiseram fazer prestar contas de sua administração, determinou esse homem célebre a provocar a guerra do Peloponeso, que foi a causa da destruição de todas as repúblicas da Grécia. Temístocles dizia aos atenienses: "Ó pobre gente! Por que vós vos cansais de receber muitas vezes benefícios das mesmas pessoas?". Plutarco observa, muito justamente, que, nas revoluções da democracia, é normalmente o mais perverso que prospera e se eleva ao degrau mais alto (cf. Plutarco, *Vida de Nícias*).

to social. Um mau governo aniquila esse pacto. Impedindo a sociedade de cumprir seus compromissos com seus membros, ele parece anunciar a estes últimos que eles não devem nada à sociedade.

Para que a sociedade tenha o direito de exigir a dedicação de seus membros, ela deve lhes mostrar um terno interesse por todos. A pátria não se comprometeu de modo algum a tornar todos os cidadãos igualmente abastados, felizes e poderosos, mas a protegê-los igualmente, a preservá-los da injustiça, a lhes proporcionar a segurança necessária aos seus empreendimentos e aos seus trabalhos, a recompensá-los em razão dos serviços que eles lhe prestarem. É nessas condições que os cidadãos podem amar sua pátria, interessar-se pela felicidade dela, contribuir fielmente para a sua conservação e o seu sucesso. O que é o amor à pátria sob um governo tirânico? Exigi-lo de um escravo seria, evidentemente, querer que um prisioneiro prezasse a sua prisão e fosse apaixonado por seus grilhões. Em um país submetido à tirania, o amor à pátria não consiste senão em um apego servil aos seus tiranos, de quem se espera obter os despojos de seus concidadãos. Em semelhante constituição, o homem verdadeiramente apegado a seu país é considerado rebelde, mau cidadão, inimigo da autoridade[26].

---

26. "É muito bem governada", diz Plutarco, "a cidade onde aqueles que não são ultrajados odeiam tanto e perseguem tão duramente aquele que cometeu uma opressão e um ultraje quanto aquele que é ultrajado" (cf. *Banquete dos sete sábios*).

Os homens, quase sempre governados por palavras, imaginam que tudo aquilo que traz a marca do poder é feito para ser cegamente obedecido. Eles não veem que a autoridade legítima (ou seja, aquela que contribui para o bem-estar da sociedade e que é reconhecida por ela) é a única que tem o direito de se fazer obedecer. Eles não veem que a autoridade, a partir do momento em que se torna injusta, não tem mais o direito de coagir os homens reunidos para desfrutar das vantagens da equidade e da proteção das leis. "Ninguém", diz Cícero, "deve obedecer àqueles que não têm o direito de comandar." A tirania é feita para ser detestada por todo bom cidadão; suas ordens não podem ser seguidas senão por alguns escravos corrompidos, que buscam tirar proveito das desgraças de sua pátria. Um interesse sórdido e o temor – e não a afeição – podem ser os motivos da obediência forçada do cidadão, obrigado a odiar interiormente a autoridade malfazeja sob a qual seu destino o força a gemer. Os gregos, segundo Plutarco, consideravam o governo despótico dos persas indigno de comandar homens.

Essas reflexões tão naturais devem nos impedir de ficar surpresos de encontrar a maioria das nações repletas de cidadãos indiferentes quanto à sorte da pátria, desprovidos de toda a ideia do bem público e ocupados unicamente com seus interesses pessoais, sem jamais se voltarem minimamente para a sociedade. Os interesses desta última não têm, com efeito, nada em comum com os da maior parte dos membros que a compõem. Em parte alguma se encontram leis que estabeleçam uma justiça exata entre os cidadãos; as nações se dividem em opressoras e oprimidas. Alguns preconceitos injustos, vaidades desprezíveis e privilégios iníquos impõem perpetuamente a discórdia entre as diferentes ordens do Estado. Um fatal espírito de corpo toma o lugar do espírito público e do patriotismo. Os ricos e os poderosos se arrogam o direito de vexar os pobres e os pequenos; o nobre despreza o plebeu; o guerreiro não conhece senão a força e só obedece à voz do déspota que o paga. O magistrado não pensa senão nas prerrogativas de seu cargo e se incomoda muito pouco com os direitos de seus concidadãos. O sacerdote não se ocupa senão com as suas imunidades. Assim, alguns interesses discordantes se opõem sem cessar ao interesse geral, destruindo com eficácia a harmonia social. O despotismo hábil tira partido dessas divisões contínuas para abater a justiça e as leis. Ele fomenta as dissensões, coloca seus apaniguados em condições de tirar proveito das ruínas da pátria. Cegos pelos favores enganadores, aqueles que deveriam se mostrar os melhores cidadãos não buscam senão obter prestígio ou o poder de oprimir. Eles trabalham para fortalecer cada vez mais o poder fatal sob o qual a nação inteira será, mais cedo ou mais tarde, esmagada. Os pobres e os fracos, perpetuamente oprimidos pela injustiça dos poderosos e dos grandes – que eles veem serem os únicos a prosperar –, tornam-se seus inimigos e, por meio de crimes, vingam-se da parcialidade do governo, que não espalha seus benefícios senão sobre os bem-aventurados da terra e se esquece totalmente dos infelizes.

Nunca é demais repetir: todos os cidadãos de um Estado estão igualmente interessados em ver nele reinar a equidade. Não existe um único homem que, se for racional, não deva tremer a partir do momento em que vê a violência oprimir o mais ínfimo dos cidadãos. A opressão, depois de ter feito seus golpes serem sentidos pelas classes mais baixas do povo, termina por fazer que eles sejam sentidos pelas classes mais elevadas. As corporações mais poderosas, a partir do momento em que estão divididas, não opõem senão uma frágil barreira à tirania que marcha incessantemente para o seu objetivo. Todas as corporações, todas as famílias e todos os cidadãos têm apenas um único interesse: ser governados por leis equitativas. As leis são assim apenas quando protegem igualmente o grande e o pequeno, o rico e o indigente. O bom cidadão é aquele que, em sua esfera, contribui de boa-fé com o interesse geral, porque reconhece que seu interesse pessoal não pode ser separado do geral sem perigo para ele mesmo – verdade que nós faremos sentir percorrendo os deveres de todas as classes segundo as quais os cidadãos de um Estado estão divididos.

Um bom governo não merece essa qualificação a não ser quando é justo para todo mundo. Só ele tem o poder de formar bons cidadãos; só ele tem o direito de esperar da parte de seus súditos a dedicação, a fidelidade e os sacrifícios generosos – em poucas palavras, o cumprimento dos deveres da vida social. A autoridade legítima é a única que pode ser sinceramente amada, obedecida e respeitada. Só ela pode inspirar nos homens o amor pela pátria – que não é, evidentemente, senão o amor por sua segurança e prosperidade.

Todo mundo tem na boca este adágio: "A pátria é o lugar onde nos sentimos bem"[27], de onde resulta que não existe mais pátria onde nos encontramos sob a opressão, sem esperança de ver terminarem os nossos sofrimentos. O cidadão é feito para suportar com paciência os inconvenientes necessários da vida social e partilhar com seus concidadãos as calamidades passageiras que eles experimentam. Porém, ele tem o direito de renunciar à associação a partir do momento em que vê que ela lhe recusa constantemente as vantagens que ele tem o direito de esperar dela. Não existe mais pátria onde não há nem justiça, nem boa-fé, nem concórdia, nem virtude. Sacrificar seus bens e sua vida por alguns tiranos é imolar-se, não à sua pátria, mas a seus mais cruéis inimigos. Cícero diz que "o bom cidadão é aquele que não pode tolerar em sua pátria um poder que pretenda se elevar acima das leis"[28].

O cidadão não deve obedecer senão às leis; e essas leis – como já vimos – não podem ter como objetivo senão a conservação, a segurança, o bem-estar, a união e o repouso da sociedade. Aquele que obedece cegamente ao capricho de um

---

27. *"Ubi bene, ibi patria."*
28. *"Bonus civis est, qui non potest pati eam in sua civitate potentiam quae supra leges esse velit."*

déspota não é de modo algum um cidadão, mas um escravo. Não existem cidadãos sob o despotismo; não existe cidade para escravos[29]. A pátria não é para eles senão uma vasta prisão guardada por capangas sob as ordens de um carcereiro impiedoso. Esses capangas são mercenários aos quais a obediência é uma verdadeira traição. "Nada", diz Cícero, "é mais contrário à equidade do que homens armados e reunidos; nada é mais oposto ao direito do que a violência[30]." A verdadeira cidade, a verdadeira pátria, a verdadeira sociedade é aquela na qual cada um desfruta de seus direitos mantidos pela lei. Em toda parte onde o homem é mais forte do que a lei, a justiça é obrigada a se calar e a sociedade não tarda a se dissolver. Pausânias, rei de Esparta, dizia que "é preciso que as leis sejam senhoras dos homens, e não que os homens sejam os senhores das leis". Sólon dizia que, "para fazer um império durar, é preciso que o magistrado obedeça às leis e o povo obedeça aos magistrados". Por fim, Platão diz que "os melhores príncipes são aqueles que obedecem mais fielmente às leis". "Em toda parte", acrescenta ele, "onde a lei é a senhora e onde os magistrados são seus escravos, veem-se prosperar as cidades e abundar todos os bens que se podem esperar dos deuses, ao passo que em toda parte onde o magistrado é o senhor e a lei, a serva, não se deve esperar senão ruína e desolação."

---

29. "*Servorum nulla est civitas*" (Públio Siro, *Sentenças*).
30. "*Nihil est aequitati tant contrarium atque infestum, quam convocati armatique homines; nihil juri tam inimicum, quam vis*" (Cícero, *Pro Caecina*).

Porém, para terem o direito de regular a conduta dos soberanos e dos súditos, as leis devem ser justas, conformes ao bem público, ao objetivo da sociedade, às suas necessidades e às circunstâncias específicas. Leis que não tivessem como objetivo senão os interesses pessoais do soberano ou daqueles que são distinguidos com os seus favores seriam injustas e contrárias ao bem-estar de todos. Leis tirânicas não podem ser respeitadas – elas são feitas por homens que não têm o direito de comandar. O bem público e a equidade natural são a medida invariável da obediência que o cidadão deve mesmo às leis. Qualquer um que tenha algumas ideias verdadeiras sobre a justiça pode facilmente distinguir as leis que deve seguir daquelas às quais não se poderia submeter sem ferir a sua consciência e sem se tornar culpado para com a sociedade. Nenhum homem que tenha alguma ideia de justiça ou algum sentimento de honra se prevalecerá de uma lei forjada pela tirania para autorizar alguns cidadãos a despojar os outros. Nenhum homem que não esteja totalmente cego por um interesse sórdido acreditará que o soberano possa lhe conferir o direito de enriquecer injustamente à custa de sua pátria. Todo homem de bem preferirá renunciar à fortuna, à grandeza e ao prestígio a conservar um cargo que não pode exercer de acordo com a vontade do príncipe sem causar a infelicidade de seus concidadãos.

A justiça seria verdadeiramente banida da Terra se as ordens dos príncipes fossem leis às quais jamais fosse permitido resistir. O cortesão moderno que dizia que "não concebia como se pudesse resistir à vontade de seu senhor"[31] falava como um escravo nutrido com as máximas do despotismo do Oriente, segundo as quais o sultão é um deus, a cujos caprichos é crime se opor, mesmo quando esses caprichos repugnam o bom senso. No entanto, para a vergonha das pessoas que ocupam a posição mais eminente em diversas nações esclarecidas, esses princípios odiosos e destrutivos são a regra de conduta de muitos poderosos e da maioria dos nobres e dos guerreiros. Além disso, essa doutrina foi muitas vezes pregada pelos ministros de um deus que se supõe fonte de toda a justiça e de toda a moral.

Onde estariam algumas nações se, desgraçadamente infectados por essas ideias funestas, os magistrados jamais tivessem a coragem de se expor à cólera do soberano, recusando-se a subscrever suas vontades arbitrárias? O que aconteceria com os povos se a justiça dependesse dos caprichos variáveis de um sultão, de um vizir, de uma favorita, que o poder absoluto adotaria como leis? Em que estaria fundamentada a autoridade do próprio monarca se ele realizasse a tarefa de aniquilar a equidade que serve de base para o seu trono, que faz igualmente a segurança dos reis e dos súditos?

Assim, os vis aduladores que sustentam que o príncipe não deve jamais recuar ou encontrar resistência às suas vontades supremas não são apenas maus cidadãos, mas também

---

31. Cf. o *Diário histórico da revolução efetuada pelo chanceler de Maupeou*, t. II.

inimigos do príncipe. Não será servir fielmente ao soberano desobedecê-lo quando suas ordens são contrárias aos seus próprios interesses? Apenas alguns insensatos podem se prestar às fantasias de um estouvado resolvido a destruir sua herança; resistir a ele é impedi-lo de se prejudicar; obedecer-lhe é se tornar cúmplice da sua loucura e da sua ruína.

Todo príncipe que se revolta contra leis equitativas convida seus súditos a se revoltarem contra ele. Todos aqueles que o incentivam ou o apoiam em seus empreendimentos insensatos são maus cidadãos, aduladores infames, que traem a pátria e seu chefe ao mesmo tempo. Aqueles que adotam as máximas de uma obediência cega e passiva às leis impostas pelo despotismo em delírio são estúpidos que ignoram os próprios interesses ou escravos que merecem sentir durante toda a vida a dureza de seus grilhões.

Se nos reportássemos, nesse aspecto, às vagas noções de alguns especuladores, seríamos tentados a crer que todos os súditos de um Estado, transformados em autômatos, deveriam uma obediência cega e implícita a tudo aquilo que fosse lei, ou que tivesse a sanção da autoridade soberana. Mas será que esta autoridade é, pois, sempre justa, infalível, isenta de paixões, incapaz de se desvirtuar? A tirania, que nada mais é do que o governo da injustiça unida com a força, terá o direito de fabricar leis contrárias à equidade? E todos serão forçados a se submeter a elas sem reclamar? Se esses princípios fossem verdadeiros, a sociedade não seria mais do que um amontoado de vítimas obrigadas a se deixar despojar e a esticar o pescoço para o gládio dos cidadãos obedientes que o tirano teria escolhido para serem seus carrascos.

Distingamos, portanto, as leis feitas para serem obedecidas e respeitadas pelos cidadãos honestos dessas leis injustas e destrutivas que a tirania, a violência, a insensatez e a rotina – que não raciocina – quase sempre introduziram. Diz um célebre doutor que "a justiça tem o direito de romper os laços injustos"[32]. Não é o cidadão que tem o direito de julgar a lei de seu país; é a justiça, sobre a qual todo homem sensato está em condições de ter algumas ideias seguras. As leis não são respeitáveis senão quando são equitativas; elas devem ser abolidas a partir do momento em que se mostrem contrárias ao bem público. "As leis", diz Locke, "são feitas para os homens, e não os homens para as leis." Os maiores males das nações devem-se a algumas leis visivelmente injustas, às quais a violência as força a se curvar. "As leis", diz Montaigne, "conservam o seu prestígio não porque são justas, mas porque são leis"[33].

O respeito devido às leis não pode ser fundamentado senão na equidade dessas leis, que, por seu próprio interesse, todo cidadão deve cumprir e conservar. Demonax* dizia que "as leis são inúteis para os bons, porque as pessoas de bem não têm nenhuma necessidade delas; e para os maus, porque eles não se tornam melhores com elas". Sócrates, que levou até

---

32. "*Injusta vincula rumpit justitia*" (Santo Agostinho).
33. Cf. *Ensaios*, livro III, cap. 13.
* Filósofo cínico grego de origem cipriota que viveu no século II. (N. T.)

o fanatismo a submissão às leis de um povo ingrato e frívolo, e que quis ser o seu mártir, foi injusto para consigo mesmo. Se ele tivesse saído da prisão, teria poupado aos atenienses um crime que os cobriu com uma eterna infâmia.

A moral não teria nenhum princípio constante e seguro se quaisquer leis, muitas vezes insensatas e criminosas, devessem ser mais respeitadas do que a voz da natureza esclarecida pela razão. Passeando nossos olhares sobre todas as regiões da Terra, ficamos surpresos ao descobrir que os maiores delitos foram não somente aprovados, mas também ordenados pelas leis. Em todos os Estados despóticos não se vê senão, ordinariamente, os caprichos dos tiranos mais extravagantes consagrados sob o nome de leis. Alguns povos autorizaram o parricídio[34]. Os cartagineses eram forçados a sacrificar seus filhos a seu deus sanguinário. Os egípcios – que foram considerados tão civilizados e tão sábios – aprovavam o roubo. Entre os citas, milhares de homens e mulheres eram degolados para honrar os funerais dos príncipes. Por que não se desobedeceram semelhantes leis ou reclamou-se contra elas? "Os homens", indaga Cícero, "terão, portanto, o poder de tornar bom aquilo que é mau, e mau aquilo que é bom?"

Talvez venham nos dizer que essas leis só tiveram lugar em alguns povos bárbaros, que não tinham nenhuma ideia

---

34. Eliano (*Histórias diversas*, livro IV, cap. I) nos diz que, na Sardenha, os filhos eram obrigados a matar seus pais quando eles caíssem na decrepitude. Os derviches matavam igualmente todos aqueles que vivessem acima dos 70 anos.

de moral. Mas será que os povos modernos nos oferecem leis mais justas e mais sensatas? Será que a equidade, o bom senso e a humanidade não são indignamente violados por algumas leis de sangue estabelecidas em um grande número de países contra todos aqueles que não professam a religião do príncipe? Será possível encontrar alguma sombra de justiça na maior parte dessas leis fiscais, cujo objetivo é sustentar as extravagâncias dos soberanos despojando os povos do necessário? Nas leis feudais, impostas por alguns nobres armados às nações trêmulas? Mas precisamos nos deter, porque não terminaríamos – se quiséssemos fazê-la – a enumeração das leis iníquas das quais os povos são as vítimas forçadas ou voluntárias.

Que ideias claras e verdadeiras sobre a equidade natural os povos poderiam buscar neste amontoado informe de costumes e de leis injustos, irracionais, bizarros, tenebrosos e inconciliáveis, que em quase todos os países constituem a jurisprudência e a regra dos homens? Que noções é possível ter da justiça, quando ela é vista perpetuamente aniquilada por algumas formalidades insidiosas? Que recursos os cidadãos podem encontrar em uma jurisprudência capciosa que parece favorecer a má-fé, os empréstimos e os contratos fraudulentos, as velhacarias mais insignes e as astúcias mais capazes de banir a probidade dos compromissos recíprocos entre os cidadãos? Que confiança será possível ter ou que proteção será possível encontrar em algumas leis que são motivo para abusos intermináveis, destinados a arruinar os litigantes, a enriquecer alguns advogados impostores e a pôr alguns governos ávidos em condições de cobrar impostos sobre as dissensões eternas dos súditos? Na maior parte das nações, o estudo das leis, que deveria ser simples e estar ao alcance de todos os cidadãos, é um estudo penoso do qual resulta uma ciência muito incerta, unicamente reservada a alguns homens que tiram proveito de sua obscuridade para enganar e despojar os infelizes que caem em suas mãos. Em poucas palavras, as leis feitas para guiar as nações não são apropriadas senão para extraviá-las, para fazer que elas ignorem os princípios mais evidentes da equidade[35].

Como as leis não devem ser senão as regras da moral promulgadas pela autoridade, elas deveriam ser claras, precisas e inteligíveis para todo mundo. Porém, elas não são, normalmente, senão armadilhas feitas para a ingenuidade, correntes incômodas com as quais o poder tem, em todos os

---

35. Para se convencer do absurdo, e mesmo da perversidade, da jurisprudência romana e, sobretudo, das leis de Justiniano – que ainda servem de base para a legislação europeia –, tem-se apenas de ler o *Tratado das leis civis*, por P. de T.*, publicado há pouco em Haia, em 1774, e ver-se--á que, propriamente falando, as nações ainda não têm uma legislação verdadeira, ou seja, verdadeiramente conforme ao bem da sociedade. Por uma negligência ou uma imperícia bem funestas, os legisladores modernos acharam mais simples adotar algumas leis antigas, inabilmente corrigidas ou modificadas, do que fazer novas leis mais justas, mais morais e mais análogas à posição atual dos povos. Alguns francos, godos, lombardos ou saxões, bandoleiros ignorantes nutridos na carnificina, seriam legisladores em condições de oferecer leis sensatas aos povos vencidos ou de retificar aquelas que esses povos já tinham?
* Carlo Antonio Pilati di Tassulo (1733-1802). (N. T.)

tempos, sobrecarregado a fraqueza. As leis assim constituídas corrompem evidentemente os costumes; elas autorizam o patife habilidoso a se mostrar sem pudor na sociedade – enfim, elas quase sempre não produzem senão transgressores. Os homens são comumente inimigos das leis porque não encontram nelas senão obstáculos contínuos ao exercício da sua liberdade e dos seus direitos naturais, que os impedem de satisfazer suas necessidades e contentar seus desejos mais legítimos. Como reconhecem os próprios juristas, nada é mais injusto – e, consequentemente, mais contrário à moral – do que o direito, se ele fosse rigorosamente observado[36]. O homem que não é justo senão em conformidade com as leis pode ser desprovido de toda virtude social. Com a ajuda dessas leis, um filho atacará muito indecentemente seu pai, esposos se difamarão reciprocamente, parentes se despojarão sem piedade, devedores arruinarão seus credores, tratantes se apropriarão do sustento do pobre, juízes imolarão sem remorsos o inocente – e homens tão perversos andarão de cabeça erguida no meio de seus concidadãos.

Nenhum país, nenhum governo, nenhum poder tem o direito de desacreditar o império universal que a justiça deve exercer sobre os homens. No entanto, nenhuma legislação parece ter consultado os interesses dos povos. Dir-se-ia que o gênero humano inteiro não existe e não vive sobre a Terra senão para um pequeno número de indivíduos privilegiados, que se

---

36. *"Summum jus, summa injuria."*

incomodam muito pouco de lhe proporcionar a felicidade que ele teria direito de esperar em troca de submissão[37].

Uma legislação verdadeiramente sagrada seria aquela que consultasse os interesses de todos, e não os de alguns chefes ou daqueles que eles favorecem. Leis úteis e justas são aquelas que conservam cada cidadão em seus direitos e o preservam da maldade alheia. As nações só terão uma legislação respeitável e fielmente obedecida quando ela estiver em conformidade com a natureza do homem vivendo em sociedade, ou seja, quando ela for guiada pela moral, cujos preceitos ela deve tornar invioláveis – é então que a lei deve ser religiosamente observada, é então que os seus infratores poderão ser justamente castigados como inimigos da pátria e filhos rebeldes.

Considera-se comumente a reforma das leis como um empreendimento tão difícil que ultrapassa as forças do espírito humano. Porém, digamos como Quintiliano: "Por que não se ousaria antecipar que a duração dos séculos fará descobrir alguma coisa mais perfeita do que aquilo que outrora existiu?"[38]. Essa dificuldade, ou essa pretensa impossibilidade, não provém de maneira alguma da própria coisa. Ela se deve aos preconceitos dos homens, à negligência ou à má vontade daqueles que os governam. Os soberanos equitativos

---

37. "*Humanum paucis vivit genus*" (Lucano, *Farsália*, livro V).
38. "*Ego non audeam dicere aliquid in hac quae superest aeternitate inveniri posse, eo quod fuerit perfectius?*" (Quintiliano, *Instituições oratórias*, livro XII, cap. I).

adquirem o direito de comandar a opinião dos povos; estes últimos só estão prevenidos contra as novidades e mudanças porque uma experiência fatal lhes ensina que elas nada mais fazem, comumente, do que redobrar as suas misérias. Por toda parte os povos estão mal; mas eles sempre temem estar ainda pior. O príncipe que, por sua virtude, atrair a confiança de seus súditos dissipará esses temores e substituirá, quando quiser, por leis justas e claras essas leis obscuras e tantas vezes insensatas pelas quais as nações têm um apego maquinal. O soberano esclarecido desenvolve a razão de seu povo. Nada é mais fácil do que governar súditos racionais; nada é mais difícil do que conter homens ignorantes e privados de razão. Uma boa legislação encontrar-se-á totalmente formulada quando ela armar a moral com a autoridade suprema; ela será fielmente seguida quando todos os cidadãos reconhecerem que o seu interesse os obriga a se adequarem a ela. A moral nada pode sem o auxílio das leis, e as leis nada podem sem os costumes[39].

Assim, não percamos a esperança de que um dia possamos ver homens submetidos a leis mais sábias, mais conformes à sua natureza, mais apropriadas para torná-los virtuosos e afortunados. Um bom rei, como um Hércules, pode banir dos Estados os monstros, os vícios e os preconceitos que se

---
39. "*Quid vana, sine moribus, leges proficiunt?*" (Horácio, *Ode* 24, livro III, verso 35). Aristóteles, antes dele, tinha dito: "A lei não tem outra força, para se fazer obedecer, que aquela que ela extrai do hábito; e é o hábito que forma os costumes" (cf. Aristóteles, *Política*, II, 5).

opõem igualmente ao bem-estar dos soberanos e dos súditos. Os povos serão felizes quando os reis forem sábios[40]. Platão diz que "as cidades e os homens só se libertarão de seus males quando, por uma fortuna divina, o poder soberano e a filosofia, encontrando-se no mesmo homem, fizerem a virtude triunfar sobre o vício".

Capítulo IV – Deveres dos grandes

São chamados de *grandes* aqueles que são elevados sobre seus concidadãos por seu poder, seus cargos, seu nascimento e suas riquezas. Em um Estado bem constituído, ou seja, onde a justiça fosse fielmente observada, os cidadãos mais virtuosos, mais úteis e mais esclarecidos seriam os maiores ou os mais eminentes. O poder não seria entregue senão nas mãos mais capazes de exercê-lo para o bem da sociedade. As dignidades, os postos, as honrarias e os símbolos da consideração pública só seriam concedidos àqueles que os tivessem merecido por seus talentos e sua conduta. As riquezas e as recompensas só seriam o quinhão daqueles que soubessem fazer delas um uso verdadeiramente vantajoso para os seus concidadãos, de onde se vê que somente a virtude confere direitos legítimos à grandeza.

Se, como já fizemos ver, toda a autoridade exercida sobre os homens não pode estar fundamentada senão nas van-

---

40. "*Plato tum denique fore beatas res publicas putavit, si aut docti et sapientes homines eas regere coepissent aut ii qui regerent omne suum studium in doctrina et sapientia conlocassent*" (Cícero, *Epistulae ad Quintum fratrem*).

tagens que lhes são proporcionadas; se toda a superioridade, toda a distinção ou preeminência sobre os nossos semelhantes, para ser reconhecida por eles, supõem algumas qualidades superiores, alguns talentos estimáveis e um mérito pouco comum, seremos forçados a reconhecer que a ausência dessas qualidades faz que se entre na multidão, que o poder exercido por homens indignos, que a autoridade com a qual eles estão revestidos e que a sua superioridade não passam de usurpações às quais seus cidadãos não podem se submeter senão pela violência.

O amor preferencial que cada homem tem por si mesmo faz que ele deseje se elevar acima de seus iguais, e o torna invejoso e ciumento de tudo aquilo que lhe faz sentir a sua própria inferioridade. Porém, se ele tem sentimentos equitativos, esse ciúme desaparece a partir do momento em que ele vê que aqueles que foram preferidos a ele ou que se destacam mais do que ele possuem alguns talentos e qualidades estimáveis, das quais ele próprio está em condições de tirar proveito. Assim, o mérito e a virtude acalmam a inveja dos homens e os forçam a reconhecer a superioridade daqueles que são elevados acima de suas cabeças por honrarias legítimas, por uma posição social merecida. Então, eles consentem em lhes dar alguns sinais mais evidentes de submissão e respeito que a seus outros concidadãos.

Respeitando e conservando os direitos de todos os cidadãos, fortes ou fracos, ricos ou pobres, grandes ou pequenos, a equidade natural quer, no entanto, para a utilidade geral, que aqueles que proporcionam maiores vantagens sejam recompensados com as provas de consideração e estima, com as deferências que lhes são devidas em virtude dos serviços que prestam à sociedade. Eis aí a origem natural e legítima das diversas classes sociais nas quais os cidadãos de um mesmo Estado se encontram divididos. Essa desigualdade é justa, visto que ela tende ao bem-estar de todos; ela é louvável, pois está fundamentada no reconhecimento social, com o qual se devem pagar os serviços que se recebe; ela é útil, pois se serve do interesse pessoal para incitar os homens a fazer o bem, como um meio de obter a superioridade que cada um deseja com ardor.

Portanto, não é senão dando provas de seu mérito que se obtém, com justo motivo, o direito de se elevar acima dos outros. Qualquer outra via seria iníqua, desmentida pela sociedade, contrária a seus verdadeiros interesses e vista como uma usurpação manifesta. Mesmo nos governos mais despóticos, os cargos, o poder e as dignidades conferidas a cidadãos incapazes ou perversos revoltam seus concidadãos. O temor bem pode impedi-los de manifestar a sua indignação e arrancar deles sinais de uma submissão que o seu coração renega; mas só a virtude obtém homenagens sinceras e as recebe com um prazer puro – ao passo que o vício, sempre inquieto e suspicaz, sabe qual é o valor do respeito que lhe é demonstrado.

A verdadeira grandeza do homem e sua verdadeira dignidade consistem, portanto, em fazer o bem aos homens, em demonstrar-lhes sentimentos de afeição, em prestar-lhes os serviços, em derramar sobre eles os benefícios em atenção aos quais eles consentem em reconhecer alguns superiores. De onde se segue que os grandes, se querem se tornar dignos da afeição verdadeira e do respeito voluntário de seus concidadãos, devem, sobretudo, descartar da sua conduta o orgulho, as maneiras altivas e um tom imperioso – em poucas palavras, tudo aquilo que pode humilhar os homens fazendo-os sentir a sua fraqueza e a sua inferioridade. A afabilidade, a brandura, uma terna compaixão, um profundo respeito pelos desafortunados e um sincero desejo de obsequiar são as qualidades pelas quais os grandes sempre deveriam se distinguir. A grandeza que não se anuncia senão pela sua dureza, pela sua arrogância e pelo seu desprezo repugna todos os corações; os benefícios que lhe são arrancados pela importunidade são encarados como insultos e não fazem senão ingratos.

Será que existe algo mais pueril e mais baixo do que a vaidade tirânica de alguns poderosos que só parecem desejar o poder para fazer inimigos? Eles parecem dizer a todo mundo: "respeitai-me, eu tenho o poder de vos exterminar!". O poder terá algo de agradável, se não serve senão para fazer tremer e para atrair maldições? A grandeza inacessível não tem nenhuma utilidade; a grandeza desprovida de piedade é uma verdadeira ferocidade; um ministro impiedoso faz recair sobre o seu senhor uma parcela do ódio com o qual ele próprio está sobrecarregado. Quantas revoltas foram produzidas pelas maneiras insuportáveis de alguns favoritos incapazes de conter o mau humor! Quantas guerras sangrentas não tiveram como causa primeira senão a insolência de algum ministro soberbo, cuja temeridade fez correr o sangue das nações[41]! Por qual frêmito qualquer ministro dos reis deveria ser agitado quando se vê forçado a aconselhá-lo a fazer a mais justa das guerras, sobretudo quando ele reflete sobre todos os seus horrores?! Será que ele não deve tremer quando propõe um imposto penoso, um édito cujo rigor se fará sentir por alguns séculos até os extremos de um império?

Porém, o poder e a grandeza normalmente enchem de orgulho o coração do homem, embriagam-no e produzem em sua cabeça uma espécie de delírio[42]. Dir-se-ia que os grandes não buscam senão se tornar terríveis e se incomodam muito pouco de merecer o amor. Da classe elevada na qual o destino os coloca, eles acreditam não ter nenhuma dívida com seus concidadãos, com a pátria e a nação. São essas ideias falsas que tornam tantas vezes a grandeza odiosa, e que fazem tantos inimigos do poder. A educação que é dada comumente àqueles que, pelo seu nascimento, estão destinados às grandes posições é quase tão negligenciada quanto a dos príncipes que eles um dia devem representar. Independen-

---

41. A altivez insolente do Marquês de Louvois para com um holandês eminente foi – dizem – a principal causa do ódio dos holandeses por Luís XIV e das afrontas que eles fizeram esse príncipe sofrer durante a guerra pela sucessão da Espanha.
42. "*Fortuna, nimium quem fovet, stultum facit*" ["A fortuna, quando favorece demais um homem, faz dele um idiota"] (Públio Siro).

temente das luzes que esses cargos exigem, as pessoas convocadas a compartilhar os cuidados da administração deveriam, sobretudo, aprender a conhecer os homens, a descobrir o que eles são, a fim de saber aquilo que lhes devem e a maneira de afetá-los de maneira vantajosa aos seus próprios interesses. A educação dos poderosos deveria, portanto, ensinar-lhes acima de tudo a moral, que nada mais é do que a arte de se fazer amar pelos homens, conhecê-los e unir seus interesses aos nossos.

Porém, em quase todos os países, não é de maneira alguma o mérito e a virtude que atraem as dignidades; é o favorecimento, a negociação e a intriga. Dir-se-ia que a vontade do príncipe ou a proteção de seus favoritos são suficientes para fazer descer sobre um homem todos os dons necessários à administração de um Estado. Será, portanto, em meio aos negócios multiplicados e complicados, em meio às intrigas e às armadilhas, que um ministro pode aprender seu ofício? Para se manter no cargo, ele deixará de lado os negócios; ele se apoiará no trabalho dos outros. Desprovido de luzes, sua confiança será perpetuamente enganada; ele só a concederá a alguns homens escolhidos sem seleção, a alguns protegidos que, tendo adquirido o direito de lhe agradar apenas com as suas baixezas e adulações, contribuirão com a sua imperícia, suas tolices, seus vícios e até mesmo suas traições para a queda de seus protetores.

Assim como as riquezas, todo mundo deseja o poder e a grandeza sem saber tirar partido deles para a sua própria felicidade. De que serve o poder se ele não faz que se obtenha a afeição, a benevolência e a consideração sincera dos homens sobre os quais este poder nos fornece os meios de agir? Por que a desgraça joga comumente um favorito ou um ministro em um abandono universal? Porque ele não se serviu de seu poder para obsequiar ninguém ou porque ele jamais obsequiou senão alguns ingratos, espalhando seus benefícios e seus favores apenas sobre alguns seres sem mérito e sem virtude.

O mérito deve ser buscado. Ele raramente se apresenta na corte dos reis. A virtude, comumente tímida, não ousaria exibir-se ali – aliás, ali ela se acharia quase sempre deslocada. O mérito estima a si mesmo, e não consente de maneira alguma a desonra com baixezas e intrigas. Pelo contrário, o vício impudente se mostra com audácia em um país em que ele conhece os meios de ter êxito. Os ministros intrigantes e perversos necessitam de instrumentos que se prestem a todas as suas fantasias. A probidade desconcerta os malvados; o mérito causa medo à mediocridade; os grandes talentos alarmam a incapacidade. Eles não têm a flexibilidade requerida para agradar alguns homens cujos interesses não se harmonizam de maneira alguma com os da equidade. Escravos da adulação, as pessoas bem situadas estão quase sempre cercadas por uma multidão de patifes coligados contra a virtude, de traidores prontos a sacrificar seus protetores a quem quer que lhes faça ver alguma vantagem em trair a sua confiança ou em abandoná-los. A serpente, à força de rastejar, eleva-se a alturas inacessíveis aos animais mais leves; mas seu veneno só se torna mais sutil com os esforços que ela fez para subir.

A moral, a única que ensina a conhecer os homens, a identificar os motivos que os fazem agir e a julgá-los, não é, portanto, uma ciência inútil aos ministros, aos homens de posição e aos poderosos da Terra. A virtude, que a grandeza desdenha, que ela repele e na qual muitas vezes não acredita será, portanto, algo real? Sim, sem dúvida; não é senão no coração do homem de bem que se deve encontrar a afeição sincera, a amizade verdadeira e o reconhecimento. É em vão que se procuraria por eles nas almas abjetas desses caluniadores pelos quais os ministros e os poderosos estão perpetuamente acompanhados. Eles semeiam quase sempre em uma terra ingrata, que jamais produzirá nada a não ser espinheiros e sarças. Um ministro é quase sempre expulso pelas intrigas daqueles que os seus favores nada mais fizeram do que colocar em condições de prejudicá-lo com mais segurança.

Mas o poder cega o homem; o ministro, o favorito, o cortesão, enganados por seu amor-próprio, iludem-se de que o seu poder jamais deve terminar. Os exemplos das frequentes desgraças das quais eles foram testemunhas não podem desenganar personagens bastante vãos para presumir que a fortuna fará exceções para eles, ou que o seu gênio superior e a sua habilidade os afastarão dos recifes onde tantos outros naufragaram. É essa ilusão, sem dúvida, que faz que tantos ministros em exercício trabalhem sem descanso para auxiliar os esforços de um despotismo destrutivo, para demolir o poder das leis, para subverter a liberdade pública e para forjar grilhões para a pátria. Os imprudentes não veem que essas leis, essa liberdade que eles oprimem e essas barreiras que eles derrubam não serão mais capazes de proteger a eles mesmos no dia da aflição[43]!

Os ministros deveriam aprender a desconfiar dos favores sempre enganosos de um déspota que, comumente privado de equidade, de luzes e de gratidão, não segue senão seus caprichos e não é guiado senão, em suas afeições e em seu ódio, pelos impulsos daqueles que por alguns instantes apoderam-se do seu espírito fraco. Os serviços mais fiéis e mais

---

43. A história, tanto a antiga quanto a moderna, nos fornece alguns exemplos tão terríveis quanto frequentes dos reveses aos quais, em todos os tempos, a fortuna submeteu alguns ministros e favoritos. O que existe de mais assustador do que a queda dos Seianus, dos Rufino, dos condestáveis de Luines, dos Strafford, entre tantos outros? Nesse mesmo momento, uma nação por longo tempo oprimida desfruta com entusiasmo da merecida desgraça de dois ministros tiranos (o chanceler de Maupeou e o abade Terray). Um, depois de ter insolentemente aniquilado as leis e os tribunais de seu país, e cruelmente dispersado os magistrados, viu-se relegado – por sua vez – a um retiro isolado, de onde escuta os gritos de alegria de todo um povo aplaudindo a sua queda. O outro, depois de ter, sem piedade, espremido as últimas gotas do sangue de seus concidadãos, é forçado – apesar da dureza de seu coração insensível – a se envergonhar da baixeza com a qual ele se tornou o carrasco de sua nação. Que se compare a sorte desses vis instrumentos da tirania com aquela da qual, em meio à sua desgraça, desfrutava pouco antes um ministro nobre, generoso e benfazejo (o duque de Choiseul), que as cabalas desses monstros tinham feito ser afastado. Este último, no retiro, encontrou a serenidade, o contentamento e a amizade constante e fiel, ao passo que os outros só encontraram nele a vergonha, o furor impotente, um abandono generalizado e o ódio das pessoas honestas.

notáveis são logo esquecidos pelos tiranos estúpidos, incapazes de apreciá-los, e que não passam eles mesmos de escravos e instrumentos daqueles que são úteis às suas paixões momentâneas. Não há nenhum ministro cujo favor possa ser equivalente, junto ao seu senhor vicioso, ao de uma amante, de um negociador ou de um novo favorito. Aqueles que contribuem com os prazeres do príncipe o interessam bem mais do que aqueles que têm apenas o mérito de bem servir o Estado. O bom ministro só está seguro de ser bem considerado no governo de um senhor esclarecido e virtuoso.

Portanto, os próprios ministros estão interessados na virtude do príncipe. Assim, longe de adular esses déspotas aos quais eles querem incessantemente sujeitar a pátria; longe de atiçar contra os povos esses leões soltos, eles deveriam opor a razão, a verdade, a justiça e até mesmo o terror aos seus arroubos. Eles deveriam se lembrar de que não existem, sem as leis, grandezas, posições e privilégios assegurados; que um governo injusto, sempre guiado pelo capricho, destrói em um momento tudo aquilo que desagrada às suas fantasias; que, aos seus olhos, os homens mais elevados e mais capazes não passam de escravos que um sopro faz voltar para a poeira. Entre os tiranos da Ásia, o vizir que mais contribuiu para sustentar ou estender a tirania de seu senhor vê-se muitas vezes obrigado a estender humildemente o pescoço para a corda que o ingrato lhe remete por meio de seus *mudos**.

---

* Nome dado aos servidores dos antigos sultões, encarregados das execuções, que só tinham permissão de se expressar por sinais. (N. T.)

Todo favorito de um soberano deveria sempre se lembrar de que é um cidadão escolhido para auxiliar com suas luzes outro cidadão encarregado por sua nação da administração geral. Todo ministro deveria sentir que servir um déspota em suas intenções é tornar-se escravo com sua posteridade, é degradar a si mesmo, é se expor sem defesa aos golpes da tirania, é renunciar ao título de cidadão para assumir o de um traidor. Todo ministro virtuoso deve renunciar ao seu posto quando a perversidade ou a tirania o colocam na impossibilidade de ser útil à sua pátria. O ministro complacente com os caprichos e os vícios de uma corte dissoluta serve tão mal seu senhor quanto seu país. Um depositário da autoridade, se não sufocou em sua alma todo o sentimento de honra ou de pudor, não deve hesitar em fugir ou entregar um poder que não serviria senão para atrair para ele o desprezo e o ódio de seus contemporâneos e a execração da posteridade. O prestígio de um ministro da tirania, comumente de pouca duração, é seguido de um opróbrio eterno. Será que a função de concussionário, de exator ou de carrasco de seus concidadãos poderia parecer gloriosa e digna de excitar a ambição de um homem de honra?

É pelos ministros que os súditos julgam os seus soberanos, amam-nos ou os odeiam, estimam-nos ou os desprezam. Os príncipes têm, portanto, o máximo interesse em não confiar o poder senão a homens justos, moderados e virtuosos, os únicos que podem fazer sinceramente que a autoridade seja querida e respeitada. O soberano pode se enganar quanto aos talentos do espírito, mas ele dificilmente se enganará quanto aos costumes na vida privada. Ele deve saber que um avarento, um voluptuoso, um mulherengo, um esbanjador, um homem duro e desprovido de entranhas ou um ser frívolo e leviano não podem ser apropriados para fazer que o poder seja amado. A probidade, o amor pelo trabalho, a afabilidade e os bons costumes são qualidades mais importantes em um ministro do que o gênio – sempre muito raro – ou do que o espírito, que quase sempre se perde e se torna nocivo quando não é temperado com o sangue-frio da razão. Um preconceito muito comum persuade os soberanos, assim como o vulgo, de que o simples espírito é suficiente para ocupar os altos postos. Porém, esse espírito está sujeito a incômodos extravios quando não está unido à bondade do coração. O espírito e o gênio, juntamente com a justiça, a retidão, a experiência e os bons costumes, constituem o grande estadista, o ministro que é reverenciado; é isso que faz um Sully, um Maurepas, um Turgot, um ministro cidadão, que jamais separará os interesses do príncipe dos de seus súditos.

Não é apenas servindo a injustiça e a tirania que o ministro se torna culpado para com sua pátria, mas também negligenciando seus deveres, concedendo à dissipação, à intriga e aos prazeres alguns momentos que ele deve aos assuntos do Estado. O homem que ocupa um cargo pertence ao público, a seus concidadãos. Se ele é leviano, desatento e indolente, pode se tornar tão criminoso quanto se fosse decididamente mau. Quantas censuras, se ele se voltasse algumas vezes para dentro de si mesmo, ele não teria a se fazer refletindo que seus divertimentos, sua inadvertência e sua incúria fazem gemer uma multidão de cidadãos indigentes que, depois de terem merecido muito do Estado, acabam por se arruinar em demandas inúteis e são reduzidos a mendigar em uma antecâmara? Não será, pois, uma verdadeira crueldade manter suspensos entre a esperança e o temor alguns desgraçados que uma pronta decisão poderia salvar do naufrágio? Porém, no seio da abundância e dos prazeres, os poderosos não têm nenhuma ideia das aflições dos pobres. Eles esmagam ao passar, até mesmo sem terem ideia disso, milhares de desafortunados. Será que a sensação dos sofrimentos mais comuns aos homens será sempre ignorada por aqueles que podem e que devem aliviá-los? Em que transes não deveria viver um depositário do poder, se ele pensasse que as suas leviandades e inadvertências podem causar a infelicidade de um grande número de famílias honestas e forçá-las a viver nas lágrimas e no desespero?

"Não aconselhe aos príncipes" – diz Sólon – "aquilo que lhes agrada, mas aquilo que lhes é útil." Um ministro complacente e adulador nada mais faz que alimentar no espírito de seu senhor os vícios dos quais ele, o Estado e ele próprio serão um dia as vítimas. A veracidade deveria ser a primeira virtude de um ministro fiel. Apto a ver mais de perto que o príncipe as necessidades, os desejos e as infelicidades dos povos, ele não pode – sem trair seu país e seu senhor – enganá-lo ou dissimular dele a verdade. O príncipe deve ficar comovido quando seus súditos estão no sofrimento; ele deve tremer quando eles estão descontentes; é ele quem, por sua condição, deve conhecer os males e as disposições de seu povo; cabe a ele fazer cessar suas queixas e seus lamentos. Todo ministro fiel deve ser os olhos do senhor e a voz do povo. Esses cortesãos aduladores, que temem inquietar os reis ou afligi-los, são prevaricadores e traidores. Um rei deveria estar tranquilo quando sua nação é miserável?

Porém, nos governos imprudentes, frívolos e corrompidos, a verdadeira grandeza é desconhecida. Assim como o déspota, seus favoritos são crianças que, contentes de usufruir de algumas vantagens frívolas e passageiras, dificilmente voltam os seus olhos para o futuro. Cada um procura tirar partido do seu poder efêmero e se incomoda muito pouco com o que acontecerá, depois dele, com o príncipe e com o Estado. Se é impossível que o poder absoluto forme bons soberanos, não é menos difícil que ele forme ministros verdadeiramente apegados a seus senhores e fiéis a seus deveres.

Os cidadãos mais poderosos, assim como os mais fracos, estão evidentemente interessados na manutenção da equidade. Eles podem encontrar nas leis alguns recursos contra a perfídia e a intriga que gostariam de oprimi-los. A grandeza, para ser estável, deve se fundamentar na justiça. A partir do momento em que esta virtude reina na sociedade, ela sustenta todos os seus membros, impede que alguém seja punido sem causa ou oprimido injustamente. Essa justiça universal e social é uma muralha bem mais segura contra a violência do que vãos privilégios, títulos inúteis e distinções frívolas, que o capricho pode conceder e retomar. Será que podemos nos considerar alguma coisa quando o poder e a grandeza dos quais desfrutamos dependem unicamente da fantasia de um déspota, de uma amante ou de um vizir? Será que o cidadão obscuro, em um governo livre, não estará mais seguro de seus direitos do que o ministro mais prestigiado sob o império do despotismo, que não é senão um mar tempestuoso perpetuamente agitado por ventos opostos? Todo déspota é uma criança voluntariosa e malvada, que tem prazer em quebrar os brinquedos com os quais se diverte.

Se os ministros ou as pessoas revestidas de poder estão destinados a representar um soberano equitativo nas diferentes partes da administração, eles devem se fazer queridos pelos povos, ser justos como ele, tornar amável a sua autoridade. Um dos principais deveres do ministro e do homem que ocupa um cargo público é, portanto, ser acessível, receber com bondade os pedidos ou as representações dos súditos, fazer-lhes uma justiça imparcial e rápida. Um ministro duro, seco e inacessível prejudica a reputação de seu senhor. Aquele que não passa de um homem de prazeres causa dano aos seus negócios ou se torna inútil. O ministro deve ser rigoroso e sério. Ser ministro exige não a altivez, mas a atenção, a gravidade nos costumes, a decência adequada a uma condição feita para ser respeitada. O ministro que só tem ouvidos para aqueles que o cercam será perpetuamente enganado e correrá o risco de ser considerado ignorante, fraco e, muitas vezes, injusto ou corrompido.

Uma das maiores desgraças vinculadas à grandeza e ao poder é que aquele que os possui é obrigado a temer a própria família, seus amigos mais queridos, e a se prevenir contra os sentimentos do próprio coração. Seu apego ao Estado deve sempre preponderar sobre as suas ligações particulares. O homem público não é mais senhor dos movimentos de sua ternura; ele só deve receber o impulso da justiça e do interesse do Estado, dos quais ele deve fazer depender sua honra e sua glória. Um ministro que só é bom para os seus é um homem cuja alma é fraca e mesquinha. "Eu não farei aquilo que vós pedis, vós sois muito meu amigo", dizia um homem digno do seu posto a um de seus favoritos, que lhe fazia um pedido pouco equitativo.

Um ministro pródigo, ou que não pode recusar nada, não é um homem benfazejo; é um homem fraco, um administrador* infiel, um prevaricador. Tornamo-nos muito condenáveis espalhando os tesouros do Estado para ter protegidos. Todo ministro que faz o bem não tem necessidade nem de aderentes, nem de combinações secretas; a inocência de sua conduta deve lhe bastar enquanto está no cargo, e sua consciência deve ser sua força e seu apoio quando sair dele. Jogar as riquezas do Estado em cima dos cortesãos famélicos

---

* A edição de 1776 traz "admirador". Optamos pela versão de 1820. (N. T.)

ou dos poderosos sempre ávidos é arrancar o necessário dos desgraçados, cujas necessidades reais devem ser preferidas às necessidades imaginárias da vaidade.

Mas como? Será que os homens mais ricos serão feitos para absorver sozinhos as riquezas e as recompensas das nações? Não, sem dúvida. Elas são principalmente destinadas a pagar, a animar e a consolar o mérito laborioso, a indigência tímida, o talento na aflição e os serviços prestados ao Estado. É à probidade reduzida à miséria que o homem ocupante de um cargo público deve estender uma mão auxiliadora. O rico e o poderoso já têm demasiados recursos e artimanhas para obter os objetos de seus desejos, muitas vezes injustos e criminosos. Quase sempre, não é senão para oprimir o inocente, sufocar o grito do desafortunado, despojar o cidadão e jogar o fraco na prisão que alguns cortesãos odiosos importunam o ministro que eles querem tornar cúmplice de suas iniquidades. Em um governo injusto, os poderosos se creem degradados se eles não têm o terrível privilégio de fazer mal aos outros; é nisso que eles fazem normalmente consistir a sua preeminência.

Por uma fatalidade muito comum, os homens que deveriam se distinguir pela elevação de sua alma mostram muitas vezes uma pequenez inconcebível. Eles não parecem ocupados senão com vaidades, minúcias e brinquedos, pelos quais eles têm a loucura de sacrificar o seu repouso, a sua fortuna, a sua própria segurança e a liberdade de seus descendentes e concidadãos. Dir-se-ia que a grandeza de alma e a razão não são de maneira alguma feitas para os grandes e que os personagens elevados acima dos outros não se distinguem deles realmente senão por sua imprudência e loucura.

Uma estranha inversão de ideias faz que os poderosos, em sua maioria, imaginem não desfrutar de modo algum do poder se não podem abusar dele. Reputação, poder, privilégios e grandeza tornam-se sinônimos de liberdade excessiva, corrupção, impunidade. Os soberanos e seus partidários querem apenas se fazer temer, preocupando-se muito pouco em se fazer estimar. Eles só desejam o poder para esmagar todos aqueles que lhes desagradam, sem se ocupar do cuidado de merecer a afeição de ninguém. No espírito da maioria dos poderosos, ser poderoso é ser temível e, por conseguinte, odioso; ser poderoso é desfrutar do direito de ser injusto, de fazer o mal impunemente, de se colocar acima das leis, de oprimir o fraco e o inocente, de desprezar e insultar o cidadão obscuro e desgraçado, de espezinhar aquilo que os homens têm de mais respeitável. Ser poderoso, aos olhos do vulgo imbecil, é anunciar sua condição por meio de palácios suntuosos, por meio de amplas posses muitas vezes injustamente adquiridas, por meio de carruagens elegantes, cavalos, um cortejo de lacaios insolentes, trajes magníficos, fitas e colares feitos para indicar o favor do príncipe ou de seus ministros. Ser poderoso é, muitas vezes, sem riquezas reais, representar à custa de uma multidão de credores que são sacrificados indignamente à sua vaidade. Enfim, ser poderoso é ter, pelo nascimento, o direito de ir engrossar o rebanho dos escravos titulados que vão, covardemente, fazer a corte a um déspota ou receber os desdéns de um ídolo, que mal deixa cair seus olhares sobre a multidão aviltada pela qual está rodeado. É nessas baixezas ou nesses crimes que os próprios povos fazem consistir a grandeza dos cidadãos que os oprimem. Quanto mais um governo é injusto, mais os poderosos são insolentes e faustosos; eles se vingam, no pobre, das afrontas que eles mesmos suportaram muitas vezes; eles disfarçam a sua escravidão e a sua pequenez real com o vão aparato da magnificência. Uma corte brilhante anuncia sempre uma nação miserável, e poderosos que se arruínam para não parecer que também são assim.

Aos olhos da razão, o poder e a grandeza só são bens desejáveis porque podem fornecer os meios de se fazer estimado e querido. Ser verdadeiramente grande é mostrar grandeza de alma; ter poder e reputação é estar em condições de se garantir contra qualquer injustiça e proteger os outros; desfrutar de privilégios estáveis e de prerrogativas asseguradas é possuí-los em comum com todos os seus concidadãos. Ser livre é não temer ninguém e não depender senão de leis solidamente fundamentadas na equidade. Ter o poder é possuir os meios de fazer o bem aos homens, e não o fatal poder de prejudicá-los; é desfrutar da faculdade de fazer os outros felizes, e não da atroz liberdade de insultar os miseráveis; é ser senhor de si e recusar tornar-se escravo; é estar em condições de espalhar seus benefícios sobre os outros, e não de praticar a infame arte de arruiná-los por meio de algumas patifarias passíveis de punição. Ser nobre é pensar nobremente, é ter sentimentos mais elevados do que o vulgo. Ser *titulado* é ter adquirido alguns direitos incontestáveis à estima de seus concidadãos. Ser *homem de qualidade* é ter as qualidades apropriadas para se distinguir do comum dos mortais. O que será dos grandes que só se distinguem dos outros por algumas palavras, alguns hábitos e algumas fitas?

Capítulo V – Deveres dos nobres e dos guerreiros

É chamada de *nobreza*, entre nós, a consideração ligada, na opinião pública, aos descendentes daqueles que serviram bem à pátria. Como reconhecimento pelos serviços de seus ancestrais, a sociedade os *distingue*, ou seja, demonstra por eles mais estima do que pelos outros. Essa consideração, essas distinções concedidas à lembrança de uma utilidade passada, foram sem dúvida imaginadas para encorajar esses descendentes a trilhar o mesmo caminho de seus antepassados e a se distinguir, como eles, por seus talentos e seu zelo. Todo cidadão que contribui para a felicidade pública deve ser considerado *nobre*, ou seja, merece ser preferido àqueles que não proporcionam nenhuma vantagem aos seus associados.

Com base nesse princípio, toda sociedade, por seu próprio interesse, deve manifestar uma consideração especial por alguns guerreiros generosos que, à custa de sua fortuna e de sua vida, ocupam-se do cuidado de defendê-la contra seus inimigos. Ela deve, do mesmo modo, um apreço distinto aos magistrados encarregados de manter a equidade entre seus membros e conter as paixões que perturbariam o seu repouso. O direito de fazer justiça a seus concidadãos é a função mais útil e mais nobre a que um cidadão possa se entregar: se o homem de guerra defende seu país contra os inimigos de fora, o magistrado o defende contra os inimigos encerrados em seu seio, não menos perigosos que os primeiros. Se o homem de guerra consagra sua vida à defesa da pátria, o magistrado devota a sua e sacrifica o seu tempo à manutenção da justiça, sem a qual nenhuma sociedade poderia subsistir. Diz Cícero que "é preciso destruir a opinião daqueles que imaginam que as virtudes guerreiras são mais estimáveis do que aquelas que têm como objeto o interior do Estado"[44].

Pela mesma razão, as nações devem conceder um lugar distinto em sua estima para todos os cidadãos que, por seus talentos e méritos diversos, estão em condições de lhes prestar serviços eminentes. A sociedade, sob pena de ser injusta e desencorajar os membros que poderiam contribuir para o seu bem-estar, deve proporcionar sabiamente sua consideração e suas recompensas à extensão das vantagens que a fazem desfrutar. Sêneca diz que "todos podem aspirar àquilo que faz a verdadeira nobreza do homem: a razão reta, o espírito justo, a sabedoria e a virtude". Tais são as qualidades

---

44. "*Minuenda est opinio eorum qui arbitrantur res bellicas majores esse quam urbanas*" (Cícero, *De officiis*, I).

que uma associação equitativa deve honrar e recompensar em seus membros.

Em toda nação se estabelece necessariamente, portanto, uma espécie de *hierarquia* política da qual o soberano é o chefe, porque ele dirige as vontades e os movimentos dos diferentes corpos da nação. Por conseguinte, o príncipe se torna o distribuidor das graças em nome da sociedade, o dispensador de suas recompensas. Encarregado do reconhecimento público, ele julga o mérito dos cidadãos e a extensão da estima que lhes deve ser mostrada. Se ele é justo, a sociedade aplaude seu julgamento e a fidelidade que ele mostra em pagar os serviços que lhe são prestados. Se ele é injusto, a sociedade contradiz seus julgamentos como sendo capazes de desencorajar o mérito e os talentos necessários à sua felicidade, e recusa sua consideração por aquele que ela acha ter sido injustamente recompensado.

Quando um príncipe enobrece um cidadão ou lhe concede algum título honorífico, ele declara à sua nação que tal homem, dela tendo merecido muito, parece digno de ocupar uma posição eminente entre os seus concidadãos e tem direitos fundamentados ao seu reconhecimento. Se o favorecimento, a intriga e a baixeza fizeram obter essa nova distinção, a sociedade, longe de subscrever as honrarias concedidas em semelhante caso, longe de conceder ao homem assim condecorado a sua estima ou a sua gratidão, o pune com o ridículo, rejeita-o, apela da decisão do soberano surpreendido ou prevenido. Nenhum monarca, por mais absoluto que possa ser, pode subjugar a opinião pública a ponto de fazê-la considerar ou respeitar um cidadão que não é estimável ou respeitável por si mesmo.

Ela respeita ainda bem menos uma nobreza adquirida à custa de dinheiro, que não supõe naquele que ela condecora senão algumas riquezas, e não o mérito e os talentos aos quais o reconhecimento público é devido. Esse meio vil de obter distinções foi um efeito da avareza de alguns príncipes que souberam tirar partido da vaidade de seus súditos opulentos, vendendo-lhes bem caro a fumaça com a qual ela quis se nutrir. Mas os soberanos foram privados, com isso, de um meio fácil de recompensar o verdadeiro mérito. Eles conferiram à riqueza uma distinção que, sabiamente economizada, teria sido muito útil para incitar o mérito. Por meio desse vergonhoso tráfico, a nobreza foi prostituída a alguns homens desconhecidos do grande público, que, sem terem merecido muito da república, tiveram o direito de desfrutar de privilégios quase sempre muito incômodos para o resto dos cidadãos.

Porém, a opinião pública jamais pôde subscrever esse comércio desonroso e visivelmente contrário ao bem da sociedade. Além disso, ele se achava em oposição a alguns preconceitos anteriores. As nações, pouco dispostas a reconhecer a preeminência de tantos nobres novos e sem mérito, reservaram sua consideração para uma nobreza mais antiga, que elas viam perpetuada na posteridade dos antigos defensores da pátria. Tudo aquilo que traz o caráter da antiguidade, que sempre acreditam ser muito sábia, se impõe às nações. Assim, por um preconceito confirmado há séculos, os povos continuam a respeitar os descendentes desses antigos guerreiros sem examinar os méritos de seus ancestrais e, mais ainda, sem se assegurar de que esses próprios descendentes prestaram alguns serviços reais à pátria. Como um homem pode se crer honrado por aquilo que de maneira alguma lhe cabe? Será, portanto, fora de si que se pode buscar a verdadeira grandeza?

Assim, alguns preconceitos antigos se opuseram às novas distinções introduzidas na sociedade. Os povos estúpidos admiraram a nobreza antiga unicamente porque seus pais a tinham por muito tempo temido e respeitado. Uma rotina cega determina a opinião dos homens, que raramente justificam para si mesmos os motivos de suas maneiras de pensar e de agir. Por uma espécie de contágio, eles herdam até mesmo preconceitos aviltantes para eles.

Tendo em mãos a balança da razão e da justiça, por pouco que pesemos as ideias que se tem na Europa acerca da nobreza antiga, que fazem nascer até mesmo a reverência a seus descendentes mais afastados, seremos forçados a reconhecer que essa opinião nada tem de sólido. Descobriremos que esses antigos guerreiros, dos quais os nobres de hoje se originaram, quase sempre bem mais perturbaram a pátria do que a serviram; eles contribuíram mais para forjar-lhe grilhões do que para proporcionar-lhe algumas vantagens reais. Se eles a defenderam fielmente contra os inimigos externos, eles comumente a entregaram aos inimigos internos, submetendo-a ao poder dos tiranos.

Mesmo supondo a grandeza e a realidade dos serviços prestados à pátria pelos antigos heróis das nações, o reconhecimento desses últimos não teria, ao menos, de se estender até a sua posteridade mais remota. Se a equidade proíbe punir os descendentes pelos crimes de seus ancestrais, ela não pode exigir que esses descendentes sejam perpetuamente recompensados pelas virtudes ou pelos talentos de seus antepassados. A virtude não se transmite com o sangue; o mérito é uma qualidade pessoal. Assim, a razão e o interesse público pareceriam exigir que as honrarias, as distinções e a nobreza, em vez de serem hereditárias, permanecessem nas mãos de um governo equitativo, como meios seguros de incentivar a servir utilmente o Estado e de recompensar aqueles que tiverem contribuído verdadeiramente para a sua felicidade presente. Será justo, com efeito, que um homem, cuja estirpe ignorada muitas vezes estagnou-se durante séculos no fundo de suas terras, sem prestar ao Estado nenhum serviço notável, desfrute de consideração e privilégios destinados a recompensar o valor guerreiro? Será justo que o homem inútil seja honrado, distinguido, respeitado e recompensado com imensas prerrogativas em detrimento do cidadão laborioso só porque, há sete ou oito séculos, um dos ancestrais do nobre pegou em armas pelo seu país? Que esse homem possua as terras outrora concedidas a seus antepassados; mas a equidade pareceria exigir que, se ele pretende usufruir das distinções e privilégios da nobreza, que ele próprio faça por merecê-los e deixe de se orgulhar das proezas de seus avoengos, que ele em nada imitou. Montaigne nos diz que "a estima e o valor de um homem consistem no coração e na vontade; é lá que jaz a sua verdadeira honra"[45].

A vaidade é o vício da nobreza. Com base em algumas opiniões cuja frivolidade acabamos de reconhecer, o nobre acredita realmente que é um ser de uma ordem superior aos demais cidadãos. Dir-se-ia que, moldado com um barro bem mais puro, ele nada tem em comum com o resto de seus compatriotas. "A ilusão da maior parte dos nobres", diz Nicole* "é crer que a sua nobreza seja neles uma característica natural." Outro moralista dissera antes dele: "Considerando bem, a nobreza é um dom do acaso, uma qualidade alheia. O que existe de mais inepto do que glorificar-se por aquilo que não é seu?... Aqueles que não têm a seu favor senão esta nobreza a valorizam e falam sempre dela. Toda a sua glória está nos túmulos de seus ancestrais... De que serve a um cego que seus pais tenham tido uma boa visão?... Ser oriundo de pessoas que muito mereceram do público é ser obrigado a imitá-las"[46]. Ele poderia acrescentar que o mérito real ou pretenso de seus antepassados não daria ao nobre o direito de demonstrar desprezo por seus concidadãos e que uma vaidade desagradável só seria apropriada para fazer que esse mérito fosse

---
45. Cf. *Ensaios*, livro I, cap. 30.
* Pierre Nicole (1625-95), teólogo e moralista protestante francês. (N. T.)
46. Cf. A *Sabedoria* de Charron, livro I, cap. 59.

esquecido, ainda que tivesse sido mais real do que a história parece indicar.

Os anais de todas as nações nos mostram, com efeito, os antigos nobres como uma corporação de guerreiros turbulentos, perpetuamente divididos entre si por querelas tão injustas quanto fúteis, unicamente ocupados em atormentar uns aos outros ou em fazer que o peso de sua autoridade fosse cruelmente sentido por seus vassalos e servos. Vemos esses furiosos continuamente em guerra, dilacerando as nações com suas rixas sangrentas. Nós os vemos impondo a seus súditos alguns deveres muitas vezes tão bizarros quanto tirânicos e transformando isso em seus direitos. Nós vemos, nesses tempos de perturbações e infortúnios, os reis muitíssimo fracos para reprimir as violências desses frenéticos incessantemente ocupados em se destruir entre si, desprezando a autoridade soberana e revoltando-se contra ela sempre que ela pretende contê-los. Assassinatos, roubos, rapinas e infâmias são os títulos respeitáveis que a nobreza nos apresenta na história. Enfim, essa nobreza, sempre em delírio e discórdia, sempre separada pelos interesses do resto da nação, sucumbiu sob a força atuante e reunida dos príncipes ambiciosos, que domaram esses guerreiros tão altivos a ponto de reduzi-los a solicitar a vantagem de representar o papel de escravos na corte ou de transformá-los em satélites e sustentáculos dos mais injustos tiranos contra a sua pátria e seus concidadãos. Uma servidão voluntária poderia ser compatível com a verdadeira nobreza? Sófocles diz que "todo homem que entra livre no palácio dos reis nele logo se torna escravo".

Tal foi e deve ser necessariamente o fim dos excessos contínuos de uma nobreza ignorante, agitada e imprudente, que jamais conheceu seus verdadeiros interesses. Uma tola vaidade e alguns privilégios quase sempre injustos, obtidos ou arrancados dos soberanos, tornaram em todos os tempos os nobres e os poderosos insociáveis. Eles acreditaram que não lhes convinha ter causas em comum com *plebeus*, *vilões* e *burgueses*. Eles os desdenharam, os esmagaram, e a nação não teve mais forças que pudesse opor ao despotismo; este último conseguiu oprimir sucessivamente todas as ordens do Estado[47]. Um espírito de corpo sempre contrário ao espírito patriótico causou a perda dos Estados e o aviltamento da própria nobreza.

Por um preconceito contrário à toda justiça, os homens se creem fracos e infelizes quando não têm o direito de fazer o mal àqueles que eles veem abaixo deles. O prestígio, o poder e as prerrogativas nada mais são, comumente, do que a faculdade de oprimir os mais fracos e fazer que eles sintam o peso de sua autoridade. "Mesmo aqueles", diz Juvenal,

---

47. Os poderosos e os nobres poloneses arrancaram de Luís, rei da Polônia e da Hungria, o privilégio de não serem julgados senão por seus pares, a fim de fugir dos tribunais ordinários – o que lhes proporcionou a impunidade por todos os crimes, e fez reinar uma anarquia que terminou, em nossos dias, por levar à destruição e ao desmembramento desse reino.
Frederico I, rei da Dinamarca, para obter o auxílio dos nobres de seu reino, foi obrigado a entregar-lhes a população de pés e mãos atados. Ele lhes deu o direito de vida e de morte sobre os seus camponeses e o de condená-los à perda dos seus bens imóveis, sem poderem apelar aos tribunais ordinários (cf. Mallet, *História da Dinamarca*, t. IV, p. 10).

"que não querem matar ninguém desejam ter o poder de fazer isso[48]." Os insensatos não veem que o poder mais desejável é aquele que se faz amar. Eles não percebem que a força injusta pode ser domada por uma força maior. Enfim, esses nobres, que incluem entre os seus privilégios o direito infame de atormentar e pilhar, de fazer perecer seus desgraçados súditos, não se apercebiam de que essa anarquia e essas desordens abriam um caminho fácil para o despotismo. Os povos oprimidos sempre preferem ter um único tirano a obedecer a cinquenta cujas discórdias são uma desgraça contínua[49].

Será que tantos exemplos memoráveis, que comprovam essas tristes verdades, não deveriam abrir os olhos da nobreza e provar-lhe que nada é mais contrário ao bem da sociedade, à prosperidade nacional, à política sadia e à sã moral do que esse orgulho imbecil que a separa do corpo das nações? Todos os cidadãos de um mesmo Estado, grandes ou pequenos, nobres ou plebeus, ricos ou pobres, sendo membros do mesmo corpo, não estariam destinados a se amar, a se apoiar, a trabalhar em harmonia pela felicidade pública? Com que direito o nobre desprezaria o agricultor que o alimenta e o enriquece, o artesão que o veste, o comerciante que lhe proporciona os encantos da vida, o homem de letras que o diverte e o instrui e o sábio que trabalha para ele?

---

48. "*Qui nolunt occidere quemquam, posse volunt*" (*Sátira* X, verso 96).
49. A tirania dos nobres determinou os dinamarqueses, em 1660, a conceder o poder absoluto ao rei. A má administração do senado da Suécia foi, em 1772, a causa da mais recente revolução ocorrida naquele reino.

Porém, por uma consequência de seus preconceitos, a nobreza muitas vezes desdenha se instruir e parece mesmo se vangloriar da sua ignorância[50]. Quase sempre destinado ao ofício da guerra, que tolas prevenções o fazem considerar o único digno dele, o nobre despreza a ciência e raramente busca se esclarecer. Se ele é de uma estirpe ilustre ou favorecida pelo príncipe, está seguro de chegar aos postos mais elevados sem se dar ao penoso trabalho de adquirir alguns talentos. Se o nobre é ignorado pela corte, ele não se entrega ao ofício da guerra; vive totalmente inútil e desocupado na propriedade de seus antepassados, em que muitas vezes exerce uma tirania fatal a seus vassalos.

Os heróis e os grandes capitães da Antiguidade, que não ficavam a dever nada aos nossos guerreiros modernos quanto à coragem e aos talentos militares, não desdenhavam se instruir nas escolas de filosofia. Os Epaminondas, os Péricles e os Alexandres não consideravam a cultura do espírito um ornamento supérfluo em um homem de guerra. Cipião, o vencedor de Cartago, vivia na mais estreita intimidade com Terêncio, o liberto. Esse grande homem cultivava as letras e a filosofia; segundo Cícero, "ele nunca estava mais ocupado do que quando parecia viver no mais profundo repouso".

Não há nenhum cidadão que tenha maior necessidade do auxílio das letras e das ciências do que esses nobres e es-

---

50. O tirano Licínio dizia que a ciência era a peste para um Estado. Um rei de Castela tinha dito que "o estudo das ciências não convinha a um nobre". Afonso, rei de Aragão, ao tomar conhecimento dessa afirmação, exclamou que "essas palavras eram de um boi, e não de um homem".

ses guerreiros que entre nós se vangloriam de tudo ignorar. É à ignorância e à ociosidade fastidiosa, às quais muitas vezes a nobreza moderna se condena, que se deve atribuir os vícios, os excessos e as baixezas pelos quais se vê muitas vezes ela se desonrar. O guerreiro só está em ação durante um tempo muito curto em relação à duração de sua vida. Uma vez que tenha cumprido as suas funções, ele não tem mais nada para fazer; a paz o mergulha em indolência, em uma preguiça completa. Então vós o vedes, à custa de sua fortuna, se entregar imoderadamente ao jogo, à devassidão, à galantaria, às desordens de toda espécie e a despesas ruinosas. Por fim, sua fortuna deteriorada o obriga a contrair dívidas, a se tornar trapaceiro e velhaco, a viver de artimanhas, e, muitas vezes, a se permitir algumas coisas que fariam enrubescer os mais ínfimos cidadãos.

É à desocupação dos nobres e dos guerreiros, à sua paixão pelo jogo, à sua libertinagem e, sobretudo, à sua vaidade turbulenta que se deve atribuir as suas frequentes querelas, que tantas vezes terminam em combates sangrentos. A honra, entre nossos guerreiros modernos, não é a justa estima por si, confirmada pelos outros; essa última só pode estar fundamentada no sentimento de sua própria dignidade, que é dado somente pela virtude. Essa honra fútil é bem antes o temor de serem desprezados, porque se reconhecem realmente desprezíveis. Duelar não provará a honra jamais. Um duelo não prova nada, a não ser muita impaciência, vaidade e estouvamento – qualidades bem opostas à força, à verdadeira grandeza de alma e à humanidade. O homem de honra é aquele que merece ser honrado. O que existe de honroso em uma baixeza acompanhada de crueldade? Os famosos capitães da Grécia e de Roma, com tanta bravura e honra quanto os nossos guerreiros modernos, suportavam um insulto e de maneira alguma procuravam lavá-lo no sangue de seus concidadãos[51].

Se as distinções relacionadas à nobreza têm o mérito e a virtude como fundamento real ou suposto, e se essa nobreza quer ter honra de fato, os nobres parecem ter assumido um compromisso mais forte do que os outros de mostrar à sociedade alguns talentos e virtudes. "A verdadeira nobreza

---

51. Nos séculos bárbaros da Europa, a religião e a política aprovavam igualmente os combates singulares, e o resultado deles era considerado um julgamento do céu, que supostamente sempre se declarava contra o culpado. Desde esse tempo, as leis religiosas e civis têm tentado inutilmente abolir essas práticas desumanas. Hoje, em toda a Europa, o homem que se bate em duelo se expõe a perecer em um cadafalso, e aquele que se recusa a duelar se encontra desonrado. Se quisessem suprimir os duelos, seria necessário começar por retificar a opinião nacional, vinculando a infâmia a quem quer que se tornasse culpado disso. Se todo nobre que tivesse duelado fosse declarado infame e degradado, isso teria causado mais impressão do que o temor da morte, que o homem de guerra é feito para desprezar. Fábio dizia que "aquele que não pode suportar uma injúria é mais poltrão do que aquele que foge diante do inimigo". Todo mundo conhece o dito de Temístocles, para quem Euribíades, em um conselho de guerra, levantou o cajado como se fosse agredi-lo. Temístocles, pouco sensível a esse ultraje, contentou-se em lhe dizer friamente: "Bata, mas ouça". Aqueles que pretendem que o espírito militar tem necessidade de duelos para ser conservado têm apenas de ler a história grega e romana; ali eles verão que alguns guerreiros, temíveis para os seus inimigos, não tinham a loucura de massacrar uns aos outros por causa de alguns gestos ou palavras.

é a virtude", diz Juvenal[52]. Assim, um nobre ignorante, um nobre sem mérito e sem talentos, um nobre vil e rastejante, um nobre aviltado por suas orgias, seus vícios, suas dívidas e suas patifarias – em poucas palavras, um nobre sem virtude – são contradições nos termos. Não é duvidoso que o plebeu mais obscuro, desde que seja honesto e laborioso, seja um cidadão mais estimável que o nobre inútil ou perverso, que muitas vezes se crê no direito de cobri-lo de desprezo. Aquele que serve bem a pátria nunca é ignóbil ou vilão. Um árabe afirma que "existem bem poucos nobres sobre a Terra".

Que a nobreza deixe, portanto, de se orgulhar dos méritos e dos serviços de seus antepassados. Que, antes, os nobres gemam por sua cegueira e por seus crimes, que tantas vezes aniquilaram a felicidade da pátria; que eles expiem com os seus benefícios as suas loucuras tão nocivas para eles mesmos e para os seus concidadãos; que eles se envergonhem do fato de tantas vezes terem contribuído para entregar sua pátria ao jugo do despotismo, do qual eles nada mais fizeram que se tornar os defensores e os primeiros escravos; que esta nobreza renuncie à sua ignorância e a seus preconceitos, que não lhe deixam outra profissão na sociedade além da de se imolar aos injustos caprichos dos conquistadores – esses últimos encaram a sua nobreza apenas como um viveiro de vítimas destinadas a servir à própria ambição. Sempre enganada pela opinião transmitida por seus selvagens ancestrais

---

52. *"Nobilitas sola est atque unica virtus"* (*Sátiras*, VIII, v. 20).

e conservada por uma política enganadora, essa nobreza se devota e se arruína por uma vã fumaça. Por fim, seduzida pela vaidade, um luxo ruinoso multiplica as suas necessidades e a força a renunciar à sua liberdade e a rastejar covardemente aos pés dos senhores que podem satisfazê-las. Em um governo arbitrário, o luxo é um meio poderoso para humilhar os nobres e forçá-los a receber o jugo. A honra e o despotismo serão sempre incompatíveis.

Não há nenhum cidadão para quem a instrução, a virtude e os talentos sejam mais necessários do que para os nobres e os poderosos. Destinados pelo Estado a reger a sorte das nações, chamados para os conselhos dos reis, feitos para comandar os exércitos e para sustentar os impérios, quantos conhecimentos eles não deveriam acumular? Porém, por uma fatalidade muito comum, os homens nascidos para dirigir os outros se riem da virtude, desprezam a ciência e desdenham a instrução. O militar imagina que sua profissão não lhe impõe senão o dever de mostrar coragem e enfrentar a morte. Será que ele não vê, portanto, que a guerra é uma arte que supõe a experiência, algumas reflexões e, algumas vezes, o gênio mais extenso? Será que a raridade dos grandes generais não prova suficientemente a dificuldade de seu ofício? Não é no seio das cidades ocupadas com frivolidades, não é aos joelhos das belas, não é em meio às intrigas de uma corte, não é nas antecâmaras dos ministros que um capitão pode aprender a defender sua pátria, a planejar acampamentos, a disciplinar soldados e a desdobrar batalhões. Haverá algo mais funesto para o Estado e mais criminoso do que a presunção desses generais que, desprovidos de luzes, têm a audácia de se apresentar para comandar exércitos cujas operações decidirão, talvez para sempre, o destino de um império? Como um general ousa erguer os olhos diante de seu senhor e seus concidadãos quando sabe que a sua incapacidade é a verdadeira causa dos reveses de seu país? Seu coração não deveria estar dilacerado de remorsos quando ele escuta os gritos lamentosos de tantas famílias que sua imperícia temerária mergulhou no luto? Que recriminações ele não deve se fazer pensando nas legiões que a sua imprudente vaidade fez serem inutilmente massacradas?

Portanto, que não se diga mais que a ciência é inútil aos guerreiros e que a coragem lhes basta. Sem luzes, a coragem não passa de um desatino ou de uma ferocidade. O estudo, a reflexão e o saber são da maior importância para os homens de guerra e para o Estado, do qual eles são os defensores. A moral, assim como a política, reúne-se evidentemente para cobrir de ignomínia essa vergonhosa ignorância que é muito comumente o apanágio do militar. O oficial, normalmente, é quase tão pouco instruído quanto o simples soldado. Seguir sem reflexão a rotina do serviço; combater como cego quando os chefes ordenam; vegetar na ociosidade de uma guarnição; definhar no tédio, que é distraído apenas pela desordem e pela devassidão: assim é a vida maquinal e fastidiosa na qual o militar fica estagnado até a sua velhice – que, bem longe de fazê-lo ser considerado, o torna muito

desprezível. Eis, comumente, aquilo que se chama *servir*[53].
Por ter negligenciado acumular em sua juventude os conhecimentos que apenas o estudo e a meditação podem fornecer, o oficial, depois de trabalhar a vida toda, não é muitas vezes senão um objeto fatigante para ele mesmo e seus concidadãos. Um militar sem cultura, por mais valente que possa ser, será sempre inútil e desprezado durante a paz.

Não obstante os preconceitos da maioria dos povos, que fazem a profissão das armas ser considerada a mais relevante, não existe nenhuma posição mais deplorável do que a de um velho militar sem fortuna e sem luzes. Muitas vezes enganado por um governo ingrato, a serviço do qual se arruinou loucamente, ele é forçado a solicitar, sem resultado, uma módica pensão para sobreviver – os príncipes e seus ministros dificilmente pensam em espalhar benefícios sobre súditos inúteis. Exasperado pelo infortúnio, nosso herói rejeitado faz suas contínuas queixas em alguns círculos que ele aborrece. Incômodo para todo mundo, suas enfermidades o acabrunham e terminam, na miséria, uma vida que teria sido mais vantajoso perder nos combates. Somente as qualidades do co-

---

53. "Com a simples prática sem teoria", diz o Sr. de Puiségur, "por mais que possamos construir trincheiras, nem por isso saberemos comandar um ataque diante de uma praça forte, assim como nos precaver contra as investidas. Teremos nos encontrado em muitas circunvalações e não saberemos de modo algum fazê-las. Teremos, do mesmo modo, estado em alguns exércitos de observação e visto fazerem todos as movimentações para cobrir um cerco, e nem por isso saberemos dirigi-las" (cf. o *Tratado da arte da guerra*, do Sr. de Puiségur).

ração e do espírito podem merecer uma consideração que dure até o túmulo.

No entanto, o militar, comumente desprovido de instrução e bons costumes, não leva quase sempre para a sociedade civil senão a moral que ele recolheu nas guarnições, nos acampamentos e nos exércitos. Essa moral, normalmente pouco delicada quanto a todo o resto, faz o mérito consistir em uma ferocidade fácil de despertar, em uma rudeza habitual ou em uma fatuidade que não predispõe a favor dos guerreiros e que torna a convivência com eles suspeita e perigosa.

Os deveres e as regras que a moral, a razão e a sã política impõem aos nobres e aos militares os obrigam a atrair para si a consideração pública e a merecer as honrarias, os graus e as recompensas (que são sempre concedidas em nome e à custa da nação) por seus serviços reais, seus talentos úteis e por devoção a seu país. Ao contrário de pô-los no direito de oprimir ou desprezar seus concidadãos, sua posição os obriga a lhes dar o exemplo da equidade, da moderação, da verdadeira força, da magnanimidade, da generosidade e do amor ao bem público. Os guerreiros e os nobres são comumente cidadãos que tudo deveriam ligar o mais intimamente à pátria. O mérito militar consiste em defender com coragem as pessoas e as posses de todos contra aqueles que gostariam de invadi-las. De onde se vê que o homem de guerra se tornaria um traidor, e até mesmo um covarde, se vendesse sua vida ao despotismo e à tirania, desde sempre os mais implacáveis inimigos de toda sociedade[54]. Um guerreiro bastante louco para se imolar aos caprichos de um tirano não passa de um gladiador mercenário. Um cidadão que põe grilhões em seu país é um furioso que coloca fogo em sua própria casa, com o risco de arruinar a si mesmo e à sua posteridade. Que atroz herança é deixar para a sua família o opróbrio da servidão[55]!

Obedecer como um cego, eis a que se reduz toda a moral do homem de guerra. Porém, se essa moral é adequada nos acampamentos e nos exércitos, não se deve ensiná-la nas cidades ou na sociedade. Ela não faria dos guerreiros, evidentemente, senão puras máquinas, instrumentos abjetos que, nas mãos dos tiranos, aniquilariam as leis e a liberdade. A obediência mecânica a chefes injustos é uma traição contra a pátria, que o guerreiro deve defender contra todos os seus inimigos. Se essa obediência é louvável no simples soldado, sempre incapaz de raciocinar e formar algumas ideias de justiça, ela é condenável e desonrosa naqueles que o comandam. A educação deveria ter-lhes inspirado alguns

---

54. "Não são", diz Fírmico, "homens corajosos aqueles que traficam seu sangue e se expõem à morte pelos caprichos de outro" [*Non fortes qui se ob alienae gratiae voluntatem nundinantur, sanguinis jactura ad mortis spectaculum vendunt*] (cf. Júlio Fírmico, livro VIII, cap. 13).
"Não será", diz Antífanes, "estar a soldo da morte ganhar com o que viver à custa de sua vida?"
55. Um lacedemônio respondeu a Indarnes, oficial persa, que solicitava que ele permanecesse na Pérsia: "Tu não conheces o valor da liberdade; porque aquele que o conhece, se tem juízo, não a trocaria por todo o reino da Pérsia" (cf. Plutarco, *Ditos notáveis dos lacedemônios*).

sentimentos mais nobres e mais generosos que os dos autômatos cujos movimentos eles dirigem. Porém, a política dos tiranos tomou, em todos os tempos, o cuidado de erguer um muro de bronze entre os nobres, os soldados e seus outros súditos. A nobreza militar, constituindo uma classe distinta, devota-se servilmente às vontades dos piores príncipes; e, lograda por vãos privilégios, por pensões e títulos inúteis, ela não tem nada em comum com as diferentes ordens do Estado. Todo guerreiro foi o homem do príncipe e acreditou-se liberto de qualquer laço para com sua nação; ele deixou de ser cidadão para tornar-se um satélite, um mercenário, um escravo. As leis, a liberdade e a justiça – e, com elas, a felicidade – são logo banidas dos Estados cujos chefes têm às suas ordens tropas assalariadas.

Falar de pátria, de moral e de deveres para aqueles que, hoje em dia, compõem os exércitos é evidentemente expor-se à galhofa. A vaidade, o desatino, a libertinagem, a preguiça e o desejo de desfrutar de uma licenciosidade impune – eis aí os motivos ordinários que levam uma juventude estouvada para a profissão das armas. Alguns guerreiros dessa têmpera são tentados a crer que a razão, a reflexão, a equidade e a virtude não são de maneira alguma feitas para eles. A moral parece dever se impor ainda bem menos a alguns soldados grosseiros, escolhidos ordinariamente entre os vadios, os vagabundos, as pessoas *sem lar nem lugar*, e mesmo algumas vezes entre os malfeitores, muito felizes por encontrarem em uma legião o meio de se furtar, seja à indigência, seja aos castigos que eles mereceram[56].

Um governo militar influi da maneira mais marcante sobre os costumes das nações. Todos querem se parecer com aqueles que compõem a corporação mais distinta; consequentemente, todos adotam as maneiras militares; todos se mostram vãos, levianos, sem cuidados e sem bons costumes.

Não é assim que eram compostos esses exércitos corajosos dos gregos e dos romanos, dos quais a história nos transmitiu as façanhas. Seus generais eram homens abnegados, instruídos, guiados pelo amor à glória. Os simples soldados não eram vis mercenários; eram cidadãos, agricultores, proprietários; eles tinham uma pátria que lhes era cara, porque ela encerrava e protegia as suas mulheres, os seus filhos e os seus bens. Eles combatiam com força pela liberdade, e não pelo despotismo. Quando a guerra terminava, eles eram devolvidos a seus lares, onde desfrutavam dos louvores de seus concidadãos por tê-los defendido com valentia. A milícia romana, tornando-se mais tarde mercenária, deixou de ser animada pelo mesmo espírito. Os soldados nada mais foram, então, do que os detestáveis instrumentos dos ambiciosos que souberam seduzi-los. Eles sujeitaram o Estado a tiranos que eles destruíam à vontade. À força de massacres, rapinas

---

56. Xenofonte atribui a decadência dos persas depois de Ciro à maneira como, então, eram formados os seus exércitos, que não eram mais compostos senão de uma vil canalha reunida, mais ou menos como se faz para formar os exércitos de hoje em dia.

e indisciplina, eles levaram à ruína do Império, que deveriam muito mais ter defendido contra seus indignos senhores do que contra os germanos, os partas ou os dácios.

Tal é a sorte que as tropas mercenárias preparam para as nações! Tais são os destinos desses tiranos que se entregam a uma soldadesca inconstante e perversa! Esta última, depois de ter demolido a equidade, a liberdade e as leis, orgulhosa de seus sucessos e cheia de avidez, termina por se lançar como besta feroz sobre o senhor que desencadeou o seu furor. Os imperadores mais justos e mais sábios – os Probo, os Alexandre Severo – foram vítimas desses soldados desenfreados para os quais a virtude dos príncipes tinha se tornado odiosa. Por fim, tal é ainda em nossos dias a sorte a que os janízaros rebeldes submetem os seus sultões. Os próprios déspotas nem sempre podem contar com os escravos que guardam a sua pessoa. As bestas ferozes muitas vezes exterminam os seus guardiões. A licenciosidade e a corrupção dos soldados, que os príncipes parecem favorecer, tornam-se tão funestas aos senhores quanto às nações que esses últimos se propõem a sujeitar. Os instrumentos empregados pela tirania contribuem mais cedo ou mais tarde para a destruição dos tiranos.

Sob os governos introduzidos pelos povos bárbaros que partilharam as províncias do Império Romano, os generais, os poderosos, os nobres e os guerreiros, unicamente obrigados a seguir os reis à guerra, tornaram-se pouco a pouco independentes de sua autoridade durante a paz. Eles foram cada vez mais os representantes, os magistrados e os juízes das nações reduzidas à servidão pela força de seus braços. Mas qual pôde ser a justiça que os infelizes servos obtiveram desses homens brutais, ignorantes, nutridos de carnificina e rapinas? Que proteção os cidadãos menosprezados encontrariam em alguns nobres que jamais pensaram senão em estipular seus próprios interesses? Os reis, fracos demais para chamar à razão os vassalos indomáveis, dividiram-nos como já vimos, tiraram proveito das suas dissensões e da sua imperícia para associá-los nos tribunais dos *clérigos*[57] ou juízes mais instruídos, que pouco a pouco substituíram esses guerreiros incapazes e constituíram a magistratura que vemos subsistir na Europa.

Os representantes armados logo se tornaram tiranos temíveis para o povo e súditos rebeldes ao soberano. Uma nobreza militar, orgulhosa de sua força, despreza a justiça e não é adequada para julgar os cidadãos. Para representá-las, as nações precisam de alguns homens justos, íntegros, esclarecidos, submissos às leis e inacessíveis às seduções das cortes, que obriguem o próprio príncipe a respeitar os direitos da sociedade e que, sobretudo, as respeitem eles mesmos. Os representantes venais ou fáceis de seduzir são traidores, que logo cairão nos grilhões do despotismo, depois de terem caído tolamente em suas ciladas.

---

57. Eram chamados de *clérigos*, nos séculos da ignorância, aqueles que tinham alguma noção das letras, que estavam então reservadas ao clero.

Assim, por falta de equidade, de razão e de ciência, a alta nobreza, que outrora caminhava quase ao lado dos monarcas, foi não somente abatida, despojada de seu poder, mas também privada da tão nobre prerrogativa de representar e julgar os povos. Será que a sua queda não deveria ensinar a todos os poderosos que nenhum poder, por mais forte que ele pareça, pode se sustentar sem justiça e sem luzes? Nenhuma ordem no Estado, nenhuma corporação pode, sem perigo, separar seus interesses dos da nação: em poucas palavras, a moral e os talentos são úteis e necessários à nobreza, e não têm nada que deva atrair o seu desprezo. Diz um poeta: "Um escravo não tem direito de andar de cabeça erguida"[58].

A nobreza impõe evidentemente àqueles que a representam o dever de se ligar mais fortemente à pátria do que os outros. Quanto mais se recebe da sociedade, mais se deve mostrar a ela gratidão e zelo. Ninguém mais do que o nobre está interessado na prosperidade do Estado, que contém seus bens, onde ele desfruta da consideração e das honras que é feito para desejar. Nada é mais legítimo e mais bem fundamentado do que a escolha dos soberanos quando, na distribuição dos cargos importantes, eles preferem os súditos mais eminentes pelo nascimento.

Devemos supor, sem dúvida, que as pessoas bem-nascidas foram bem educadas, ou seja, receberam de seus pais alguns princípios de honra, alguns sentimentos generosos,

---

58. Cf. Teógnis nos *Poetas gregos menores*.

uma ambição nobre, algumas qualidades estimáveis, um espírito e um coração cuidadosamente cultivados. Quando essas disposições faltam ao nobre, ele não é mais que um homem comum capaz de causar dano ao senhor que ele serve e àqueles sobre os quais tem autoridade.

Porém, para ser justamente considerado, nem sempre é necessário que o nobre desperdice seu sangue nas batalhas ou ocupe cargos eminentes. Quando, desprovido de ambição, ele vive retirado nas possessões de seus ancestrais, sua opulência ou sua abastança colocam-no em condições de fazer muito bem aos infelizes que o rodeiam. Um senhor benfazejo e poderoso não será maior e mais feliz em seus domínios do que esses grandes que se expõem às tormentas das cortes? Quando o nobre desfruta apenas de uma fortuna medíocre, seu retiro o coloca ao abrigo dos aguilhões da ambição; ele lhe oculta o espetáculo aflitivo das pessoas indignas que a injustiça tantas vezes eleva às honrarias. Suas necessidades são limitadas, porque ele não está contaminado pela epidemia do luxo. Ele explora em paz o seu campo, cultiva o espírito em seus momentos de lazer e educa alguns filhos que poderão, um dia, por seus talentos, sair da obscuridade e aparecer com brilho no mundo.

Mas a infelicidade deixa de interessar quando é acompanhada de vaidade. O rebento virtuoso de uma família antiga e decaída é um objeto comovente que nos lembra os cruéis jogos da fortuna; um nobre modesto é apto a conquistar mais seguramente os corações do que um fidalgo indigente e soberbo. Quase sempre a altivez não abandona a nobreza nem mesmo no seio da miséria. Em qualquer posição que o nobre se encontre, ele é feito para *se sentir*, ou seja, ele deve respeitar a si mesmo, jamais se aviltar e ser cioso da estima alheia. Será que esses sentimentos louváveis deveriam se confundir com uma vaidade pusilânime e inquieta; com uma indolência vergonhosa, um temor fútil de se degradar por um trabalho honesto ou por alguns talentos estimáveis? Os preconceitos bárbaros que ainda subsistem fazem que, em muitas nações, todo nobre acredite, simplesmente por seu direito de nascença, ter fundamento para desdenhar empregos honrosos, os recursos do comércio, e para desprezar aqueles que o destino não fez nascerem como ele. Nenhum talento, nenhuma virtude lhe parecem comparáveis à vantagem de ter nascido de pais nobres. Esse preconceito lamentável o torna quase sempre injusto, insociável e desagradável para todos aqueles que o acaso não serviu tão bem. É preciso ser singularmente desprovido de mérito pessoal para dar tanto valor a um puro acidente!

Os homens não são iguais pela natureza; eles não são iguais pelas convenções sociais, que, para serem equitativas, não devem jamais colocar na mesma linha o homem inútil ou perverso e o cidadão virtuoso. O nobre não é respeitável senão quando age nobremente. Ele não merece de maneira alguma ser distinto da multidão quando seus sentimentos e suas virtudes não correspondem àquilo que a sua origem parecia prometer. Seus concidadãos têm o direito de lhe dizer:

"Se vós sois verdadeiramente do mesmo sangue desses guerreiros generosos que outrora se devotaram pela pátria, provai-nos vossa origem por meio de ações nobres, por uma maneira de pensar digna de tais ancestrais. Se vós descendeis dos benfeitores de nossos pais, não tratai seus descendentes com uma altivez insultante. Se vós quereis ser honrado, mereça nossa estima por vossas virtudes, por um apego inviolável às leis sagradas da honra. Se vós sois membro da mais eminente das corporações do Estado, não vos torneis cúmplice dos perversos que, depois de terem subvertido tudo por meio de vossas mãos, aniquilarão vossos privilégios e vos colocarão um dia na posição desses plebeus que tendes a crueldade ou a loucura de desprezar"[59].

Por muito tempo, inebriados pelas distinções frívolas, pelas prerrogativas pueris e precárias, pelos vãos títulos e pelos pretensos direitos, algumas vezes muito injustos, os nobres se acreditaram seres de outra natureza, diferente do resto dos homens; eles tiveram vergonha de confundir seus interesses com os dos burgueses, que eles consideravam servos

---

59. Um nobre alemão não faz nenhuma sociedade com um negociante. Os habitantes do Hindustão estão divididos em *castas* ou tribos, das quais as superiores não só desprezam as tribos inferiores, mas também as maltratam cruelmente. Um *naire* ou nobre do Malabar tem direito de matar um *pouliet* ou pobre que o tenha tocado por descuido. Os nobres cingaleses tratam os plebeus da mesma maneira, ao passo que só se aproximam dos reis andando de quatro, e se qualificam de *cães* quando falam de si próprios. Um fidalgo polonês pode matar um camponês sem consequências. Na Europa, um grande senhor é, no máximo, punido com a prisão pelos crimes e os assassinatos – exceto na Inglaterra, onde as leis não fazem distinção entre as pessoas.

libertos de seus ancestrais. Autorizados por uma jurisprudência feudal e bárbara, eles exerceram sobre os povos mil vexações jurídicas. O direito tão nobre da caça tornou as terras estéreis; os campos foram devastados e os cultivadores, arruinados, para o divertimento dos senhores. A vida dos animais selvagens tornou-se mais preciosa do que a dos homens[60]. Sob o pretexto de preservar seus direitos, os poderosos submeteram seus súditos às injustiças mais clamorosas. É uma bela diversão, sem dúvida; um prazer bem nobre e bem grande, aquele que transforma vastas regiões em florestas e em desertos, que algumas vezes aniquila as colheitas e custa lágrimas a centenas de famílias desoladas.

A moral e a política se insurgem igualmente contra esses abusos revoltantes. Será que os nobres e os poderosos não poderiam, portanto, divertir-se sem assolar as próprias terras ou afligir os infelizes dos quais eles deveriam ser os protetores e os pais? Com que olhos o lavrador indignado deve ver o seu senhor, que não se mostra nos campos senão para levar a eles a penúria e a desordem? Mas a humanidade não diz nada a alguns orgulhosos protegidos da miséria; eles riem das lágrimas dos miseráveis; eles se congratulam pelo poder de tudo ousar contra a fraqueza impotente. O que estou dizen-

---

60. As leis imaginadas para preservar a caça são atrozes em alguns povos. Asseguram que na Alemanha alguns príncipes mandavam amarrar os caçadores clandestinos em cima de cervos, que em seguida eram postos em liberdade nos bosques, onde esses infelizes eram dilacerados.

do?! Eles castigariam aquele que tivesse a temeridade de se queixar humildemente do mal que lhe fazem sofrer[61]!

Se os príncipes, os nobres e os poderosos, no arrebatamento de seus prazeres, são incapazes de ouvir a voz da piedade, que eles escutem ao menos a do próprio interesse. Que eles renunciem a alguns direitos que deixam incultos e despovoam seus domínios, que desencorajam e põem em fuga os cultivadores dos quais eles têm necessidade para contentar o seu luxo e a sua vaidade; que tornam o poder e a nobreza odiosos para alguns cidadãos dos quais eles deveriam merecer a ternura e encorajar os trabalhos. Será que é apenas fazendo mal aos fracos que os poderosos acreditam mostrar o seu poder e a sua superioridade?

A equidade natural, cujas leis são mais sagradas do que as loucas convenções dos homens, anula alguns privilégios concedidos pela injustiça, sustentados pela violência e confirmados pelos séculos. O pacto social exige que nenhuma classe de cidadãos se arrogue o direito de atormentar as outras; ele coloca o fraco sob a salvaguarda do poderoso, o cultivador sob a proteção de seu senhor. O castelo do nobre é feito, assim como o seu coração, para ser o asilo de seus camponeses oprimidos. Uma nobreza virtuosa, cidadã e esclarecida seria a protetora e o modelo dos povos; seus membros

---

61. Vi um grande senhor ameaçar de espancamento e com o calabouço um camponês que, servindo-lhe de guia na perseguição de um cervo, tinha feito que ele fizesse um desvio para poupar um campo que ainda não fora ceifado.

bem unidos seriam por direito os representantes das nações. Eles constituiriam uma muralha que a tirania jamais poderia derrubar. Os nobres opressores, divididos, sem luzes e sem bons costumes, depois de terem oprimido os povos, terminam, por sua vez, por serem oprimidos. A verdadeira moral, sempre de acordo com a equidade e a sã política, não deve se propor a depreciar a nobreza, mas a pôr diante de seus olhos seus compromissos para com a sociedade, a chamá-la de volta à verdadeira origem, à sua instituição natural. A justiça, sempre unida aos interesses do Estado, não pode se propor a introduzir nas nações uma igualdade democrática que logo degeneraria em confusão. Todos os impérios têm necessidade de defensores animados pela honra, ou aos quais a educação tenha inspirado alguns sentimentos elevados. Eles devem ser recompensados por meio das distinções honoríficas, por meio da consideração pública, por meio de algumas recompensas merecidas. Mas a justiça não pode aprovar que a nobreza, mesmo quando ela vive na ociosidade, desfrute de privilégios onerosos para o resto dos cidadãos, e que ela não suporte alguns fardos que são cruelmente jogados sobre a parcela mais pobre e mais laboriosa das nações. O nobre, que pela sua condição é o defensor de seu país; o poderoso que dá seus conselhos aos soberanos e o magistrado que consagra suas vigílias à manutenção da justiça e da boa ordem, são cidadãos justamente distintos dos outros e que não devem ser confundidos de maneira alguma com o cidadão obscuro que não presta os mesmos serviços à pátria.

Que não se escute, portanto, as máximas de uma filosofia descontente e invejosa[62], que, sob o pretexto de restabelecer a justiça ou o reinado de Astreia* sobre a Terra, gostaria de aniquilar todas as classes, para introduzir nas sociedades civilizadas uma igualdade quimérica que não subsistiu nem mesmo nas hordas mais selvagens. Será que nessas populações errantes, das quais a guerra é a paixão habitual (assim como ela ainda o é, infelizmente, na maior parte das nações civilizadas), os homens mais bravos não são os mais eminentes e os mais bem recompensados? A razão não quer, portanto, que, na necessidade cruel que tão frequentemente põe as nações em armas, aniquile-se o espírito militar e arranque-se do valor a consideração que lhe é devida. A verdadeira moral prescreve unicamente aos nobres, aos guerreiros, aos poderosos e aos homens elevados em dignidade que se distingam pelas virtudes e pelos conhecimentos que convêm à sua condição. Ela lhes proíbe que eles se degradem por uma conduta servil ou por alguns vícios capazes de confundi-los com os escravos ou com a mais vil populaça.

A palavra *nobreza* anuncia coragem, grandeza de alma, vontade firme e constante de preservar os direitos da sociedade.

---

62. Cf. o *Discurso sobre a desigualdade das condições*, de Jean-Jacques Rousseau.
* Divindade grega que representa a justiça e a virtude. (N. T.)

A posição social anuncia uma superioridade de virtudes, de talentos, de experiências, à qual o respeito e a consideração são devidos.

Os cargos elevados anunciam o poder, a capacidade, a vontade de fazer o bem, uma autoridade legítima à qual, pelo seu próprio interesse, os homens são obrigados a se submeter. A nobreza, a posição social e a grandeza são palavras vazias de sentido quando elas não proporcionam nenhuma vantagem ao público; elas merecem ser desprezadas e detestadas quando não fazem senão o mal. Seria injusto exigir das dignidades, do nascimento ou dos cargos públicos alguns sentimentos que são devidos apenas às qualidades pessoais que essas palavras representam.

Continuação do Capítulo V – Dos deveres dos nobres e dos guerreiros

Até aqui nós falamos apenas dos deveres dos nobres e dos homens de guerra com relação a seus concidadãos e à pátria onde eles nasceram, no bem-estar da qual tudo lhes prova que eles estão pelo menos tão interessados quanto as outras ordens do Estado. Resta-nos ainda expor em poucas palavras os deveres que os ligam àqueles contra os quais a sua profissão os obriga a pegar em armas. Seria, com efeito, ignorar os princípios mais evidentes da razão ou da moral acreditar que o homem não deve nada a seu inimigo. Seria degradar o guerreiro e supô-lo uma besta feroz pensar que, nascido nas nações civilizadas, ele pôde ignorar as máximas humanas e justas que elas estabeleceram entre si, e que permanecem em vigor mesmo em meio ao tumulto dos combates. Enfim, seria considerar o militar um vil autômato, um carrasco sem piedade, um selvagem furioso, imaginar que ele pode não saber até onde a sua coragem deve levá-lo contra os inimigos que sua pátria lhe designa.

Apenas alguns selvagens estúpidos, desprovidos de razão, de previdência e de virtude é que se persuadem de que tudo é permitido contra os vencidos e que não se deve colocar nenhum limite ao seu furor e à sua vingança. Os insensatos não viram, portanto, que o destino das armas é incerto[*]; que aquele que usa cruelmente de sua vitória logo pode cair, por sua vez, nas mãos de um inimigo do qual ele só fez redobrar a raiva. Os cegos não percebem que as suas guerras contínuas e sempre impiedosas quase reduziram as suas nações, outrora numerosas, a reles hordas incapazes de se defender contra um punhado de europeus.

Há muito tempo as vozes sagradas da humanidade, da razão e do interesse esclarecido desenganaram as nações de nossa região da sua ferocidade primitiva. Quanto mais os povos são instruídos, mais moderação eles mostram na guerra. Se alguns fatos recentes fornecem exemplos de atrocidade, eles se devem a algumas nações que ainda não foram sufi-

---

[*] Aqui, Holbach cita um provérbio: "*Les armes sont journalières*". (N. T.)

cientemente curadas da ignorância e do frenesi de seus ancestrais selvagens[63].

Graças aos preceitos da razão, que abrandaram pouco a pouco os soberanos e os guerreiros, os homens não estão mais tão cruelmente obstinados em sua destruição recíproca. O soldado ouve o clamor da humanidade no próprio seio da carnificina, em meio ao barulho das armas. Ele concede a vida ao inimigo desarmado que pede por ela; ele estaria desonrado se ferisse o adversário caído a seus pés. Ele faz prisioneiros, e não escravos tais como aqueles a quem os bárbaros romanos deixavam com vida apenas para torná-la mais insuportável do que a morte. Hoje, nos exércitos, os prisioneiros feitos na guerra são tratados com brandura, protegidos de todo o insulto e devolvidos por troca ou por resgate a seu país. Enfim, as próprias armas tão ruidosas de nossos guerreiros modernos são bem menos destrutivas do que as dos antigos.

Esses são os efeitos que a moral pouco a pouco produziu nos corações dos príncipes e de seus soldados. É preciso,

---

63. Os croatas e os pandures*, povos estúpidos e bárbaros, cometeram, durante a guerra que se seguiu à morte do imperador Carlos VI, algumas crueldades inauditas. Os calmuques** e os tártaros a serviço da Rússia não se comportaram melhor na última guerra. A destruição do Palatinado, ordenada no século passado por Luís XIV, prova que esse príncipe, tão exaltado por alguns poetas, era um selvagem tão cruel quanto um Átila. De resto, este ato de barbárie não teve outro efeito além de torná-lo execrável a toda a Europa.

* Soldados mercenários de origem eslava que atuavam principalmente para o império austríaco. (N. T.)
** Povo nômade de origem mongol. (N. T.)

portanto, esperar que os senhores do mundo, cada vez mais desenganados de sua ambição homicida, se apercebam do mal que as guerras mais bem-sucedidas sempre fazem a seus Estados. Reconduzidos à humanidade, à justiça e à razão por seu interesse melhor conhecido, eles se tornarão menos pródigos com o sangue de seus súditos; eles não decidirão mais tão levianamente a destruição dos povos. Tornando-se mais pacíficos, eles reduzirão esses incontáveis exércitos que absorvem inutilmente todas as rendas de seus impérios; eles se ocuparão da administração interna, da legislação e dos costumes; eles reunirão nos interesses os súditos a seus soberanos; e, sob as suas sábias leis, o guerreiro e o nobre se tornarão cidadãos.

Independentemente dos deveres gerais que o direito das gentes, adotado pelas nações civilizadas, impõe ao homem de guerra, existem outros que a moral lhe prescreve e que ele não pode negligenciar sem crime e sem desonra. Se sua pátria ordena que ele combata e destrua os inimigos que ele encontra armados, ela não deve lhe ordenar que ele exerça uma vingança tão injusta quanto inútil sobre o cidadão desarmado, sobre o lavrador pacífico, sobre o habitante das cidades. Será, portanto, que não bastam as devastações, os massacres e as violências de toda espécie que a guerra traz em sua esteira, sem ter que também estender seus efeitos sobre homens tranquilos, cuja desgraça foi terem nascido nos Estados de outro senhor?

Se existe, portanto, alguma ideia de justiça e algum sentimento de piedade nos comandantes dos exércitos ou nos oficiais submetidos a suas ordens, eles pouparão os cidadãos desafortunados cuja ruína total não pode, de maneira alguma, contribuir com o sucesso de suas armas, e que não têm nada a ver com as querelas dos reis. Assim, que uma disciplina severa ponha um poderoso freio na licenciosidade, na cupidez e na devassidão de uma soldadesca sempre ignorante e bárbara. Que esses comandantes, verdadeiramente nobres e abnegados, dos quais a honra deve ser o único motor, não se deixem aviltar por uma avareza sórdida. Será que existe algo mais vergonhoso do que a conduta abjeta desses generais de exército, nas mãos dos quais a guerra é um tráfico, e que, rebaixando-se ao ofício cruel e vil dos arrematadores de impostos e dos usurários, buscam espremer das veias dos povos o pouco sangue que a guerra nelas deixou?

Tais são os deveres que a moral e a honra prescrevem aos homens de guerra; eles foram generosamente observados pelos Cipião, pelos Turenne e pelos Catinat*; eles o serão por todos aqueles que preferirem uma glória sólida ao amor pelo dinheiro, paixão que revela comumente as almas covardes e estreitas. A avareza é um vício pouco adequado aos grandes corações. O valor militar logo é aniquilado nas nações enfraquecidas pelo luxo, nas quais o guerreiro muitas

---

* Nicolas Catinat (1637-1712), Marechal de França nos tempos de Luís XIV. (N. T.)

vezes prefere a sua fortuna à sua glória. Os romanos, pobres e inebriados de amor por sua pátria, subjugaram o mundo; enriquecidos com os despojos das outras nações, sua avareza os pôs em luta uns contra os outros; efeminados pelo luxo, esses guerreiros tão temíveis não passaram de um vil rebanho de escravos, tremendo sob o governo dos mais covardes e mais desprezíveis tiranos.

O sentimento da honra deve desaparecer completamente e dar lugar ao interesse mais sórdido em uma nação sujeitada. A honra não é de maneira alguma feita para escravos; eles não podem nem estimar a si mesmos, nem aspirar à estima de seus concidadãos. A grandeza de alma, a altivez nobre e a coragem seriam qualidades inúteis, deslocadas e até mesmo nocivas em seres destinados a rastejar. Como um homem aviltado pelo temor teria uma elevada ideia de si mesmo, ao passo que tudo lhe prova sua dependência e sua fraqueza? Um cortesão cujas posição, fortuna, liberdade e vida estão à mercê de um déspota malvado ou fraco, de um ministro perverso ou de uma amante estouvada, pode ter a força e a elevação que são conferidas pela segurança? Que interesse encontraria esse escravo, unicamente ocupado com o cuidado de agradar a seu senhor, em merecer a estima de um público que, se ele mostrasse algumas virtudes, não lhe concederia senão uma aprovação tácita e estéril, ou que talvez o censurasse por ter tido algumas qualidades pouco compatíveis com a sua condição?

A verdadeira coragem supõe um vigor, uma energia produzida pelo amor à pátria. Porém, onde está a pátria em uma terra subjugada pelo despotismo? Nela, o guerreiro não tem outra função além de defender o carcereiro que a mantém em cativeiro.

Não pode haver nem verdadeira nobreza, nem distinções reais, nem posições sociais e nem privilégios duráveis entre homens igualmente sujeitos aos caprichos de um senhor. Alguns dos escravos que o seu favor inconstante distinguirá por um momento talvez se orgulhem de seu prestígio passageiro e acreditem ser alguma coisa; mas a menor reflexão deve logo reconduzi-los à ideia de sua própria nulidade e lhes fará sentir que a mão que os eleva e os sustenta pode, ao ser retirada, fazê-los cair na poeira. Uma nobreza que não é ilustrada senão por títulos vãos, prerrogativas imaginárias, privilégios injustos e signos fúteis não tem nada de sólido e real. A nobreza verdadeira só pode ser encontrada sob um governo capaz de inspirar alguns sentimentos gerais em uma pátria que proporcione a justiça, a liberdade e a segurança. Portanto, nenhum cidadão está mais interessado do que o nobre no bem-estar de seu país, na preservação das leis que colocam todas as ordens do Estado ao abrigo dos golpes da tirania.

O homem verdadeiramente generoso[64], na acepção da palavra, é aquele que recebeu de seus antepassados uma alma bastante grande, nobre e corajosa para sacrificar alguns interesses pueris e desprezíveis, algumas vantagens incertas

---

64. A palavra *generoso* vem do latim *genus*, que significa *raça ilustre*. Sempre se supôs que um homem bem-nascido devia ter sentimentos mais nobres que os outros e se mostrar capaz de maiores sacrifícios pela pátria.

e precárias aos interesses sólidos e permanentes que o ligam à sua pátria, ao desejo de ser estimado por seus concidadãos, à glória que nunca é outra coisa senão a estima das pessoas honestas. Cícero diz que "é pelo templo da virtude que se chega ao templo da glória".

Que direitos à estima pública poderiam, portanto, ter alguns nobres e guerreiros totalmente desprovidos de grandeza de alma, de verdadeira coragem, de sentimentos generosos? Será que uma nação pode ter uma consideração sincera por alguns cortesãos ocupados em adular à sua custa o déspota que a despoja, ou por alguns guerreiros cuja função é manter seus concidadãos sob o jugo da opressão? Não; homens desse caráter não podem, de maneira alguma, aspirar à estima que constitui a verdadeira honra. Eles podem se impor por seu fausto e sua arrogância; podem inspirar o temor, podem arrancar alguns sinais exteriores de complacência e de respeito; mas jamais obterão nem homenagens sinceras, nem glória, que são devidas apenas à generosidade, ao patriotismo e à virtude.

Como o poder de causar dano daria alguns direitos à estima dos homens? Seria ter ideias bem falsas sobre a honra acreditar que ela é compatível com o vício, o abuso da liberdade e a perversidade. No entanto, é nessas desordens que tantos pretensos nobres e guerreiros não se envergonham de fazê-la consistir. Muitas vezes os homens mais condenáveis, os mais famigerados e os mais dignos do desprezo das pessoas honestas anunciam-se como *gente de honra*, apresentam-se impudentemente em todos os círculos; à sombra de um grande nome ou de uma patente militar, afrontam insolentemente os olhares e mesmo recebem muitas vezes uma acolhida favorável. As patifarias mais baixas e as dívidas mais fraudulentas não fazem de modo algum que eles sejam excluídos das *boas companhias*. Nos governos injustos ou fracos, os poderosos estão seguros da impunidade; os crimes mais confirmados não os expõem ao rigor das leis; temer-se-ia que o seu castigo desonrasse as suas famílias. Como se os crimes não fossem pessoais! Como se esses crimes não desonrassem bem mais que o cadafalso[65]! Em poucas palavras, o nascimento é um manto que cobre todas as iniquidades.

Segurando assim uma balança desigual entre súditos que deveriam usufruir de igual direito à justiça, não parecem alguns príncipes injustos ou fracos entregar o cidadão obscuro à vontade dos poderosos? Eis como um mau governo, pouco contente em oprimir os povos, os abandona indignamente aos ultrajes e aos atentados de uma multidão de tiranos subalternos que, seguros de não serem punidos, fazem que os seus inferiores sejam vítimas de sua excessiva liberdade. Não é muitas vezes senão pelo vício, mais audacioso, que os nobres e poderosos se distinguem do vulgo e se ele-

---

65. Em 1763, Lorde Ferrers, de uma linhagem aliada à casa real, foi enforcado publicamente em Londres por ter assassinado seu criado. Isso não impediu que seu irmão sentasse em seu lugar na câmara dos pares da Inglaterra. Nos outros reinos da Europa, os grandes senhores não são punidos exemplarmente senão por causa de rebelião contra o soberano ou seus ministros – os crimes contra a nação são facilmente perdoados.

vam acima de seus concidadãos, que são desprezados porque são muito fracos para poder resistir àqueles.

Se alguns soberanos concedem a impunidade àqueles que eles se dignam a favorecer, o homem de guerra a proporciona a si mesmo por meio de sua espada, sempre pronta a perfurar qualquer um que ouse lhe manifestar o desprezo que seus vícios deveriam atrair para ele[66]. Resulta um imenso mal, no comércio do mundo, de um preconceito selvagem que faz uma coragem cega e desenfreada ser considerada honrosa, e que muitas vezes impede um velhaco, um escroque, um homem muito desprezível de ser justamente repreendido ou banido da sociedade. Algumas pessoas dessa têmpera podem ter a temeridade de duelar; nada é mais comum do que ver o desatino e a loucura se unirem ao vício e à perversidade. No entanto, o homem mais honesto e mais bravo pode sucumbir à destreza de um impudente, de um mata-mouros, de um espadachim experiente. Para evitar querelas e combates, muitas vezes se é forçado a tolerar nos bons círculos alguns impertinentes e pessoas muito desonestas,

---

66. Carregar a espada nas cidades, em tempos de paz, no meio de seus concidadãos é um resto de barbárie gótica que, visto os acidentes e os crimes que produz, deveria ser abolido em toda nação civilizada. Esse uso era desconhecido dos gregos e dos romanos – que, no entanto, pelo valor guerreiro, nada ficavam devendo aos descendentes dos francos, dos vândalos ou dos visigodos. Na França, por um abuso muito perigoso, alguns lacaios, cozinheiros e artesãos carregam espada e muitas vezes se acreditam no direito de insultar alguns cidadãos pacíficos que eles deveriam respeitar em todos os aspectos. O lacaio de um grande senhor tem a impertinência de se acreditar muito acima de um bom burguês.

que, por saberem *se bater*, não podem ser excluídas e acreditam elas mesmas ser pessoas honradas. Esses funestos preconceitos tornam o convívio com os militares tão desagradável quanto perigoso.

No entanto, as luzes da razão, espalhando-se pouco a pouco, fizeram desaparecer em parte essas noções tão contrárias ao encanto e ao repouso da sociedade. Algumas corporações militares, tornando-se mais sensatas, sabem se desvencilhar desses brigões, desses gladiadores atrevidos que eram vistos outrora com uma espécie de admiração. Um interesse melhor compreendido fez, enfim, que se reconhecesse que era possível mostrar coragem contra os inimigos do Estado sem estar pronto, a todo momento, a insultar, combater e degolar seus concidadãos. Quanto mais os homens se esclarecerem, mais seus costumes se tornarão humanos ou sociáveis.

Existem, no entanto, alguns militares que ainda parecem sentir saudade da antiga barbárie desses tempos em que os guerreiros assassinavam uns aos outros com a maior facilidade, que sustentam que esses frequentes combates serviam para manter o espírito militar. Assim, esses cegos especuladores imaginam que um homem de guerra, para conservar o espírito de seu ofício, deva ser uma besta feroz, um selvagem, um bruto incapaz de qualquer sentimento humano ou racional.

Com efeito, observando a conduta insensata da maior parte daqueles que seguem a profissão das armas, o desatino e a incúria que presidem às suas ações, o desprezo que eles mostram pelas regras da equidade e pelos bons costumes, seríamos tentados a crer que a moral é totalmente incompatível com o ofício da guerra e que o militar está destinado, por sua condição, a jamais refletir ou fazer uso da sua razão.

Uma política tão falsa quanto injusta adotou muitíssimas vezes essas máximas perniciosas. Acreditando manter seus soldados mais ligados a ele, o despotismo os mantém na ignorância e lhes permite a rapina, a injustiça e a licenciosidade nos costumes. É uma política bem imprudente aquela que deixa, assim, à rédea solta alguns irrefletidos, cegamente levados por todas as suas paixões! Os príncipes que seguem semelhantes ideias não veem, portanto, que esses satélites, aos quais se permite que exerçam a injustiça e a sua ferocidade contra os cidadãos desarmados, terminam muitas vezes por exercê-las, em seguida, contra o próprio soberano. Como conter os furores de uma soldadesca embrutecida, que se tomou o cuidado de manter na desordem?

Assim, sem ouvir as máximas de uma política cega e bárbara, todo príncipe racional, para a própria segurança e para o bem de seus Estados, deve reprimir a licenciosidade do soldado, ocupar-se dos costumes de seus comandantes e convidá-los, por meio de recompensas, a se instruir, dedicando a isso uma porção do lazer imenso e fastidioso que lhes deixam em tempos de paz as suas funções militares. Assim, o soberano ver-se-á servido por homens mais hábeis, mais experientes e menos turbulentos, e as nações encontrarão nos nobres e nos guerreiros concidadãos mais úteis, mais sociáveis e mais dignos de serem amados e considerados.

De modo geral, nada parece contribuir de modo mais eficaz para a corrupção dos costumes de uma nação que o governo militar: a desordem, a licenciosidade e o deboche, que o acompanham a todos os lugares, são por ele transmitidos a todas as classes da sociedade e fixam sobretudo seu domicílio nos lugares onde os homens de guerra ficam estacionados. É aí que se vê a cada instante o guerreiro trabalhar para a sedução da inocência, atacar sem descanso a virtude das mulheres e vingar-se de suas recusas por meio de horríveis calúnias – em poucas palavras, brincar insolentemente com a sua reputação e com o repouso das famílias mais honestas[67].

Acrescentem a essas desordens a vaidade, a frivolidade, o estouvamento, a fatuidade e a arrogância, que constituem, por assim dizer, o caráter distintivo da maior parte dos homens de guerra e tornam a sua companhia desagradável para as pessoas sensatas. Enfim, o militar, quase sempre ocioso, teria vergonha de se ocupar; ele se orgulha de sua inépcia e de sua preguiça, que acredita serem honrosas em sua condição; ele despreza, considerando pedantes, aqueles de seus ca-

---

67. Existe um grande número de cidades com quartéis nas quais o militar é excluído de todas as casas honestas. Essa exclusão é devida à conduta impertinente da maior parte dos oficiais, sobretudo com as mulheres – cuja reputação, por uma vaidade bem covarde, eles mancham muitas vezes mesmo quando elas menos merecem. Será que existe algo mais baixo e mais indigno de um homem de honra do que essas *listas* infamantes, e muitas vezes caluniosas, por meio das quais alguns oficiais têm a impudência de desonrar um sexo que todo homem honesto deve respeitar, do qual ele deveria até mesmo assumir o dever de esconder as fraquezas?

maradas que procuram no estudo um meio de empregar utilmente seu tempo livre.

Nunca é demais repetir que a ignorância e a ociosidade serão sempre para os guerreiros fontes inesgotáveis de desordens, infelicidades e tédio. Eles não podem se preservar disso senão adornando mais cuidadosamente o coração e o espírito. Que eles aprendam ao menos em que consiste essa honra da qual eles se vangloriam, ao passo que não têm quase sempre a mais vaga ideia do que ela seja; que não a confundam mais com a vaidade, com a arrogância, com a impudência ou com o vício descarado, que só podem torná-los odiosos e desprezíveis. Que saibam que a instrução e os bons costumes não são menos úteis para eles do que para o resto dos cidadãos.

Por uma tola vaidade que quase sempre toma o lugar da grandeza de alma, da nobre altivez e da verdadeira honra, um luxo ruinoso faz estragos atrozes nos exércitos e desarranja a fortuna daqueles que se consagram à defesa do Estado. É a esse luxo destrutivo que algumas famílias nobres devem a indigência e a obscuridade nas quais as vemos muitas vezes se estagnarem. É a essa miséria que se deve atribuir a dependência servil na qual o despotismo mantém continuamente uma nobreza que foi arruinada por seus loucos gastos. Em poucas palavras, o luxo e a vaidade dos nobres e dos guerreiros servem para consolidar os grilhões que mantêm eles mesmos sob o poder dos tiranos.

Para todo homem que pensa, é um espetáculo estranho e digno de piedade ver até que ponto a opinião alheia conseguiu fascinar a nobreza e iludi-la quanto aos seus interesses mais reais. Para brilhar na guerra por uma despesa que ultrapassa suas forças, um nobre, um rico proprietário se endivida, hipoteca suas terras, despoja-se da fortuna que possui e da qual pode desfrutar. Tudo isso com o intuito de agradar uma corte ingrata, dos caprichos da qual ele será forçado a depender pelo resto da vida. Para substituir os bens sólidos dos quais sua vaidade o privou, ele obterá algumas vezes uma patente, uma pensão precária, alguma distinção pueril, se ele foi favorecido. Porém, se ele não tem nenhum favorecimento, será deixado de lado e desprezado por aqueles mesmos por quem ele teve a ingenuidade de se arruinar. Em poucas palavras, é a algumas esperanças quiméricas, alguns preconceitos enganadores e ao acaso que tantos guerreiros e nobres têm a loucura de sacrificar sua fortuna, seu repouso, sua honra, sua vida e muitas vezes a pátria, da qual eles se dizem os defensores.

Uma política menos pérfida e mais esclarecida deveria reprimir um luxo e uma voluptuosidade incompatíveis com o ofício da guerra. Como alguns homens verdadeiramente cheios de coragem não têm a força para desprezá-los? Alguns príncipes mais justos e mais sábios banirão esses flagelos dos exércitos para introduzir em seu lugar a simplicidade, a temperança, a frugalidade e a disciplina, mais apropriadas para fortalecer os corpos e sustentar a coragem. Que espetáculos revoltantes, para alguns infelizes, são os banquetes suntuosos dos comandantes que, por seu luxo e suas profusões, privam de víveres o acampamento e fazem nadar na abundância uma multidão de lacaios ociosos, ao passo que o soldado extenuado pela fadiga carece muitas vezes do necessário?

Que diremos nós desses prazeres promovidos a grandes custos, desses espetáculos teatrais, dos divertimentos frívolos, dos jogos ruinosos, de uma multidão de prostitutas, das orgias contínuas que o luxo e o hábito do vício tornam necessários para alguns guerreiros corrompidos e totalmente efeminados? Ter-se-ia a impressão de que uma política atroz adota como princípio enfraquecer, destruir os corpos, a fortuna e os costumes daqueles que ela destina à defesa do Estado. Tal é a recompensa que o despotismo reserva comumente aos insensatos que tiveram a imprudência de sustentar seu injusto poder. Ele os corrompe, os arruína e os entrega depois ao arrependimento, à miséria, às enfermidades e ao desprezo. Por uma lei constante da natureza, da qual o nobre e o guerreiro não estão isentos, não há nenhuma desordem que não encontre mais cedo ou mais tarde o seu castigo nesta Terra. Os homens de guerra são muitas vezes a desgraça das nações, sem se tornarem eles mesmos mais afortunados.

Entrai, pois, dentro de vós mesmos, poderosos, nobres e guerreiros! Abri os olhos para os vãos preconceitos que há muito tempo vos cegam. Aprendei a conhecer melhor a honra, à qual vossa condição e vossa profissão parecem dever vos ligar mais particularmente. Fazei que ela consista no direito incontestável à estima de vossos concidadãos, e não em um nascimento que é devido apenas ao acaso, em algumas prerrogativas e privilégios contrários à equidade, em um prestígio e alguns favores que um momento pode levar, em uma vaidade faustosa que vos arruína, em uma ignorância que vos degrada e em uma licenciosidade que vos desonra. Tornai-vos cidadãos em nações que vossos ancestrais muitas vezes sujeitaram e assolaram. Não sede mais os promotores do despotismo, os contendores das leis, os inimigos orgulhosos dos magistrados que as sustentam. Em harmonia com eles, sejam os defensores da pátria que não pode existir sem justiça, sem liberdade e sem regras permanentes. Mostrai-vos os verdadeiros sustentáculos do trono, estabelecendo-o com base na felicidade pública, na qual tudo vos prova que vos estais interessados, e à qual o próprio soberano deve a sua segurança. Eis o caminho que conduz à honra. É assim que sereis verdadeiramente estimados e distintos, e que transmitireis à posteridade nomes queridos e respeitáveis.

Capítulo VI – Deveres dos magistrados e dos homens da lei

O que acaba de ser dito dos poderosos e dos nobres também pode, portanto, ser aplicado aos magistrados, aos juízes e aos porta-vozes das leis, a quem as nações designaram em todos os tempos uma posição honrosa entre os cidadãos. Os homens destinados a fazer justiça aos outros, a fazer que eles respeitem as convenções sociais, a reprimir suas paixões e a punir os crimes em nome da sociedade devem se mostrar dignos do respeito do público por meio de uma equidade inquebrantável, por uma probidade à toda prova, por uma perfeita integridade e um profundo conhecimento das leis tão complicadas e multiplicadas que compõem a jurisprudência de tantas nações. A magistratura, destinada a censurar e conter os vícios, a punir os desregramentos dos outros, impõe a seus membros uma decência, uma especial seriedade nos costumes e uma conduta intacta e pura, totalmente isenta dos excessos que eles devem corrigir.

Um magistrado iníquo, vendido ao favorecimento, que se deixa seduzir pelas solicitações, pelo prestígio, pela riqueza e pela autoridade, é um monstro na ordem social, é um carrasco. Por sua ignorância, o juiz sem estudo e sem luzes é capaz de subverter a sorte das famílias e punir a inocência a todo momento. Um célebre magistrado afirma que: "Não existe nenhuma diferença entre um juiz malvado e um juiz ignorante[68]". O magistrado entregue à devassidão, à dissipação, à galantaria e aos prazeres é indigno de seu lugar; ele não merece senão o desprezo de seus concidadãos e deveria

---

68. O chanceler d'Aguesseau. Outro magistrado se lamenta das poucas luzes dos senadores de seu tempo. Diz Cícero: "*Nunc plerique ad honores adipiscendos et ad rem publicam gerendam nudi veniunt atque inermes, nulla cognitione rerum, nulla scientia ornati*" (In *De oratore*). O mesmo orador diz, em outra parte: "*Senatorius ordo vitio careat; caeteris specimen sit; nec veniat quidem in eum ordinem quisquam vitii particeps*" (Cícero, *Das leis*, livro III, caps. 11 e 13).

ser vergonhosamente expulso da posição que seus costumes desonram. Uma censura muito severa deveria, como entre os romanos, vigiar os magistrados e purgar os tribunais dos membros que os degradam. A magistratura é uma condição que deve se distinguir por sua decência, pela inocência de sua conduta, pela sabedoria de seus julgamentos, por sua perspicácia e pela extensão de suas luzes. Um magistrado frívolo, dissoluto e sem estudo é uma contradição à qual apenas a depravação generalizada pode acostumar os olhos. O ministro das leis é feito para conhecê-las; o protetor dos costumes deve ter, ele próprio, bons costumes; aquele que julga os outros deve temer, por sua vez, os julgamentos do público, que não concede a sua estima senão ao mérito pessoal.

Como estimar um magistrado quando ele não considera o seu cargo senão um vão título que não o obriga a nada? Como respeitar um juiz ignorante, desatento, escravo de seus prazeres, que se avilta por seus vícios e despreza a si mesmo? Como ter consideração por um juiz cujas sentenças são quase sempre ditadas pela corrupção e pelo deboche? Que ideia fazer de um senador bastante pequeno para imitar a vaidade, o fausto, a arrogância e até mesmo as desordens que só encontramos, com indignação, em um militar estouvado?

Diversas causas parecem ter contribuído para o aviltamento da magistratura: a multiplicidade das leis, suas contínuas contradições e sua obscuridade tornaram o estudo da jurisprudência fastidioso e até mesmo impossível para a grande maioria daqueles que deveriam se dedicar a ele. Quanto trabalho, compenetração e assiduidade não serão necessários para percorrer o labirinto que as leis acumuladas apresentam àqueles que gostariam de se instruir sobre elas? Assim, nada é mais raro do que um juiz que saiba ou possa saber o seu ofício. A turba dos magistrados é guiada pelas formalidades e pela rotina cega, que há muito tempo têm o poder de decidir a sorte dos homens. Da obscuridade das leis e de sua multiplicidade resultam não somente a ignorância dos juízes, mas também a impostura e a má-fé de uma multidão de advogados que enlaçam habilmente os cidadãos em suas redes para devorar sua substância e que, enganando astuciosamente os magistrados, fazem muitas vezes triunfar a injustiça e a fraude. Uma jurisprudência obscura e complicada é uma fonte de crimes e de males nas nações opulentas e civilizadas – mais infelizes, nesse aspecto, do que as nações mais pobres e mais bárbaras.

A venalidade dos cargos da magistratura, introduzida pela avidez ou pelas pretensas necessidades de alguns governos, encheu os tribunais de pessoas nas quais a opulência ocupa o lugar da ciência, do mérito e da virtude. O direito de julgar os povos foi vendido a uma multidão de homens desprovidos dos conhecimentos e das qualidades necessários para desempenhar dignamente uma função tão nobre. Esses últimos transmitiram esse direito eminente a uma posteridade que, segura de herdar os postos de seus pais, acreditou-se, então, dispensada do trabalho de merecê-los.

Quando a escolha dos ministros da justiça dependeu de uma corte comumente corrompida, os povos não tiveram motivo para se congratular pelos magistrados que lhes foram dados. O estudo e o concurso deveriam ser os únicos a atribuir os cargos da magistratura.

Alguns magistrados, orgulhosos de seu poder, muitas vezes abusaram dele e fizeram que o resto dos cidadãos sentisse de maneira incômoda o peso de sua autoridade. Esses cidadãos não tiveram senão fracos recursos contra as injustiças ou as violências daqueles que estavam destinados a protegê-los. Assim, a magistratura constituiu em alguns Estados uma classe isolada que, tirando proveito do direito de julgar, logo se arrogou o direito de dominar e oprimir. Em vez de fazer o seu poder ser amado por sua afabilidade, sua moderação e sua justiça; em vez de ligar a si as diferentes classes do Estado por um zelo sincero pelo bem geral; em vez de se fazer considerar por seu mérito e suas luzes, o magistrado, inebriado por seu poder precário, não quis mais do que se tornar temível para os seus concidadãos.

Envaidecida com as suas prerrogativas, que a magistratura sempre quis estender, viu-se algumas vezes ela se esforçar para constituir, sem a aprovação das nações, uma espécie de aristocracia que fez sombra aos soberanos. Sob o pretexto de defender as leis e os direitos dos povos, os magistrados pretenderam representar as nações. Porém, essas pretensões, que uma conduta equitativa, íntegra e comedida talvez tivesse feito serem adotadas, desagradaram à nobreza ciumenta que, como já vimos, sempre se lastima por um direito do qual sua imprudência a fez decair. Além disso, as intenções ambiciosas dos magistrados não foram apoiadas pelas diferentes classes, perpetuamente divididas. O despotismo combateu, portanto, e subjugou sem dificuldades uma corporação sem força real, e, por sua arrogância, suas poucas luzes e sua indiferença pelo bem do Estado aniquilaram a afeição e a consideração do público, sem os quais nenhuma corporação pode se sustentar por muito tempo.

Para adquirir consistência – que nada mais é do que o efeito da consideração pública –, a equidade, as luzes, o mérito e a virtude são necessários tanto às corporações, quanto aos indivíduos. Um corpo cujos membros estão corrompidos e divididos não pode desfrutar senão de um poder precário. Toda corporação que tem alguns interesses separados dos interesses de sua nação ou dos interesses de outras corporações do Estado não pode resistir por muito tempo à força, aos artifícios e às ciladas do despotismo, que busca sem descanso dividir e demolir tudo aquilo que pode opor um obstáculo às suas fantasias.

O despotismo foi e sempre será inimigo das formalidades e das leis, que quase sempre o incomodam ou o retardam em sua marca insensata. O déspota odeia e despreza o magistrado, que, defensor das leis de seu país, frequentemente o lembra da importuna ideia da equidade. Não nos espantemos, portanto, ao ver que a etiqueta das cortes monárquicas e despóticas impôs uma enorme diferença entre a nobreza militar e a magistratura, mesmo a mais elevada. O homem de guerra representa para o líder da sociedade um escravo por condição, devotado a todas as suas vontades, ao passo que o homem da lei representa um defensor dos direitos do povo, um ministro da equidade – com os quais um mau governo está continuamente em guerra.

Os déspotas, ávidos por uma autoridade sem limites, sentem uma antipatia natural pela verdade, pelas formalidades, pelas regras, pelas leis e por seus intérpretes. A integridade dos magistrados desagrada às cortes injustas; sua resistência mais nobre é uma revolta aos olhos de um príncipe rodeado de cortesãos sempre vis e submissos. As admoestações mais humildes fatigam os soberanos que a verdade não pode deixar de enfurecer. As queixas mais legítimas alarmam os ministros e os favoritos, comumente os verdadeiros autores das calamidades nacionais com o máximo interesse em que nenhum grito desperte o monarca adormecido por seus cuidados. Em poucas palavras, o príncipe e sua corte não veem nos magistrados fiéis a seus deveres senão censores incômodos, que é preciso reduzir ao silêncio ou tornar cúmplices das desordens que eles gostariam de deter.

As leis são inúteis quando existe no Estado uma autoridade mais forte que a delas. Em um governo injusto, a justiça não passa de um fantasma feito para assustar os fracos, que não se impõe de maneira alguma aos poderosos. A magistratura é um título vão, que não confere nem solidez, nem poder, nem consideração real. Os tribunais, destinados a se prestar às vontades momentâneas do príncipe ou de seus favoritos, não podem seguir nenhum princípio constante e devem fazer as leis se dobrarem aos caprichos dos poderosos. O magistrado nada mais é, então, do que um vil escravo, forçado a todo momento a renunciar à fortuna ou a perder sua liberdade e a própria vida, se ele se recusa a sacrificar sua honra e sua consciência às fantasias variáveis do senhor ou de seus agentes. Com tais chefes, o juiz deve se armar de um coração de bronze; ele deve achar culpados e destruir as vítimas mais inocentes, a partir do momento em que o despotismo lhe ordena ferir. O despotismo nunca está errado; ele se arroga o poder de criar o justo e o injusto; desagradá-lo é um crime, obedecê-lo é o único dever e a única virtude.

Em poucas palavras, o magistrado, degradado pela servidão, torna-se apenas um autômato que recebe os impulsos que o prestígio, as solicitações e o poder lhe dão. Ele despreza a si mesmo e não atrai senão o ódio e o desprezo dos outros, e busca em vão no fausto, na opulência e na dissipação se esquecer dos remorsos que nele se renovam. Os ministros da justiça tornam-se os mais injustos, os mais cruéis e os mais desprezíveis dos homens sob a tirania, cuja base é a injustiça e cujo sustentáculo é a crueldade. Para um homem de bom coração, haverá posição mais atroz do que a de um magistrado honesto que, forçado a prestar seu auxílio à tirania e a seus agentes, acha-se continuamente obrigado a inquietar as famílias e a viver em convivência permanente com espiões, caluniadores e delatores – em poucas palavras, com homens infames, os únicos que estão dispostos a se prestar às intenções de uma administração violenta e suspeitosa? Um governo é bem covarde e pequeno quando se serve de semelhantes instrumentos; um magistrado é grande quando conserva, sob o despotismo, sua integridade e o amor pelos cidadãos.

A magistratura não pode ser honrosa e considerada senão quando, fiel a seus deveres, cumpre nobremente suas augustas funções; ela não pode ser justamente respeitada e querida senão em um governo equitativo, que lhe deixa a liberdade de se conformar à razão, às leis, à sua consciência e à sua honra. Simplificando a jurisprudência, tornando-a mais clara e suprimindo prudentemente essa profusão de leis e de costumes obscuros, injustos e contraditórios, pelos quais tantos povos são oprimidos, os magistrados não terão mais tanta dificuldade para obter as luzes necessárias à sua condição. Algumas leis mais precisas e mais claras não teriam necessidade de ser incessantemente comentadas, explicadas e interpretadas. As decisões dos juízes seriam mais estáveis e menos arbitrárias. A razão e a equidade natural aniquilariam a hidra da chicana que devora as nações, que arruína as famílias e faz sucumbir tão frequentemente o bom direito. Enfim, uma reforma sábia aliviaria os povos do fardo insuportável de tantos juízes, tribunais e esbirros da justiça pelos quais são esmagados. Será que um bom governo não deveria preferir a felicidade de comandar súditos pacíficos, honestos e justos à desprezível vantagem de tirar proveito dos seus processos e das suas querelas? Será que um governo equitativo deveria tolerar as nuvens de gafanhotos esfaimados que devoram impunemente as colheitas do cidadão? A cruel administração da justiça e as iniquidades sem número às quais se está exposto a partir do momento em que se persegue os seus direitos são um dos maiores flagelos pelos quais as nações estão por toda parte oprimidas.

Esperando uma reforma salutar que, como já fizemos ver, não pode ser realizada senão por um governo instruído de seus verdadeiros interesses, todo magistrado que quiser merecer a própria estima e o respeito do público irá se ligar fortemente à justiça, defenderá corajosamente os seus direitos e sacrificará generosamente a sua fortuna, o seu prestígio e um favor incerto pela satisfação permanente que segue sempre uma conduta irretocável. Ele abandonará sua posição quando não encontrar mais nela a possibilidade de ser justo. Ele levará para o retiro um contentamento interior que o homem honesto deve preferir a tudo. E lá ele não será nem mesmo privado dos aplausos e da glória que, mesmo em meio à mais extrema corrupção dos costumes, sob os governos mais perversos e nas nações mais frívolas, acompanham a virtude.

É na estima de seus concidadãos, e não no favor de uma corte muitas vezes injusta e tirânica, que o magistrado deve fazer consistir sua glória. A perseguição torna sempre o grande homem mais interessante e mais querido pelas pessoas honestas; à admiração, feita para ser despertada pela coragem, se junta então a ternura da compaixão. Esses são os sentimentos que tu fizeste nascer em todos os corações honestos e sensíveis, ilustre Malesherbes*, quando o poder odioso de um ministro cruel privou-te da tua dignidade, da tua fortuna e da tua condição, e forçou-te a ocultar na solidão os teus sublimes talentos, dos quais tu eras tão nobremente servido para fazer serem ouvidos até no trono os gritos da liberdade expirante de tua pátria!

A Europa inteira não tomou parte em teus sofrimentos, generoso La Chalotais***! Quando, sem respeito pela tua idade, teus bárbaros inimigos maquinaram tua ruína e já te preparavam o cadafalso?

A ternura pública não terá acompanhado a tua prisão e as tuas desgraças, jovem Du Paty? Tu, que fizeste ver a firmeza de um senador consumado na própria idade dos prazeres e da frivolidade****?

Existem, portanto, consolos, recompensas, honras e até mesmo aplausos públicos para os magistrados generosos. Eles são queridos e venerados no próprio seio das nações infamadas pelo despotismo. Os escravos mais covardes ou os

---

* Primeiro-presidente da corte das ajudas** de Paris, que foi despojado de seu cargo e exilado pelo chanceler de Maupeou, em 1771. Esse grande magistrado foi cognominado *o último dos franceses*. (N. T.)
** Antiga corte, criada no século XIV e extinta no final do século XVIII, destinada a julgar questões relativas aos impostos e demais tributos. (N. T.)
*** Caradeuc de La Chalotais, procurador-geral do parlamento da Bretanha. (N. T.)
**** Mercier Du Paty, advogado-geral do parlamento de Bordeaux, que, aos 25 anos, embora atacado por uma moléstia perigosa, foi aprisionado cruelmente pelo chanceler de Maupeou em 1771 e, em seguida, mandado para o exílio. (N. T.)

mais frívolos não podem se impedir de admirar seus defensores e derramar ao menos algumas lágrimas passageiras pelas infelicidades que atraem para si tomando nas mãos a causa da pátria. Não, todas as violências da tirania não poderão jamais arrebatar da grandeza de alma as homenagens dos corações sensíveis e virtuosos. Todos aqueles que tiverem a coragem de ser úteis aos homens serão, ainda em vida, fielmente recompensados por isso.

Alguns magistrados verdadeiramente nobres e grandes, alguns magistrados sinceramente excitados de amor pelo bem público e desligados das pequenezas do amor-próprio, do interesse particular, do espírito de corpo e de seus vãos privilégios, atrairão para si a afeição de todos os seus concidadãos reunidos pelos mesmos interesses com os defensores de suas leis. Uma magistratura animada por esse espírito patriótico e secundada pelos votos de todos os bons cidadãos se tornaria uma barreira poderosa contra o despotismo e a tirania.

A justiça e a virtude são necessárias tanto às diferentes corporações de um Estado como a cada indivíduo. O vício, a arrogância, o orgulho e a imprudência impõem a divisão entre as diversas classes da sociedade, destroem a harmonia social e tornam cada ordem muito fraca para resistir à opressão. Uma tola vaidade, um apego pueril a vãs prerrogativas, algumas pretensões muitas vezes insensatas e algumas quimeras são suficientes para impor a divisão entre cidadãos que deveriam apoiar-se mutuamente. Disso resulta que todos caem sucessivamente nas ciladas do despotismo, que termina por ser, ele mesmo, vítima de sua própria vaidade.

Desde o monarca até o último dos cidadãos, não existe ninguém que não tenha o máximo interesse na manutenção da equidade. Cada um deve ser justo e fazer o bem em sua esfera; cada um deve ser querido e considerado quando cumpre exatamente os deveres de sua condição. Pela sua condição, o magistrado é o ministro da equidade, o porta-voz da lei e não o seu intérprete, o defensor do fraco, o refúgio do pobre, o consolador da viúva e do órfão, o protetor da inocência e o terror do culpado – por mais poderoso e opulento que ele possa ser. Todos os cidadãos têm necessidade de justiça, sem dúvida; todos têm direito de aspirar a ela. Mas a lei deve, sobretudo, dar sua força ao desgraçado, ao indigente, ao cidadão desprovido de recursos. O coração do magistrado deve sempre, preferencialmente, abrir-se para o desafortunado: é ele quem tem maior necessidade de justiça. E, no entanto, é comumente a ele que a justiça é impiedosamente recusada!

Enfim, alguns magistrados atentos, que suas funções colocam todos os dias em condições de reconhecer os inconvenientes das leis, muitas vezes injustas, e dos usos nocivos introduzidos pela barbárie ou pela tirania, deveriam apresentar os maus efeitos disso ao legislador. Esses juízes, animados pela humanidade, deveriam fazer, sobretudo, que fossem abolidas essas torturas verdadeiramente selvagens por meio das quais são multiplicados, sem vantagem para a sociedade, os tormentos das infelizes vítimas da justiça. Eles deveriam ainda fazer que fossem mitigadas as leis de sangue, que tornam a pena de morte muito frequente, estipulando-a contra alguns delitos que não mereceriam de maneira alguma castigo tão terrível, por meio do qual as nações são privadas de muitos homens cujos serviços elas poderiam pôr à prova. Em poucas palavras, o próprio magistrado, ao punir o crime, não deve demonstrar cólera, nem se despojar dos sentimentos de humanidade.

No meio da obscuridade, da insensatez, das perpétuas contradições e até mesmo da perversidade que se vê reinar na jurisprudência que serve de regra para muitas nações, será muito difícil que a sã moral, sempre em conformidade com a natureza, encontre alguns preceitos que ela possa dar com sucesso à maior parte desses homens cuja profissão é guiar, defender e esclarecer os cidadãos em suas pendências jurídicas, conduzindo-os pelo pavoroso dédalo das formalidades que quase sempre serve para tornar o acesso ao templo de Têmis inacessível aos cidadãos. Essa moral falaria em vão a alguns mercenários sempre prontos a adotar a causa do rico injusto, do opressor poderoso, do demandista de má-fé contra o pobre, o inocente e o fraco. Que consciência e que audácia devem ter esses guias enganadores, esses apoios da injustiça que, por atrozes conivências com seus pérfidos confrades, por astúcias criminosas, traições, subterfúgios, chicanas e formalidades insidiosas, glorificam-se algumas vezes das vitórias infames que eles obtiveram sobre o bom direito? Haverá um atentado mais detestável e mais digno de ser castigado do que o desses impudentes que fazem o ofício de enganar conscientemente os juízes e fazê-los ditar sentenças favoráveis à iniquidade? Na falta das leis, o opróbrio não deveria imprimir-se na fronte desses ladrões autorizados, que por mil meios engenhosos descobrem o segredo de arruinar em processos as famílias mais opulentas e de absorver em custas as pretensões dos credores? Haverá algum cidadão seguro de sua prosperidade, a partir do momento em que ele cai nas mãos desses abutres cuja rapacidade nada pode saciar? Enfim, que proteção o homem honesto poderia esperar das leis que não passam muito comumente de ciladas armadas para a inocência, para a simplicidade e para a boa-fé?

Em muitas nações, defender-se na causa mais justa é se expor à ruína. As formalidades, em todos os países, parecem dar algumas vantagens inestimáveis aos demandistas de má-fé[69]. A multiplicidade das leis, muitas vezes contraditórias, torna a jurisprudência incerta, impenetrável e arbitrária mesmo para aqueles que se ocupam unicamente dela. Ela faz que os juízes mais íntegros sejam surpreendidos a todo momento por alguns advogados ardilosos, que transformam em glória triunfar nas causas mais sem esperança. Geralmente, as pessoas da lei são, em quase todos os povos, um dos maiores flagelos pelos quais eles são atormentados. Os representantes da justiça são quase sempre aqueles que demonstram por ela o mais ultrajante desprezo.

---

69. Um célebre advogado dizia que "quando uma causa é evidentemente justa, o mais sábio é fazer um acordo; mas, quando ela é duvidosa, é preciso processar". Observa-se geralmente que os hábeis homens da lei são aqueles que menos processam.

Seria, no entanto, injusto envolver na mesma condenação todos aqueles que professam a jurisprudência. Encontram-se nessa relação alguns homens honestos, nobres e virtuosos, que se lamentam em voz alta da iniquidade das leis, do absurdo das formalidades e do banditismo de seus indignos confrades. A inocência desamparada muitas vezes encontra neles campeões generosos que ousam defendê-la contra o poder soberbo. O indigente oprimido foi muitas vezes protegido dos atentados da força por alguns defensores corajosos e desinteressados. Alguns litigantes renhidos mais de uma vez acalmaram sua animosidade pelos conselhos pacíficos de jurisconsultos benfazejos, que os preservaram da ruína. Em poucas palavras, se, entre os subordinados da justiça, encontram-se comumente alguns seres desprezíveis pelo tráfico vergonhoso que fazem de seus talentos, outros nos mostram exemplos manifestos de virtude, justiça e generosidade. Além disso, uma classe de homens, os quais a grandeza orgulhosa se crê no direito de desprezar, deu, nos maiores perigos, sinais de um patriotismo, de uma nobreza, de uma coragem e de uma verdadeira honra – desconhecidos dos orgulhosos escravos dos quais as cortes estão repletas – que seus covardes corações seriam incapazes de imitar[70].

---

70. Os anais da França conservarão para a posteridade os nomes ilustres dos La Chalotais e dos Lamoignon de Malesherbes, magistrados tão eminentes por alguns talentos sublimes quanto por sua firmeza no infortúnio, bem como pela coragem que eles opuseram aos furores do despotismo. Esses mesmos anais não se esquecerão de transmitir às gerações futuras o nome respeitável do generoso Target (advogado no parlamento de Paris), cuja grande alma resistiu constantemente às seduções e às ameaças da tirania.

Esses leões indomáveis na guerra tornam-se muitas vezes cordeiros na corte.

Evitemos, portanto, confundir alguns cidadãos respeitáveis, tais como aqueles dos quais acabo de falar, com o bando desprezível daqueles para quem o estudo das leis não passa de um meio de exercer impunemente o banditismo mais atroz. No meio dos perigos nos quais algumas leis confusas e muitas vezes injustas colocam as nações, é útil que alguns cidadãos honestos desenredem o caos e nos avisem dos recifes nos quais podemos a todo momento encalhar. O que existe de mais estimável que alguns homens moderados cujo sangue-frio possa apaziguar as paixões e o temperamento brigão de uma multidão de insensatos sempre prontos a atacar uns aos outros? Haverá função mais nobre e mais honrosa do que a de um advogado cujas luzes e probidade atraem a confiança do público, cujo escritório torna-se um santuário respeitado, que se torna o conselheiro, o árbitro e o juiz de seus concidadãos? Será que, por algumas vias lícitas e muito honestas, um jurisconsulto estimado não adquire facilmente e sem remorsos uma fortuna da qual ele não tem nenhum motivo para se envergonhar?

Geralmente é a conduta que a moral parece indicar àqueles que se destinam ao estudo das leis, que tantas causas colaboram para tornar trabalhoso. É a governos mais sábios, mais justos e mais virtuosos que compete formar uma jurisprudência mais clara, mais conforme à natureza e às necessidades das nações. Eis o único meio de fazer desaparecer uma corja esfomeada que devora impunemente a substância dos cidadãos e destrói muitas vezes nos espíritos as ideias mais naturais do justo e do injusto. Tácito considera, com razão, a multiplicidade das leis o sinal indubitável de um mau governo e de um povo corrompido[71].

Capítulo VII – Deveres dos ministros da religião

Não entra no plano desta obra, unicamente destinada a explanar os princípios da moral natural, examinar os fundamentos das variadas religiões estabelecidas nas diversas regiões do mundo. Quaisquer que sejam as ideias que os diferentes povos fazem da divindade, ou do motor invisível da natureza, foi sempre à bondade desse ser que os homens prestaram suas homenagens. Eles devem ter suposto que ele lhes queria bem, que ele ouvia as suas preces, que ele tinha o poder e a vontade de torná-los felizes – de onde eles devem ter concluído que o homem devia fazer o bem a seus semelhantes para se conformar às intenções desse ser benfazejo. Considerada sob esse aspecto, a religião não pode ser senão a moral natural, ou os deveres do homem confirmados pela autoridade conhecida ou presumida do senhor da natureza e dos homens, que não pode contrariar as leis às quais sua conservação e seu bem-estar estão visivelmente ligados.

Segundo os princípios de todas as religiões, as qualidades morais e as vontades divinas devem servir como modelo

---

71. *"In pessima autem republica plurimae leges"*.

e regra aos homens. Todos os cultos que supõem que a divindade é perversa, cruel, injusta, vingativa e inimiga dos homens – em poucas palavras, *imoral* – não podem ser considerados senão impostores interessados em perturbar o repouso do gênero humano. Toda moral seria inconciliável com um sistema religioso que supusesse um deus déspota ou sem regras, para cujos olhos as desgraças das nações e o pranto dos mortais seriam um espetáculo divertido. Plutarco diz que "o próprio Júpiter não tem o direito de ser injusto", e Cícero, por sua vez, que "um deus deixaria de ser deus se desagradasse o homem". Em outra parte de seu discurso, este orador filósofo representa Deus como "o protetor e o amigo da vida social". Ele está perfeitamente de acordo com a sabedoria eterna, que declara que "a companhia dos filhos dos homens faz as suas mais caras delícias[72]".

Isso posto, toda opinião, toda doutrina ou todo culto que contrariam a natureza do homem racional vivendo em sociedade devem ser rejeitados como contrários às intenções do autor da natureza humana. Todo sistema religioso que leve a violar a justiça, a beneficência e a humanidade, ou a espezinhar as virtudes sociais, deve ser detestado como uma blasfêmia contra a divindade. Enfim, toda hipótese que produza em seu nome dissensões, ódios, perseguições e guerras deve ser considerada uma mentira abominável.

---
72. Cf. Cícero, *Das leis*, III. Cf. *Provérbios*, cap. VIII, v. 31.

Nós temos, portanto, alguns meios de julgar se uma religião é boa ou má, quer dizer, conforme ou contrária às ideias que fazemos da divindade. De acordo com esses princípios, que parecem incontestáveis, a religião mais adequada à moral, à natureza do ser sociável, à conservação, à harmonia e à paz das nações deve ser preferida às opiniões opostas, que deveriam ser proscritas com indignação. Não é senão a conformidade com os preceitos da moral natural que pode constituir a excelência de uma religião e fixar sua preeminência sobre tantas superstições pelas quais os homens estão infectados.

A moral é, portanto, com relação ao mundo em que vivemos, a pedra de toque da religião e o objeto que mais interessa a sociedade política. Se a teologia regula os pensamentos dos homens sobre alguns objetos celestes e sobrenaturais, a moral contenta-se em regular as suas ações e direcioná-los para o seu maior bem sobre a Terra. Se a religião promete recompensas inefáveis à virtude e ameaça o crime com castigos rigorosos em outra vida, a moral promete, na vida presente, algumas recompensas sensíveis a todo homem virtuoso; ela ameaça o perverso com castigos claramente indicados, e suas sentenças, confirmadas pela sociedade, são quase sempre fortalecidas pela autoridade das leis. A sociedade não pode e nem deve se ocupar com os pensamentos secretos de seus membros, sobre os quais ela não tem nenhum domínio. Ela não pode julgá-los senão com base nas suas ações, das quais ela sente a influência. Desde que o cidadão seja justo, pacífico, virtuoso e cumpra fielmente os seus deveres em sua esfera, nem a sociedade, nem o governo podem, sem loucura, remexer em seu pensamento ou se arrogar o direito de regular as suas opiniões verdadeiras ou falsas com relação a algumas coisas que não são, de maneira alguma, da alçada da experiência ou da razão.

Deve ser permitido ao homem errar, para o seu próprio risco, sobre algumas matérias inacessíveis aos sentidos. Mas a sociedade, ou a lei, pode com justiça impedi-lo de errar em sua conduta e puni-lo quando suas ações causam dano a seus concidadãos. Em poucas palavras, é uma tirania tão cruel quanto insensata punir um homem por não ter podido ver alguns objetos invisíveis com os mesmos olhos dos tiranos que o atormentam por sua maneira particular de pensar. Todavia, um Deus muito justo, muito poderoso e muito bom, que permite que os mortais se extraviem em seus pensamentos, não pode aprovar que eles sejam atormentados pelos seus diversos pensamentos, que não dependem de maneira alguma de suas vontades. De onde se deduz que a religião, de acordo com a moral e a razão, proíbe que os homens sejam maltratados por suas opiniões religiosas.

No entanto, nada custou mais sangue e lágrimas às nações do que a impostura que persuade de que a sociedade está fortemente interessada em regular as opiniões particulares dos cidadãos sobre alguns dogmas abstratos da religião. Essa ideia, que não pode provir de uma divindade benfazeja, produziu perseguições, suplícios multiplicados, revoltas sem número, massacres atrozes e regicídios – em suma, os crimes mais destrutivos. Alguns sacerdotes ambiciosos quiseram reinar sobre o universo, subjugar os soberanos e estabelecer seu império sobre os próprios pensamentos dos homens. Eles foram auxiliados por alguns fanáticos zelosos e por alguns impostores que ousaram afirmar que o Deus da paz e das misericórdias queria que sua causa fosse defendida a ferro e fogo. Eles levaram a demência e o atrevimento ao ponto de sustentar que esse Deus tinha prazer de ver fumegar o sangue humano e ordenava que degolassem todos aqueles que não tivessem ideias justas sobre a sua essência impenetrável.

Opiniões tão cruéis, tão contrárias às noções que se têm da Divindade, muitas vezes revoltaram alguns filósofos esclarecidos e algumas pessoas de bons costumes, e fizeram deles inimigos do Deus que lhes era pintado com traços tão bizarros e tão próprios para assustar. Impressionados com os excessos que viam ser cometidos em seu nome, eles algumas vezes rejeitaram toda a religião como incompatível aos princípios da moral e não consideraram seus ministros senão como tiranos, impostores, perturbadores da sociedade, bandidos coligados para sujeitar o gênero humano.

Porém, a qualquer grau que se leve a dúvida ou a incredulidade, quaisquer que sejam as opiniões dos homens sobre a Divindade, sobre a religião e seus ministros, essas opiniões não modificam em nada aquelas que eles devem ter sobre a moral. Esta última tem a razão e a experiência como base; ela se fundamenta no testemunho de nossos sentidos. Quer essa moral tenha recebido a sanção da Divindade, quer ela não esteja revestida dessa autoridade sobrenatural, ela obriga igualmente todos os seres sociáveis ou que vivem com os homens. Aquele que não tivesse nenhuma fé, que não acreditasse em nenhuma religião revelada ou em uma moral expressamente confirmada pela vontade divina, nem por isso poderia impedir-se de admitir uma moral humana, cuja realidade é constatada por algumas experiências incontestáveis e confirmada pelos sufrágios constantes de todos os séculos e todos os seres racionais. Aquele que chegasse a negar a existência de um Deus remunerador da virtude e vingador dos crimes não poderia se recusar a crer na existência dos homens e seria forçado a perceber a todo momento que esses homens prezam aquilo que lhes é útil ou têm consideração pela virtude, ao passo que desprezam o vício e punem o crime. Se, como dissemos em outra parte[73], as visões de um homem não se estendessem para além dos limites de sua vida presente, ele seria ao menos obrigado a reconhecer que, para viver feliz e tranquilo nesse mundo, ele não pode se dispensar de obedecer às leis que a natureza impõe a alguns seres necessários à sua felicidade mútua. Conformando-se a essas leis evidentes, todo homem terá direito à afeição, à estima e aos benefícios da sociedade, quaisquer que sejam, aliás, suas noções verdadeiras ou falsas sobre a religião. Além disso, alguns homens muito piedosos acreditaram que todos aque-

---

73. Cf. o *prefácio* ou *discurso preliminar*.

les que seguiam a sabedoria ou a razão podiam ser considerados muito religiosos, *mesmo quando fossem ateus*[74]. Esses princípios nos colocarão em condições de julgar a doutrina e a conduta dos ministros da religião. Nós os reconheceremos como os porta-vozes da Divindade, como os intérpretes do autor da natureza, quando eles nos falarem a linguagem da natureza, que não pode jamais ser contrária ao bem da sociedade[75]. Nós consideraremos mentirosos e porta-vozes de algum gênio malfazejo aqueles cujos preceitos nos incitarem ao mal ou tenderem visivelmente a tornar os homens infelizes ou malvados. Enfim, nós aplaudiremos a conduta e os costumes daqueles que forem virtuosos, sociáveis e úteis à sociedade e lamentaremos os extravios daqueles que, por suas ações, se tornarem odiosos e desprezíveis aos olhos dos seres sensatos.

O sacerdócio constitui em todos os povos do mundo uma ordem muito eminente. Suas funções sublimes fizeram que partilhassem com os deuses a veneração dos mortais. Os sacerdotes foram, como logo veremos[76], os primeiros sábios, os primeiros fundadores das nações. Uma longa prescrição conferiu-lhes e lhes conserva em todos os países o direito de educar a juventude, de ensinar a moral aos homens, de dirigir suas consciências e seus costumes nesta vida de maneira a torná-los felizes. Enfim, estendendo suas ideias até mesmo

---

74. É o ponto de vista de São Justino Mártir (cf. sua *Apologia*).
75. "*Nunquam aliud natura, aliud sapientia dicit*" (Juvenal, *Sátira* XIV, v. 321).
76. Cf. o capítulo IX da presente seção.

para além da morte, os ministros da religião se propõem a guiar o homem a uma felicidade maior do que aquela de que desfruta sobre a Terra.

Limitados a nos ocupar, em nossas investigações, apenas com os motivos humanos e naturais que devem levar o homem a fazer o bem nesse mundo, não nos lançaremos através do pensamento em um mundo que não pode ser conhecido senão pela fé. Assim, examinaremos somente os deveres impostos aos ministros dos altares pela posição que ocupam na sociedade.

Igualmente respeitado pelos soberanos e pelos povos, o clero ocupa a primeira linha ou constitui a ordem mais considerada em todas as nações. Em vista dos serviços que presta, ou que dele se esperam, o clero é geralmente muito amplamente dotado. Seus chefes e seus membros mais ilustres desfrutam de posses que os colocam em condições de aparecer com esplendor aos olhos de seus concidadãos. Tantos sinais de honra, distinções tão manifestas e riquezas acumuladas impõem evidentemente, sobretudo aos membros mais favorecidos do clero, o dever indispensável de uma gratidão eterna, de um apego inviolável por uma pátria que os cumula de benefícios. Sem se tornarem culpados da mais negra ingratidão, os bispos e os prelados, nas nações europeias, devem se assinalar por seu patriotismo, por seu zelo em contribuir para o bem-estar e para a conservação das sociedades que generosamente contribuíram para a sua felicidade individual. De onde se vê que o sacerdote deve, ainda mais do que qualquer outro, mostrar-se cidadão, amar seu país, defender sua liberdade, estipular seus interesses, ocupar-se da felicidade pública, conservar os direitos de todos e, enfim, opor-se com nobreza aos progressos do despotismo, que, depois de ter devorado as outras ordens do Estado, poderia por sua vez engolir o clero.

Nenhuma ordem em um Estado é mais respeitável do que o clero aos olhos dos próprios príncipes. Portanto, é aos ministros da religião que cabe fazer que os reis conheçam a verdade que os cortesãos aduladores nunca lhes mostram. Em vez de acalmar os remorsos dos tiranos com algumas expiações fáceis, o sacerdote deveria encher de terrores salutares as almas covardes e cruéis desses monstros que causam todas as desgraças dos povos.

Postos em grande evidência, os sacerdotes deveriam, mais ainda por seus exemplos do que pelos discursos, exortar os cidadãos à união, à concórdia, à humanidade, à indulgência e à tolerância para com os extravios e defeitos dos homens. Um sacerdote intolerante e cruel não pode ser o porta-voz de um Deus cheio de paciência e bondade. Um sacerdote que faz que alguns homens sejam imolados é um sacerdote de Moloch, e não de Jesus Cristo. Um sacerdote perseguidor, um fanático que prega a discórdia, é apenas um patife que fala em seu próprio nome e cuja língua é guiada pelo interesse, pelo delírio e pelo furor. Um inquisidor que entrega um herético às chamas é evidentemente um celerado que o interesse de sua corporação transformou em besta feroz.

Discípulos de um Deus de paz, cujo reino não era deste mundo, os sacerdotes de nossas terras não podem, sem ultrajar seu divino mestre, recusar o tributo a César ou se dispensar de contribuir para os encargos do Estado, sob pretexto de imunidades e *direitos divinos*. Eles podem bem menos ainda resistir aos poderes, sublevar os súditos contra os soberanos, exercer um domínio sobre os príncipes, privá-los de suas coroas e armar mãos parricidas para imolar os reis. Alguns sacerdotes, culpados de semelhantes atentados, provariam ao universo que não creem no Deus que anunciam aos outros.

Imitadores de um Deus que nasceu na indigência, sucessores de apóstolos que viveram na pobreza, os sacerdotes do cristianismo não possuem nada de seu. Depositários das esmolas que os fiéis puseram em suas mãos, eles jamais devem fechá-las quando se trata de aliviar a miséria. Um sacerdote avarento e sem piedade pelos pobres seria um ecônomo infiel, um ladrão, um assassino. Um sacerdote interesseiro, assim como um sacerdote orgulhoso, não poderia sem demência fazer-se passar por discípulo de Jesus.

Ocupados com estudos penosos ou entregues à vida contemplativa, os sacerdotes têm meios de amortecer em si mesmos a ambição, a avareza, a vaidade e o gosto pelo luxo e pela volúpia, dos quais os outros homens são joguetes. A vida do sacerdote deve ser irretocável; sua condição deve protegê-lo do contágio do vício. Ele é feito para nos mostrar em sua pessoa o sábio, o filósofo que a Antiguidade prometia em vão.

Incitados, enternecidos pelos exemplos tocantes da primitiva Igreja, os sacerdotes cristãos estão destinados a fazer renascer entre eles os tempos afortunados em que os fiéis não tinham senão um só coração e um só espírito. Querelas intermináveis e contínuas seriam cenas escandalosas, muito capazes de arrefecer a confiança dos cidadãos; esses últimos não deveriam encontrar em seus guias senão anjos de paz, modelos de caridade, exemplos vivos de todas as virtudes sociais.

Se, como não se pode duvidar, as ciências são da maior utilidade para os homens, que vantagens inestimáveis não poderiam lhes proporcionar tantos cenobitas e monges ricamente ditados? Quem ousaria se queixar da ociosidade e censurar a riqueza ou a opulência de alguns sábios que empregassem o tempo que lhes fornece o retiro em fazer descobertas úteis, experiências interessantes, investigações capazes de facilitar em todo gênero os progressos do espírito humano e os trabalhos da sociedade?

Enfim, como em quase todos os países os ministros da religião estão encarregados exclusivamente da educação da juventude, quais obrigações as nações não deveriam ter para com eles, se eles cumprissem com cuidado a tarefa importante e penosa de configurar o coração e o espírito daqueles que, um dia, irão se tornar cidadãos? O clero seria, sem dúvida, a corporação mais útil e mais digna da confiança e da afeição dos povos se cumprisse as funções às quais parece destinado.

Tais são, em poucas palavras, os deveres que a vida social e a gratidão impõem aos ministros da religião. Conformando-se fielmente a isso, eles mereceriam verdadeiramente a posição e as riquezas de que gozam no seio das sociedades. Eles se assegurariam da veneração de seus concidadãos; eles seriam homens úteis e respeitáveis até mesmo aos olhos daqueles que, escutando a voz da razão, se recusassem a subscrever os seus dogmas. Devemos presumir que a conduta de um grande número de padres e pastores, muitas vezes tão pouco conforme à sua doutrina, é uma das principais causas do desgosto que tantas pessoas esclarecidas concebem pela religião. Vendo o espírito despótico, a ambição, a avidez, a intolerância e a desumanidade dos quais os doutores e os guias dos povos se tornam tantas vezes culpados, muitas pessoas rejeitam essa religião como sendo incompatível com os princípios mais evidentes da sã moral. Todo homem ou toda corporação que se afasta do caminho da virtude trabalha para a própria destruição.

Um clero sem luzes e sem bons costumes prega em voz alta a irreligião e a incredulidade. Uma corporação demasiado orgulhosa para ter causas em comum com os outros cidadãos não pode ter apoio verdadeiramente sólido. Os sacerdotes ambiciosos e turbulentos desagradam igualmente os soberanos e os demais súditos. Os guias ávidos e corrompidos perdem a confiança e a afeição dos povos. Os doutores desprovidos de ciência tornar-se-ão desprezíveis aos olhos das pessoas esclarecidas. Enfim, os sacerdotes promotores do despotismo e da tirania não podem deixar de se tornar um dia presas dos déspotas e dos tiranos. Assim como Ulisses no antro do ciclope, eles terão a única vantagem de ser devorados por último[77].

Capítulo VIII – Deveres dos ricos

As riquezas conferem e devem conferir aos que as possuem uma posição eminente entre seus concidadãos. O homem rico é, por assim dizer, mais cidadão do que os outros. Sua opulência o coloca em condições de prestar a seus semelhantes alguns auxílios de que a indigência é incapaz. Ele está ligado à sociedade por um maior número de laços, que o obri-

---

77. Os jesuítas, que durante mais de dois séculos constituíram uma sociedade temível para todo o universo pelo seu poder, sua reputação, suas intrigas e suas riquezas, foram constantemente as trombetas da intolerância, os fomentadores da ignorância e os aduladores do despotismo. Um jesuíta, confessor de Luís XIV, tranquilizou sua consciência sobre um imposto que esse próprio príncipe achava tão injusto quanto oneroso, dizendo-lhe que ele *era o dono dos bens de todos os seus súditos*. Foi, sem dúvida, como punição por essa máxima odiosa que nós vimos há poucos anos a sociedade dos jesuítas destruída, sem nenhuma reclamação, em toda a Europa, e despojada pelos príncipes de suas imensas riquezas. *"Neque enim lex aequior ulla est, / Quam necis artifices arte perire sua"* ["É justo que o inventor de uma atrocidade seja vítima da sua própria criação"] (Ovídio, *Arte de amar*).
Essa doutrina jesuítica ainda foi renovada na França, por ocasião da destruição dos parlamentos, em 1771, pelo abade Du Bault, vigário de Epiais, que veio expressamente a Paris do fundo de sua província para pregar que os franceses eram escravos e que seu rei era dono dos bens, da pessoa e da vida de seus súditos (cf. *Diário histórico da revolução efetuada na monarquia francesa*, tomo II, p. 47). Em geral, os chefes do clero da França demonstraram a alegria mais indecente quando os atos reiterados do mais atroz despotismo aniquilaram todos os tribunais de seu país. Será forçoso que os ministros da religião sejam quase sempre os inimigos da liberdade das nações, na qual eles próprios estão tão fortemente interessados?

gam a se interessar muito mais pela sorte dela do que o pobre – que, sem nada ou pouca coisa a perder, deve se interessar menos vivamente pelas revoluções que ele vê ocorrerem em seu país. Aquele que não tem nada além dos braços não tem, propriamente falando, uma pátria; ele está bem em toda parte onde encontrar os meios de subsistir; ao passo que o homem opulento pode ser útil a muita gente e está em condições de auxiliar sua pátria, a cujo destino ele se acha intimamente unido por suas posses, cuja conservação depende da conservação da sociedade. Enquanto, no cerco de Corinto, os habitantes se empenhavam em repelir o inimigo por todos os tipos de meios, Diógenes, para zombar de sua confusão, divertia-se loucamente mexendo em seu barril.

Não fiquemos, portanto, espantados em ver que em quase todos os países as leis, os usos e as instituições, quase sempre injustos e cruéis para os pobres, foram mais favoráveis aos ricos e demonstram uma parcialidade acentuada pelos favoritos da fortuna. Os grandes, os poderosos e os opulentos devem comumente ter sido preferidos aos indigentes, que pareceram menos úteis à sociedade. No entanto, esses usos e essas leis foram evidentemente injustos, quando permitiram que os ditosos da Terra oprimissem e esmagassem os fracos e os desgraçados. A equidade, cuja função é remediar a desigualdade entre os homens, deveria ter ensinado aos ricos que eles deveriam respeitar a miséria do pobre, e isso por seu próprio interesse. Com efeito, sem o trabalho e os auxílios contínuos do pobre, o rico não estaria, ele próprio, na miséria? E se esses auxílios viessem a lhe faltar, será que ele não se tornaria mais desgraçado do que o próprio pobre?

Assim a justiça, de acordo com a humanidade, com a comiseração e com todas as virtudes sociais, ensina o homem rico a ver no indigente um de seus associados, necessário à própria felicidade, do qual ele deve merecer o auxílio facilitando-lhe, em troca de seus trabalhos, os meios de subsistir, de se conservar, de se tornar feliz à sua maneira. É assim que a vida social coloca os homens em dependência mútua. Eis como os grandes têm necessidade dos pequenos, sem os quais eles próprios seriam pequenos. O opulento, para desfrutar da abastança, dos prazeres e das comodidades da vida, tem necessidade dos braços e da habilidade do indigente, que sua miséria torna laborioso, ativo e industrioso. Em poucas palavras, a mínima reflexão nos prova que, na sociedade, os membros estão unidos uns aos outros por laços indissolúveis, que nenhum deles pode romper sem causar dano a si mesmo. Ela nos faz sentir que nenhum cidadão tem o direito de desprezar os outros, de abusar da sua fraqueza ou da sua indigência e de tratá-los com soberba ou rigor. Ela nos mostra que o rico está continuamente interessado em fazer o bem, sob pena de ser odiado ou desprezado por não ter cumprido sua tarefa na vida social. O cidadão que a sociedade faz gozar de uma grande soma de felicidade deve mais a essa sociedade do que os desgraçados que ela negligencia.

Os ricos podem ser comparados às fontes, aos riachos e aos rios, destinados a espalhar suas águas para fecundar as terras áridas a fim de fazê-las produzir plantas e frutos. O rico avarento se assemelha aos rios cujas águas por algum tempo se perdem sob a terra. O rico pródigo age como os rios transbordados que se espalham pelos campos sem neles produzir a fecundidade. Enfim, para continuar com a nossa comparação, as riquezas mal adquiridas e loucamente esbanjadas assemelham-se a essas torrentes que destroem os lugares por onde passam e que acabam quase sempre por deixar seco o leito que formaram com tanta violência.

Essas reflexões podem, portanto, servir para fixar nosso juízo sobre aquilo que a maioria dos moralistas tem dito sobre as riquezas. A maior parte dos sábios as tem censurado como obstáculos à virtude, como meios de corrupção, como fonte inesgotável de mil necessidades imaginárias que nos mergulham no luxo, na volúpia e na languidez; que nos endurecem o coração e nos tornam injustos; enfim, que nos desviam da procura das verdades necessárias à autêntica felicidade do ser inteligente. Tal é geralmente o juízo que os antigos filósofos fizeram sobre a opulência, que eles mostraram como o mais perigoso obstáculo para a virtude. Escutemos por um momento Sêneca, que do seio das riquezas ousa fazer a sua sátira[78]:

---

78. Cf. Sêneca, *Epístola* 115.

> Desde que as riquezas foram honradas entre os homens e se tornaram, de alguma maneira, a medida da consideração pública, o gosto pelas coisas verdadeiramente honestas e louváveis se perdeu inteiramente. Nós todos nos transformamos em mercadores, corrompidos de tal modo pelo dinheiro que não nos perguntamos mais que utilidade uma coisa pode ter, mas que lucro ela pode nos dar. O amor pelas riquezas nos torna sucessivamente honestos ou velhacos, segundo o nosso interesse ou as circunstâncias... Enfim, os costumes estão tão depravados que nós amaldiçoamos a pobreza e a consideramos uma coisa desonrosa, como uma verdadeira infâmia; em suma, ela é objeto do desprezo dos ricos e do ódio dos pobres.

Platão decreta formalmente que "é impossível ser, ao mesmo tempo, rico e honesto", e que, "como não existe felicidade sem virtude, os ricos não podem ser realmente felizes"[79]. Os moralistas nos fazem também uma pintura das inquietações, companheiras assíduas da opulência e que envenenam sua posse que todo mundo inveja. Ela nos é mostrada como o instrumento de todas as paixões. Porém, como diz Bacon, "as riquezas são a bagagem pesada da virtude, a bagagem é necessária para um exército, mas algumas vezes

---

79. Platão, *Das leis*, livro V.

retarda a sua marcha e faz que ele perca a oportunidade de obter a vitória".

Para reduzir essas opiniões a seu justo valor, diremos que, em si mesmas, as riquezas nada são; elas não são senão aquilo que as fazem valer aqueles que as possuem. Um leito dourado não alivia em nada um doente; uma fortuna brilhante não torna um tolo mais sábio. "A abastança e a indigência", diz Montaigne, "dependem da opinião de cada um; e, do mesmo modo que a riqueza, a glória e a saúde, elas têm tanta beleza e prazer quanto lhes atribui aquele que as possui"[80]. Nas mãos de um homem sábio, humano e liberal, a opulência é evidentemente a fonte de um bem-estar e de um contentamento renovado sempre que ele encontra ocasiões de exercer suas disposições estimáveis. Nós diremos que o homem sensível, cujo coração sabe apreciar o prazer de fazer os outros felizes, de ser útil a seu país e espalhar seus benefícios sobre todo o gênero humano, não ficaria de maneira alguma embaraçado quando tivesse em seu poder todas as riquezas de Potosi e do Peru. Nós diremos que aquilo que torna muitas vezes a pobreza e a mediocridade incômodas para o homem honesto que se comove com os males de seus semelhantes é a impossibilidade em que elas o colocam de satisfazer os desejos de sua grande alma, que gostaria de poder aliviar todos os infelizes que a sorte lhe apresenta, incentivar todos os talentos úteis a seus concidadãos e enxugar

---

80. Cf. Montaigne, *Ensaios*, livro I, cap. 40.

as lágrimas de todos aqueles que são oprimidos pelo infortúnio. Com um coração bem-disposto, os tesouros de Creso jamais seriam obstáculos à sua felicidade. Plutarco afirma que:

> Quando tiveres tirado proveito das lições da filosofia, tu viverás em toda parte sem desprazer e desfrutarás da felicidade em qualquer condição. A riqueza te regozijará, porque tu terás mais meios de fazer o bem a vários; a pobreza, porque tu terás menos preocupações; a glória, porque te verás honrado; a obscuridade, porque tu serás menos invejado[81].

Em outro trecho, completa: "Com a virtude, toda maneira de viver é agradável. Tu estarás sempre contente com a fortuna quando tiveres aprendido bem em que consistem a probidade e a bondade".

Reconheceremos que é raro que as riquezas se encontrem nas mãos de pessoas dessa têmpera; a opulência dificilmente se vê combinada seja com grandes luzes[82], seja com grandes virtudes. Quase sempre, a fortuna cega se apraz em cumular com seus dons indignos favoritos, que não sabem fazer uso dela nem para a própria felicidade, nem para a dos outros. Enfim, existem pouquíssimas pessoas que tenham almas bastan-

---
81. Cf. Plutarco, *Do vício e da virtude*.
82. "*Rarus ferme sensus communis in illa fortuna*" (Juvenal, *Sátira* 8, verso 72).

te fortes para sustentar o peso de uma grande opulência[83]. Quílon dizia: "O ouro é a pedra de toque do homem".

Não fiquemos de maneira alguma surpresos com isso: as riquezas das quais a maioria dos homens usufrui são o fruto de seus próprios trabalhos, de suas intrigas e de suas baixezas; ou, então, são transmitidas por seus ancestrais. Nesses dois casos, é bastante difícil que caiam em mãos verdadeiramente capazes de fazer delas um uso adequado à razão[84]. Aqueles que trabalham pela própria fortuna não têm nem tempo, nem vontade de formar o coração ou o espírito. Unicamente ocupados em cuidar de seus negócios, eles não têm nenhuma ideia das vantagens que resultariam para eles do cultivo de suas faculdades intelectuais. Todavia os homens, quando estão fortemente animados pelo desejo da riqueza, tornam-se comumente pouco escrupulosos quanto aos meios de obtê-la. Diz Juvenal: "O ganho tem sempre um bom chei-

---

83. "*Infirmi est animi pati non posse divitias*" (Sêneca, *Epíst.* 5). Plutarco observa muito sabiamente que "assim como nem todos os temperamentos são apropriados para ingerir muito vinho, nem todos os espíritos são capazes de suportar uma grande fortuna sem cair na embriaguez e sem perder a razão" (cf. Plutarco, *Vida de Lúculo*).

84. "*Dives aut iniquus est, aut iniqui haeres*" ["O homem rico é injusto, ou herdeiro de um homem injusto"] (São Jerônimo). "Muitos malvados" – diz o poeta Teógnis – "se tornam ricos, e muitos homens de bem permanecem pobres; mas nós não gostaríamos de trocar nossa virtude pelas suas riquezas, porque a virtude continua sempre, ao passo que as riquezas trocam de donos a todo momento" (cf. *Poetas gregos menores*).
Alguém dizia a Sula, que se gabava da sua virtude: "Ah! Como é que tu poderias ser virtuoso; tu que, nada tendo herdado de teu pai, tens, no entanto, tão grandes bens?" (cf. Plutarco, *Vida de Sula*). Um provérbio popular diz que "felizes são os filhos cujos pais são condenados".

ro, qualquer que seja a sua origem"⁸⁵. Para chegar à fortuna, é preciso uma conduta tão baixa, tão rasteira e tão oblíqua que as pessoas honestas têm dificuldades para se prestar a mil procedimentos que não custam nada para aqueles que querem enriquecer de qualquer maneira. Enfim, nada é mais difícil do que adquirir grandes bens sem cometer alguns ultrajes contra a probidade. De onde se vê que a penosa ocupação de fazer fortuna por conta própria é bastante incompatível com uma observação escrupulosa das regras da moral. A fortuna só parece cega na distribuição de seus favores porque os homens que seriam mais dignos dela não querem comprá-los pelo preço que ela comumente estabelece. Dizia Tales: "É tão fácil para o sábio enriquecer quanto é difícil fazer nascer nele a vontade de ser rico".

Como diz Homero: "Apenas as almas honestas podem ser curadas". A moral, que jamais pode se afastar das regras imutáveis da equidade, não tem nenhum preceito para os homens ávidos, sem probidade, que não acham nada mais importante do que fazer a sua fortuna; suas lições pareceriam ridículas e deslocadas se ousassem se endereçar aos cortesãos sem alma, aos cobradores de impostos impiedosos, aos publicanos que engordam com o sangue dos povos e que matam sua sede com as lágrimas dos infelizes. A equidade natural não seria de modo algum ouvida por todos aqueles que se persuadem de que a vontade dos príncipes torna justos a rapina

---
85. "*Lucri bonus est odor ex re qualibet*" (Juvenal, *Sátira* XIV, v. 204).

e o roubo, nem por esses homens empedernidos que só encontram seu interesse no infortúnio dos outros.

Do mesmo modo, a moral não daria senão conselhos inúteis ou muito vagos àqueles comerciantes cujos lucros mais lícitos, ou permitidos pelo uso e pelas leis, nem sempre são aprovados por uma justiça severa. O mercador é quase sempre juiz e parte em sua própria causa, para não ser frequentemente tentado a fazer que a balança penda para o lado do seu interesse particular; esse interesse se acha comumente pronto a lhe sugerir alguns sofismas que ele não tem tempo, nem vontade de esclarecer bem. Enfim, é preciso muita força e muita virtude para que um homem no comércio não sucumba muitas vezes à tentação de tirar proveito das necessidades, da ignorância e da ingenuidade de seus concidadãos. Geralmente a moral, com o risco de não ser absolutamente ouvida, dirá sempre aos homens que sejam justos, que resistam à cupidez, que respeitem a boa-fé e que temam ter um dia de se envergonhar de uma fortuna adquirida à custa da consciência e da probidade, porque a sua posse seria perturbada pelos remorsos importunos, pela indignação pública ou por algumas afrontas.

Quando a opulência é fruto do trabalho dos ancestrais, também é bastante difícil que aquele que a herda tenha aprendido a arte de bem usá-la. Como pais desprovidos de princípios, de sentimentos louváveis e de virtudes poderiam inspirá-los a seus filhos? A educação das pessoas nascidas na opulência comumente não tem nenhuma pretensão de formar nelas um coração justo, sensível e benfazejo. Além disso, ela dificilmente consegue lhes dar o gosto pelo estudo e pela reflexão. Pais ignorantes e pouco comovidos com os encantos da virtude deixarão sua fortuna para filhos que se parecerão com eles. Será que avarentos, usurários, peculadores, monopolizadores, cortesãos e financistas seriam capazes de inspirar em seus descendentes alguns sentimentos nobres e generosos, incompatíveis com todos os meios de chegar à fortuna? Além disso, esses pais tão ávidos não têm nem mesmo o talento de lhes ensinar a conservar as riquezas que deixarão para eles. Observa-se com bastante constância que mesmo a maior das opulências raramente se transmite até a terceira geração. A loucura dos filhos consegue muito prontamente dissipar os tesouros acumulados pela injustiça dos pais. O filho de um cortesão, de um homem sem coração, de um adulador, será feito para ter alguma estima pela virtude? Um pai faustoso e vão, mergulhado no luxo e na devassidão, irá se dignar a ocupar-se em moldar a alma de seu filho, em mostrar a ele a maneira de fazer um uso sensato dos bens que ele, um dia, deve possuir? Enfim, será que o filho de um homem que nada na abundância será tentado a adquirir por conta própria a moderação, a brandura, as virtudes, os talentos e os conhecimentos que podem um dia contribuir para o seu próprio bem-estar? As crianças nascidas no seio da opulência não se tornam, comumente, nada mais que loucos furiosos que acreditam que tudo lhes é permitido. "A saciedade faz nascer a ferocidade", diz-nos Teógnis[86].

Fortunas enormes e riquezas imensas acumuladas em poucas mãos denunciam um governo injusto, que se incomoda muito pouco com o conforto e a subsistência da maior parte de seus súditos. Cem famílias abastadas seriam mais úteis ao Estado do que o rico embotado, cujos tesouros enterrados despertariam a atividade de toda uma província. As riquezas repartidas fazem o bem do Estado; elas aumentam a indústria e conservam os costumes, que a grande opulência, assim como a profunda miséria, corrompe e destrói. A grande fortuna embriaga o homem ou o embota totalmente. Demófilo diz: "Os belos trajes incomodam o corpo; as grandes riquezas incomodam o espírito". Todavia, uma grande indigência, como logo veremos, instiga muitas vezes ao crime. Não há nenhum país onde haja tantos cidadãos ricos e tan-

---

86. Plutarco observa, a respeito de Sula, que a fortuna produziu nele uma mudança total, tornando-o feroz e cruel; e por essa grande mudança, diz esse filósofo, "ele deu motivo para criticar as grandes honrarias e as grandes riquezas, e para acusá-las de não permitir que os homens conservem os seus primeiros costumes, mas de engendrarem em seus corações a cólera, a vaidade, a desumanidade e a insolência" (cf. Plutarco, *Vida de Sula*). A maioria dos ricos se faz odiar pelo pobre, não somente pela inveja que despertam nele, mas também pelo mal que lhe fazem gratuitamente e pelos incômodos que lhe causam. Nas grandes cidades, sobretudo, o povo é permanentemente incomodado, em seus trabalhos mais necessários, pelas carruagens sempre em movimento dos poderosos e dos ricos desocupados que, na precipitação com a qual tratam de fugir do tédio, atropelam e esmagam impunemente e sem remorsos os infelizes que se encontram em seu caminho.

tos malfeitores quanto nas nações opulentas. Tales dizia que "a república mais ordenada é aquela em que ninguém é muito rico e nem muito pobre". O estado de mediocridade foi sempre o asilo da probidade. Um governo é bem imprudente e bem condenável quando inspira em seus súditos uma paixão desenfreada pelas riquezas. Ele aniquila com isso todo sentimento de honra e de virtude.

O filósofo Crates exclamava: "Ó, homens! Onde vos precipitais tendo trabalho para acumular riquezas, ao passo que deixais de lado a educação de vossos filhos, a quem vós deveis deixá-las?". Nada modifica mais poderosamente os homens do que a educação. O exemplo, a instrução e as máximas dos pais lhes dão os primeiros impulsos. Não precisamos nos surpreender, portanto, ao encontrar nas nações infectadas pelo luxo, pela dissipação e pela devassidão tantos ricos desprovidos das qualidades necessárias para se tornarem felizes por meio de suas riquezas, e ainda bem menos dispostos a se ocupar com o bem-estar dos outros. O fausto, a ostentação, a necessidade ilimitada de *viver de acordo com a sua posição*, da qual a vaidade tem sempre uma alta ideia, e as despesas enormes que exigem alguns prazeres requintados fazem que mesmo o homem mais opulento jamais tenha um supérfluo. Uma imensa fortuna mal é suficiente para arcar com todas as necessidades que a sua vaidade, juntamente com a falta de gosto pelos prazeres comuns, faz nascer em sua cabeça. Não há tesouros capazes de satisfazer os inumeráveis caprichos e fantasias que o luxo, a dissipação e o tédio geram a todo momento. Apenas as rendas dos reis poderiam ser suficientes para apaziguar a sede inextinguível de uma imaginação desregulada.

O tédio, como já nos pudemos convencer, é um carrasco que perpetuamente castiga, em nome da natureza, aqueles que não aprenderam a regular os seus desejos, a se ocupar utilmente, a economizar em seus divertimentos. Por que será que tão raramente vemos os poderosos e os ricos mostrarem um rosto sereno? É que no próprio seio das honrarias, da fortuna e dos prazeres, eles não desfrutam de nada; todos os divertimentos estão esgotados para eles; seria necessário que a natureza criasse em seu favor novos gozos e novos órgãos. A boa mesa, a volúpia, os espetáculos e os prazeres mais variados não têm mais nada que os toque[87]. Nada os desperta; em meio às festas mais brilhantes o tédio os assedia, a imaginação os atormenta e lhes persuade sempre de que o prazer deve se encontrar no lugar em que eles não estão. Daí essa agitação, essa inquietude convulsiva que se observa comumente nos príncipes, nos poderosos e nos ricos; eles parecem passar a vida correndo em busca do prazer, sem jamais desfrutarem dele quando o têm diante de seus olhos, como exemplifica Lucrécio:

---

87. "*Ipsae voluptates eorum trepidae et variis terroribus inquietae sunt, subitque, cum maxime exultantes sollicita cogitatio; haec quam diu?*" ["Seus prazeres são cheios de perturbação e inquietude, e quando eles estão nos maiores divertimentos, vem neles este incômodo pensamento: quanto tudo isso vai durar?"] (Sêneca, *Da brevidade da vida*, cap. 16).

Um deixa o seu rico palácio para fugir do tédio; mas volta para lá um instante depois, não se achando mais feliz em outros lugares. Outro corre com toda a pressa para as suas terras, como se estivesse indo apagar um incêndio; porém, mal chega aos seus limites, ele se sente entediado... e volta para a cidade com a mesma prontidão... Todos fogem incessantemente etc.[88]

Ocupar-se de maneira útil e fazer o bem a seus semelhantes – eis os únicos meios de escapar do tédio que atormenta tantos ricos para os quais não existem mais prazeres sobre a Terra. Os prazeres dos sentidos se esgotam; o contentamento pueril que pode ser dado pela vaidade desaparece quando ele é habitual. Mas os prazeres do coração se renovam a cada instante, e o contentamento inexprimível que resulta da ideia da felicidade que derramamos sobre os outros é um gozo que jamais se altera. *Tentai fazer os outros felizes para que vós mesmos sejais felizes*: eis o melhor conselho que a moral tem para os ricos.

Aristóteles, falando das riquezas, diz "que uns não a usam e outros abusam dela". Como o homem rico seria feliz se

---

88. Cf. Lucrécio, livro III: "Eu outrora acreditava, ó, Fânias! (dizia Menandro, pela boca de um ator), que aqueles que não têm necessidade de ganhar a sua vida gozavam de um sono tranquilo e jamais exclamavam: *Como sou infeliz!* Eu pensava que era apenas o pobre que se agitava em seu leito. Porém, agora eu vejo que vós outros, que sois considerados felizes, não sois mais felizes do que nós" (cf. *Poetas gregos menores*).

soubesse tirar proveito das vantagens que a fortuna coloca em suas mãos! Como o tédio poderia assaltá-lo quando, juntamente com uma alma sensível e terna, ele possuísse um espírito cultivado? Tudo se transformaria em prazeres nas mãos do rico benfazejo. Enxugar as lágrimas do desgraçado; levar inesperadamente o consolo e a alegria para uma família aflita; reparar as injustiças da sorte quando ela oprime o mérito desafortunado; recompensar liberalmente os serviços que se recebeu; descobrir e pôr em evidência os talentos prostrados pela indigência; incentivar o gênio às descobertas úteis; saber desfrutar em segredo da felicidade de fazer os outros felizes sem lhes mostrar a mão de seu benfeitor; devolver a alegria ao coração de um amigo virtuoso que se encontra angustiado; por meio de alguns trabalhos úteis à pátria, ocupar e dar subsistência à pobreza laboriosa; reanimar o agricultor desencorajado; merecer as bênçãos e a ternura dos seres pelos quais se está rodeado: eis alguns meios seguros de obter gozos duradouros e variados, de acalmar a inveja que quase sempre causa uma grande fortuna e mesmo de fazer que se perdoem as vias pelas quais essa fortuna pôde ser adquirida por injustos ancestrais. Alguns descendentes virtuosos podem chegar a fazer que se esqueça da fonte impura de sua opulência; a indignação e a inveja se acalmam com a visão do bom uso que o homem de bem sabe fazer de suas riquezas. Ele se torna feliz por si mesmo ao merecer os aplausos de seus concidadãos[89].

---

89. A Antiguidade nos fornece, em Plínio, o Jovem, um exemplo bem tocante daquilo que pode a opulência beneficente. Esse homem excelente se mostra, em suas cartas, permanentemente ocupado com a sorte de seus amigos e de todos aqueles que o cercam. A um, ele perdoa algumas dívidas consideráveis; ele se encarrega de pagar as de outro; ele aumenta o dote da filha de um amigo já falecido, a fim de fazê-la encontrar um melhor partido. Ele vende uma terra abaixo do seu valor para enriquecer, sem que ele saiba, um homem que lhe é querido. Ele fez a outro amigo um benefício que o pôs em condições de viver na independência e no repouso até o fim dos seus dias. Ele funda uma biblioteca em Como, sua pátria, assim como um asilo para os órfãos. Enfim, ele próprio nos informa que uma sábia economia, mais ainda que a sua riqueza, o punha em condições de satisfazer o seu temperamento beneficente (cf. as cartas de Plínio).
Nós encontramos algumas disposições semelhantes em Gillias, cidadão de Agrigento que, segundo Valério Máximo, não pareceu ocupar-se, durante toda a sua vida, senão em fazer das suas imensas riquezas um uso útil a seus concidadãos. Ele dotava as moças pobres; ele vinha em socorro de todos os infelizes; ele exercia a hospitalidade indistintamente para com todos os estrangeiros; ele abastecia sua pátria nos tempos de carestia – em poucas palavras, os bens de Gillias pareciam um patrimônio comum a todos os homens (cf. Valério Máximo, livro IV, cap. 8).
Que se compare a conduta desses ricos à de uma multidão de milionários estúpidos, que não imaginam senão algumas loucuras para dissipar a sua fortuna, ou que não pensam senão nos meios de aumentar o seu montante. Alguns tratantes sempre ávidos, alguns monopolistas engordados pelas calamidades nacionais, alguns ricos devassos e alguns homens entregues à vaidade do luxo dificilmente são tocados pelo bem público, no qual eles não se acreditam de maneira alguma interessados.
Que ideia a posteridade fará do nosso século quando souber que, no meio de Paris, da capital de um reino opulento e poderoso, na qual o luxo erige a cada dia monumentos tão custosos quanto inúteis, entre tantas pessoas que nada mais sabem do que fazer dinheiro, não se encontram algumas pessoas bastante generosas para contribuir com a reconstrução das escolas de medicina, que há muito tempo ameaçam sepultar sob as suas ruínas os mestres e os discípulos da mais interessante das artes? Se-

É sobretudo nos campos onde os ricos, afastados da atmosfera empesteada das cidades e do contágio do luxo, encontrariam oportunidades de fazer um uso honroso da sua opulência e de se mostrarem cidadãos. Porém, muitas vezes acostumados ao ar infecto das grandes sociedades, ao turbilhão dos prazeres frívolos, aos vícios que se tornaram necessidades para eles, os ricos consideram as capitais sua verdadeira pátria. Eles acreditam estar no exílio quando estão em suas terras, a menos que transportem para elas as desordens, o alarido e as funestas diversões às quais estão habituados. Sem isso, os prazeres campestres e os encantos da natureza lhes parecem insípidos. Eles ignoram totalmente o prazer de fazer o bem.

Esses prazeres são, no entanto, mais sólidos e mais puros do que aqueles com os quais se alimenta a vaidade. Será que eles podem ser comparados à fútil vantagem de se fazer notar pelo vulgo por meio de alguns trajes, carruagens, cria-

---

rá, portanto, que a arte de curar não será nada para alguns insensatos sujeitos a tantas enfermidades? Algumas salas de espetáculos, alguns *coliseus* serão monumentos mais importantes do que a morada daqueles que zelam pela saúde de todos os cidadãos? Que vergonha para uma cidade que faz viver na abundância e no luxo algumas legiões de farsistas, de cantoras e de dançarinos, e que não se digna a fazer nada para favorecer os estudos longos e penosos dos sábios mais úteis à sociedade! Enquanto um teatro de ópera corruptor obtém a cada ano uma contribuição de quinhentas a seiscentas mil libras de um público desocupado, a faculdade de medicina não possui senão mil e oitocentas libras de renda; seus professores não recebem quase nenhum salário; e o pobre está na impossibilidade de se agregar a uma corporação da qual, se fosse auxiliado, ele poderia se tornar um ornamento. Ó, atenienses! Vós sois crianças.

dagens e mobiliário requintado, e por todo o desprezível exibicionismo ao qual o luxo dá tão alto valor? Será que o rico injusto pode se gabar de merecer a estima pública exibindo insolentemente aos olhos de seus concidadãos empobrecidos uma insultante magnificência? No temor de provocar a indignação geral, será que esses homens, empanzinados com a substância dos povos, não fariam melhor escondendo de todos os olhares uma opulência comprada por meio de iniquidades e crimes? Será que o amor-próprio desses favoritos de Pluto* pode cegá-los a ponto de fazê-los crer que uma nação, oprimida para enriquecê-los, lhes perdoará a impudência com a qual eles ousam ostentar os frutos de suas rapinas? Não; os aplausos e as homenagens dos aduladores e dos parasitas pelos quais sua mesa está rodeada jamais os persuadirão de seu mérito. Eles não farão calar as censuras de uma consciência inquieta. Todo o seu fausto imponente, seus repastos suntuosos, nada mais farão do que transformar em invejosos aqueles mesmos que eles tomam por seus amigos. Os convivas do tratante enriquecido, ao ajudá-lo a consumir suas riquezas, não lhe devem por isso nenhuma obrigação; eles consideram a sua despesa um dever, uma restituição feita à sociedade que eles se encarregam de receber em seu nome. O homem que nada tem além da vaidade não está apto a ter amigos; ele tem apenas aduladores, covardes complacentes, prontos a virar-lhe as costas logo que as rique-

---

* Deus grego das riquezas. (N. T.)

zas das quais eles recolhem assiduamente a sua parte tiverem se escoado[90].

Ficamos muito surpresos ao ver os poderosos e os ricos abandonados por todo mundo a partir do momento em que a fortuna os abandona. Porém, teríamos muito mais motivos para ficar surpresos se seus pretensos amigos agissem de outra maneira. O rico faustoso e pródigo não considera senão a si mesmo nas despesas que ele faz; é à sua própria vaidade que ele sacrifica a sua fortuna; é para ser aplaudido que ele espalha o ouro a mancheias; é para exercer uma espécie de domínio sobre alguns homens aviltados que ele os convida a vir tomar parte em seus festins. Esses últimos se consideram quites com ele quando regalaram sua tolice com a fumaça do seu incenso. Com efeito, o mesmo homem que consente em dispender em um jantar somas suficientes para tirar toda uma família da miséria jamais se resolveria a fazer uma despesa muito menor se ela fosse ignorada. Além disso, esse homem, que quer parecer tão generoso e tão nobre aos olhos dos aduladores pelos quais está rodeado, não gostaria, talvez, de lhes dar em segredo o seu jantar em dinheiro.

Não é nem a benevolência, nem o desejo de favorecer que são os verdadeiros motores do fausto e que causam o de-

---

90. Alguns viajantes nos informam que existem maometanos que têm escrúpulo de comer com aqueles que suspeitam ter adquirido mal a sua fortuna. Um califa de Bagdá tinha feito uma lei dizendo que só se poderia utilizar, para se alimentar e se vestir, o dinheiro proveniente do trabalho das suas mãos.

sarranjo dos pródigos. É uma vaidade concentrada, que quase sempre ocupa neles o lugar da bondade, da afeição, da amizade e do próprio amor. Nada é mais comum do que ver um homem rico se arruinar por uma amante pela qual, no fundo do coração, ele não sente nenhum amor. Ele não quer senão a glória de suplantar seus rivais, e de alcançar à força de dinheiro a vitória sobre eles. Como, aliás, tal homem poderia de gabar de possuir o coração de uma mulher estragada pelo prazer e sempre pronta a preferir o amante que colocará o mais alto preço em seus favores?

Os gostos, muitas vezes ruinosos, que alguns ricos aparentam são raramente verdadeiros e sinceros. Em geral, eles estão fundamentados unicamente em uma tola vaidade, que lhes persuade de que serão admirados como pessoas de gosto refinado e raro, como *conhecedores* e, sobretudo, como homens muito ricos e muito felizes. É assim que um financista, privado de um bom gosto real, reúne muitas vezes a grandes custos uma imensa coleção de curiosidades sobre as quais ele não tem nenhuma ideia, livros que ele jamais lerá e quadros que ele não sabe de maneira alguma julgar[91]. No entanto, é

---

91. Podemos facilmente observar que os artistas que servem ao luxo, os antiquários, os joalheiros, os alfaiates, as modistas, os revendedores de quadros etc. são geralmente pouco elegantes quanto aos lucros. Acostumados a tratar com patetas, eles se tornam comumente velhacos. Todavia, frequentando os poderosos, eles adquirem o hábito da fatuidade. Eis as pessoas que o luxo faz prosperar à custa dos agricultores e dos cidadãos úteis! Juntai às pessoas dessa espécie as meretrizes, as atrizes, os negociantes sexuais, os dançarinos e os patifes de todas as cores e vós tereis a lista dos personagens interessantes que a corrupção dos costumes faz brilhar,

preciso reconhecer que o tédio tem muitas vezes tanta participação quanto a vaidade nas despesas inúteis que desorganizam as maiores fortunas. É ele quem convence a pagar muito caro por alguns objetos para desgostar, ou ao menos para parecerem insípidos, logo que são possuídos. É ao tédio dos ricos que são devidas as produções tão variadas, tão cambiantes e algumas vezes tão bizarras da moda, que parecem fazer que o luxo seja perdoado por todo o mal que, aliás, ele faz às nações.

Mas os consolos passageiros que o luxo fornece ao tédio e à vaidade de alguns ricos desocupados não devem justificá-lo pelos inúmeros males que ele causa aos pobres, ou seja, à parcela mais numerosa de toda sociedade. O luxo não é vantajoso senão para os artesãos do luxo. Ele não proporciona senão males para a porção verdadeiramente útil e laboriosa dos cidadãos. O preço que um rico entediado paga por uma obra-prima da pintura ou da escultura, por uma soberba tapeçaria, pelas douraduras com que ele ornamenta o seu palácio, por uma veste bordada ou por uma joia estéril bastaria algumas vezes para reanimar diversas famílias de agricultores honestos, bem mais necessários ao Estado do que muitos artistas que nada mais fazem que alimentar os olhos ou os ouvidos. Que o homem de gosto admire as pro-

---

que absorvem mais ou menos prontamente as faculdades dos homens mais opulentos e que até mesmo atraem muitas vezes distinções e recompensas da parte do governo. *Mendici, mima, balatrones, hoc genus omne* (Horácio, livro I, sátira II, verso 2).

duções sublimes das artes, que ele faça justiça aos talentos diversos que entretêm seus olhos. Porém, o verdadeiro sábio, sempre sensível às aflições e às necessidades da maioria, jamais poderá preferi-las às artes úteis e necessárias à sociedade, que fariam subsistir alguns milhões de infelizes. Uma província lavrada e tornada fértil por seus habitantes, pântanos drenados para oferecer um ar mais salubre e canais escavados para facilitar os transportes são, para um bom cidadão, objetos mais interessantes do que palácios ornamentados com quadros de Rafael e estátuas de Michelangelo, acompanhados pelos jardins de Le Nautre*.

Mas os ricos, comumente, não estão acostumados a se ocupar com o bem que poderiam fazer ao povo que eles desprezam. Eles preferem fazê-lo sentir o seu poder de uma maneira apropriada a se fazerem odiar. Longe de diminuir a inveja dos indigentes, eles parecem despertá-la incessantemente por meio de uma conduta arrogante e tirânica. Dir-se-ia que os homens a quem a fortuna deu todos os meios de se fazer amar não sabem se servir deles senão para se tornarem odiosos e desprezíveis. Em vez de aliviar a miséria do pobre, os ricos não parecem estar espalhados pela Terra senão para multiplicá-la. Em vez de fecundar as terras áridas e estéreis, a opulência e o poder nada mais fazem do que devastá-las. Será que se pode ser feliz quando não se vê em tor-

---

* André Le Nautre (também conhecido como Le Nostre ou Lenôtre), célebre arquiteto e paisagista nascido em Paris (1613-1700). Sua obra mais conhecida são os jardins do palácio de Versalhes. (N. T.)

no de si senão infortunados? As riquezas podem ter alguma coisa sedutora quando apenas fazem atrair as maldições e o ódio daqueles dos quais elas poderiam conciliar o amor?

Capítulo IX – Deveres dos pobres

Com que indignação um coração sensível considerará o luxo quando perceber que ele endurece o coração dos príncipes, dos poderosos e dos ricos, a partir do momento em que consegue forjar neles necessidades infinitas e sempre insaciáveis, que os impedem de aliviar as misérias dos povos por nunca lhes deixarem nenhum supérfluo? Com que olhar uma sã política poderia encarar a aversão que esse luxo inspira nos ricos pelos campos que as suas riquezas deveriam reanimar? Será que ela não lamentará ao ver esses campos que, longe de serem socorridos, são despovoados para proporcionar uma quantidade inútil de criados à opulência indolente? Enfim, todo homem de bem não ficará sensivelmente tocado vendo esses servidores, corrompidos pelo exemplo de seus senhores, levarem até para as classes mais ínfimas da sociedade a corrupção e os vícios dos quais eles se encheram nas cidades?

Em um Estado corrompido, as influências do luxo, funestas aos ricos que ele põe em delírio, se fazem sentir de maneira ainda mais cruel nos pobres e em todos aqueles que têm apenas uma fortuna limitada. Esses últimos querem imitar de longe as maneiras, as despesas e o fausto dos opulentos e dos poderosos. Todos se envergonham da sua indigência e querem ao menos disfarçá-la com os seus adereços. O pobre e o homem de poucas posses, arrastados pela torrente, são forçados a seguir o tom faustoso que os ricos, os poderosos e as mulheres, quase sempre frívolos e vãos, dão à sociedade. Todos se veem obrigados a ir além das suas possibilidades sob pena de não poderem se aproximar dos seres faustosos e pouco humanos que seriam feitos para aliviar e consolar o indigente. Este último se vê, portanto, forçado a sair de sua condição, que não seria uma razão para ser socorrido. Assim, o infeliz que, por suas necessidades, é obrigado a solicitar o auxílio dos poderosos é compelido, para não ser expulso por alguns criados insolentes, a fazer despesas quando deve comparecer perante seus protetores. Ele temeria ofendê-los se os deixasse perceber o seu infortúnio. Ele se arruína com medo de ser rejeitado e acaba, muitas vezes, por não obter os auxílios na esperança dos quais desarranjou os seus negócios.

Eis aí como os ricos, incapazes eles mesmos de se tornarem felizes, longe de proporcionar alívio ou bem-estar aos outros, fazem que eles contraiam as suas moléstias! A epidemia da corte se espalha pelas cidades, logo, ela se espalha pelos campos, para onde leva a semente de todos os vícios, desregramentos e até mesmo de todos os crimes. É assim que a vaidade se propaga: o gosto pelos adornos, tão fatal à inocência, apodera-se do espírito do povo; a indolência e a preguiça substituem o amor pelo trabalho; os bons costumes se perdem na ociosidade, que logo enche a sociedade de bandidos, de ladrões, de patifes, de assassinos e de prostitutas, que o terror das leis não pode, de maneira alguma, reprimir. Desencorajando o pobre, vendo-o* através de indignos preconceitos, um mau governo o força a se entregar ao crime, que não pode ser detido sem destruir** um grande número de vítimas. Essa severidade, no entanto, não corrige ninguém. Aviltando os homens, incita-os a tudo ousar; tornando-os desgraçados, tiram da própria morte aquilo que ela tem de terrível. Tornai o pobre feliz, livrai-o da opressão e logo ele trabalhará, ele amará a vida, ele temerá perdê-la e estará contente com a própria condição.

É sempre o despotismo que multiplica os ociosos. São o exemplo e a opressão dos ricos e dos poderosos que corrompem a inocência do pobre. Este último, na sua miséria, é forçado a se prestar aos vícios daqueles dos quais ele tem necessidade para subsistir. Com o dinheiro, o devasso consegue facilmente seduzir uma jovem que, pelo desejo de se enfeitar, cederá facilmente aos seus desejos; com o dinheiro, ele tornará os próprios pais da moça cúmplices da sua desonra. Enfim, o dinheiro, triunfando sobre tudo, faz que o homem do povo se torne a todo momento o instrumento dos caprichos e dos crimes daqueles que querem empregá-lo.

Além disso, o pobre, acabrunhado com a ideia da própria fraqueza, acostuma-se a considerar o homem opulento um ser de uma espécie diferente da sua e feito com exclusi-

---

* A edição de 1820 traz: "degradando-o". (N. T.)
** A edição de 1820 traz: "sacrificar". (N. T.)

vidade para ser feliz; ele o imita tanto quanto pode; torna-se ávido e vão como ele; ele deseja enriquecer a fim de usufruir das vantagens que ele acredita estarem vinculadas às riquezas, e os caminhos mais curtos lhe parecem os melhores[92]. Eis como o pobre, desgostoso com o trabalho, torna-se primeiramente vicioso e depois criminoso. Ele não vê outros recursos além do roubo para substituir o trabalho que o faria subsistir honestamente.

É a avidez de um governo tirânico, são as extorsões de tantos homens que querem enriquecer rapidamente e são os exemplos funestos dos ricos libertinos que povoam as sociedades com um número tão grande de ociosos, de vagabundos, de malfeitores, que a severidade das leis não pode mais suprimir. O rigor dos impostos, dos serviços compulsórios e das corveias faz que o agricultor perca o gosto por um labor penoso por si. Ele não trabalha mais a partir do momento em que percebe que todos os seus sofrimentos não lhe produzem nada e não são suficientes para fazê-lo subsistir; ele prefere mendigar ou roubar a cultivar uma terra ingrata que a tirania o obriga a detestar.

Nada denuncia de maneira mais marcante a negligência e a dureza de um governo do que a mendicância. Em um

---

92. "[...] *Nec plura venena / miscuit aut ferro grassatur saepius ullum / Humanae mentis vitium, quam saeva cupido / Immodici census*" ["Que vício destilou mais venenos e forjou mais punhais que a sombria ambição, que deseja sempre e jamais se limita?"] (Juvenal, *Sátira* XIV, versos 175 e seguintes).

Estado bem constituído, todo homem que goza do uso de seus membros deveria ser empregado utilmente; e aquele que, pelas desgraças da sorte ou por suas enfermidades, é impedido de trabalhar tem alguns direitos[93] sobre a humanidade de seus semelhantes e deveria ser cuidado por seus concidadãos, sem que lhe fosse permitido buscar a subsistência por meio de uma vida vagabunda, quase sempre viciosa e criminosa. Por pouco que reflitamos, reconheceremos que esses hospitais suntuosos, que a piedade mal-entendida manda construir no seio das cidades, quase sempre nada mais fazem, com grandes custos, do que redobrar as desgraças do pobre, aliviando-as muito pouco. Uma humanidade mais racional forneceria aos doentes socorros mais eficazes e maiores em seus próprios domicílios e faria que se poupassem as despesas enormes de uma administração ruinosa.

Uma compaixão imprudente serve também para multiplicar no seio das nações uma classe de infelizes conhecidos pelo nome de *pobres envergonhados*; nada é mais abusivo do que a beneficência exercida sobre indigentes desse caráter, que comumente não passam de ociosos orgulhosos. O pobre não deve de maneira alguma se envergonhar de sua miséria, feita para comover os corações sensíveis ou, de preferência, para atrair os auxílios fixados pela sociedade. O homem caído na indigência deve renunciar à sua vaidade primitiva pa-

---

93. "A pobreza honesta", diz Helvétius, "não tem outro patrimônio além dos tesouros da virtuosa opulência" (cf. *Do espírito*, discurso II, cap. IV, p. 81).

ra se adequar à sua humilde condição. O desgraçado deixa de interessar a partir do momento em que é orgulhoso. Enfim, em vez de se entregar às quimeras de um orgulho preguiçoso, todo homem decaído deve buscar em um trabalho honesto os recursos contra os próprios infortúnios, de qualquer posição que ele tenha caído.

A humanidade, a equidade e o interesse geral da sociedade reúnem-se para clamar aos soberanos que parem de produzir mendigos, que mostrem alguma piedade a esses povos dos quais eles perturbam cruelmente os trabalhos e a felicidade – e que muitas vezes são reduzidos ao desespero. Estão longe da sã política essas máximas hediondas que persuadem a tantos príncipes de que os povos devem ser mantidos na miséria para serem governados mais facilmente. A opressão e a violência nunca farão senão escravos entorpecidos ou perversos convictos, que enfrentarão os suplícios para se vingar das injustiças a que a todo momento são submetidos. Cabe aos príncipes consolar eficazmente os infelizes e reconduzi-los à virtude, que a moral lhes pregará em vão enquanto os governos iníquos os forçarem ao crime.

Acostumado desde a infância a ocupações muito penosas, o homem do povo não fica de maneira alguma infeliz em trabalhar. Ele só fica assim quando o seu trabalho excessivo deixa de lhe fornecer os meios de subsistir. A pobreza é, dizem, a mãe da indústria; mas ela é também a mãe do crime quando essa indústria é desencorajada, quando ela é incomodada, quando ela não é recompensada senão com impostos opressivos. É então que, transformando-se em furor, ela se torna fatal à sociedade.

Uma administração sábia deve, portanto, fazer de maneira que o pobre esteja ocupado. Para o bem da sociedade, ela deve encorajá-lo ao trabalho necessário à conservação dos seus costumes, à sua própria subsistência e à sua felicidade. Não existe, na política, nenhum desígnio mais falso do que o de favorecer a ociosidade do povo. A verdadeira fonte da corrupção dos romanos partia evidentemente da preguiça, alimentada no povo pelas frequentes distribuições de grãos e pelos contínuos espetáculos que lhe ofereciam alguns ambiciosos que procuravam cativar o seu favor ou adormecê-lo em seus grilhões. No reinado dos tiranos que devastaram esse Estado outrora tão poderoso, o povo depravado se incomodava muito pouco com as crueldades que esses monstros exerciam sobre os cidadãos mais ilustres. Ele não pedia senão *pão e circo*[94]. A esse preço, o próprio Nero foi um prín-

---

94. "*Panem et circenses*" (Juvenal, *Sátira* X, verso 81). Plutarco diz que Xerxes, querendo punir os babilônios por uma revolta, obrigou-os a largar as armas, a dançar, cantar e se entregar à devassidão. "Numa entregou algumas terras aos cidadãos pobres, a fim de que, tirados da miséria, eles não tivessem mais a necessidade de agir mal e para que, entregues à vida campestre, eles se abrandassem e cultivassem a si próprios cultivando seus campos" (cf. Plutarco, *Vida de Numa*). As perturbações de Atenas, as loucuras que aniquilaram essa república frívola e corrompida, devem ser atribuídas às extravagâncias e à perversidade dos cidadãos ociosos e pobres, chamados de *thetes*, cujo espírito estava estragado pela ociosidade, pelas adulações dos oradores e pelos espetáculos contínuos. Os atenienses tinham geralmente espírito, refinamento e bom gosto, mas pouquíssima virtude – eles tinham o cuidado de puni-la sempre que ela ofendia os seus olhos doentes e invejosos (cf. Xenofonte, *Econômico*).

cipe adorado quando estava vivo e lamentado depois da sua morte.

Uma política esclarecida deveria agir de modo que a maioria dos cidadãos possuísse alguma coisa de seu; a propriedade, ligando o homem à sua terra, faz que ele ame seu país, que estime a si mesmo e tema perder as vantagens de que desfruta. Não existe nenhuma pátria para o infeliz que nada tem. Porém, em quase todos os países, os ricos e os poderosos invadiram tudo; eles se apoderaram da terra para cultivá-la debilmente ou para não cultivá-la de maneira alguma. Parques imensuráveis, jardins sem limites e florestas imensas ocupam terrenos que seriam suficientes para empregar todos os braços dos ociosos encontrados nas cidades e nos campos. Se os ricos renunciassem, em favor dos indigentes, às possessões supérfluas que têm nas mãos e das quais não sabem tirar nenhum proveito real, suas próprias rendas aumentariam consideravelmente, a terra seria mais bem cultivada, as colheitas seriam mais abundantes e os pobres, quase sempre incômodos à nação, se tornariam cidadãos úteis, tão felizes quanto comporta a sua condição. Gelão muitas vezes levava pessoalmente os siracusanos aos campos a fim de incentivá-los à agricultura.

Não nos enganemos: a indigência não exclui de maneira alguma a felicidade[95]; ela é capaz de desfrutar dela com

---

95. "[...] *Neque divitibus contingunt gaudia solis; / Nec vixit male, qui natus moriensque fefellit*" ["Nem a alegria é um privilégio dos ricos, nem vi-

mais segurança, através de um trabalho moderado, do que a opulência perpetuamente entorpecida, ou incessantemente agitada pelas necessidades contínuas de sua louca vaidade. A pobreza ocupada tem bons costumes; a pobreza teme desagradar; a pobreza tem entranhas; o indigente é sensível aos males de seus semelhantes, aos quais ele mesmo está exposto. Se ele está privado de uma multidão de gozos, ele está – com exceção do tédio – na mesma condição do rico, cujo coração esgotado não desfruta de nada e não conhece mais prazeres bastante intensos. Os desejos do pobre são limitados, assim como as suas necessidades. Contente em subsistir, ele dificilmente estende sua visão para o futuro. Possuindo pouco, ele está isento dos alarmes que perturbam a cada instante o repouso da opulência e da grandeza, que ele crê serem tão dignas de inveja. Nada recebendo da fortuna, ele pouco teme os seus reveses.

> A pobreza é uma coisa estimável, desde que esteja tranquila e contente com a sua sorte. Somos ricos a partir do momento em que nos familiarizamos com a penúria. Não é aquele que tem pouco que é pobre; é aquele que, tendo muito, deseja ter ainda mais. Queres ser rico? Não pense

---

veu infeliz aquele que nasceu e morreu sem ser notado"] (Horácio, Epístola XVII, livro I, versos 9 e 10).

de modo algum em aumentar os teus bens, diminui somente a tua avidez[96].

É do seio da pobreza que se vê comumente saírem a ciência, o gênio e os talentos. Homero, esse imortal poeta épico da Grécia, conferiu a imortalidade a esses heróis famosos cujos nomes, sem ele, estariam sepultados no eterno esquecimento. Virgílio, Horácio e Erasmo nasceram na obscuridade. É aos diversos talentos dos homens que tiveram o seu gênio desenvolvido pela indigência que os reis, os conquistadores e os generais devem a sua glória. É às luzes dos sábios, que muitas vezes viveram na indigência e na penúria, que as sociedades devem as maiores descobertas. É a alguns homens – que eles têm a ingratidão de desprezar – que esses poderosos tão arrogantes e esses ricos tão vãos devem a cada dia os seus divertimentos e os seus prazeres.

Com que direito os ricos e poderosos desdenhariam, pois, o pobre? Este deveria encontrar neles benfeitores e sustentáculos contra a violência e os rigores da sorte. Em vez de ofendê-lo com desprezos cruéis, que eles o considerem um

---

96. O caminho mais curto para enriquecer, segundo Sêneca, é o desprezo pelas riquezas. "*Brevissima ad divitias, per contemptum divitiarum, via est*" (cf. Sêneca, epístola 88). Ele diz também, em outra parte: "*Si ad naturam vives, nunquam eris pauper; si ad opiniones, nunquam eris dives*" ["Se viveres de acordo com a natureza, nunca serás pobre; se viveres de acordo com a opinião alheia, nunca serás rico"]. Desencorajando o luxo, um rei poderia, com um único golpe, enriquecer toda a sua corte e aliviar todo o seu povo.

cidadão feito para lhes interessar por causa da sua própria miséria, necessário ao seu bem-estar e muitas vezes acima deles por alguns talentos que eles deveriam respeitar. Que eles se lembrem de que, em sua cabana, a indigência ou a mediocridade desfrutam algumas vezes de uma felicidade pura, desconhecida desses mortais que habitam palácios erigidos pelo crime[97]. Que o indigente, muitas vezes invejoso, permaneça convicto de que a inocência ocupada é infinitamente mais feliz do que a grandeza e a opulência, que raramente sabem impor limites aos seus desejos.

Que o pobre se console, portanto, e se conforme à sua humilde fortuna; ele tem direito de aspirar aos auxílios e aos benefícios de seus concidadãos mais afortunados, desde que trabalhe utilmente para eles. Se ele tem necessidade dos ricos e dos poderosos, que lhes mostre a submissão, a deferência, o respeito e os cuidados que eles têm direito de esperar em troca da sua assistência e da sua proteção. Que ele se esforce para ganhar a sua benevolência por meio de vias honestas e legítimas, pela brandura e pela paciência adequadas à sua condição, e não por meio das baixezas ou das infâmias que o vício tirânico pode exigir. Quando ele encontra nos poderosos os protetores de sua fraqueza, e nos ricos os consoladores de sua miséria, que ele os pague fielmente com a sua gratidão. Porém, que jamais um covarde temor ou uma

---

97. *"Licet sub paupere tecto / Reges et regum vita praecurrere amicos"* ["A vida em uma casa pobre pode sobrepujar a dos reis e dos favoritos dos reis"] (Horácio, epístola X, livro I, versos 32 e 33).

indigna complacência façam que ele sacrifique a sua honra e a sua consciência. A honra do pobre, assim como a do cidadão mais ilustre, consiste em se ligar firmemente à virtude. A probidade, a boa-fé, a retidão e a fidelidade em cumprir os seus deveres são qualidades mais honrosas que a opulência ou a grandeza, quando elas são desprovidas disso. Será que existe algo mais nobre e respeitável do que a virtude que não se desmente no próprio seio da miséria e que se recusa a sair dela por alguns meios desonrosos que os ricos e os poderosos, sem nenhuma necessidade urgente, não se envergonham de utilizar? A pobreza nobre e corajosa de um Aristides ou de um Cúrio não terá sido mais honrosa do que a opulência de um Crasso ou um Trimalcião?

Se a virtude é amável em qualquer condição em que ela se encontre, ela é ainda mais venerável e mais tocante no indigente e no desgraçado, que tudo parece fazer perderem o gosto por ela. A probidade se encontra mais comumente na mediocridade satisfeita com a sua sorte do que na grandeza ambiciosa e sempre inquieta, do que na opulência sempre ávida, do que na indigência profunda que tudo incita ao mal.

Seria quase impossível entrar nos pormenores dos deveres que a moral impõe a todas as diversas classes nas quais as nações estão divididas. Iremos nos contentar, portanto, em mostrar a elas que a probidade, a integridade e a virtude não somente são apropriadas para fazer que cada um seja considerado em sua esfera, mas também podem ser úteis à sua fortuna. O mercador de boa-fé, que adquiriu a reputação de jamais enganar, não deixará de ser preferido a seus concorrentes; alguns lucros módicos e muitas vezes reiterados, acompanhados por uma conduta ecônoma e regrada, conduzem mais seguramente à opulência do que a fraude. Aquele que foi enganado de maneira evidente não é de modo algum tentado a se deixar enganar outra vez. O artesão racional, atento e consciencioso, será mais procurado do que aquele que a negligência, a devassidão e os vícios tornam inexato e patife.

A moral é a mesma para todos os homens, grandes ou pequenos, nobres ou plebeus, ricos ou pobres; suas lições podem ser ouvidas pelo monarca e pelo lavrador; elas lhes serão igualmente úteis e necessárias, e sua prática proporciona alguns direitos igualmente fundamentados à estima pública. Um príncipe, cujas injustiças produzem a penúria em seus Estados, será um homem mais estimável do que o agricultor que os vivifica, fazendo as colheitas brotarem da terra[98]? Um cidadão laborioso não será preferível a tantos poderosos inúteis à pátria que eles devoram? Será que um negociante honesto ou um artesão industrioso serão, portanto, mais desprezíveis do que o senhor injusto que se recusa a pagar aquilo que lhes deve? Enfim, será que o letrado indigente, que consagra suas vigílias à instrução ou aos divertimentos de seus concidadãos,

---

98. Os antigos transformaram em deuses todos os inventores da agricultura. Os citas diziam que a charrua havia caído do céu. Entre os modernos, o agricultor é um ser abjeto, excluído de todos os privilégios, desprezado e muitas vezes maltratado pelos ricos e pelos nobres, e comumente esmagado pelos governos.

não merece ser mais considerado do que o opulento imbecil que aparenta desprezar os talentos?

Que o homem pobre, que vive do seu labor e da sua indústria, deixe de ser desprezado por esses homens altaneiros que julgam que ele é de uma espécie diferente. Que o cidadão obscuro não lamente mais a sua sorte; que ele não mais se creia desgraçado; que ele de maneira alguma se despreze quando cumpre honestamente a sua tarefa na sociedade. Contente com a própria condição, que ele não tenha nenhuma inveja dos cortesãos inquietos, dos poderosos corroídos pelos desejos e perturbados por contínuos alarmes, e dos ricos que nada pode satisfazer. A mediocridade faz que, deixados de lado, desfrutemos do movimento desse mundo sem sentir os seus solavancos.

Que o agricultor tão respeitável – e tão pouco respeitado pelos insensatos que ele alimenta, enriquece e veste – se felicite por ignorar essa multidão de necessidades, frivolidades e sofrimentos pelos quais os favoritos da fortuna são cotidianamente atormentados. Que o habitante dos campos, em sua pacífica choupana, sinta a felicidade de estar isento das preocupações que esvoaçam pelas cidades por baixo dos lambris dourados. Que ele, no humilde catre, onde profundamente repousa, não sonhe com o colchão de penas sobre o qual o crime agitado procura em vão o sono. Que ele se parabenize por sua saúde, pelo vigor que lhe proporcionam as refeições frugais e simples, comparando suas forças com a fraqueza e as enfermidades desses intemperantes cujo apetite as iguarias mais bem temperadas não despertam⁹⁹. Quando, voltando à sua cabana, depois do pôr do sol, ele encontra o jantar preparado por sua laboriosa esposa e é acolhido e tratado com carinho por alguns filhos felizes com seu retorno, será que ele não deve preferir a sua sorte à de tantos ricos obrigados a fugir de sua própria casa, na qual eles muitas vezes não encontram senão mulheres de mau humor e filhos rebeldes? Que o agricultor aprenda, portanto, a se comprazer com a sua condição; que ele saiba que o alimentador de seu país é um homem mais livre, mais feliz e mais digno de estima do que o poderoso aviltado, o guerreiro feroz, o cortesão servil e o tratante esfomeado, que desolam a pátria sem poderem se tornar eles próprios felizes com todo o mal que fazem a seus concidadãos.

Existe, portanto, uma felicidade para esses seres que a opulência e a grandeza consideram rebotalhos da natureza humana, dos quais, no entanto, são tão pouco atenciosos em cuidar. Existe, para os indigentes, uma moral capaz de ser compreendida pelos mais simples* bem melhor do que pelos espíritos exaltados que não podem ser convencidos ou por esses corações empedernidos que nada pode amolecer.

---

99. Virgílio descreveu bem a felicidade do agricultor nesses versos: *"Interea dulces pendent circum oscula nati; / Casta pudicitiam servat domus: ubera vaccae / Lactea demittunt, etc."* ["Enquanto seus filhos carinhosos, pendurados em seu pescoço, disputam seus beijos, sua casta morada respeita a pudicícia, suas vacas deixam pender suas tetas cheias de leite"] (cf. Virgílio, *Geórgicas*, livro II, versos 523-525).
* A edição de 1820 traz "pelos espíritos mais simples". (N. T.)

É bem mais fácil fazer as vantagens da equidade serem sentidas por aquele que, por sua fraqueza, está exposto à opressão do que por alguns príncipes, alguns nobres e alguns ricos que fazem que o seu bem-estar e a sua glória consistam no poder de oprimir. É mais fácil fazer nascer os sentimentos da compaixão e da humanidade naquele que muitas vezes sofre do que nesses homens que, por sua condição, parecem preservados das misérias da vida. Enfim, tem-se menos dificuldade para conter as paixões tímidas do indigente que ainda não foi levado ao crime pelas suas desgraças do que as paixões indomáveis dos tiranos que acreditam não ter nada a temer sobre a Terra. A ignorância feliz – na qual vive o pobre – de mil objetos diversos que atormentam o espírito do rico isenta o pobre de uma infinidade de necessidades e desejos. Acostumado às privações, ele se abstém das coisas nocivas que tantas pessoas não podem rejeitar sem dor.

Os moralistas, que de modo geral se propõem unicamente à instrução das classes mais prósperas da sociedade, não deveriam desdenhar a dos seres menos favorecidos pela sorte. Proporcionando as lições da moral à condição e à capacidade do pobre, o sábio mereceria tanta glória – e poderia recolher mais frutos – quanto anunciando aos poderosos da Terra algumas verdades estéreis ou desagradáveis. Porém, considera-se comumente o povo um vil rebanho, pouco apto a raciocinar ou se instruir, e que deve ser enganado a fim de poder ser impunemente oprimido.

Capítulo X – Deveres dos sábios, dos letrados e dos artistas

Em todos os tempos e em todos os países os talentos do espírito obtiveram, para aqueles que os possuíam, a estima e a consideração de seus concidadãos, e fizeram que lhes fosse atribuída uma posição honrosa e eminente. Além disso, na origem das nações, os homens mais esclarecidos, os mais experientes e os mais instruídos adquiriram tanto prestígio ou ascendência sobre os povos que esses últimos adotaram com gratidão as leis que eles lhes ditaram. Eles os consideraram oráculos, seres sobrenaturais. Os *sacerdotes*, no Egito; os *caldeus*, na Assíria; os *magos*, na Pérsia; os *brâmanes*, no Hindustão; e os *filósofos*, entre os gregos, foram personagens que suas luzes fizeram ser respeitados igualmente pelos soberanos e pelos povos aos quais eles se tornaram úteis por seus conhecimentos, suas descobertas e sua ciência, frutos de suas pesquisas e meditações. A história nos mostra esses homens como os inventores das mitologias, das religiões, dos cultos e das legislações que se estabeleceram na maioria das nações da Terra. Os primeiros sábios se tornaram muitas vezes os primeiros soberanos, como diz o grande autor de *O espírito das leis*:

> Aqueles que haviam inventado algumas artes, feito a guerra pelo povo, reunido os homens dispersos ou que lhes tinham concedido terras

obtinham o reino para si e o transmitiam a seus descendentes. Eles eram reis, sacerdotes e juízes[100].

Assim, a consideração pública por esses homens divinos e raros não foi de maneira alguma estéril. Os sacerdotes, desfrutando da confiança dos povos, foram ricamente dotados de reconhecimento nacional. Eles tiveram algumas imunidades e privilégios que os puseram em condições de se consagrar tranquilamente a suas meditações, a suas funções respeitadas e às pesquisas das quais a sociedade poderia tirar algum fruto. Por conseguinte, esses personagens reverenciados, entregues à contemplação e à experiência, viram-se em condições de fazer descobertas úteis ou curiosas, e os povos os tomaram por seres de uma ordem superior que comerciavam com o céu. As nações deveram a esses primeiros sábios a teologia, a astronomia, a geometria, a medicina, a física e um grande número de artes capazes de contribuir, seja com os trabalhos, seja com os prazeres da vida. Por mais informes que fossem as primeiras noções desses especuladores, elas pareceram sublimes a alguns selvagens desprovidos de experiência. E, para fazer que fossem ainda mais respeitadas, elas foram envolvidas em alegorias, enigmas e mistérios. Inteligíveis apenas para os sacerdotes, elas serviram para perpetuar sua ascendência sobre os povos.

---

100. Cf. Montesquieu, *O espírito das leis*, livro I.

Foi assim que a ciência, os talentos do espírito, a indústria e a astúcia elevaram os sábios acima dos outros; foi assim que os sacerdotes, que possuíam com exclusividade os conhecimentos interessantes para as nações, foram considerados seus guias. Eles foram tidos como intérpretes dos deuses, diante dos quais os príncipes e os povos permaneceram prosternados. De onde se vê que a utilidade social foi a fonte primitiva da veneração que os homens têm mostrado em todos os séculos pelo sacerdócio, assim como das honrarias, das riquezas e dos privilégios com os quais eles amplamente os recompensaram.

Tal é a verdadeira origem das ciências e das artes que, de século para século, têm se aperfeiçoado em maior ou menor grau e que podem, todos os dias, ser enriquecidas com novas descobertas. Alguns povos ignorantes foram curiosos, inquietos, supersticiosos e impressionados com o espetáculo dos astros. Seus fracos olhos não descobriram neles senão motivos de espanto. Alguns sacerdotes observadores afirmaram conhecer o segredo de ler neles os seus destinos. Essa curiosidade fez nascer a astronomia, que não passou, no começo*, de *astrologia judiciária*, ciência enganosa que as luzes posteriores fizeram ser justamente desprezada pelas pessoas sensatas. Para o homem desprovido de experiência tudo é milagre; por conseguinte, a medicina, a física, a química, a

---

* Adotamos aqui a lição da edição de 1820, que traz "*au commencement*", ao passo que a edição de 1776 traz "*aucunement*". (N. T.)

botânica etc., em seu berço, foram ciências *mágicas*, baseadas no suposto comércio dos sacerdotes com os deuses. Com a ignorância fazendo nascer o gosto pelo maravilhoso, este último fez surgir, por sua vez, a poesia, que o adornou com os seus encantos, que contribuiu, mais do que qualquer outra coisa, para inflamar a imaginação dos homens pelos objetos que quiseram fazê-los admirar e respeitar; enfim, que gravou profundamente nos espíritos das nações as histórias e fábulas com as quais quiseram ocupá-las.

A moral desses primeiros doutores dos povos também foi uma ciência tenebrosa. Na falta de conhecerem suficientemente a natureza do homem e os motivos mais capazes de incitá-lo à virtude e desviá-lo do mal, não lhe apresentaram senão motivos sobrenaturais e algumas ideias vagas sobre os seus deveres. Em vez de esses deveres serem estabelecidos em suas relações com os outros homens, eles foram fundamentados em relações com algumas potências ocultas, pelas quais se supunha que o mundo era governado e das quais era possível atrair a benevolência ou a cólera. Além disso, imaginaram, para os povos, algumas práticas e cerimônias por meio das quais se afirmava que era possível tornar essas potências favoráveis ou desarmar o seu furor.

Não é em um mundo invisível e desconhecido que é preciso ir buscar os deveres do homem na terra que ele habita; é nas necessidades de sua natureza, é em seu próprio coração que se deve buscá-los. Não é no favor ou na cólera das potências invisíveis que é preciso buscar motivos para incitar o homem ao bem ou para desviá-lo do mal; é na afeição e no ódio de seus semelhantes que ele tem sempre diante dos olhos. Algumas cerimônias e ritos não purificam de maneira alguma o coração do homem; frequentemente, eles nada mais fazem que adormecer a sua consciência.

Porém, acreditaram ser obrigados a conduzir alguns povos grosseiros e selvagens pelo entusiasmo, seja porque quiseram enganá-los, seja porque os consideraram incapazes de ser conduzidos pela razão. Consequentemente, a ciência dos costumes e a política, nos primeiros sábios ou sacerdotes, foi sustentada por fábulas. Temos motivos para suspeitar, com efeito, de que as mitologias religiosas, que vemos estabelecidas nas diversas regiões do globo, nada mais são do que a ciência primitiva e grosseira da natureza e do homem, adornada pela poesia, consagrada pela religião e envolta em mistérios, a fim de se tornar venerável aos olhos dos povos, sempre bem mais ávidos do maravilhoso do que de princípios simples e racionais. Quis-se em todos os tempos enganar, espantar e cegar os homens para convencê-los a cumprir os seus deveres. Uma doutrina simples e racional ainda não tinha sido encontrada; além disso, ela não teria estado em conformidade com as intenções políticas dos primeiros mestres das nações; esses últimos trataram seus discípulos como crianças que precisam ser seduzidas por contos, narrativas assombrosas, prodígios. A clareza e a simplicidade são os derradeiros esforços da ciência e só são convenientes aos homens em sua maturidade. Diz Tácito: "Os homens são sempre mais levados a crer naquilo que não entendem; eles encontrarão mais encantos nas coisas obscuras do que naquelas que são claras e fáceis de compreender". Eurípides tinha dito antes dele que "existe nas trevas uma espécie de majestade", e Lucrécio também dizia que "a estupidez não admira senão as opiniões ocultas sob termos misteriosos"[101].

Assim, os primeiros conhecimentos dados às nações saíram comumente das nuvens da impostura. Por uma fatalidade muito comum, os homens menos ignorantes do que os outros são tentados primeiramente a fazê-los de bobos, e em seguida, de escravos. É nessa política pouco sincera que se fundamentou, sem dúvida, o espírito misterioso que vemos reinar na Antiguidade. Esse espírito, durante um grande número de séculos, infectou os escritos dos filósofos mais célebres – que, por sua condição, pareciam aptos a esclarecer o gênero humano mostrando-lhe a verdade tão necessária à sua felicidade.

Como consequência desses princípios, os doutores das nações fizeram seus preceitos descerem dos céus. Foi assim que Brahma apresentou aos habitantes do Hindustão uma doutrina das leis e das práticas que ele diz ter recebido do senhor invisível do mundo. Foi assim que Osíris, após receber do céu a arte da agricultura, tornou-se o legislador, o soberano e até mesmo o deus tutelar do Egito. Foi assim que Zo-

---

101. "*Omnia stolidi magis admirantur, amantque, / Inversis quae sub verbis latitantia cernunt*" (Lucrécio, livro I, v. 642).

roastro, em nome de Orosmade, regulou o culto, os costumes e os deveres dos habitantes da Pérsia. Seguindo as mesmas ideias, Orfeu instruiu os gregos e fundou os mistérios de Elêusis, Numa deu suas leis aos habitantes de Roma, Maomé, aos árabes etc. Todos esses legisladores, encontrando nos povos grosseiros uma forte paixão pelo maravilhoso e um grande respeito pelos enigmas e mistérios, aproveitaram-se habilmente disso para submetê-los ao seu domínio[102]. Uma linguagem obscura desperta a curiosidade; as noções maravilhosas assombram os espíritos e põem os cérebros em funcionamento. Semelhante ao trovão, uma ciência cercada de nuvens faz que aqueles que se vangloriam de possuí-la sejam considerados. Porém, se ela é vantajosa para eles, é inútil ou nociva aos progressos do espírito humano, que ela diverte sem proveito e conserva em uma longa infância. Foi evidentemente do Egito e da Fenícia que os gregos receberam o seu culto e as primeiras noções sobre a natureza e a moral – em outras palavras, a sua *filosofia*. Pitágoras, como já dissemos, ia buscar sua ciência mística nas escolas dos sacerdotes egíp-

---

102. "O verdadeiro território e tema da impostura são as coisas desconhecidas, na medida em que, em primeiro lugar, a própria estranheza lhes dá prestígio; e, depois, não estando mais sujeitas aos nossos discursos ordinários, elas nos tiram os meios de combatê-las" (Montaigne, *Ensaios*, livro I, cap. 31). César havia dito, antes de Montaigne, que, por um vício comum da natureza, temos mais confiança nas coisas invisíveis, ocultas e desconhecidas, e ficamos mais perturbados com elas: "*Communi fit vitio naturae, ut invisis, latitantibus atque incognitis rebus magis confidamus, vehementiusque exterreamur*" (*A guerra civil*, livro II, § 4).

cios e dos sábios da Caldeia. Platão, depois dele, foi beber na mesma fonte a doutrina tenebrosa e sublime que ele espalhou pela sua pátria[103]. A Grécia pouco a pouco se encheu de filósofos e pensadores que atraíram a consideração por causa de seus sistemas e descobertas, adotados em seguida pelos romanos. Esses conquistadores os transmitiram aos diferentes povos submetidos ao seu domínio. Foi das suas mãos que os modernos receberam os conhecimentos dos quais desfrutam e que devem buscar aperfeiçoar, simplificar, tornar mais claros e mais úteis.

Assim, as ciências e os talentos do espírito foram em todos os tempos honrados entre os povos. Essa influência da ciência mostrou-se em todas as regiões da Terra. Depois de um grande número de séculos, Confúcio, através dos preceitos morais que lhe são atribuídos, ainda governa a China;

---

103. Platão parece mesmo ter ultrapassado o tom misterioso dos sacerdotes egípcios. Ele parece censurar esses últimos por *terem cometido um erro irreparável para as ciências ao inventarem a escrita*. No entanto, a escrita é o único meio de difundir e conservar os conhecimentos humanos. Os selvagens permanecem na infância porque as descobertas, as experiências e as reflexões de seus ancestrais, na falta da escrita, estão para sempre perdidas para eles. Cada geração desprovida dos auxílios dessa arte é forçada a recomeçar do zero. É preciso falar claramente para ser útil aos homens. O sábio misterioso e oculto não está apto senão a embaralhar os espíritos e a retardar os seus progressos. Tal homem não é um benfeitor do gênero humano. Todo o brilho das ciências é conferido pela verdade; aquele que despreza a verdade e prefere em seu lugar uma vã eloquência não passa de um inútil charlatão. Um grego, falando de Pitágoras, disse: "Pitágoras, o encantador, que nada mais ama além da vã glória, e que adota uma linguagem grave e misteriosa para atrair os homens para as suas redes" (cf. Plutarco, *Vida de Numa*).

lá, sua memória é sempre amada e suas máximas são respeitadas como oráculos até mesmo pelos ferozes tártaros, que mais de uma vez subjugaram esse vasto império. Para chegar aos cargos, é preciso ter estudado os livros desse sábio, cognominado *rei dos letrados*, a quem se presta um culto. Essas homenagens prestadas por uma nação à memória desse célebre homem provam ao menos que os chineses, por mais corrompidos que sejam, creem-se obrigados a demonstrar exteriormente veneração pelos talentos e pela virtude, mesmo quando são totalmente desprovidos deles. Não obstante seu respeito pelos escritos atribuídos a Confúcio, os chineses são miseráveis e sem bons costumes, pois vivem sob um governo despótico e bárbaro, feito para pôr obstáculos intransponíveis aos progressos da verdadeira ciência e para tornar inúteis as lições da moral mais sensata[104].

---

104. Observaremos, de passagem, que a moral desse sábio famoso tal como nos foi transmitida por alguns missionários europeus não é apta a nos dar uma ideia elevada sobre as luzes dos chineses. As obras atribuídas a Confúcio e seu discípulo Meng Tsé não contêm senão máximas comuns e triviais, que não podem de maneira alguma ser comparadas às dos gregos e dos romanos. Além disso, esses escritos, tão exaltados por alguns modernos, são favoráveis ao despotismo – ou seja, ao mais injusto dos governos –, à tirania paterna, que eles confundem com uma autoridade racional, à poligamia e à tirania exercida sobre as mulheres. Enfim, eles não têm como objetivo senão formar escravos. De onde se vê que esse sábio do Oriente, ou aqueles que adotaram suas máximas, não tinham absolutamente as primeiras noções da verdadeira moral e do direito natural. Trememos quando pensamos que a lei permite que, na China, os pais abandonem seus filhos, que muitas vezes, nas ruas de Pequim, são esmagados pelos carros ou devorados pelos animais.

Se durante vários séculos a ciência foi desprezada na Europa e pareceu definhar no esquecimento, esse estado de abjeção deve ser atribuído à confusão e às perturbações produzidas pelas revoluções e pelas guerras contínuas pelas quais as nações foram agitadas. Então, o espírito humano recaiu na ignorância primitiva. Alguns guerreiros estúpidos e furiosos não conheceram outro mérito além de saber lutar. Os povos, totalmente privados de luzes e razão, vegetaram em um embrutecimento funesto, acompanhado de todos os males acarretados pelo erro e pelos preconceitos. Os homens embotados estagnaram no infortúnio porque careceram dos socorros, dos consolos, dos prazeres e das comodidades que as ciências e as artes podem lhes proporcionar. Alguns soldados ferozes não conheceram de maneira alguma as vantagens inestimáveis que os talentos, o gênio e a indústria podiam fornecer à vida social. As nações ficaram cegas e sem bons costumes porque é apenas a razão, fruto da experiência ou da ciência, que pode tornar os homens mais humanos ou mais sociáveis.

Enfim, as trevas dessa longa noite começaram a se dissipar. Alguns soberanos amigos das letras, das ciências e das artes lhes estenderam uma mão auxiliadora. O espírito humano, saído de sua longa letargia, retomou sua atividade. Os talentos foram considerados, honrados e recompensados a partir do momento em que incitaram nas almas uma fermentação viva, uma emulação favorável. Os costumes se suavizaram e a reflexão tomou o lugar da impetuosidade e do desatino. O estudo tornou-se a ocupação de muitos cidadãos inflamados pelo desejo da reputação, da glória e mesmo da fortuna, à qual se viu que os talentos podiam conduzir. As letras se tornaram ao menos um divertimento agradável para um grande número de pessoas que, sem elas, definhariam em uma ociosidade fatigante.

Aristóteles dizia que "os sábios tinham sobre os ignorantes as mesmas vantagens que os vivos sobre os mortos; que a ciência é um ornamento na prosperidade e um refúgio na adversidade". Diógenes expõe que "a ciência serve de freio para a juventude e de alívio para os velhos, de riqueza para os pobres e de ornamento para os ricos"; Cícero[105], por sua vez, afirma que:

> As ciências e as letras são o alimento da juventude e o divertimento da velhice; elas nos conferem brilho na prosperidade e são um recurso e um consolo na adversidade. Elas fazem as delícias do gabinete sem causar nenhum embaraço do lado de fora; à noite, elas nos fazem companhia; nos cámpos e nas viagens, elas nos seguem etc.

Tal é o juízo que fazia sobre o estudo um estadista a quem foi confiado o governo do mais poderoso império do mundo. Ele deveria causar vergonha em tantos poderosos e nobres que aparentam desprezar a ciência, consideram-na inútil e perigosa e parecem se congratular por uma ignorân-

---
105. *Oratio pro Archia*, cap. VII, § 16.

cia que sempre foi a fonte do erro e do vício. A ciência só tem o direito de desagradar os impostores e os tiranos[106].

Seria, portanto, para merecer os sufrágios de homens dessa têmpera que alguns homens de letras empregaram os seus talentos e o seu espírito para declamar contra a utilidade das ciências? Mas examinemos em poucas palavras as razões em que um célebre detrator das letras baseou suas acusações contra elas. Segundo o sr. Rousseau de Genebra:

> As ciências são defeituosas em sua origem, em seu objeto e em seus efeitos. Em sua origem: a astronomia nasceu da superstição; a eloquência, da ambição, do ódio, da adulação e da mentira; a geometria nasceu da avareza; a física, de uma vã curiosidade; todas, e até mesmo a moral, nasceram do orgulho humano.
>
> Em seu objeto: não há nenhuma história sem tiranos, sem guerras e sem conspiradores; não existem artes sem luxo; não existem ciências sem o esquecimento dos deveres mais indispensáveis.

---

106. Calígula queria destruir as obras de Homero. Um imperador da China mandou queimar todos os livros de seus estados. Os maus príncipes sempre se declararam inimigos da ciência. Valentiniano e Licínio diziam que ela era um veneno, uma peste no Estado. O impostor Maomé proscreveu prudentemente toda a ciência, com temor de que ela viesse a destruir suas imposturas. Diz La Boetie: "O grão-turco percebeu bem que os livros e a doutrina conferem, mais do que qualquer outra coisa, aos homens o senso de reconhecer e de odiar a tirania" (cf. *Discurso da servidão voluntária*).

Quantos perigos e quantos caminhos falsos encontram no percurso das ciências aqueles que procuram sinceramente a verdade! O seu próprio critério é incerto.

Em seus efeitos: as ciências são filhas e mães da ociosidade; elas são inúteis à felicidade; elas expõem mil paradoxos que solapam os fundamentos da fé e aniquilam a virtude. Elas sufocam o sentimento de nossa liberdade original e introduzem uma falsa polidez que, extinguindo a confiança e a amizade, abre a porta para mil vícios. Elas produzem o luxo e a louca vontade de se distinguir, de onde nascem a depravação dos costumes, a corrupção do gosto e a indolência[107].

Para responder ponto por ponto a algumas acusações tão graves, diremos que a astronomia nasceu de um desejo legítimo e racional de conhecer os movimentos dos corpos celestes, que os homens tinham necessidade de conhecer para regular os trabalhos mais necessários à vida, como a agricultura e a navegação; que a astrologia não é uma ciência real, mas nascida da superstição. A eloquência nasceu da necessidade de pôr em ação as paixões e os interesses dos homens, a fim de convencê-los a fazer aquilo que lhes é útil ou para

---

107. Cf. o discurso de Rousseau, premiado pela Academia de Dijon, sobre a seguinte questão: *Se o restabelecimento das ciências e das artes contribuiu para depurar os costumes.*

persuadi-los da verdade, tão necessária ao seu bem-estar. Se alguns impostores têm feito uso dela para enganar, é porque as coisas mais úteis tornam-se muito nocivas pelo abuso que se faz delas. A física é o efeito de uma curiosidade louvável, que leva o homem a buscar na natureza aquilo que pode contribuir para a própria felicidade – conhecimento sem o qual ele não poderia nem se conservar, nem viver. A geometria não é de modo algum fruto da avareza, mas da necessidade de diferenciar as propriedades dos homens – diferenciação sem a qual tudo cairia na confusão. A moral não se deve ao orgulho, mas à necessidade indispensável de saber como devem se comportar alguns seres que vivem em sociedade.

A história nos ensina fatos úteis à nossa instrução; ela mostra tiranos, revoluções, guerras e conspirações para nos despertar o horror dessas situações e nos incitar na busca por meios de nos preservar dos males que tantas vezes afligiram o gênero humano. As artes, é verdade, florescem no seio do luxo; mas essas artes, que não têm como objetivo a utilidade real, não devem ser confundidas com aquelas das quais a sociedade não poderia abrir mão. A ciência não produz o esquecimento de nossos deveres; pelo contrário, a verdadeira ciência é feita para nos reconduzir a eles; ela nos faz cumprir um dever, a partir do momento em que nos torna úteis a nossos semelhantes por meio das verdades ou experiências que ela nos põe em condições de lhes transmitir. Não é possível incriminar as ciências pelos perigos aos quais se expõem aqueles que procuram a verdade; esse crime deve ser imputado à perversidade daqueles que tornam a verdade perigosa para os seus apóstolos ou que se esforçam para privar dela o gênero humano. Os falsos caminhos encontrados no percurso das ciências não provam de maneira alguma que elas sejam ruins ou falsas, mas que os homens estão sujeitos a se extraviar algumas vezes por muito tempo antes de encontrarem a verdade e a se enganar sempre que não partem de experiências seguras. Esses falsos caminhos fazem ver que o sábio deve desconfiar de si mesmo e que é à força de quedas que se aprende a caminhar. O critério da verdade é certo quando não nos ocupamos senão dos objetos que podem ser submetidos à experiência e quando rejeitamos aqueles que não têm como base senão a imaginação.

As ciências verdadeiramente úteis não são as filhas e mães da ociosidade; elas são filhas das verdadeiras necessidades do homem e o levam a buscar aquilo que pode contribuir para a sua conservação e tornar sua existência feliz. Elas são inúteis à felicidade apenas quando se ocupam de especulações vagas e de objetos inacessíveis à experiência. Os paradoxos que aniquilam a virtude não podem ser senão os efeitos de um delírio que não é considerado uma ciência, assim como a embriaguez ou a congestão cerebral. As ciências não sufocam o sentimento de nossa liberdade natural; pelo contrário, toda ciência verdadeira nos reconduz a ele; ela faz que nós a amemos e desejemos, vendo as infelicidades pelas quais a escravidão está sempre acompanhada. As ciências supõem a reflexão, e a reflexão nos torna polidos, pois nos torna sociáveis ao nos ensinar o respeito que devem uns aos outros os seres reunidos em sociedade. A polidez não exclui de maneira alguma a amizade sincera e a confiança que a ciência dos costumes, sobretudo, deve estabelecer. As ciências não abrem a porta para mil vícios[108]. Ocupando o homem de maneira útil ou agradável, elas o afastam de mil desordens que são os recursos ordinários da ignorância e da preguiça. As ciências não produzem de modo algum o luxo; elas o desacreditam, elas exortam os homens a se preservar dele; elas impedem que aqueles que sabem se ocupar com elas pensem nas vaidades pelas quais os ignorantes e os desocupados são perpetuamente atormentados. A vontade de se distinguir não é absolutamente uma vontade louca; é um sentimento natural, muito louvável, quando nos distinguimos por uma conduta honesta, por costumes sensatos e por talentos vantajosos para o público. A vontade louca de se distinguir

---

108. Epicuro dizia, ao contrário, que "a filosofia é a fonte de todas as virtudes que nos ensinam que a vida não tem encantos se a prudência, a honestidade e a justiça não dirigem todos os nossos movimentos. Porém, seguindo sempre a rota que elas nos traçam, nossos dias decorrem com essa satisfação, da qual a felicidade é inseparável. Porque essas virtudes são próprias de uma vida cheia de felicidade e de encanto, que não pode jamais existir sem a sua excelente prática" ["*Horum autem omnium initium, maximumque bonum, prudentia est. Quocirca ex philosophiae bonis prudentia antecellit, ex qua reliquae virtutes omnes oriuntur; docentes quod jucunde vivere possit nemo, nisi prudenter, et honeste, justeque vivat: nec contra orudenter, et honeste, justeque; quin et vivat jucunde. Virtutes enum jucundae vitae conjunctae sunt: jucundaque vita separari a virtutibus nequit*"] (Diógenes Laércio, *Vida e doutrinas dos filósofos*, livro X, §§ 132-133).

é aquela que busca se notabilizar combatendo de má-fé as noções mais evidentes e racionais, que colaboram para nos convencer de que a ignorância é um mal e a ciência é um bem, sob qualquer ponto de vista em que se queira considerá-la.

Toda ciência, como já dissemos em outra parte, é uma consequência de experiências ou fatos. As experiências malfeitas constituem a falsa ciência ou o erro, cujas consequências são muito funestas ao homem. As experiências constantes, reiteradas e refletidas, constituem a verdadeira ciência e nos fazem conhecer a verdade, sempre útil e necessária aos seres de nossa espécie. Afirmar que a ciência é inútil é dizer que os homens não têm necessidade, para se conduzir nesse mundo, nem de experiência, nem de razão, nem de verdade; aquilo que não é repor o homem no estado selvagem ou no estado de natureza, mas situá-lo abaixo dos animais, que ao menos têm uma dose de experiência, de razão, de ciência e de verdade suficiente para se conservarem e para contentarem as suas necessidades. As necessidades do homem, mais variadas do que as dos outros animais, exigem mais experiências, conhecimentos mais extensos, uma razão mais exercitada e um maior número de verdades, sem as quais ele seria mais infeliz do que os bichos. O homem ignorante e estúpido não tem sequer os recursos que aquilo que é chamado de *instinto* fornece aos castores.

Não é senão por uma razão mais cultivada, ou por alguns conhecimentos mais vastos, que alguns homens se elevam acima de seus semelhantes. Que diferença prodigiosa a ciência e os talentos do espírito impõem entre os seres da espécie humana! Os povos mais esclarecidos são os mais prósperos. A Europa se acha em condições de impor a lei às outras partes do mundo pela superioridade das forças que a ciência lhe confere. Entre as nações que ela abarca, as mais poderosas, as mais ativas e as mais industriosas são aquelas que desfrutam de mais luzes. Um país mergulhado na ignorância é um reino de trevas, cujos habitantes estão perpetuamente adormecidos.

O homem nasce em sociedade e continua a viver nela porque a sociedade lhe é agradável e necessária. Ele não está de maneira alguma destinado por sua natureza a viver nas florestas, privado dos auxílios de seus semelhantes. A vida social o constitui, o modifica e o configura, pois nela ele desfruta de suas próprias experiências e das dos outros; essas experiências desenvolvem a sua razão ou lhe ensinam a distinguir o bem do mal. Invectivar contra a razão humana e contra a ciência é assegurar que o homem não tem, de maneira alguma, necessidade de diferenciar aquilo que pode conservá-lo daquilo que pode destruí-lo, aquilo que pode lhe agradar daquilo que pode lhe desagradar. O homem *natural*, fabricado pelo sofista eloquente a que respondemos aqui*, seria uma criança infeliz que não teria nenhum recurso nem para obter o próprio bem-estar, nem para evitar os males pelos quais estaria ameaçada a todo momento. Será, portanto,

---

* Ou seja, Jean-Jacques Rousseau. (N. T.)

na ignorância e na estupidez que será preciso buscar remédios para a corrupção, sempre gerada pela inexperiência e pelo delírio[109]?

Uma tradição muito pouco sensata faz que quase todos os povos acreditem que seus ancestrais grosseiros devem ter desfrutado, em tempos longínquos, de um bem-estar desconhecido dos seus descendentes. Daí a fábula da *Era de ouro*, sempre perto do nascimento das nações, ou seja, em épocas em que os homens, privados de todos os conhecimentos e recursos, e desconhecendo até mesmo a agricultura, viviam como bichos e se alimentavam de raízes e de bolotas. É bem difícil acreditar que esses homens, tão desprovidos dos meios de satisfazerem suas necessidades naturais, tenham sido mais sábios ou mais felizes do que nós. Se eles não tinham nenhum luxo, careciam quase sempre de tudo; se eles não tinham nenhum processo judicial, brigavam e se matavam incessantemente pela menor discussão.

A ignorância do melhor é – segundo um antigo – a causa de todas as faltas. A vida social, esclarecendo o homem, fornece-lhe alguns recursos e revela para ele os motivos que o convencem a conter suas paixões. Quanto mais luzes ele tem, mais ele conhece os seus verdadeiros interesses, sempre

---

109. Dacier, em sua comparação entre Pirro e Mário, diz, com razão: "Não se odeiam impunemente as musas. Mário foi como as terras ricas, que, permanecendo sem cultivo, produzem mais ervas daninhas do que boas" (cf. sua tradução das *Vidas dos homens ilustres*, de Plutarco, tomo IV, p. 205 da edição de 1734).

ligados aos de seus semelhantes. Ele só é mau porque ignora ou perde de vista a maneira como deve se comportar com os seus associados. Os príncipes, os poderosos e os ricos só fazem tanto mal sobre a Terra porque não são esclarecidos. Algumas nações são infelizes e sem bons costumes não porque sejam demasiado sábias, mas porque aqueles que deveriam torná-las sábias não querem que elas sejam esclarecidas, a fim de poderem conduzi-las à ruína.

Montaigne – concordando, nisso, com as ideias dos detratores da ciência – diz que "precisamos nos tornar estúpidos para ficarmos mais sábios e sermos ofuscados para melhor nos guiar"[110]. Ele nos faz observar na antiga Roma a mais extrema ignorância e as mais altas virtudes. Porém, quais podiam ser as virtudes de um povo injusto e bárbaro, cujas mãos cruéis se banhavam continuamente no sangue; de um povo que, sob o pretexto do amor pela pátria, permitia-se todos os tipos de crimes? Será que a moderação e o desprendimento de um Cúrio, a continência de um Cipião e algumas virtudes individuais podem contrabalançar os horrores com os quais uma república de bandidos afligiu o universo e as más ações que, na sequência, destruíram ela mesma? Irão nos dizer que a Roma mais esclarecida tornou-se apenas mais malvada. Porém, responderemos que as frágeis armas da filosofia romana jamais puderam combater com sucesso os vícios introduzidos pelo luxo, nem fazer desaparecer a sombria fero-

---

110. *Ensaios*, livro II, cap. 12.

cidade que sempre caracterizou o povo romano. Essa filosofia, quase sempre feroz e repulsiva, era pouquíssimo apropriada para dar-lhe costumes mais brandos, sobretudo sob o domínio dos tiranos, que acabaram de destruir tudo[111].

Não é da ignorância ou da ruptura da associação humana que devemos esperar a felicidade dos povos. É, ao contrário, do crescimento de suas luzes, de sua razão mais cultivada, de sua experiência e de sua ciência que podemos esperar o aperfeiçoamento da vida social e a reforma de tantas instituições nocivas, tantos usos insensatos, tantos preconceitos pueris e tantas tolas vaidades, que se opõem à felicidade dos homens. Essa reforma desejável não pode ser senão a obra do tempo que, pouco a pouco, cura os homens das loucuras de sua infância para conduzi-los à maturidade. Os esforços redobrados do espírito humano são feitos para combater os erros e para dissipar as nuvens que, até aqui, têm impedido os soberanos e os povos de dar uma atenção séria aos objetos mais interessantes para eles.

Alguns pensadores desencorajados nos dirão, talvez, que é inútil se vangloriar de esclarecer todo um povo, e que nem a filosofia, nem os princípios da moral estão ao alcance do

---

111. É evidente que a filosofia entusiasta e fanática dos estoicos era a que melhor convinha aos homens que viviam no governo dos Tibério, dos Nero, dos Domiciano etc. Naquele tempo, era preciso aprender a se privar de tudo e a suportar tudo (*abstine et sustine*). Era preciso, à força de imaginação, tornar-se insensível aos perigos pelos quais se estava cercado. Era preciso se isolar e se concentrar em si mesmo. Essa é a filosofia adequada a todos os maus governos.

vulgo. Responderemos que, para tornar uma nação racional, não há necessidade de que todos os cidadãos sejam sábios ou profundos filósofos. Basta que ela seja governada por algumas pessoas de bem. Segundo Platão, "os povos serão felizes quando forem governados por sábios". Todas as ciências estão acima da capacidade do vulgo. Elas, no entanto, lhe são úteis; e os homens mais grosseiros fazem diariamente uso dos princípios e das regras cuja descoberta não é devida senão aos maiores esforços do gênio. Demócrito foi, segundo dizem, o inventor da abóbada; no entanto, hoje vemos abóbadas construídas, segundo as regras, por simples operários. É preciso gênio para inventar e descobrir, mas é preciso apenas bom senso para tirar proveito das descobertas mais trabalhosas. Os princípios da sabedoria são difíceis de descobrir, mas todo governo bem-intencionado pode facilmente aplicá-los.

A ciência não é, portanto, inútil ao povo. Os sábios, os homens de letras e os eruditos podem ser considerados cidadãos destinados a abastecer os espíritos, a facilitar os trabalhos e a combater os erros. O gênio mais maravilhoso pode se extraviar, sem dúvida; mas é às luzes reunidas de todos os seres pensantes que cabe avaliar, retificar e aperfeiçoar as ideias que cada um oferece ao público. As verdades mais interessantes para a felicidade geral são difíceis de encontrar e não podem ser senão o fruto tardio das investigações dos homens. Todo escritor deve ser claro, sincero e verídico; é ao público honesto, imparcial e esclarecido que cabe julgar as suas ideias. Alguns autores frívolos confundem comumente um vão alarde com a glória e não obtêm os sufrágios senão daqueles que se parecem com eles. Os homens que pensam e as pessoas que têm retidão, razão e virtude: eis aqueles que um autor verídico reconhece como juízes competentes. Cícero diz que "a filosofia contenta-se com um pequeno número de juízes; ela recusa os julgamentos da multidão, que lhe são sempre suspeitos, e a quem ela deve desagradar"[112].

É para os seres pensantes de todos os tempos e de todas as nações que um filósofo deve escrever. Aquele que não escreve senão para surrupiar, de modo passageiro, os sufrágios do público, o favor dos poderosos e os aplausos de seus contemporâneos torna-se comumente escravo das opiniões reinantes, às quais ele sacrifica covardemente a sua razão, as suas luzes e o interesse do gênero humano. "É preciso audácia para buscar a sabedoria", diz Eveno; e é preciso nobreza, coragem e franqueza para anunciá-la aos outros. Somente a verdade torna duradouras as produções do espírito. Para agradar a todos os séculos, é preciso uma alma isenta de preconceitos, cujo reinado é variável e de pouca duração. Aristóteles nos diz que "a mais necessária das ciências é desaprender o mal". Em poucas palavras, para esclarecer os homens é preciso uma alma forte, um coração reto e penetrado de amor pela humanidade. É preciso liberdade e virtude.

---

112. "*Philosophia paucis est contenta judicibus, multitudinem consulto ipsa fugiens, eique ipsi et suspecta et invisa*" (cf. *Tusculanos* II, cap. 1).

Diz um antigo que "ninguém vê aquilo que tu sabes, mas todo mundo está em condições de ver aquilo que tu fazes". O homem de letras deve regular seu interior antes de querer dar preceitos aos outros[113]. O sábio cujos costumes são desregrados tem sido muito justamente comparado a um cego que segura uma tocha, com a qual ilumina os outros sem ser ele próprio iluminado por ela. *Sábio* e *sensato* deveriam ser sempre sinônimos. Será que, com efeito, podemos nos gabar de ser verdadeiramente sábios quando ignoramos os deveres que nos ligam aos seres de nossa espécie? "A ciência é tão prejudicial aos que não sabem se servir dela quanto é útil aos outros", dizia Tales. Não basta conhecermos os nossos deveres se não provamos, através das nossas ações, que estamos persuadidos deles. Poucas pessoas estão em condições de julgar os talentos do espírito, mas todo mundo está em condições de julgar a conduta. O sábio, em seus escritos, deve objetivar a glória ligada às verdades úteis que ele expõe a seus concidadãos. Porém, não é suficiente instruí-los, é preciso também agradá-los, a fim de tornar mais convincentes as instruções que lhes são dadas.

A honra é um motor essencial para os homens de letras. Diz Hesíodo: "As musas são filhas de Júpiter". Elas não de-

---

113. Cf., nas *Características** de milord Shaftesbury, dois tratados – *O solilóquio* e *Aviso a um autor* – que não têm como objetivo senão formar o coração daqueles que querem escrever. Diógenes comparava os sábios desprovidos de bons costumes aos instrumentos musicais, que não escutam as melodias que neles são executadas.

* *Characteristics of men, manners, opinions, times* (1711). (N. T.)

vem jamais se esquecer da nobreza de sua origem[114]. Portanto, que o homem de letras respeite a si mesmo respeitando os seus rivais. Nada é mais aviltante para as letras do que essas querelas desonrosas, esses ódios venenosos e essas invejas vis que vemos quase sempre reinar entre aqueles que as cultivam. Será que a glória não terá, pois, favores para todos os seus adoradores? A inveja não será uma admissão formal de fraqueza e inferioridade? Que os sábios sejam adversários, mas que não sejam nem invejosos e nem ciumentos[115]. Que eles pensem, sobretudo, que é se degradar descer na arena para divertir, com seus combates, um vulgo sempre pronto a depreciar alguns homens cuja superioridade ele teme.

Nada causa mais dano às letras e às ciências do que a arrogância e o tom desdenhoso que adotam algumas vezes aqueles que as cultivam. A reflexão deve lhes ensinar que o desprezo e a altivez são insuportáveis e bastam para aniquilar os sentimentos de gratidão e benevolência que os talentos mais raros deveriam despertar.

O homem verdadeiramente esclarecido deve ser justo; que ele pague a cada um aquilo que lhe deve. Que ele mostre à posição social, ao nascimento e ao poder o respeito e a

---

114. Esse poeta diz que Mnemósine, ou a deusa da memória, *que reina no alto das colinas eleutérias*, ou seja, cujo império é nobre e livre, gerou as musas de sua relação com Júpiter – por onde ele indica que as ciências e as artes não podem nascer senão nos países livres (cf. *Teogonia*, versos 52 e seguintes).
115. Diz Epicuro: "O sábio não tem nenhuma inveja da sabedoria de um outro" [*"Non commotum iri, si alter altero dicatur fuisse sapientior"*] (cf. Diógenes Laércio, *Vida e doutrinas dos filósofos*, livro X, § 121).

deferência que a sociedade lhe concede. Que homenageie os poderosos sem baixeza; que mereça a sua estima por uma conduta discreta; que ele não faça que ninguém sinta a sua superioridade; que ele seja indulgente com o ignorante e com o fraco. A intolerância e o orgulho não podem deixar de revoltar. Buscar se fazer amar e temer desagradar são deveres que obrigam igualmente todos os membros da sociedade. Não há nenhuma glória em ofender; não há nenhuma baixeza em poupar o amor-próprio daqueles que estão em condições de fazer muito bem às nações.

Os homens mais esclarecidos deveriam conhecer melhor os seus verdadeiros interesses e, por conseguinte, distinguir-se por sua sociabilidade, por sua humanidade para com todo mundo e por sua união uns com os outros. A discórdia, tão comum entre os homens de letras, só é apropriada para tornar desprezíveis alguns homens cujo desejo de estima, de reputação e de glória deve ser o verdadeiro motor. O público, muitas vezes injusto, condena geralmente toda uma corporação pelas faltas ou desvios de alguns indivíduos. Os vícios do filósofo tornam suas lições suspeitas. Somos sempre tentados a considerar charlatão, hipócrita, aquele que não põe em prática os preceitos que dá aos outros.

Os talentos do espírito são armas perigosas nas mãos de um perverso; ele se serve delas para ferir os outros e a si mesmo. Epiteto queria, com razão, que a filosofia fosse reservada às pessoas de bem. Vendo um devasso que queria dedicar-se a ela, ele lhe disse: "Em que tu pensas? Pense em tornar teu vaso puro antes de despejar algo nele". Os maiores talentos se desonram e se prostituem quando são possuídos por homens sem bons costumes e sem boa conduta. Aristóteles dizia que a vantagem que ele tinha tirado da filosofia era fazer, sem ser comandado, aquilo que os outros não fazem senão pelo temor das leis. A consciência do sábio é, para ele, um freio mais poderoso do que o terror. Horácio diz que "as pessoas de bem se abstêm do mal por amor à virtude"[116], ou seja, com a intenção de ficarem contentes consigo mesmas, de não perderem o direito de se amar e de serem amadas pelas outras.

É pelos costumes mais honestos, mais sociáveis e mais decentes que devem se distinguir aqueles que, por sua condição, destinam-se à instrução dos outros. O hábito de pensar, de se voltar para dentro de si mesmo e de pesar as consequências das coisas deveria evidentemente tornar os homens mais virtuosos à medida que eles têm mais luzes. Que um fátuo, que um estouvado que jamais refletiu, torne-se incômodo ou ridículo por sua vaidade e pelas suas impertinências, não é algo que precise nos espantar. Mas será que a vaidade e a mesquinhez não estarão deslocadas em um homem que não deve se anunciar senão pela elevação e pela nobreza de sua maneira de pensar e pela decência de seus costumes? O estudo deve ensinar a desconfiar dos arroubos da imaginação, a resistir a seus impulsos impetuosos. Ele deve ensinar a ra-

---
116. "*Oderunt peccare boni virtutis amore*" (Horácio, epístola XVI, livro I, verso 52).

ciocinar; deve fazer nascer nas almas sentimentos mais delicados, mais nobres e mais distintos do que nas almas vulgares. O homem de espírito, dotado de um tato mais refinado do que os outros, deve sentir com mais presteza os seus deveres para com seus semelhantes, ou aquilo que é preciso fazer para merecer sua estima e afeição. O verdadeiro sábio deveria ser o mais sociável dos homens.

Não acreditemos, no entanto, que essa sociabilidade deva arrastar o homem de letras a todo instante para o turbilhão do mundo, que não seria apropriado senão para fazê-lo perder o gosto pelo trabalho e pela meditação. Sem ser pedante ou feroz, o homem cujo ofício é pensar deve ter dignidade, comedimento em seus costumes e preferir o silêncio do retiro às assembleias barulhentas e desatentas. O espetáculo do mundo e seu movimento variado não devem ser para ele senão uma distração passageira, e não uma ocupação contínua. Ele pode torná-lo instrutivo se for buscar algumas ideias, fatos e observações apropriados para fornecer alimento às suas reflexões. É útil e necessário ao filósofo, ao moralista e ao homem de letras ver os homens de perto, conhecê-los bem, a fim de conferir urbanidade às suas obras, semelhança às suas descrições e encantos aos seus preceitos, de modo que eles sejam capazes de ter êxito. Todo escritor que não conhece o mundo não pode falar dele com pertinência, e dele só apresenta retratos ridículos e quiméricos. Mas o homem de gênio não precisa senão de algumas olhadas rápidas para apreender os objetos e pintá-los com força. A convivência contínua com alguns seres efeminados e levianos seria fazer que seus quadros perdessem os traços varonis e o tom vigoroso da verdade. As obras cujos autores só se propõem a agradar aos poderosos, às mulheres e a um público frívolo raramente têm o cunho da imortalidade.

Em geral, os sábios e os homens de letras têm mais a perder do que a ganhar em um comércio muito frequente com as pessoas mundanas. Por um lado, se eles com isso adquirem alguns encantos, dicção e bom-tom, por outro eles perdem, muitas vezes, em força, em profundidade e, sobretudo, em verdade – que comumente parece muito austera e muito séria para algumas crianças levianas, que não querem senão ser entretidas e que consideram toda a instrução inútil e tediosa. Para agradar às pessoas mundanas, o homem de letras deve ser frívolo, brincalhão, superficial e jamais falar sensatamente.

É também na alta sociedade que o homem de letras, ambicionando os vãos sufrágios de uma multidão de personagens vãos e levianos, adquire o hábito do fausto, da despesa, da arrogância, da fatuidade, da libertinagem e das extravagâncias que tão pouco lhe convêm. Ele se torna ávido, invejoso, intrigante, adulador e pusilânime. Depois de lhe terem transmitido os seus vícios e as suas loucuras, as pessoas mundanas não deixam de censurá-los nele com aspereza e de cobri-lo com o ridículo.

Eis como alguns homens feitos para instruir tornam-se muitas vezes desprezíveis, querendo agradar e divertir em vez de se tornarem úteis. Eis como as lições da sabedoria se tornam infrutuosas pela má conduta daqueles que as enunciam aos outros sem saberem, eles mesmos, adequar-se a elas.

Por um preconceito muito comum no mundo, a má conduta dos sábios recai sobre a sua doutrina, que é rejeitada quando os costumes daquele que a ensina não estão em conformidade com ela. Existe muita distância – como dizem – entre o coração e o espírito. Um homem pode raciocinar com muita justeza e se comportar muito mal. Sêneca diz que "os costumes dos filósofos não estão em conformidade com seus preceitos; eles não vivem como ensinam, mas ensinam como é preciso viver". Assim, não vivamos como o homem cujo coração é ruim; leiamos suas obras quando encontrarmos nelas algumas instruções úteis; rejeitemos o homem e suas obras quando forem perigosos. Segundo Montaigne:

> Um homem de bons costumes pode ter algumas opiniões falsas, e um perverso pode pregar a verdade mesmo quando não acredita nela. Há, sem dúvida, uma bela harmonia quando o fazer e o dizer caminham juntos[117].

O verdadeiro sábio, cuja conduta é prudente, desfrutará de uma soma de felicidade maior do que a dos outros ho-

---

117. *Ensaios*, livro II, cap. 31.
* Bias de Priene, filósofo grego do século VI a.C. Foi um dos chamados "sete sábios da Grécia". (N. T.)

mens; sempre seguro de encontrar em si mesmo e na meditação os meios de ocupar-se agradavelmente, ele será pouco suscetível às paixões, às fantasias e às vaidades que atormentam os seres frívolos dos quais o mundo está cheio. Satisfeito com os prazeres tranquilos do gabinete e com as riquezas que o estudo acumula em seu interior, ele pode obter à vontade alguns gozos desconhecidos da grandeza ignorante e soberba ou da opulência espessa. A ambição, a cupidez, as volúpias e a devassidão não tocarão naquele que se basta e que, como Bias*, carrega suas riquezas dentro de si mesmo. Epicuro diz que, "na verdade, o sábio está sujeito às paixões, mas a impetuosidade delas nada pode contra a sua virtude"[118].

Adornar o espírito é adquirir, por meio do estudo, um amplo fundo de ideias, que se pode a todo instante contemplar ao seu bel-prazer. O retiro, tão penoso para os homens desregrados, faz as delícias do homem de letras, que, à semelhança do avarento, aumenta em segredo o seu tesouro a todo momento. O tumulto do mundo lhe desagrada; o verdadeiro sábio só tem a perder na convivência com os seres que nele encontra. Seus livros, suas reflexões e a conversa com seus pares são suficientes para a felicidade daquele que exercitou o seu espírito. Ele desfruta a cada instante da contemplação das riquezas que a cada dia deposita em sua cabeça. Sem sair de si mesmo, ele observa o espetáculo variado da natureza,

---

118. "*Perturbationibus obnoxium quidem fore; sed nullo inde ad sapientiam impedimento*" (cf. Diógenes Laércio, *Vida e doutrina dos filósofos*, livro X, § 117).

o jogo das paixões e das ações dos homens, o quadro das vicissitudes desse mundo e as revoluções contínuas às quais as coisas humanas estão expostas. Ele possui alguns bens que nem a injustiça da tirania, nem os caprichos da fortuna podem lhe tirar. O estudo proporciona ao homem que pensa uma satisfação doce que pode ser comparada à da boa consciência; ele o coloca sempre em condições de entrar com prazer para dentro de si mesmo e de dispensar os vãos divertimentos, tão necessários às pessoas que não podem conversar consigo mesmas.

No entanto, não acreditemos nas máximas exageradas de uma filosofia selvagem, que proibiria que o homem de letras pensasse em sua fortuna. Não escutemos as declamações dos cínicos, que impõem ao sábio o dever de renunciar às riquezas sob o pretexto de que se tratam de bens enganadores e perecíveis. A abastança adquirida pela ciência e pelos talentos não pode ser censurada[119]. O homem sensato deve evitar a indigência que, colocando-o em uma extrema dependência, o exporia muitas vezes a se desonrar por algumas baixezas. A verdadeira sabedoria não consiste em um desprezo feroz por aquilo que os homens estimam e reverenciam, mas em não se apegar muito fortemente a essas coisas e conservar uma constância que faça sustentar com menos dificuldade os rigores da fortuna. A excentricidade, a negli-

---

119. "*Quaestum facturum, sed ex sapientia sola...*" (cf. Diógenes Laércio, *op. cit.*, livro X, § 121).

gência, a sujeira, a falta de polidez e a indecência denunciam não um filósofo, mas um fanático, um insensato, um espírito fraco que é enganado pela própria vaidade, ou um hipócrita que quer enganar os outros com uma grandeza simulada de alma.

Se a utilidade social é o fundamento da consideração devida aos talentos do espírito, o sábio deve se propor a merecer os sufrágios de seus concidadãos por meio de trabalhos dos quais resultem algumas vantagens reais para a sociedade. É instruindo ou divertindo que o homem de letras pode se tornar querido e alcançar a reputação que deseja.

"Nada é mais doce do que instruir e formar os espíritos", diz Cícero. O homem esclarecido e o homem de gênio exercem no mundo uma autoridade que, baseada na verdade, torna-se irresistível[120]. Segundo Plutarco, o filósofo Menêdemo comparava os homens de letras que se entregam a estudos inúteis ou frívolos com os pretendentes de Penélope – que, não podendo desposar sua amada, entregavam-se à devassidão com as damas de companhia. "É assim" – dizia ele – "que aqueles que não têm força para chegar à filosofia se consomem trabalhando com alguns objetos fúteis e pouco dignos de serem comparados a ela." Nas nações corrompidas e submetidas ao despotismo, o espírito é obrigado

---

120. O famoso Swift diz, em alguma parte, que "em um século dificilmente aparecem mais do que cinco ou seis homens de gênio; mas que, se reunissem as suas diversas forças, o mundo não poderia resistir a eles" (cf. *The adventurer*, tomo I, p. 234).

a se voltar para alguns objetos frívolos, e o gênio não é exercido senão sobre algumas bagatelas. "A glória" – diz Fedro – "é uma loucura, se acreditamos encontrá-la naquilo que não tem nenhuma utilidade[121]."

As opiniões muitas vezes nocivas e falsas, assim como os maus costumes estabelecidos na sociedade, contribuem algumas vezes para perverter os homens de letras e voltam seus espíritos para alguns objetos inúteis ou perigosos. É assim que a depravação pública faz surgir algumas produções obscenas e lúbricas que proporcionam a seus autores uma celebridade lastimável, feita para degradá-los aos olhos das pessoas honestas. Será que não é tornar-se bastante condenável empregar seus talentos para a corrupção da juventude e para a propagação do vício? Quantas recriminações não deveria fazer a si mesmo um escritor cujas obras sedutoras são de natureza a fazer brotar algumas paixões funestas até na posteridade mais remota? Como é odiosa uma imortalidade que se pretende adquirir por meio de um envenenamento perpétuo do coração humano!

A moral e a equidade também não permitem situar entre os sábios e os homens de letras esses críticos impudentes, de má-fé, armados por um vil ciúme, que parecem declarar guerra aos grandes talentos, que ultrajam os sábios eminentes e os imolam à zombaria de um público invejoso e mali-

---

121. "*Nisi utile est quod facimus, stulta est gloria*" (Fedro, fábula 17, livro III, v. 32).

cioso que se ofende com o mérito. Alguns escritores com esse caráter atroz não podem ser considerados senão inimigos das ciências, das letras e dos progressos do espírito humano. São vis cúmplices da ignorância ciumenta, da impostura inquieta e da tirania alarmada, que, para dominar a Terra, gostariam de fazer que reinasse sobre ela uma noite eterna[122]. Será que existe uma ocupação mais infame do que a de divertir o público à custa dos cidadãos que o esclarecem, que o servem utilmente e merecem toda a sua gratidão? Para ser verdadeiramente útil, a crítica deve ser justa, instrutiva e polida; jamais é permitido que ela degenere em uma sátira ofensiva e pessoal.

Os divertimentos que o homem de letras proporciona devem ser interessantes e contribuir incessantemente para a felicidade pública. Aqueles que não têm outro objetivo além de acalmar o tédio de alguns seres levianos, de adular os vícios do bom-tom, de incitar à devassidão, de favorecer os maus costumes e de incensar a tirania não merecem senão a indignação e o desprezo. Para terem o direito de aspirar a uma estima fundamentada, as diferentes classes da república das letras deveriam, por caminhos diversos, tender invariavelmente à utilidade geral. É sobre os direitos da verdade e sobre as vantagens que ela fornece aos homens que a consideração dos letrados pode ser solidamente estabelecida.

---

122. "*Immensi fruitur caligine mundi*" (Estácio, *Tebaida*, livro III).

A poesia, que se propõe a agradar por suas imagens, em vez de nos pintar paixões efeminadas e amores desprezíveis, deveria despertar a imaginação dos homens pela verdade, adornando-a com as cores mais capazes de comover.

A tragédia, para ser útil, deve inspirar horror pelos crimes dos reis, cujas paixões desencadeadas produzem tantas vezes catástrofes tão cruéis quanto terríveis; ela deveria fazer os tiranos temerem e tornar caras aos cidadãos a liberdade e a virtude, sem as quais nenhuma sociedade pode ser feliz e próspera.

A sátira, tantas vezes empregada para imolar à malignidade pública alguns cidadãos que deveriam ser apenas lastimados, deveria poupar as pessoas e fazer que o vício se envergonhasse das desordens e extravagâncias das quais ele se torna culpado. A sátira geral é útil e louvável, mas a sátira pessoal é desumana e punível.

A comédia, destinada a fazer os homens perceberem o ridículo de seus vícios, de seus defeitos e de suas extravagâncias, não deveria jamais se permitir a fazê-los rir à custa da razão, da decência e dos bons costumes, pelos quais tudo deveria inspirar o respeito mais profundo[123].

---

123. Poderia ser aplicada aos autores que abusam de seus talentos a maldição de Demócrito, que exclamava: "Desgraçados de vós, que, das graças virgens e pudicas, não haveis sabido fazer senão vis prostitutas". Quantas peças de teatro contendo lições de corrupção os governos permitem que sejam publicamente apresentadas à juventude!

Os romances, que muito comumente servem apenas para fazer brotar e nutrir nos jovens corações algumas paixões perigosas, deveriam, ao contrário, prevenir a juventude imprudente contra algumas fraquezas capazes de influir sobre a felicidade da vida.

A eloquência, da qual muitas vezes abusam para enganar e seduzir, deve – na boca do homem de bem – servir apenas para persuadir da verdade, para acender nos corações dos homens o entusiasmo pelo bem público e pelas virtudes sociáveis, para lhes inspirar horror pelo mal e desprezo pelos objetos que os desviam do caminho da felicidade.

Porém, em um mundo ocupado com futilidades, a sabedoria, a moral, a filosofia e a própria virtude tornam-se muitas vezes ridículas aos olhos de uma multidão de pretensiosos. Acostumados a confirmar o público em suas loucuras habituais, eles parecem temer as proximidades do reino da razão. Sua conduta poderia ser comparada com a dessas mulheres de má vida que vemos ficarem desoladas quando os tolos que elas outrora entretinham começam a pensar nos seus negócios e renunciam às loucuras para adotar uma conduta mais sensata. As nações estão inundadas de produções que raramente têm como objetivo os interesses do homem. Arrastados comumente pela imaginação, os homens de espírito desdenham os estudos profundos que não podem deixar de ser frutos lentos da reflexão. Nada se opõe mais aos progressos do *bom espírito* do que o *belo espírito*. A razão está quase sempre em luta com aqueles que melhor poderiam colaborar com os seus esforços. Todavia, a república das letras avilta-se algumas vezes aos olhos das pessoas mundanas pela conduta pouco racional de alguns de seus membros, que parecem assumir a tarefa de persuadir o público de que a ciência e os talentos são incompatíveis com a bondade do coração e com o sangue-frio da razão.

Assim como os Estados livres, a república das letras está quase sempre dividida em facções que a enfraquecem e a expõem ao desprezo daqueles pelos quais ela deveria se fazer respeitar. O que podem pensar os poderosos e as pessoas mundanas quando veem os homens de letras desastrosamente ocupados em demolir* uns aos outros e em contrariar os esforços da razão quando ela trata de desenganar os homens das suas loucuras? Enquanto o filósofo apresentará alguns princípios evidentes, um pretensioso declamará contra a verdade que lhe parece muito triste, contra a moral que ele considera lúgubre e contra a sabedoria que ele acha demasiado severa. Outro exagerará a incerteza de nossos conhecimentos e consolará a tolice assegurando-a de que os melhores espíritos não sabem mais do que os outros. Outros, enfim, lançarão o ridículo sobre as descobertas mais úteis; as obras profundas serão consideradas tenebrosas, produções de uma metafísica obscura e de alguns cérebros ocos. Enfim, as verdades mais interessantes permanecerão sepultadas no esquecimento se não estiverem acompanhadas pelos encantos do

---

* A edição de 1820 traz "denegrir". (N. T.)

estilo e, quase sempre, pela eloquência à qual o vulgo dá o máximo valor.

Os ornamentos do estilo não devem ser negligenciados; as graças são apropriadas para tornar a verdade mais tocante. Porém, esses ornamentos são a forma que deve ceder ao fundo. O sábio, que pensou profundamente, nem sempre tem o talento de escrever bem, assim como aquele que possui esse talento tão exaltado nem sempre meditou penosamente. Seja como for, recebamos a verdade com reconhecimento da maneira como ela for apresentada, e lembremo-nos de que o desprezo pela verdade é o caráter distintivo dos impostores, dos charlatões, dos ignorantes e, sobretudo, dos tiranos e dos inimigos do gênero humano, personagens com os quais os homens de letras jamais deveriam suportar ser confundidos. Aqueles dentre eles que odeiam e depreciam a verdade são insensatos que destroem os fundamentos de sua própria glória; ela não pode ser solidamente estabelecida senão sobre a utilidade e sobre a verdade, que tantos cegos têm a loucura de depreciar.

Lamentemos essa desordem e não paremos de repetir que os homens de letras deveriam se distinguir pela concórdia e se unir para cooperar com as intenções da moral e da sã filosofia, cujo objetivo invariável só pode ser o de tornar os homens melhores. Os conhecimentos e as luzes não são nada se não contribuem para o bem-estar da sociedade; a glória que eles obtêm não é nada se eles não nos proporcionam uma felicidade duradoura. As ciências são desprezíveis quando são estéreis; elas são detestáveis quando contradizem a verdadeira moral, que de todas as ciências é aquela que mais nos interessa[124]. Como diz Quintiliano, "apenas a sensibilidade da alma torna verdadeiramente eloquente e discreto"[125]. Um terno interesse pela humanidade deve animar os homens de letras: é o homem que eles devem esclarecer, que eles devem fazer se comover com a própria sorte, que eles devem incitar à virtude; porque somente a virtude pode banir as infelicidades das quais ele é vítima e pô-lo de posse da felicidade pela qual ele não cessa de suspirar. Segundo Pope, "o estudo mais importante para o homem é o homem".

O amor pela glória e o desejo de agradar e de ser estimado pelas pessoas de bem são e devem ser os grandes motores dos homens de letras e dos sábios. Considerar um crime que eles amem a glória e corram atrás da fama é censurá-los por não agirem sem nenhum motivo. Nada é mais louvável do que querer se fazer considerar por alguns talentos verdadeiramente capazes de contribuir para o bem de todos. Porém, o homem de letras falha em seu objetivo a partir do momento em que não é útil, e ele não pode ser útil se não apresenta aos homens algumas verdades dignas de interessá-los. Bagatelas brilhantes, produções agradáveis e obras efêmeras podem ter sucessos momentâneos; uma reputação

---

124. "[...] *Quod magis ad nos, / Pertinet, ac nescire malum est*" (Horácio, Sátira VI, livro II, versos 72-73).
125. "*Pectus est quod disertos facit, et vis mentis*" (Quintiliano, *Instituições oratórias*, livro X, cap. VII, n. 15, edição Gesner).

fictícia, conservada por conluios, intrigas, astúcias, baixezas e complacências, pode durar algum tempo; mas a glória sólida, a consideração permanente e a imortalidade só estão reservadas às obras cujos deliciosos frutos o gênero humano colhe em todos os tempos. Todo homem que, em seus escritos, não busca senão agradar os seus contemporâneos, ou que pensa apenas em sua fortuna, dificilmente fará seu nome passar à posteridade.

Sois homens verdadeiramente ilustres e respeitáveis quando trabalhais pela felicidade das nações! Sábios e homens de letras, que por caminhos diversos buscais a fama! Pensai que ela nada mais é do que a afeição e a estima pública, e que esses sentimentos se devem senão à verdade, à utilidade e à virtude. Que vossa conduta ensine, portanto, a respeitar as funções honrosas que vossos talentos vos fazem exercer no meio de vossos concidadãos. Respeitai a vós mesmos, lembrai-vos da vossa própria dignidade, afastai-vos da baixeza e da adulação que vos aviltariam aos olhos de um público invejoso de vossas prerrogativas. Renegai entre vós essas querelas desonrosas, que não podem divertir senão a malignidade de vossos invejosos. Uni-vos para combater a ignorância, os vícios e as loucuras que desolam a Terra e se opõem à felicidade social. Porém, ao atacar os defeitos e os erros dos homens, poupai seu amor-próprio, a fim de tornar vossas lições mais eficazes. Temei ferir aqueles que vós quereis curar.

Filósofos! Vossa função sublime é meditar sobre o homem, desvendar para ele os recônditos de seu coração e mostrar-lhe a verdade, sem a qual ele não pode obter a felicidade. Oradores! Que vossa eloquência, nutrida pela filosofia, arranque o homem dos erros, das inclinações viciosas, faça que ele se enterneça consigo mesmo e leve para o próprio coração a compaixão, a humanidade e a afeição que ele deve a seus semelhantes. Historiadores! Servi-vos das investigações do sábio e das cores da eloquência para nos pintar com vigor e verdade o interessante quadro das vicissitudes humanas. Poetas! Tomai emprestadas as luzes da sabedoria, a força da eloquência e as lições da história para adornar a verdade com os encantos com os quais a imaginação é capaz de embelezá-la. Deixai para lá esses cantos frívolos e perigosos que muitas vezes não tiveram como objetivo senão tornar o vício amável e inspirar desprezo pela virtude. Eruditos e sábios! Deixai de vasculhar uma Antiguidade tenebrosa para não encontrar nela senão coisas inúteis para as raças presentes. Pensadores! Não vos enterreis mais no atroz labirinto de uma metafísica tortuosa, da qual não se pode resultar nenhum bem para a nossa espécie. De preferência, voltai à sutileza de vosso espírito para os objetos conformes com a nossa natureza e que possamos apreender. Físicos! Naturalistas! Médicos! Renunciai às vãs hipóteses; não segui senão a experiência; ela vos fornecerá alguns fatos cujo conjunto poderá constituir um sistema seguro, verdadeiramente útil ao gênero humano. Jurisconsultos! Abandonai, enfim, as veredas lamacentas da rotina; libertai-vos das muletas da autoridade; buscai na própria natureza do homem leis em conformidade com o seu ser; nela, encontrareis uma jurisprudência moral, justa, simples e fácil, da qual os povos têm tão grande necessidade.

Enfim, qualquer que seja o caminho no qual vossos talentos vos lancem, que cada um de vós – ó sábios! – proponha para si a utilidade do homem, o bem público, os interesses da sociedade e a felicidade do universo ao qual vossas lições estão destinadas. Como vosso objetivo é o mesmo, que ninguém desdenhe ou deprecie os trabalhos de seus associados. Será que o campo da ciência não é bastante vasto e fértil para que cada um de vós possa nele colher os seus louros? Bani, pois, ó, homens úteis, a discórdia que prejudicaria vossos sucessos! Que vossas almas nobres e generosas se coloquem acima das baixezas da inveja e das mesquinharias da vaidade; a arrogância e o charlatanismo são indignos de vós. É ao público que é preciso deixar o cuidado de vos louvar. Lembrai-vos de que as letras e as ciências devem tornar o homem mais humano, mais brando e mais sociável; e não vos esqueçai jamais de que somente a vossa modéstia, a vossa contenção, a vossa polidez e os vossos bons costumes podem convencer o público a vos perdoar por vossos talentos, vossos benefícios e vossa superioridade. Seguindo essas máximas, vós merecereis o amor, a estima e os sufrágios de vossos contemporâneos; e vossos trabalhos úteis farão que vossa glória passe para a posteridade – que desfrutará, como nós, de vossos trabalhos imortais.

A esperança e o desejo da imortalidade, que tanta gente considera uma vã quimera, uma loucura, uma vaidade, são, no entanto, motivos que têm, em todos os tempos, atiçado poderosamente os homens de gênio. Essas paixões estão fundamentadas na ideia que eles têm dos direitos que seus trabalhos lhes darão sobre a afeição, a estima e o reconhecimento das gerações futuras. Não chamemos, portanto, de quimera aquilo que é um bem real para aquele que desfruta dele dentro de si mesmo a cada instante de sua duração. A boa consciência proporciona ao homem de bem uma felicidade muito verdadeira e muito sólida, embora ele só desfrute dela pela imaginação, que lhe mostra seus direitos à afeição dos outros homens. A ideia da imortalidade é uma quimera apenas para aqueles que não têm nem a coragem, nem o direito de aspirar a ela.

A afeição e os louvores da posteridade são dívidas, que ela muitas vezes paga no lugar de seus injustos antepassados. Ela não pode privar disso aqueles que proporcionaram grandes vantagens, grandes prazeres e grandes verdades ao gênero humano. Por um privilégio especial ligado aos homens de letras, o escritor eminente conserva todos os seus direitos mesmo para além da morte. Uma obra verdadeiramente útil ou agradável é um benefício perpétuo; ela impõe uma obrigação às gerações mais remotas. A morte, que muitas vezes mergulha tantos personagens soberbos no total esquecimento, não destrói as relações do homem de gênio com o gênero humano e não suprime nossos deveres para com aquele que se dignou a nos instruir ou nos divertir. Não estaríamos sendo injustos, ingratos e insensatos se nos recusássemos a prezar a memória daqueles que nos proporcionam momentos felizes todos os dias?

Subsiste ainda um terno relacionamento entre nós e os sábios da Antiguidade. Nós lemos com reconhecimento as obras imortais dos Homero, dos Cícero, dos Virgílio e dos Sêneca; nós lhes pagamos fielmente o tributo que eles devem ter se vangloriado de obter de nós. Independentemente do lucro e do prazer que extraímos dos escritos desses ilustres mortos, o interesse atual e permanente das nações quer que prestemos homenagens aos benfeitores do gênero humano. Louvar os mortos é encorajar os vivos, e embora as suas frias cinzas sejam insensíveis aos nossos elogios presentes, eles desfrutaram deles durante a vida, e servem, de século para século, para conservar e transmitir a chama do gênio àqueles que poderão imitá-los.

Enfim, a ideia da imortalidade ou do reconhecimento futuro é feita para consolar o grande homem pela ingratidão, pela injustiça e pela inveja de seus contemporâneos. A consciência de ter agido bem compensa os louvores que lhe são recusados; ele ouve os do futuro, porque sabe que os homens são sempre justos para com os benfeitores cuja superioridade eles não temem mais.

Depois de ter exposto os deveres dos homens destinados, por seus talentos, a instruir seus concidadãos, a moral não pode omitir os deveres daqueles que exercem as belas-artes, cujo objetivo é agir sobre os sentidos, afetá-los agradavelmente, divertir e distrair os cidadãos de seus trabalhos e levar ideias prazerosas para o espírito. Encontramos uma afinidade acentuada entre as letras e as produções das artes. Diz Horácio: "A pintura é como a poesia". Quando ela nos mostra algumas ações, será que não está cumprindo a função da história? Quando ela as apresenta de maneira a nos comover vivamente, não estará agindo como a arte oratória, cujo objetivo é agitar as nossas paixões?

Assim, do mesmo modo que os homens de letras, os artistas devem, em seus diversos trabalhos, propor a si mesmos um objetivo moral. Que eles sintam o seu poder; que eles aprendam a respeitar a si mesmos; que eles se vejam como cidadãos não somente feitos para divertir, mas também para instruir; que eles tenham em vista um objetivo maior e mais nobre do que adular a vaidade ou a depravação da opulência; que eles sintam a louvável ambição de ser úteis aos homens e torná-los melhores. Por que o artista habilidoso, cujas obras fazem pensar e deixam nos espíritos alguns traços profundos e duradouros, não procuraria esclarecer ao mesmo tempo que sabe agradar?

Os grandes artistas, entre os gregos, foram cidadãos considerados. Eles não eram de modo algum vistos como vis mercenários. Nutridos nas escolas de filosofia e admitidos na conversação dos sábios, eles tinham a oportunidade de refletir sobre a sua arte, de aperfeiçoar os seus talentos e, assim, de levá-los a esse grau de sublimidade que causa o desespero dos artistas modernos. Esses últimos, quase sempre privados das luzes proporcionadas por uma educação esmerada, alheios à instrução e pouco suscetíveis de reflexão, raramente são capazes de conferir às suas obras essa nobre simplicidade, essa energia e essa vida que admiramos nas obras dos antigos.

Para fazer coisas belas, o artista deve ser instruído, deve ter refletido sobre a sua arte, deve conhecer os objetos que ele se propõe a imitar – enfim, deve pressentir os efeitos que pode produzir. Sem esses conhecimentos, ele não passaria de um autômato que trabalharia ao acaso; desprovido de princípios, ele jamais poderia estar seguro de ter êxito ou de agradar.

É sobre os corações dos homens que o artista esclarecido deve se propor a agir; mas ele jamais se permitirá corrompê-los. Assim, em vez de ir buscar seus temas em uma mitologia muitas vezes lasciva e criminosa, em vez de nos representar incessantemente os amores de uma multidão de divindades, de ninfas e de sátiros impudicos, um pintor mais decente e mais moral ilustraria alguns exemplos memoráveis de grandeza de alma, de bondade, de justiça e de amor pela pátria, que lhe são fornecidos pela história e cujos aspectos mais impressionantes ele apreenderá. As produções das artes se transformariam para nós em lições, se elas nos oferecessem apenas objetos capazes de incitar à virtude. Então, elas seriam bem mais honrosas, sem dúvida, quer para o pincel do pintor, quer para o cinzel do escultor, quer para o buril do gravador, do que os desregramentos consagrados pela religião impura dos gregos e dos romanos ou do que as indecentes cenas de nudez que, sem respeito pelos costumes, vemos muitas vezes expostas nos palácios, bem como em nossas esquinas e em nossas ruas. Quantas recriminações não deveriam fazer a si mesmos os artistas que não se servem de seus talentos senão para infectar os espíritos com imagens obscenas e fazer brotar nos corações algumas paixões perigosas? Como, nas nações civilizadas, onde os costumes da juventude deveriam ser cuidadosamente protegidos, tolera-se que tantas causas colaborem para envenená-los?

Porém, nas nações corrompidas, os bons costumes não são absolutamente levados em conta. Alguns artistas – privados eles próprios de educação, de luzes e de bons costumes – não podem agradar a uma multidão depravada a não ser apresentando a ela alguns objetos adequados aos seus gostos pervertidos.

Em uma sociedade sabiamente organizada, todos os talentos dariam as mãos para incentivar e nutrir as disposições vantajosas para o público e para sufocar aquelas das quais podem resultar a desordem e os crimes. As artes se tornariam, então, verdadeiramente estimáveis. Elas se honrariam bem mais transmitindo à posteridade o reconhecimento público pelos grandes homens, pelos verdadeiros benfeitores da pátria, do que fazendo passar a ela os exemplos e a memória de tantos tiranos odiosos, pretensos heróis e conquistadores detestáveis que ela deveria esquecer.

Que os artistas aprendam, portanto, a se tornar cidadãos úteis; que eles sintam a sua dignidade; que eles se associem com os filósofos, com os oradores e com os escritores ilustres; que eles reflitam sobre os recursos da arte e que os façam servir ao bem público. De acordo com o poeta, que o músico, em vez de enlanguescer as almas com as entonações efeminadas de uma paixão repetitiva, faça que seus concidadãos ouçam esses sons viris, essa harmonia outrora tão poderosa na Grécia. Que a música, por seus variados modos, ora incentive a coragem, a força e a grandeza de alma, ora leve o consolo, a piedade e a calma para os nossos corações. Enfim, unida a algumas palavras convenientes, que ela lhes empreste uma expressão mais animada e as torne capazes de fazer nascer alguns sentimentos agradáveis, adequados ao bem da sociedade.

A arte do músico mostra uma analogia muito acentuada com a do orador e a do poeta. Para tornar as palavras mais expressivas e mais fortes, que ele mesmo se compenetre dos sentimentos que quer transmitir para os outros. De onde se vê que a instrução e a reflexão não lhe são menos essenciais do que para os pintores e para os outros artistas dos quais acabamos de falar. Fazer boa música é pintar para os ouvidos, é despertar neles algumas sensações desejadas nos ouvintes, que a experiência e a reflexão mostraram ser capazes de produzir. Um músico que não tem o conhecimento do homem e dos meios de afetá-lo não passa de pura máquina, de um instrumento sonoro.

Assim, não fiquemos surpresos com o fato de os grandes músicos serem raros. Muita gente domina as regras da música, mas ignora os meios de aplicá-las. Muitos artistas, à força de trabalho, conseguiram vencer as maiores dificuldades e atrair, assim, a admiração do vulgo. Porém, essa música puramente mecânica supõe apenas algumas disposições naturais obstinadamente exercitadas; ela não manifesta nem gênio, nem reflexão; ela não é feita para produzir nas almas os grandes efeitos que se poderia esperar do músico que sentiu o poder de sua arte e refletiu sobre ele.

Também se coloca comumente a dança no rol das artes liberais. Indicada pela natureza dos fluidos de nosso corpo, cujos movimentos são periódicos, nós a encontramos estabelecida em todos os povos da Terra, tanto selvagens quanto civilizados[126]. Alguns a consagraram ou divinizaram associando-a ao culto religioso; outras religiões a proscreveram como um exercício contrário aos bons costumes.

Se nós consideramos a dança um exercício, ela é útil para a saúde, ela torna o homem mais disposto, ela lhe ensina a se mover com agilidade, a se manter de pé de maneira mais firme, a caminhar com segurança, a se mostrar com toda a sua superioridade e a se apresentar com graça, ou seja, de ma-

---

126. Heródilo, músico grego, observou que a pulsação das artérias tinha dado nascimento ao compasso musical (cf. Censorino, *De die natale*, ed. Hayercamp, p. 57).

neira que anuncie uma educação cultivada, adequada às maneiras adotadas pela sociedade. Nesse ponto de vista, a dança não pode ser censurada. Útil para nós mesmos, ela nos torna mais agradáveis para os outros.

Porém, a sã moral não pode deixar de julgar desfavoravelmente essas danças que não apresentam aos olhos senão atitudes indecentes, próprias para fazer brotar no espírito dos dois sexos alguns pensamentos desonestos, alguns desejos desregrados. Já fizemos ver, em outra parte, os perigos aos quais a juventude está muitas vezes exposta nessas assembleias confusas em que a inocência, aturdida pelo tumulto, frequentemente naufraga e algumas paixões criminosas procuram e encontram tantos meios de se satisfazer. As danças desse gênero são aventuras perigosas, às quais os pais virtuosos temerão entregar uma juventude imprudente – eles sentirão que a razão não pode aprová-las. Em conformidade a isso, com as regras da moral mais severa, a moral da natureza sempre exortará os homens a fugir dos perigos. De acordo com a perversidade dos costumes estabelecidos em muitas nações, mesmo as pessoas mais corrompidas serão forçadas a reconhecer que a dança é um recife no qual a virtude vem muitas vezes naufragar.

Concluamos, de tudo o que foi dito neste capítulo, que a ciência é útil e necessária às nações; que aqueles que as instruem são cidadãos dignos de serem honrados, prezados e recompensados; que os detratores dos conhecimentos humanos, os opressores das luzes e os adversários das letras são insensatos que desconhecem os bens que fazem aos homens e os perigos da ignorância, que foi sempre a fonte das desgraças da Terra. Tudo deve ter nos provado que a meditação, a reflexão e o estudo são necessários não somente nas ciências e nas letras, mas também nas artes. Enfim, tudo pôde nos convencer de que os sábios, os letrados e os artistas não devem jamais perder de vista a moral e a virtude – das quais, para serem verdadeiramente úteis, eles deveriam, cada um à sua maneira, inculcar as lições. É assim que, aumentando dia a dia a massa das luzes ou das verdades, eles poderiam se gabar de contribuir para a felicidade da vida social.

Capítulo XI – Deveres dos comerciantes, industriais, artesãos e agricultores

Toda sociedade é uma reunião de homens destinados a cooperar, cada um à sua maneira, com o bem-estar e a conservação do corpo de que são membros. Quem quer que trabalhe utilmente para todos os concidadãos torna-se assim um homem público, que seu país deve proteger, honrar e favorecer proporcionalmente às vantagens que o público extrai dele.

Isso posto, o comerciante é um membro estimável sempre que cumpre dignamente as funções às quais sua condição o destina. É ele quem livra sua pátria das mercadorias e das produções supérfluas da agricultura, das manufaturas e da indústria, e quem lhe proporciona em troca os objetos, tanto agradáveis quanto necessários, dos quais ela pode carecer. Assim, o comerciante faz prosperar a agricultura, que definharia sem o seu auxílio. É ele quem, nos tempos de escassez, faz vir do estrangeiro os víveres dos quais a intempérie das estações privou seu país. É o comércio que dá vida a todas as artes e ofícios; ele anima a indústria e, assim, ocupa e alimenta uma quantidade prodigiosa de homens – que, sem ele, seriam indigentes e tornar-se-iam uma carga para as nações. Quantos braços são continuamente ocupados pela navegação, destinada a levar as ordens do negociante até os extremos da Terra! Essas ordens são quase sempre mais pontualmente executadas do que as do déspota mais absoluto. Nos países mais distantes, milhares de braços apressam-se em satisfazer os seus desejos; o oceano geme sob o peso dos navios que, das terras mais longínquas, vêm depor a seus pés as riquezas e a abundância de seus concidadãos. O armazém do negociante pode ser comparado ao gabinete de um príncipe poderoso, que põe todo o universo em movimento.

Assim é o cidadão respeitável que alguns preconceitos góticos e bárbaros têm a imprudência de ofender no próprio seio das nações que não devem senão ao comércio as suas riquezas e os seus esplendores. O comerciante pacífico parece um objeto desprezível aos olhos do guerreiro estúpido, que não vê que esse homem que ele desdenha o veste, o alimenta e faz subsistir o seu exército. Uma profissão tão útil não será, portanto, mais honrosa do que a ociosidade vergonhosa na qual se estagnam tantos nobres do campo, que não têm outra ocupação além da caça e do triste prazer de vexar alguns camponeses? Até quando a vaidade dos homens lhes fará desprezar aqueles mesmos dos quais recebem todos os dias os serviços mais importantes? Será que a consideração estará sempre exclusivamente reservada para os destruidores dos homens? Será que ela não deveria se voltar para aqueles que se ocupam de seu bem-estar, de suas comodidades e de suas necessidades?

O preconceito degradante com relação ao negócio, assim como em relação às artes, data dos tempos de barbárie e de ferocidade, quando as sociedades nascentes ainda não conheciam as vantagens que podiam extrair do comércio. Aristóteles nos informa que, nas antigas repúblicas da Grécia, os mercadores eram excluídos dos cargos da magistratura. Pelo efeito de semelhante ignorância, os antigos romanos, unicamente ocupados com a agricultura e com a guerra, desprezaram os mercadores e os artesãos. Porém, finalmente, o tempo e as necessidades desenganaram pouco a pouco os gregos e os romanos dessa opinião ridícula, e as pessoas mais eminentes do Estado não tiveram vergonha de exercer uma profissão lucrativa para elas mesmas e muito vantajosa para a pátria.

Quando enxames de nações guerreiras dividiram entre si o vasto império dos romanos, o preconceito, que sempre acompanha a ignorância, veio novamente degradar o comércio. Durante séculos, a Europa esteve mergulhada em espessas trevas e em guerras contínuas. Os povos, sujeitados por soldados licenciosos, não tiveram nenhuma comunicação uns com os outros. O comércio, que não pode prosperar sem liberdade, foi exercido por alguns judeus, por alguns usurários que se viram continuamente como alvos da avareza de uma multidão de tiranos. Assim, o negócio caiu em mãos desprezíveis. Somente alguns desgraçados, atraídos pelo engodo de um ganho desmedido, poderiam tentar fazê-lo, apesar de todos os perigos pelos quais estavam rodeados. Tal é, sem dúvida, a origem do injusto desprezo que tantos nobres orgulhosos ainda mostram por uma profissão que se tornou muito digna da consideração pública. No entanto, algumas repúblicas, usando da própria liberdade, fizeram o comércio com sucesso e chegaram, por seu intermédio, a um grau de poder e riqueza que causou inveja nos outros povos. Veneza, Gênova e Florença ensinaram a toda a Europa os efeitos que podia produzir o negócio. Alguns príncipes o favoreceram; um novo mundo foi descoberto; suas riquezas incitaram a cobiça de um grande número de nações; a indiferença que elas tinham até então manifestado pelo comércio converteu-se em um entusiasmo universal, e logo elas não combateram senão para arrancar umas das outras alguns setores do comércio.

Eis como as paixões e as loucuras dos homens os levam aos extremos. Tudo foi sacrificado ao furor do comércio; em seu favor, a agricultura foi negligenciada; reinos foram despovoados para formar colônias em terras distantes; torrentes de riquezas vieram inundar a Europa sem torná-la mais feliz; elas trouxeram o luxo e todos os vícios que ele arrasta atrás de si, e esse luxo trabalhou surdamente para a destruição dos Estados que uma avidez sem limites havia enriquecido muito.

O comércio, para ser útil, deve conhecer limites, e não prejudicar os outros setores da administração. Nada é mais contrário ao bem geral do que a paixão de enriquecer transformada em epidemia. Vemos algumas vezes as nações, tomadas por esse delírio, se descuidarem em seu favor dos objetos mais importantes, receberem o seu principal impulso de alguns mercadores insaciáveis, lançarem-se – para comprazê-los – em guerras ruinosas e intermináveis, contrair dívidas imensas para sustentá-las e se lamentarem por muito tempo de seus mais brilhantes sucessos. Tal é, ó, bretões!, a causa de vossas desgraças, da miséria que vós experimentais apesar das riquezas dos dois mundos que vêm sem interrupção desembocar em vossos portos. Entre vós, alguns negociantes decidem a sorte do Estado e fazem promover a todo momento guerras insensatas; enquanto eles enriquecem, enormes impostos oprimem os outros cidadãos, e a nação esgotada se encontra na maior penúria. A opulência de alguns indivíduos não prova de maneira alguma a opulência e a abastança do Estado. Os frisos dourados de um palácio não o impedirão de cair em ruínas.

O comerciante deveria prezar a paz e sacrificar a ela a própria avidez; ele é um péssimo cidadão a partir do momento em que imola a felicidade geral a seus vis interesses. Um governo sábio, sempre guiado pela moral, deve conter a paixão pelas riquezas, que acaba sempre por não ter mais limites; ele não deve permitir que ela se exerça à custa do lavrador e do proprietário, cujos trabalhos o negociante é feito para encorajar. É o interesse do agricultor que constitui o verdadeiro interesse do Estado; é ele que o legislador deve consultar, em preferência à avareza de alguns mercadores ou às fantasias indiscretas de alguns opulentos, que jamais constituem a porção mais numerosa da sociedade. Enfim, tudo prova que a cobiça do homem deve ser reprimida; a partir do momento em que soltam as suas rédeas, ela aniquila os costumes e a virtude. Os bons costumes são bem mais essenciais à felicidade de uma nação do que algumas riquezas que raramente contribuem para a sua força real e para o seu bem-estar duradouro. Roma, ainda pobre, triunfou sobre a opulenta Cartago.

A paixão desordenada por enriquecer, tornando-se generalizada em um povo, nele destrói comumente o impulso da honra para pôr em seu lugar um espírito *mercantil* e um amor sórdido pelo lucro, diretamente oposto a todo sentimento nobre e generoso. Possuído por esse espírito, o mercador não se envergonha mais de nada a partir do momento em que possa resultar em lucro. Ele não conhece mais pátria; ele fará, se encontrar alguma vantagem nisso, o comércio mais contrário aos interesses de sua nação. Enfim, acostumado a ver o dinheiro como ídolo, ele próprio se sacrificará a ele. A venalidade nada mais é do que o vergonhoso tráfico pelo qual se consente em vender sua honra, sua virtude e sua liberdade para aquele que deseja comprá-las.

Assim como todos os excessos, o comércio muito extenso termina por punir a si mesmo. Aumentando em um país a massa das riquezas, ele necessariamente aumenta o preço de todas as mercadorias e, por conseguinte, o da mão de obra ou o salário do operário. Assim, as manufaturas nacionais perdem a concorrência com as dos povos menos ricos, que trabalham com um preço mais baixo. Além disso, é próprio das riquezas se concentrarem nas mãos de um pequeno número de homens, que não sofrem com o alto preço dos gêneros e das mercadorias. Mas o operário, o artesão e o homem do povo sofrem com esses preços altos e muitas vezes morrem de fome na porta do rico avarento, cujo coração pouco ou nada se enternece com as necessidades do desgraçado. O efeito mais comum da riqueza é endurecer o coração.

Assim, a política, sempre de acordo com a moral, deve pôr um freio na paixão de enriquecer – que, sem isso, torna-se um contágio funesto ao Estado. É principalmente do seu solo que os povos devem fazer sair as suas riquezas; o comércio é feito para trocar o seu supérfluo pelas mercadorias que esse solo não pode produzir. A terra é o fundamento físico e moral de toda sociedade. O negociante é o agente e o provedor do agricultor e do proprietário da terra. O fabricante ou o industrial trabalham com as produções da agricultura. Toda a ordem é invertida se os agentes se tornam os árbitros e os senhores daquele a quem devem servir. Os costumes se perdem quando esses agentes o desviam de seu trabalho pelo luxo e pelas vãs futilidades ou fazem nascer nele algumas necessidades imaginárias que ele só pode satisfazer à custa de seus costumes e de seu repouso.

O comércio é útil, sem dúvida; a política deve favorecê-lo; a moral o aprova; aqueles que o fazem são homens úteis. Porém, ele deve ter alguns limites e, de modo algum, deve ser estabelecido à custa dos outros ramos da economia política. O comércio não é verdadeiramente útil senão quando favorece a agricultura, faz prosperar as manufaturas e produz o povoamento. A partir do momento em que ele prejudica esses objetivos essenciais, sua utilidade desaparece; ele se torna uma mania funesta quando não serve senão para fazer surgir guerras sangrentas e contínuas. Ele é um perigoso veneno quando não tem outra finalidade além de alimentar o luxo e a vaidade dos homens. O negociante que exporta as mercadorias supérfluas para importar trigo, vinho, azeites, lã ou outras mercadorias que faltem em seu país é um cidadão muito útil e merece ser considerado. Aquele que não traz para os seus concidadãos senão objetos capazes de acender suas paixões, excitar sua vaidade ciumenta e despertar sua loucura é um homem perigoso. Quase todos os vãos objetos que a Índia fornece à Europa não têm mérito senão para o capricho inconstante das mulheres e para a vaidade de alguns homens tolamente desgostosos com as manufaturas de seu país. Será que os europeus jamais se cansarão de sacrificar a algumas inutilidades tantos homens e tantas somas desse dinheiro que eles adoram[127]? Todas as fúteis riquezas que a Europa vai buscar nos extremos do mundo serão comparáveis aos tesouros que a agricultura poderia extrair de seu solo, se ela fosse encorajada?

Que diremos nós desse comércio atroz que consiste em traficar o sangue humano? Comprar e vender homens para atirá-los na mais dura escravidão é uma barbárie que faz tremer a justiça e a humanidade. Mas a avareza é cruel de sangue-frio; ela reduz o crime a um sistema; ela trata de cobri-lo com o pretexto de um grande interesse nacional; e algumas nações esfaimadas por riquezas aceitam suas desculpas. Povos avaros e ferozes, abandonai a América, que não é feita para vós, se vós não podeis cultivá-la senão por meio de delitos odiosos!

Semelhantes excessos, se todos os comerciantes se tornassem culpados deles, não somente autorizariam a desprezá-los, mas também justificariam o ódio de todos os corações honestos. Porém, distingamos esses horríveis negociantes daqueles que um comércio mais justo e mais legítimo torna úteis para si mesmos e para sua pátria. Esses últimos, sem fazer mal a ninguém, parecem pôr ao alcance de todos os bens os prazeres e as descobertas de todo o universo. Com efeito, a nave-

---

127. Asseguram que o comércio com as duas Índias custa a cada ano 40 mil homens à nação britânica. A simples mudança de clima é uma causa de morte para a maioria dos europeus*.

* Na edição de 1776, a nota prossegue com uma frase incompleta – "Quase toda a prata que vem da América passa [...]" –, que foi suprimida da edição de 1820. (N. T.)

gação e o comércio, colocando em contato todos os povos do nosso globo e estabelecendo relações entre eles, os fazem usufruir reciprocamente de um grande número de vantagens e servem, sobretudo, para ampliar prodigiosamente a esfera dos conhecimentos humanos. Se algumas nações abusaram cruelmente do comércio e, para contentar sua avareza excitada, levaram a carnificina e o crime para os povos dos quais elas deveriam ter atraído a amizade, não imputemos de maneira alguma esses horrores ao comércio, mas à ignorância e à superstição feroz, que tornaram em todos os tempos os homens cegos em suas paixões e cruéis sem remorsos. Os primeiros conquistadores da América foram bandoleiros, proscritos e aventureiros que, por seus crimes, foram obrigados a buscar fortuna em outro mundo, cujos habitantes eles trataram da maneira como podiam fazer ladrões e assassinos.

O verdadeiro negociante, o comerciante estimável, é um homem justo. A probidade, a boa-fé, o amor pela ordem e a exatidão escrupulosa em cumprir seus compromissos são suas qualidades distintivas. Uma sábia economia regula a sua conduta. Não se deve incriminá-lo por isso; é por meio dela que ele pode proteger sua fortuna, e muitas vezes a dos outros, contra uma infinidade de acidentes que não podem ser prevenidos ou previstos. Se apenas um insensato pode levianamente pôr em risco os próprios bens, apenas um patife pode expor a fortuna dos outros em empreendimentos pouco refletidos. Além disso, o negociante, sendo um homem ocupado, está comumente protegido das fantasias, das paixões e das vaidades pelas quais tantos outros são atormentados. Todo comerciante esclarecido é um homem de honra, cheio de razão e de prudência. Cioso em conservar a estima que ele tem direito de obter de seus concidadãos, ele quer que sua reputação esteja intacta; ele tem necessidade da confiança pública. Simples em sua conduta e sério em seus costumes, ele se abstém das despesas frívolas, do fausto e dos vícios que o conduziriam à ruína. O negociante que se entrega às extravagâncias do luxo acabará comumente por desorganizar os seus negócios, e não manejará com mais cuidado os negócios dos imprudentes que lhe concederam confiança. As falências tão frequentes – e quase sempre tão impunes – que vemos acontecer no seio das nações corrompidas manifestam uma depravação criminosa e desonrosa; são roubos combinados com a traição e a perfídia. O comerciante honesto e sábio não arrisca imprudentemente os próprios bens, e menos ainda os dos outros.

Assim, não confundamos o verdadeiro negociante, o comerciante estimável e prudente, com esses homens viciosos ou levianos que desonram uma profissão respeitável. Distingamo-lo, do mesmo modo, desta multidão desprezível de enganadores e trapaceiros ávidos que, desprovidos de educação, de consciência e de honra, creem que são legítimos e permitidos todos os meios de lucrar, abusam indignamente da ingenuidade do público e não têm nenhum escrúpulo em exagerar no preço e enganar, seja sobre a qualidade, seja sobre a quantidade das mercadorias. Os mercadores dessa têmpera são bem condenáveis; eles espalham sobre o comércio um desprezo que só deveria recair sobre eles mesmos.

A moral sadia fará o mesmo juízo desses monopolistas, sempre prontos a tirar proveito das calamidades de seus concidadãos, das quais eles são muitas vezes os verdadeiros autores. É preciso ter corações bem endurecidos para desfrutar tranquilamente e sem pudor de uma fortuna adquirida pela desolação pública! Essa moral recriminaria em vão esses coletores de impostos, quase sempre tão orgulhosos, que negociam com os déspotas para comprar o direito de oprimir a sociedade e engordar com o sangue nas nações. Homens dessa espécie são carrascos privilegiados que deveriam se envergonhar da fonte impura de uma opulência baseada na ruína da felicidade geral. No entanto, existem países onde esse tráfico vergonhoso não é desonroso. O financista enriquecido por extorsões é considerado um cidadão mais útil ao Estado que ele oprime do que o comerciante que o faz prosperar.

O verdadeiro negociante, assim como o industrial, são homens benfazejos que, enriquecendo a si mesmos, dão atividade e vida a toda a sociedade e, por isso, merecem sua proteção e estima. Eles fazem viver e trabalhar o pobre que o financista despoja e reduz à mendicância. Que multidão inumerável de artesãos de toda espécie as indústrias e o comércio não colocam em movimento? Através deles se estabelece uma ligação íntima entre todos os membros da sociedade. Subsistindo de seu trabalho, o artesão contribui sem descanso para a fortuna daqueles que o empregam, assim como para as necessidades, para a comodidade, para os prazeres e para a própria vaidade desses ricos ingratos que desdenham dele tirando proveito de seus trabalhos – dos quais eles não podem abrir mão nem por um instante.

Nada é mais injusto e vil do que a maneira insultante com que a opulência arrogante encara esses artesãos que todos os dias contribuem para lhe fornecer algumas necessidades ou alguns prazeres que a sua fraqueza não poderia lhe proporcionar. Esse artesão, aviltado pela soberba desdenhosa, é, no entanto, um homem verdadeiramente útil, dotado algumas vezes de talentos raros; e quando é fiel em seu trabalho, ele é mais estimável do que os ociosos que o desprezam. Será que o soberano faustoso, que quer erguer monumentos à sua vaidade, não terá necessidade do pedreiro, do carpinteiro, do marceneiro e de uma multidão de homens laboriosos sem os quais ele não poderia se satisfazer? Será que esses diversos artesãos não serão dignos de estima, de afeição e de benevolência quando mostram zelo em suas diferentes funções? Será que o monarca e o nobre não são forçados a recorrer ao industrial e ao mercador para mobiliar os seus palácios? Estes últimos põem em funcionamento a atividade de uma multidão de homens que, do seio da indigência, contribuem para a magnificência dos reis.

A indigência, quando trabalha, jamais deve ser desprezada. A pobreza laboriosa é comumente honesta e virtuosa. Ela não é digna de desprezo senão quando se entrega à ociosidade e aos vícios dos quais quase sempre a opulência lhe dá o exemplo. São muito frequentemente as injustiças e o desprezo dos poderosos que reduzem o artesão ao desespero e ao crime. De quantos delitos, roubos e assassinatos não se tornam cúmplices tantos poderosos que têm a crueldade de reter o salário da indústria laboriosa, do mercador que os abastece e do artesão que trabalhou fielmente para eles e que, como recompensa, eles condenam a morrer de fome? Será, portanto, a homens dessa espécie que caberá desprezar os cidadãos honestos que bem os serviram? Será que o opróbrio e a ignomínia não deveriam recair antes sobre esses ingratos, bastante cruéis para causarem a ruína e o desespero de um grande número de homens, que eles tornam inúteis ou perigosos para a sociedade? O salteador de estradas faz perecer com um único golpe aquele que tem a desgraça de cair em suas mãos; mas o ladrão que se recusa a pagar o salário do pobre faz que ele pereça de uma morte lenta, junto com toda a sua família.

O injusto desprezo dos poderosos se estende, como já foi dito anteriormente, até a primeira das artes, até aquela que serve de base para a vida social. Pela mais estranha das loucuras, o rico despreza e desdenha o lavrador, o agricultor, o alimentador das nações, aquele sem cujos trabalhos não haveria nem colheitas, nem rebanhos, nem indústrias, nem comércio, nem nenhuma das artes mais indispensáveis à sociedade. Será que nunca aprendereis, ó, ricos estúpidos e vós, poderosos insensíveis, que é à agricultura que deveis os vossos rendimentos, as vossas riquezas, vossa abastança, vossos castelos e esse próprio luxo do qual a embriaguez vos atordoa? Sim, é esse camponês, cujos andrajos e maneiras vos desagradam, quem cobre as vossas mesas de suculentas iguarias e saborosos vinhos. Seus carneiros fornecem a lã que vos veste e suas mãos cultivam o linho tão necessário para vós. Sem ele, vós não teríeis essas rendas artisticamente tecidas, às quais vossa vaidade vos faz dar tão grande valor – e vós tendes, no entanto, a audácia de desprezá-lo!

A vida campestre e o trabalho comumente preservam o agricultor dos vícios e das epidemias pelos quais as cidades estão infectadas. São as injustiças, os rigores e as desordens dos ricos que corrompem seu coração e que muitas vezes adulteram a inocência de seus costumes. Os poderosos se queixam frequentemente da malícia dos camponeses, mas geralmente é em si mesmos que esses homens pervertidos deveriam buscar a causa disso. Perpetuamente desdenhado, oprimido, assolado pela caça e pelas inumeráveis violências, o camponês é forçado a odiar o seu senhor, que geralmente, para ele, não passa de um tirano incômodo. Será que o infeliz, que um trabalho obstinado mal dá para alimentar, poderia, portanto, ver sem inveja a opulência nadar na abundância e no supérfluo, e raramente ficar comovida com a miséria do pobre? Enfim, a educação tão negligenciada dos habitantes do campo será suficiente para lhes dar a força de resistir aos impulsos, às tentações e às próprias necessidades que muitas vezes os convidam ao mal? Os camponeses só são ladrões, caçadores clandestinos e velhacos porque a opulência os despreza, os maltrata e raramente lhes estende uma mão auxiliadora.

É assim que a falta de reconhecimento, de justiça e de bondade nos ricos e nos poderosos da Terra aniquila a virtude nos habitantes dos campos. Estes últimos não conhecem comumente os seus superiores a não ser por meio das vexações a que os submetem em seu nome. Se esses soberbos senhores se mostram a seus vassalos é apenas para rebaixá-los, esmagá-los, fatigá-los com o seu luxo e a sua vaidade e entregá-los aos ultrajes de seus criados insolentes. Será preciso ficar surpreso com o fato de que, depois de uma conduta tão revoltante, os ricos não encontrem na gente do campo senão invejosos, rebeldes e inimigos ocultos, sempre prontos a se vingar dos males que lhes fizeram?

Tudo está ligado na vida social: é tornando os grandes melhores que se poderá corrigir os pequenos. É abolindo as leis góticas, os privilégios injustos e os costumes onerosos que ambos serão chamados de volta à virtude. Uma boa educação deve, sobretudo, ensinar aos ricos, aos nobres e aos poderosos que eles devem se fazer amar por seus inferiores, que eles devem se mostrar gratos pelos bens que recebem deles e que eles só podem pagar a sua dívida mostrando-lhes equidade, beneficência e humanidade.

Quando os poderosos da Terra estiverem imbuídos dessas máximas, eles deixarão de desprezar alguns cidadãos cuja existência é necessária para a própria felicidade, e sem os quais eles não desfrutariam de nada. Eles perceberão aquilo que devem a esses homens. Eles reconhecerão que toda profissão da qual a sociedade colha alguns frutos deve ser mais estimada do que aquela que não produz nenhum bem desejável. Tudo lhes provará que aqueles que, por diversos meios, trabalham para lhes proporcionar comodidade e prazeres têm direito à sua benevolência e à sua afabilidade. Tudo lhes convencerá de que nada é mais contrário ao objetivo da sociedade do que o orgulho e a vaidade. Enfim, tudo lhes fará ver que só o vício desonra e pode tornar desprezível, e que todo homem que cumpre fielmente os deveres de sua condição é digno do respeito de seus concidadãos.

Adequando-se, em sua conduta, a alguns princípios tão claramente demonstrados, os nobres e os opulentos encontrarão em seus inferiores disposições mais favoráveis, costumes mais honestos, afeição mais sincera e menos inveja ou malignidade. Enfim, eles obterão deles esse devotamento e essa submissão do coração que jamais são conseguidos pelo temor. Não existem homens bastante selvagens que a bondade não consiga comover. Por uma inclinação natural, os homens são levados a gostar daqueles que estão acostumados a respeitar. É sempre por culpa dos poderosos que eles não são amados por aqueles que lhes são subordinados. É aproximando-se de seus vassalos que um nobre se tornaria seu pai, se faria obedecer e considerar por eles e mereceria a sua ternura, sentimento que a altivez ou a força não podem de modo algum arrancar.

Porém, há muito tempo as extravagâncias e os prazeres tumultuosos do luxo atraíram para as cidades aqueles que, por sua condição e sua fortuna, estavam destinados a ser os protetores dos habitantes do campo e os sustentáculos da agricultura. Os vassalos tornaram-se estranhos para os seus senhores. Estes últimos, querendo aparecer com fausto na corte e na capital, deixam vergonhosamente definhar as terras que a sua presença poderia fertilizar. A vida campestre e sua pacífica uniformidade são odiosas aos seres para os quais o fragor do vício se tornou o elemento. O agricultor não tem mais amigos poderosos, nem consoladores para as suas penas. O arrendatário é duramente entregue a alguns homens de negócios, que as necessidades multiplicadas do proprietário tornam impiedosos. Logo, o cultivo é abandonado ou a terra não fornece mais do que fracas colheitas; as aldeias desertas apresentam solidão e o próprio chefe se encontra endividado ou arruinado e exposto ao desprezo daqueles mesmos que mais contribuíram para desarranjar a sua fortuna.

Tal é a sorte que muito comumente o luxo e a vaidade preparam para aqueles que conseguem seduzir. É nos campos que o nobre seria verdadeiramente respeitável e poderoso. Morando em suas terras, ele conservaria a sua fortuna e os seus costumes, e se preservaria do ar contagioso que se respira nas cortes. Fazendo trabalhar, ele encontraria meios de aumentar a sua abastança e a dos outros – prazer mais sólido e mais inocente do que os do vício, sempre seguidos pela ruína e pelo arrependimento[128]. É assim que tantos ricos,

---

128. A lei de Zoroastro inclui no rol das maiores virtudes *semear os grãos com pureza* e *plantar árvores*. Com efeito, ser útil ao público é praticar a virtude. De acordo com esses princípios, arar as terras, drenar os pântanos, abrir caminhos, estabelecer indústrias etc. – em poucas palavras, fazer que os homens trabalhem e subsistam – são ações mais virtuosas que muitas práticas às quais se liga vulgarmente a ideia de virtude. Fazer o pobre trabalhar é a melhor das esmolas.

que não sabem senão esbanjar, sem proveito para eles mesmos e para a sociedade, tornar-se-iam cidadãos úteis, queridos por seus vassalos e dignos de serem considerados.

Aquilo que foi dito nesta seção continua a nos provar da maneira mais clara que a política jamais pode separar suas máximas, sem perigo, das máximas da moral. As diferentes classes são apenas meios diversos de servir à pátria. A profissão mais nobre é aquela que a serve mais utilmente. A partir do momento em que a administração se afasta desses princípios, tudo cai na desordem e na confusão. Um povo sem probidade torna-se o flagelo dos outros e logo destrói a si mesmo. Um soberano sem justiça é a ruína de seu império e nunca exerce senão um poder pouco seguro. Os poderosos, os nobres, os magistrados, os sacerdotes e os ricos não podem ser justamente considerados senão quando se mostram ocupados com a felicidade pública. As ciências e as letras não merecem nossa estima a não ser quando esclarecem a sociedade sobre os objetos que a interessam. O comércio não pode prosperar sem boa-fé. Enfim, a agricultura, tão necessária à sociedade, exige a proteção e o auxílio dos ricos e dos poderosos – e, devidamente encorajada, ela se torna o sustentáculo dos bons costumes.

O que, portanto, impede os cidadãos das diferentes classes do Estado de cooperar fielmente com o objetivo da vida social? A ignorância, que faz que cada um deles não veja com bastante clareza a vinculação de seu interesse pessoal com o interesse de todos os outros. É uma tola vaidade que, inebriando os poderosos com loucas quimeras, lhes faz crer que, para serem felizes, eles não têm necessidade de ninguém – erro fatal a que se podem atribuir essas divisões, esse ódio e esse desprezo recíproco, e essa separação de interesses que vemos subsistir em quase todas as sociedades. É a vaidade dos homens que a moral deve atacar quando quiser reconduzi-los à união, tão necessária à força e à felicidade das nações. Nenhum homem, nenhuma corporação e nenhuma classe do Estado têm o direito de se estimar a não ser em virtude das vantagens verdadeiras das quais fazem a pátria desfrutar.

Parte III

Dos deveres da vida privada

Seção Quinta – Dos deveres da vida privada

Capítulo I – Deveres dos cônjuges

Examinamos na seção precedente os deveres das pessoas que têm relações gerais e diretas com a sociedade, ou daquelas cujas funções e as faculdades influem, de maneira mais ou menos acentuada, sobre todos os cidadãos. Iremos examinar, na presente seção, os deveres resultantes das relações particulares ou das ligações mais íntimas que constituem a vida privada. Começaremos pelos deveres dos cônjuges.

Para descobrir os deveres do homem em cada condição da vida, basta examinar o objetivo a que ele se propõe na condição que escolheu. O casamento é uma sociedade entre o homem e a mulher, na qual os cônjuges têm como objetivo saborear legitimamente os prazeres do amor, dos quais devem resultar alguns seres úteis àqueles que lhes deram a existência e apropriados para substituí-los um dia na sociedade.

Tal é o objetivo a que os homens se propõem na união conjugal. Os deveres relacionados a essa condição decorrem necessariamente disso. Pessoas que se associam não se unem senão para proporcionar a si um bem-estar do qual estariam privadas se permanecessem separadas. Seus compromissos são semelhantes porque nenhum ser pode prender outro a si sem estar preso a ele por laços igualmente fortes. Toda sociedade, para ser feliz e estável, deve estar submetida às regras da equidade, a qual, como já se viu, remedeia a desigualdade que a natureza pôs entre os associados.

Em todas as nações, o homem foi reconhecido como o chefe da sociedade conjugal, e a autoridade sobre a mulher lhe foi deferida. A superioridade dele parece mesmo fundamentada na natureza: o homem, sendo mais robusto, deve ser protetor e o sustentáculo de sua companheira, a quem ele deve prescrever a subordinação[1]. A autoridade marital, assim como toda autoridade sobre a Terra, não está fundamentada senão nas vantagens que o esposo é capaz de proporcionar àquela a quem sua sorte está ligada. Se leis injustas ou usos pouco racionais conferiram, em alguns povos, um poder ilimitado ao marido, e se ele muitas vezes arrogou-se o direito de exercer um domínio muito rigoroso, a equidade natural condena esses usos e essas leis, anula esses direitos como evidentemente usurpados e, de acordo com a humanidade, anuncia aos cônjuges que a autoridade, deferida pela natureza ao homem, longe de lhe dar o poder de

---

1. Independentemente da fraqueza que se mostra nas mulheres, elas estão sujeitas pela natureza a algumas enfermidades que podem ser consideradas verdadeiras doenças, que as afligem ao menos durante um quarto do ano.

oprimir ou maltratar sua mulher e de fazer dela uma escrava, obriga-o a amá-la, a defendê-la e a protegê-la dos perigos aos quais sua fraqueza a forçaria a sucumbir[2].

De acordo com esses princípios incontestáveis, vemos que a própria natureza fixou os limites da autoridade de um marido sobre sua mulher e parece ter prescrito a ambos a tarefa que eles têm de cumprir na sociedade conjugal. A proteção, a vigilância, a previdência e os trabalhos mais penosos cabem ao marido, que deve amar sua mulher, dar-lhe seu apoio e seus cuidados, sustentar sua fraqueza e não tirar proveito dela para torná-la infeliz. Todo homem sensato quer encontrar em sua companheira um apego habitual que não pode ser senão o fruto da afeição que ele lhe mostra. Em troca de sua proteção, de sua ternura e de seus cuidados, a mulher é obrigada a mostrar por ele uma justa deferência, uma

---

2. Aqueles que nos exaltam a inocência e a felicidade da vida dos selvagens têm apenas de ler os relatos dos viajantes para se convencer de que os seus costumes, longe de serem dignos de inveja, são aptos para revoltar toda alma sensível. Entre outras coisas, os selvagens tratam suas mulheres com uma crueldade e uma tirania que fazem tremer. Eles forçam essas infelizes a se ocupar dos trabalhos mais penosos, enquanto eles se entregam à indolência. Na Guiana e nas margens do Orenoco, o selvagem vai para o leito quando sua mulher pariu, e essa infeliz é obrigada a cuidar de seu marido como se ele estivesse doente. Nessa mesma terra, as mães, por piedade, têm o costume de fazer perecer as meninas que elas põem no mundo, a fim de poupá-las dos sofrimentos e dos desgostos pelos quais o seu sexo está ameaçado. Em todo o Oriente, as mulheres são aprisionadas e tratadas como escravas. Em poucas palavras, em quase todos os países as leis, muito parciais em favor dos maridos, lhes conferem sobre as suas mulheres um poder do qual muitas vezes eles abusam. Os vícios e os defeitos dos quais as mulheres são acusadas devem-se em grande parte à imensa desigualdade que as leis estabelecem entre elas e seus soberbos senhores.

terna amizade e alguns cuidados diligentes aptos a consolidar cada vez mais a sua união. De onde se vê que os deveres dos cônjuges são recíprocos, ou seja, ligam igualmente o marido e a mulher. Eles lhes impõem obrigações, sob pena de afrouxar ou romper os laços contraídos para a felicidade mútua. Essa é a sanção da lei natural, à qual não podemos nos furtar impunemente.

Não basta ao homem ter dado à luz alguns seres de sua espécie; falta ainda, para a sua felicidade, que esses seres sejam configurados de maneira a se tornarem os colaboradores de sua felicidade e os amparos de sua velhice. Ele tem necessidade de sua companheira para criá-los na infância, para amamentá-los, para ensinar-lhes a balbuciar o doce nome do pai. Ele não obteria a finalidade a que se propõe se, semelhante aos animais, só pensasse em satisfazer de passagem, com uma fêmea qualquer, as necessidades que a natureza lhe faz experimentar. Tudo lhe mostra que uma mulher à qual ele estivesse ligado apenas pelo laço do prazer não lhe seria firmemente apegada e poderia igualmente se entregar aos desejos daqueles que a convidassem, do mesmo modo, a contentar algumas necessidades passageiras. Perpetuamente arrastada pelo gosto pela volúpia, ela dificilmente se encarregaria do penoso cuidado de criar filhos, cuja sorte pouco a interessaria. Além disso, mulheres que se entregassem ao primeiro recém-chegado, ou sobre as quais todos os cidadãos tivessem direitos iguais, não deixariam de fazer nascer querelas, rivalidades e combates funestos à tranquilidade pública.

O amor, em um ser inteligente, previdente e racional, não deve ser tratado à maneira dos animais. Estes últimos, ao se reproduzir, não buscam senão satisfazer uma necessidade momentânea; sua união dura apenas até que seus filhotes estejam em condições de dispensar os seus cuidados. Mas o homem, ao buscar o prazer no casamento, lança seu olhar ainda mais longe: ele quer possuir sua companheira com exclusividade não apenas porque a necessidade do amor se renova nele, mas também porque ele tem a necessidade contínua de possuir um ser que contribui para tornar a sua vida doce por algumas disposições alheias ao amor. Ele quer, portanto, encontrar em sua mulher uma amiga constante e fiel, que, independentemente dos prazeres que ela proporciona a seus sentidos, esteja disposta a fazê-lo saborear os prazeres contínuos e duradouros da amizade, do consolo e da complacência – em poucas palavras, ele deseja ligar-se solidamente a um ser sensível que, depois de ter compartilhado com ele os encantos e as dificuldades da vida, continue a cuidar dele na sua velhice e nas suas enfermidades. Ele não poderia alcançar esse objetivo desejável se, fechando os olhos para o futuro, não pensasse senão em satisfazer suas necessidades momentâneas com uma mulher qualquer. Ele deve, portanto, desejar uma união estável e permanente, apropriada para acalmar seu espírito com a garantia das outras vantagens que ele quer estar em condições de desfrutar durante o transcurso de sua vida. Essa união não deve ser dissolvida senão quando os cônjuges estão animados por uma antipatia totalmente contrária ao objetivo do casamento. Ele não pode unir por toda a vida senão cônjuges virtuosos e sensatos, constantemente dispostos a cumprir os compromissos que o pacto lhes impõe. Toda associação que não trouxesse senão desgostos e sofrimentos para aqueles que ela associa deveria ser rompida pela própria natureza das coisas.

Essas reflexões podem nos colocar em condições de julgar sensatamente os costumes, as instituições e as leis observadas nas diferentes nações com relação ao casamento. Elas nos provam que a união conjugal é o mais respeitável dos vínculos e o mais interessante para aqueles que ela une e para toda a sociedade. Elas nos fazem ver que os cônjuges não devem somente se propor a satisfazer às suas necessidades e a obedecer à volúpia, mas que devem também pensar nos gozos mais duradouros proporcionados pela ternura, pela confiança e pela cordialidade. Diremos, portanto, que tudo aquilo que contraria essa finalidade deve ser condenado; que os preconceitos, os costumes e as leis que tendessem a afrouxar nós tão suaves são feitos para serem desaprovados por todo homem racional. Diremos que os povos nos quais a corrupção epidêmica faz que o adultério, a galantaria e o coquetismo sejam considerados coisas indiferentes ou ninharias não têm nenhuma ideia da santidade do casamento e do respeito que se lhe deve. Diremos que os legisladores e os pretensos sábios que autorizaram a poligamia, a prostituição e comunhão das mulheres foram insensatos que não viram que as suas instituições* aniquilavam a felicidade dos cônjuges e se tornavam prejudiciais à sociedade.

Com efeito, mesmo que isso desagrade ao *divino* Platão, as mulheres que fossem de todos não seriam verdadeiramente estimadas ou amadas por ninguém. Além disso, elas não seriam nem companheiras devotadas, nem mães ternas e cuidadosas; não seriam senão vis prostitutas. Enfim, tudo é feito para nos convencer de que um amor sem regras se tornaria uma desordem capaz de solapar a sociedade até nos seus fundamentos.

A poligamia, adotada ou permitida em algumas nações, é, de acordo com a própria natureza das coisas, um abuso tirânico introduzido por uma luxúria desenfreada, justamente proscrito pelas leis mais sensatas. Uma única mulher deve ser suficiente para as necessidades de todo homem que não é um devasso. Será que um marido pode, pois, partilhar seu coração igualmente entre várias mulheres ao mesmo tempo? Será que ele não torna infelizes todas aquelas que ele deixa de lado? Seu serralho ou seu harém não estarão expostos a perturbações contínuas? Todavia, será que esse tirano pode ser sinceramente amado por algumas cativas das quais ele é o carcereiro e que ele não vê senão como instrumentos de seu prazer brutal? Os serralhos do Oriente não estão cheios senão de escravas desprovidas de sentimentos, de razão e de bons costumes, cuja prudência se deve apenas a algumas fe-

---

* A edição de 1820 traz "intenções". (N. T.)

chaduras. Apenas a virtude e os sentimentos do coração podem espargir encantos sobre os laços do casamento.

A sã moral não aprovará igualmente as máximas de uma moral lúbrica e corrompida, que pretende justificar a infidelidade conjugal ou, pelo menos, atenuar o horror que ela deveria inspirar. Se esses princípios convêm aos costumes depravados de algumas nações, eles são evidentemente contraditos pela própria natureza do casamento, cuja felicidade depende da união, da amizade e da estima, bem mais ainda do que dos prazeres passageiros que ele proporciona. Tudo é unânime em nos mostrar que o adultério é feito para banir sem retorno esses sentimentos desejáveis e que nada pode justificar um crime que deve, em sua essência, aniquilar o mais sagrado dos laços.

De qualquer lado que venha a infidelidade, ela é igualmente condenável. Será que um marido, por ser o mais forte, adquire, portanto, o direito de ser injusto para com aquela a quem ele deve com exclusividade o seu amor e os seus cuidados? Se a mulher fica desonrada aos olhos do público por ter violado as regras do pudor, por que o marido, culpado do mesmo crime, levantaria sua cabeça altiva no meio de um público parcial que não ousa marcá-lo com o opróbrio que ele merece? Que estranha jurisprudência confere ao marido a liberdade de cometer impunemente algumas injustiças que ele tem o direito de punir com rigor quando sua mulher se permite a mesma coisa? Será que a fraqueza de uma mulher daria a seu tirano, com exclusividade, o direito de transferir para outra o seu coração e de violar a fé que lhe havia jurado? Evitemos acreditar nisso; as faltas de um marido, no qual devemos supor mais força, razão e prudência, são mais imperdoáveis do que as de uma mulher que tem como apanágio a fraqueza. Plutarco afirma que:

> Existem alguns maridos bastante injustos para exigir de suas mulheres uma fidelidade que eles mesmos violam. Eles se parecem com esses generais de exército, que, fugindo covardemente diante do inimigo, querem, no entanto, que seus soldados mantenham suas posições com coragem.

É muito comumente à conduta injusta dos maridos, à sua inconstância, à sua vida desregrada e aos seus maus modos que devem ser imputadas as fraquezas de suas mulheres. Seria preciso, com efeito, supor nelas uma força e uma grandeza de alma bem raras se, tantas vezes desdenhadas, rejeitadas e ultrajadas por tiranos ferozes, elas jamais dessem ouvidos aos discursos dos sedutores, tanto mais submissos, respeitosos e complacentes quanto menos seus maridos o são. Um tirano não está de maneira alguma apto a prender o coração de uma mulher. Dando a outras o bom humor, as doçuras e o amor que ele lhe deve, será que ele não parece convidá-la a seguir o seu exemplo? Seria preciso, ao menos, bem mais virtude do que aquela que se encontra nas nações viciadas para que uma desafortunada, oprimida pelo desgosto e muitas vezes banhada em suas lágrimas recusasse os consolos daquele que põe tudo em ação para fazê-la esquecer de seu dever.

Em quase todos os países, vemos a opinião pública assinalar com uma espécie de vergonha ou de ridículo os maridos cujas mulheres são infiéis. Embora, à primeira vista, essa maneira de pensar pareça injusta (e muitas vezes o seja), embora ela pareça ofender a humanidade – que quer que os desgraçados sejam lamentados –, será possível, todavia, encontrar para essa maneira de pensar um motivo racional. Será que o preconceito que torna um marido responsável pela conduta de sua mulher não poderia se originar do fato de que se pensou que apenas a negligência, a má conduta, os defeitos ou os vícios revoltantes do primeiro poderiam ser a causa dos desgostos de uma mulher que ele deveria ter contido por sua vigilância, seu exemplo e sua autoridade? A opinião que, muitas vezes despropositadamente, desonra um marido cuja mulher tem maus costumes pareceria, portanto, ser da mesma natureza daquela que torna um pai responsável pelas desordens ou pelos crimes de seu filho. É possível terem acreditado que, sem algumas qualidades desprezíveis ou incômodas no marido, uma mulher honesta e bem-educada jamais teria sido levada aos excessos que a desonram.

Qualquer que seja a origem dessa opinião desfavorável ao marido, a razão nos provará sempre que a infidelidade conjugal é um mal que a moral não pode de maneira alguma tratar levianamente. Aquilo que tende evidentemente a fazer desaparecer a felicidade doméstica, a concórdia, a estima e a ternura entre os cônjuges é uma coisa que somente a loucura pode fazer ser encarada como algo indiferente. Mesmo supondo que, de ambos os lados, os cônjuges concordassem em não se perturbar mutuamente em suas desordens, disso resultará sempre que a confiança e a amizade são totalmente estranhas aos seres capazes de fazer semelhantes arranjos. Além disso, será que o desregramento dos pais e das mães não é feito para influir da maneira mais deplorável sobre os costumes dos filhos? Nascidos de pais viciosos, que se desprezam ou se detestam, essas crianças receberão uma educação capaz de torná-las infelizes para sempre. Que cidadãos podem formar para a sociedade os cônjuges em discórdia, ou que não estão de acordo senão em seus desregramentos?

Geralmente o homem é ciumento; ele quer possuir sem repartir aquilo que lhe pertence. Além disso, ele deseja ser amado mesmo por aqueles que ele ama apenas fracamente. Os cônjuges que consentem em suas infidelidades mútuas manifestam muito claramente que não existe mais em suas almas a menor centelha do apego tão necessário à sua condição ou que uma atroz antipatia destruiu neles os sentimentos mais naturais. Esse ódio ou essa indiferença devem se estender aos filhos, nos quais um marido deve temer não ver senão os frutos dos amores desonestos de sua mulher. Como ele teria os cuidados paternais e uma ternura verdadeira com seres que ele pode supor que não estejam ligados a ele por nenhum laço?

A razão nos mostra que, na união conjugal, o marido pertence à sua mulher do mesmo modo que a mulher pertence a seu marido. Ambos não podem, sem pôr em risco o próprio bem-estar, renunciar aos direitos dessa propriedade recíproca. Ambos devem evitar com cuidado aquilo que pode alterar a harmonia necessária à felicidade doméstica, que nada no mundo poderá substituir.

De acordo com esses princípios, o coquetismo, em uma mulher, é uma disposição com a qual a moral não pode de maneira alguma ser conivente. Ele manifesta uma vaidade desprezível, um desejo de fazer nascerem paixões desonestas a fim de exercer um despotismo ao qual uma mulher virtuosa não deve aspirar. Não será um crime atear incêndios criminosos em corações que não devem senti-los? Não será uma crueldade despertar desejos na esperança de favores que não se pode, nem se quer conceder? Será que não existe imprudência e leviandade em despertar, quer seja no público que se deve respeitar, quer seja em seu esposo, cujos escrúpulos devem ser poupados, suspeitas capazes de desonrar a ela própria?

Sob qualquer ponto de vista que se considere o coquetismo, ele revela sempre algumas disposições muito censuráveis. Ele assinala uma vontade permanente de perturbar a felicidade alheia; indica uma leviandade condenável em uma matéria importante; manifesta uma vaidade que nada pode justificar. Uma mulher que quer agradar todo mundo, ainda que tenha o coração puro, tem ao menos o espírito estragado.

Uma mulher verdadeiramente honesta não pode agradar senão a seu marido; uma mulher verdadeiramente sensata evita tudo aquilo que poderia deixá-lo desconfiado, porque ela sabe que a sua felicidade depende dos sentimentos que ela encontrará no coração dele. A estima, a paz e a confiança são disposições permanentes bem mais necessárias à felicidade dos cônjuges que o amor, sujeito a evaporar a partir do momento em que for satisfeito.

O amor em ambos os sexos é, como já dissemos em outra parte, uma paixão natural, despertada pelo temperamento e nutrida pela imaginação, que solicita com maior ou menor intensidade que ambos se unam com a intenção de obter os prazeres ligados a essa união. A beleza do corpo normalmente faz brotar essa paixão ou esse desejo. Na escolha de uma mulher, o rosto é quase sempre a primeira qualidade em que se presta atenção e, sem dúvida, ele não deve de maneira alguma ser deixado de lado. Porém, como a experiência nos prova que o amor é uma paixão pouco durável e que a posse o faz desaparecer muito prontamente, a prudência e a previdência devem fazer que aqueles que desejem se unir sintam que existem algumas qualidades – mais sólidas do que a beleza – que devem ser buscadas no casamento. A beleza foi muitas vezes comparada a uma flor passageira, e o amor, à leve borboleta. A mais bela das mulheres torna-se em pouco tempo uma mulher bastante comum aos olhos do marido que a tinha adorado[3]. Sócrates diz que "a beleza é uma tirania de curta duração".

Nada é mais raro do que ver dar certo os casamentos que tiveram apenas o amor cego e a beleza como motivos. As paixões violentas têm pouca duração. A imprudência dos cônjuges arrebatados logo faz que eles abusem dos prazeres que deveriam ter sabiamente economizado. O casamento deve ser casto. "O pudor deve ser conservado mesmo no tempo destinado a perdê-lo", diz Madame de Lambert. Os cônjuges devem respeitar os laços sagrados que os unem e jamais se permitirem a licenciosidade, quase sempre seguida pela perda de gosto. Além disso, um marido prudente deve temer acender na imaginação de uma esposa um gosto pelas volúpias que ela só poderia satisfazer à custa da própria virtude. Plutarco nos conta que os gregos tinham construído um templo a Vênus *velada*; a propósito disso, ele observa que nunca é demais cobrir a deusa com muita sombra, obscuridade e mistério.

O efeito da beleza é despertar desejos. Ela expõe comumente as mulheres às seduções e aos perigos. Antístenes, consultado por um jovem quanto à escolha de uma mulher, respondeu-lhe: "Se vós escolherdes uma muito bela, vós não

---

3. Os espanhóis dizem que *a beleza é como os odores*, cuja intensidade é de pouca duração; depois disso, nos acostumamos com eles e não os sentimos mais (cf. *Reflexões sobre as mulheres*, por Madame de Lambert). Bíon, o boristenita, dizia que "a mulher feia faz mal aos olhos, e a bonita faz mal à cabeça".

a possuireis sozinho; se escolherdes uma muito feia, perdereis rapidamente o gosto por ela: mais vale, portanto, para vós, que ela não seja nem muito bela, nem muito feia". As qualidades do coração, os encantos do espírito, a doçura e a sensibilidade são disposições que a razão nos diz para preferir, seja à beleza sujeita a fenecer, seja às riquezas incapazes de substituir a virtude e proporcionar uma verdadeira felicidade aos cônjuges – sobretudo quando eles ignoram a maneira de se servir delas.

A beleza, dizia um sábio antigo, é o bem dos outros. Com efeito, como diz Juvenal, é raro encontrar o pudor e a beleza reunidos em uma mesma pessoa[4]. Os encantos do rosto que, por um efeito natural, cativam e impressionam aqueles que o veem impedem quase sempre que uma mulher cultive ou adquira as disposições mais necessárias à felicidade conjugal. Uma bela mulher não é a última a perceber o poder de seus encantos; essa ideia a torna vaidosa; ela está comumente muito ocupada consigo mesma para pensar na felicidade dos outros; ela ama exclusivamente a si mesma; ela tem a ambição de exercer seu domínio; ela precisa ter uma corte. Idólatra de si mesma, ela quer ser adorada; ela está perpetuamente cercada de inimigos que, incessantemente ocupados em agradá-la, conspiram contra seu coração, o qual sua virtude dificilmente está em condições de defender.

---

4. "*Rara est adeo concordia formae / Atque pudicitiae*" (Juvenal, sátira X, verso 297).

Nada é mais raro do que uma mulher de grande beleza que não se acredite dispensada de mostrar a seu marido o apego e os cuidados que a sua condição lhe prescreve. Acostumada a reinar, ela raramente consente em se prestar às vontades daquele a quem deve a deferência e algumas complacências. Seu império acaba na presença do esposo; consequentemente, ela não tarda a fugir dele, a odiá-lo e muitas vezes a se entregar a algum adorador submisso que logo reina como senhor.

Assim, esse domínio, que parece tão lisonjeiro para a vaidade das mulheres, não tem nenhuma solidez. Elas terminam quase sempre desprezadas por aqueles mesmos a quem fizeram os maiores sacrifícios. Porém, sua sorte se torna ainda mais deplorável quando seus atrativos fanados não lhes permitem mais desempenhar um papel na sociedade. Abandonadas, então, por seus escravos libertos, vós as vedes comumente entregues a uma sombria melancolia. Uma devoção desgostosa é um fraco recurso para substituir os prazeres aos quais elas estavam acostumadas. Elas vivem no esquecimento e passam seus tristes dias lamentando um poder aniquilado. Tal é a sorte dessas imprudentes degradadas pelo vício. Somente a virtude confere direitos imprescritíveis e um poder que nada pode abalar.

> O reinado da virtude é para toda a vida. Há pouco tempo para ser bela e muito para não mais sê-lo... Costumes puros, um espírito justo e refi-

nado e um coração reto e sensível são belezas renascentes e sempre novas[5].

Elas são feitas para fixar a ternura e a amizade de todo marido sensato e para atrair em qualquer idade a admiração e o respeito dos outros – sentimentos mais duráveis e lisonjeiros do que os galanteios com os quais se alimenta uma tola vaidade.

Não obstante as opiniões aceitas entre as nações sem bons costumes, a moral não deixará de repetir aos maridos que sejam justos, que de maneira alguma se prevaleçam de sua autoridade para exercer a tirania sobre seres que, pela própria fraqueza, deveriam interessá-los. Ela lhes dirá que amem as suas mulheres e que não tenham vergonha, diante do público, de uma afeição que deve torná-los estimáveis aos olhos das pessoas sensatas. O sufrágio dessas últimas é, sem dúvida, preferível ao de um monte de libertinos que não têm nenhuma ideia nem da importância, nem da santidade dos laços feitos para unir os cônjuges. O marido que se torna o tirano de sua mulher é um covarde, um homem sem coração, um bárbaro cuja ferocidade as leis deveriam castigar. Todo esposo infiel, que priva sua mulher das demonstrações de sua ternura, é um homem injusto, que, retirando-lhe a recompensa que deve à sua virtude, parece convidá-la à desordem.

---

5. *Reflexões sobre as mulheres*. Sólon queria que uma recém-casada comesse alguns frutos de bom aroma antes de ir morar com seu marido, para aprender que ela deveria sempre lhe falar com doçura e se tornar agradável.

Não existe nenhum vício que, em uma sociedade corrompida, não encontre apologistas. Não há nenhuma desordem que exemplos frequentes não pareçam enobrecer ou pelo menos justificar. No entanto, nenhum exemplo criminoso pode autorizar o crime[6]. A razão não cessará, portanto, de mostrar a uma mulher que seu interesse mais caro é poupar a ternura daquele que a natureza e as leis tornam o árbitro de seu destino. Essa razão lhe recomendará que ela o reconduza a seu dever por meio de uma grande indulgência, que oponha a paciência a seu delírio e que o force a se envergonhar de suas injustiças e desprezos. A paciência e a doçura têm algo de sublime e imponente até para o próprio vício. Que superioridade uma mulher virtuosa não adquire sobre um homem desprovido de razão e de bons costumes? Será que existe algo mais nobre e mais generoso do que uma beleza que os desregramentos de seu marido não podem afastar do caminho da virtude?

Uma mulher que, com infidelidades, vinga-se dos ultrajes que recebe de seu esposo é, sem dúvida, menos condenável do que aquela que primeiramente provocou a sua cólera e o seu ciúme com uma conduta desregrada. No entanto, ela sempre peca* contra os seus próprios interesses; ela nada mais faz do que aumentar a discórdia; ela se priva da consideração de um público que, apesar da depravação ge-

---
6. "*Nulli unquam vitio advocatus defuit*" (Cícero).
* Usamos, aqui, o termo da edição de 1820. A edição original traz "prega". (N. T.)

neralizada dos costumes, quer sempre que a virtude não se desminta em meio às provações. A força e a grandeza de alma são qualidades de tal modo admiradas que se deseja encontrá-las mesmo no sexo mais fraco. Embora à primeira vista esse sentimento pareça injusto, ele é, no entanto, fundamentado. Supõe-se que uma mulher bem educada deva ter firmeza quando se trata do pudor – no qual, desde a infância, lhe ensinaram a fazer consistir a sua honra e a sua glória. Acredita-se que, uma vez transposta a barreira, que a educação tinha tomado o cuidado de fortificar, ela não é mais poderosa o bastante para contê-la nas coisas mais importantes da vida.

Com efeito, se, por um acaso pouco comum, algumas mulheres, não obstante as suas fraquezas, ainda conservam as virtudes sociais, essas virtudes são aniquiladas em grande parte daquelas que transpuseram os limites da honra. Vemo-las comumente desprovidas de franqueza, perpetuamente ocupadas em enganar, transformando em hábito a mentira, a traição e a falsidade. Nada é menos seguro do que o relacionamento com a maior parte das mulheres galantes, cuja vida não se torna quase sempre senão uma intriga contínua, uma impostura permanente. Toda conduta que deve ser escondida exige uma vigilância, uma astúcia e cuidados incríveis para se furtar à censura maledicente. Além disso, o gosto pela devassidão obriga a mulher que a ela se entrega a enganar a multidão de quem recebe as homenagens. Enfim, toda mulher corrompida, para ter cúmplices, procura corromper os outros.

Juntai a essas disposições perigosas no comércio da vida a longa série de extravagâncias pelas quais uma mulher galante é continuamente arrastada. Toda ocupação útil lhe parece odiosa, sua casa se torna insuportável para ela; é preciso um turbilhão, uma dissipação permanente para distraí-la das recriminações da sua consciência e dos seus desgostos domésticos. Suas loucas despesas se multiplicam. Os filhos equívocos que ela dá a seu marido são totalmente negligenciados; eles jamais sentem as carícias ou as ternas solicitudes de uma mãe avoada – que, além disso, os vícios tornariam totalmente incapaz de lhes formar o coração e o espírito.

Cônjuges desunidos pelo caráter ou pelo vício não podem pôr esse acordo na educação de seus filhos, essa feliz harmonia dos sentimentos e dos preceitos, necessária para fazê-los frutificar. Se um dos pais é virtuoso, a imprudência, o caráter e o exemplo do outro tornarão suas lições inúteis a todo momento. Um pai desregrado pode tornar infrutíferos, por seu exemplo, todos os cuidados da mãe mais terna. Uma mulher leviana, vã e de má conduta pode desfazer a cada instante todos os projetos de um marido racional sobre os seus filhos.

Eis como as desordens dos cônjuges, após terem banido dentre eles a concórdia, influem ainda da maneira mais terrível sobre a sua posteridade. Esta última, destituída de instrução e de bons exemplos, não deixará de imitar, por sua vez, os desregramentos que ela viu serem praticados por seus pais. Tais são os efeitos deploráveis que produzem na sociedade a galantaria, o coquetismo e as infidelidades, que alguns moralistas descuidados têm tratado com tanta leviandade, enquanto se vê a todo momento resultarem dos casamentos infelizes e das fortunas dissipadas alguns filhos corrompidos desde a mais tenra idade.

Esses efeitos devem ser atribuídos à imprudência com que os casamentos são comumente contraídos. Se é o amor cego que forma os laços dos cônjuges, esse amor, inebriado pela beleza, não pensa de maneira alguma nas qualidades do espírito ou do coração, tão necessárias para tornar esses laços duradouros. Desencantados pelo gozo, os cônjuges não tardam a se ver tais como são e se tornam incômodos por alguns defeitos que, ao longo do tempo, os tornam reciprocamente insuportáveis.

Porém, em nações entregues ao luxo e aos preconceitos, é raramente o amor que preside o casamento. Um interesse sórdido, a vaidade do nascimento e algumas falsas ideias de conveniência são as únicas coisas consultadas nas alianças. Os talentos, os sentimentos, a conformidade dos temperamentos e dos caracteres, a boa educação, a doçura, a complacência, o bom senso e a razão não entram, absolutamente, nos cálculos desses seres mercenários e vãos que nada mais buscam que a combinação da opulência com o nascimento. Que felicidade poderá resultar desse tráfico vergonhoso de riqueza e vaidade? Ao sair do convento – isto é, de uma prisão na qual uma moça sem experiência tristemente vegetou –, sem consultar suas inclinações, pais desumanos a fazem passar para os braços de um homem que ela nunca viu, de quem eles próprios muitas vezes não conhecem senão o nome e a fortuna, e cujas qualidades interiores não os ocupam de maneira alguma. Assim, cônjuges são ligados sem se conhecer; eles se desprezam a partir do momento em que se conhecem e terminam comumente por se odiar e evitar um ao outro tanto quanto é possível.

A essas causas, já mais do que suficientes para fazer do casamento uma fonte de desgostos, é preciso juntar ainda a juventude, a inexperiência e a insensatez daqueles que se comprometem. Será que uma sábia legislação não deveria criar obstáculos para esses casamentos precoces, que não unem comumente senão crianças imaturas, tanto de corpo quanto de espírito? Não se pode esperar dessas alianças irrefletidas, ou ditadas por interesses mal-entendidos, senão uniões infelizes, imprudências contínuas, desordens frequentes e uma descendência sem vigor. Os poderosos só se casam para perpetuar a estirpe; loucamente ocupados em transmitir seu nome à posteridade, eles parecem esquecer de tudo por vãs quimeras.

Será preciso, depois disso, espantar-se em ver, sobretudo nas classes elevadas e nas fortunas brilhantes, tão poucos cônjuges felizes contra uma multidão de imprudentes que passam a vida atormentando-se sem descanso ou fugindo um do outro incessantemente? Privados quase sempre dos consolos e dos encantos que o casamento deve proporcionar, vemos comumente os ricos e os poderosos buscarem em enormes despesas, em prazeres custosos, em dissipações contínuas e em volúpias condenáveis os meios de substituir a paz e as doçuras que a vida doméstica lhes recusa. Quantas despesas, inquietações e agitação para suprir a felicidade pacífica e a serenidade contínua que a razão e a virtude fariam desfrutar a todo momento os cônjuges unidos pelos laços da afeição, da estima e da confiança! Porém, os seres irrefletidos não têm nem mesmo a ideia dessas vantagens inestimáveis; elas não são feitas para serem sentidas senão pelos seres racionais, os únicos que conhecem o seu valor.

Será que pode haver uma inversão mais completa nas ideias do que a opinião depravada que, em uma classe eminente, faz que alguns cônjuges tenham vergonha da ternura que, por sua condição, eles devem um ao outro? Haverá algo mais insensato do que uma corrupção capaz de sufocar nos corações os sentimentos mais essenciais, mais legítimos e mais adequados para serem reconhecidos? Aqueles que se manifestam no mundo por semelhantes extravagâncias não deveriam ser cumulados de opróbrio e infâmia?

A ignorância e os preconceitos são a fonte dos males que perturbam continuamente a felicidade pública e privada. O que diremos nós da louca vaidade desses homens recentemente enriquecidos, que têm a mania de fazer que seus filhos contraiam alianças com famílias ilustres, nas quais suas filhas, assim como eles mesmos, não encontrarão em seguida senão desprezos insultantes? Os nobres e os poderosos não se consideram unidos pelo sangue a seres inferiores pelo nascimento; orgulhosos e vãos, mesmo no seio da indigência, eles imaginam que a riqueza está mais do que bem paga pela honra de aliar-se a eles.

No entanto, nem a experiência mais reiterada pode curar os homens embriagados por seus preconceitos. Tudo conspira para conservá-los neles; tudo contribui para persuadi-los de que a riqueza e a grandeza são os únicos bens desejáveis, ao passo que elas serão apenas os meios de obter o bem-estar pelo uso sensato que somente a virtude pode fazer delas. A educação dos ricos e dos poderosos não lhes fornece de maneira alguma as luzes das quais eles teriam necessidade para se tornar felizes. Ela os torna avaros e vãos e de maneira alguma desenvolve neles nem os sentimentos do coração, nem a arte de bem raciocinar.

Teremos oportunidade de falar, na sequência, da educação que é dada a esse sexo que a natureza fez para a felicidade do nosso. Veremos que, longe de cultivar e de adornar o espírito fino, a imaginação viva e o coração sensível que essa natureza concede às mulheres, longe de lhes inspirar as ideias, os sentimentos e os gostos que contribuiriam para a sua felicidade verdadeira e para a dos cônjuges que a sorte lhes destina, a educação não parece se propor senão a fazer delas seres totalmente incapazes de pensar na sua própria felicidade e na da sua família.

Nas nações depravadas pelo luxo e pela ociosidade, uma mulher de certa posição social se encontra completamente desocupada; ela se acreditaria rebaixada se assumisse algum cuidado com sua casa. Ela não tem, portanto, para se ocupar, outro recurso além dos divertimentos contínuos que tendem todos a afastá-la de seus deveres. Eles consistem em um jogo habitual cuja mania pode ter as mais deploráveis consequências, em bailes nos quais a vaidade ostenta todos os recursos do coquetismo e em espetáculos nos quais tudo transpira volúpia e parece incitar as mulheres a desprezar as virtudes aptas a torná-las queridas por seus maridos. Enfim, esses passatempos consistem na leitura de romances, cujo objetivo é acender incessantemente a imaginação para alguns prazeres que a virtude proíbe[7].

Como uma conduta tão insensata formaria esposas virtuosas, atentas e ocupadas com o cuidado de agradar seus maridos? Será que mulheres cuja cabeça não está cheia senão de frivolidades, de imagens desonestas e de divertimentos perniciosos poderiam se tornar companheiras sedentárias, mães econômas e regradas, amigas assíduas e sinceras, capazes de consolar e aconselhar cônjuges cuja simples presença

---

7. Os antigos davam tanta importância a uma vida laboriosa e ocupada para as mulheres que seus poetas nos representam as princesas, as rainhas e as deusas trabalhando em obras úteis. Os persas não podiam conceber que Alexandre usasse roupas tecidas pela própria irmã. Entre as mulheres da alta sociedade, quanto mais um trabalho é inútil, mais se mostra ardor em dedicar-se a ele; elas teriam vergonha de fazer alguma coisa útil.

as amedronta e as aborrece? Seres que tudo reconduz incessantemente ao jogo, à volúpia, à dissipação e ao coquetismo darão a seus filhos os cuidados e a vigilância que a sua condição lhes impõe? Enfim, será que seres inimigos de toda reflexão trabalharão na obra séria da sua própria felicidade, intimamente ligada à de todos aqueles que os rodeiam[8]?

Graças ao pouco cuidado que se dá à instrução dos poderosos e dos ricos, em vez de serem maridos ternos, humanos e sensíveis, eles comumente são déspotas indignos, desprezados e detestados pelas esposas, que, sob a bela fachada da decência, eles tratam secretamente como escravas, e sobre as quais acreditam poder impunemente exercer a sua injustiça, o seu mau humor e os seus caprichos. Alguns pais, guiados por sua avareza ou por seus indignos preconceitos, entregam a esses tiranos covardes algumas vítimas que a lei rigorosa força, em quase todos os países, a gemer na aflição durante todo o transcurso da vida. Como já vimos, não se consultam, nas alianças, senão a ambição, o orgulho e a cobiça, que se enfeitam com o nome de *conveniência*. Desse modo,

---

8. "Para vós, ó, mulheres!", diz Péricles, em Tucídides, "o objetivo constante de vosso sexo deve ser evitar que o público fale de vós; e o maior elogio que podeis merecer é o de não ser objeto nem da crítica, nem da admiração" (cf. Tucídides, *História*, livro II). Porém, é bom observar de passagem que entre os gregos as mulheres se mantinham fechadas em suas casas e não tinham nenhuma participação na sociedade, ao passo que, nas nações modernas da Europa, as mulheres vivem na sociedade e deveriam, bem mais do que as mulheres dos gregos, adquirir as qualidades apropriadas para nela se fazerem estimar. Uma mulher que vive em retiro não precisa das virtudes necessárias para bem viver no mundo.

os casamentos mal harmonizados não fazem senão aproximar inimigos que submetem um ao outro, a todo momento, a contrariedades e dissabores, que suspiram pelo momento que os livrará de seus grilhões ou que, quando as coisas não são levadas a esse excesso, vivem em uma completa indiferença, têm interesses separados e não se ocupam de modo algum com a felicidade recíproca, assim como com a dos filhos que eles só deram à luz para não mais pensar neles.

Nada no casamento pode substituir a união dos corações, esse feliz acordo tão necessário ao bem-estar dos cônjuges. A fortuna mais ampla é sempre insuficiente para cobrir as despesas, os divertimentos e os caprichos inumeráveis por meio dos quais se trata de suprir o contentamento sólido que deveria ser encontrado em seu lar. Um marido pouco apegado à mulher, entregue à dissipação, ao jogo e à libertinagem, recusa-lhe muitas vezes o necessário. Por sua vez, uma mulher desprovida de razão e de economia está perpetuamente irritada com a razão e a economia que seu marido mais sábio opõe a seus desejos insaciáveis; ela o vê como o inimigo de sua felicidade.

Quanto ao homem do povo, que, por falta de cultura, conserva quase sempre alguns costumes selvagens, incapaz de pôr um freio em suas paixões, ele encara sua mulher como uma vítima destinada a suportar as suas violências.

As leis, em quase todos os países, guiadas por alguns preconceitos bárbaros, não dão aos cônjuges nenhum meio de romper os laços cruéis dos casamentos mal harmonizados.

Eles são comumente obrigados a arrastar durante toda a vida os grilhões que os oprimem. A mulher, sobretudo, não pode de maneira alguma se furtar à tirania doméstica de um marido que lhe faz, em segredo, sentir o peso atroz de sua autoridade. Todavia, este último é forçado a viver mesmo com uma mulher que todos os dias o desonra e cujo coração corrompido queima com uma chama adúltera. Se alguns cônjuges querem tirar da frente de seus olhos os objetos que os afligem, eles são obrigados a revelar seus infortúnios ao público, a fazer repercutir sem pudor nos tribunais as suas disputas e os detalhes escandalosos das suas infelicidades privadas.

Uma legislação mais equitativa, mais conforme à natureza, deveria romper para sempre os laços que não servem senão para prender infelizes. O casamento não é feito senão para proporcionar aos cônjuges alguns prazeres honestos, alguns consolos e doçuras. A partir do momento em que ele não lhes produz senão sofrimentos, será que a lei não deveria aniquilar uma sociedade tão contrária à sua finalidade e à sua instituição?

Alguns nos dirão, talvez, que as leis não devem se prestar à inconstância dos homens; que os laços do casamento são respeitáveis e sagrados e não podem ser rompidos sem perigo para a sociedade. Enfim, dirão que a sorte dos filhos se tornaria muito incerta se fosse permitido que seus pais se separassem à vontade. Responderemos a essas objeções especiosas dizendo que os homens, não obstante a sua inconstância, são fortemente contidos pelos laços do hábito e da decência pública, pelo temor dos embaraços e das recriminações e pela complicação dos negócios. De modo que não existe motivo para temer que cônjuges unidos por longo tempo se separem levianamente. Roma, onde o divórcio era permitido, não nos fornece, em cinco séculos, um único exemplo disso. Os divórcios só se tornaram frequentes lá quando o luxo corrompeu totalmente os costumes. Cônjuges sensatos suportam-se reciprocamente e de maneira alguma buscarão se separar; mas é útil que alguns seres desprovidos de razão sejam afastados uns dos outros. Os filhos criados no seio das dissensões domésticas não podem deixar de ser infelizes e negligenciados; eles devem necessariamente se perverter em vez de se tornarem cidadãos úteis à pátria. Os cônjuges indigentes ou de uma fortuna medíocre dificilmente pensarão em se separar; os divórcios não ocorreriam senão entre os ricos, que estão em condições de sustentar os filhos provenientes da união que eles têm a intenção de romper.

Nada é mais respeitável e mais sagrado do que a união conjugal, quando os cônjuges cumprem fielmente o objetivo que ela deve lhes propor. Então, do cumprimento recíproco dos deveres que ela impõe resulta um bem real para os cônjuges, para seus filhos e para a sociedade inteira. Se o amor constituiu esses laços tão doces, a estima, a ternura e a concórdia os apertam a todo momento; elas impedem a inconstância de rompê-los. A inconstância nada mais é que o fruto do vício inquieto e descontente. A virtude, sempre tranquila e moderada, fortalece os laços que subsistem entre os cônjuges; ela lhes ensina que eles devem mostrar ao menos uma indulgência recíproca. A razão lhes provará que, feitos para viver juntos, a familiaridade que reina entre eles não deve de maneira alguma excluir as amabilidades, as atenções e os cuidados tão apropriados para despertar e para consolidar a afeição. Eles evitarão, portanto, tudo aquilo que pode ferir ou chocar o objeto do qual cada um deles quiser merecer sempre a estima e a afeição. O mundo está repleto de cônjuges que não parecem reservar suas atenções, suas complacências, seus cuidados e seu bom humor senão para alguns estranhos e desconhecidos, que consideram suas mulheres e seus filhos escravos feitos para suportar a todo momento a sua brutalidade e o seu mau humor. Esses insensatos não veem que é em sua casa que se deve estabelecer o repouso e o bem-estar! A intimidade não dispensa de maneira alguma os cônjuges de mostrarem um para o outro boa conduta, complacência e respeito; muito pelo contrário, a convivência contínua os torna mais necessários entre seres que se veem incessantemente. A razão prescreve ao marido que suavize o seu domínio por meio da ternura. Ela recomenda à mulher a submissão, a paciência; ceder, para ela, é alcançar a vitória; a doçura é a arma mais forte que ela pode opor às paixões de um marido que a contestação nada mais faria que alienar ou tornar mais intratável. Que coração é bastante feroz para não ser desarmado pela paciência e pelas lágrimas tocantes de uma mulher doce, amável e virtuosa!

Por falta de observar essas regras importantes, vemos muitas vezes, no casamento, os desgostos recíprocos seguirem-se ao amor mais intenso. Uma conduta sábia e comedida é, sobretudo, necessária em uma associação feita para durar para sempre. O respeito e a complacência não são incômodos quando se percebe o interesse com que se tem de agradar incessantemente um ao outro. A atenção consigo mesmo, o cuidado de evitar tudo aquilo que pode alterar a harmonia ou esfriar a ternura, tornam-se fáceis quando se adquiriu esse hábito. Por um abuso muito comum, a familiaridade dos cônjuges faz que eles se preocupem muito pouco em poupar a sensibilidade um do outro. A mulher coquete quer agradar a todo mundo, exceto a seu marido.

Não há nenhuma felicidade comparável à de dois seres sinceramente unidos pelos laços do amor, da fidelidade e da cordialidade, e nos quais esses sentimentos se alternam sucessivamente e variam sem nunca se esgotar. O que existe de mais enternecedor do que o espetáculo de um esposo ocupado com a felicidade de uma mulher querida, que ele não deixa senão com sofrimento e que ele nunca torna a encontrar sem um novo prazer? Será que existe uma felicidade maior para esses ditosos cônjuges do que ler a todo momento, nos olhos um do outro, o contentamento que cada um se congratula por neles fazer surgir? A própria casa tem para eles alguns encantos que eles buscariam inutilmente do lado de fora ou no tumulto dos prazeres. A solidão ou um deserto não têm nada de aflitivo para seres que se bastam, que encontram um no outro os encantos da conversação e as doçuras da amizade. Será que existe uma alegria mais pura para eles do que se verem rodeados de filhos que, formados pelos seus cuidados reunidos, serão sábios e virtuosos, e servirão um dia de consolo e esteio para a sua velhice?

É, com efeito, da união dos cônjuges que dependem as virtudes de sua posteridade. Um pai vicioso e tirano não formará senão escravos cheios de vícios. Uma mãe frívola, galante e dissipada não saberia formar filhas sábias, modestas e moderadas. Uma mãe de família incapaz de se ocupar, desprovida de previdência e de economia, não pode criar senão seres que levarão a desordem para as casas que eles um dia presidirão. É à extravagância e à depravação de tantos maus casamentos que devem ser atribuídos os males pelos quais nações inteiras são afligidas.

É também a essa corrupção que se deve atribuir a multidão dos celibatários que são encontrados, sobretudo nos países onde o luxo e a devassidão fixaram seu domicílio. Os homens dissipados e dominados pelo gosto pelo prazer temem os laços incômodos para a inconstância; eles encontram na corrupção generalizada os meios de satisfazer às exigências de seu temperamento sem se carregar com os embaraços da vida conjugal. Além disso, eles consideram as mulheres um bem comum, ou cuja conquista torna-se fácil desde que se queira realizá-la. As desordens ou a facilidade das mulheres devem necessariamente multiplicar o número dos amantes e dos celibatários.

Todavia, os homens mais sensatos são feitos para temer laços capazes de torná-los infelizes pelo resto da vida. A má--educação das mulheres, sua paixão desenfreada pelos gastos e pelos prazeres e a raridade dos bons casamentos são razões apropriadas para fazer que se prefira o celibato aos compromissos que parecem muitas vezes excluir o repouso e o bem--estar. A maior das opulências mal é suficiente, em uma terra de luxo, para fazer frente às necessidades que esse luxo se compraz em criar. Teme-se empobrecer ao gerar filhos.

No entanto, é certo que o celibatário se priva de um grande número de vantagens que a união conjugal pode proporcionar. Um solteirão é um ser isolado que, em sua velhice e em suas enfermidades, encontra-se normalmente abandonado e entregue à rapacidade de seus empregados. Ele não sente, em seus sofrimentos, os cuidados de uma mulher atenta ou de seus filhos. Ele definha em seus últimos dias, cercado de parentes ávidos que suspiram pela herança.

Muitos moralistas clamaram contra o celibato, que eles consideraram uma fonte de corrupção, e alguns legisladores quiseram puni-lo por ser contrário ao povoamento. Eles não viram que o celibato multiplicado era o próprio efeito da corrupção pública autorizada ou tolerada por maus governos ou por algumas instituições viciosas. Em vão, Augusto promulgou leis contra os celibatários, que ele considerava conjurados que tramavam a perda do império. Apenas extirpando-se o luxo, reformando-se os costumes e governando-se as nações segundo as regras da equidade é possível induzir os homens a se multiplicar. O despotismo, a extravagância e o desprezo pelos bons costumes são flagelos cuja reunião não pode deixar de acelerar a ruína de um Estado. Um mau governo aniquila até as gerações futuras. Ele não produz senão infelizes, escravos incertos do seu destino, que vivem ao acaso e não podem, sem temor, pensar em se multiplicar. Alguns filhos nada mais fariam que redobrar suas necessidades presentes e suas inquietações quanto ao futuro. A população não é muito grande em um governo que não faz senão infelizes, e em nações onde o vício anda de cabeça erguida.

É reprimindo-se o luxo, corrigindo-se os costumes, punindo-se o adultério e castigando-se a prostituição pública que um legislador virtuoso pode conseguir diminuir o número dos celibatários e tornar os casamentos mais felizes e mais aptos a formar cidadãos para o Estado. Queixam-se dos efeitos e não remontam às suas causas. Em um mau governo, no reinado de príncipes sem bons costumes e sem vigilância, a massa inteira da sociedade deve necessariamente se corromper e se dissolver.

A política e a moral estão igualmente interessadas em se afastar do celibato. O casamento une o homem mais intimamente a seu país e à sociedade. Ele o força a mostrar mais atividade. O pai de família assemelha-se a uma árvore vigorosa, que se prende à terra por um grande número de raízes. O efeito do celibato, ao contrário, é desligar da coisa pública, concentrar o homem em si mesmo, torná-lo pessoal e dar-lhe uma profunda indiferença pelos outros. O celibatário não se ocupa senão do presente e se incomoda muito pouco com o futuro – em poucas palavras, ele se torna comumente mais ríspido e menos sociável, porque não é suavizado pelos sentimentos multiplicados que os ternos nomes de esposo e de pai devem fazer experimentar.

Capítulo II – Deveres dos pais, das mães e dos filhos

O principal objetivo do casamento é fazer nascerem filhos que um dia se tornem membros úteis da sociedade, assim como consoladores e amparos de seus pais. O amor dos pais e mães por seus filhos é um sentimento que se encontra mesmo nos animais mais selvagens; nós os vemos cheios da mais terna atenção com sua prole. Esse sentimento deve ser ainda mais intenso no homem, que vê, em sua posteridade, colaboradores para os seus trabalhos, amigos ligados a ele pelos mesmos interesses e sustentáculos para sua velhice. Um pai pode esperar ver posteriormente os seus cuidados serem pagos pelos seres a quem ele os deu, ao passo que os animais dão os seus a seres incapazes de gratidão, que os abandonam a partir do momento em que as próprias forças permitam que eles dispensem o seu auxílio. De onde se vê que os pais têm menos sentimento ou instinto que os animais quando, após terem dado a vida aos filhos, são negligentes em se ocupar do seu bem-estar.

A existência só é um bem quando ela é feliz. A vida seria um presente fatal se fosse continuamente miserável. Portanto, não é por ter recebido a vida de seus pais que um filho lhes deve a sua gratidão. Essa vida pode ser apenas o efeito da volúpia ou de um apetite cego que não procura senão se satisfazer. A ternura, a devoção filial e a gratidão do filho só podem ser solidamente estabelecidas com base no cuidado que seus pais tiveram com a sua felicidade.

A autoridade paterna, fundamentada na natureza, nas necessidades do homem fraco em sua infância, é muito justa, já que ela não tem como objetivo senão a conservação e a felicidade de um ser que, sem os auxílios contínuos de seus pais, estaria a todo instante exposto a perecer e não poderia afastar nenhum dos perigos que o cercam. Sendo o homem, no momento do seu nascimento, o mais incapaz entre todos os animais de se defender e obter seu sustento, ele se encontra na dependência daqueles que, ao lhe darem a vida, comprometeram-se a conservá-la para ele e fornecer-lhe os meios de satisfazer suas necessidades.

A criança, por seu nascimento, está em sociedade com seu pai e com sua mãe, dos quais – sem que ela saiba – recebe por um longo tempo os serviços e os auxílios gratuitos. É apenas mais tarde que ela aprende os compromissos que contraiu com eles, o reconhecimento que lhes deve e a maneira de quitar essa dívida. Sua razão, vindo a se desenvolver, mostra-lhe a necessidade de cumprir os seus deveres ou pagar as suas dívidas. A opinião pública, o temor das críticas, as noções de virtude e o hábito de obedecer a seus pais colaboram para lhe indicar e lhe facilitar a conduta que ela é obrigada a adotar e para confirmar nela os sentimentos que deve aos seres benfazejos e auxiliadores que se ocuparam constantemente de seu bem-estar. É assim que tudo conspira para gravar nos corações a *devoção filial*, ou seja, essa ternura submissa, tímida e respeitosa que os filhos criados adequadamente se sentem obrigados a mostrar a seus pais e mães, cuja afeição eles jamais poderão pagar suficientemente. Enfim, os filhos devem pensar que, por sua vez, um dia serão pais e que, para adquirir justos direitos sobre a afeição e o reconhecimento de sua posteridade, devem manifestar esses sentimentos àqueles por quem foram gerados. "É preciso esperar de seu filho aquilo que se fez a seu pai", diz Tales.

Todavia, a ternura paterna, ou o amor que os pais têm por seus filhos, está fundamentada em motivos racionais, e não, como comumente se acredita, em uma pretensa *força do sangue* ou em uma simpatia oculta que a ignorância gratuitamente imaginou. Esse amor tem como base a esperança de encontrar, nos filhos que se fez nascer, seres dispostos a agradecer um dia os cuidados que receberam por meio de uma devoção respeitosa, de um zelo a toda prova e de alguns cuidados diligentes. Além disso, o amor-próprio de um pai fica lisonjeado por ter produzido, por assim dizer, um outro ele mesmo, por ter dado a existência a alguém que perpetuará o seu nome, que evocará sua memória aos outros e que o representará na sociedade. Tal é evidentemente a causa dos pesares que sentem os poderosos da Terra quando não podem ter descendência. Eles temem, então, ver os seus nomes totalmente esquecidos, ao passo que imaginam perpetuar sua própria existência e sobreviver a si mesmos deixando filhos depois deles. É assim que a imaginação dos homens, lançando-se no futuro, faz que, a todo momento, eles desfrutem antecipadamente daquilo que se passará no mundo, mesmo quando não forem mais do que um monte de pó.

De acordo com essas disposições, os pais fazem muitas vezes projetos para os seus descendentes; lançam as fundações da sua grandeza; ocupam-se da sua fortuna; querem, por meio de testamentos, regular o seu destino e algumas vezes fazem sacrifícios reais e penosos pela ideia da felicidade futura de sua linhagem, embora saibam muito bem que não serão testemunhas disso. Todo homem acredita já ver aquilo que se passará quando ele não mais estiver vivo. A imaginação consegue muitas vezes nos criar quimeras às quais nos ligamos mais fortemente do que a algumas realidades. Aquelas geradas pela ternura paterna são úteis à sociedade; é por elas que, muitas vezes, um bom pai se priva de mil prazeres, pela ideia de proporcionar prazeres a alguns seres que ainda não existem. O que aconteceria com as famílias se o espírito de cada cidadão se encerrasse nos limites de sua existência presente, sem jamais lançar olhares para o futuro? Os pais sem previdência ou que, para satisfazer suas paixões ou seus prazeres, deixam de lado os cuidados que devem à sua posteridade são, justamente, criticados por seus contemporâneos. Todo homem que não pensa senão em si é considerado um mau pai e um mau cidadão.

No entanto, é preciso reconhecer que essa preocupação com o futuro, real ou pretensa, torna muitas vezes os pais injustos ou cruéis com relação a seus filhos. Um pai avarento não quer se desfazer de nada enquanto está vivo; sob o pretexto de um maior benefício para os seus filhos, para quem deixará os seus tesouros, ele algumas vezes lhes recusará o necessário. O avarento só é bom depois de sua morte; ele é detestado enquanto está vivo. Um pai previdente evita entregar sua fortuna a uma juventude ardente que ignoraria as regras de uma sábia economia. Além disso, ele sabe que seria imprudente despojar totalmente a si mesmo e se pôr na dependência daqueles que devem depender dele. Porém, a partir do momento em que ele ama verdadeiramente seus filhos, ele os põe, tanto quanto possível, em condições de desfrutar de alguns prazeres diante dos seus olhos, enquanto ele próprio desfruta do prazer que causa a esses seres tão queridos.

Algumas ideias falsas e algumas noções vagas e pouco fundamentadas na experiência nada mais fizeram, em todos os tempos, que obscurecer a moral. A ternura paterna e a devoção filial foram consideradas sentimentos *inatos* que os homens trariam ao nascer e que seriam inerentes ao sangue. No entanto, a mais leve reflexão teria podido desenganar desse preconceito tão lisonjeiro. Em seu filho, um pai ama outro "ele mesmo", um ser do qual ele espera contentamento, prazer e auxílio. Um filho bem criado ama seu pai quando vê nele o amigo mais certo, o autor de seu bem-estar, a fonte de sua felicidade. Esses sentimentos de parte a parte tornam-se habituais e são confundidos, então, com efeitos do *instinto* ou da natureza. No entanto, eles dificilmente são encontrados nas nações corrompidas e nas famílias mal organizadas.

Seria enganar-se esperar da natureza, do instinto ou da força do sangue sentimentos que os cuidados e a ternura dos pais não tivessem semeado e cultivado nos corações dos filhos. Não basta ser pai para despertar neles a afeição e a retribuição que a paternidade põe em condições de aspirar. Para ser amado, é preciso se tornar amável – trata-se de uma lei da qual nenhum homem pode estar isento. A existência, como acabamos de dizer, não é um bem por si mesma; ela só se torna um bem pelas vantagens vinculadas a ela. Os pais receberam da natureza uma autoridade legítima sobre seus filhos. Porém, nenhuma autoridade sobre a Terra confere o direito de causar dano ou de tornar infeliz. Toda dependência e toda submissão só podem ter como motivo o bem que resulta da autoridade à qual nos submetemos. A paternidade não pode ser dispensada dessa lei primitiva. Um pai que abusa de seu poder, que não mostra nem ternura nem preocupação com seus filhos e que, ao contrário, exerce sobre eles um domínio insensato, que se opõe à sua felicidade e que até mesmo negligencia proporcionar a eles toda a felicidade de que é capaz, torna-se indigno do nome de pai e não deve esperar encontrar neles os sentimentos de um amor sincero – que não pode ser senão o prêmio pela bondade. A devoção filial só pode estar fundamentada na ternura paternal. Esses sentimentos naturais desaparecem a partir do momento em que não são apoiados, porque a primeira lei da natureza quer que o homem não sinta afeição senão por aquilo que contribui com a sua felicidade, para a qual sua natureza o faz tender incessantemente.

Quantos pais não vemos transformados em tiranos, que não veem os filhos senão como escravos destinados pela natureza a se submeterem sem restrições a seus caprichos despóticos? Esses cegos imaginam, portanto, que, por terem gerado alguns seres que devem amar, eles adquiriram o direito de transformá-los em joguetes do seu humor e das suas vontades arbitrárias! O nome de pai, que encerra a ideia da afeição e do interesse mais terno, será, portanto, feito para não apresentar ao espírito de uma criança senão a ideia de um senhor impiedoso de cujos golpes ela não pode se defender? Será possível dar o nome de pais a esses ambiciosos, injustos com todos os seus filhos e que os sacrificam cruelmente à fortuna de um primogênito[9], sob o pretexto de que ele está encarregado de sustentar no mundo o esplendor de sua família? Haverá barbárie mais feroz do que a desses indignos pais que, para melhor dotar uma filha, forçam sua irmã

---

9. Todo homem que não está cego pelo preconceito deve sentir a perversidade das leis e dos usos de certos países onde, para favorecer a tola vaidade de alguns nobres, o primogênito deve herdar sozinho todos os bens da família, enquanto seus irmãos e irmãs estão condenados à indigência. Não será vergonhoso que, em algumas nações que se dizem civilizadas, a legislação deixe subsistir costumes tão loucos e desnaturados? Será que os filhos assim deserdados pela lei terão, portanto, grandes obrigações para com aqueles que os geraram?

a se condenar a uma prisão perpétua que ela regará por toda a sua vida com as próprias lágrimas? Seres com esse caráter atroz não podem ser, de maneira alguma, chamados de pais; eles não merecem nem mesmo o nome de homens, e as leis deveriam livrar seus filhos desafortunados de uma autoridade da qual eles fazem um abuso tão detestável.

É no casamento dos filhos, sobretudo, que alguns pais insensatos fazem muitas vezes aparecer a sua crueldade. Guiados comumente seja por uma sórdida avareza, seja pela vaidade, vós dificilmente os vedes levar em conta as inclinações de seus filhos. Nós já observamos as consequências deploráveis desses casamentos dos quais apenas o interesse constitui os tristes laços, e cujas vítimas são os cônjuges. Porém, onde se vê principalmente manifestar-se a dureza dos pais é quando, por acaso, seduzidos pelo amor, seus filhos, contra a sua vontade, tiveram a infelicidade de contrair uma aliança. Então, esses pais implacáveis raramente perdoam o desprezo por sua autoridade. Em vez de se apaziguarem com o tempo e de esquecerem as faltas irremediáveis, vós os vedes algumas vezes levarem sua atroz vingança para o além-túmulo e, por deserdações desumanas, condenarem o próprio sangue à miséria e ao desespero.

Será que o coração de um pai deveria estar fechado para sempre à piedade? Apenas o vício incorrigível ou o crime empedernido podem autorizar sua parcialidade com relação a seus filhos. Se ele é o autor da sua existência, ele deve a felicidade a todos. Juiz em sua família, que ele tenha uma balança justa. Será que a deformidade do corpo é uma razão para ter ódio de um filho que, por sua própria condição, deve se tornar objeto de compaixão? Que corações serão os de tantos pais que, porque um filho já é desgraçado, se comprazem em fazê-lo sentir ainda mais o peso da sua miséria? Um filho disforme deve ser lamentado, e deve-se cuidar ainda mais do seu espírito a fim de reparar o capricho da sorte[10].

E o que diremos da fraqueza desses pais que não veem em seus filhos senão herdeiros cuja presença importuna recorda-lhes a todo momento seu próprio fim? Mas esses homens, que parecem ter tanto medo de seu fim, poderiam se gabar de nunca chegar a ele se não tivessem nenhum filho ou herdeiro? Diz Homero: "Os homens são feitos para suceder uns aos outros como as folhas nas árvores"[11].

Os sentimentos da ternura paterna são sufocados ou ignorados pela avareza, assim como pela prodigalidade. Em

---

10. Dizem que um magistrado, na França, deserdou sua filha em seu testamento unicamente porque ela era feia. Seu testamento foi cassado por uma decisão do Parlamento de Paris.
11. Montaigne diz muito bem, falando dos filhos: "Às vezes parece que a inveja que nós temos de vê-los brilhar e desfrutar do mundo, quando estamos a ponto de deixá-lo, nos torna mais reservados e parcimoniosos para com eles. Incomoda-nos que eles estejam em nossos calcanhares, como que nos pedindo para sair. Se nós temos medo disso, já que a ordem das coisas exige – para dizer a verdade – que eles não possam ser, nem viver senão à custa do nosso ser e da nossa vida, não devíamos nos meter a ser pais". Ele acrescenta, mais adiante: "É uma injustiça ver que um pai velho, alquebrado e semimorto desfruta sozinho, ao pé da lareira, dos bens que seriam suficientes para dar impulso e para sustentar vários filhos" (cf. *Ensaios*, livro II, cap. 8).

nações infectadas pelo luxo, pela vaidade, pelo amor pela despesa e pela ostentação, e, sobretudo, pelo contágio do vício, será possível conferir o respeitável nome de pai a alguns homens frívolos e dissipados, e que esbanjam tudo em seus prazeres vergonhosos; que, ocupados em satisfazer suas fantasias extravagantes ou criminosas, não fazem nada pelos filhos, ou os veem como um fardo? Será que esses cegos, que suas desordens e loucuras tornam inimigos do seu próprio sangue, podem se gabar de que, gastando suas riquezas para alimentar estranhos, desconhecidos, parasitas e mulheres perdidas, eles farão amigos mais sólidos e mais constantes do que seus filhos, a quem a natureza os une pelos mais estreitos laços? Será que esses estranhos ou esses desconhecidos virão, na velhice ou nas enfermidades, dar consolos e cuidados a esses pais que não terão se preocupado em fazer amigos domésticos na pessoa de seus filhos? Porém, a vaidade e o luxo sufocam de tal modo, nos corações, os sentimentos mais naturais, que a mulher, os filhos e os parentes de um libertino pródigo estão mais afastados de seu coração do que alguns desconhecidos, aduladores e mulheres de maus costumes, que jamais lhe serão úteis!

Com uma conduta tão cruel e tão pouco adequada à ternura paterna, não fiquemos surpreendidos com o fato de o amor dos filhos por seus pais ser tão raro, e até mesmo parecer um fenômeno em muitas nações. Alguns pais, desprovidos de entranhas e bondade, exercem uma autoridade revoltante sobre desafortunados que muitas vezes não podem ver nos autores dos seus dias senão tiranos pelos quais a decência os força a esconder todo o seu ódio, ou homens desprezíveis que, por sua existência, colocam longos obstáculos aos prazeres e às desordens que esses filhos desejariam imitar. Pais viciosos, transmitindo os próprios vícios à sua posteridade, fazem que ela deseje com ardor que chegue o tempo em que ela poderá livremente se entregar aos desregramentos cujo exemplo recebeu. Será que os pais desprovidos de sensibilidade estão no direito de esperar sentimentos que eles jamais fizeram nascer ou que eles sufocaram?

Os maus pais não podem suportar que seus filhos os imitem. Como diz Plutarco: "Aqueles que repreendem seus filhos pelas faltas que eles mesmos cometem não veem que, sob o nome de seus filhos, estão condenando a si mesmos"[12]. Com efeito, os filhos associam uma ideia de bem-estar a tudo aquilo que veem seus pais fazerem. Eles querem imitá-los, apesar de todas as proibições. Eles jamais serão persuadidos de que não há nenhum prazer nas ações que eles veem ser feitas, seja por seus pais, seja pelas pessoas que regulam a sua conduta. As proibições, então, nada mais fazem que excitar a sua curiosidade e fazer que desejem que chegue o tempo quando poderão, sem obstáculos, pôr em prática os exemplos que os impressionaram na casa paterna. Juvenal tem grande razão em dizer que "se deve um grande respeito à infância"[13].

---
12. Cf. Plutarco, no tratado *Como é preciso nutrir os filhos*, 13.
13. "*Maxima debetur puero reverentia*" (Juvenal, Sátira XIV, verso 47).

É não fazendo diante dos filhos senão coisas elogiáveis que os tornamos virtuosos. É não louvando na presença deles senão as ações verdadeiramente estimáveis que inspiramos neles o gosto pelo bom e pelo belo.

Aquele que quer merecer o nome de pai e desfrutar das prerrogativas vinculadas a esse título respeitável deve cumprir cuidadosamente os deveres que a sua condição lhe impõe. Um bom pai ama seus filhos e trata de fazer deles seus amigos; ele quer agradá-los; ele teme perder a sua ternura e sufocar seu reconhecimento com injustos rigores; ele se arma de paciência, porque sabe que uma idade privada de razão e de experiência é menos digna de cólera do que de indulgência e piedade; ele não se mostra de maneira alguma o inimigo invejoso dos prazeres inocentes que ele próprio não poderia mais desfrutar; ele consente naqueles que a infância ou a juventude são feitas para desejar; ele se opõe apenas a esses prazeres perigosos que tenderiam a corromper o espírito e o coração. Alguns filhos sem juízo talvez considerem esses obstáculos uma tirania; sua insensatez atual os revoltará contra um jugo incômodo para seus cegos desejos. Porém, seus espíritos mais maduros se recordarão um dia com gratidão da inflexibilidade que resistiu prudentemente às suas loucuras.

Não é uma indulgência cega, e quase sempre muito cruel, que constitui a verdadeira bondade de um pai; é uma indulgência equitativa e sensata. Pais muito condescendentes não são bons, mas fracos; essa fraqueza, fechando-lhes os olhos para os vícios de seus filhos, faz destes, mais tarde, seres incômodos para os próprios pais e a sociedade. Um bom pai é aquele que, indulgente para com as faltas inseparáveis de uma idade desprovida de prudência, arma-se de sua autoridade e emprega – se necessário – o açoite para reprimir as disposições criminosas do coração, para domar as paixões insociáveis e para deter os movimentos que, se fossem habituais, um dia tornariam odioso o seu filho no mundo e, por isso mesmo, muito infeliz.

O rigor injusto e deslocado nada mais faz que escravos trêmulos ou rebeldes. Todo pai guiado pela razão deve mostrá-la a seus filhos e forçá-los a reconhecer que ele os pune com razão e justiça. Um governo arbitrário ou tirânico produz nas famílias, em pequena escala, os mesmos inconvenientes que nas grandes sociedades. Um pai de família que quer reinar como um déspota sobre os seus governa pelo terror e jamais merecerá a afeição de seus súditos. Alguns pais têm a loucura de exigir que seus filhos, em tenra idade, tenham as mesmas ideias, as mesmas diversões e os mesmos gostos que eles. É bastante raro que as crianças tenham as inclinações de seus pais, porque estes últimos tiveram o cuidado, normalmente, de fazê-las sofrer muito para torná-las conformes às próprias fantasias e só fizeram realmente que perdessem o gosto por elas.

O que existe de mais ridículo do que o vão orgulho desses pais que se tornam inacessíveis a seus filhos, que só lhes mostram um rosto severo e que jamais os põem em seu colo?

O bom pai se mostra a seus filhos e se presta às suas brincadeiras inocentes; ele faz que seus filhos adquiram o hábito de viver com ele em justa confiança; ele recompensa com carícias os esforços que seus filhos fazem para agradá-lo. Ele sabe que sua ternura é o motor mais capaz de incitar essas almas flexíveis ao bem, já que uma severidade habitual nada mais faria do que repeli-las e desgostá-las. Ele não temerá que uma familiaridade comedida lhe faça perder seus direitos ou sua autoridade; ele sabe que ela nunca é mais segura e mais fielmente obedecida do que quando é justa e fundamentada na ternura. Enfim, ele se absterá desses rigores que se tornam desumanos, a partir do momento em que são exercidos fora de hora sobre seres que estão proibidos de se defender. Todo pai que exige que seus filhos se rebaixem dificilmente pode se gabar de fazer deles pessoas honestas; ele não criará senão seres falsos, dissimulados e mentirosos, que terão todos os vícios dos criados ou dos escravos. Um bom pai deve tratar seus filhos como amigos, poupar sua sensibilidade, temer enfraquecer o ímpeto de suas almas. Nada de bom podemos esperar dos corações que aviltamos. A paternidade não dá o direito de entristecer despropositadamente aqueles que ela quer corrigir. Quantos pais são bastante injustos para importunar seus filhos com seus ultrajes, a fim de puni-los depois pela sua cólera? Enfim, quantos pais são mais insensatos que os filhos que eles deveriam ensinar a conter suas paixões?

Se a autoridade paterna, por mais respeitável que seja, jamais dá o direito de ser injusto, também não se deve obedecê-la quando exige coisas contrárias à virtude. Quando o pai de Agesilau, rei de Esparta, solicitou-lhe que julgasse contra as leis, ele lhe disse: "Ó, meu pai, tu me disseste, na minha juventude, para obedecer às leis; quero, portanto, continuar a obedecer-te não julgando contra as leis"[14].

Uma boa educação é o mais importante dos deveres que a moral impõe aos pais, para a sua própria felicidade, para a vantagem de seus filhos e para o bem geral da sociedade. É somente pela educação que esses pais podem ter esperança de formar seres dóceis que se tornem, um dia, cidadãos úteis. Se algumas ocupações necessárias ou uma total incapacidade impedem muitas vezes que os pais e mães cultivem adequadamente o espírito de seus filhos, pelo menos nada deveria dispensá-los de zelar pela educação que eles os fazem receber, de se ocuparem dos seus costumes e de inspirar neles o amor pela virtude. Se os talentos necessários para ensinar as ciências sublimes e difíceis são o apanágio de pouquíssimas pessoas, todo homem de bem, que possui experiência, está em condições de ensinar a seu filho os deveres da decência, da polidez, da probidade, da humanidade e da justiça. Os pais honestos podem, por seu exemplo – mais ainda do que por suas lições –, indicar a seus filhos o caminho da virtude, o único que pode torná-los estimáveis e lhes ensinar a fazer um bom uso dos talentos do espírito e dos dons da fortuna[15].

---

14. Cf. Plutarco, *Da má vergonha*.
15. Diz um moralista moderno que "o exemplo é um quadro vivo que mostra a virtude em ação e que transmite a impressão que a move a todos os corações que ele alcança" (cf. livro intitulado *Os costumes*, parte II, cap. I, art. 3, § 1).

Por uma convenção tácita da sociedade, os pais são para ela responsáveis pelos vícios e crimes de seus filhos, do mesmo modo como os filhos carregam muitas vezes a pena pelas iniquidades de seus pais. A opinião pública, que degrada e condena a uma espécie de ignomínia o pai de um filho culpado, parece supor que esse filho não teria se entregado ao crime e não teria incorrido no castigo infligido pelas leis, se tivesse recebido de seu pai alguns princípios honestos ou alguns exemplos louváveis. Punindo o filho pelos crimes de seu pai, essa opinião parece do mesmo modo supor que não se deve ter confiança no filho de tal pai, que não pôde lhe dar sentimentos estimáveis. Eis como os preconceitos, muitas vezes injustos em seus efeitos, são, no entanto, algumas vezes baseados em razões. A experiência nos mostra, no entanto, que os pais mais honestos e mais virtuosos podem algumas vezes gerar monstros, e um filho muito digno de afeição pode ter nascido de um pai muito desprezível. Mas o público, que raramente se dá ao trabalho de aprofundar as coisas, condena indistintamente os pais e os filhos que se tornam conhecidos por crimes. Basta-lhe saber, *grosso modo*, que os pais negligentes ou malvados não formam comumente senão filhos perversos, e que esses últimos normalmente receberam desde cedo impressões deploráveis de seus pais. O filho de um peculatário, de um usurário ou de um homem ruim é quase sempre forçado a sentir vergonha de ter nascido de semelhante pai. Para os filhos honestos, é uma herança fatal o nome de um pai desacreditado por seus vícios e seus crimes.

Nada é mais interessante para os pais, portanto, do que apresentar a seus filhos exemplos honestos e habituá-los desde cedo a segui-los. Uma boa educação é a melhor herança que se pode deixar para a sua posteridade; ela repara algumas vezes uma fortuna dilapidada; ela assume muitas vezes o lugar de um nascimento ilustre; ela chega até mesmo a fazer que sejam esquecidas as iniquidades dos pais.

É sobretudo por uma educação virtuosa que os pais podem merecer o reconhecimento, a ternura, a devoção respeitosa e os cuidados diligentes que eles têm o direito de esperar de seus filhos[16]. Esses últimos, formados pelos preceitos de uma boa moral, aprenderão aquilo que devem a seres que, após os terem gerado, se ocuparam ternamente do cuidado de conservá-los com vida. Eles aprenderão a venerar aquela que os carregou em seu ventre, que os nutriu com seu leite ou que pelo menos mostrou a mais terna solicitude para afastar deles os perigos e as doenças; que lhes ensinou, pouco a pouco, a exprimir os seus desejos e suportou as enfermidades e os desgostos da sua idade imbecil. Eles sentirão que esses cuidados, contínuos e multiplicados, jamais poderão ser pagos senão com uma longa gratidão, com uma grande submissão, com uma ternura muito assídua e com um respeito muito profundo. Enfim, tudo lhes provará que os sentimentos justos de um reconhecimento ilimitado não devem

---

16. Sólon, por meio de uma lei, ordenou que um filho não fosse obrigado a sustentar seu pai na velhice se este, tendo tido meios de fazer que seu filho aprendesse um ofício, tivesse negligenciado esse dever.

ser apagados nem por um temperamento rabugento, nem pelas fraquezas da idade.

Essa moral não lhes deixará ignorar os sentimentos de respeito e ternura que eles devem igualmente a um pai vigilante e benfazejo, que se ocupou dos meios de lhes proporcionar ou conservar uma fortuna, ou os talentos necessários para subsistir com honra e ocupar um lugar estimável na sociedade. Eles terão motivos para se sentir honrados por serem descendentes de um pai estimado por seus concidadãos. Eles se congratularão por ter recebido dele a vida, assim como a educação e os talentos com os quais ele tomou o cuidado de adorná-los. O nome de um pai amável por sua bondade, respeitável por suas luzes e por suas virtudes e que se tornou querido pelos seus benefícios despertará sempre nas almas bem configuradas um enternecimento capaz de sufocar os impulsos de um interesse sórdido. Será que um filho bem criado pode ser ávido a ponto de desejar a morte de um pai que ele não pode deixar de considerar seu maior benfeitor e seu amigo mais sincero? Alguns sentimentos tão baixos e tão cruéis são feitos apenas para as almas depravadas desses filhos sem bons costumes, cujos vícios insaciáveis têm necessidade da morte de um pai para serem satisfeitos em liberdade[17]. Esses desejos indignos não podem ser formulados senão por esses escravos irritados pela tirania, ou por

---

17. Um filho dessa têmpera, mostrando um dia seu pai a seus camaradas, lhes dizia: "Vedes vós este patife? Há muito tempo ele retém os meus bens, dos quais eu faria tão bom uso se ele quisesse ir embora".

esses filhos negligenciados ou abandonados por pais desregrados. Semelhantes desejos não entrarão absolutamente no coração de um filho virtuoso, ou pelo menos serão nele muito prontamente sufocados. A educação, a moral e a opinião pública – sempre favorável aos pais – estarão de acordo para fazê-lo sentir que o pai mais injusto, mais rabugento e mais incômodo é, no entanto, seu pai, é o autor dos seus dias e tem momentos felizes nos quais fala a sua ternura. Se sua alma ferida pelos maus-tratos não lhe permite sentir uma ternura real, ele respeitará ao menos a si mesmo; ele temerá desonrar-se por alguns procedimentos capazes de atrair para ele a censura da sociedade e considerará um mérito perdoar o mau tratamento que recebe de uma mão respeitável; ele suportará em silêncio alguns males que não pode remediar; ele se submeterá com coragem ao destino rigoroso que quer, por um tempo, torná-lo infeliz. Enfim, ele se congratulará pelos reiterados triunfos que a virtude o fará alcançar sobre os impulsos súbitos pelos quais ele se sente agitado e que ele sacrifica a seu penoso dever. Existirá algo mais nobre e mais belo do que exercitar o perdão das injúrias com seu pai? Existirá algo que torne um filho bem nascido mais digno dos aplausos de sua própria consciência do que saber vencer os movimentos de um coração que tudo convida à vingança? Além disso, será que essa vingança teria algum encanto, já que seria condenada por toda a sociedade? Um filho infeliz pela injustiça de seu pai é como o cidadão infeliz pela tirania de seu rei. Não é permitido nem a um nem a outro fazer justiça por conta própria e violar em sua cólera os direitos da sociedade. Addison diz: "A submissão dos filhos a seus pais é a base de todo governo e a medida da submissão que o cidadão deve a seus chefes. A quem alguém obedecerá, se não se submete a seu próprio pai?"[18].

Assim, a sã política, sempre de acordo com a sã moral, quer que os filhos sejam submissos a seus pais. O interesse das sociedades o exige, do mesmo modo que o das famílias. Cada pai de família é rei na sua, mas jamais é permitido que ele se torne o seu tirano. O governo chinês adotou a autoridade paterna como modelo da sua. Porém, assim como as leis romanas, ele confere aos pais – muito injustamente – o direito de fazer seus filhos perecerem. Pelos mesmos princípios, o governo chinês é arbitrário, despótico e quase sempre produz tiranos. As leis mais racionais, fundamentadas em uma moral mais sábia, não permitem que nem os soberanos nem os pais exerçam a tirania. Elas permitem que os povos reclamem contra a tirania dos pais dos povos, proíbem que os pais de família usem seu poder de maneira injusta e cruel e ordenam aos filhos que suportem as injustiças de seus pais[19].

---

18. Cf. *Mentor Moderno*.
19. As leis da China, favorecendo a autoridade paterna até o excesso e tornando-a sempre sagrada, de alguma forma remediaram assim o despotismo do governo. Não obstante esse despotismo, a China é – dizem – muito povoada, porque todos estão interessados em se tornar pais de família ou reis em suas casas. Pelo contrário, entre as nações europeias, a subordinação dos filhos a seus pais talvez não seja bastante assinalada quando eles

Tais são os princípios e deveres que a moral ensina aos pais; tais são os preceitos que ela dá a seus filhos, a quem uma educação honesta deve inculcar para torná-los familiares a eles. Se esses princípios muitas vezes são esquecidos ou ignorados, é porque alguns pais negligentes, dissipados ou perversos são incapazes de fazer nascer em seus filhos sentimentos honestos; é porque muitas vezes pais injustos fazem de tudo para fixar o ódio em almas nas quais eles não deveriam ter estabelecido senão o respeito e o amor.

Queixam-se comumente de que os filhos não têm pelos pais uma ternura igual àquela que os pais têm pelos filhos. O amor paterno sobrepuja comumente – dizem – a devoção filial. Nada é mais fácil do que se dar conta desse fenômeno moral. É raro e quase impossível que o pai mais terno não faça algumas vezes que a sua autoridade seja sentida; ele pode e deve fazer isso. A juventude, quase sempre irrefletida, força a todo momento um pai a lembrar que ele é o senhor. Ele se acha obrigado a contrariar os gostos, as fantasias e as inclinações de seus filhos. Por conseguinte, estes últimos não veem nele, quase sempre, senão um chefe, um censor ocupa-

---

deixam de depender deles pelos laços do interesse ou da fortuna. Entre os poderosos, sobretudo, os pais e os filhos se tratam quase como estranhos que não têm nada em comum. Alguns filhos moverão indecentemente processos contra seus pais e os tratarão com todo o rigor. Os seres desprovidos de sentimentos e de bons costumes não temerão se desonrar em nações onde o dinheiro faz que tudo seja perdoado, até a violação da ternura paterna e da devoção filial. "*Virtus post nummos*" é a divisa dos países onde o luxo estabeleceu-se sobre a ruína dos costumes.

do em embaraçar as suas vontades e que põe entraves à sua liberdade. Ora, sendo o homem, por sua natureza, apaixonado pela liberdade, o menor empecilho o desagrada. A superioridade de um pai os impõe quase sempre a seu filho. Os maiores e mais reiterados benefícios dificilmente são capazes de contrabalançar nele o amor pela independência, uma das mais fortes paixões do coração humano. Todavia, o bom pai é um benfeitor, e os benefícios só fazem ingratos por causa da superioridade que eles conferem àqueles que os fazem sobre aqueles que os recebem. É por isso que os filhos estão sujeitos à ingratidão; e eles logo fazem que ela se manifeste, quando a educação não fez desaparecer a tempo os sintomas desse vício odioso.

Capítulo III – Da educação

Depois de ter provado que a educação dos filhos é o mais importante dever dos pais e mães, detenhamo-nos por um momento neste objeto essencial. Vimos que a maior parte da felicidade dos pais depende necessariamente dos sentimentos que eles inspiram a seus filhos. Todavia, não é duvidoso que nada é mais interessante para um ser sociável do que ter disposições apropriadas para merecer a benevolência dos outros. Enfim, toda a sociedade exige que seus membros contribuam para o seu bem-estar.

A *educação* é a arte de modificar, configurar e instruir os filhos de maneira que eles se tornem homens úteis e agradáveis à sua família e à sua pátria, e capazes de proporcionar felicidade a si mesmos. Diz Teógnis: "É bem mais fácil dar a vida a um filho do que dar-lhe uma bela alma". É aquilo a que a educação deve, no entanto, se propor. Tudo deve ter nos convencido de que o homem, ao nascer, não traz nem a bondade, nem a maldade. Ele traz a faculdade de sentir as necessidades que é incapaz de satisfazer por si próprio e algumas paixões mais ou menos intensas segundo a organização e o temperamento com os quais a natureza o dotou. Educar uma criança é servir-se das suas disposições naturais, do seu temperamento, da sua sensibilidade, das suas necessidades e das suas paixões para modificá-la ou torná-la como se deseja. É mostrar-lhe aquilo que ela deve amar ou temer e fornecer-lhe os meios de obtê-lo ou de evitá-lo. É incitar seus desejos por certos objetos e reprimi-los por outros. As paixões bem direcionadas, isto é, reguladas de maneira vantajosa para si mesmo e para os outros, conduzem a criança à virtude. Essas paixões, entregues à sua impetuosidade ou mal direcionadas, a tornam viciosa e perversa. Um célebre moralista[20] acreditou que a educação podia fazer tudo pelos homens e que todos eles eram igualmente suscetíveis de serem modificados da maneira que se desejasse, desde que se soubesse pôr o seu interesse em jogo. Porém, a experiência nos prova que existem crianças em cuja alma não se pode acender nenhum interesse poderoso. Existem algumas que não amam nada intensamente; existem as tímidas e as audaciosas; existem algumas que precisam ser empurradas e outras que mal podem ser contidas. Existem algumas que

---

20. Helvétius. Cf. seu livro *Do espírito*, discurso III.

uma estupidez natural, uma organização deplorável ou um temperamento rebelde tornam muito pouco suscetíveis de serem modificadas. Vemos algumas almas voláteis e inconstantes que de maneira alguma podem ser fixadas, ao passo que outras estão de tal modo entorpecidas que não é possível animá-las por nenhum meio. Portanto, é um engano acreditar que a educação possa fazer tudo no homem; ela pode apenas empregar os materiais que a natureza lhe apresenta; ela não pode semear com sucesso senão em um terreno preparado pela natureza de maneira a responder aos cuidados que a cultura lhe dará.

A primeira educação ocupa-se principalmente em configurar, formar e fortalecer o corpo da criança; ensina-lhe a fazer uso dos seus membros, reprime os movimentos de suas paixões quando elas são contrárias ao seu próprio bem e a habitua a regular as suas necessidades. Essa primeira educação já modifica em uma criança as suas faculdades intelectuais de maneira que muitas vezes influi sobre o resto da sua vida. Os pais não parecem dar bastante atenção a essa primeira parte da infância. Eles a deixam para as amas e depois para as governantas, que começam por encher os espíritos de seus pupilos com os temores, as ideias falsas, os vícios e as loucuras dos quais elas mesmas estão imbuídas. Em suas mãos, uma criança adquire os hábitos da mentira, da falsidade, da pusilanimidade, da gula e da preguiça. Ora estragada por carícias e adulações, ora corrigida fora de propósito, ela já se encontra repleta de paixões obstinadas que não foram combatidas, de uma multidão de erros e de preconceitos tenazes que a atormentarão até o seu derradeiro suspiro, e que a segunda educação, ainda que seja mais racional, não poderá absolutamente extirpar. Os primeiros momentos da vida, que comumente são negligenciados, mereceriam uma atenção especial; eles definem algumas vezes para sempre o caráter de uma criança. Platão atribui a decadência na qual caiu o império de Ciro, depois de sua morte, à educação de seus filhos, confiada a algumas mulheres que adulavam suas paixões nascentes e só lhes inspiravam algumas virtudes dignas delas.

Menandro diz: "Tu és homem, ou seja, o animal mais sujeito aos caprichos da sorte". Isso posto, uma educação frouxa e efeminada não convém nem mesmo às mulheres, que deveriam ser fortalecidas em vez de tornadas ainda mais frágeis do que a natureza as constituiu. As vicissitudes às quais a vida humana está sujeita impõem aos pais mais ricos o dever de não acostumar a infância à preguiça, à indolência, ao luxo e à vaidade. É preciso desde cedo fortalecer o corpo através do exercício e da fadiga, bem como precaver o espírito contra os golpes da fortuna. Nada é mais infeliz do que as crianças que os pais tornaram vãs, sensuais, gulosas e delicadas. Semelhante educação pode um dia redobrar para elas todos os sofrimentos que elas serão forçadas a experimentar. Ela tira dos homens essa energia, essa atividade e essa força corporal que convém ao seu sexo. A inércia, a ociosidade e a volúpia fazem das crianças membros inúteis para a sociedade e fatigantes para si próprios. Crianças acostumadas a serem sempre servidas, ao fausto e ao refinamento se sentirão muitas vezes infelizes no decorrer da vida, quando se virem privadas das comodidades e dos auxílios que o hábito terá tornado necessários para elas. As mulheres deveriam receber uma educação mais viril; ela as tornaria mais robustas e capazes de produzir filhos mais bem constituídos; ela as preservaria de uma multidão de enfermidades, de vapores e de fraquezas pelas quais são comumente afligidas.

Porém, desde a mais tenra idade, a educação parece se propor a enfraquecer o corpo das crianças e estragar o seu espírito e o seu coração com ideias falsas, paixões perigosas e, sobretudo, vaidades que muitas vezes tudo contribui para fixar nelas para sempre. A educação subsequente, em vez de destruir as impressões desagradáveis que elas receberam de suas amas, das governantas e dos criados aos quais foram entregues, comumente as confirma e as torna habituais e permanentes. Como alguns pais ou professores, eles próprios imbuídos de erros, de preconceitos, de paixões e de loucas vaidades, pensariam em retificar os vícios da primeira educação? Como alguns pais e mães cheios do orgulho do nascimento, consumidos pela ambição e pelo amor às riquezas e inebriados pelas extravagâncias do luxo, pelos adornos e pelas modas aniquilariam no espírito de seus filhos as ideias falsas que lhes foram dadas sobre essas coisas desde a mais tenra idade? A educação não é, normalmente, senão a arte de inspirar na juventude as paixões e as loucuras pelas quais os próprios adultos são atormentados. Seria necessário ter recebido uma educação racional para estar em condições de guiar os filhos pelo caminho da virtude.

O exemplo dos pais, como fizemos perceber, contribui sobretudo para tornar os filhos virtuosos ou viciosos. Esse exemplo é para eles uma instrução indireta e contínua, mais eficaz do que as lições mais reiteradas. Um pai é, aos olhos do filho, o ser maior, o mais poderoso e o mais livre – aquele com quem ele mais gostaria de se parecer. O que acontecerá se os pais forem desregrados e sem bons costumes? Juvenal responde:

> Os exemplos domésticos, quando são viciosos, corrompem tanto mais rápido quanto mais respeitáveis são aqueles que os dão. Uma ou duas crianças, cujos corações Prometeu confeccionou com a melhor argila, talvez saibam resistir, mas o resto obedece ao impulso fatal que recebe ao nascer. Que todas as nossas ações sejam, portanto, irretocáveis, pelo temor de que os nossos filhos se sintam autorizados pelos nossos crimes. Porque todos nós somos imitadores dóceis da perversidade[21].

---

21. "[...] *Velocius et citius nos / Corrumpunt vitiorum exempla domestica, magnis / Quum subeunt animes auctoribus. Unus et alter / Forsitan haec spernant juvenes, quibus arte benigna / Et meliore tuto fluxit praecordia Titan; / Sed reliques fugienda patrum vestigia ducant, / Et monstrata diu veteris trahit orbita culpae. / Abstineas igitur dammandis.* [...] / [...] *Ne crimina nostra sequentur / Ex nobis geniti: quoniam dociles imitandis / Turpibus ac pravis omnes sumus*" (Juvenal, Sátira XIV, versos 31 e seguintes).

Uma criança concebe prontamente o desejo de imitar aquilo que ela vê ser feito pelas pessoas que a governam, pois ela as supõe mais instruídas sobre os meios de obter o prazer. Imitar é tentar se tornar feliz através dos meios que se vê serem empregados pelos outros. Em vão, pais dissolutos dirão a seus filhos: "Fazei aquilo que vos dizem e não aquilo que vós os vedes fazer". O educando, no fundo de sua alma, sempre lhes replicará: "Vós sois livres em vossas ações e agiríeis de maneira diferente se delas não resultasse para vós algum prazer que pretendeis esconder de mim. Porém, apesar de vossas lições, eu vos imitarei". À educação particular e aos exemplos domésticos – quase sempre muito perigosos – vem se juntar em seguida a opinião pública, comumente muito viciosa. Saindo das mãos de seus pais e de seus mestres, o jovem não é afetado neste mundo senão por exemplos perversos, só escuta máximas falsas e descobre que a conduta de todos aqueles que o cercam está em uma perpétua contradição com os princípios que puderam lhe ensinar. Diante disso, ele se crê obrigado a *fazer como os outros*. As ideias sãs, que a educação teria por acaso consignado em sua cabeça, são logo apagadas. Ele segue a corrente e renuncia a algumas máximas que só serviriam para fazê-lo ser considerado ridículo ou excêntrico e que lhe fechariam o caminho da fortuna. Licurgo considerava a educação das crianças o mais importante assunto do legislador. No entanto, o governo, em todos os países, parece se ocupar muito pouco com a educação dos cidadãos. Esse objeto essencial para a felicidade pública é, em geral, totalmente negligenciado. Dir-se-ia que aqueles que governam as nações não se preocupam de maneira alguma em formar membros úteis para a sociedade. A moral é considerada por eles uma ciência especulativa, cuja prática é perfeitamente indiferente. Além disso, os maus governos não têm nem vontade nem capacidade de tornar seus súditos virtuosos. A virtude desagrada aos tiranos e aos déspotas; ela não tem a flexibilidade que eles exigem. As ideias de justiça e de humanidade, espalhadas pelos corações, prejudicariam as intenções de uma política perversa que quer reinar sobre autômatos.

Se, como já foi suficientemente provado, a justiça é a virtude indispensável em que a moral deve se estabelecer, é claro que toda moral está banida das nações submetidas ao despotismo ou à tirania. Em vão, o interesse geral diria aos homens para serem justos, ao passo que a voz mais forte do interesse pessoal – apoiada pelos senhores da Terra, pelos dispensadores de dignidades, de favores, de cargos e de riquezas – lhes brada a todo momento que com a moral e a virtude não se consegue nada, definha-se na miséria e na obscuridade, e até mesmo expõe-se muitas vezes aos golpes dos poderosos. Em poucas palavras, tudo faz ver que, seguindo o caminho da justiça, não se obtém nenhuma felicidade, e a cada passo corre-se o risco de ser esmagado pela multidão, que segue um caminho diretamente oposto.

Como consequência desses princípios e das observações que se está em condições de fazer diariamente nas terras submetidas a maus governos, a verdadeira moral não deve ter nenhum papel na educação dos cidadãos. Ela colocaria obstáculos intransponíveis e contínuos à sua felicidade, ou, pelo menos, os privaria dos vãos objetos nos quais os homens vulgares a fazem falsamente consistir. Assim, as máximas que, em cada classe, podem ser inculcadas na juventude serão muito contrárias àquelas que a moral poderia lhes propor. Que vantagens na corte poderia prometer a seu filho o cortesão que lhe dissesse para ser justo, para não prejudicar ninguém, para se mostrar firmemente apegado à virtude, para depositar nela a sua honra e para preferir essa honra à sua fortuna, à sua ascensão social e a favor do príncipe e de seus ministros? É evidente que, sob um mau governo, semelhantes máximas conduziriam à desgraça e pareceriam ditadas pelo delírio. O cortesão e o poderoso que quiserem abrir para os seus filhos o caminho da fortuna lhes darão instruções diametralmente opostas. Eles dirão: "Não conheça outra regra além da vontade do senhor; que ela seja sempre justa a vossos olhos; jamais resista a ela; sacrificai a ela uma honra que não serve para nada se não conduz ao poder, ao prestígio e às riquezas aos quais vossa categoria deve fazer-vos aspirar. A única honra para vós é ser distinguido pelo príncipe; aprendei que um bom cortesão deve ser *sem honra e sem caráter*"[22]. A honra e a virtude não são feitas para escravos destinados a receber todos os impulsos de seu senhor.

---

22. Essas palavras são atribuídas ao Duque de Orleans, regente da França durante a menoridade de Luís XV. Dizem que um ministro moderno,

A educação do jovem de nascimento ilustre lhe ensinará que a nobreza transmitida por seus antepassados deve lhe bastar para conseguir tudo. Que ele não tem necessidade nem de conhecimento, nem de mérito pessoal, nem de virtude; que essas coisas, úteis à ascensão social de alguns cidadãos obscuros e desprezíveis, não são de maneira alguma necessárias àquele cujo simples nome deve conduzir às grandezas; que a moral não serve senão para entreter o tempo ocioso de alguns vãos especuladores; que a justiça, feita para os fracos e para o vulgo, não deve de maneira alguma servir de regra para os poderosos, que não têm nenhum interesse de se submeter às suas leis muito incômodas. Se o nobre se destina às armas, ele não terá necessidade nem de luzes, nem de razão. Será necessário ter o cuidado de não desenvolver nele os princípios da equidade natural, que quase sempre contrariariam as ordens dos chefes a quem seu ofício o obrigaria a obedecer cegamente e sem jamais hesitar. A partir do momento em que o déspota ordena, o guerreiro não deve ouvir nem as leis da justiça, nem o clamor da piedade, nem os gemidos de sua nação. Ele é feito para se lançar de olhos fechados sobre seus amigos, seus concidadãos e até mesmo sobre seus pais. Tais são os princípios que a educação deve

---

famoso por seus estragos, querendo ensinar a seus filhos a maneira de se conduzir no mundo, contentou-se em lhes dizer que os homens estavam divididos em duas categorias: os patifes e as pessoas honestas, ou seja – dizia ele –, *as pessoas de espírito e os tolos*; e que eles tinham apenas de escolher a classe à qual prefeririam pertencer.

desde cedo inspirar em escravos destinados a conservar outros escravos em seus grilhões.

Será que um governo perverso tolera que se dê uma educação mais moral ao jovem que se destina à magistratura? Será que aquele cuja função é fazer justiça a seus concidadãos deve mostrar por ela um apego inviolável? Infelizmente, aconselhá-lo a se apegar firmemente às leis da equidade seria colocá-lo em uma guerra contínua com o déspota e seus ministros, que gostariam de destruí-las. Seria expô-lo às afrontas, aos exílios, às prisões e aos grilhões; seria colocá-lo em risco de ser soterrado pelas ruínas do templo de Têmis, que não pode resistir aos assaltos furiosos do terrível deus da guerra. Sob um governo arbitrário, a educação só pode ensinar aos guardiões e aos depositários das leis que as entreguem aos caprichos da tirania, às seduções do favor e às violências do poder. Para ter sucesso, ou para viver tranquilo, o magistrado deve ser flexível e fazer a justiça se dobrar à vontade cambiante do senhor e de seus favoritos. Ele deve ter duas balanças: uma para o homem rico e poderoso e outra para o fraco e o pobre.

Nos países onde a avidez do senhor e as necessidades de seus cortesãos insaciáveis fizeram surgir os financistas e multiplicaram os arrematadores de impostos, que educação e que princípios alguns homens acostumados a enriquecer por meio de injustas rapinas darão a seus filhos? Será que eles lhes dirão para ser justos, humanos, sensíveis à piedade e moderados em seus desejos? Não, sem dúvida. O financista recomendará ao filho destinado ao seu cruel ofício que seja duro, desumano e impiedoso, que tenha um coração de ferro e sacrifique todo sentimento honesto ou generoso ao desejo de aumentar sua fortuna. Ele lhe dirá para engordar com o sangue dos infelizes e lhe fará ver que a honra e a glória de um verdadeiro financista consistem nas riquezas sem limites[23].

O rico não ensinará de modo algum à sua posteridade a maneira louvável de usar as suas riquezas. Seus descendentes, desprovidos de instrução, de bons costumes e de benevolência, dissiparão loucamente os tesouros acumulados pela injustiça em orgias, festins, adornos e extravagâncias. Eles pensarão não estar neste mundo senão para se entregar incessantemente a vãos divertimentos; eles não se acreditarão obrigados a fazer nada pelos outros; eles cairão no tédio, que sempre acompanha ou segue a preguiça e o desregramento; eles se arruinarão para se livrar dele e jamais terão experimentado a felicidade pura que a virtude reserva para aqueles que aprenderam a apreciá-la desde a juventude.

Enfim, as pessoas do povo, sempre embrutecidas e privadas de razão nos governos negligentes ou perversos, não terão nenhuma ideia da virtude e dos bons costumes. Depravado pelo exemplo de seus superiores ou atormentado por

---

23. Quando o preceptor dos filhos de um financista queixou-se ao pai de que suas crianças não faziam nenhum progresso em seus estudos, esse pai disse: "Ensinai a eles a aritmética e a polidez, e assim eles saberão o bastante para viver neste mundo". Se o cobrador de impostos deve ser duro com os infelizes, ele deve ser vil, amável e generoso para com seus protetores e para com os poderosos.

suas vexações, o homem do povo torna-se malvado e pouco capaz de inspirar em seus filhos alguns sentimentos honestos, que ele não pôde adquirir por si mesmo e que seus desgraçados pais absolutamente não lhe transmitiram.

Irão nos dizer, talvez, que em todas as nações os ministros da religião estão encarregados de ensinar a moral e inculcar seus preceitos na juventude. Porém, a experiência nos faz ver a impotência de suas lições contra a torrente impetuosa que arrasta incessantemente os homens para o mal. Os motivos que a religião lhes apresenta são quase sempre muito nobres, muito espirituais e muito acima da compreensão dos mortais grosseiros para determiná-los ao bem. Os próprios moralistas religiosos se queixam da inutilidade e da ineficácia de seus preceitos repetidos a todo momento; se atuam sobre algumas almas tranquilas, temerosas e capazes de refletir sobre eles, esses religiosos nada podem sobre a grande maioria, que algumas forças irresistíveis parecem empurrar ao vício. Independentemente da depravação inata que a religião revelada imputa à natureza humana, é possível explicar a tendência tão marcante que leva os homens para o mal por algumas causas naturais e perceptíveis que vemos agir diante dos nossos olhos. Essas causas são a ignorância profunda na qual vemos se atolarem as nações; os exemplos funestos dos ricos e dos poderosos, imitados pelos pobres; a negligência dos legisladores, que parecem estar comumente muito pouco preocupados em dar bons costumes aos povos ou em fazê-los conhecer os seus interesses, suas verdadeiras relações e os deveres mais essenciais à vida social. Enfim, a mais poderosa dessas causas é a falsa política de tantos príncipes, eles próprios cegos, que muitas vezes parecem querer aniquilar toda ideia de justiça ou de virtude em seus Estados e acreditam que só são grandes se reinarem sobre súditos estúpidos, viciosos e em discórdia por interesses fúteis. Os povos são pupilos, nos quais seus tutores parecem temer que a razão venha a se desenvolver. A arte de governar os homens não é, para a maior parte dos soberanos da Terra, senão a arte de enganá-los, de mantê-los na cegueira, a fim de despojá-los e sacrificá-los impunemente a todas as suas fantasias. As paixões desenfreadas dos tiranos e a corrupção das cortes – eis as causas visíveis e naturais da ignorância, da depravação e das calamidades que fazem gemer os habitantes do mundo.

Em vão, os ministros da religião continuarão a inculcar na juventude os preceitos de uma moral divina apoiada nas recompensas e nas punições de outra vida[24]. Em vão, a filosofia apresentará aos homens uma moral humana fundamentada nas vantagens sensíveis que a virtude pode proporcionar na vida presente. As promessas, as ameaças e os motivos sobrenaturais da religião serão sempre muito fracos para tornar os homens melhores; os motivos humanos do filósofo e os bens que ele promete nesse mundo parecerão quimeras enquanto a moral tiver como inimigos os príncipes, que têm

---

24. Cf. a seção V, capítulo IX.

em suas poderosas mãos os motores mais capazes de fazer agir os mortais sobre a Terra.

Não é preciso se espantar, portanto, com o fato de a educação ser negligenciada, desencorajada, desprezada ou mesmo muito inútil em nações embrutecidas, corrompidas e malgovernadas. As máximas mais evidentes da moral encontram-se a cada instante contraditas pelos exemplos, pelos usos, pelas instituições, pelas leis e por alguns interesses bastante poderosos para contrabalançar o interesse geral. Todo mundo é instigado ao mal, e ninguém vê interesse em fazer o bem. Daí esses infinitos embaraços nos quais se lançaram todos aqueles que tentaram apresentar planos de educação apropriados para formar cidadãos. Eles não viram, sem dúvida, que os melhores sistemas nesse gênero não podiam de maneira alguma se conciliar com os preconceitos do vulgo e com as intenções sinistras daqueles que regem os destinos dos povos. Eles não perceberam que os Estados despóticos não gostariam que fossem formados bons cidadãos. Eles não sentiram que a sã moral é incompatível com uma falsa política e que, para educar os homens de maneira conforme aos interesses da sociedade, seria necessário começar por fazer que a sã moral fosse apreciada por aqueles que governam o mundo e por fazê-los conhecer os seus verdadeiros interesses, a fim de levá-los a cooperar com essa moral por meio das leis, das recompensas e dos castigos dos quais eles são depositários. Em poucas palavras, esses filósofos não perceberam que a reforma da educação dependia necessariamente da reforma dos costumes públicos, que só pode ser obra de um governo esclarecido, vigilante, equitativo e bem-intencionado.

Só o governo pode fazer reinar em um Estado as virtudes gerais e os costumes públicos. É do tempo e do progresso das luzes que se pode esperar essa revolução tão desejável nos espíritos dos senhores da Terra. Até que chegue esse tempo afortunado, os homens, para sua felicidade particular, estarão reduzidos a se contentar com a prática das virtudes adequadas à vida privada, cuja utilidade a moral lhes mostrará mesmo no seio das nações mais depravadas, e uma boa educação inspirará desde a infância àqueles que puderem conhecer suas vantagens inestimáveis. Quanto mais a sociedade estiver corrompida, mais o governo exercerá rigores e mais os cidadãos honestos se veem obrigados a se concentrar em si mesmos para buscar o bem-estar que a pátria é, então, incapaz de lhes proporcionar.

Propriamente falando, a educação nada mais deveria ser que a moral inculcada na juventude e tornada familiar desde a mais tenra idade. Educar um jovem e ensinar-lhe seus deveres para com todos aqueles com quem terá relações é ensinar a conduta que ele deve adotar com seus pais; é fazê-lo sentir o interesse que ele tem de merecer a sua bondade; é mostrar-lhe como ele deve se comportar com os grandes e os pequenos, com os ricos e os pobres, com seus amigos e seus inimigos. Os deveres de uma condição social nada mais são que as regras indicadas pela moral nas diversas posições da vida. A educação de um príncipe deveria se propor a fazê-lo conhecer seus deveres para com seu povo e as diferentes nações pelas quais ele está rodeado. Ela deveria torná-lo justo, humano, temperante e moderado, e apresentar-lhe os interesses que o convidam a praticar as mesmas virtudes sociais que os cidadãos comuns. Como já foi provado, é por falta de educar os príncipes dentro dessas máximas que, atormentados por toda a vida pelas paixões e pelos vícios, eles tornam infelizes as nações cuja felicidade são obrigados a proporcionar.

A educação dos ricos e dos poderosos deveria ter como objetivo colocá-los em condições de fazer um bom uso das riquezas e dos cargos que eles um dia possuirão. Ela deveria lhes mostrar os deveres que a moral lhes prescreve para com seus concidadãos como os únicos meios de merecer a estima, a consideração e o respeito que são devidos apenas à beneficência, à equidade, à afabilidade e à nobreza dos sentimentos.

Porém, as crianças destinadas a desempenhar os mais importantes papéis na sociedade são comumente aquelas cuja educação é a pior e mais vergonhosamente negligenciada. Não se pensa de maneira alguma em vencer o temperamento, domar o caráter, combater os caprichos e reprimir as paixões das crianças de uma linhagem ilustre. Elas aprendem desde o berço que são feitas para comandar, que estão acima das regras e das leis, que tudo e todos devem se curvar diante delas e que elas não têm necessidade nem de conhecimentos, nem de talentos para obter as distinções para as quais seu nascimento as chama. Serão, no entanto, essas crianças voluntariosas que regerão um dia os destinos dos povos! As crianças nascidas na opulência não são menos estragadas: elas sabem desde a mais tenra idade a distância que a riqueza coloca entre os homens; elas se tornam insolentes; as fraquezas dos pais, tanto quanto as suas negligências, deixam-nas contrair alguns hábitos que não se apagarão jamais. Nada é mais importante do que ensinar desde cedo o homem a se curvar diante da necessidade e a se adequar aos objetivos da sociedade, da qual um dia ele deve ser um membro útil e agradável.

Com efeito, a educação não pode ter como objetivo senão fazer que os homens conheçam a maneira como devem agir em todas as condições da vida, como reis, como nobres, como ministros, como magistrados, como pais, como amigos e como associados. Assim, a educação nunca é senão a moral apresentada aos homens em sua infância, para ensinar-lhes os seus deveres nas diversas relações que eles terão um dia uns com os outros.

Por mais variadas que pareçam essas relações ou essas circunstâncias, uma educação verdadeiramente social ensinará a mesma moral a todos os homens em todas as condições da vida; ela lhes fará sentir que devem ser justos e benfazejos para com todos os seres da espécie humana. É a isso que se limitam, como já vimos, todos os deveres do homem, que se reduzem à justiça considerada sob todos os seus pontos de vista. A educação não pode se propor senão a habituar os homens desde a infância a reprimir as paixões contrárias à sua felicidade e à dos outros, e fornecer-lhes os motivos capazes de levá-los a isso. Exibindo seus escravos no delírio da embriaguez, os lacedemônios se propunham a despertar desde cedo em seus filhos o horror por um vício que degrada o homem e o coloca abaixo dos animais. Ao punir uma criança por uma falta ou por uma impertinência, mostra-se a ela que, ao cometer certas ações, ela desagrada, e por isso mesmo torna-se infeliz. Assim, opõe-se o temor a seus desejos irrefletidos; e esse temor, transformado em hábito, torna-se bastante forte para conter a sua audácia, à qual, sem a correção, ela daria um livre curso – o que a tornaria, um dia, insuportável na sociedade.

A educação, para ser eficaz, deveria ser uma série de experiências que provariam incessantemente às crianças que o mal que elas fazem aos outros termina sempre por recair sobre elas mesmas. No momento em que se mostrassem injustas com seus camaradas, logo deveriam fazer que elas fossem submetidas a uma injustiça semelhante; quando elas ferissem alguém, seriam feridas, por sua vez; quando elas mostrassem soberba, ter-se-ia o cuidado de humilhá-las e fazê-las sentir que um criado merece respeito, como homem, da parte daqueles que têm o direito de exigir os seus serviços, mas que jamais têm o direito de desprezá-lo porque ele é pobre ou desgraçado. Essa educação experimental, cuidadosamente seguida, seria mais influente do que alguns preceitos estéreis que normalmente contentam-se em lançar vagamente, ou mesmo que nunca são dados aos filhos estragados da fortuna. Por falta de seguir essas regras tão naturais, a sociedade se encontra repleta de homens injustos, vãos, teimosos e impetuosos. Eles levam para a sociedade alguns vícios e defeitos, que, por não terem sido reprimidos a tempo, os tornam incômodos e desagradáveis para os outros e os fazem muitas vezes suportar mil desgostos que teriam sido evitados se tivessem recebido uma educação mais cuidadosa.

Porém, para inspirar desde cedo à infância ou à juventude algumas ideias de justiça, é muito importante que os pais e os preceptores se mostrem justos com relação a seus pupilos. Uma educação caprichosa, despótica e guiada pelo humor revoltaria os discípulos, faria que perdessem o gosto por suas lições e não serviria senão para confundir no espírito deles as noções da equidade. As pessoas impetuosas, impacientes e de caráter inconstante não são apropriadas para formar a juventude e fixar suas ideias. A educação exige brandura, sangue-frio e, sobretudo, uma conduta firme e consequente. É preciso que a criança reconheça por si mesma a justiça nos castigos que lhe são infligidos, assim como nas recompensas que ela recebe. É preciso que ela sinta a equidade e a utilidade dos motivos que determinam os mestres, seja à severidade, seja à ternura. Um rigor injusto faz que seus mestres sejam vistos como tiranos odiosos; carícias fora de hora serão consideradas sinais de fraqueza. É difícil educar bem crianças que se veem alternadamente como joguetes, seja do mau humor imotivado, seja da ternura cega de seus pais ou professores; em semelhantes mãos, seus espíritos não adquirem nenhuma fixidez. É por isso que as mulheres, comumente dominadas por humores e sentimentos variáveis, são pouco capazes de educar as crianças e inspirar-lhes princípios constantes, apropriados para regular uniformemente a conduta da vida. É à educação que devemos atribuir a inconstância, a fraqueza e a instabilidade do caráter e das ideias que encontramos na maior parte dos homens.

Uma educação negligente deixa nos homens algumas impressões indeléveis. É na tenra idade que é preciso impedir as paixões, os vícios e os defeitos de nascerem, ou, ao menos, forçar as crianças a contê-los; desse modo, elas adquirem o hábito de dominá-los. É sobretudo ao orgulho, tantas vezes alimentado nos filhos dos príncipes e dos poderosos, que é preciso declarar guerra. Uma educação muito diferente daquela que comumente lhes é dada deveria apagar até os últimos vestígios desse desprezo insultante que a infância concebe desde muito cedo pela indigência. Ela deveria fazê-la sentir a todo instante a necessidade que a opulência e a grandeza têm desses homens, os quais elas têm a ingratidão de desprezar e repelir duramente. Ela deveria aprender a jamais desdenhar de qualquer um que trabalhe, seja para satisfazer às necessidades dos poderosos, seja para lhes fornecer as comodidades e os prazeres da vida. Assim formado, o aluno se tornaria justo; ele respeitaria a utilidade; ele seria grato; ele descobriria que os andrajos do agricultor ou do artesão muitas vezes cobrem homens mais interessantes, mais necessários a seus concidadãos e, por conseguinte, mais estimáveis do que o cortesão inútil ou perverso que ele vê carregado de títulos, de galões dourados, de bordados e de fitas.

Reprimindo, assim, o orgulho de seu aluno, fazendo-o sentir a própria fraqueza e a necessidade contínua que ele tem dos homens que lhe parecem mais abjetos, nascerá nele a sensibilidade, disposição tão preciosa na vida social. Ele se interessará pela sorte do infeliz que ele vê tão necessário ao seu próprio bem-estar. Terão o cuidado de cultivar nele essa benevolência humana e terna; comoverão seu coração com abalos frequentes, com quadros tocantes apresentados a seus olhos e capazes de agir sobre a imaginação. Ele será levado à cabana do pobre e para junto do leito do doente; ele conhecerá os detalhes da miséria do homem útil – que muitas vezes, cercado por uma família desolada, carece de tudo para garantir a abastança do rico. Farão que ele reflita sobre os inumeráveis infortúnios sob os quais gemem tantos mortais, seus semelhantes. Farão que ele contemple, sobretudo, aqueles que os golpes da sorte atiraram na miséria; dirão a ele que as suas desgraças são os efeitos do acaso, cujos caprichos fazem algumas vítimas inocentes, ao passo que esses mesmos caprichos colocam os poderosos e os ricos na abundância e nas honrarias. Assim, o aluno absolutamente não se orgulhará dessa cega preferência; ele experimentará o sentimento da piedade; ele compartilhará os sofrimentos dos desafortunados, que ele também sentirá; ele se felicitará por se ver em condições de aliviá-los; ele saboreará o doce prazer da beneficência; ele verá correr as lágrimas da gratidão e se felicitará por tê-las merecido; enfim, ele reconhecerá que a verdadeira vantagem que um homem pode ter sobre os outros consiste unicamente no poder de torná-los felizes.

É assim que se ensina a virtude. Eis como a educação pode conferir um coração sensível. Ela pode, assim, lançar nos espíritos algumas sementes salutares, nutri-las, fazê-las brotar e formar cidadãos honestos, modestos e compassivos. É por meio de lições dessa espécie que se deveria configurar a infância e a juventude desses homens feitos para ocupar uma posição eminente no mundo. Qualquer que fosse a posição na qual a fortuna devesse colocá-los, eles não se esqueceriam de que são homens e que têm necessidade dos homens para a sua própria felicidade. Porém, por não terem aprendido a conhecer os infortúnios de seus semelhantes e sentido o prazer de fazê-los cessar, os homens, para cuja prosperidade nada deveria faltar, são comumente inflados por um orgulho insociável. Cheios de estima por si próprios, eles mal deixam que seus olhares desdenhosos caiam sobre seres que supõem inúteis para eles e de uma espécie inferior. Eles não aprenderam a amar, a se comover com as misérias e a sentir os encantos da beneficência. Não se vê por toda parte senão ricos e poderosos injustos, orgulhosos, insensíveis e desumanos que, desprovidos de qualquer sentimento de afeição, não podem transmitir à sua posteridade senão a indiferença, a apatia e a vaidade que os endurecem contra os desgraçados.

Se existem poucos pais que sentem a importância de uma boa educação, existem muito menos que sejam capazes de dá-la por conta própria ou zelar atentamente por ela. Um pai está muito ocupado com os seus negócios e muitas vezes com os seus prazeres para pensar em formar o coração de seu filho. Uma mãe dissipada não pensa senão em seus adornos, em seus divertimentos e, algumas vezes, em suas galantarias; ela acreditaria estar se rebaixando se pensasse nos filhos[25]. Desse modo, os filhos dos poderosos e dos ricos são comumente entregues aos domésticos que não lhes ensinam nada de bom. É sobretudo no convívio com eles que as crianças se comprazem; na antecâmara ou na cozinha elas representam um papel que lisonjeia a sua vaidade nascente; ali elas não são contrariadas e exercem livremente uma espécie de domínio sobre alguns seres subordinados. Não há nada que elas aprendam mais prontamente do que as prerrogativas que o nascimento e a opulência conferem àqueles que um dia a possuirão. As primeiras lições que elas recebem são lições de arrogância, de impertinência e de vício, que nada poderá apagar depois.

Saindo das mãos dos criados e das governantas, o filho de um homem rico é posto nas mãos de um preceptor, que muitas vezes não tem, ele próprio, algumas qualidades necessárias para formar o coração e o espírito de seu aluno. Ainda que um feliz acaso o tivesse provido dos talentos mais

---

25. "Quem não vê", diz Montaigne, "que em um Estado tudo depende da sua educação e da sua nutrição? E, no entanto, sem nenhum discernimento, elas são deixadas à mercê dos pais, por mais tolos e perversos que sejam" (cf. *Ensaios*, livro II, cap. XXXI, na parte inicial).

raros, ele não poderia empregá-los utilmente para corrigir um discípulo indócil e já pervertido de longa data. A doçura está fora de lugar com uma criança arrogante; o rigor a revolta e quase sempre desagrada seus pais – bastante vãos para exigir que seu sangue seja respeitado até nas tolices de seus filhos. Assim, o preceptor contrariado é logo desencorajado; ele se torna indiferente e termina por não se incomodar de maneira alguma com os progressos de seu aluno, que ele abandona à própria má sorte. É por isso que a educação particular forma tão poucas pessoas notáveis.

Além disso, como os poderosos e os ricos encontrariam preceptores esclarecidos e virtuosos, quando o mérito não é absolutamente sentido por eles ou se torna mesmo, muitas vezes, objeto de seu desdém? O nobre não dá importância senão ao nascimento, o rico não estima senão a opulência. Eles não podem conceber que um sábio pobre possa merecer o respeito das pessoas de sua categoria. Aquele que eles encarregaram da instrução de seus filhos não passa, aos seus olhos, de um mercenário, um completo criado que eles muitas vezes não distinguirão dos outros senão por alguns desprezos humilhantes. Apenas um pai que seja ele próprio esclarecido percebe verdadeiramente a importância do depósito que ele confia aos cuidados de outro; ele vê no preceptor de seu filho um amigo respeitável que quer se encarregar de contribuir com zelo para a sua felicidade e para a de sua posteridade. Será que o insensato que despreza o preceptor de seu filho não sabe, portanto, que é dele que depende o bem-estar e a honra de sua família? Dizia um filósofo a um pai avarento: "Vós deixais que vosso filho seja educado por um escravo? Pois bem! Em vez de um escravo, vós tereis dois".

Para tornar a educação útil, é preciso que aquele que dela se encarrega respeite a si mesmo e seja respeitado pelos outros. Uma criança que percebe que seus pais têm pouco respeito por seu mestre não tarda a desprezá-lo; além disso, ela o odeia como um censor contínuo ou como seu inimigo. Os bons preceptores são raros porque nada é mais raro do que pais que saibam identificar o mérito obscuro, avaliá-lo equitativamente e mostrar a ele os sentimentos que lhe são devidos. Essa equidade reconhecida supõe reflexões e intenções que dificilmente são encontradas nos seres soberbos e dissipados, em cujas mãos a fortuna vai comumente se colocar.

Entre os gregos e os romanos a ciência era considerada; os próprios soberanos, os generais de exército e os estadistas a cultivavam e mostravam uma profunda veneração por aqueles que se entregavam aos cuidados de formar a juventude. Porém, por uma consequência dos preconceitos bárbaros que ainda subsistem na maior parte das nações modernas, a nobreza desdenha se instruir. Ela se glorifica da própria ignorância que não a impedirá, absolutamente, de chegar às honrarias militares que ambiciona. A equitação, a esgrima, a dança, um andar resoluto, uma atitude livre e graciosa, a polidez verbal e quase sempre pouco sincera e um linguajar apropriado para agradar às mulheres, eis as perfeições que a educação dos poderosos se propõe a lhes dar. A cultura do espírito e a ciência dos costumes não têm nenhuma participação nos cálculos da nobreza. O ofício da guerra dispensa luzes e virtudes. Os poderosos suprem a falta de conhecimentos e de estudo com vícios, divertimentos e despesas que comumente não tardam a desarranjar sua fortuna. Quanto a essa nobreza entorpecida que vegeta no fundo de suas terras, ela se ocupa apenas com a caça e com o jogo, e tem como único estudo o conhecimento fútil da sua genealogia e da de seus vizinhos.

O rico que, com os seus trabalhos penosos ou com as suas injustiças e baixezas, conseguiu enriquecer, incomoda-se muito pouco com o fato de seu filho ter conhecimentos e virtudes. Ele encara o estudo como um tempo perdido, os costumes como inúteis e a probidade severa como um obstáculo à fortuna. A educação que ele considera mais interessante para seu filho é aquela que ensina a baixeza e a maleabilidade, a arte de agradar aos poderosos para adquirir o direito de despojar o pobre.

Existem poucos pais e preceptores dotados das qualidades requeridas para educar a juventude. Aqueles que se encarregam desse importante cuidado, independentemente do conhecimento e do espírito, deveriam conhecer o homem, estudar o caráter, as faculdades e as tendências dos alunos que eles têm a intenção de formar. A experiência nos prova que nem todas as crianças têm as mesmas disposições naturais, e nem sempre são adequadas para corresponder aos planos que se tem para elas. De que serve atormentar e punir uma criança para a qual a natureza muitas vezes recusou a atividade, a perspicácia, a memória e quase sempre o poder de prestar uma atenção continuada aos objetos que lhe são apresentados? Será que a violência, o rigor e os castigos reiterados serão meios apropriados para despertar o amor pelo estudo em almas afligidas e degradadas? A brandura, a paciência, a persuasão, a indulgência e o bom humor são meios bem mais seguros de conquistar a juventude do que a cólera e a dureza.

Muitos pais, eles próprios instruídos e cheios de entusiasmo pela ciência, gostariam de fazer de seus filhos prodígios. Porém, será que eles não sabem que a educação só faz prodígios quando a natureza lhe fornece os materiais necessários para realizá-los? As crianças *precoces* ou prodigiosas terminam quase sempre por se tornar adultos muito medíocres. Não precisamos nos espantar com isso: para se exercitar com sucesso, é preciso que os órgãos tenham adquirido consistência e vigor. Exigir que uma criança mostre uma aplicação contínua é querer que ela seja mais forte do que a sua idade permite. Os discípulos que se quer fazer avançar muito rapidamente no caminho das ciências ou se desanimam, ou logo ficam esgotados pelos esforços exigidos. Aqueles que se pretendem transformar em prodígios nada mais têm, comumente, do que muita memória e muito pouco juízo; são máquinas frágeis cujas engrenagens são muito forçadas. Quanto àqueles que refletem antes de terem chegado à maturidade, eles são comumente de uma saúde delicada, que faz que pereçam muito cedo. Focílides diz: "Não aperte com muita força a mão de uma criança delicada"[26].

Que os pais sensatos ou os preceptores da juventude, por uma tola vaidade, não se obstinem, portanto, em forçar a natureza, mas que a consultem e cooperem com ela, sem jamais entravá-la. Na tenra idade, o espírito, ávido de sensações, tem necessidade de ser inconstante; ele não pode nem se fixar, nem pôr continuidade em seus trabalhos. Quanto mais a imaginação é ativa, menos ela suporta o constrangimento. Em vez de enfraquecê-la, é bom tirar proveito dessa curiosidade irrequieta – que, quando sabiamente orientada, é uma disposição muito favorável. Portanto, é importante não ocupar de maneira alguma a juventude por muito tempo com os mesmos objetos. Variando os estudos, faz-se deles um divertimento e os mestres estão em condições de identificar as tendências que se anunciam em seus alunos e evitarão, portanto, contrariá-las.

Um dos maiores defeitos da educação ordinária é ser despótica, aviltante e capaz de sufocar os mais poderosos impulsos da alma. Os pais e os mestres só falam com seus discípulos como se falassem com escravos. Eles não se dirigem senão à sua credulidade; eles julgam estar acima de sua dignidade raciocinar junto com eles, expor-lhes os motivos dos seus preceitos, fazê-los reconhecer a equidade de suas exigências e o interesse que o discípulo deve ter em atender

---

26. Cf. Focílides, *Carmina*.

a elas. Essa educação servil não pode produzir senão autômatos desprovidos de razão, estranhos a todos os princípios, sempre incertos e inconstantes, incapazes de julgar por si mesmos e guiados pelo resto das suas vidas pelas muletas do hábito e da autoridade. Ou, então, essa educação pouco racional encontra, nas cabeças ativas, rebeldes prevenidos contra as lições que eles acreditam não ter como base senão os caprichos dos tiranos que eles detestam.

Compadecer-se da fraqueza do jovem, tornar-se proporcional à sua força, apequenar-se – por assim dizer – em seu favor, é nisso que consiste a grande arte de educar a juventude. Eis como o pai ou o preceptor, despojando a doutrina daquilo que ela tem de feroz, granjearão para ela a amizade de seus alunos. É preciso raciocinar com o seu discípulo, quando se quer fazer dele um ser racional. É preciso jamais enganá-lo, quando se quer merecer a sua confiança e o seu respeito. Uma educação despótica não pode formar senão perversos ou tolos.

Será que alguns pais ficarão desolados porque os seus filhos não têm as mesmas tendências, o mesmo espírito e os mesmos gostos que eles? Será que eles odiarão seus descendentes porque o destino não lhes deu nem os mesmos traços do rosto, nem as mesmas faculdades intelectuais? Longe de todo pai equitativo esses sentimentos desnaturados! Se ele não pode fazer de seu filho um sábio, ao menos pode se comprometer a fazer dele um homem honesto. Os grandes talentos são apanágio de um pequeno número de mortais, mas todo ser suscetível de razão pode aprender a prezar a virtude, a conhecer as suas vantagens, a sentir a força dos motivos que devem fazer que ela seja praticada. Não existe aluno em quem não se pudesse, acomodando-se à sua idade, semear, desde a mais tenra infância, as sementes da sabedoria. É mais importante para um pai que seu filho um dia se torne justo, grato, sensível aos seus benefícios e compassivo com a sua velhice do que vê-lo se tornar um homem de bom gosto, um erudito, um geômetra, um jurisconsulto ou um metafísico. Importa mais à sociedade ser povoada por pessoas de bem do que por letrados perversos, sábios sem probidade, poetas aduladores e pessoas espirituosas mas sem bons costumes. As famílias precisam de corações honestos; as nações, de cidadãos virtuosos.

Os ricos e os poderosos muito raramente sentem o prazer de serem pais. Não é senão dando aos filhos uma boa educação que se adquirem plenamente os direitos da paternidade. A educação planta os fundamentos da felicidade futura dos pais, dos filhos, das famílias e das sociedades. Para muitas pessoas, a condição de pai não parece obrigá-las a nada; para outras, ela é apenas um penoso fardo, do qual é preciso se desfazer a qualquer preço.

No entanto, seria mais prudente que um pai não perdesse nunca os filhos de vista. Nenhum ser está mais interessado do que ele em formar seu coração de maneira a fazê-los contribuir, um dia, com o seu próprio bem-estar. É sob os olhos de pais cuidadosos e ternos que os filhos adquirirão esse apego misturado com temor e respeito que constitui a devoção filial. Afastando deles seus filhos para entregá-los totalmente a uma autoridade estranha, os pais parecem renunciar a seus direitos mais caros. Eles se tornam, por assim dizer, desconhecidos para a posteridade. Que eles não fiquem espantados se não encontrarem, nos filhos assim abandonados, senão súditos rebeldes, pouco adaptados ao jugo que eles devem carregar incessantemente. Durante o seu exílio da casa paterna, eles terão aprendido muitas coisas que deveriam ignorar; eles terão contraído paixões, defeitos e hábitos que seus pais inutilmente desejarão combater e extirpar. A essa altura, esses filhos indóceis não verão em seus novos senhores, com a autoridade dos quais não estão acostumados, senão usurpadores, censores, tiranos e inimigos. Tais são os frutos que colhem comumente tantos pais que não tiveram o cuidado de semear e cultivar a virtude nos corações dos filhos. Estes últimos causam a seus pais alguns desgostos tão longos quanto a vida, que muitas vezes os levam para o túmulo[27].

Se a educação doméstica ou particular é quase sempre defeituosa e negligente, a educação pública foi, até aqui, pouquíssimo capaz de proporcionar vantagens mais reais à sociedade. Ela é comumente confiada a alguns homens que não têm nem as luzes nem as qualidades necessárias para fazer

---

27. Muitos pais negligentes poderiam se apropriar da sentença de um árabe que diz: "Tudo aquilo que tu plantas em teu jardim te será de alguma utilidade; mas se tu plantas um homem, ele talvez um dia arranque as tuas raízes" (cf. *Sentenças árabes*).

cônjuges virtuosos, pais de família, estadistas e até mesmo bons cidadãos. Em quase todas as nações, a educação não passa de um despotismo exercido por alguns pedantes sem experiência do mundo sobre uma juventude que eles atormentam sem fruto. Seu projeto parece ser o de fazer que as crianças das quais os pais procuram se desvencilhar percam tristemente o seu tempo. Esses professores fazem comumente seus alunos se iniciarem pelo estudo abstrato de uma gramática ininteligível, que os leva ao conhecimento de algumas línguas mortas que pouquíssimos, dentre eles, ao deixarem seus estudos, dominarão satisfatoriamente. Mas a rotina, que jamais raciocina, é a lei que governa esses mestres; para eles, seria um crime ousar se afastar dela.

As letras, a poesia, a eloquência e os sublimes escritos dos antigos são, sem dúvida, muito capazes de preencher agradavelmente os momentos daqueles que, desde cedo, saborearam os encantos do estudo. Porém, esses prazeres são estéreis se não têm utilidade. Que um homem tenha aprendido a sentir todas as belezas de Homero, de Virgílio e de Horácio, que bem resulta disso para a sociedade se ele, ao mesmo tempo, não aprendeu a ser um bom pai, um bom amigo e um bom cidadão? O espírito mais adornado é inútil aos outros se não está habituado à virtude, sempre inseparável do amor pelo gênero humano. Uma educação que não produz senão sábios não pode ser comparada àquela que produziria pessoas de bem, muito mais necessárias à vida social do que alguns eruditos cujas investigações quase nunca levam a nada, ou que belos espíritos algumas vezes muito alheios aos deveres da sociedade.

É pelo coração que a educação sempre deveria começar. A utilidade do homem é o verdadeiro objetivo de todos os conhecimentos humanos. É para ela, como para um centro comum, que as ciências, as letras e as artes deveriam se voltar. Nada é mais fácil em nosso século do que proporcionar à juventude uma educação que a coloque em condições de adornar o seu espírito com a ajuda das obras-primas da Grécia e Roma, e formar o seu gosto. Porém, nada é mais difícil do que dar-lhe costumes honestos.

O maior defeito da educação pública é ser banal, ou não ser adaptada nem ao caráter, nem às disposições naturais, nem às tendências das crianças que a recebem, nem às profissões diversas às quais os pais as destinam. O nobre e o plebeu, o filho do militar e o do magistrado, os filhos dos poderosos e dos pobres, os discípulos sagazes e os estúpidos recebem as mesmas lições que alguns alunos destinados a se tornar cenobitas, teólogos e sacerdotes. São, com efeito, estes últimos os encarregados, em todos os países, de formar os cidadãos; e em toda parte eles não os formam senão com os conhecimentos dos quais eles próprios têm necessidade em sua profissão.

Aqueles que tiram o melhor proveito da educação pública dominam o grego e o latim, e percorreram a Antiguidade, tanto sagrada quanto profana. Eles têm a memória carregada de palavras, mas nada aprenderam daquilo que seria necessário saber para cumprir os deveres da posição que terão no mundo.

E o que diremos nós dessa ciência abstrata e tenebrosa que, usurpando impudentemente o nome da *filosofia*, completa ordinariamente a educação pública? Diríamos que, bem longe de instruir a juventude, essa pretensa filosofia não se propõe senão a jogar o espírito humano em armadilhas das quais ele não possa se safar. Por seu intermédio, tudo se torna problema, obscuridade. A arte de raciocinar, encoberta por termos bárbaros, não parece feita senão para fazer que os bons espíritos percam o gosto pela razão e pela busca da verdade. Essa lógica vã, eriçada de sutilezas, serve de introdução a uma metafísica íngreme, aérea, na qual a imaginação, perpetuamente extraviada, busca sondar penosamente algumas profundezas impenetráveis, completamente estranhas ao bem-estar da sociedade.

Essa educação nacional, sempre guiada pela rotina que lhe parece sagrada, não confere a seus alunos senão fracas noções da natureza. A física, em suas mãos, não segue senão raramente a marcha da razão, que só pode reconhecer a experiência como guia e que, amadurecida pelo tempo, está apta a elevar-se acima das vãs hipóteses que o preconceito e a ignorância confundem com a ciência.

Não falaremos absolutamente dessa moral estoica, monástica e antissocial que a educação apresenta aos homens como o caminho da perfeição. Por pouco que se examine, reconhecer-se-á que essa moral feroz, que só convém a alguns monges, não é de maneira alguma feita para os cidadãos e que, se fosse praticável, acabaria por dissolver a sociedade, por separar os homens e povoar os desertos. É, no entanto, com essa moral que a educação pública nutre comumente os seus alunos, que a admiram como maravilhosa, sem jamais ter a força de colocá-la em prática.

O que pode pensar um bom espírito dessa reverenciada escolástica, que não parece ter se apoderado da moral senão para torná-la problemática, obscura e impossível de ser entendida[28]?

---

28. Mencionaremos aqui o juízo que fez sobre essa moral um escritor célebre e insuspeito que, falando dos séculos de ignorância, cujas instituições subsistem, contudo, até hoje, nos diz: "Tratava-se a moral nas escolas como o resto da teologia, mais por raciocínio do que por autoridade, e problematicamente, pondo tudo em questão, até as verdades mais claras; de onde se originaram com o tempo tantas decisões de casuístas, distanciadas não somente da pureza do Evangelho, mas da reta razão. Pois a que ponto não chegamos nessas matérias, quando nos damos toda a liberdade para raciocinar? Ora, esses casuístas se aplicam mais em fazer que os pecados sejam conhecidos do que em lhes mostrar os remédios. Eles se ocuparam principalmente em decidir aquilo que é pecado mortal e em distinguir qual virtude é contrária a cada pecado, se é a justiça, a prudência ou a temperança. Eles se aplicaram para fazer, por assim dizer, um desconto nos pecados e para justificar diversas ações que os antigos, menos sutis, mas mais sinceros, julgavam muito criminosas". De onde se vê que as sutilezas vãs e as argúcias pueris da filosofia ainda são a base da moral ininteligível que se ensina justamente àqueles que estão destinados à instrução dos povos (cf. Fleury, *História eclesiástica*, sexto discurso, § IX). Em uma grande parte da Europa, a educação da juventude foi, durante mais de dois séculos, confiada quase exclusivamente aos jesuítas, desacreditados por alguns princípios tão contrários à política quanto aos bons costumes, e que fizeram todos os seus esforços para impedir que as luzes da ciência penetrassem nas escolas das quais eles tinham a direção.

Dir-se-ia, de modo geral, que, entregando seus filhos à educação pública, os pais não querem senão se desvencilhar deles e fazer que empreguem, bem ou mal, os anos mais preciosos e mais importantes da vida.

Dir-se-ia também que, em conformidade com as intenções políticas que criticamos nos antigos sacerdotes do Egito e da Assíria, aqueles que dirigem a educação pública, entre os modernos, se propõem a rodear de trevas e obstáculos todas as ciências para retardar a marcha do espírito humano. Todo homem que busca se esclarecer é continuamente detido pelas nuvens com as quais alguns sofistas artisticamente cercaram a verdade; ele descobre que tem de combater a autoridade dos filósofos antigos, comumente guiados por um vão entusiasmo, e os preconceitos dos modernos extraviados por um respeito cego pela Antiguidade, que raramente consultam, em suas investigações, a experiência ou a razão – no lugar das quais ainda se persiste em preferir a autoridade.

Qualquer um que deseje descobrir a verdade, que a educação pública, assim como outras causas, esforça-se para tirar da frente de seus olhos, é obrigado a voar com as próprias asas e a renunciar aos guias que o extraviariam. A moral, tão necessária aos homens, evidentemente fundamentada em sua natureza – cujos princípios são tão claros para todos aqueles que se dignarem a consultá-la –, ainda está para muita gente no fundo do poço de Demócrito e não pode ser conhecida senão por aqueles que ousarem descer até lá.

Por pouco que se tenha prestado atenção aos princípios estabelecidos nesta obra e aos deveres gerais e particulares destinados a regular a conduta dos cidadãos em cada condição, reconhecer-se-á sem dificuldade que uma boa educação não é e não pode ser senão a moral tornada familiar à juventude, ou cujos princípios são inculcados nela desde cedo, a fim de que depois eles lhe sirvam durante todo o transcurso de sua vida.

O que é educar um jovem príncipe? É insuflar nele desde cedo as ideias, as disposições, os desejos, as vontades e as paixões que ele deve ter para bem governar um dia o povo, a cuja prosperidade o seu próprio bem-estar estará ligado por laços indissolúveis. É mostrar-lhe o interesse que ele tem de ser justo, a fim de ser amado, defendido e obedecido de bom grado por uma nação numerosa e próspera, cuja felicidade influirá necessariamente sobre seu chefe. É fazer nascer, naquele que um dia deve comandar os homens, os sentimentos capazes de merecer o seu apego inviolável. É acostumar esse jovem príncipe a tremer, vendo na história as desgraças das nações e os tronos derrubados, seja pelas paixões, seja pela negligência e fraqueza de tantos soberanos que não conheceram a arte de governar. De onde se vê que a educação de um príncipe consiste em inculcar nele a justiça, a fim de desfrutar de um poder assegurado; que trabalhe pela felicidade de seus súditos, a fim de ser ele próprio feliz; que tema oprimi-los ou abusar do poder supremo, a fim de não atrair para si algumas desgraças inevitáveis. A equidade, a firmeza, o amor pela ordem, a vigilância, o gosto pelo trabalho, a paixão pela verdadeira glória e alguns sentimentos profundos de humanidade – eis as disposições que se deveria fazer brotar e cultivar nos corações daqueles que regularão os destinos dos impérios.

Educar um jovem destinado a ocupar, um dia, postos importantes é inspirar-lhe desde cedo a ambição de agradar a seus concidadãos, de merecer o seu reconhecimento e os seus aplausos pelo bem que ele lhes fará e pelos talentos que ele lhes mostrará. É inflamar sua imaginação com a ideia da glória ou da estima de todo um povo. É ensiná-lo a cooperar com os sábios projetos do soberano, de cuja autoridade algum dia ele deve partilhar. É fazê-lo sentir que, para ser agradável e duradoura, essa autoridade deve ser beneficente, equitativa e esclarecida. É mostrar-lhe na história e em algumas obras úteis os auxílios dos homens de gênio para contribuir com a felicidade dos povos. É, enfim, fazê-lo ver com horror as quedas tão frequentes de tantos favoritos indignos, que, pelo abuso que fizeram do poder, viram-se precipitados do ápice da grandeza no abismo do opróbrio e da miséria, e cujos dias algumas vezes terminaram por uma morte infamante.

A educação do nobre ou daquele que se destina ao ofício da guerra deve se propor a conferir-lhe uma força e uma firmeza de alma que o acostume a contemplar sem temor os perigos e a morte desde a mais tenra idade. Para despertar nele essa coragem generosa, é preciso semear em seu jovem coração o sentimento da honra, o amor pela pátria, o desejo de adquirir direitos à estima de seus concidadãos e o temor de perdê-la por uma conduta abjeta e covarde. Essa educação deve se dedicar a combater, ou, antes, a prevenir o tolo orgulho do nascimento, que persuadiria os nobres de que seu sangue é mais puro do que o dos cidadãos que eles devem um dia defender para serem justamente considerados por eles. Essa educação deve temperar uma coragem – que talvez degenerasse um dia em ferocidade – com alguns sentimentos de humanidade que devem acompanhar o guerreiro mesmo nos combates. Tudo deveria inspirar ao homem verdadeiramente nobre uma nobre altivez, o horror da servidão, o verdadeiro amor pela pátria e o temor de vê-la cair sob a tirania, que reduziria o próprio guerreiro à condição desprezível de um escravo desonrado. Enfim, a educação militar deveria fornecer a seus alunos a experiência e os conhecimentos necessários para cumprir com honra as funções de sua condição e para diminuir os perigos aos quais um valor não orientado está muitas vezes exposto. O estudo da história, da geografia, da tática etc. é indispensável a todo militar que quer exercer seu ofício de maneira distinta, e não como um selvagem feroz ou um autômato que não sabe senão se fazer imprudentemente degolar. De que prodigiosa montanha de conhecimentos não se precisará para formar um engenheiro, um homem do mar ou um general que não quer entregar inutilmente seus soldados à morte?

Aquele que está destinado a se tornar um dia o porta--voz das leis, o protetor do cidadão, o ministro da equidade, deve se compenetrar desde cedo de um sagrado respeito pela justiça e pela função augusta que desempenhará na sociedade; ele aprenderá que deve depositar sua honra e sua glória em suas luzes e em sua integridade; ele estudará as leis e, sobretudo, refletirá sobre as regras constantes e seguras da equidade natural ou da verdadeira moral, que guiarão seus passos no tortuoso labirinto da jurisprudência tenebrosa, do qual se tem, tantas vezes, muita dificuldade para sair.

O jovem que deve desfrutar de uma grande fortuna deve ser afetado fortemente em sua infância por alguns sentimentos de beneficência, de humanidade e de piedade por todos aqueles que a sorte não favoreceu tanto quanto a ele. Ele deve aprender desde cedo que as riquezas só dão vantagens reais àqueles que as possuem pelos meios que elas lhes possibilitam tornar-se felizes com a felicidade que espalham sobre os outros. A educação das crianças destinadas à opulência deveria preveni-las contra os vícios e as vaidades, que não servem senão para atormentá-las e conduzi-las, sem verdadeiros prazeres, à ruína. Ela deveria também adornar-lhes o espírito, a fim de que escapassem do tédio que a saciedade e a ociosidade produzem constantemente.

A educação daquele que se destina ao sacerdócio consiste em lhe inspirar os sentimentos e fornecer-lhe as luzes adequadas à sua condição. Vimos que, como os ministros da religião detêm em quase toda parte o direito de educar a juventude, eles deveriam, sobretudo, se ocupar do cuidado de estudar e simplificar a moral, e torná-la familiar para si mesmos a fim de plantar suas primeiras sementes no coração de seus discípulos e para pregá-la como fruto às nações cuja instrução lhes é confiada. Reservando para os seus membros as especulações muito abstratas, as controvérsias obscuras e as dificuldades espinhosas – pouco adequadas para os mortais comuns –, o clero só deveria anunciar aos povos algumas verdades relativas aos costumes e verdadeiramente necessárias à felicidade da vida. É das suas meditações que os homens estão no direito de esperar um *catecismo moral e social* do qual se poderia contar com alguns frutos, que jamais serão produzidos por algumas noções inacessíveis à razão. Que gratidão a humanidade inteira não teria por alguns sacerdotes cidadãos que empregassem os seus estudos e o seu tempo para tornar a moral bastante clara para ser igualmente entendida pelos grandes e pelos pequenos, pelos soberanos e pelos súditos?

Quando alguém se propõe a formar sábios e homens de letras, deveria tirar proveito das disposições naturais da juventude para voltar os espíritos para alguns objetos verdadeiramente vantajosos à vida social. Se as tendências dos discípulos fossem sabiamente consultadas e se fossem cultivados os talentos para os quais elas se voltassem, as nações não careceriam de filósofos, geômetras, físicos, astrônomos, químicos, botânicos e médicos – que, por caminhos diversos, contribuiriam para o progresso dos conhecimentos úteis à humanidade. Uma educação mais moral e mais social desviaria a imaginação fervilhante dos jovens dessas penosas futilidades às quais os vemos quase sempre se entregar. Será que a poesia perderia, pois, os seus encantos se, deixando de lado as suas fábulas e as suas ficções antiquadas, se ocupasse em nos mostrar uma natureza mais verdadeira; se, em vez de nos corromper com as pinturas do vício, ela nos reproduzisse, enfim, as virtudes mais amáveis? Será que a eloquência se tornaria menos veemente ou menos animada se não fosse empregada senão para conduzir ao espírito algumas verdades interessantes e aos corações alguns sentimentos honestos? Será que Demóstenes e Cícero algum dia foram maiores do que quando falaram a seus concidadãos dos objetos verdadeiramente dignos de ocupá-los[29]? Que a juventude estude, portanto, esses modelos; que ela vá buscar nos escritos imortais da Antiguidade o amor pela pátria, pela liberdade e pela virtude, e não a arte fútil de enfeitar bagatelas, emprestar encantos aos vícios e inventar ficções. As nações, suficientemente entretidas com as brincadeiras de sua infância, pedem enfim para ser instruídas, esclarecidas. Será que a verdade não é bastante rica para fornecer um vasto campo para as investigações do espírito? Será que o homem social e a natureza não constituem um fundo que jamais pode se esgotar?

Tudo prova, portanto, que a moral deveria ser a pedra angular da educação social; ela deve se propor a reconduzir todas as posições da vida à razão, à utilidade geral e à virtude.

---

29. Plutarco, na vida de Cícero, faz dele um grande elogio, dizendo: "De todos os oradores, é aquele que melhor mostrou aos romanos que encanto e que poderosa atração a eloquência acrescenta àquilo que é belo e honesto, e como aquilo que é justo é invencível quando é bem dito".

Ela fará que aquele que deve usufruir da grandeza, da opulência e da autoridade sinta que essas vantagens estão perdidas para aqueles que não sabem empregá-las para a felicidade da sociedade. Essa educação consolará o pobre e lhe mostrará em mil trabalhos diversos, na laboriosidade e na probidade, meios seguros de se furtar à miséria e ao crime e de obter uma subsistência honesta ou uma abastança honrosa.

Em vez de encher os filhos dos poderosos com uma tola vaidade; em vez de entusiasmar o filho do nobre com a sua vã genealogia e com o mérito muito duvidoso de seus pais; em vez de alimentar o futuro magistrado com as vãs pretensões do seu cargo; em vez de inflar o sacerdote com o orgulho de seu ministério, uma educação verdadeiramente social deve inspirar em todos uma modéstia, uma justiça e uma humanidade – em poucas palavras, as virtudes sem as quais nenhuma sociedade pode ser unida e afortunada.

Nada torna os homens menos sociáveis do que a vaidade. Sem deslocar as diversas classes, uma educação nacional deveria, pois, combater sem descanso as vaidades e destruir esses indignos preconceitos que tantas vezes tornam os homens mais educados orgulhosos, injustos e odiosos para seus concidadãos. Essa educação deveria inculcar desde a juventude não que todos os homens são iguais, mas que todos devem ser justos e benfazejos; ela não deve ensinar que o filho de um grande senhor deveria se colocar na mesma linha que o filho de um artesão, mas que o primeiro deve estender uma mão auxiliadora ao indigente e não pode ter jamais o direito de maltratar ou desprezar aquele que vê na miséria. Os homens só são iguais pela obrigação, imposta igualmente a todos, de serem bons, úteis a seus semelhantes e unidos uns aos outros.

A verdadeira moral não confunde todas as classes de um Estado, ela prescreve aos cidadãos que cumpram fielmente os deveres ligados à sua esfera. Ela impõe a todos que sejam equitativos, que unam seus interesses, que se prestem auxílios mútuos e que se amem como parentes – dos quais uns são favorecidos e outros desgraçados pela cega fortuna. Ela proíbe que eles se odeiem ou se desprezem, porque o ódio e o desprezo aniquilam a harmonia social. Toda sociedade é um concerto, cujo encanto depende da harmonia entre as partes que o compõem. A instrução mais importante para os homens, considerados tanto como indivíduos, quanto como uma massa ou um corpo, seria fazê-los sentir que, separados por interesses, eles não podem absolutamente trabalhar de maneira eficaz em sua felicidade duradoura – que não pode ser senão o efeito dos trabalhos reunidos de todos os membros e de todos os corpos da sociedade. Em todas as nações, a justiça impõe a todos os homens uma cadeia de deveres, que liga o soberano ao mais ínfimo de seus súditos e à qual ninguém pode se furtar sem perigo.

Assim, a educação pública deveria lançar os fundamentos da harmonia social, tão necessária à felicidade da vida privada quanto à da vida pública. Os preceptores da juventude, portanto, não deveriam – como fazem – deixar de ensinar a seus alunos os deveres com os quais eles estarão um dia comprometidos na sociedade conjugal, a condição de um pai e de uma mãe de família, as ligações de sangue que subsistem entre os parentes, os laços feitos para unir amigos e, enfim, os deveres de senhores e servidores, objetos que irão nos ocupar no resto desta obra.

É assim que a educação poderia encher pouco a pouco o espírito dos cidadãos de conhecimentos bem mais úteis, sem dúvida, do que aqueles que se vai buscar em estudos quase sempre estéreis para o coração e para o espírito. De que serve ter aprendido todos os fatos da história antiga ou moderna se não se sabe extrair deles algumas instruções úteis para a geração presente? Que fruto se colhe da leitura dos filósofos e dos sábios da Antiguidade se suas máximas e suas lições não são aplicadas à própria conduta? Enfim, de que podem servir os talentos do espírito se eles não contribuem nem para a nossa felicidade, nem para a dos outros? A educação pública, em nações mais esclarecidas, forma muitos sábios, homens de letras, poetas superficiais e homens divertidos; mas forma pouquíssimos bons cidadãos; ela não forma homens nem para a pátria, nem para as famílias e nem mesmo indivíduos bastante inteligentes para se conservarem.

Se a educação pública deixa entre nós a juventude em uma completa ignorância a respeito daquilo que ela deveria saber, ela não a preserva do conhecimento dos vícios que deveria para sempre ignorar. Os colégios, esses santuários destinados a conservar a inocência e a pureza da tenra idade, servem comumente para fazer que ela adquira alguns hábitos funestos e capazes de influir sobre o bem-estar da vida. Um indivíduo corrompido é suficiente, algumas vezes, para corromper a massa inteira de seus camaradas. Nada é mais comum do que ver uma juventude já enfraquecida pela devassidão e acostumada ao vício, mesmo nos asilos feitos para colocá-la ao abrigo desses perigos.

Sem uma reforma total, que apenas os governos têm condições de realizar, a juventude, mesmo nos países mais civilizados, estará por muito tempo privada de uma educação adequada aos verdadeiros interesses da sociedade. Os pais de família que quiserem conservar os bons costumes de seus filhos, formá-los na sabedoria, na verdadeira ciência e na probidade estarão reduzidos a cuidar deles por conta própria, se forem capazes disso, ou pelo menos procurar preceptores dignos de sua confiança, de seu apreço e de seu reconhecimento.

Estes últimos, para corresponder aos seus objetivos, tomarão muito cuidado para não adotar, com as crianças que eles querem atrair para a ciência e para a virtude, o tom imperioso do pedantismo. Eles saberão que a tirania não produz senão escravos, que os castigos arbitrários não servem senão para revoltar e que não é possível tornar os deveres repulsivos quando se quer fazer que se goste deles. Eles verão que as faltas confessadas merecem a indulgência, a fim de encorajar a candura e a franqueza. Eles reconhecerão que a razão, bem apresentada, se faz ouvir desde a mais tenra idade e que ela é mais apropriada para convencer do que algumas ordens não motivadas que não fazem das crianças senão meras máquinas. Diz Cícero que "um homem bem nascido não obedece senão àqueles que lhe dão preceitos úteis, que o instruem sobre aquilo que ele deve aprender e que lhe comandam em virtude de uma autoridade cuja utilidade ele reconhece para si mesmo".

Os bons preceptores descobrirão que a infância é sensível à estima e à vergonha, e que esses motores podem ser empregados com sucesso mesmo na mais tenra idade. Eles perceberão facilmente que uma dedicação demasiado longa e contínua é contrária à saúde e serve apenas para tornar o trabalho odioso. Enfim, tudo os convidará a moderar a autoridade. Será que existe alguma coisa mais covarde do que esse pedantismo tão comum, que se orgulha de um poder exercido sobre uma criança, sobretudo em uma idade na qual as faltas merecem mais piedade do que cólera? Os castigos redobrados são apropriados apenas para formar almas rasteiras, mentirosos desprovidos dos sentimentos da honra; eles perdem todo o seu efeito quando se tornam habituais; eles não devem ser rigorosos senão quando se trata de sufocar em sua semente algumas qualidades que anunciariam um mau coração. A negra malícia, a arrogância, a mentira, a injustiça, a ingratidão e a crueldade devem ser cuidadosamente reprimidas; as faltas que não são devidas senão ao estouvamento e à leviandade devem ser facilmente perdoadas.

Tais são os caminhos que a razão propõe aos preceptores da juventude; tal é, de modo geral, a conduta que eles devem adotar para tornar suas instruções eficazes. Os mestres dessa têmpera devem ser honrados, prezados e dignamente recompensados; eles adquirirão alguns direitos assegurados à eterna gratidão dos pais equitativos e à dos filhos. Estes últimos sentirão, mais cedo ou mais tarde, aquilo que devem a homens que, sem se desanimar com as suas faltas, com a sua indocilidade, com as suas tolices e com a sua preguiça, conseguiram, à força de cuidados e trabalhos, torná-los cidadãos estimáveis e fazê-los amar o estudo – no qual eles encontrarão, durante o resto de sua vida, auxílios assegurados contra o tédio que atormenta todos os homens desocupados. Eles reconhecerão que uma boa educação é o maior dos benefícios e que não há gratidão que pague os cuidados daqueles de quem eles a receberam.

Se a educação dos homens é quase sempre negligenciada, seja por pais imprudentes, seja por governos pouco sábios, a do sexo destinado a formar esposas e mães parece ter sido completamente esquecida em quase todas as nações. A dança, a música e os trabalhos de agulha – eis, comumente, toda a ciência que se ensina às moças que um dia governarão famílias[30]. Eis as perfeições e os talentos que são exigidos de

---

30. Não podemos deixar de mencionar aqui a maneira como um moralista moderno faz sentir o ridículo da educação das moças: "Mantenha-se ereta; você está se inclinando para o lado; você anda como um Z. Sua boca dá medo; não ponha a mão no seu rosto; levante a sua cabeça; onde estão as suas mãos? Vire os pés para fora; encolha os seus ombros etc. Eis, durante doze ou quinze anos, a moral matutina; à tarde, ela é repetida. Assim, o primeiro responsável por uma educação tão distinta é o professor de dança" (Champion).

um sexo do qual depende a felicidade do nosso. Uma mãe se crê atenta porque ela atormenta impiedosamente a filha com algumas minúcias que ela mesma deveria desprezar e ensiná-la a desdenhar. Essas bagatelas parecem, no entanto, tão sérias aos olhos da maior parte das mães que se tornam para elas, todos os dias, fonte inesgotável de mau humor e de cólera, e para suas filhas, motivo de desgostos e lágrimas. Em vez de formar seus corações para a virtude, em vez de fazer que elas conheçam os deveres que terão de cumprir um dia, em vez de adornar o espírito que elas receberam da natureza com alguns conhecimentos capazes de subtraí-las do tédio ao qual, ainda mais do que os homens, serão expostas no decorrer da vida, a educação que recebem não parece ter como objetivo senão estreitar-lhes a cabeça, inspirar-lhes – já no colo de suas amas – o gosto pelos enfeites e pela vaidade, fazê-las dar a maior importância a algumas insignificâncias, não ocupá-las senão com as graças do corpo e fazer que negligenciem inteiramente os ornamentos interiores do espírito[31]. Dir-se-ia que essa educação se propõe a fazer delas ídolos destinados a se alimentar de incenso e a viver em total ignorância sobre aquilo que devem à pátria. Assim como

---

31. É evidente que as mulheres, que tudo mantêm em uma espécie de infância, não são a causa que menos contribui para os progressos do luxo e da vaidade nacional. Dizem que em um país muito entregue ao luxo, onde um homem distinto não podia se apresentar nos círculos de bom--tom sem roupas rendadas, uma mulher, inebriada pela sua opulência, queixou-se em voz alta de seu marido por ter-lhe apresentado um amigo que não tinha em sua camisa senão os punhos bordados.

os príncipes, as mulheres são estragadas e desconhecem os deveres da vida social. A maneira como são comumente educadas faria crer que se teme fazer delas seres racionais. Só as ocupam com decoração e com modas; só lhes falam de divertimentos, de espetáculos, de bailes e de reuniões; dão-lhes lições de coquetismo; dispõem-nas de antemão para o império que elas um dia devem exercer; sugerem-lhes os meios de despertar as paixões pelas quais deveriam lhes inspirar o horror.

Não se pode ficar espantado com o fato de algumas mulheres, criadas nesses princípios, não terem, quase sempre, nenhuma das qualidades necessárias para contribuir para a felicidade alheia, ou para que elas mesmas se tornem solidamente felizes. Não se pode ficar surpreso de vê-las quase sempre caírem nas armadilhas que lhes monta a galantaria e descobrir que elas são incapazes de prender pelas qualidades da alma os adoradores que os seus encantos seduziram por alguns instantes. Uma moça à qual a educação não mostra nada de mais importante do que a arte da sedução não tarda a pôr essas lições em prática a partir do momento em que ela adquire liberdade para isso. Daí as intrigas e os desregramentos que, como já observamos, impõem para sempre a discórdia e a perturbação entre os cônjuges. Daí essa desocupação das mulheres, cuja fadiga as empurra para os divertimentos ruinosos ou para os prazeres condenáveis. Daí esse vazio no espírito que, quando seus encantos fenecem, as torna inúteis, rabugentas e incômodas na sociedade, obrigando-as a buscar, seja no espírito de superstições, seja em uma sombria devoção, remédios contra o tédio pelo qual são devoradas.

Independentemente das lições e dos exemplos perigosos que pode dar uma mãe leviana e desregrada, não existe situação mais dolorosa do que a de sua filha, sobretudo se a natureza dotou-a de alguns encantos. Ela não tardará, então, a desagradar a esta mãe. Aflita por ver seus encantos eclipsados por alguns atrativos nascentes, a mãe encara sua filha como uma rival, uma inimiga nociva às próprias pretensões. Em consequência disso, a mãe a força a suportar, a todo momento, um mau humor contínuo e os efeitos quase sempre bárbaros da vaidade furiosa. Lamentavelmente, pela dureza de sua mãe, a filha não tem nada mais premente a fazer do que seguir o primeiro caminho que pode libertá-la da tirania materna; ela não foge disso, quase sempre, senão para cair sob a tirania marital, que durará para o resto da vida.

Não é de natureza da educação pública que se dá às moças protegê-las desses inconvenientes. Para desvencilhar-se delas, quando elas os incomodam em seus prazeres, alguns pais insensatos as entregam nas mãos de algumas reclusas que, totalmente isoladas do mundo, não têm nenhuma ideia de como ele é. Será que algumas pessoas votadas ao celibato estarão aptas a instruir uma moça nos deveres da vida conjugal? Será que algumas mulheres desprovidas de experiência poderão preveni-la contra as seduções e os perigos que elas próprias absolutamente não devem conhecer? Se elas lhe dão algumas lições de moral, essas lições são comumente desfiguradas por algumas quimeras supersticiosas e geralmente fazem que a virtude consista em algumas práticas minuciosas totalmente alheias aos interesses da sociedade. Semelhante educação não serve senão para encher o espírito de vãos escrúpulos, de terrores, pânicos, de ninharias capazes de inquietar durante toda a vida, sem pôr um freio real nas paixões que o mundo faz surgir.

Educada dessa maneira, uma moça sem experiência, sem talentos e sem ideias é subitamente tirada de sua prisão para passar aos braços de um desconhecido, cuja felicidade ela deve fazer, assim como a da posteridade que um dia ela vai dar à luz. Porém, desprovida de princípios, ela não conhece nenhum dever. Ela vaga ao sabor dos ventos, e, se um acaso feliz não faz que ela encontre em seu marido alguns sentimentos e luzes capazes de guiá-la, ela logo é arrastada para todas as armadilhas e extravagâncias das quais uma sociedade corrompida está repleta.

É visivelmente à educação funesta dada às mulheres que devemos atribuir as suas fraquezas, as suas imprudências, a sua frivolidade, as desordens que elas tantas vezes produzem no mundo e, enfim, os desgostos e o tédio que terminam, um dia, por puni-las pelas suas loucuras. Nada é mais triste do que a sorte de uma mulher que, sobrevivendo aos seus atrativos, no abandono em que o mundo a deixa, não encontra em si mesma senão um atroz vazio para substituir as adorações, os divertimentos ruidosos e os prazeres contínuos que ela havia transformado em hábito. No entanto, é a essa sorte tão cruel que a educação parece condená-las. Alguns pais ignorantes e sem visão se descuidam de instruir esses seres tão sensíveis, de fortalecê-los contra os perigos de seu próprio coração e de inspirar-lhes a coragem da virtude. Dir-se-ia que eles temem que os ornamentos do espírito e do coração causem prejuízo aos encantos do corpo. Será que eles não veem que um espírito cultivado empresta a essa beleza mais domínio e que a virtude tornará essa beleza mais estimável e a substituirá quando ela não mais existir? Como as flores passageiras, as mulheres não se creem feitas senão para agradar por alguns instantes. Será que elas não deveriam se propor a perpetuar as homenagens que lhes são prestadas? Quantos encantos não terá a beleza quando está acompanhada pelo pudor, pelos talentos, pela razão e pelas virtudes? Uma mulher bela e virtuosa é o espetáculo mais encantador que a natureza pode oferecer aos nossos olhares.

Que esse sexo encantador, feito para espalhar tanto encanto e tanta doçura na vida, não tema, portanto, de maneira alguma, cultivar o seu espírito; alguns conhecimentos úteis não prejudicarão as suas graças. Que ele pense, sobretudo, em cultivar um coração que a natureza tornou suscetível das virtudes mais sociáveis. Assim, as mulheres agradarão sempre; elas exercerão um domínio mais lisonjeiro do que esse poder efêmero que não é devido senão a alguns atrativos sujeitos a murchar. Elas fixarão alguns sentimentos que terão podido legitimamente despertar; elas atrairão homenagens mais sinceras, mais constantes e mais desejáveis do que aquelas que lhes prodigalizam alguns enganadores que não querem senão abusar da sua fraqueza e da sua credulidade. Elas serão honradas e procuradas durante toda a vida. Até na velhice e na solidão elas irão encontrar em si mesmas os conhecimentos com os quais terão se adornado. Elas desfrutarão da estima pública e de uma serenidade preferível ao tumulto dos prazeres e a esses vãos entretenimentos que são geralmente uma distração momentânea para o tédio contínuo.

Não se pode de maneira alguma duvidar de que a conduta das mulheres influa da maneira mais acentuada sobre os costumes dos homens. Assim, tudo deve convencer de que uma melhor educação dada à metade mais amável do gênero humano produziria uma mudança feliz na outra metade. Dizem, com razão, que a convivência com as mulheres contribui para tornar os costumes mais brandos e mais sociáveis. Porém, em algumas nações frívolas e corrompidas, é de se temer que aquilo que se qualifica de brandura nos costumes degenere muitas vezes em voluptuosidade, em leviandade, em incúria e até mesmo no esquecimento de seus deveres. Para comprazer algumas mulheres vãs e pouco sensatas, os homens se ocupam de enfeites, de carruagens e de bagatelas; eles se tornam efeminados. A força de alma, a firmeza e a virtude viril dão lugar à indolência, ao luxo, à frivolidade e à galantaria. Nas terras onde as mulheres levianas têm o direito de dar o tom e regular os gostos, a sociedade se enche de suspirantes ociosos, de complacentes e de gaiatos, mas nela quase não se encontra homens virtuosos e sensatos. A educação dada às mulheres faz delas crianças mimadas, que precisam sempre de entretenimento para manterem o bom humor.

Não obstante essas deploráveis influências da conduta das mulheres sobre os costumes nacionais, não escutemos de maneira alguma os discursos rabugentos de alguns moralistas, sejam antigos ou modernos, que gostariam de fazer crer que a razão, a solidez e o bom senso não são apanágio dessa parcela tão preciosa da sociedade. Uma educação frouxa e completamente defeituosa é a verdadeira causa que faz que tantas mulheres possuam em corpos fracos almas ainda mais fracas. Essa frivolidade, essa espécie de infância contínua e a falta do hábito de refletir as entregam sem defesa à adulação, às armadilhas do vício, às vaidades do luxo e a todas as extravagâncias introduzidas, seja pela negligência dos legisladores, seja pelo fausto e pela corrupção das cortes, que alguns seres imprudentes acham bom imitar.

Não é a natureza que dá a tantas mulheres essa languidez, essa aversão pelo trabalho, essa fraqueza de corpo, essas enfermidades habituais tão comuns entre aquelas que nasceram na opulência e na grandeza. Esses efeitos são devidos à falta de exercício e a uma vida muito sensual – que, desde a mais tenra idade, impedem que os corpos adquiram o vigor do qual teriam necessidade e contribuem para aumentar a sua debilidade natural. A vida dissipada e as desordens produzidas pelo luxo fazem que as mulheres de certa condição, mergulhadas em um contínuo langor, não tenham nem a vontade nem o poder de amamentar seus filhos por conta própria; elas são forçadas a violar o primeiro dever que a natureza impõe às mães. Essa fraqueza não é, no entanto, inerente a todo o sexo feminino; as mulheres do povo nos provam que elas têm não somente a força de cumprir os deveres de mães, mas também que o hábito as torna capazes de suportar os trabalhos mais duros.

Quanto à força do espírito, os exemplos das cidadãs da Lacedemônia e de Roma são suficientes para nos convencer de que as mulheres, orientadas por uma educação mais viril e por uma legislação adequada, são suscetíveis de grandeza de alma, de patriotismo, de entusiasmo pela glória, de firmeza e de coragem – em poucas palavras, de paixões generosas que devem deixar envergonhados tantos homens frouxos das terras debilitadas pelo luxo e pelo despotismo[32]. Esses dois flagelos degradam as almas e as desviam dos objetos verdadeiramente úteis e nobres. Sempre corrompida em si mesma, a tirania não quer reinar senão sobre seres sem atividade, sem elevação, sem força e sem virtudes.

Portanto – nunca é demais repetir – é de um governo atento e benfazejo que as nações podem esperar uma educação legal, mais favorável aos bons costumes e mais adequa-

---

32. Cornélia, mãe dos Gracos, contentou-se em mostrar os dois filhos a uma dama que pedia para ver as suas joias e os seus enfeites. Segundo Plutarco, as mulheres de Esparta ficavam muito aflitas quando, depois de uma derrota, viam os seus filhos voltarem, ao passo que aquelas cujos filhos tinham sido mortos iam dar graças aos deuses e se congratulavam por isso (cf. Plutarco, *Vida de Agesilau*).

da ao bem da sociedade. Sem recorrer a impostos onerosos, os Estados civilizados encontrarão meios abundantes de proporcionar às diferentes classes de cidadãos a educação que lhes convém nos amplos rendimentos de tantas casas já destinadas a esse uso e que satisfazem tão mal à expectativa do público. Vinculando a consideração e algumas recompensas à útil profissão de formar a juventude, os povos não carecerão nem de sábios, nem de pessoas de bem que cooperarão com os projetos dos soberanos. Os conhecimentos de todos os gêneros se simplificam, se facilitam e se aperfeiçoam dia a dia. Os princípios da moral – como tudo deve nos convencer – são tão claros que é possível colocá-los ao alcance até mesmo do povo. Ele só é tão grosseiro porque não se preocupam em instruí-lo e porque o obrigam a vegetar em uma ignorância imbecil e selvagem. Os filhos da gente do povo são em quase todos os países totalmente abandonados às próprias fantasias. Eles são vistos nas esquinas e nas ruas contraindo, desde a mais tenra juventude, alguns hábitos e vícios que os conduzirão ao cadafalso.

Embora, como já dissemos, nem todos os homens sejam suscetíveis da mesma educação e embora seja quase impossível modificar dois indivíduos precisamente da mesma maneira, é possível e fácil modificar os homens em massa, voltar os espíritos para certos objetos e conferir um tom uniforme às paixões de um povo. Não existem em uma nação dois homens perfeitamente semelhantes, seja pelo corpo, seja pelas faculdades do espírito[33]. Encontra-se, no entanto, uma semelhança geral nas feições e nas ideias da maior parte dos indivíduos. Embora não existam dois franceses que se assemelhem perfeitamente, o caráter geral da nação francesa é a alegria, a atividade, a polidez, a sociabilidade, o desatino, a vaidade e o amor pelo luxo. Embora dois espanhóis não sejam a mesma pessoa, nós achamos que a massa da sua nação é séria, taciturna, supersticiosa e inimiga do trabalho. O caráter e os costumes das nações dependem em primeiro lugar da natureza do clima, que influi sobre o corpo, e em seguida do governo, da educação, das opiniões e dos usos, que influem sobre os espíritos e definem os costumes nacionais. Esses costumes não são jamais senão os hábitos adquiridos pela maioria dos homens pelos quais as nações são compostas.

Sem ter as luzes que a educação proporciona às pessoas de uma classe mais elevada, o povo seria suscetível de receber facilmente a dose de instrução e de moral necessária à sua conduta, ou pelo menos para diminuir os vícios pelos quais ele é comumente infectado. Por uma negligência deplorável de quase todos os governos, a infância do homem do povo, do artesão, do pobre, é totalmente abandonada. Os primeiros anos dos indigentes são inteiramente perdidos. Alguns soberanos mais vigilantes conseguiriam facilmente dar costumes mais racionais mesmo àqueles que o preconceito faz

---

33. "*Mille hominum species, et rerum discolor usus: / Velle suum cuique est, nec voto vivitur uno*" (Pérsio, Sátira V, versos 52-53).

crer que são menos suscetíveis a isso. Dizem-nos que o governo chinês conseguiu tornar a polidez popular; sem corrigir os costumes, ele corrigiu as maneiras ao passo que, com o mesmo esforço, ele teria podido tornar a virtude popular. Alguns viajantes nos informam que, desde a mais tenra idade, é possível ver a seriedade se estabelecer no rosto das crianças árabes. Elas são tão ajuizadas na infância, enquanto, em outros lugares, os homens adultos são estouvados e petulantes durante toda a vida.

Independentemente da negligência do governo, que quase sempre fecha os olhos para os maus costumes do povo, o estado de aviltamento no qual esse povo é mantido, sua excessiva dependência e as opressões e os desdéns que ele é forçado a suportar da parte de seus superiores também contribuem para corrompê-lo. Todo homem que despreza a si mesmo não teme mais o desprezo dos outros; aquele que perdeu a esperança de ser estimado se entrega ao vício e não tem mais vergonha de nada. Eis, sem dúvida, por que se encontra tantas baixezas, tantas patifarias, tantas rapinas e tão pouca probidade, decência e boa-fé nos pequenos mercadores, nos artesãos e nos criados – em poucas palavras, nas classes mais ínfimas do povo. As pessoas dessa ordem se permitem a tudo aquilo que não conduz diretamente ao patíbulo.

Degradando os homens, aniquila-se para eles o sentimento da honra, e eles perdem a partir daí toda ideia de virtude. O despotismo, que não produz senão escravos opressores e escravos oprimidos, deve visivelmente destruir a honra em todas as almas. O cortesão, aviltado por seu senhor, humilha por sua vez todos aqueles que se situam abaixo dele, os quais terminam por se entregar a toda espécie de infâmias. Apenas uma liberdade legítima e honesta pode fazer nascer o sentimento da honra. Um escravo não terá jamais uma ideia elevada de si mesmo; ele será fátuo, vão, impudente e impertinente, mas jamais terá a nobre altivez que somente a liberdade e a segurança podem conferir.

Em nações onde reina o luxo, tudo contribui, como tantas vezes temos repetido, para perverter os costumes do povo. Ele precisa dos divertimentos e dos prazeres análogos aos de seus superiores. Ele precisa dos espetáculos, dos teatros de feira, das paradas, das tavernas e dos botequins, que não só lhe fazem perder tempo e dinheiro, mas também lhe fazem perder os seus costumes e o levam ao crime. No governo, é uma enorme imprudência acostumar o povo a divertimentos contínuos. Aqueles que imaginam torná-lo, desse modo, mais tranquilo e desviar sua atenção da ideia da sua miséria enganam-se muito grosseiramente. Eles nada mais fazem, ao divertir os homens indigentes, do que redobrar os seus infortúnios e incitá-los à licença, assim como à revolta. O povo deve trabalhar; para torná-lo tranquilo e bom, é preciso instruí-lo e cuidar dele.

Algumas escolas de costumes, adaptadas à capacidade das crianças mais grosseiras, colocariam uma política atenta em condição de ao menos tentar – se não fosse possível tornar as pessoas do povo um pouco melhores – torná-las um pouco mais sociáveis do que comumente são. Alguns estabelecimentos dessa espécie, adequadamente encorajados, transformariam, talvez em pouco tempo, os costumes de um vasto império. Mas as tentativas mais fáceis parecem cercadas de dificuldades intransponíveis para a preguiça, ou desagradam à má vontade. Os soberanos serão sempre os senhores dos costumes dos povos. Eles têm nas mãos tudo aquilo que pode afetar as vontades dos homens. Eles podem, a seu bel-prazer, levá-los para o vício ou para a virtude. Se eles dessem à reforma da educação pública a metade dos recursos e dos cuidados que dão ao apoio de uma multidão de instituições inúteis, os povos logo obteriam a instrução da qual têm tanta necessidade. Se as lições da moral fossem sustentadas por algumas honrarias e recompensas, as nações não careceriam de homens dispostos a instruí-las. Enfim, se os bons costumes conduzissem às distinções honrosas e à fortuna, não se pode duvidar de que se fizesse prontamente uma revolução desejável nos costumes das nações. Se alguns príncipes amigos das artes as fazem brotar em um instante em seus Estados, por que se duvidaria de que alguns príncipes virtuosos neles fizessem nascer as virtudes com a mesma facilidade?

Não será bem estranho que, em vastos reinos, não exista nenhuma escola apropriada para formar políticos, negociadores, ministros, homens capazes de aliviar os soberanos nos diversos cuidados da administração? Será que o favor, comumente merecido por baixezas e intrigas, é suficiente, portanto, para conferir as qualidades exigidas pelos cargos importantes dos quais depende o destino dos impérios? Não fiquemos, pois, surpresos de ver o despotismo, perpetuamente enganado por suas próprias loucuras, subverter os Estados, seja por sua incompetência, seja pela incapacidade dos agentes que ele emprega.

Não é preciso se espantar em ver o vício e o crime reinarem sobre algumas nações, cujos governantes são de tal modo cegos que parecem ignorar que uma boa educação, uma sã moral e boas leis – apoiadas por algumas recompensas e castigos – impediriam os vícios e os crimes, e dispensariam de recorrer a tantos suplícios cruéis e sempre inúteis enquanto não se levar o remédio para a fonte do mal. Diz Confúcio: "Ocupa-te do cuidado de prevenir os crimes, a fim de poupar-te o cuidado de puni-los".

Por pouco que reflitamos, seremos forçados a reconhecer que não existe, propriamente falando, senão uma única ciência verdadeiramente interessante para os habitantes deste mundo, para a qual todos os conhecimentos humanos são feitos para convergir e contribuir. Essa ciência é a moral, que abarca todas as ações e os deveres do homem em sociedade. Na verdade, não é senão a moral aplicada ou adaptada às diferentes condições de vida que a educação deveria ensinar à juventude. O que é, com efeito, educar um jovem? É transmitir-lhe desde cedo os conhecimentos necessários à profissão que se quer fazê-lo abraçar; é habituá-lo a adotar a conduta mais apropriada para se fazer estimar e prezar por aqueles com quem terá algumas relações; é indicar-lhe os meios de ser feliz contribuindo de uma maneira qualquer para a utilidade, os prazeres e o contentamento dos outros. A criança, a quem sua ama ensina a balbuciar as primeiras ideias, pouco a pouco* adquire o hábito de conversar com os homens, de comunicar-lhes coisas que a farão ser estimada um dia em razão de sua utilidade ou de seu encanto. Aprendendo a ler, essa criança acumula pouco a pouco fatos, conhecimentos, exemplos e experiências que servirão mais tarde para a sua própria instrução e para a dos outros. A religião, que desde os mais tenros anos se ocupa de inculcar nas crianças, não deve ter como objetivo senão torná-las justas, humanas, sociáveis e benfazejas pelo temor de desagradar o autor da natureza – mostrado como dotado de benevolência para com a nossa espécie. A história não é útil senão porque nos fornece as provas multiplicadas dos efeitos temíveis que as paixões e os delírios dos homens produziram na Terra. A erudição, a leitura dos antigos e o estudo das línguas mortas seriam ocupações bem estéreis se não nos colocassem em condições de tirar proveito dos preceitos da sabedoria antiga e de aplicar a razão dos séculos anteriores à nossa conduta presente. A jurisprudência é o conhecimento das regras estabelecidas para a manutenção da justiça e da paz na sociedade. Aquilo que é chamado de *direito da natureza e das gentes* não é, como já fizemos ver, senão a moral que deve regular a conduta das

---

* A expressão "pouco a pouco" foi acrescentada na edição de 1820, a fim de corrigir um erro presente na edição de 1776. (N. T.)

nações entre si. A política será, portanto, outra coisa que o conhecimento dos deveres mútuos que relacionam os soberanos e os súditos, quer dizer, a moral dos reis?

A moral deveria ser a única finalidade de todas as ciências ensinadas à juventude. Todas, à sua maneira, devem contribuir para tornar os homens úteis; todas devem, por meios diversos, colaborar para proporcionar a felicidade geral por meio do bem-estar dos indivíduos. Ocupando-se utilmente com todos, o sábio adquire direitos muito legítimos à própria subsistência, a seu salário, à glória e ao reconhecimento do público. O mérito da física, da medicina, da química, da mecânica, da astronomia etc. não pode estar fundamentado senão no bem que essas ciências fazem aos homens. As artes, as manufaturas, o comércio, a agricultura e os diferentes ofícios fornecem à gente do povo mil meios de subsistir e fazer uma fortuna honesta; contribuindo para o bem-estar social, eles trabalham pela própria felicidade. A moral, tão vergonhosamente negligenciada na educação, é evidentemente o laço da sociedade; ela obriga, a contragosto, alguns ingratos que a desdenham. *Aprenda a ser útil a fim de viver feliz nesse mundo* – eis o que a educação, de acordo com a verdadeira moral, deve inculcar no homem.

Capítulo IV – Deveres dos parentes ou dos membros de uma mesma família

Toda família é uma sociedade cujos membros podem ser comparados aos galhos oriundos de um tronco comum e que, por seu interesse, devem contribuir para manter entre si a união necessária à conservação e à felicidade do todo de que fazem parte. Os pais ou parentes próximos são amigos dados pela natureza, que nos evocam uma origem comum, pintam em nosso espírito alguns ancestrais cuja memória deve nos inspirar ternura e respeito, fazem-nos lembrar que é o mesmo sangue que corre em nossas veias; enfim, fazem-nos sentir que o nosso bem-estar exige que permaneçamos unidos com seres capazes de contribuir para a nossa felicidade, interessados em nossa prosperidade, dispostos a tomar parte em nossos prazeres e em nossos sofrimentos, a nos socorrer na adversidade e a nos ajudar a desviar os golpes da fortuna. Todas essas considerações bastam para nos fazer conhecer aquilo que os membros de uma mesma família devem uns aos outros.

Se a moral prescreve a prática da justiça, da humanidade, da piedade, da beneficência e de todas as virtudes sociais em relação a todos os homens com quem temos algumas relações, não se pode duvidar de que ela nos imponha um dever ainda mais estrito de mostrar essas disposições para com aqueles que nos são mais estreitamente ligados pelos laços do sangue. Assim, tudo confirma os direitos do parentesco; tudo prova que nós devemos a nossos parentes a afeição, os benefícios, a compaixão e os auxílios que exigiríamos deles se tivéssemos necessidade. Os parentes são pessoas às quais, independentemente dos laços da consanguinidade, também estamos ligados pelos laços do hábito, da familiaridade e da convivência; eles conhecem a nossa situação, eles são depositários de uma parcela de nossos segredos, de nossos planos e de nossos interesses – e, assim, são mais capazes de nos ajudar com os seus conselhos e de favorecer os projetos que podemos elaborar. Uma família unida, ou seja, composta de pessoas honestas, deve ter uma força que não pode ser encontrada em famílias divididas, cujos membros em discórdia são como estranhos entre si.

Os parentes que a fortuna favorece tornam-se naturalmente os benfeitores daqueles que ela esquece. Aqueles que têm prestígio, poder e cargos eminentes atraem para si o respeito dos outros e tornam-se os protetores e os sustentáculos dos mais fracos; aqueles que se distinguem por suas luzes e por sua prudência tornam-se os conselheiros cujas opiniões são adotadas. Eles podem, em razão das vantagens que proporcionam aos outros, exercer uma espécie de autoridade que se é obrigado a reconhecer. Nas famílias, assim como em qualquer outra sociedade, os homens que estão em condições de fazer o maior bem devem, para o interesse de todos, desfrutar de uma superioridade legítima.

Apesar das grandes vantagens ligadas à união das famílias, nada é mais raro do que ver parentes unidos. Os próprios irmãos nos dão, algumas vezes, mostras de uma discórdia infinitamente desonrosa[34]. Por falta de reflexão, os homens con-

---

34. Plutarco conta que quando dois irmãos espartíatas tiveram uma querela, os magistrados denominados *éforos* condenaram o pai deles a uma multa, por ter deixado de inspirar neles, na sua infância, alguns sentimentos mais convenientes (cf. Plutarco, *Ditos notáveis dos lacedemônios*).

tinuamente perdem de vista o objetivo a que eles deveriam se propor; alguns interesses pessoais separam-nos do interesse geral, que jamais comove de maneira bem sensível as pessoas cujo espírito não está habituado a raciocinar. O orgulho, a vaidade, a cólera e a brutalidade, que a familiaridade quase sempre facilita muito, são as causas frequentes da divisão dos parentes, que algumas vezes encontram-se mais distantes uns dos outros do que das pessoas indiferentes.

Com efeito, essa familiaridade imensa, que pareceria à primeira vista estreitar os laços das famílias, contribui quase sempre para desuni-las irrevogavelmente. Ela coloca os parentes em condições de incomodar uns aos outros com os seus defeitos mútuos, que, com o passar do tempo, terminam por produzir divisões mortais. Daí provém quase sempre o ódio inveterado que toma o lugar da harmonia necessária às famílias e que vemos, no entanto, se acender algumas vezes entre irmãos e entre os parentes mais próximos. Dizem que "a familiaridade engendra o desprezo", ao que podemos acrescentar que o desprezo engendra o ódio. O desprezo engendrado pela familiaridade é oriundo do fato de, aproximando homens pouco racionais, colocar seus vícios combinados em condição de fermentar e produzir um veneno perigoso.

Assim, os parentes deveriam não apenas redobrar o respeito uns pelos outros, mas também se armar de uma paciência e de uma indulgência mais fortes, a fim de prevenir as rupturas que a familiaridade muito grande pode causar. A familiaridade não dispensa as pessoas que se veem com mais frequência do respeito que elas devem umas às outras; ela as convida até mesmo a fugir com mais cuidado das ocasiões de se ofenderem. Parece, para muitas pessoas, que a relação frequente e a familiaridade lhes dão o direito de falhar com aquelas pessoas de quem se acreditam amigas mais íntimas. Por terem de se amar, os parentes devem temer se ferir e romper, desse modo, o bom entendimento feito para reinar entre eles.

Por falta de algumas reflexões tão simples, os parentes se creem muitas vezes autorizados a fatigar uns aos outros com suas diversas paixões. Os mais eminentes pela posição social ou pelas riquezas oprimem os outros com o peso de sua vaidade e superioridade; eles não veem seus parentes menos afortunados senão como escravos. Geralmente, é comum ver alguns parentes colaterais usarem com arrogância das vantagens de que desfrutam. Nada é mais banal do que os tios que fazem seus sobrinhos pagarem, por meio de longos sofrimentos, alguns benefícios sempre misturados com censuras e maus-tratos; na esperança de uma herança opulenta, que eles deixam entrever, eles se creem no direito de tratá-los com uma tirania cujo efeito necessário é sufocar as sementes da gratidão. Nada é mais duro do que o império desses novos ricos embriagados pela fortuna, que acreditam que tudo lhes é permitido com relação aos parentes indigentes que vivem na sua dependência. "Não seja um tio para mim" foi um provérbio em Roma que pode ser adotado em todos os países[35]. Parentes dessa têmpera dificilmente devem esperar que suas cinzas sejam algum dia regadas com lágrimas sinceras. Sua morte é, para os seus colaterais, o fim de uma escravidão odiosa. A gratidão é impossível quando é aniquilada por uma tirania contínua. De boa-fé, será, pois, benfazejo deixar para outrem alguns bens que não se pode carregar para o túmulo? O homem benfazejo faz os outros desfrutarem e desfruta deliciosamente do bem que faz aos outros. Eis quem merece um reconhecimento verdadeiro e que pode se gabar de ter a memória prezada por seus colaterais.

A vaidade muitas vezes fecha o coração para as desgraças de seus parentes. A opulência, sempre arrogante, tem vergonha de estar ligada a indigentes e desafortunados; ela só fica lisonjeada de pertencer a uma parentela ilustre, cuja glória ela crê tolamente que jorra sobre aqueles que a rodeiam. Assim, os parentes mais dignos de piedade são justamente aqueles a quem o orgulho se recusa a mostrá-la. Será que não é violar a lei mais sagrada que a natureza impõe aos membros de uma família recusar auxílio e apoio àqueles que têm deles a mais premente necessidade?

Enfim, um interesse sórdido é a causa mais comum das frequentes divisões que separam os parentes. Os homens ávidos não conhecem nada nesse mundo que seja comparável ao dinheiro. A todo momento, vós os vedes sacrificando a ele a união das famílias e o respeito que devem ao seu próprio

---

35. *"Ne sis patruus mihi."*

sangue. Sob o pretexto da justiça de seus direitos, vós os encontrareis inflexíveis a ponto de não mais ouvir o grito da humanidade. Ver-se-á algumas vezes um parente opulento se beneficiar da lei para despojar sem remorsos alguns parentes que definham na indigência e na miséria.

Quaisquer que sejam as razões ou os pretextos que dividam os parentes, eles são sempre mais ou menos censuráveis e desonrosos. Uma família unida indica algumas almas sensíveis, honestas, generosas e libertas de qualquer vil interesse. Uma família dividida mostra almas interesseiras, insociáveis, injustas e sem piedade. Uma família composta de pessoas dessa têmpera não previne de maneira alguma o público em seu favor. Os trapaceiros obstinados, sempre processando uns aos outros, indicam almas ignóbeis e dignas de desprezo. Enfim, uma família cujos membros estão perpetuamente em guerra não pode gozar dos frutos do parentesco; ela é privada dos auxílios que as pessoas ligadas pelos laços do mesmo sangue deveriam prestar umas às outras.

Refletindo sobre a natureza humana se descobrirá, independentemente das causas que mencionamos, a fonte das divisões e das inimizades que se vê quase sempre reinar entre parentes e fazem que muitas vezes eles se recusem os auxílios que algumas vezes concedem com a máxima boa vontade a estranhos. O homem quer ser livre em suas ações; seus parentes não são seres escolhidos por ele; os serviços que ele lhes presta são dívidas no seu próprio modo de ver e no do deles; e ele só as paga com pesar, seja porque acredita que sua liberdade é incomodada por isso, seja porque imagina que seus benefícios não serão reconhecidos. Porém, a justiça e a bondade do coração devem aniquilar esses cálculos, e a grandeza de alma nos leva a fazer o bem mesmo aos ingratos.

Capítulo V – Deveres dos amigos

A amizade é uma associação formada entre pessoas que sentem reciprocamente uma afeição mais particular do que pelo resto dos homens. Embora a moral nos incite à benevolência com todos os membros da sociedade, embora a humanidade nos imponha o dever de mostrar afeição por todos os seres de nossa espécie, nós, no entanto, experimentamos por algumas pessoas os sentimentos de uma predileção mais forte, fundamentada na ideia do bem-estar que esperamos encontrar em uma convivência íntima com elas. A afeição que liga os amigos entre si não pode ter como base senão uma conformidade nas inclinações, nos gostos e no caráter, que os torna necessários à sua felicidade recíproca. Amar alguém é ter necessidade dele, é achá-lo capaz de contribuir para a nossa felicidade.

A amizade sincera é uma das maiores vantagens de que o homem pode desfrutar na vida[36]. Não há nada mais infeliz do que esses corações ávidos que, concentrados em si mesmos,

---

36. *"Nil ego contulerim jucundo, sanus, amico"* [Enquanto estiver em meu perfeito juízo, nada preferirei a um amigo amável] (Horácio, Sátira V, livro I, verso 44).

não se apegam a ninguém. Bacon diz: "Não há nenhuma solidão mais desoladora do que a de um homem privado de amigos, sem os quais o mundo não passa de um vasto deserto. Aquele que é incapaz de amizade tem mais de fera do que de homem".

Pela amizade o homem duplica, por assim dizer, o seu ser. Ela supõe, com efeito, um pacto em virtude do qual os amigos se comprometem a testemunhar uma confiança recíproca; a dar uns aos outros, em todas as oportunidades, consolos, conselhos e auxílios; a tornar seus interesses comuns; a compartilhar seus prazeres e sofrimentos. Será que existe algo mais doce do que encontrar alguém em cujo seio se possa depositar sem temor os seus pensamentos mais secretos, os seus sentimentos mais ocultos, e em cujo coração estejamos sempre seguros de encontrar uma vontade permanente de se interessar por nós, de aliviar as nossas dores, de enxugar as nossas lágrimas, de acalmar as nossas inquietações, de fazer cessar os nossos pesares e de nos ajudar a suportar as tormentas da vida? Através da amizade, a nossa sorte, a nossa felicidade e o nosso ser tornam-se os de nosso amigo; nós nos identificamos com ele, que se torna outro de nós mesmos; sua razão, sua prudência, sua sabedoria, sua fortuna e sua pessoa são nossas; nossas afeições e nossas alegrias se confundem[37]. Fortalecidos um pelo outro, caminha-

---

37. "A amizade" – diz um moralista moderno – "é um casamento espiritual que estabelece entre duas almas um relacionamento geral e uma perfeita correspondência" (cf. um livro intitulado *Os costumes*, parte III, cap. 2). Dacier vai ainda mais longe: "Tamanho é o efeito da verdadeira amizade,

mos com mais segurança pelas estradas incertas desse mundo. Aristóteles diz que "um amigo é uma alma que vive em dois corpos".

Tais são os compromissos contidos na amizade, que nada mais é do que o pacto feito para ligar dois corações reunidos pelas mesmas necessidades ou pelos mesmos interesses. De onde se vê que a amizade não é de maneira alguma desinteressada; ela tem visivelmente como objetivo o bem-estar recíproco daqueles que formam esses doces laços. O interesse que liga os amigos entre si é louvável quando ele se propõe ao gozo dos encantos que eles podem proporcionar uns aos outros por suas qualidades pessoais, que são as únicas que podem conferir solidez às relações entre os homens. Apenas uma amizade fundamentada nas disposições habituais do coração pode ser permanente; aquela que só tivesse por fundamento e finalidade o desejo de compartilhar com um amigo as vantagens de sua fortuna seria um sentimento abjeto, um interesse sórdido e digno de ser censurado. "Qual é", diz Plutarco, "a moeda da amizade? É a benevolência e o prazer juntos com a virtude. A amizade perfeita e verdadeira exige três coisas: a virtude como honesta, a conversação como agradável e a utilidade como necessária[38]."

---

   que nos encontramos em nosso amigo mais do que em nós mesmos; e se pode dizer da amizade aquilo que um poeta disse do amor: '*Et mira prorsum res foret, / Ut ad me fierem mortuus, / Ad puerum ut intus viverem*' ['Que prodígio se veria! Eu estaria morto e viveria nele']" (cf. as notas de Dacier sobre a *Sátira* VI de Horácio, livro II).
38. Cf. Plutarco, *Da pluralidade dos amigos*.

Basta ter enunciado os compromissos do pacto que liga dois amigos para conhecer todos os deveres que a amizade lhes impõe e os meios de conservar uma associação tão doce e tão necessária à sua felicidade. Esses deveres consistem evidentemente em uma confiança mútua, em atenções recíprocas, em uma constância que nada possa abalar e em uma disposição invariável de contribuir para o bem-estar daquele que se escolheu como amigo.

A confiança não pode estar fundamentada senão em algumas qualidades cuja duração se tenha motivo de presumir; só se pode contar com as disposições consolidadas pelo hábito. Essas disposições devem ser úteis à associação que se forma e, por conseguinte, devem ser virtuosas – de onde se segue que apenas a virtude pode conferir à amizade uma base inquebrantável ou fazer os verdadeiros amigos. O homem de bem é o único que tem o direito de contar com o coração do homem que se parece com ele. Um ilustre moderno afirma: "Os maus não têm senão cúmplices; os voluptuosos têm companheiros de orgia; as pessoas interesseiras têm associados; os políticos juntam facciosos; os príncipes têm cortesãos, mas os homens virtuosos são os únicos que têm amigos"[39].

Em todos os tempos lamenta-se da raridade dos amigos – e, pela mesma razão, em todos os tempos lamenta-se da raridade da virtude. Nas sociedades frívolas e corrompi-

---

39. Voltaire. Cf. *A razão pelo alfabeto ou Dicionário filosófico*, artigo "Amizade": "*Hoc primum sentio*" – diz Cícero – "*nisi in bonis amicitiam esse non posse*" ["Minha opinião é de que só pode haver amizade entre pessoas de bem"] (*Da amizade*, cap. V).

das, a amizade verdadeira deve ser quase inteiramente ignorada; ela não é feita para homens perversos sempre prontos a sacrificá-la aos interesses de seus vícios ou de suas paixões; ela não é feita para os príncipes cujo coração isolado não tem necessidade de se apegar a ninguém; ela não é de modo algum feita para os poderosos, quase sempre divididos pela ambição; ela não é feita para os ricos que não exigem senão alguns parasitas, aduladores e complacentes; ela não é feita, absolutamente, para seres levianos acostumados a jamais se deter nos objetos; ela é quase totalmente banida do relacionamento com as mulheres, para quem a amizade não é comumente senão um entusiasmo passageiro que o mais leve interesse faz prontamente desaparecer.

Nada é mais comum, com efeito, do que confundir o entusiasmo com a amizade. Eles têm os mesmos sintomas. Porém, sua intensidade o denuncia e parece anunciar que ele não é feito para durar. Plutarco, falando dos novos relacionamentos, diz: "Eles nos fazem ter vários começos de amizade e familiaridade que jamais chegam à perfeição". Diz ele, em outra parte[40], que "é preciso ter comido muitos quilos de sal com aquele que se quer amar"*. Porém, seduzidas por algumas qualidades, seja do espírito, seja até mesmo do corpo, muitas pessoas à primeira vista acreditam ter encon-

---
40. No *Tratado da pluralidade dos amigos*.
* A unidade de medida – neste antigo provérbio – varia bastante conforme a origem da menção. Utilizamos o quilo a fim de tornar mais compreensível a ideia de que a verdadeira amizade é produto de uma longa convivência. (N. T.)

trado um amigo, mas logo a ilusão cessa e não se vê nesse pretenso amigo senão um homem que não tem nada daquilo que pode constituir a amizade verdadeira. Um amigo, para a maior parte dos homens, é um complacente que os diverte, que se presta a seus gostos, a seus caprichos, que partilha habitualmente os seus prazeres, que os admira e deseja ajudá-los a dissipar a sua fortuna. Será preciso ficar surpreso ao ver desaparecerem os amigos dessa têmpera a partir do momento em que a fortuna desapareceu[41]?

Todo mundo quer amigos, mas pouquíssimas pessoas têm o discernimento necessário para escolhê-los ou as qualidades apropriadas para prendê-los. Ó, homens que lamentais incessantemente da raridade dos amigos, será que vós haveis, pois, refletido bem sobre a força de um título que esbanjais com todos aqueles que afagam a vossa vaidade? Será que haveis pensado bem nas disposições sobre as quais a amizade deve se fundamentar? Será que haveis pesado seriamente os compromissos inseridos nesse contrato entre corações ho-

---

41. "Aqueles" – diz Plutarco – "que acreditam ter muitos amigos se creem muito felizes, embora eles vejam um número ainda maior de moscas em sua cozinha; porém, nem elas ficam por lá quando falta carne, nem esses amigos conservam a amizade quando sentem que não podem tirar proveito dela" (cf. Plutarco, *Da pluralidade dos amigos*). Ele diz também: "A amizade é, por assim dizer, um animal doméstico, mas não de rebanho". Aristóteles muitas vezes exclamava: "Ó, meus amigos! Já não existem mais amigos".

* Ovídio diz, com bastante razão: "*Donec eris felix multos numerabis amicos; / Tempora si fuerint nubila, solus eris*" ["Enquanto vós fordes felizes, tereis muitos amigos, / Mas quando os tempos forem nebulosos, estareis só"]. (N. T.)

nestos? Se pretendeis inspirar nesses homens que vos cercam alguns sentimentos intensos e permanentes, mostrai a eles, portanto, algumas qualidades que eles possam sempre amar. Ricos e poderosos, vós não lhes mostrais senão a arrogância, o fausto e a vaidade; pois bem, vós tereis ao vosso redor algumas almas vis e rastejantes, mas não tereis nenhum amigo. Se vós quereis Pílades, sede, pois, Orestes. Se quereis amigos que se sacrifiquem por vós nas ocasiões perigosas, pensai que o entusiasmo da amizade é muito raro e que alguns milhares de anos não oferecem senão poucos exemplos disso.

O entusiasmo, que sempre leva as coisas ao extremo, é visivelmente a causa de muitos moralistas terem feito da amizade verdadeira uma quimera, um ser de razão, uma virtude tão sublime que sua maravilhosa perfeição serve apenas para desencorajar a fraqueza dos mortais. Acredita-se ler romances ou estar sonhando quando se vê em Platão, em Cícero ou em Luciano os efeitos miraculosos que eles atribuem à amizade. Nossa imaginação, seduzida por essas agradáveis imagens, as concretiza para nós; e, assim, formamos uma falsa medida e alguns princípios exagerados sobre a amizade. Para termos ideias verdadeiras sobre ela, lembremo-nos sempre de que não passamos de homens, ou seja, seres repletos de imperfeições e fraquezas. Sujeitos a variar em nossas inclinações e em nossos gostos, ficamos algumas vezes muito rapidamente fatigados com algumas qualidades que inicialmente nos prometiam os prazeres mais duradouros. As amizades mais intensas são comumente de curtíssima duração;

elas partem de um entusiasmo que evapora com rapidez. Pouquíssimos homens têm uma quantidade suficiente de calor na alma para alimentar sempre um sentimento tão violento. Ao fim de alguns anos, ficamos algumas vezes indecisos em fazer pela amizade alguns sacrifícios que teríamos feito sem hesitação em seus primeiros momentos. Além disso, em um mundo corrompido, frívolo e dissipado, existem pouquíssimas almas *amantes* e ainda menos espíritos sólidos. Nada é mais raro do que o calor contínuo da alma combinado com a solidez, que sempre supõe sangue-frio. É entre os homens honestos e de sangue-frio que se encontra a amizade menos sujeita a variar.

A amizade verdadeira tem, sem dúvida, o direito de exigir alguns sacrifícios; não seria amar alguém não querer sacrificar nada por ele. Porém, como já dissemos em outra parte, sacrificar algo a um objeto é preferir esse objeto à coisa que sacrificamos a ele ou da qual nos privamos por ele. Até onde se deve levar os sacrifícios na amizade? É unicamente a força da amizade que pode fixar a partir desses sacrifícios. Alguns exemplos nos provam que os amigos têm levado o heroísmo a ponto de se imolarem um pelo outro. Disso devemos concluir que a amizade era neles tão forte, era para eles uma necessidade tão grande, um interesse tão poderoso quanto o amor pela pátria e pela glória foi para alguns cidadãos ilustres, ou quanto o amor de uma amante é para um amante muito apaixonado. Toda a paixão forte faz que o homem que é afetado por ela se esqueça de si mesmo, para não ver senão o objeto com o qual a sua alma está ocupada. Sacrificar sua fortuna a seu amigo é preferir a indigência à perda desse amigo.

Sempre apaixonados por si mesmos, os homens, na sua maioria, estão pouco dispostos a fazer justiça; eles se acreditam objetos de tal modo feitos para interessar o mundo que imaginam que não existe nada que não lhes deva ser sacrificado. Na amizade, eles querem entusiastas sem ter nenhuma das qualidades necessárias para acender esse entusiasmo nos corações; eles exigem o apego mais sincero da parte de uma multidão de aduladores, de caluniadores e de complacentes, que eles muitas vezes transformaram em joguetes da sua vaidade; e querem que alguns homens desse caráter sejam amigos bastante fiéis para se imolarem pela amizade!

Todavia, um grande número de moralistas, seduzidos pelos exemplos sublimes e raros de uma amizade heroica, não falaram dela senão com uma espécie de entusiasmo; eles supuseram que esse sentimento, para ser verdadeiro, não deveria jamais impor limites a seus sacrifícios. Eles não viram, sem dúvida, que pouquíssimos homens na terra são heróis, que pouquíssimas almas são bastante exaltadas para se sacrificar pela amizade, que comumente é um sentimento mais tranquilo e mais refletido do que o amor – e que, por conseguinte, permite que se volte mais frequentemente para dentro de si mesmo. Enfim, esses moralistas não viram que existiam graus na amizade e que era possível amar alguém sem levar a afeição ao grau mais extremo do entusiasmo. A moral, para ser verdadeira, deve ver os homens como eles são; uma moral entusiasta não é feita senão para homens extraordinários, e quase nunca produz nada além de hipócritas, que fingem sentimentos generosos que atribuem falsamente a si mesmos. Todos querem se passar por amigos a toda prova e todos exigem entusiasmo de seus amigos, ao passo que todo mundo reconhece que nada é mais raro nesta Terra do que essa amizade sublime que se pretende ter e que se desejaria encontrar nos outros.

Sejamos justos e digamos que, para merecer amigos fiéis, é preciso ser, por si mesmo, fiel aos deveres da amizade. Vós haveis cumprido cuidadosamente todos esses deveres? Vós haveis partilhado os prazeres e as dores de vosso amigo? Vós o haveis consolado em suas aflições? Haveis prestado a ele, em seu infortúnio, os auxílios que ele tinha o direito de esperar da vossa afeição? Vós haveis defendido com brio os interesses da sua reputação quando ela estava sendo atacada? Vós haveis ido ao encontro das suas necessidades quando ele estava na aflição? Vós haveis, em vossos benefícios, poupado a delicadeza de seu coração? Pois bem, vós haveis adquirido o direito de esperar da parte dele um apego inviolável; vós tendes o direito de vos queixar a partir do momento em que ele fizer a baixeza de vos abandonar.

Se forem encontrados tão poucos amigos constantes, é porque existem pouquíssimos homens que conhecem os compromissos da amizade; esta última, comumente, parece implicar pouca coisa: em alguma consideração, algumas complacências e alguns procedimentos nos quais o coração muitas vezes não tem nenhuma participação. Na linguagem mundana, os amigos são homens associados pelo prazer, que a conformidade de alguns gostos, de alguns interesses momentâneos – e, algumas vezes, de alguns vícios[42] –, reúne e habitua a se verem mais vezes e a viverem em uma intimidade maior do que com os outros. Os amigos dessa espécie são úteis ou necessários a seus divertimentos recíprocos; tais são os amigos de mesa, os amigos de jogo, os amigos de orgia, e a maioria dos amigos da alta sociedade – cujo objetivo, normalmente, é se reunir para desfrutar em comum das vantagens que ela proporciona e que não tardam a se eclipsar a partir do momento em que os motivos que os levavam a se frequentar vêm a desaparecer. Inutilmente se esperaria prodígios de apego, de constância e de fidelidade desse tipo de amigos; eles só são constantes em seu apego ao prazer; eles não são amigos senão daqueles que acreditam estar em condições de lhes fornecer um passatempo agradável. A indiferença substitui a amizade a partir do momento em que eles não encontram mais os meios de se divertir.

É assim que, por um vergonhoso abuso das palavras, dá-se vulgarmente o nome de amigo a algumas pessoas que não têm nada daquilo que é necessário para aspirar a esse respeitável título. Por ter periodicamente e durante um longo tempo frequentado uma casa, por ter tomado parte regular-

---

42. "*Magna inter molles concordia*" ["É bem grande o acordo entre os voluptuosos"] (Juvenal, Sátira II, verso 47).

mente nos divertimentos que ela proporciona, por ter desfrutado da sociedade que ela reúne, alguns homens se qualificam *amigos íntimos* e parecem exigir rigorosamente todos os direitos vinculados a essa qualidade tão augusta e tão rara. Um ilustre moderno disse, com razão, que "abrindo as portas de todas as casas, o luxo – e aquilo que é chamado de espírito de sociedade – subtraiu uma infinidade de pessoas da necessidade da amizade"[43].

No meio do tumulto que se vê reinar nas sociedades onde o luxo e a vaidade fixaram moradia, é quase impossível conhecer até mesmo os homens que se frequentou por mais tempo. Eles se perdem a todo momento na multidão; eles jamais têm tempo de conhecerem a si mesmos. O turbilhão do mundo afasta e aproxima incessantemente alguns seres que se unem e se separam com a maior facilidade. Aqueles que são chamados de *conhecidos* são comumente seres completamente desconhecidos; as *ligações* são vínculos passageiros que não ligam ninguém, e aqueles que chamamos de *nossos amigos* são pessoas que vemos muitas vezes, mas cujas verdadeiras disposições raramente estamos em condições de identificar.

Não fiquemos, portanto, espantados com a singular leviandade com que a amizade é tratada na sociedade. Contentando-se em mostrar exteriormente alguma consideração, os

---

43. Cf. *Do espírito*, discurso III, cap. XIV, p. 356 da edição in-4º. Plutarco diz que "não é possível amar e nem ser amado por muitos [...] a afeição, sendo repartida por vários, se enfraquece e se torna quase nada" (cf. Plutarco, *Da pluralidade dos amigos*).

amigos vulgares, dos quais o mundo está cheio, não só não têm nenhum apego verdadeiro uns pelos outros, mas ainda são, muitas vezes, os primeiros a falar mal de seus pretensos amigos, a revelar seus defeitos e a se divertir à custa deles com os outros, e mesmo com os indiferentes. Para pessoas desse caráter, a amizade é um laço tão fraco que elas não imaginam nem mesmo dever àqueles que chamam de seus amigos a indulgência e a equidade que se deve a todos os homens. Poder-se-ia dizer que a maior parte das pessoas mundanas se relaciona apenas para imolar umas às outras.

É preciso se conhecer para se amar[44]. A amizade é um sentimento sério, refletido, baseado nas necessidades do coração. Os espíritos agitados por uma dissipação contínua não têm nenhuma necessidade de amigos; eles querem apenas ser entretidos. A amizade verdadeira, sempre produzida pela estima, quer encontrar algumas qualidades apropriadas para fixá-la; ela necessita de algumas virtudes às quais possa se prender constantemente; ela não se compromete levianamente, porque conhece a extensão de seus compromissos; ela não vê nenhum motivo para se estabelecer nessas almas estouvadas que transformam em brincadeira os laços mais sa-

---

44. "A primeira regra no que tange à amizade" – diz o autor do livro sobre *Os costumes* – "é não amar sem conhecer. Outra, não menos importante, é não escolher amigos senão na classe das pessoas de bem. As plantas mais vivazes não são aquelas que crescem mais rápido. Do mesmo modo, a amizade não é comumente firme e duradoura senão quando ela formou-se lentamente. Amar precipitadamente é se expor a rupturas" (cf. parte III, cap. II).

grados; ela teme a dissipação; a frivolidade a importuna. Os verdadeiros amigos se bastam; para serem completamente felizes, eles têm necessidade apenas de estar juntos; o turbilhão do mundo os impediria de saborear os encantos das efusões do coração, da confiança, dos consolos e dos conselhos que fazem a doçura da amizade. O amigo sincero gosta de repousar no peito de seu companheiro; ele desfruta com esse amigo de uma liberdade e de um repouso que o tumulto perturbaria. A amizade, assim como o amor feliz, é uma paixão solitária, que, para ser desfrutada em paz, foge dos olhares dos homens. Assim como o amor, a amizade é ciumenta; assim como o amor, ela gosta das sombras do mistério. A indiscrição, a vaidade, a leviandade e o desatino a desagradam; ela quer a constância, a gravidade e a solidez.

A amizade sincera, sendo uma necessidade do coração que deve muitas vezes renascer, quer ser alimentada pela presença de seu objeto. As afeições mais intensas enfraquecem pela ausência, assim como pelas frequentes distrações. A amizade é pouco forte quando ela pode, por muito tempo, privar-se sem dor daquele que a fez nascer. É muito sábia a máxima que diz: "Não deixe crescer o capim no caminho que conduz à casa de teu amigo". O que é, com efeito, um amigo que não se sente de maneira alguma premido a ver aquele que lhe quer bem, que o consola, e cuja simples visão, ainda que ele se mantenha calado, é apropriada para regozijar seu coração? Um árabe diz que "a visão de um amigo refresca como o orvalho da manhã".

Uma máxima antiga[45] aconselha aos amigos *que se amem como se um dia pudessem vir a se odiar*. Ela seria odiosa na amizade sincera, que não pode admitir a desconfiança depois de ter conhecido bem o objeto de sua afeição. Porém, essa máxima é muito bem colocada nas ligações fúteis qualificadas muito falsamente com o nome de amizade; ela é muito prudente nessas amizades que não têm como fundamento senão o vício e a devassidão; ela deveria estar incessantemente diante dos olhos desses pretensos amigos que não se ligam senão para algumas negociações desprezíveis, intrigas criminosas e interesses sujeitos a impor a discórdia entre os associados. A indiscrição, o desvario, a traição e a perfídia acompanham tantas vezes as ligações desse gênero que nunca é demais aconselhar aqueles que a elas se entregam que prevejam as consequências de seus compromissos perigosos.

Não acreditar de maneira alguma na amizade seria um extremismo mais perigoso do que se fiar nela cegamente ou ter sobre ela ideias romanescas ou muito sublimes. Se existem no mundo algumas almas áridas e pouco capazes de amar, se nele encontramos uma multidão de seres frívolos e levianos com os quais seria muito imprudente contar, nele também encontramos alguns corações honestos, sensíveis e sólidos, aos quais o homem de bem se ligará por simpatia, porque neles encontrará alguns sentimentos em conformidade àqueles pelos quais é animado. O universo não seria para nós se-

---

45. Cícero a atribui a Bias (cf. *Da amizade*, cap. XVI).

não uma atroz solidão se uma desconfiança contínua nos impedisse de amar alguma coisa nele. Todavia, passaríamos toda a vida buscando sem sucesso se quiséssemos nos ligar a homens perfeitos.

As máximas pouco favoráveis à amizade, ou capazes de torná-la suspeita, são devidas a alguns pensadores que viviam na corte ou sob governos despóticos, dos quais é muito natural que a confiança e a amizade sejam banidas. Esses autores não desacreditaram a amizade; eles quiseram fazer entender que ela não existia nos países que habitavam[46]. Não é nesses países que se encontram alguns amigos bem sinceros, nem com o que pintar a espécie humana com os seus traços mais belos.

Repito que é somente a virtude que pode dar a confiança necessária na amizade; apenas o homem de bem é um depositário seguro dos segredos que lhe são confiados; o homem virtuoso é o único cujos interesses não se modificam, e com cuja discrição se pode contar com segurança. O vício é imprudente quando se confia ao vício, cujos interesses variáveis mudam a todo momento. É ser cego confiar um segredo importante ao homem fraco, vão e leviano, que não poderá guardá-lo; tal homem não é feito para a amizade. Trair seu amigo por fraqueza ou leviandade pode ter algumas consequências tão deploráveis quanto traí-lo pela mais negra maldade.

---

46. Cf. as poesias de Saadi*, o livro *Do espírito* e as *Máximas* de La Rochefoucauld.
* Poeta persa que viveu no século XIII. (N. T.)

Diz Cícero: "A primeira lei da amizade quer que os amigos não exijam coisas desonestas e que se recusem a se prestar a elas". Porque – diz ele, em outra parte – "se fôssemos obrigados a fazer tudo aquilo que os amigos podem pedir, semelhante amizade deveria ser considerada uma conjuração"[47]. Enfim, esse grande orador nos ensina que "a natureza nos deu a amizade para prestar seus socorros às virtudes, e não para ser a companheira do vício"[48]. Se somente a virtude pode consolidar os laços da amizade sincera, essa amizade deve desaparecer a partir do momento em que o crime se mostra. Um amigo verdadeiro não pode exigir de seu amigo complacências injustas e desonrosas. Apenas os homens sem virtude, os falsos amigos e os complacentes aviltados podem se prestar ao crime. O amigo virtuoso, ao descobrir que seu amigo é um criminoso, lamenta-se e reconhece que se enganou. Quando Rutílio recusou-se a cometer uma injustiça para obsequiar seu amigo, este último, muito descontente, lhe disse: "De que me serve, pois, a tua amizade?". E Rutílio replicou: "Mas de que me servirá a tua, se ela me torna injusto?"[49]. Phokion dizia ao rei Antípatro: "Vós não podeis ter-me ao mesmo tempo como adulador e como amigo". Tal é a con-

---

47. *"Haec igitur prima lex in amicitia sentiatur, ut neque rogemus res turpes, nec faciamus rogati"* (Cícero, *Da amizade*, cap. XII). *"Nam si omnia facienda sint, quae amici velint, non amicitiae tales, sed conjurationes putandae sunt"* (Cícero, *Dos ofícios*, livro III, cap. 10).
48. *"Virtutum amicitia adjutrix a natura data est, non vitiorum comes"* (Cícero, *Da amizade*).
49. Cf. Valério Máximo, *Memoráveis*.

duta que a moral propõe à amizade, que, como tudo contribui para provar, não pode ser segura e constante senão quando une seres refletidos, racionais e virtuosos. "O melhor dos amigos", diz um sábio do Oriente, "é aquele que adverte seu companheiro quando ele se extravia e que o recoloca em seu caminho[50]."

No entanto, quanto maior é a corrupção, mais as pessoas de bem têm necessidade dos consolos da amizade. Ela é feita para compensá-las dos rigores da tirania, da injustiça dos homens e da depravação dos costumes; a amizade faz que elas encontrem dentro de si mesmas uma felicidade particular e secreta, que as pessoas preferem àquela que procurariam inutilmente no tumulto dos prazeres ou nas desordens da sociedade. Diz Demófilo que "a amizade é o porto da vida".

Será que o homem estará submetido a alguns deveres para com seus inimigos? Sim, sem dúvida; ele lhes deve a justiça e a humanidade. Nada manifesta mais a equidade do que reconhecer o mérito mesmo naqueles dos quais se tem motivo para se queixar. Nada mostra mais a verdadeira grandeza na alma do que esquecer as injúrias e fazer o bem àqueles que nos fizeram mal. É, como já dissemos em outra parte, o meio mais seguro de desarmar a cólera, a inveja e a inimizade. Diógenes dizia que "é possível se vingar de seus inimigos tornando-se um homem de bem e virtuoso. Nós devemos tratar de ter bons amigos para nos ensinar a fazer o bem e ini-

---

50. *Provérbios árabes.*

migos perversos para nos impedir de fazer o mal". Xenofonte diz que "o homem sábio sabe tirar um grande proveito de seus inimigos". "Um inimigo sensato", diz um poeta do Oriente, "vale mais do que um amigo tolo." Quando um adulador exortou Filipe da Macedônia a se vingar dos discursos insolentes que Nicanor tinha feito sobre ele, esse príncipe lhe respondeu: "Não seria preferível examinar se eu não teria dado motivo para isso?". O mesmo príncipe dizia que os oradores de Atenas, ao falarem mal dele, forneciam-lhe o meio de se corrigir de suas falhas[51].

Podemos, portanto, extrair frutos úteis até mesmo do seio de nossos inimigos, com relação aos quais nada deve nos dispensar de ser humanos e justos. Digamos como Teógnis: "Eu não desprezarei nenhum de meus inimigos, se ele for bom; eu não louvarei nenhum de meus amigos, se ele for perverso"[52].

Capítulo VI – Deveres dos patrões e dos empregados

Os ricos, como já vimos, colocam os pobres na sua dependência e, pelas vantagens que lhes fazem obter, exercem sobre eles uma autoridade legítima, isto é, reconhecida, consentida por estes últimos, quando ela os põe em condição de desfrutar de um bem-estar que eles não poderiam obter por si mesmos. Tal é o fundamento natural da autoridade que os

---

51. Cf. Plutarco, *Ditos notáveis dos príncipes* e o tratado *Da utilidade dos inimigos*.
52. Cf. *Poetas gregos menores*.

patrões exercem sobre seus serviçais. Essa autoridade, como todas as outras, torna-se uma usurpação tirânica quando é exercida de maneira injusta e cruel. Nenhum homem, como nunca é demais repetir, pode adquirir o direito de comandar outros para torná-los infelizes; os maus-tratos de um patrão desprovido de justiça e humanidade são violências manifestas que as leis deveriam reprimir.

Entre os romanos, cujas leis eram tão ferozes quanto eles, os escravos não eram, de maneira alguma, considerados homens; parecia a esses bandoleiros que o cativeiro os teria desnaturado; seus senhores puderam por um longo tempo dispor de suas próprias vidas e os tratavam como um rebanho destinado a servir de joguete para os seus caprichos mais bárbaros. Porém, mais tarde, algumas leis mais humanas arrancaram dos senhores a faculdade de exercer uma tirania tão detestável. Elas quiseram que os escravos fossem tratados como homens. Por fim, a escravidão foi abolida na Europa; os chefes das famílias foram servidos por homens livres que, sob certas condições, consentiram em lhes prestar os serviços que eles podiam desejar ou em isentá-los dos trabalhos que lhes pareciam muito penosos.

Assim, a razão humana, desenvolvendo-se com o tempo, curou pouco a pouco as nações da sua barbárie e as conduziu a alguns usos mais equitativos, mais conformes à moral e ao interesse do gênero humano. Essa moral clama a todos os habitantes do mundo que, ricos ou pobres, poderosos ou fracos, ditosos ou desgraçados, eles são da mesma espécie e têm direitos iguais à equidade, à beneficência e à piedade de seus semelhantes.

Porém, sua voz não se fez ouvir por esses mesmos europeus, quando sua avidez os transplantou para um novo mundo. Vós os vedes, nessas regiões, comandar como verdadeiros tiranos alguns negros desgraçados, que um comércio odioso compra como vis animais para revender a senhores impiedosos que lhes fazem sentir as crueldades e os caprichos dos quais a insolência, a impunidade e a avareza podem tornar capaz. Esse tráfico abominável é, no entanto, autorizado pelas leis de nações que se dizem humanas e civilizadas, ao passo que um sórdido interesse faz que elas, evidentemente, ignorem os direitos mais sagrados da humanidade. Essa humanidade deveria fazê-las sentir que os homens negros são homens, sobre cuja liberdade os homens brancos não têm o direito de atentar, mas, pelo menos, deveriam tratar com bondade, quando o destino os submete ao seu poder[53].

---

53. Os jornais ingleses recentemente denunciaram à execração pública a insolente crueldade de um habitante da Jamaica que adotou o costume de fazer o seu carro – que ele próprio conduz – ser puxado por seis negros que, durante o mais extremo calor, ele faz percorrerem uma légua e meia por hora a grandes golpes de açoite. Um relato precedente da mesma região assegura que um habitante teve um dia a crueldade de mandar pôr um de seus negros no espeto. Semelhantes horrores provam a que excesso de insolência e barbárie a opulência pode levar, quando ela não é reprimida pela educação e pelas leis. Como é que o povo inglês, tão cioso de sua própria liberdade, abandona alguns africanos desgraçados aos caprichos furiosos dos colonos americanos? Mas o interesse sórdido do comércio sufoca nos mercadores o grito da humanidade. O sensível Marquês de Beccaria, em seu célebre tratado *Dos delitos e das penas*, diz

Os homens só obedecem voluntariamente a outros quando a obediência lhes é útil. Os patrões formam, com seus serviçais, uma sociedade cujas condições estabelecem que os primeiros se comprometem a dar aos segundos alguns cuidados e a lhes fornecer um bem-estar e alguns meios de subsistência que eles não estariam em condições de obter por si mesmos; em troca, os serviçais se comprometem a servir seus patrões, ou seja, a trabalhar para eles, a receber suas ordens, a cumpri-las fielmente e a zelar pelos seus interesses. De onde se vê claramente que a justiça quer que as condições desse contrato sejam de parte a parte fielmente executadas, visto que nenhum homem pode obrigar os outros através de convenções que ele se permitiria violar. Porém, como uma infeliz experiência tantas vezes não deixa de provar, a grandeza, o poder e as riquezas fazem comumente que se esqueça da equidade. As pessoas que desfrutam dessas vantagens se persuadem comumente de que não devem nada àqueles que estão privados delas. Esses infelizes, longe de despertar a compaixão ou a benevolência nos corações dos felizes, parecem não fazer nascer neles senão um orgulho insultante e lhes fazer crer que aquele que veem prostrado a seus pés é um ser de espécie diferente da deles. Contentes em se

---

que "em todas as sociedades humanas subsiste um esforço contínuo que tende a conferir o poder e a felicidade a uma porção dos associados, e a reduzir a outra porção à fraqueza e à miséria. As boas leis são feitas para se opor a esse esforço etc.". Mas as leis, feitas pelos opressores e pelos senhores, raramente se ocuparam dos interesses do desgraçado.

fazer temer, os homens, na sua maioria, não se preocupam de maneira alguma em se fazer amar.

Uma disposição tão contrária à humanidade deveria ser cuidadosamente combatida e extirpada na infância. Nada é mais imperioso do que uma criança que as menores contrariedades lançam muitas vezes em cóleras convulsivas. Se a educação é negligente em reprimir a tempo esses primeiros movimentos, eles se transformam em hábitos e não podem mais ser destruídos. A arrogância, a dureza e a cólera habitual de um patrão para com seus servidores denuncia sempre uma educação negligenciada. Madame de Lambert afirma:

> Acostumai-vos a mostrar bondade para os vossos criados. Um antigo (Sêneca) diz que é preciso considerá-los amigos desgraçados. Pensai que vós não deveis senão ao acaso a extrema diferença que existe entre vós e eles. Não fazei que sintam a sua condição; não tornai mais pesadas as suas penas; nada é tão baixo quanto ser soberbo com quem está submetido a nós.
> Amai a ordem e temperai a seriedade, que vos convém como patrão, com a doçura e a afabilidade para com aqueles que vos servem; lembrai-vos sempre de que, como homens, eles são vossos iguais e que não há nenhuma proporção entre o salário – mesmo o maior – e a dura necessidade

> na qual se encontra aquele que presta a seu semelhante os ofícios de serviçal.

Nada é possível acrescentar a conselhos tão humanos e sábios. Não é de maneira alguma com uma conduta arrogante e dura que será possível se fazer servir com zelo. A cólera do patrão perturba o empregado, irrita-o interiormente e o impede de fazer bem aquilo que lhe é ordenado. Se essa cólera é habitual, ele se acostuma a ela, a despreza e leva continuamente em seu coração um ódio reprimido, que pode muitas vezes emanar de maneira muito funesta. Muitos patrões, por sua conduta insensata, parecem-se com esses guardiões de animais que excitam a sua ferocidade, com o risco de serem devorados mais cedo ou mais tarde. Eles devem considerar seus empregados inimigos, já que tomam o cuidado de sufocar em suas almas todo sentimento de afeição e honra. Quase sempre maus patrões fazem maus empregados. Madame de Lambert continua:

> Será que nós temos o direito de querer que os nossos empregados não tenham defeitos, nós, que lhes mostramos os nossos todos os dias? É preciso tolerá-los. Quando vós lhes mostrais mau humor ou cólera, que espetáculo não ofereceis aos seus olhos? Será que isso não tira de vós o direito de repreendê-los?

Um patrão prudente deve se sentir interessado em zelar pela conduta e pelos costumes de sua criadagem; sua segurança e sua vida dependem da fidelidade dela. A que perigos não está cotidianamente exposto um patrão cujo criado é bêbado, jogador, entregue ao deboche e à devassidão? Esses vícios, sobretudo em seres sem razão e sem princípios, podem ter as mais terríveis consequências.

Se alguns patrões tiveram a felicidade de ter uma educação mais racional do que os infortunados dos quais eles recebem os serviços, devem ao menos provar isso a eles por meio da sua conduta. A mesma dama encerra:

> Dai um bom exemplo aos vossos serviçais e pensai bem, meu filho, que um patrão se humilha da maneira mais vergonhosa e se coloca abaixo de seus serviçais quando eles são testemunhas ou instrumentos de seus crimes, e quando não encontram nele as únicas qualidades que tornam um patrão digno de respeito e prendem a ele o coração de seus criados.

Um patrão devasso, dissoluto e endividado, que, por meio de patifarias, procura sustentar as suas loucuras, será um homem bem respeitável aos olhos de seu criado? Uma patroa que tornou suas aias confidentes de suas intrigas criminosas terá o direito de exigir delas a estima e a submissão? Será que ela não terá todos os motivos para temer que a qualquer momento elas tornem públicos os vergonhosos segredos dos quais são depositárias?

Para ser amado, é preciso que um patrão faça que seus empregados experimentem alguns sentimentos de bondade; para ser respeitado, é preciso que ele não deixe que percebam senão uma conduta decente, da qual não possa se envergonhar quando ela for divulgada. A bondade do patrão não consiste em uma familiaridade quase sempre capaz de atrair o desprezo, mas em lhes mostrar benevolência, socorrê-los em suas enfermidades, ajudá-los em seus empreendimentos honestos, reconhecer a sua boa conduta e recompensá-los pela sua dedicação e por seu zelo. Uma familiaridade muito grande diminui o respeito e a vigilância dos criados; nada é mais monstruoso do que uma casa na qual os criados são os senhores; nela, aqueles que são feitos para mandar tornam-se escravos, e a desordem é a consequência dessa democracia. Quantas famílias estão divididas e arruinadas pela facilidade que alguns patrões têm de dar ouvidos aos discursos de seus criados? As mulheres, sobretudo, estão sujeitas a essa fraqueza, da qual resultam muitas vezes discórdias entre os cônjuges, os pais, os filhos e os amigos. Ainda que esses aborrecimentos nada mais fizessem do que dividir os empregados entre si, eles sempre prejudicariam a harmonia necessária em toda casa bem organizada. Os criados são comumente muito submissos às suas paixões para serem ouvidos pelos patrões prudentes; suas querelas cessam muito rapidamente a partir do momento em que se recusa a escutá-las; esses processos se tornam intermináveis quando os patrões têm a fraqueza de querer julgá-los.

A condição feliz ou infeliz de uma casa manifesta o caráter daqueles que a governam. Uma casa bem regida, uma família bem unida e serviçais submissos e tranquilos anunciam um patrão sábio e respeitável. Uma casa que, ao contrário, é desprovida de regras, desunida e cheia de criados rebeldes denuncia em seu chefe uma conduta desordenada, alguns vícios ou, ao menos, uma indolência digna de ser censurada. Nada é menos comum do que uma casa bem regida, porque nada é mais raro do que senhores capazes de estabelecer nelas a ordem e mantê-la. O patrão honesto e vigilante não quer ser servido senão por empregados honestos; ele os torna assim por meio da sua própria conduta; os patifes, sentindo-se deslocados, não tardam a se afastar.

Criados insolentes denunciam, comumente, patrões cheios de um tolo orgulho. Nada é mais revoltante na sociedade do que a impertinência tão comum aos criados dos ricos e dos poderosos[54]. A maneira arrogante como esses escravos soberbos acolhem tão frequentemente o mérito tímido e o trêmulo infortúnio é uma das desgraças mais pungentes para a virtude reduzida a pedir favores. Um patrão, se tem sentimentos, deve punir severamente seus criados quando eles faltam ao dever. O ódio produzido pela sua insolência recairia sobre ele mesmo. Será que existe alguma coisa mais vil do que a vaidade desses homens soberbos que acreditam que

---

54. "*Maxima quaeque domus servis est plena superbis*" ["Eis os palácios! Eles estão cheios de escravos soberbos"] (Juvenal, Sátira V, verso 66).

a sua grandeza tem interesse em apoiar a impertinência de seus criados?

A vergonhosa impunidade da qual os poderosos e os ricos desfrutam em muitas nações estende-se comumente a seus criados e torna-se uma fonte de males cruéis para o pobre desprovido de proteção. Nas capitais imensas e muito povoadas, nada é mais frequente do que ver pessoas esmagadas ou feridas, seja pela imprudência ou maldade dos cocheiros, seja pela negligência ou vaidade dos patrões. Que tolas ideias de glória devem ter esses *pequenos senhores* que, assim como seus criados, sentem prazer em inspirar terror aos transeuntes? Que corações devem possuir os loucos furiosos que brincam com a vida de seus concidadãos? Um artesão, um pai ou uma mãe estropiados reduzem muitas vezes uma família numerosa à miséria; e semelhantes acidentes são divertimentos para a opulência insolente e para seus criados. Leis severas deveriam reprimir a impetuosidade desses ricos desocupados, cujo objetivo mais premente não é muitas vezes senão desfilar rapidamente seu tédio e sua ociosidade. Uma polícia exata e rigorosa deveria castigar exemplarmente esses criados, que, protegidos por senhores poderosos, acreditam-se no direito de insultar ou ferir as pessoas honestas que eles deveriam respeitar. As almas vis são arrogantes e cruéis quando se sentem apoiadas. Além disso, do mesmo modo que aqueles que fazem as leis, assim como aqueles que as fazem ser respeitadas, esses criados estão protegidos dos perigos pelos quais o pobre está cercado; eles dificilmente pensam em afastá-los e mostram uma indulgência funesta para com a grandeza ou a opulência. Nada na sociedade deveria ser mais sagrado do que a vida do mais ínfimo cidadão, muitas vezes mais útil ao Estado do que o rico que o esmaga. Não existem assuntos bastante prementes para desculpar um temerário que, em uma corrida imprudente, fere ou faz perecer seu semelhante. Será possível que a vida de um homem não tenha nenhuma importância em Estados civilizados?

Nos países onde reina o luxo, os poderosos, por uma tola vaidade, parecem convidar seus serviçais a não cumprirem os seus deveres. Trajando-se muito ricamente, esses homens grosseiros imaginam valer mais do que os cidadãos modestos, aos quais deveriam consideração e respeito. Quase sempre o vulgo imbecil julga as pessoas apenas pelos trajes; o homem de mérito é muitas vezes exposto ao desprezo de um criado que se acredita acima dele porque se vê mais bem vestido. Um serviçal deve estar vestido de maneira adequada à sua condição; mas as leis deveriam reprimir um fausto que tende a confundir as diversas classes nas quais os cidadãos devem estar divididos. Veem-se algumas vezes os criados de um negociante ou de um poderoso mais ricamente vestidos do que um guerreiro sem fortuna, que por longo tempo expôs a vida para servir ao príncipe. O cidadão pouco rico e que tem necessidade de proteção é muitas vezes obrigado a fazer uma despesa que ultrapassa as suas possibilidades para não ser repelido por alguns criados impertinentes.

Um patrão é responsável perante o público pela conduta de seus criados, nos quais cabe a ele reprimir os vícios incômodos à sociedade. Se nós a vemos infestada por tantos criados arrogantes, corrompidos e libertinos, podemos concluir que os exemplos de seus patrões contribuem para fazer nascer neles os vícios que se instalam. Os patrões sem bons costumes fazem de seus criados confidentes e instrumentos de sua devassidão. Suas almas aviltadas por esse indigno ofício tornam-se alheias a qualquer sentimento de honra; logo, o empregado quer imitar seu patrão e, para isso, recorre a pequenos roubos e à rapina. É assim que os patrões perversos corrompem seus empregados e, muitas vezes, são bastante injustos para se queixarem da sua baixeza e da sua rapacidade, das quais eles são as primeiras causas. É assim que, ensinando-lhes – pelo seu exemplo – a desprezar os bons costumes, eles os conduzem ao crime.

Todavia, o luxo, multiplicando a criadagem nas cidades, enche a sociedade de ociosos, que tudo incita à desordem para preencher o vazio de um tempo que eles não sabem empregar de maneira alguma. A falta de ocupação dos criados é para eles, assim como para os outros, uma fonte fecunda de desregramentos. Uma política previdente deveria remediar os inconvenientes desse luxo, que priva os campos de seus cultivadores e faz refluir para as cidades uma multidão de preguiçosos sem princípios e sem costumes, cuja principal ocupação não é quase sempre senão propagar a corrupção até nas classes mais baixas do povo.

O filho de um agricultor, útil no campo, torna-se nocivo na cidade. Nela, ele quase sempre faz o mal, mesmo que tenha bons costumes. Se ele se casa para conservá-los, ele povoa a sociedade de filhos que dificilmente pode educar e sustentar sem recorrer a alguns meios prejudiciais ao seu patrão. Todavia, seus filhos, quando crescem, são muitas vezes obrigados a buscar na devassidão, e até mesmo no crime, os meios de se livrar da indigência em que nasceram[55]. É evidentemente nos casamentos dos criados que podemos encontrar a fonte de tantas prostitutas, de vigaristas, de ociosos e de malfeitores de toda espécie que inundam as nações opulentas. Os pobres, no campo, dedicam-se ao trabalho; na cidade, contudo, dedicam-se ao crime ou à mendicância, meios quase igualmente perniciosos à sociedade.

Se a multiplicidade de serviçais parece lisonjeira à vaidade de alguns patrões, ela nem por isso é menos contrária aos interesses seus e do público; assim, eles serão menos bem servidos enchendo suas casas com uma multidão de ociosos cujos braços não podem empregar utilmente. Uma casa muito cheia torna-se uma máquina demasiado complicada para que seus movimentos possam ser dirigidos com facilidade. A multiplicidade dos criados faz nascer, nas casas opulentas, abusos, rapinas e apropriações indébitas, disfarçados sob o nome de *direitos*, com os quais alguns patrões dóceis têm a

---

55. "Ninguém" – segundo Bayle – "faz filhos com mais disposição do que os pobres, bem sabendo que não os sustentarão."

fraqueza de ser coniventes. Porém, essa docilidade nada mais produz que ingratos, e essa pretensa generosidade ou bondade não produz senão larápios que se acreditam autorizados a roubar sempre que imaginam poder fazê-lo sem perigo.

Tudo nos prova que uma criadagem numerosa, pelas desordens que acarreta, é uma das principais causas das ruínas das grandes linhagens e da pouca riqueza que muitas vezes se encontra nas casas dos poderosos. Por falta de tempo ou capacidade de se ocupar de seus próprios negócios, eles se confiam comumente a alguns mercenários que, tirando proveito de suas desordens e negligência, nada mais fazem que acelerar a sua destruição. *O olho do dono* é uma expressão que todos têm na boca, mas cuja dissipação, cuja frivolidade e cujo vício fazem, a todo momento, negligenciar a prática.

Apenas uma vaidade bem pueril pode ter persuadido alguns poderosos de que não lhes cabia estar a par de seus negócios e se ocupar deles por sua própria conta, e de que a grandeza consistia em não entender nada disso, em se deixar devorar por um bando de criados inúteis, em suportar a desordem em suas casas, em se deixar sobrecarregar de dívidas e em se fazer ser incessantemente importunado por credores. Uma maneira de pensar tão estranha não pode ser senão uma consequência dos preconceitos góticos da nobreza, que lhe faziam crer que, com exceção do ofício da guerra, era honroso para ela ignorar todo o resto. Aos olhos da razão, nada é mais desonroso do que uma negligência e uma imperícia cujo efeito é ser incessantemente enganado por alguns patifes.

Nada é mais ignóbil do que se reduzir, por sua incúria, a uma espécie de miséria. Que diferença existirá entre um indigente e um rico em dificuldades? Será que existe algo mais injusto e mais vil do que se colocar, por sua culpa e por suas loucuras, na condição de privar os seus credores daquilo que lhes é devido e acumular dívidas sem a intenção de pagá-las? Se a grandeza consistisse em semelhante conduta, os grandes deveriam ser considerados os mais loucos e os mais desprezíveis dos homens. Plutarco diz: "É honesto e conveniente zelar por seus bens, a fim de se abster dos bens alheios"[56].

Todo chefe de família tem o dever, para si mesmo e para sua posteridade, de zelar por seus negócios. Sua vigilância é um dever, e sua negligência seria um vício imperdoável. Um patrão sensato deve achar uma ocupação agradável nos cuidados que dá aos próprios negócios. Ele não desdenhará uma sábia economia, a única que fará reinar a abundância em sua casa. Ele quer ser o senhor de sua felicidade; ele sabe que a desordem e a indigência mergulham os grandes na dependência e no desprezo, e que o insensato que se arruinou é forçado a recorrer a alguns expedientes indignos de toda alma honesta e nobre. As baixezas e as infâmias, que muitas vezes desonram os grandes, devem-se evidentemente à falta de economia, às enormes despesas para as quais sua vaidade, sua preguiça e seus desregramentos os arrastam. É preciso

---

56. Cf. Plutarco, *Vida de Filopêmene*. Segundo Xenofonte, Sócrates disse que é conveniente que todo homem sensato e todo bom cidadão aumente os seus bens.

rastejar quando se quer reparar uma fortuna desarranjada pela extravagância.

Será que existe uma posição mais feliz do que a de um chefe de família virtuoso e sabiamente ocupado com os seus deveres? Os cuidados que ele tem são recompensados a todo momento pelos sentimentos que experimenta da parte de todos aqueles que vê ao seu redor. Ele desfruta de seus bens, dos quais os poderosos tão raramente sabem desfrutar; ele faz brotar a abundância mesmo dos terrenos mais estéreis; ele encoraja a industriosidade de seus arrendatários; ele tem o prazer de criar, de comandar a natureza, de forçá-la a obedecer às suas vontades. Sob seus olhos tudo prospera; seus vassalos trabalham e enriquecem; seus serviçais colaboram com os seus objetivos e partilham com seu senhor as vantagens da opulência, que o coloca em condições de recompensar e fazer os outros felizes.

Tal é o objetivo que deveriam se propor, pelo próprio interesse, os patrões, os poderosos e os proprietários de terras. Uma vida assim ocupada não seria preferível a essa vida inquieta e fastidiosa que eles levam nas cortes ou nas cidades onde, à força de divertimentos e prazeres, termina-se comumente por não desfrutar de mais nada? É espalhando o bem-estar sobre um grande número de homens que se pode verdadeiramente mostrar sua grandeza e seu poderio. É ocupando os homens que se pode enriquecê-los e proporcionar a si mesmo uma opulência legítima. É ocupando-se utilmente que se foge do tédio e da desordem, e que se previne o desregramento dos serviçais. É tornando-os felizes por meio de alguns benefícios reais que se faz nascer neles o respeito, a submissão, a fidelidade e o amor por seus deveres.

O servidor deve respeitar em seu senhor aquele de quem depende a sua própria felicidade. Seu interesse o convida, pois, a mostrar-lhe invariavelmente a deferência que a sua condição lhe impõe. Ele deve temer desagradá-lo com maneiras arrogantes ou com mexericos indiscretos. Ele deve se armar de paciência, porque a paciência é a virtude da sua condição, que o destina a suportar as variações às quais estão sujeitos mesmo os homens de melhor caráter. Ele esperará, assim, desarmar a cólera. Tudo lhe prova, com efeito, que o furor mais inflamado é extinto pela doçura; ele obedecerá, portanto, sem réplica, às ordens que lhe são dadas. Um patrão justo não ordena nada que não seja justo; um patrão injusto deve ser abandonado. O servidor cumprirá cuidadosamente a tarefa que lhe for prescrita e buscará o meio de executá-la da melhor maneira possível. Ele evitará a imperícia, que comumente é devida apenas à precipitação e à falta de atenção. Ele agirá assim mesmo nas pequenas coisas, a fim de se poupar das recriminações sempre humilhantes. Ele será exato e pontual, a fim de não atrair para si o mau humor daquele cuja benevolência deve buscar a todo momento.

Ele observará, sobretudo, as regras da mais exata fidelidade. Ele se recordará de que, ao entrar para o serviço de seu patrão, comprometeu-se não apenas a respeitar a sua propriedade, mas também a defendê-la contra os outros e a confundir os seus interesses com os dele. Por um abuso contrário a toda justiça, os empregados domésticos acostumam-se muitas vezes a receber retribuições daqueles que fornecem gêneros ou mercadorias para a casa de seus patrões. Porém, um empregado fiel reconhecerá sem dificuldade que esses pretensos *proveitos* ou *direitos*, embora autorizados pelo uso dos criados corrompidos ou de patrões negligentes, não podem ser considerados legítimos – e não são, de fato, senão roubos disfarçados.

Enfim, o servidor honesto temerá a ociosidade, pois ela pode representar o caminho do vício e do crime. Ele buscará, portanto, preencher com algum trabalho útil os intervalos que lhe são deixados pelo serviço de seu patrão. Assim, ele empregará de uma maneira vantajosa para si mesmo os momentos que alguns criados preguiçosos entregam ao jogo, à intemperança e à devassidão. Mantendo essa conduta, um empregado doméstico terá direito de aspirar à amizade e à ternura de todo patrão em quem a vaidade não tiver sufocado todo sentimento de gratidão e de justiça. Desprezar um servidor desse caráter seria mostrar-se desprovido de razão e equidade. Um servidor apegado é um amigo bem mais certo do que a maior parte daqueles que encontramos pelo mundo. Um patrão que não tivesse por ele consideração e reconhecimento seria inimigo de si mesmo e se tornaria digno de desprezo. Quantos escravos, desdenhados pela opinião e pelo preconceito, não manifestaram por seus senhores um zelo e uma generosidade tão nobres que mereceram ser celebrados com muito mais justa razão do que tantos heróis que o universo admira⁵⁷?

---

57. Valério Máximo relata vários exemplos de escravos que generosamente sacrificaram suas vidas para salvar a de seus senhores. Tácito cita o escravo de Pisão: quando este último estava proscrito, seu criado adotou seu nome e deixou-se matar em seu lugar. No reinado de Calígula, uma escrava suportou corajosamente a tortura mais cruel sem querer confessar nada que pudesse causar dano a seu senhor. O ilustre Catinat*, desgraçado e desprovido de dinheiro, encontrou em seu criado pessoal um amigo generoso que lhe entregou com alegria toda a sua pequena fortuna. Quantos oficiais e generais, nos combates, deveram suas vidas à coragem de seus criados, que se expuseram aos maiores perigos por eles! Tais são, no entanto, as pessoas que alguns patrões arrogantes mal se dignam a considerar seres da sua espécie. Existem alguns patrões que confundem seus empregados domésticos com bestas de carga; eles mal permitem que comam, durmam, fiquem fatigados ou doentes, que sejam sensíveis à dor e que se apercebam dos ultrajes e dos rigores aos quais são submetidos. Alguns sibaritas efeminados e algumas mulheres, para quem o menor movimento é insuportável, esquecendo-se da sua própria miséria, da sua inépcia e da sua fraqueza, exigem uma força, uma prontidão e uma destreza inconcebíveis nos infortunados que os servem. Na América e na Ásia, onde o calor do clima redobra a indolência e a preguiça, uma mulher delicada demais para recolher um lenço manda fustigar impiedosamente uma escrava pelas faltas mais leves. Em geral, é possível observar que não existe nenhum serviço mais duro do que trabalhar para os novos-ricos, para a gentinha que prosperou; espantados com um poder que não era feito para eles, exercem um cruel domínio sobre os seus infelizes serviçais. "Não existe nada mais duro do que um homem de nada que se elevou bem alto", diz Claudiano ("*Asperius nihil est humili qui surgit in altum*"). A arrogância e o rigor para com seus empregados domésticos manifestam a injustiça, a ingratidão, o mau coração e, sobretudo, uma enorme covardia. Será que existe algo mais covarde do que exercer um poder cruel sobre alguns infelizes que se veem acorrentados sem defesa a seus pés? No entanto, esses homens desdenhados, transformados em joguetes dos caprichos mais bárbaros, têm mostrado algumas vezes sentimentos de honra e de heroísmo dos quais seus indignos senhores seriam totalmente incapazes. Em um estabelecimento europeu do Novo Mundo, precisava-se de um carrasco para executar alguns

Que os homens soberbos deixem, portanto, de desprezar e de tratar com rigor os servidores necessários à sua própria felicidade, sem os quais eles seriam obrigados a servir a si próprios. Que um patrão respeite, naquele que o serve, a humanidade infeliz; que ele jamais o ultraje; que ele veja sempre nele o seu semelhante e o homem útil à sua própria felicidade. Quando tiver experimentado a sua dedicação, os seus cuidados assíduos e a sua fidelidade, que ele o trate com carinho e como um amigo sincero; que ele se lembre de que o salário que lhe paga não dispensa da gratidão, e que esse salário está sempre muito abaixo do que ele lhe deve. Será que existe alguma coisa mais vergonhosa do que ver tantos patrões considerarem dívidas os serviços mais penosos de um empregado doméstico, que muitas vezes são pagos apenas com a arrogância e com a mais negra ingratidão? Um ordenado, quase sempre muito módico, poderia, pois, pagar plenamente as suas dívidas para com um servidor atento e fiel, os cuidados assíduos e desagradáveis que são exigidos pelas longas doenças, os trabalhos que exigem viagens fatigantes e, enfim,

---

negros fugitivos que haviam sido recapturados. Para suprir essa falta, um branco nativo ordenou a um de seus escravos que enforcasse esses desafortunados. Este último desapareceu por um instante, mas voltou logo depois com um machado do qual havia se servido para cortar uma das suas mãos. Oferecendo, então, seu braço sangrento e mutilado a seu senhor, disse-lhe: "Forçai-me, pois, agora, a me tornar o carrasco de meus irmãos".

* Nicolas de Catinat (1637-1712), Marechal de França caído em desgraça no início da guerra pela sucessão do trono da Espanha, no início do século XVIII. (N. T.)

a renúncia total e contínua às suas próprias vontades – que torna a servidão tão incômoda? Os homens que se devotam assim por seus senhores adquirem sobre a ternura deles alguns direitos tão justos que apenas o rigor e o orgulho mais detestável podem ignorar.

É evidentemente a injustiça e a soberba de tantos patrões desumanos que são a causa do fato de comumente seus criados serem seus maiores inimigos. Dir-se-ia, vendo a sua conduta, que eles consideram seus empregados animais, ou, antes, autômatos desprovidos de qualquer sensibilidade, contra os quais eles podem livremente exercer as suas paixões, os seus caprichos e o seu humor mais bizarro. Apesar disso, esses desgraçados – perpetuamente exasperados e desgostosos – são acusados de terem muita indiferença pelos seus patrões, de servi-los maquinalmente e, sobretudo, de não serem movidos senão pelo interesse. Assim trabalham continuamente para repelir os corações de seus empregados; degradam-nos com uma arrogância insultante, recompensam-nos muito mal e, em seguida, queixam-se de achá-los pouco dedicados, vis e interesseiros! Que os patrões aprendam, portanto, e que jamais se esqueçam de que somente a bondade atrai os corações; que é tratando seus empregados com a consideração devida aos homens que é possível inspirar neles sentimentos de honra; que é recompensando-os adequadamente que lhes ensinarão a pensar com mais nobreza. Enfim, tudo lhes provará que os bons patrões são os únicos em condições de formar empregados fiéis, e que estes últimos, apesar da sua servidão, são dignos de ser estimados.

Se a servidão fosse um motivo para desprezar os homens, com que olhos deveria ser vista a servidão voluntária de tantos cortesãos, tanto mais humilhante porque aqueles que a ela se submetem não são forçados a isso pela necessidade de subsistir e deveriam – pela sua condição – ter o coração muito elevado para se rebaixar? No entanto, levados quase sempre pelo mais vil interesse, vós os vedes rastejar servilmente aos pés do prestígio e do poder, empenharem-se para prestar aos poderosos os serviços mais vis e suportarem, sem repugnância, alguns ultrajes e afrontas que muitas vezes um criado não poderia tolerar.

Lamentemos, pois, os homens, quando eles são desgraçados; mas não desprezemos senão aqueles que, por sua conduta aviltante, tornam-se desprezíveis.

Capítulo VII – Da conduta no mundo, da polidez, da decência, do espírito, da alegria e do bom gosto

Depois de ter examinado os deveres que cada condição impõe aos homens nas diferentes posições em que eles podem se encontrar, resta-nos ainda examinar aquilo que eles devem uns aos outros na vida comum do mundo, ou seja, a conduta que são obrigados a seguir para tornar o comércio da vida agradável e tranquilo, as qualidades que devem adquirir ou possuir para merecer e conservar a estima e a afeição dos seres com os quais podem ter relações permanentes ou passageiras.

O comércio da vida nos ensina mais ou menos prontamente os meios que devemos empregar para merecer a benevolência das pessoas com quem vivemos habitualmente ou que nos são apresentadas pelo movimento da sociedade. Refletindo sobre aquilo que nós exigimos dos outros para ficarmos contentes com eles, logo descobrimos o que devemos fazer para que eles fiquem contentes conosco. Eis a origem natural da *polidez*, que – como já deixamos entrever anteriormente – é o hábito de mostrar às pessoas com quem vivemos os sentimentos e a consideração que devemos a elas.

O homem não nasce polido; ele fica assim pela educação, pelos preceitos, pelo exemplo, pela própria experiência e pelas reflexões sobre o caráter dos homens – em poucas palavras, pelo traquejo com o mundo. Tudo lhe prova que, para ser feliz, é preciso agradar; ele logo percebe que, para conseguir isso, é preciso se adequar às ideias e às convenções daqueles com quem se vive, poupar seu amor-próprio ou sua vaidade sempre ativa e mostrar-lhes estima ou pelo menos consideração. Todo homem que ama e estima a si mesmo quer ver seus sentimentos adotados pelos outros; é com base nessas pretensões, bem ou mal fundamentadas, que ele julga os seres com os quais tem relações.

A polidez foi muito bem definida por um moralista moderno como *a expressão ou a imitação das virtudes sociais*. Diz ele:

Ela é a sua expressão se é verdadeira e a sua imitação se é falsa. As virtudes sociais são aquelas que nos tornam úteis e agradáveis àqueles com quem nós temos de viver. Um homem que possuísse todas elas teria necessariamente a polidez em um grau soberano[58].

Alguns pensadores desgostosos confundem a polidez verdadeira com a falsa; ou então, fazendo que ela consista unicamente em formalidades incômodas e minuciosas, em sinais de dedicação ou de estima equívocos e pouco sinceros e em expressões hiperbólicas introduzidas pelo costume, eles a têm proscrito injustamente e têm dado preferência a uma grosseira e selvagem rudeza que eles qualificaram de *franqueza*. Porém, na vida social, a polidez é uma qualidade necessária, visto que serve para recordar aos homens os sentimentos que eles devem uns aos outros e a circunspecção com que, pelos seus mútuos interesses, são obrigados a se tratar reciprocamente os seres que têm contínua necessidade de conversar entre si.

Evitemos, portanto, criticar imprudentemente os usos, as fórmulas, as convenções e os sinais sempre úteis, a partir do momento em que retraçam em nossa memória aquilo que devemos a nossos semelhantes e aquilo que pode atrair para nós a benevolência deles. Conformemo-nos com esses costumes

---

58. Cf. as *Considerações sobre os costumes*, de Duclos.

quando eles não se chocam com a probidade; submetamo-nos a algumas práticas que não podem ser violadas sem indecência e cuja omissão faria que fôssemos acusados de vaidade, de rusticidade e de excentricidade, e nos tornaria desagradáveis ou ridículos.

O desprezo pelas regras da polidez e pelos usos do mundo manifesta, com efeito, um tolo orgulho, sempre apto a ferir. A recusa de se submeter aos costumes adotados pela sociedade é uma revolta impertinente e digna de ser censurada. Cada homem tem o direito de pensar como quiser, mas não pode – sem falhar com seus associados – se isentar das regras impostas a todos e se subtrair à autoridade pública, quando ela não prescreve nada que seja contrário aos bons costumes. Respeitemos o público, sigamos seus usos, temamos desagradá-lo negligenciando os sinais exteriores aos quais se convencionou vincular as ideias de benevolência, de afeição, de estima e de respeito – ou, se preferirem, de indulgência e de humanidade, que devemos até mesmo às fraquezas de nossos semelhantes.

Se nós devemos ter consideração por todos os seres de nossa espécie, a polidez nada mais é do que um ato de justiça e de humanidade. O desconhecido, o estranho, tem direito de esperar de nós alguns sinais da benevolência universal, devida a todos os homens, já que, se o acaso nos transportasse para um país desconhecido, desejaríamos encontrar em seus habitantes alguns sinais de benevolência, de hospitalidade e de humanidade. No entanto, muitas pessoas, consideradas polidas e bem-educadas, parecem esquecer ou desconhecer esses princípios; para elas, os desconhecidos não parecem ter qualquer direito à sua consideração. Nos espetáculos, nos passeios, nas festas e nos lugares públicos vemos muitas pessoas se comportarem com uma rudeza, uma impolidez e uma grosseria muito desagradáveis, das quais elas às vezes têm motivo para se arrepender pelas querelas e pelas consequências algumas vezes muito funestas que acarretam. Não se deve negligenciar ou desprezar os sinais que os homens convencionaram para assinalar a benevolência e as atenções que são devidas a todo mundo; se esses tipos de sinais nem sempre são sinceros, eles provam ao menos que existem em todas as nações civilizadas algumas ideias sobre aquilo que os seres da mesma espécie devem uns aos outros, mesmo quando não estão intimamente ligados.

A polidez franca e verdadeira é aquela que parte dos sentimentos de afeição, de consideração e de respeito que despertam em nós as qualidades eminentes que encontramos nas pessoas a quem os demonstramos. Não podemos, é verdade, experimentar esses sentimentos por todo mundo, mas devemos a todo mundo a benevolência, a bondade e a humanidade. Somos algumas vezes forçados a mostrar respeito até mesmo à maldade poderosa, porque a nossa conservação quer que evitemos ferir aqueles que poderiam nos causar dano; então, a consideração que mostramos a eles é um efeito do temor, o qual exclui o amor.

A *estima* é um sentimento favorável fundamentado nas qualidades que julgamos úteis e louváveis, e de acordo com as quais nós avaliamos aqueles que as possuem; é uma disposição a amá-los, a nos ligar a eles. O *desprezo* é um sentimento de aversão fundamentado em algumas qualidades inúteis e pouco louváveis. O desprezo é insuportável para aqueles que são objetos dele, porque parece de algum modo excluí-los da sociedade como inúteis. É possível ser estimado sem ser amado, mas não se pode ser amado solidamente sem ser estimado. As afeições mais duradouras são aquelas que têm a estima como base.

A *consideração* é um sentimento de estima misturada com respeito, despertado por algumas qualidades pouco comuns, por ações grandiosas e nobres, por talentos raros e sublimes. Ter consideração por alguém é manifestar-lhe uma atenção acentuada em favor das qualidades que o distinguem dos outros – de onde se vê que a consideração não é devida senão à grandeza de alma, aos grandes talentos e à virtude.

Existe – dizem-nos – falsidade em manifestar polidez, estima e consideração por homens a quem esses sentimentos não são de maneira alguma devidos. Porém, devemos algum comedimento e alguma consideração a todos aqueles que a sociedade é unânime em respeitar; nós não somos seus juízes. Seria imprudente mostrar desprezo pela maldade quando ela tem o poder de causar dano. É preciso evitar tanto quanto possível os malvados; porém, quando o acaso ou a necessidade os apresenta a nós, não é possível provocá-los com a nossa conduta, mas é preciso temê-los – e, quando nos inclinamos perante eles, nossa conduta nada mais é que a expressão de nosso temor. Apenas o homem de bem tem o direito de aspirar às homenagens do coração, à afeição sincera, à estima e à consideração verdadeiras; os malvados no poder devem se contentar em receber os seus sinais exteriores. O desprezo é insuportável aos homens mais desprezíveis. Quanto mais os malvados têm a consciência do desprezo que merecem, mais eles ficam irritados com aquele que demonstra desprezá-los.

Os sinais de respeito são devidos ao poderio; a consideração que o temor, ou as convenções sociais, ou o nosso dever nos obrigam a ter pelos nossos superiores ou pelas pessoas que exercem sobre nós uma autoridade bem ou mal fundamentada é chamada de *respeito*. Um filho deve respeitar seu pai, mesmo quando ele é injusto. Um cidadão respeita os príncipes, os poderosos e as pessoas de posição mesmo quando eles são malvados, porque ele se exporia por uma tola vaidade aos efeitos de seus ressentimentos. O respeito, misturado ao temor, sempre custa muito ao amor-próprio dos homens, comumente feridos ou incomodados pela superioridade alheia. Se os sinais de respeito são lisonjeiros para aquele que os recebe, porque lhe recordam do seu poderio e da sua grandeza, eles desagradam aquele que os dá, porque lhe recordam da sua fraqueza e da sua inferioridade. É por isso que nada é mais raro do que os inferiores sinceramente apegados a seus superiores; estes últimos comumente fazem que seus protegidos sintam toda a distância que é colocada entre eles pela condição social e pelo poder.

A consideração que nós mostramos aos nossos iguais é chamada de *polidez*, de *bons procedimentos*, mesmo que não experimentemos por eles os sentimentos de uma afeição verdadeira; trata-se de uma moeda corrente que cada um dá e recebe por aquilo que ela vale. A vida social exige que se tenham bons procedimentos para com os indiferentes; e, além disso, nós exigimos a mesma coisa das pessoas às quais somos pouco ligados – de onde se vê que essa conduta está fundamentada na justiça.

Os sinais de consideração são devidos ao mérito, aos talentos raros e úteis e às virtudes. Os sinais de ternura são devidos à amizade. O respeito que temos por nossos inferiores é chamado de *bondade* e *afabilidade*. Nós devemos dar-lhes alguns sinais disso, porque é o meio de granjearmos sua afeição, que jamais pode ser indiferente ao homem de bem: ele teria vergonha de dever apenas ao temor o respeito e as homenagens que deseja obter do coração. Os sinais de benevolência universal são devidos a todos os homens, porque eles são nossos semelhantes. Enfim, para um coração sensível, não existe nada mais digno de circunspecção e de respeito do que a miséria; é uma espécie de consolo que devemos aos infelizes.

Saudando um inferior, um homem do povo, um desgraçado, os ricos ou os poderosos lhe anunciam que eles têm humanidade, que eles não o desdenham, que eles lhe dão alguma importância e que eles lhe querem bem. Nada estaria em maior conformidade com a moral sadia do que ensinar as crianças nascidas na opulência a jamais mostrarem desprezo por seus inferiores. Elas se tornariam, desse modo, mais dignas do seu amor; elas enfraqueceriam o ódio ou a inveja que a indigência deve naturalmente conceber contra os ditosos – sentimentos que o orgulho não pode senão envenenar. Não será, pois, suficiente que alguns homens sejam miseráveis, sem também fazer que eles sintam isso a todo momento?

A educação também deveria preservar os poderosos dessa polidez arrogante e desdenhosa que, bem longe de inspirar o amor e a confiança naqueles que a suportam, parece afastá-los, repeli-los, manifestar-lhes a distância na qual o orgulho quer mantê-los. A polidez desse gênero é muitas vezes mais revoltante do que um insulto explícito. Diz um moderno:

> Os poderosos que afastam os homens à força de uma polidez sem bondade não servem senão para serem eles próprios afastados à força de respeito sem afeição... A polidez dos poderosos deve ser a humanidade, e a dos inferiores deve ser o reconhecimento – se os poderosos o merecerem. A polidez dos iguais deve ser a estima e os serviços mútuos[59].

Os habitantes da corte são comumente os mais polidos dos homens, pois estão acostumados a ter medo de ferir o

---

59. Cf. as *Considerações sobre os costumes*.

amor-próprio de todos aqueles que podem servi-los ou desservi-los em seus diversos projetos. Eles sabem que algumas vezes o homem mais abjeto pode pôr obstáculos aos seus desejos. Todavia, os poderosos são comumente muito polidos, a fim de que eles próprios sejam mais respeitados, ou para advertir seus inferiores da submissão que esperam deles.

O desejo de fazer favores deve ser colocado no rol das qualidades mais apropriadas para granjear a afeição na vida social. Essa disposição é visivelmente emanada da benevolência e dos auxílios que devemos aos seres de nossa espécie. Prestar serviços a alguém é exercer para com ele a beneficência. Assim, o homem *obsequioso* adquire alguns direitos sobre a afeição dos outros e sobre a própria estima. Aquele que se serve de própria reputação para fazer sair do esquecimento o mérito ignorado, para reparar as injustiças da sorte e para fornecer auxílios à virtude é um verdadeiro benfeitor digno do reconhecimento de todo bom cidadão. Sem produzir efeitos tão acentuados com frequência, o desejo de obsequiar é sempre agradável no comércio da vida. Ele parte da complacência e da polidez, que nos levam a nos prestar alegremente aos desejos daqueles a quem queremos agradar. Assim como a beneficência, a disposição obsequiosa jamais deve ser exercida à custa da virtude. Fazer favores aos perversos é causar dano à sociedade e, muitas vezes, a si próprio. Servir os viciosos em seus desregramentos é fazer-lhes mal. Prestar seus socorros à iniquidade é tornar-se culpado. Somos covardes e aduladores quando temos a fraqueza de servir ou favorecer as pessoas inúteis ou nocivas. Uma polidez excessiva, uma complacência banal e um desejo cego de obsequiar produzem quase sempre tantos males na vida desse mundo quanto a falta de polidez e a brutalidade.

Em qualquer familiaridade na qual os homens vivam entre si, a polidez jamais deveria ser totalmente banida. O amor-próprio está tão pronto a se alarmar e a vaidade é tão fácil de ser irritada que se deveria sempre temer despertá-los. Nossos amigos nos dispensam de bom grado das formalidades incômodas e banais da polidez e da etiqueta; porém, nossos amigos jamais podem consentir em se ver desprezados. Nada é mais cruel do que o desprezo da parte daqueles que se ama e por quem se gostaria de ser amado. Assim, a amizade, banindo os *cumprimentos* ou os sinais exteriores da polidez, não pode deixar de exigir os sentimentos reais dos quais essas marcas são as manifestações. Os gracejos mordazes e os discursos pouco comedidos, que a familiaridade muitas vezes parece autorizar, são as causas mais comuns das rupturas e das discórdias vistas na sociedade.

O amor-próprio, que sempre lisonjeia, e o desatino, que dificilmente vê as coisas como elas são, fazem que muita gente presuma muita amizade da parte das pessoas com quem se relacionam e não saibam avaliar até onde é possível chegar com elas. Supõe-se muitas vezes que tudo é permitido com aqueles que se acredita serem seus *amigos íntimos*, ao passo que quase sempre esses pretensos *amigos íntimos* não têm por nós senão os sentimentos muito fracos de uma benevolência geral, que não deve ser confundida com a verdadeira amizade. O mundo está repleto de desajeitados presunçosos que se tornam desagradáveis para aqueles dos quais eles não aprofundaram suficientemente as disposições. "Eu não sabia que era tão vosso amigo", dizia um homem a um indiscreto que presumia que ele lhe tivesse muita afeição. "Tenha um pouco de cerimônia", dizia outro a alguém que usava para com ele maneiras demasiado familiares. Será que um pouco de reflexão não nos deveria mostrar que existem algumas posições nas quais o amigo mais querido pode se tornar incômodo para seu amigo?

A própria união conjugal, para ser preservada em toda a sua força, não dispensa os cônjuges dessas atenções que manifestam a estima e o desejo de agradar. Em público, os cônjuges sensatos respeitarão o seu amor-próprio, ou não deixarão de lado o respeito mútuo, apto a manifestar que eles têm os sentimentos adequados a seres que se amam. Existem algumas pessoas bastante irrefletidas para recusar qualquer sinal de benevolência e de apreço às pessoas das quais elas têm o máximo interesse em conservar a afeição. A sociedade está repleta de cônjuges que não se distinguem senão pelos maus modos, de pais que tratam seus filhos sem nenhum comedimento, de amigos que acreditam que tudo lhes é permitido com seus amigos; enfim, de patrões que não podem falar com bondade ou sangue-frio com seus empregados. É assim que os homens que vivem na maior familiaridade acabam quase sempre por se detestar.

As atenções e as boas maneiras jamais estão deslocadas ou perdidas; as diferentes maneiras de exprimi-las, pela sua conduta e pelos seus discursos, servem para alimentar nos corações dos homens as disposições necessárias ao seu contentamento recíproco. Nós jamais estamos contentes com aqueles que nos mostram que não têm por nós os sentimentos que exigimos deles.

Devemos certas atenções mesmo às pessoas que nos são totalmente desconhecidas. Um ser verdadeiramente sociável deve se abster de ofender mesmo aqueles que um puro acaso vem oferecer à sua vista. Esse desconhecido pode ser um homem de um mérito raro ou de uma posição distinta, e podemos nos arrepender de não ter lhe mostrado os sentimentos que ele tem o direito de exigir. Não há ninguém que não se envergonhe de ter tratado de maneira muito leviana ou pouco respeitosa um desconhecido quando vem a descobrir, na sequência, que esse mesmo desconhecido é um personagem considerável. Além disso, o homem de bem, sempre animado pelo sentimento da benevolência universal, deseja manifestá-lo mesmo àqueles que ele não vê senão de passagem.

Assim, as atenções devidas à sociedade nos prescrevem as deferências e a polidez mesmo para com as pessoas com quem nós não tivemos ou jamais teremos uma ligação especial. Nada é menos polido ou mais impertinente do que esses olhares curiosos, atrevidos e constrangedores que alguns homens, que se acreditam bem-educados, lançam muitas vezes sobre as mulheres nos passeios ou nos lugares onde o público se reúne. Uma boa educação, assim como a decência, deveria sem dúvida nos ensinar que nossos olhares são feitos para poupar a delicadeza e o pudor de um sexo que o nosso deve respeitar, ou que, ao menos, não deve obrigar a sentir vergonha.

Geralmente, o homem bem-nascido adquirirá o hábito de não ferir ninguém. Por não prestar atenção a essa regra tão simples, a quantos inconvenientes desagradáveis uma multidão de imprudentes não se encontra exposta a todo momento? Vendo a maneira como muita gente se comporta em público com aqueles que a casualidade lhes apresenta, acreditar-se-ia que todo desconhecido é, para eles, um inimigo com o qual eles querem entrar em guerra. Daí nascem mil encontros imprevistos, cujas consequências são quase sempre muito sérias entre pessoas pouco dispostas a tolerar os olhares insultuosos ou as maneiras pouco comedidas daqueles que se encontram em seu caminho. Mas como! Todos os homens, todos os habitantes de uma mesma cidade não deveriam dar sinais de benevolência uns aos outros? Teremos motivo para nos envergonhar das atenções que mostramos aos nossos concidadãos?

O meio mais seguro de bem viver com os homens é demonstrar-lhes, tanto quanto possível, que temos por eles os sentimentos e a opinião que eles querem encontrar em nós. Nós não somos censuráveis por sacrificar-lhes, algumas vezes, uma porção do nosso amor-próprio; é preferível, geralmente, pecar pelo excesso do que pela escassez nas atenções que lhes demonstramos. Mas a vaidade do homem é tão mesquinha e tão pobre que teme privar a si mesma de tudo aquilo que ela concede aos outros. Sob o pretexto de evitar a baixeza e a adulação, recusamo-nos muitas vezes a algumas condescendências inocentes para com as fraquezas humanas, às quais uma verdadeira grandeza de alma se prestaria sem repugnância. Não somos de modo algum vis por mostrarmos indulgência, que é, ao contrário, um sinal de grandeza, quando da sua facilidade não resulta nenhum mal. Existe razão em ceder à força[60]; existe generosidade em fazer que seu amor-próprio se dobre diante do amor-próprio de um homem que também tenha mérito ou diante do amor-próprio de um amigo que pode ter alguns leves defeitos, compensados por um grande número de qualidades louváveis. Se, no comércio da vida, nos obstinássemos em nunca pôr os homens senão em seu verdadeiro lugar, logo nos veríamos brigados com todo mundo.

Muitas pessoas adotam como questão de honra valer-se, no comércio da vida, de uma rigidez que as torna desagradáveis sem fazê-las estimadas. Elas dizem que são francas,

---

60. Os lacedemônios, que não eram homens vis, nos deram um belo exemplo da indulgência que se pode ter pela loucura dos poderosos. Quando Alexandre, o Grande, teve a mesquinhez de se fazer passar por filho de Júpiter* e por um deus, ele quis ser reconhecido como tal por todos os Estados da Grécia; diante disso, os lacedemônios promulgaram esse decreto verdadeiramente lacônico: "Já que Alexandre quer ser deus, que ele seja deus."

* O certo seria Zeus, já que se trata de uma história grega. (N. T.)

que não são aduladoras, ao passo que, no fundo, são apenas vãs, grosseiras e cheias de mesquinhez, de malícia e de inveja. Diz Horácio: "A virtude ocupa o lugar intermediário entre esses dois vícios opostos e deles está igualmente distanciada"[61]. Com efeito, uma alma verdadeiramente nobre e generosa não teme se aviltar pela sua condescendência; ela não se envergonha nem mesmo de dar aos outros mais do que eles têm direito de exigir. Apenas uma vaidade inquieta quanto às próprias pretensões, quase sempre suspeitas para ela mesma, é que pega incessantemente a balança para pesar com todo o rigor aquilo que ela quer conceder ou recusar. Todo sacrifício do amor-próprio custa infinitamente aos espíritos pequenos; eles não dão importância senão a bagatelas; pelo temor de serem demasiado polidos, eles se tornam impertinentes.

Daí esse perpétuo conflito de vaidades que vemos a todo momento em guerra na sociedade. Os homens vãos sempre temem fazer demais e se degradar pela indulgência que eles mostrariam aos outros. Os poderosos aparentam desprezo pelo sábio ou pelo homem de letras com os quais eles querem se divertir, sem jamais consentir que seus diversos talentos os aproximem muito do seu nível; o aristocrata pretende que o homem de mérito sem um bom nascimento *se mantenha sempre em seu lugar*. O relacionamento que se estabelece muitas vezes entre a nobreza indigente e a burgue-

---

61. "*Virtus est medium vitiorum, e utrinque reductum*" (Horácio, Epístola XVIII, livro I, verso 9).

sia opulenta não é comumente senão um combate entre duas vaidades igualmente ridículas. O financista, assim como o homem de letras, tem algumas vezes a vaidade de frequentar os poderosos que os desprezam; eles pensam se tornar ilustres por meio de uma ligação que os degrada; e esses poderosos, dos quais eles têm a loucura de se crer amigos, não os consideram senão protegidos, inferiores que eles se dignam a honrar com sua condescendência. Diógenes dizia que "os poderosos são como o fogo, do qual não é possível se afastar demais e nem chegar muito perto".

Nada é mais sensato ou mais vantajoso na vida do que permanecer em sua esfera. Um árabe disse com muita sabedoria: "Não vá ao mercado para não vender com prejuízo". O relacionamento com os grandes não pode deixar de ser desvantajoso para os pequenos. Todos os talentos do espírito e do coração nada são aos olhos de um aristocrata, que não conhece nada comparável ao nascimento. A virtude parece muito inútil para o cortesão, que só dá importância àquilo que conduz à fortuna. O mérito perde todo o seu valor junto àqueles que não o têm. O homem de gênio não passa de um tolo junto de um tolo que tenha títulos. O homem talentoso deve ser baixo, se quiser agradar à grandeza. O convívio com os poderosos rouba comumente do espírito essa nobre altivez, essa coragem e essa liberdade que o tornariam capaz de fazer coisas úteis e grandiosas[62].

---

62. A vaidade comumente tem uma participação maior do que o gosto ou do que o amor pelas ciências nos favores que os príncipes fazem aos sábios e aos letrados. As *Memórias de Brandemburgo* nos falam de um so-

O homem cuja fortuna é medíocre não ganha, no convívio com a opulência, senão o desejo de enriquecer, o gosto pelo luxo, o amor pelos gastos e a tentação de se arruinar para não ficar abaixo daquele cujo fausto o deslumbra. O homem sábio não deveria absolutamente sair de sua classe: é a maneira de evitar os desgostos que produziriam nele a arrogância, as pretensões e as vaidades alheias. A mania dos poderosos é uma fonte de ruína para os indigentes ou para as pessoas cuja fortuna é limitada. Seria mais prudente preferir permanecer aquém a querer estar além das suas faculdades.

Geralmente, não pode haver encantos recíprocos e duradouros nas alianças desiguais da sociedade ou nas ligações entre pessoas que diferem muito, seja pela posição, pela classe social e pela fortuna, seja pelos talentos, pelo espírito e pelo caráter. Aqueles que sentem a sua superioridade, em qualquer gênero, normalmente não tardam a prevalecer-se dela contra seus inferiores; daí nascem discórdias e ódios, frutos necessários da arrogância, do desprezo e das zombarias a que

---

berano faustoso que teve uma academia, que ele julgou necessária à sua glória como ter um zoológico. Dionísio, o jovem, tirano de Siracusa, explicava-se com muita franqueza a esse respeito; ele dizia que mantinha em sua corte alguns filósofos e homens de letras não porque os estimasse, mas porque queria ser estimado por causa dos favores que lhes fazia (cf. Plutarco, *Ditos notáveis*). Diversos tiranos e déspotas favoreceram as letras com as mesmas intenções de Dionísio. Assim, eles se asseguraram dos panegiristas e algumas vezes dos apologistas de suas ações mais censuráveis. Alguns príncipes homenagearam e distinguiram astrônomos, historiadores e, sobretudo, poetas, mas quase não se vê príncipes que tenham apreciado os filósofos verídicos e sinceros. Os benefícios dos déspotas chegaram a ser, muitas vezes, um obstáculo aos verdadeiros progressos do espírito humano.

comumente submetemos aqueles que vemos abaixo de nós. Os pequenos não têm a ganhar senão o desprezo com os grandes, e as pessoas de espírito medíocre são logo desdenhadas por aqueles que têm alguma vantagem nesse aspecto.

Encontram-se pessoas que, por uma tola ambição, querem *primar* nos círculos que frequentam. Para conseguir isso, vós as vereis algumas vezes preferir a companhia de seus inferiores à de seus iguais, que não lhes deixariam levar as mesmas vantagens. É assim que as pessoas de espírito têm algumas vezes a fraqueza de fugir dos seus semelhantes e de se comprazer com os tolos que elas podem impunemente dominar – poder pouco glorioso, sem dúvida, aquele exercido sobre homens fracos e desprezíveis! Apenas uma vaidade bem pueril pode ficar lisonjeada com as homenagens daqueles mesmos que ela despreza.

Quaisquer que sejam os motivos, existe baixeza, covardia e tolice em se relacionar com aqueles que não se pode amar ou estimar. Nada é mais vil do que a conduta desses poderosos que vão *morder* a mesa de um novo-rico para terem a oportunidade de rir à sua custa. O homem cujo coração está bem situado abstém-se de ver familiarmente as pessoas desprovidas de qualidades amáveis. Ele não irá, de modo algum, à casa do homem vão, porque teria de suportar a sua vaidade. Ninguém é, com efeito, mais sujeito ao esquecimento do que um tolo que enriqueceu. Não há nada mais insolente do que ele quando se vê cercado de aduladores e parasitas. O homem de bem não se relacionará de maneira alguma com o pródigo, porque ele sentiria vergonha de contribuir para a sua ruína ou de tirar partido de sua loucura. Enfim, ele não se relacionará absolutamente com as pessoas desacreditadas ou dignas de desprezo, porque ele respeita a si mesmo e teme se desonrar aos olhos dos outros.

O mundo está cheio de pessoas com quem não podemos nos relacionar sem dar desculpas ou sem nos crermos obrigados a explicar os motivos das ligações que formamos com elas. Não é necessário, tanto quanto é possível, nos relacionarmos senão com pessoas estimáveis das quais não tenhamos de nos envergonhar; e então não haverá nem desculpas, nem explicações a dar. O acaso, nossas circunstâncias ou nossas necessidades podem nos forçar a encontrar algumas vezes pessoas pouco dignas da nossa afeição verdadeira, da nossa estima sincera; porém, existe baixeza e falsidade em viver na intimidade com pessoas pelas quais não se pode experimentar nenhum sentimento favorável. O adulador rasteiro é o único que pode se submeter a semelhante constrangimento; somente o homem vil pode consentir em viver muito tempo atrás de uma máscara.

Qualquer que seja o partido que se resolva tomar, aquele que quer viver no mundo deve se prestar, tanto quanto possível, ao amor-próprio bem ou mal fundamentado daqueles com quem se relaciona. Se ele não tem coragem para isso, que se abstenha de um convívio que não lhe convém. O misantropo é sempre um orgulhoso, ou então um invejoso, cuja vaidade e a inveja ficam irritadas com tudo. Viver com homens é viver com seres cheios de amor-próprio e de preconceitos com os quais é preciso se conformar, ou condenar-se a viver como um solitário. Nosso amor-próprio deve nos ensinar que devemos fechar os olhos para o dos outros; o homem prudente e sociável está sempre ocupado em reprimir o seu. Existe força, grandeza e nobreza em vencer as próprias fraquezas e em suportar as dos outros. A grande arte de viver é exigir muito pouco e conceder muito. Para estarmos contentes com todo mundo, é preciso tornar as pessoas com quem vivemos contentes com elas mesmas e conosco; esse objetivo merece seguramente que sacrifiquemos algo por ele.

Pelo bem da paz, é bom consentir algumas vezes em ser enganado, e não tirar de maneira alguma partido da própria superioridade. Os homens estão perpetuamente em guerra não porque tenham grandeza de alma, mas porque eles não têm a coragem de ceder. As corporações, assim como os indivíduos, odeiam-se ou se desprezam porque não têm as mesmas paixões, os mesmos gostos, os mesmos pontos de vista e os mesmos preconceitos. Um cortesão ambicioso, um príncipe ou um conquistador encaram com desprezo as especulações de um filósofo, que contrariam seus gostos e seus preconceitos; todavia, o sábio considera as loucuras deles com piedade e acha que um espírito elevado não vê nada de grandioso sobre a terra além da virtude: os cedros não parecem senão relva para a águia que plana no alto dos ares.

Porém, para viver com os homens, é preciso prestar-se às suas opiniões, sob pena de ser detestado por eles. Inebriado pelo seu amor-próprio e pelas suas próprias ideias, cada um se esquece do amor-próprio dos outros e se recusa a se conformar com a opinião que eles têm sobre si mesmos; essa é a fonte de onde se vê perpetuamente jorrar todos os dissabores da vida. O mundo é uma assembleia na qual cada um se mostra da maneira que lhe é mais vantajosa; para desempenhar bem o seu papel, é útil deixar cada um desempenhar o seu. O papel do homem de bem é ser paciente, indulgente, generoso e conter no fundo de seu coração os impulsos de cólera que, sem corrigir ninguém, nada mais fariam que torná-lo infeliz. O humor negro não faria senão levar a perturbação para dentro de nós mesmos e fazer que fôssemos odiados por aqueles com quem estamos destinados a viver em paz.

Não existe, absolutamente, nas loucuras dos homens, nenhum motivo para se ficar irremediavelmente de mal com a espécie humana. O sábio ri delas interiormente, mas se presta algumas vezes aos jogos infantis desses seres nos quais a razão ainda não se mostrou. Ele sabe que uma censura amarga nada pode contra a torrente da moda e dos preconceitos. Submissos às convenções honestas da sociedade, das quais nós não somos nem os árbitros, nem os reformadores, esperando que o espírito humano se desenvolva e se liberte das vendas do preconceito, deixemos para cada um a posição que a opinião lhe concede. Cheios de consideração por nossos semelhantes, não os aflijamos de maneira alguma com uma conduta arrogante que tornaria inúteis as lições da sabedoria. Que o filósofo, sincero em seus escritos, apresente a verdade sem nuvens porque ela é útil à sociedade; porém, se ele vive no mundo, que poupe a fraqueza dos indivíduos; indulgente para com seus concidadãos, que ele não entre em guerra com as suas pretensões; polido com seus iguais, respeitoso com seus superiores e afável com aqueles que vê abaixo dele, que ele não se arrogue o direito de chocar as pessoas que o acaso lhe faz encontrar; que ele frequente o mundo e não associe nenhum mérito a fugir dele; que ele não viva na intimidade senão com pessoas escolhidas, cujas disposições, ideias e costumes estejam uníssonos com os seus. É aí que ele pode abrir seu coração e se lamentar dos defeitos e das tristes loucuras dos quais a sua pátria é tantas vezes vítima; ele deplora com essas pessoas as opiniões insensatas às quais tanta gente vincula tolamente o seu bem-estar; mas ele sabe que o cinismo, a misantropia, o mau humor e a excentricidade não são, de modo algum, apropriados para desenganar os homens.

Diz Pitágoras: "Não aperte indiferentemente a mão de todo mundo"[63]. Esse preceito tão sábio parece totalmente ig-

---

63. É o décimo primeiro dos símbolos desse filósofo, na tradução de Dacier (tomo I, p. 183 da edição de Paris, 1706). Ele também é encontrado no tratado *Da pluralidade dos amigos*, de Plutarco, no primeiro tomo de suas *Obras morais* na versão Amyot (p. 265 verso, da edição de Vascosan in-8º).

norado nas assembleias heterogêneas que se encontram por toda parte. Embora o homem sociável não se acredite no direito de desempenhar na sociedade o papel de reprovador, ele evitará, no entanto, o convívio com os maus, entre os quais ele estaria totalmente deslocado. Um dos inconvenientes mais incômodos das cidades opulentas e povoadas vem da mistura das companhias: nelas encontramos a todo momento as pessoas mais estimáveis indignamente confundidas com os homens mais desacreditados e mais desprezíveis. O que estou dizendo? Estes últimos são algumas vezes não somente tolerados, mas ainda procurados por algumas qualidades divertidas ou alguns talentos amáveis – que muitas vezes são preferidos às qualidades do coração. Na falta de uma censura pública, que deveria infamar todos os perversos, as pessoas honestas fariam muito bem em se coligar para excluir de seus círculos esses homens notórios que, porque as leis se esqueceram de puni-los, apresentam-se afrontosamente na boa sociedade.

Nada é mais estranho, e até mesmo mais perigoso, do que a facilidade com que alguns personagens desprezíveis – jogadores, aventureiros, patifes e escroques – encontram muitas vezes o meio de penetrar naquilo que é chamado de "a boa sociedade". Ela se acha frequentemente forçada a se envergonhar dos membros dos quais é composta. Algumas vezes vemos serem nela admitidos os homens mais desacreditados. As pessoas mundanas, pouco exigentes em suas ligações, perpetuamente entediadas e sem querer nada a não ser passar o tempo, parecem dizer da maioria daqueles com quem se relacionam: "São patifes, são desonestos, nós sabemos, mas é preciso se divertir".

Geralmente, perdoa-se com muita facilidade os perversos pelo mal que eles fazem aos outros; no caos do mundo, as pessoas sem bons costumes e sem virtude não são suficientemente temidas. Escuta-se com prazer aquele que diz maldades, calúnias e maledicências atribuídas aos outros, desde que tenha o cuidado de narrá-las com espírito e alegria. É assim que o homem de pior coração é tido algumas vezes como *encantador*. O amor-próprio dos ouvintes lhes persuade de que o malvado que os diverte mudará para eles de tom e caráter, e jamais ousará tratá-los como trata os outros. No entanto, é aquilo que ocorre quase sempre, e então o homem *encantador* torna-se um monstro abominável.

Todos conhecem o perigo das ligações na teoria, mas o esquecem na prática. Nada é menos agradável e menos seguro do que as casas abertas, por assim dizer, a todos aqueles que nelas se apresentam. Tanta gente, cuja vaidade se nutre com a ideia de receber meio mundo, deveria naturalmente esperar ver muitas vezes em sua casa pessoas suspeitas e perigosas. Quando não recebemos um homem senão por seu nome, seu título, seu espírito, sua posição social, seus talentos agradáveis e, algumas vezes, pelos seus trajes, corremos o risco de um dia nos arrepender de tê-lo admitido em nossa casa. São as qualidades do coração e o caráter de um homem que seria preciso se esforçar para conhecer antes de se ligar a ele. Porém, dir-se-ia que as pessoas mundanas se incomodam muito pouco com a gente honesta, que muitas vezes as entedia; bastante semelhantes às crianças, elas se preocupam muito pouco em conviver com pessoas sensatas, que elas não acreditam ser apropriadas senão para atrapalhar seus vãos divertimentos.

É um inconveniente bastante comum no mundo a leviandade com que os homens se apresentam uns aos outros nos círculos sociais. As pessoas sensatas não querem admitir indiferentemente todo mundo; e todo homem que pensa deveria se preservar de apresentar, mesmo a seus amigos íntimos, as pessoas que ele não conhece senão debilmente, ou que não têm nada de adequado aos gostos, ao caráter e aos costumes daqueles a quem ele as apresenta. As pessoas se enganam muito frequentemente quanto a isso; cada um imagina que o homem que lhe agrada tem as qualidades requeridas para agradar a todo mundo, ao passo que muitíssimas vezes os mesmos aspectos pelos quais um homem nos agrada o tornam desagradável para outros. O talento para combinar os homens é raríssimo, como logo veremos; no entanto, ele contribui muito para o encanto da sociedade e espalharia muito mais prazer sobre o comércio da vida.

A vida social exige que, sem ferir a justiça, todo homem sensato se conforme às leis da *decência*, que nada mais é do que a conformidade de sua conduta com aquela que a sociedade na qual ele vive julgou conveniente. Consequentemente, a decência prescreve que não se bata de frente com os costumes e com as maneiras geralmente adotadas quando eles nada têm de contrário à virtude, ou seja, à decência natural, sempre feita para levar vantagem sobre a decência convencional.

A razão condena, portanto, a conduta impudente e revoltante do cinismo antigo, que considerava um mérito afrontar toda a decência nos costumes. Ela censura essa filosofia que não se compraz senão em contrariar com desgosto os usos mais inocentes e que se faz notar pela excentricidade. Pitágoras foi louvado por ter sabiamente se acomodado a todo mundo; sua máxima era "nunca sair da estrada principal". Todo homem que aparenta excentricidade anuncia uma cabeça ocupada com minúcias, às quais ela dá a máxima importância. Essa maneira de agir, por sua novidade, parece inicialmente interessar; porém, recobrado de sua surpresa, o público pune comumente com o desprezo o homem excêntrico no qual ele logo descobre apenas uma tola vaidade. Diz Montaigne: "Parece-me que todas as maneiras desviantes e peculiares partem mais da loucura ou da afetação ambiciosa do que da verdadeira razão".

Só é justo e permitido afastar-se dos usos prescritos pelas convenções quando eles são evidentemente contrários à reta razão e à equidade natural – e, por isso mesmo, ao bem da sociedade. Catão agiu muito sabiamente ao sair de um espetáculo no qual seria exposta uma mulher nua aos olhares impudicos de um povo corrompido.

Podemos e devemos ser decentes no meio de uma sociedade da qual os costumes são criminosos e viciosos. Todo homem honesto deve se recusar a tomar parte na dissolução geral, porque sabe que ela é essencialmente nociva. Ele não parece, então, excêntrico ou ridículo senão para alguns homens cujos juízos ele é feito para desprezar.

A decência natural está fundamentada nas conveniências necessárias dos seres vivendo em sociedade, no interesse constante dos homens e na virtude. Essa decência nos veta ações aprovadas pelo público, quando elas são evidentemente opostas aos bons costumes. Suas leis devem ser em qualquer tempo preferidas aos costumes, às opiniões e às convenções arbitrárias autorizadas pela insensatez dos povos, que muitas vezes têm ideias bastante falsas sobre a decência. Existem – dizem – algumas nações selvagens onde as mulheres têm o costume de se prostituir aos estrangeiros e se creem ultrajadas por aqueles que recusam os seus favores; o inglês que, lembrando-se de que tinha uma mulher em seu país, não quis se adequar a esse costume impudico bem pôde parecer ridículo ou extravagante para essas mulheres sem pudor, mas nem por isso deixou de ser mais estimável aos olhos de todos os seres racionais.

As nações mais corrompidas prestam algumas vezes homenagem à decência e mostram indignação quando se deixa de respeitá-la. Essa espécie de hipocrisia nos prova que os homens mais viciosos são forçados a se envergonhar das suas desordens e não podem consentir em se ver tal como são. Mesmo uma mulher desregrada fica constrangida quando vê em público um espetáculo licencioso ou quando lhe fazem ouvir discursos obscenos[64].

O *decoro* é a conveniência de nossa conduta com os tempos, os lugares, os costumes, as circunstâncias e as pessoas com quem vivemos; ele consiste em pôr os homens e as coisas em seu lugar, em pagar a cada um aquilo que lhe devemos. De onde se vê que ele está fundamentado na equidade, que jamais pode aprovar injustiças e desonestidades. Faltar ao decoro é, portanto, faltar à justiça. A educação, o exemplo e o trato com o mundo nos dão ideias verdadeiras ou falsas sobre o decoro; e à razão esclarecida que cabe julgá-lo em última instância.

O decoro nos proíbe de chocar, através de nossas ações ou de nossos discursos, as pessoas com as quais vivemos. Consequentemente, ele faz que seja para nós um dever evitar tudo aquilo que pode despertar nos outros ideias pouco favoráveis

---

64. Em nações civilizadas e sem bons costumes, é quase impossível levar ao palco os vícios e as desordens que mais reinam na sociedade. O público, então, protestaria contra essa indecência, e as pessoas mais condenáveis não seriam as últimas a se queixar de que estariam sendo ofendidas. A esterilidade dos bons temas de comédia e a uniformidade das peças de teatro se originam dos escrúpulos hipócritas dos espectadores; eles querem apenas as indecências dissimuladas, a fim de não terem a aparência de pecar grosseiramente contra a decência que eles pretendem respeitar. Um grande número de peças de Molière, aplaudidas no século passado, hoje seriam rejeitadas com indignação. Será que isso prova que o público atual tem melhores costumes e mais virtudes que o de outrora? Não, sem dúvida; isso prova que esse público é menos grosseiro ou menos franco e que ele sabe melhor que o de outrora que é vergonhoso aprovar as coisas contrárias à decência.

sobre nós mesmos ou representar em sua imaginação objetos capazes de lhes desagradar. Será que existe alguma coisa mais contrária ao decoro do que as palavras desonestas e os comentários contrários ao pudor, dos quais muitas vezes as conversas estão cheias? Embora o uso pareça autorizar, ao menos entre os homens, conversas desse gênero, elas parecerão sempre muito pouco decentes para aqueles que têm pelos costumes o respeito que lhes é devido.

Se as pessoas bem-educadas adquirem o hábito do asseio exterior, fundamentado no temor de oferecer aos olhos objetos capazes de causar desgosto, elas devem ter os mesmos cuidados com os ouvidos. Não podemos, portanto, nos impedir de censurar e proscrever da conversação esses detalhes desagradáveis de doenças e enfermidades, a que se permitem algumas pessoas que sua educação pareceria ter acostumado a se mostrarem mais reservadas. Contentar-nos-emos em lhes observar que os discursos não devem esboçar, no espírito dos ouvintes, senão imagens nas quais eles possam se deter com prazer.

As *maneiras* são os modos exteriores de se comportar no mundo, introduzidos pelo uso e pelas convenções da sociedade. Elas consistem na compostura, nos movimentos do corpo, no modo de se apresentar etc. A educação e o exemplo nos fazem adquirir esse hábito; indiferentes em si mesmas, somos obrigados a nos conformar a elas, sob pena de sermos vistos como impolidos ou mal-educados. É preciso, nas maneiras, evitar a afetação, que sempre torna os homens ridículos.

Para se tornar agradável no mundo, não basta possuir conhecimentos, talentos e virtudes; é preciso também saber apresentá-los de maneira que agrade. O homem de bem não deve desdenhar o título de homem amável. Existe negligência, tolice ou presunção – e não mérito – em rejeitar os meios apropriados para atrair a boa opinião do público. Maneiras ridículas, maneiras inusitadas, aparência desagradável, tom brusco e grosseiro, franqueza deslocada e ignorância rústica dos usos aceitos são feitos para indispor ou despertar o riso. Existe tanto impertinência quanto estupidez em desprezar ou ignorar as maneiras consagradas pela convenção. As boas maneiras são o verniz do mérito. A virtude causaria danos a si mesma se recusasse os ornamentos apropriados para torná-la mais atraente. O sábio não deve ter nenhuma vergonha de fazer sacrifícios às graças.

Por falta de fazerem essas reflexões, vemos muitas pessoas de mérito parecerem ridículas e deslocadas no mundo, o qual, quase sempre perverso, se acredita no direito de desprezar a ciência e a virtude quando as acha destituídas dos encantos dos quais ele faz comumente uma altíssima ideia. Todavia, o mundo não pode, normalmente, julgar senão pelo exterior. Seus julgamentos superficiais não são, sem dúvida, nem um pouco infalíveis; no entanto, eles não deixam de ter alguns fundamentos. A ignorância das boas maneiras manifesta uma educação negligente, uma ausência de reflexão e uma incúria censurável. Um exterior deteriorado parece indicar falta de ordem no espírito. Do mesmo modo que uma boa fisionomia previne favoravelmente desde o primeiro momento, maneiras decentes, acessíveis, naturais e sedutoras revelam algumas disposições louváveis, como o desejo de ser amado, o temor de ferir, o hábito de lidar com os homens, o conhecimento das atenções que se deve ter para com a sociedade e uma preocupação constante em não chocá-la de maneira alguma.

O verdadeiro *saber viver* nada mais é do que o conhecimento e a prática das maneiras apropriadas para nos granjear a estima e a amizade das pessoas com quem vivemos. Essas maneiras são boas desde que não tenham nada de contrário à virtude, que não servem senão para tornar mais agradável e mais insinuante. Embora nada seja mais sujeito a enganar do que os sinais exteriores, nem por isso é errado que um exterior amável, simples e decente anuncie comumente um interior regulado. As boas maneiras são a expressão de uma bela alma. Mesmo a virtude pode repelir quando ela se apresenta de maneira rude e selvagem.

Quando falamos das maneiras que a moral prescreve ao sábio adotar, não estamos lhe dizendo para se conformar a esses modos impertinentes, a essas modas variáveis, a esse jargão efêmero e aos vãos trejeitos afetados nos quais os fátuos e as mulheres frívolas fazem muitas vezes consistir o bom-tom. As maneiras dessa espécie são efeitos de uma tola vaidade, feita para desagradar as pessoas sensatas – as únicas cujos sufrágios o homem sensato deve buscar. Assim, distinguimos aquilo que um mundo fútil chama de *belas maneiras* daquilo que se pode chamar justamente de *boas maneiras*. Estas últimas partem de uma afeição social, do respeito que devemos à sociedade. Será que existe algo mais insultante para ela do que os ares insolentemente livres do janota ridículo, que os desatinos afetados da coquete, que a negligência estudada de um monte de seres importantes que, acreditando fazer-se estimar por seus modos impertinentes, não fazem mais que se tornarem odiosos ou desprezíveis? Se os modos abjetos e grosseiros são capazes de prejudicar o mérito, as maneiras afetadas da fatuidade não lhe causam menos dano. O homem de bem jamais deve se cobrir com o manto da loucura; ele deve procurar agradar as pessoas sensatas, e não um rebanho sem miolos que ele deveria evitar. Uma covarde complacência para com as extravagâncias em voga degradaria um homem sábio e o faria ser desprezado. É de um mundo estimável, e não de um mundo frívolo, que ele deve ambicionar a estima e a amizade. Um jeito leviano, estouvado e avoado não convém de modo algum ao homem sociável, que deve sempre – pela sua compostura – mostrar que se ocupa do cuidado de agradar a seus associados. Um jeito arrogante e autossuficiente não convém absolutamente àquele que deseja merecer a benevolência dos outros. Não é senão aos tolos que cabe se esforçar muito para se tornar insuportáveis ou ridículos. Um fátuo, envaidecido com as suas belas maneiras, não faz senão afastar-se da consideração da qual se acredita assegurado.

Para que sejamos amados, nossas maneiras devem anunciar aos outros a modéstia, a complacência, a doçura, a vontade de agradar, a deferência, a polidez, a boa educação e o temor de faltar com o respeito. As maneiras usadas no mundo quase nunca são senão trejeitos pouco sinceros, pois os homens, pouco exigentes em suas relações, nem sempre se relacionam com pessoas a quem esses sentimentos são devidos. A polidez e as maneiras verdadeiras só podem ser encontradas entre aqueles que se amam e se estimam sinceramente.

Em poucas palavras, o comércio da vida exige que adquiramos o hábito de não fazer senão aquilo que pode agradar e evitar com cuidado tudo aquilo que pode hostilizar aqueles com quem estamos unidos pelo destino. O homem verdadeiramente sociável deve se vigiar, mesmo nas pequenas coisas. As falhas muitas vezes reiteradas não deixam, com o passar do tempo, de chocar aqueles com quem vivemos. A atenção e a pontualidade são qualidades louváveis na sociedade; elas deixam de ser incômodas para aqueles a quem o hábito as tornou familiares.

No entanto, aos olhos de muitas pessoas, *a pontualidade é a virtude dos tolos*. Porém, aquilo que contribui para nos granjear a benevolência não deve jamais ser tratado como tolice. Nós não devemos de maneira alguma desprezar uma qualidade cuja ausência nos torna muitas vezes desagradáveis mesmo para os nossos amigos mais íntimos. A falta de pontualidade denuncia comumente leviandade ou vaidade. A atenção escrupulosa em não ferir os outros é uma disposição estimável, já que ela comprova o temor de desagradá-los. Será que toda a vida social não deve ter como finalidade buscar fazer-se amar? A pontualidade não pode, portanto, ser desdenhada senão nas sociedades frívolas, nas quais o homem, perpetuamente distraído e puxado em sentidos contrários por prazeres passageiros ou fantasias inopinadas, não segue jamais, em sua marcha, nenhuma direção constante[65].

Se a incúria, a inadvertência, a leviandade, o estouvamento e a indiferença quanto àquilo que se deve às pessoas com quem se vive são disposições capazes de alterar ao longo do tempo, ou mesmo de aniquilar sua benevolência, é bom não negligenciar no comércio da vida as *atenções* por meio das quais nós provamos aos outros que nos ocupamos deles, que não os esquecemos, que não perdemos absolutamente de vista aquilo que nós lhes devemos. O homem atencioso está certo de agradar; fica-se contente com os seus cuidados e todos experimentam por ele o sentimento da gratidão. As atenções *delicadas* são aquelas que previnem os desejos; elas supõem que se deram ao trabalho de estudar as nossas inclinações e de nos evitar o trabalho de manifestá-las. Elas anunciam um fino tato, uma argúcia que faz adivinhar o pensamento das pessoas que se quer favorecer e uma habilidade que as preserva do embaraço do benefício.

---

65. Um homem de espírito aconselhava um amigo a jamais se fazer esperar, com medo de que aquele que o esperasse tivesse tempo de fazer a enumeração dos seus defeitos. *Aspettare, e non venire* é, segundo os italianos, a fonte de uma impaciência mortal.

Geralmente, é preciso atenção quando se quer andar com prazer e segurança pelo caminho estreito e pedregoso da vida. Ela é necessária tanto no aspecto físico quanto no aspecto moral: a habilidade é o fruto da atenção; a imperícia desagrada e prejudica, porque ela nos torna muitas vezes inúteis para nós mesmos e para os outros. A *falta de jeito* nos expõe à zombaria. O homem que quer agradar no mundo deve se precaver do ridículo, que tem sempre o poder de diminuir a estima. Ficando atentos a nós mesmos, corrigimo-nos pouco a pouco, e o hábito nos torna fácil aquilo que inicialmente nos parecia difícil ou mesmo impossível. Um fátuo, um presunçoso ou um tolo são incapazes de se corrigir.

Esses detalhes, que talvez pareçam ninharias para muitas pessoas, não devem, no entanto, ser totalmente deixados de lado quando se quer viver agradavelmente no mundo. Tudo aquilo que contribui para estreitar os laços da afeição entre os homens não deve ser desdenhado de maneira alguma. Existe arrogância, soberba e tolice em se acreditar dispensado de fazer aquilo que pode atrair a benevolência geral, acima da qual nenhum homem deve se colocar – por melhor que seja a ideia que ele faça dos próprios talentos ou de sua superioridade.

Dentre as qualidades que distinguem os homens no comércio da vida, ou que os fazem ser desejados, devemos colocar os talentos do espírito, a jovialidade, a alegria, o saber, os conhecimentos úteis e agradáveis, o bom gosto etc.

O espírito nos agrada por sua atividade; suas tiradas súbitas nos surpreendem, nos afetam, nos oferecem ideias novas, apresentando à nossa imaginação alguns quadros capazes de divertir. Ele pode ser definido como a facilidade de apreender as relações entre as coisas e de apresentá-las com graça. O espírito justo é aquele que capta a verdade com precisão. O bom espírito é aquele que apreende as relações, as adequações da conduta; aquele que o possui é o homem bem esclarecido.

A maior glória do espírito é conhecer a verdade. Ele não pode merecer a estima senão enquanto é útil; trata-se de uma arma cruel na mão de um malvado. O espírito de um ser sociável deve ser sociável, ou seja, contido pela equidade, pela humanidade, pela modéstia e pelo temor de ferir; o espírito que se faz odiar é, por conseguinte, tolo. O temor foi sempre incompatível com o amor, e a estima é o amor pelas qualidades do homem.

O espírito que só sabe brilhar à custa dos outros é um espírito perigoso, próprio para perturbar a doçura da vida. A maior parte das sociedades se parece com esses sacrifícios bárbaros nos quais eram imoladas algumas vítimas humanas.

Por falta de prestar atenção a essas verdades, as pessoas espirituosas causam muitas vezes alarme da sociedade. A vaidade que lhes dá a ideia de serem temidos os persuade de que tudo lhes é permitido, que eles podem impunemente abusar de seus talentos e fazer que os outros sintam toda a sua superioridade. Assegurados do apoio de alguns admiradores pouco delicados, eles se incomodam muito pouco com a inimizade daqueles que são feridos com os seus sarcasmos. Aplaudidas por alguns invejosos e por alguns perversos, abundantes no universo, as pessoas espirituosas muitas vezes cometem a loucura de preferir os sufrágios deles aos das pessoas de bem. Enfim, por uma estranha inversão de ideias, a palavra *espírito* torna-se muitas vezes sinônimo de perfídia, petulância, malignidade e loucura.

Nada produz mais estragos e desgostos do que a maledicência, a crítica impiedosa e o espírito reprovador, talentos funestos por meio dos quais muitas pessoas pretendem se distinguir. A inveja, o ciúme e, sobretudo, a vaidade são, como já observamos, as verdadeiras causas dessa conduta. Criticamos os outros, expomos os seus defeitos e os salientamos, a fim de ostentar a nossa argúcia e o nosso bom gosto – e para obtermos um prazer tão fútil, nos arriscamos a fazer um grande número de inimigos. As conversas indiscretas fazem surgir a todo momento ódios imortais, dos quais todo homem sensato deve temer tornar-se objeto. Simônides dizia que "muitas vezes nos arrependemos de ter falado, mas jamais de ter calado". Um homem se torna bem mais amável fechando os olhos para os defeitos alheios do que se torna estimável por sua prontidão em descobri-los. Dizia Pitágoras: "Calai-vos ou dizei alguma coisa que valha mais do que o silêncio".

O espírito não pode ser amável se não é temperado com bondade. O homem honesto, com um espírito vulgar, é preferível no comércio da vida ao gênio mais sublime envenenado pela maldade. Os grandes talentos são raros; a sociedade não tem uma necessidade contínua deles; porém, ela não pode dispensar as virtudes sociais. A doce *bonomia* é preferível ao espírito e ao gênio, que ela torna bem mais amáveis quando os acompanha. Leiamos com prazer as obras do homem de espírito e do sábio, que nos proporcionam o lazer ou a instrução, mas vivamos com o homem honesto e sensível, com cuja bondade podemos sempre contar. Escolhamos como amigo o homem de bem, que teme nos desagradar e que nos ama; prefiramo-lo a esses espíritos temíveis que sacrificam a amizade até mesmo aos seus chistes. Porém, por uma cegueira muito comum, somos bem mais ciosos de ser considerados homens espirituosos do que homens sensíveis e virtuosos; preferimos nos fazer temer a nos fazer amar em sociedades nas quais todo mundo está em guerra.

Nenhum homem, se não é bom, é por muito tempo agradável no comércio da vida. O homem de gênio, se é malvado ou vão, apaga o prazer que proporcionou com seus escritos e dispensa o público do reconhecimento. Um gênio malfazejo não faz bem senão aos invejosos; ele leva a desolação para os corações que imola e a indignação para as almas honestas. Não existe um monstro a ser mais temido do que aquele que reúne um mau coração e enormes talentos.

Como já dissemos, é unicamente na utilidade que podem se fundamentar legitimamente o mérito e a glória ligados aos talentos diversos do espírito, às letras, às ciências e às artes, cujo objetivo deve ser extrair, dos diversos objetos dos quais se ocupam, alguns meios de aumentar a soma do bem-estar social e assim merecer a estima e o reconhecimento do público. A glória não é senão a estima universal merecida por alguns talentos que agradam e que são úteis. É toldar essa glória, é torná-la equívoca causar dano aos seus semelhantes, cuja afeição o homem, por mais superior que seja, deve sempre ambicionar.

Não obstante os preceitos desoladores de uma moral austera e selvagem, que parece querer insinuar que uma vida bem regulada deve ser triste e melancólica, diremos que a jovialidade, a alegria e o bom humor são qualidades louváveis e feitas para agradar no mundo. Elas não podem chocar senão alguns misantropos invejosos e ciumentos do contentamento alheio. Porém, essa alegria torna-se censurável quando é exercida de maneira desumana à custa do bem-estar dos cidadãos. Que estranha alegria é essa que consiste em zombarias mordazes, em sarcasmos ofensivos e em sátiras desalentadoras? Será, pois, ser sociável ou alegre ir a um banquete imolar uma parte dos convivas ao riso da outra? Será que a maldade, sempre inquieta e desconfiada, pode ser compatível com a verdadeira alegria, que nunca parte senão de uma imaginação risonha, da segurança da alma e da bondade do caráter?

Somente a virtude confere ao espírito serenidade constante; a verdadeira alegria não pode ser senão apanágio do homem de bem. Para ser franca e pura, ela deve ser sustentada por uma boa consciência, que é a única que pode proporcionar a paz, o contentamento interior e a alegria que nada perturba. A alegria é sempre mais intensa na companhia das pessoas que estão favoravelmente dispostas. A presença de um desconhecido, ou de um homem que desagrada, é muitas vezes suficiente para desconcertar a jovialidade e para converter em tristeza os divertimentos para os quais estava prometida a máxima alegria. Não é possível ficar absolutamente alegre quando se é obrigado a usar de circunspecção e a ter desconfiança – essas disposições são próprias para privar o espírito da liberdade de desabrochar. Epicuro dizia que "não é preciso olhar tanto para aquilo que se come, mas para aqueles com quem se come". Conhecer os homens com quem se vive e combinar bem as pessoas que se reúnem é uma arte bastante negligenciada[66].

O tédio, a saciedade e a ociosidade que comumente atormentam as pessoas mundanas fazem que, para se proporcionar alguma atividade, elas tenham necessidade de um grande movimento, de uma permanente mudança de cenário. Logo, fatigadas das pessoas que viram muitas vezes, elas esperam encontrar em outros conhecidos novos prazeres. Sempre enganadas em sua expectativa, elas veem muita gente e não se ligam a ninguém. No meio de um contínuo turbilhão, elas ignoram as doçuras da amizade, da intimidade e da confiança. Por um abuso ridículo, a sociabilidade degenera em

---

66. Plutarco louva o filósofo Quílon por não ter desejado se comprometer a comparecer ao festim de Periandro antes de ter sabido os nomes de todos os outros convivas. Ele acrescenta que misturar-se indiferentemente com todo tipo de gente em um banquete é agir como um homem desprovido de juízo (cf. Plutarco, *Banquete dos sete sábios*).

balbúrdia, e seria possível dizer que as pessoas mais favorecidas pela fortuna não se servem de sua opulência senão para atordoar a si mesmas. Vós as vedes sempre em movimento sem jamais desfrutarem de nada. A inquietude as persegue até no seio dos prazeres – elas pensam incessantemente em obter outros tantos. É por isso, sem dúvida, que a alegria franca e verdadeira é tão pouco encontrada na mesa dos ricos e dos poderosos; unicamente ocupados com o cuidado de ostentar seu fausto, eles não reúnem senão convivas cujos costumes, ideias, caracteres e classes são muito pouco compatíveis. O tédio preside tantos jantares brilhantes e fastidiosos porque as reuniões mais ilustres são comumente compostas de combatentes em armas, sempre prontos a fazer guerra às pretensões dos outros. O jogo é o vínculo ordinário dessas assembleias de pessoas que não têm nada de útil ou agradável para dizer umas às outras.

Todavia, como os poderosos e os ricos têm – por uma falsa ideia de grandeza –, por assim dizer, a *casa aberta*, eles não se tornam exigentes de maneira alguma. Eles se incomodam muito pouco em conhecer aqueles com quem compõem a sua sociedade. As pessoas que vivem em uma dissipação contínua não têm tempo para aprofundar os caracteres. Por menos que um homem tenha um nome, alguns títulos, algumas maneiras, a arte de entreter e o jargão insípido da alta sociedade, ele tem todas as qualidades requeridas para ser recebido nas melhores rodas. É por isso que nós as vemos tantas vezes compostas de pessoas que não se amam ou se estimam quando se conhecem, ou que, na maioria das vezes, não se conhecem de maneira alguma. Nada é menos divertido do que essas sociedades banais em que todo homem prudente é obrigado a viver com uma reserva contínua.

O Duque de La Rochefoucauld diz que "a confiança abastece mais a conversação do que o espírito". A verdadeira alegria supõe a afeição, a amizade e uma total isenção de suspeitas e temores. Inutilmente se buscaria essas disposições nos círculos e banquetes onde cada um representa, onde cada um, ocupado com os interesses de seu amor-próprio, espreita o dos outros, mede-os com os olhos e está bem mais disposto a se irritar com alguma coisa ou a causar dano do que transmitir prazer ou contribuir de boa-fé para o divertimento de todos. A vaidade não é de modo algum alegre; sempre inquieta e desconfiada, concentrada em si mesma, ela teme evadir-se. A alegria não é comumente apanágio senão das pessoas simples e corretas que se encontram em liberdade, que vivem em cordialidade e que se transmitem reciprocamente o prazer de estarem juntas. Não há nenhuma sociedade agradável entre os homens sem a segurança de encontrar em seus associados alguma consideração, polidez, benevolência, sinceridade, indulgência e amizade.

O contentamento verdadeiro não parece de maneira alguma feito para as cortes dos príncipes; o orgulho da etiqueta deve bani-lo completamente delas para dar lugar à reserva e ao tédio majestoso. Ele está excluído das assembleias dos poderosos, sempre ocupados demais com suas intrigas e com seus interesses escusos. Ele não assiste aos festins da opulência, que não conhece prazer senão em seu luxo e em seu fausto. Ele é pouco encontrado nas rodas misturadas e nas conversas literárias. Enfim, seria inútil procurá-lo na maior parte das sociedades brilhantes, que são os palcos em que intrépidos campeões vêm se entregar a combates contínuos e onde os diferentes atores estão sempre usando máscaras. Quem deseja ser feliz deve, ao entrar para uma roda, esquecer por si mesmo e fazer que os outros se esqueçam do seu amor-próprio, das suas mesquinharias, dos seus títulos e das suas pretensões.

Nada é menos sociável e menos alegre do que o círculo desdenhoso e soberbo que se arroga exclusivamente o título de *boa sociedade* por excelência. As pessoas que o compõem são cortesãs por condição, inimigas umas das outras, que, sob a fachada de uma polidez afetada, escondem almas ulceradas. São nobres apaixonados por suas prerrogativas, sempre prontos a fazer os outros sentirem a elevação das suas pretensões; são mulheres ocupadas com intrigas, negociações e galantarias criminosas, perpetuamente invejosas entre si.

Alguns homens volúveis, sem espírito e sem caráter, que não têm senão a arte de se prestar às fantasias e ao jargão da frivolidade, são considerados pessoas de bom-tom. Aos olhos do homem de bem, a boa sociedade é aquela composta de pessoas honestas, virtuosas e unidas. O bom-tom é aquele que conserva a harmonia social.

Por uma justa compensação, os indigentes, o povo, os jovens e as pessoas de fortuna medíocre – em poucas palavras, aqueles que a grandeza desdenha e que os belos espíritos chamam de *gente de mau tom* – descobrem o segredo de se divertir e de rir com muito mais disposição do que tantos seres soberbos, que raramente sabem gozar a vida. Todo prazer é novo para a juventude e para o homem laborioso; a alegria franca se entrega, deixa-se levar sem restrições. Além disso, o artesão comprou com o próprio trabalho o direito de se divertir, ao passo que o homem ocioso comumente esgotou todos os divertimentos. Enfim, os homens simples vivem de boa-fé uns com os outros e estão bem dispostos com relação aos seus iguais, enquanto as pessoas de ordem mais elevada não carregam para as suas reuniões senão os sentimentos tristes e ocultos da inveja, do constrangimento e do tédio. Aquilo que se chama de *alta sociedade* é geralmente composto de pessoas que se entediam reciprocamente, que muitas vezes se detestam e que, no entanto, não podem dispensar umas às outras.

A verdadeira alegria não pode ser o efeito senão da bondade do coração, da complacência mútua e do contentamento interior derramado sobre os outros. Não se deve confundi-la com o júbilo ruidoso da intemperança, nem com a dissipação tumultuosa e com as orgias da devassidão. O homem de bem é um homem de gosto, que põe seleção, decência e contenção em seus prazeres. Ele não encontra nada de atraente naqueles que não são temperados com a razão.

O *bom gosto* é o hábito de julgar prontamente as belezas e os defeitos das produções do espírito ou das artes. O homem de bom gosto agrada na sociedade, pois apresenta ao espírito dos outros algumas ideias seletas capazes de agradar a imaginação. Na poesia, nossa imaginação é afetada por uma feliz escolha de imagens, de similitudes e de circunstâncias capazes de prender agradavelmente a atenção. Na pintura, o bom gosto nos agrada porque reúne as situações mais apropriadas a nos causar uma impressão agradável e viva.

O bom gosto moral, do mesmo modo que aquele que tem as belas-artes como objeto, é o hábito de julgar judiciosa e prontamente as belezas e os defeitos, as conveniências e as inconveniências das ações humanas, ou seja, de conhecer os graus da estima ou da censura que merece a conduta do homem. Esse gosto é o fruto da experiência, da reflexão e da razão. Na moral, um homem de bom gosto é um homem de fino tato e suficientemente experimentado, que julga com facilidade aquilo que merece a aprovação ou o desprezo – de onde se vê que aquilo que diversos moralistas têm chamado de um *instinto moral*, bem longe de ser uma faculdade *inata*, é uma disposição adquirida, da qual poucas pessoas são dotadas.

Portanto, apenas o homem de bem, sociável e virtuoso, tem verdadeiramente bom espírito, o saber verdadeiramente útil, a alegria verdadeira e, enfim, um gosto seguro nas coisas mais interessantes para a vida[67]. Os malvados e os viciosos não passam de homens sem juízo, sem espírito e sem bom gosto, que levam na sociedade uma vida inquieta e perturbada, sem jamais usufruir dos prazeres puros reservados à sabedoria. Em poucas palavras, tudo nos prova que, se a felicidade pode ser apanágio de algum ser da espécie humana, ela deve exclusivamente pertencer ao homem virtuoso, que sempre tem o direito de estar contente consigo mesmo e de se gabar de contentar os outros.

Capítulo VIII – Da felicidade

A moral, como tudo deve ter provado, é a arte de tornar o homem feliz através do conhecimento e da prática de seus deveres. Diz Marco Aurélio[68]:

> Não são os raciocínios, não são as riquezas, a glória ou os prazeres que tornam o homem feliz – são as suas ações. Para que elas sejam boas, é

---

67. Alguns antigos filósofos da seita acadêmica* reconheceram uma ligação entre o gosto pelo belo físico e pelo belo moral, entre o amor pela ordem física e o amor pela virtude. Com efeito, ambos os gostos parecem depender da sutileza dos órgãos que constituem a sensibilidade. Existe comumente motivo para presumir que um homem que negligencia a ordem nas coisas exteriores, ou que é insensível às belezas físicas, não tem uma cabeça bem arranjada. Tudo na natureza está ligado por cadeias imperceptíveis. É bem difícil que o bom gosto subsista por muito tempo sob um governo despótico.
* Ou seja, os platônicos. (N. T.)
68. Cf. as *Reflexões morais* do imperador Marco Antonino, livro VIII, § 1.

preciso conhecer o bem e o mal; é preciso saber por que o homem nasceu e quais são os seus deveres... Ser feliz é forjar um destino agradável para si mesmo, e esse destino agradável consiste nas boas disposições da alma, na prática do bem e no amor pela virtude[69].

A felicidade é um estado constante e inalterável que não se pode encontrar nem naquilo que se deseja, nem naquilo que nos falta, mas naquilo que se possui. Os prazeres não são mais que felicidades instantâneas; eles não podem proporcionar essa continuidade, essa permanência necessária à nossa felicidade. Assim, os dons da fortuna, a glória e as vantagens conferidas pelo preconceito, dependendo do capricho da sorte ou da fantasia dos homens, não podem dar ao espírito essa fixidez da qual sua felicidade deve depender, nem banir as inquietações que podem perturbá-lo. Os prazeres dos sen-

---

69. Aristóteles, em suas obras morais dedicadas a Nicômaco, diz que "ser feliz, bem agir e bem viver são uma única e mesma coisa... que o bom, o honesto e o agradável estão estreitamente ligados, a ponto de não poderem jamais ser separados". Cícero diz que a vida feliz é o objetivo único de toda a filosofia. "*Omnis summa philosophiae ad beate vivendum refertur*" (cf. Cícero, *Dos supremos bens*, livro II). Seria bem inútil falar aos homens de moral e de virtude se disso não resultasse o maior bem para eles. Uma virtude totalmente *gratuita* é uma quimera pouco sedutora para seres que desejam a felicidade por um impulso constante de sua natureza. Platão define o filósofo como "o amigo da natureza e o parente da verdade". Segundo Aristóteles (no livro I, cap. I de sua *Moral*), "toda arte e toda ciência, assim como toda ação e todo projeto, devem ter algum bem como objetivo".

tidos são ainda menos capazes de nos fornecer o contentamento e a segurança da alma; por mais variados que possamos supô-los, eles terminam sempre por se enfraquecer com rapidez e por nos mergulhar, em seguida, no langor do tédio. Em poucas palavras, os objetos exteriores não podem dar ao homem uma felicidade contínua, que seria impossível pela natureza do homem e pela natureza das coisas[70].

Portanto, é em si mesmo que o homem deve encontrar uma felicidade inalterável; e somente a virtude pode produzir nele não uma insensibilidade melancólica e nociva, mas uma atividade regulada, que ocupe agradavelmente o espírito sem fatigá-lo ou lhe causar desgosto. Como a virtude nada mais é que a disposição habitual de contribuir para o bem-estar de nossos semelhantes, e como o homem virtuoso é aquele que põe essa disposição em prática, deduz-se que o homem sociável não pode ter uma felicidade isolada e que a sua felicidade depende sempre do bem que ele faz aos outros.

Um antigo poeta disse, com razão, que "o homem de bem duplica a duração de sua vida e que desfrutar da vida passada é viver duas vezes". Haverá algo mais satisfatório do que viver sem recriminações, do que poder repassar a cada instante na sua memória o bem que se fez a seus semelhan-

---

70. Plutarco (na tradução de Amyot) diz: "Viver doce e alegremente não procede de maneira alguma do exterior do homem, mas, pelo contrário, parte do homem, que dá a todas as coisas que estão ao seu redor alegria e prazer, quando sua natureza e seus costumes são internamente bem compostos, porque é a fonte e o manancial vivo do qual todo o contentamento procede" (cf. Plutarco, *Do vício e da virtude*).

tes, do que não encontrar na sua conduta senão objetos agradáveis pelos quais se tenha o direito de se congratular? Toda a vida do homem virtuoso e benfazejo não é, para ele, senão uma sequência de imagens deliciosas e de quadros risonhos. Cícero diz que:

> Quando cultivamos a virtude durante todo o decorrer da vida, dela colhemos maravilhosos frutos na velhice; e esses frutos não só estão sempre presentes até o último momento da vida – o que seria sempre muito, mesmo que houvesse apenas isso – como são acompanhados de uma alegria perpétua, produzida pelo testemunho de uma boa consciência e pela lembrança de todos os bens que nós fizemos[71].

Já Diógenes dizia que "para o homem de bem todos os dias devem ser dias de festa".

Proporcionar ao homem uma felicidade duradoura que nada possa alterar e relacionar essa felicidade com a dos seres com os quais ele vive – eis o problema com que a moral deve se ocupar e que se tentou resolver nesta obra. O objetivo era

---

71. "*Exercitationes virtutum, quae in omni aetate cultae, cum multum diuque vixeris, mirificos efferunt fructus non solum quia nunquam deserunt, ne in extremo quidem tempore aetatis, quanquam id maximum est, verum etiam quia conscientia bene actae vitae, multorumque benefactorum recordatio, jucundissima est*" (Cícero, *Da velhice*, cap. III).

provar que a verdadeira felicidade consiste no testemunho invariável de uma boa consciência, esse juiz incorruptível estabelecido para sempre dentro de nós mesmos para nos aplaudir pelo bem que nós fazemos e cujos decretos são confirmados por aqueles sobre quem agimos. "Não há um palco maior para a virtude do que a consciência", diz Cícero[72]. Quintiliano disse, mais tarde, que "a consciência vale mil testemunhas"[73].

Que poder sobre a Terra pode arrebatar do homem de bem o prazer sempre novo de entrar satisfeito dentro de si mesmo, de ali contemplar em paz a harmonia de seu coração, de sentir a reação dos corações de seus semelhantes, de ver o amor e a estima que ele tem por si confirmados pelos outros? Assim é a felicidade que a moral propõe a todos os homens em todas as condições da vida; é a esse bem-estar permanente que ela lhes aconselha que sacrifiquem algumas paixões cegas, algumas fantasias indiscretas e alguns prazeres de um instante.

A moral, para ter uma base invariável, deve estar estabelecida sobre um princípio evidentemente comum a todos os seres da espécie humana, inerente à sua natureza e motor único de todas as suas ações. Esse princípio, como já vimos em outra parte, é o desejo de se conservar, de gozar de uma existência feliz, de estar bem em todos os momentos de nossa duração na Terra; é esse desejo sempre presente, sempre

---

72. "*Nullum virtuti theatrum conscientia majus est*" (*Tusculanos*, II, 26).
73. "*Conscientia mille testes*" (*Instituições oratórias*, livro V, cap. XI, nº 41 da edição Gesner).

ativo e sempre constante no homem que é designado *amor por si, interesse*.

Para ser persuasiva, a moral, em vez de combater ou sufocar esse amor ou esse interesse inseparável de nós e necessário à nossa conservação, deve guiá-lo, esclarecê-lo e fortalecê-lo. Ela faltaria ao seu objetivo se quisesse impedir o homem de se amar, de buscar a sua felicidade e de trabalhar por seus interesses; ela é feita para lhe mostrar como deve se amar um ser racional e sociável, como ele deve se conservar e como ele pode merecer a estima e a afeição dos outros; ela lhe ensinará quais são os interesses que ele deve escutar e distinguir daqueles que deve sacrificar a alguns interesses bem mais preciosos e mais sólidos. A moral nada mais é do que a arte de amar verdadeiramente a si mesmo vivendo com os homens; a razão nada mais é do que o conhecimento do caminho que conduz à felicidade.

Por falta de reflexão, os homens têm muita dificuldade para perceber a ligação de seu interesse pessoal com o dos seres por quem estão rodeados. Essa ignorância de nossas relações ocasiona a ignorância de todos os deveres da vida. No seio das sociedades não se vê senão homens isolados, a quem não se pode conceber que se tornem odiosos e miseráveis separando os seus interesses dos daqueles de quem eles têm necessidade para a própria felicidade. Por consequência dessa ignorância, o tirano não tem mais interesses em comum com o seu povo, que ele teme, e para o qual ele é objeto de horror. Os poderosos se envergonham de confundir seus interesses com os dos vis cidadãos que eles desprezam. Os magistrados, orgulhosos de terem o direito de julgar, não se ocupam senão com os interesses fúteis de sua vaidade. Os ministros da religião, contentes com os direitos que receberam do céu, desdenham ocupar-se dos interesses frívolos do resto dos mortais. Os soldados, pagos e favorecidos pelo príncipe, não têm mais nada que os ligue à pátria. Autorizado pela lei, o marido praticamente não se dá ao trabalho de contribuir para a felicidade de sua mulher; esta, por sua vez, não acredita dever nada ao déspota que a negligencia ou a ultraja. O pai, ocupado com sua avareza ou com seus prazeres, se esquece de que deve a educação e o bem-estar a filhos forçados a desejar a sua morte. Os patrões arrogantes tratam com rigor os servidores de quem se fazem inimigos cruéis. Enfim, quase não existem amigos sinceros e constantes, porque a sociedade não está repleta senão de homens indiferentes, que vivem uma existência isolada ou que fazem a guerra uns contra os outros. Dessa infeliz divisão de interesses nascem evidentemente todos os inconvenientes públicos e privados, as discórdias, as rapinas, as traições e as perfídias das quais as sociedades civis e domésticas se tornam palco.

Eis, sem dúvida, por que tantos moralistas têm considerado o amor cego por si mesmo e o interesse pessoal, com grande razão, disposições odiosas e desprezíveis, nas quais seria insensato e perigoso fundamentar a moral. Eis por que alguns filósofos sustentaram que a virtude consistia em uma luta contínua contra uma natureza essencialmente depravada.

Eles acreditaram que dizer ao homem para amar a si próprio era incitá-lo a se amar exclusivamente, sem pensar, de maneira alguma, nos outros. Em poucas palavras, eles imaginaram que estabelecer os deveres da moral no amor por si mesmo era soltar o freio de todas as paixões sugeridas por uma natureza cega e privada de razão.

Os moralistas que incentivam os homens a seguir suas paixões se parecem com esses médicos que permitem que seus doentes desenganados satisfaçam às suas fantasias mais nocivas. Se alguns sofistas imprudentes sustentaram que o homem, amando-se a si mesmo, seguindo a sua natureza e consultando seu interesse, podia impunemente se entregar às suas paixões, eles se enganaram grosseiramente. A medicina, com a moral, deveria ser suficiente para convencê-los de que aquele que se ama verdadeiramente e deseja proporcionar a si mesmo uma existência agradável deve, por seu interesse, resistir fortemente às inclinações cujos perigos tudo lhe mostra. Será, pois, amar a si mesmo não dar nenhum remédio para a febre produzida pelos excessos da intemperança, pelos ardores impudicos, pelos arroubos da cólera, pelos impulsos do ódio, pelas mordidas da inveja, pelos delírios da ambição, pelos furores do jogo e pelas angústias da avareza? Será amar verdadeiramente a si mesmo separar seu coração dos seres a quem nosso interesse e nossas necessidades nos ligam, e sem cuja estima e afeição a vida seria desagradável? Será que o homem *pessoal*, concentrado em si mesmo, que vê somente a si mesmo nesse mundo, pode, pois, gabar-se de que alguém se interesse sinceramente pela sua sorte? Aquele que só ama a si mesmo não é amado por ninguém.

Marco Aurélio diz: "Eu não posso ser tocado por uma felicidade que não é feita senão para mim". Um ser sociável não pode se tornar feliz sozinho, não pode se bastar a si mesmo; ele sente a necessidade de transmitir aos outros um bem-estar que sempre recai sobre o seu próprio coração. Alguém disse, com grande razão:

> Se vós quereis ser feliz sozinho, vós não o sereis jamais; todo mundo contestará vossa felicidade. Se vós quereis que todo mundo seja feliz convosco, todos vos ajudarão... Se vós quereis ser feliz em segurança, é preciso sê-lo com inocência; não há felicidade certa e duradoura que não seja a da virtude[74].

Aristóteles compara o homem virtuoso a um bom músico que escuta com prazer os sons harmoniosos que extrai de seu instrumento e que, mesmo estando só, aplaude-se por eles. O homem de bem é o único que sabe como é preciso se amar, que conhece o seu verdadeiro interesse, que distingue os impulsos da natureza que ele deve seguir ou reprimir; enfim, apenas ele tem um *amor-próprio* legítimo e um

---

74. Cf. a carta de uma mãe a seu filho sobre a verdadeira glória, no tomo II da coletânea do padre Desmolets, p. 295-29.

direito fundamentado à própria estima, pois ele sabe ter direito à estima dos outros. Não condenemos esse sentimento honesto; não o confundamos com o orgulho ou com a vaidade. Nenhum homem pode ser estimado pelos outros se ele não respeita a si mesmo. A renúncia à estima pública é uma fonte fecunda de vícios e de crimes. A consciência ou o conhecimento de seu próprio valor não podem ser censurados senão quando são injustos, ou quando não têm nenhuma consideração pelo valor alheio.

> O amor pela estima é a alma da sociedade; ele nos une uns aos outros. Eu tenho necessidade da vossa aprovação; vós tendes necessidade da minha... É tão honesto ser orgulhoso consigo mesmo quanto é ridículo ser orgulhoso com os outros[75].

Privado pela injustiça da posição que o homem de bem sabe dever ocupar, ele não é de maneira alguma aviltado por isso, ele não deixa de se estimar, ele conhece a sua própria dignidade e se consola com a justiça de seus direitos. Sua felicidade está nele mesmo, e ali ele a encontra sempre. O coração de um homem honesto é um asilo onde ele desfruta em segurança de um bem-estar imutável que não pode lhe ser arrancado.

---
75. Ibidem, p. 296 e 311.

Essa felicidade não é, de maneira alguma, ideal e quimérica; ela é real; sua existência está demonstrada para todo homem que se compraz em entrar algumas vezes para dentro de si mesmo. Será que existe um mortal sobre a Terra que não tenha se congratulado sempre que realizou uma ação virtuosa? Quem será que não sentiu seu coração se expandir depois de ter cuidado de um infeliz? Quem é que não contemplou com êxtase a imagem da felicidade traçada no rosto daqueles cujas almas ele tinha rejubilado com os seus benefícios? Será que existe alguém que não tenha se felicitado por sua bondade generosa, mesmo quando a ingratidão lhe recusava a recompensa merecida pela sua beneficência? Enfim, será que existe um homem que não tenha experimentado um sentimento de complacência, um redobramento de afeição por si mesmo, quando fez alguns sacrifícios à virtude? Contemplando, então, a força de sua alma, será que ele não se encontra tão feliz quanto um herói que repassasse as suas vitórias em seu espírito? Diz Horácio: "O sábio não reconhece senão Júpiter acima dele. Ele é rico, livre, belo e cumulado de honrarias; ele é o rei dos reis"[76]. Mário não estava bem contente no meio das suas desgraças quando um romano o viu sentado sobre as ruínas de Cartago?

Portanto, que não venham mais nos dizer que a virtude exige alguns sacrifícios dolorosos. A estima justa por si

---

76. *"Ad summam, sapiens uno minor est Jove: dives, / Liber, honoratus, pulcher, rex denique regum"* (Horácio, Epístola I, livro I, versos 106 e 107).

mesmo, os aplausos legítimos da consciência, a ideia da sua grandeza e da sua própria dignidade não serão recompensas bastante amplas para compensar o homem de bem pelas vaidades, pelas frivolidades e pelas vantagens fúteis que ele sacrifica ao prazer de ser constantemente estimado por si mesmo e pelos outros?

Os motivos naturais do amor por si mesmo e do interesse bem entendido não serão, pois, mais reais, mais poderosos e mais dignos do homem de bem do que os motivos romanescos de uma moral entusiasta, que admiramos sem jamais nos entregar a ela? Será preciso algo mais para incitar os homens à virtude do que fazê-los sentir que a estima, a afeição, a ternura e a felicidade interior sempre a acompanham? Para inspirar-lhes o horror pelo vício, será possível lhes apresentar motivos mais prementes do que os remorsos, as enfermidades e as incontáveis desgraças com as quais a natureza, na falta das leis, pune fielmente os extravios dos povos e dos indivíduos?

Qualquer que seja a depravação dos costumes, será que existe uma única virtude à qual os próprios malvados não prestem incessantes homenagens? Será que existe algum vício que, nos outros, não lhes pareça incômodo e desprezível? O consenso unânime de todos os habitantes da Terra, bons ou maus, sábios ou insensatos, justos ou injustos, concorda, pois, em nos clamar que a virtude é o soberano bem e que o vício é um mal que todos são forçados a odiar. Todos os vícios são inimigos dos vícios; a sociedade dos malvados é composta de membros que, a todo momento, incomodam uns aos outros.

Será que nos dirão que os decretos por meio dos quais a natureza vincula recompensas à virtude e estipula castigos contra os transgressores da moral são supostos e imaginários? Mas será que não os vemos serem executados diante dos nossos olhos da maneira mais evidente? Em virtude dessas sentenças irrevogáveis, nós vemos os povos justos e tranquilos desfrutarem, durante uma profunda paz, de uma prosperidade digna de inveja, ao passo que os povos ambiciosos expiam por longas misérias os males que fizeram a si mesmos e aos outros. Nós vemos alguns soberanos equitativos e vigilantes saborearem o prazer tão doce de serem queridos pelos seus súditos tornados felizes pelos seus cuidados, ao passo que vemos os tiranos agitados e trêmulos sobre os escombros das nações desoladas. Nós vemos os poderosos e os ricos benfazejos desfrutarem do respeito e do amor daqueles que seu prestígio protege ou que seus benefícios aliviam, ao passo que o cortesão odioso não se consola do ódio público senão por sua impudente vaidade ou ao passo que alguns herdeiros ávidos esperam impacientemente a morte do avarento que se opõe aos seus gozos. Nós vemos a abundância e a concórdia reinarem entre os cônjuges virtuosos, na casa do pai de família ecônomo e benfazejo, ao passo que não encontramos senão divisão e desordem na casa desses cônjuges em discórdia e desses chefes de família para quem a regra é desconhecida. Enfim, nós vemos os bons costumes, a temperança e a virtude recompensados pela saúde, pelo vigor e pela estima pública; e a dissolução cruelmente punida por longas enfermidades e pelo desprezo universal. Plutarco diz que "os malvados não têm necessidade de nenhum deus, nem de nenhum homem que os puna, porque a sua vida corrompida e atormentada é para eles um castigo contínuo".

Portanto, que não se diga mais que a natureza não tem recompensas suficientes para dar aos respeitadores de suas leis, nem penas a infligir àqueles que as violam. Não existe sobre a Terra virtude que não encontre a sua paga e não existe vício ou loucura que não seja severamente punido. A moral é a ciência da felicidade para todos os homens, quer os consideremos em massa, quer os vejamos divididos em sociedades particulares, em ligações e famílias, quer, enfim, não nos ocupemos senão com o bem-estar dos indivíduos, abstraindo os seres que os rodeiam.

A felicidade dos povos depende de uma política sábia que, como já provamos, nada mais é do que a moral aplicada ao governo dos impérios. Um governo justo torna os povos felizes; nele ninguém sente a vergasta da opressão; nele, cada cidadão trabalha em paz pela própria subsistência e pela de sua família; a terra, cuidadosamente cultivada, leva para ele a abundância; a indústria, livre dos grilhões do coletor de impostos, nele adquire um livre impulso; o comércio nele floresce no seio da liberdade; o crescimento da população segue sempre a abundância ou a facilidade de subsistir. Uma pátria que torna seus filhos felizes encontra neles defensores ativos, prontos a sacrificar sua vida e seus tesouros pela felicidade pública compartilhada por cada um dos cidadãos.

A felicidade dos reis depende de sua fidelidade em cumprir com os deveres da sua condição. Um príncipe firmemente apegado à justiça a faz reinar sobre seu povo; este último considera seu chefe um deus tutelar, como o autor de todos os bens de que ele desfruta. Protegido por seus benefícios, o súdito trabalha com ardor por ele mesmo e por seu senhor, do qual ele sabe que as intenções têm sempre o bem de todos como objetivo invariável. O que faltará à glória, ao poderio, à segurança e ao contentamento de um soberano que vê em todos os seus súditos filhos reunidos pelos mesmos interesses com ele e prontos a realizar tudo para contribuir para a felicidade de uma família cujo chefe soube conquistar todos os corações? Haverá sobre a Terra felicidade maior do que a de um monarca que, pelas suas virtudes, põe-se no direito de contar com a ternura de todo o seu povo, com a veneração de seus vizinhos e com a admiração da posteridade mais remota? A felicidade de um bom rei não é a maior das felicidades senão porque ele está em condições de fazer um maior número de felizes.

A felicidade dos poderosos e dos ricos consiste na faculdade de prestar uma mão auxiliadora e benfazeja àqueles que o destino aflige; essa felicidade desaparece para eles quando não fazem do seu poder ou da sua opulência o único uso que pode torná-los felizes. O prestígio, o poder e a riqueza não são nada a partir do momento em que não contribuem em nada para a felicidade daqueles que os possuem, e eles só podem contribuir para ela espalhando o bem-estar.

A felicidade das famílias depende da fidelidade de seus chefes em cumprir com os seus deveres. Observando esses deveres com exatidão, os cônjuges bem unidos cooperam para educar filhos destinados a se tornar, um dia, os amparos e os consoladores da sua velhice. Seus exemplos e seus benefícios identificam com sua família alguns servidores sinceramente dedicados, que se tornam amigos zelosos e colaboradores dos seus empreendimentos. "Poucos homens são chamados a governar cidades e impérios, mas todos estão em condições de governar sabiamente a sua família e a sua casa", afirma Plutarco.

A felicidade do pobre (porque a natureza não o exclui da felicidade, a exemplo desses homens arrogantes que o supõem mais desgraçado do que eles próprios) consiste nos meios de subsistir por meio de um trabalho moderado. Esse trabalho, que parece um tão grande mal para a opulência ociosa, é para o pobre um bem real; o hábito o acostuma a ele; a necessidade o torna precioso para ele; o trabalho o isenta de uma multidão de enfermidades, de desejos, de necessidades e de inquietações pelas quais o rico é martirizado. Será que o pobre não é mais feliz do que o déspota ou do que o tirano, que é perseguido pelo terror até no fundo de seu serralho? Giges, rei da Lídia, inebriado pelas suas riquezas e pelo seu poderio, consultou o oráculo para saber se existia no mundo um mortal mais feliz do que ele; o oráculo indicou-lhe um lavrador da Arcádia[77].

A felicidade do sábio e do homem de letras consiste no usufruto dos conhecimentos úteis com os quais seu espírito se enriquece. O estudo é para eles um prazer habitual, que os preserva das quimeras que constituem o objeto dos desejos do vulgo iludido. Além disso, uma vida agradavelmente ocupada os dispensa de recorrer aos vícios e às loucuras incontáveis, recursos ordinários daqueles cujo espírito não é cultivado. Nada iguala os prazeres que o retiro proporciona àquele que adquiriu o hábito de conversar consigo mesmo; nada falta para a sua felicidade e para a consideração que ele merece por seus talentos, se a eles se junta uma alma virtuosa, sem a qual os próprios talentos perdem todo o valor. Os estudos dos sábios e os frutos de suas meditações devem se mostrar em seus costumes. Os homens mais instruídos são obrigados a ser os mais humanos, os melhores e os mais honestos; e logo eles desfrutarão da consideração e da glória nas quais depositam toda a sua felicidade. Menandro dizia que "os costumes daquele que nos fala nos convencem bem mais do que todos os seus raciocínios".

Enfim, a felicidade do homem que vive no mundo consiste em desfrutar dos prazeres honestos que a sociedade lhe proporciona; em merecer, pela sua complacência, pelas suas

---

77. Cf. Valério Máximo, *Memorabilia*, livro VII, cap. I, art. 2 da edição Torren (Leida, 1726).

atenções e pelo seu respeito, a benevolência e a estima das pessoas das quais o destino o aproxima; em saborear, com um pequeno número de amigos seletos, as doçuras da confiança; em praticar, em sua esfera, os deveres de sua condição e em contentar os outros, a fim de colocar a si mesmo no direito de desfrutar do contentamento que foi e sempre será a recompensa da virtude. É evidentemente à ignorância ou ao desprezo pelas regras da moral que devemos a maior parte das desgraças da Terra. Por toda parte vemos os homens separados pelo interesse pessoal mal-entendido, quase inteiramente estranhos uns para os outros, formarem associações não para tornarem suas vidas doces e agradáveis, mas para se causarem danos mais de perto, para se atormentarem sem descanso. Esses cegos mortais podem ser comparados aos viajantes inseridos em uma multidão, que avançam inconsideradamente sem pensar naqueles que os precedem ou que os seguem, ou ainda naqueles que andam ao seu lado. Dessas disposições resulta um descontentamento geral; ninguém está satisfeito nem com os seus companheiros de viagem, nem consigo mesmo.

As infelicidades vinculadas ao desprezo pela moral se fazem sentir tanto nas sociedades quanto nos indivíduos. As nações, para as quais uma falsa política forjou quase sempre um código fundamentado em seus cegos interesses, mas muito contrário à justiça e à virtude, foram e sempre serão vítimas da sua perversidade. Por que será que vemos alguns povos enriquecidos pelo comércio desfrutando de um bom governo e da liberdade, possuidores de imensas regiões e, todavia, sempre ávidos, inquietos, descontentes e atormentados sem descanso por movimentos convulsivos? É que não se desfruta de nada sem a virtude; é que tudo se torna veneno para os homens sem bons costumes, cuja característica é abusar dos bens mais preciosos. Por baixo de uma boa aparência enganadora, as nações corrompidas ocultam quase sempre as doenças mais cruéis.

Por que será que alguns príncipes todo-poderosos, para cuja felicidade nada deveria faltar, passam os seus tristes dias alarmados ou nos langores do tédio? É que, imbuídos desde a infância das máximas envenenadas da adulação, eles imaginam não dever nada aos outros homens, eles se creem divindades imortais*, feitas para receber os louvores e as homenagens dos mortais desprezados. Os infortunados não conhecem senão o prazer de serem temidos; eles ignoram o doce prazer de serem amados. Os cegos não percebem que um príncipe não é verdadeiramente feliz senão à frente de um povo feliz. Que motor pode agir sobre o coração de um monarca quando ele é insensível à felicidade de ser querido por seus súditos?

Envaidecidos desde o berço ou criados na ignorância de seus deveres, os poderosos e os ricos não sabem que o poder de fazer o bem é a única fonte legítima das distinções estabe-

---

* Na edição de 1776 consta "imóveis". Optamos, aqui, pelo texto da edição de 1820. (N. T.)

lecidas entre os homens. Mergulhados em uma frouxidão fastidiosa, fartos de vãos divertimentos, estranhos aos prazeres do coração e pouco tocados pela ternura de seus inferiores – que eles desdenham –, eles não desfrutam senão idealmente de uma grandeza que se teme e que sua arrogância faz detestar. Raramente se vê a serenidade ou a alegria pura habitar no rosto daqueles que o vulgo acredita serem os bem-afortunados. Os aguilhões secretos da ambição, as inquietações da vaidade e os suplícios lentos do tédio vingam cruelmente o indigente daqueles que o desprezam e o oprimem.

Perpetuamente esmagado sob as vexações e os desdéns dos homens poderosos, o homem do povo é áspero, brutal e sem bons costumes; ele geme na miséria e a todo momento faz uma amargurada comparação da sua condição laboriosa e penosa com a desses ociosos que ele supõe serem muito felizes. Ele imita tanto quanto pode as suas vaidades e os seus defeitos, mas, com seus esforços impotentes, ele apenas redobra a sua infelicidade. Comumente estranhos à razão e à moral, o homem do povo e o indigente seguem como cegos os impulsos de sua natureza inculta e buscam muitas vezes no vício ou no crime a felicidade da qual se veem privados pelos seus superiores. São – como já dissemos em outra parte – os ricos e os poderosos a causa primitiva dos vícios e das desordens dos pobres.

Por falta de conhecerem os verdadeiros princípios da moral ou os meios de chegar ao objetivo a que, nesta vida, todo homem deve se propor, as famílias quase sempre não são compostas senão de infelizes. Nelas não se vê senão cônjuges sem ternura diariamente ocupados em tornar a vida um do outro insuportável; pais tiranos; mães dissipadas e desregradas; filhos corrompidos por exemplos funestos; parentes em querela; patrões imperiosos e duros e servidores sem dedicação e sem probidade. Todos esses diversos associados não parecem se aproximar uns dos outros senão para trabalhar conjuntamente para se tornarem miseráveis.

No comércio do mundo, todos, por inadvertência ou por loucura, parecem querer renunciar à afeição, à estima e à consideração, que são, no entanto, os objetos de seus desejos mais ardentes. Uma vaidade presunçosa, maneiras ofensivas, um orgulho inflexível e alguns ciúmes inquietos banem das assembleias destinadas à alegria a amizade sincera, a cordialidade e a verdadeira alegria, que são as únicas coisas que podem espalhar encantos sobre a vida. Vendo a conduta de muitas pessoas, dir-se-ia que elas não se reúnem senão para ter a oportunidade de se odiar e se entristecer mutuamente.

Seria fechar os olhos para a experiência não reconhecer as influências do vício ou do mal moral sobre o físico dos homens. Quantas nações e terras prósperas não foram quase aniquiladas e tornadas improdutivas pela ignorância, pelos vícios e pela negligência dos reis? Terá sido em vão que a natureza dotou da maior fertilidade os impérios povoados; os soberanos desprovidos de bons costumes e de luzes conseguem convertê-los em desertos; a ambição sempre cruel e a vaidade dispendiosa dos príncipes despojam e fazem perecer sem piedade os povos que elas imolam a seus cegos caprichos. Esses déspotas tão soberbos ficam em seguida muito surpresos de não encontrarem em seus Estados senão uma solidão assustadora e alguns súditos incapazes de lhes fornecer os auxílios que não cessam de exigir. Porém, as necessidades contínuas de uma corte esfaimada desencorajaram a agricultura, baniram o comércio, fizeram definhar as manufaturas e interromperam os trabalhos de todos os cidadãos. Esses últimos foram entregues às vexações dos poderosos ou às extorsões engenhosas e reiteradas dos arrematadores de impostos sedentos do sangue dos povos. É assim que a negligência, as paixões e os vícios dos poderosos são uma maldição para a Terra. Eles a forçam a ser estéril; eles condenam ao infortúnio, à fome, à epidemia e à morte aqueles que deveriam cultivá-la.

Independentemente desses efeitos gerais e marcantes do vício ou do desprezo pela moral sobre toda uma nação, quem pode duvidar de seus efeitos sobre os indivíduos? Quantas doenças são contraídas pelos fatais hábitos da devassidão, da intemperança, da ociosidade e do demasiado ardor na perseguição dos prazeres! A essas causas, que destroem a cada dia a saúde e a existência de uma multidão de seres imprudentes, juntai o tédio cruel, os sofrimentos do espírito, os *vapores*, os pesares, os remorsos e os descontentamentos habituais que minam pouco a pouco os corpos e os conduzem a passos lentos para o túmulo. O suicídio, efeito terrível, seja de uma doença prostrante, seja de um delírio súbito, não é raro nos povos cujos costumes estão corrompidos. Os sibaritas enfraquecidos pelo luxo e pelo vício não têm a força de suportar os golpes da sorte.

Eis como a moral influi sobre o físico; eis como, por falta de razão e de virtude, tantos homens não parecem viver sobre a Terra senão para sofrer e fazer os outros infelizes. Por uma lei constante da natureza, nenhum homem na vida social é forte senão pela sua reunião com seus associados; ninguém é estimado e considerado a não ser tornando-se útil; ninguém pode ser amado senão fazendo o bem aos outros; ninguém pode ser feliz senão fazendo os outros felizes; enfim, ninguém pode desfrutar da paz do coração, do contentamento consigo mesmo e da tranquilidade constante, tão favorável à conservação do seu ser, a menos que se torne testemunha de que cumpriu fielmente os deveres da moral no posto que ele ocupa entre os homens. A moral – nunca é demais repetir – é o único caminho que conduz à felicidade verdadeira. Ela influi sobre o físico, e o próprio rosto do homem de bem anuncia o repouso do qual ele desfruta.

Vemos, portanto, que a felicidade não é o apanágio exclusivo de nenhuma condição. A natureza convida igualmente todos os seus filhos a trabalharem para obtê-la. Porém, em qualquer posição que eles se encontrem, a natureza mantém sempre a felicidade ligada à virtude. Nada é, portanto, menos fundamentado do que as vãs declamações de uma filosofia sombria que desmerece indistintamente as grandezas, as riquezas e o desejo de glória, e que os proíbe a todos aqueles que buscam a sabedoria. Será que existe algo mais desejável para os povos do que ver a virtude no trono trabalhando igualmente pela felicidade comum dos soberanos e dos súditos? Que bem seria para os homens se aqueles que, abaixo dos reis, dispusessem da autoridade quisessem fazer uso dela para se ilustrar pela vigilância em cumprir suas nobres funções! O rico não seria um cidadão respeitável se, em vez de dissipar seus tesouros sem proveito para si mesmo, se servisse deles para reanimar a indigência desencorajada, para aliviar as desgraças públicas e reativar a indústria? Enfim, essa glória, tratada como vaidade, não será um objeto real e desejável, já que nada mais é do que a estima universal feita para incentivar o espírito e o gênio a contribuírem para o bem-estar e para os encantos da vida?

Não ouçamos, do mesmo modo, os conselhos fanáticos de uma moral feroz que gostaria de nos mostrar a perfeição sublime e a completa felicidade em uma apatia insociável, em uma total indiferença pelo gênero humano. Toda moral que se propõe a isolar o homem, a concentrá-lo em si mesmo, a separá-lo dos seres entre os quais a natureza o colocou, é uma moral ditada pela misantropia, que não deve de maneira alguma enganar os seres sociáveis. Como aquele que rompe todos os laços feitos para uni-lo aos seus semelhantes poderia ter virtudes? O que são as virtudes que não têm o gênero humano como objeto? Que estima os homens devem ter por alguns selvagens amedrontados que, para se dispensarem de lhes ser úteis, vão se enfurnar nos desertos? Será trabalhar pela felicidade do homem vivendo em sociedade aconselhá-lo a voltar para o estado selvagem e a renunciar às vantagens incontáveis que a vida social lhe proporciona? Será que o selvagem é verdadeiramente feliz? Em que pode consistir a maravilhosa felicidade de um ser vivendo com as feras, perpetuamente ocupado em disputar com elas a sua alimentação, exposto à inclemência das estações, privado dos recursos, das comodidades, das luzes e dos auxílios que a sociedade fornece a seus membros? Será que o selvagem é um ser virtuoso? Será possível chamar de virtudes a ausência de desejos por alguns objetos dos quais não se tem nenhuma ideia? Enfim, será que encontramos nas hordas selvagens, ainda espalhadas pelo Novo Mundo, algumas virtudes bem reais substituindo os vícios que as nações numerosas e civilizadas transmitem a seus concidadãos? Não, sem dúvida! Se esses selvagens estão isentos da sede de riquezas, das necessidades imoderadas do luxo, dos grilhões do despotismo e dos entraves da alta sociedade, nós os vemos fazerem um uso atroz da sua liberdade natural ou, antes, da sua loucura, para massacrarem uns aos outros; pelos mais leves pretextos, eles levam a desolação e a carnificina para os seus vizinhos, eles exercem sobre os seus cativos algumas crueldades que fazem tremer a natureza; eles tratam as suas mulheres com uma ferocidade revoltante, e seus filhos não estão protegidos dos seus súbitos furores. No lugar dos vícios pelos quais as nações civilizadas são agitadas, descobriremos que as populações selvagens têm uma crueldade, uma sede de vingança e uma insensatez que não sabe pôr nenhum freio nas paixões mais terríveis. Será que homens com esse horrível caráter podem ser modelos de virtude? Será que o seu gênero de vida deplorável anuncia de alguma maneira a felicidade? A sua própria franqueza nada mais é que o sinal de seu temperamento indomável; suas virtudes são muitas vezes crimes e sua inocência não passa da ignorância grosseira daquilo que constitui a felicidade da vida[78].

Vivamos, portanto, com os homens; fechemos os olhos para os seus defeitos; procuremos servi-los e não os odiemos jamais. Se as nações civilizadas são infelizes, é porque elas ainda conservam muitos vestígios da sua barbárie primitiva. É a esse espírito selvagem que se deve atribuir a maior parte das guerras que a insensatez dos príncipes, coadjuvada pelos preconceitos dos poderosos e dos povos, torna ainda tão frequentes sobre a Terra. Pela loucura dos soberanos, os

---

78. Aristóteles, em suas obras morais (livro VIII, cap. I), diz que "uma vida solitária e privada de associados é contrária à felicidade do homem e repugna a sua natureza, visto que o homem, por sua natureza, é um animal *sociável* e *político*". Ele acrescenta que "um homem que se compraz na solidão e que foge do convívio com os seus semelhantes não é um homem, mas um monstro; a solidão deve impedi-lo de exercer qualquer virtude". Um anônimo muito estimável, partindo dos mesmos princípios, disse: "Afastando-nos dos homens, afastamo-nos das virtudes necessárias à sociedade; quando vivemos sós, descuidamo-nos, tornamo-nos selvagens e nos entregamos ao nosso temperamento; o mundo nos força a nos observar" (cf. *Carta de uma mãe a seu filho sobre a verdadeira glória*, V). O mesmo Aristóteles, no primeiro livro da sua *Política*, diz que "aquele que ama uma vida completamente isolada não é um homem, deve ser um deus ou uma fera".

povos mais civilizados vivem ainda como hordas selvagens e estão perpetuamente ocupados em destruir uns aos outros. Por uma consequência das falsas opiniões transmitidas por nossos bárbaros ancestrais, o fatal ofício da guerra é considerado a profissão mais nobre; a arte de exterminar os homens é aquela que conduz mais seguramente às honrarias, às recompensas e à glória nas nações que teriam bem mais necessidade das artes da paz para se tornarem felizes e prósperas. Mas o espírito insociável e selvagem, conservado em quase todos os lugares pela ambição dos príncipes, opõe-se à cura mesmo dos preconceitos dos quais se reconhecem as atrozes consequências. São as cortes selvagens, ignorantes e corrompidas que dão o tom às nações e preservam nelas os erros, o desprezo pela ciência, os usos insensatos e as vaidades pueris pelos quais tantos povos ainda estão infectados. Enfim, no exame que fizemos dos vícios dos homens, tudo prova que eles provêm da sua inexperiência e da sua leviandade, que, contribuindo para conservá-los em uma longa infância, também os tornam muito insociáveis e muito selvagens.

Apesar do poderio das forças que se obstinam em manter os homens em um estado tão contrário à sua verdadeira natureza, nada nos autoriza a perder a esperança na cura dos espíritos e na reforma dos costumes. A experiência e a desgraça são as grandes mestras dos homens; elas os forçam, mais cedo ou mais tarde, a renunciar a alguns preconceitos que, por toda parte, se opõem à sua felicidade. Alguns soberanos mais esclarecidos conhecerão, por fim, os seus interesses; eles renunciarão um dia a essa política injusta, tão contrária ao seu bem-estar quanto ao de seus súditos. Eles perceberão que essas guerras intermináveis, essas conquistas ruinosas e esses triunfos sangrentos nada mais fazem que solapar as fundações da felicidade nacional, e a política jamais deve se afastar impunemente das regras da moral. À força de calamidades, os príncipes se instruirão de seus deveres e reconhecerão que o poder arbitrário não proporciona àquele que o exerce senão a triste vantagem de reinar tremendo sobre alguns escravos desgostosos e desencorajados.

Assim, não aflijamos os homens com uma moral desesperançosa; não os mandemos de volta para as florestas; não os separemos uns dos outros. Digamos a eles que sejam mais justos, mais moderados e mais sociáveis; mostremos a eles os motivos capazes de convencê-los e tocá-los; evitemos dizer-lhes que a felicidade não é absolutamente feita para eles; façamos que sintam que somente a virtude pode dar um bem-estar do qual as suas vaidades, os seus vícios e as suas loucuras os afastam a todo momento.

Admitiremos, sem dificuldade, que a reforma tão desejável dos costumes das nações e dos soberanos ainda se mostra muito distante; ela não pode ser senão o fruto tardio das experiências e das luzes espalhadas pouco a pouco sobre os homens, bem como das circunstâncias que somente o destino pode criar. Isso mesmo não é feito para desencorajar o sábio; ele sabe que é com lentidão que a verdade se propaga, mas que ela é feita para produzir seu efeito, mais cedo ou mais tarde. Os extravios dos homens, sempre punidos pela natureza, os forçarão a recorrer à razão, à moral e à virtude, no seio da qual eles encontrarão essa felicidade que alguns pensadores rabugentos supuseram não ser feita absolutamente para a Terra.

Que os amigos da sabedoria continuem, portanto, a semear verdades; que eles fiquem certos de que elas germinarão um dia. Se suas lições parecem inúteis aos seus contemporâneos, elas servirão à posteridade, cujo bem-estar não deve ser indiferente às pessoas de bem que pensam. A verdade é um bem comum a todos os habitantes desse mundo; rejeitada em uma terra, ela frutifica em outra; repelida em um século, ela será mais bem acolhida em um tempo mais feliz; desdenhada pelos pais, ela fará a felicidade de seus descendentes, tornados mais sábios pelas loucuras de seus ancestrais.

Enfim, ainda que uma feliz mudança nos costumes dos povos não fosse senão uma sedutora quimera, os conselhos de uma sábia moral nem por isso seriam inúteis; eles serviriam ao menos para fortalecer o homem de bem na prática da virtude, para torná-la mais preciosa para ele e para confirmá-lo cada vez mais nos sentimentos habituais a seu coração. A esperança de um futuro mais feliz e as pinturas tocantes da virtude contribuem, por assim dizer, para refrescar e reanimar as almas honestas e sensíveis, muitas vezes abatidas pelo espetáculo mortificante das calamidades que desolam o mundo. Na falta da felicidade pública que a sociedade lhe recusa, o cidadão virtuoso está reduzido a obter uma felicidade particular; no seio de sua família, no seio da amizade, ele encontrará alguns consolos e algumas doçuras, e um bem-estar que a tirania não poderá lhe tirar. Praticando fielmente as virtudes sociais, ele desfrutará da serenidade constante de seu coração; no rosto de sua mulher, de seus filhos, de seus amigos e de seus servidores, ele lerá o contentamento e se congratulará de contribuir para ele. Ele gozará da confiança, da estima e da ternura de todos os seres com os quais tiver relações; ele estará contente consigo mesmo pela certeza de ser querido por todos aqueles que o cercam.

O malvado, ao contrário, sempre descontente consigo mesmo, não encontra por toda parte senão inimigos; ele não vê em todos os lugares senão acusadores que censuram sua conduta odiosa e seus tratamentos cruéis. Ele gostaria de poder aniquilá-los. Semelhante a Calígula, ele desejaria que todos tivessem apenas uma única cabeça, a fim de poder abatê-la com um único golpe. Na sociedade, em sua casa e em si mesmo ele não encontra senão um espetáculo assustador cuja ideia o persegue mesmo quando não há nenhuma testemunha[79].

---

79. Todos os maus gostariam muito de ser bons, porque eles experimentam a todo momento os desgostos ligados à maldade ou ao vício. Platão, no quinto livro das *Leis*, diz que "todo homem injusto é injusto contra a sua vontade". O mesmo filósofo diz, no *Timeu*: "Ninguém é mau de bom grado; ele é mau por consequência de algum vício de conformação em seu corpo ou pelo efeito de uma má educação". Pode-se dizer, todavia, que o homem de bem é um ser bem constituído e bem-criado, que segue sem resistência uma natureza regulada, que adquiriu sem dificuldade o hábito de ser bom e que o exerce com prontidão e facilidade.

Prometendo ao homem uma felicidade completa, a moral não lhe faz de modo algum esperar a isenção das infelicidades desse mundo; ela não o preservará das calamidades públicas, dos golpes da sorte, da maldade dos homens, da indigência, que muitas vezes acompanha o mérito e a virtude, das doenças cruéis, dos males físicos e da morte. Porém, pelo menos, a moral prepara seu espírito para os acontecimentos da vida; ela lhe ensina a suportar com coragem os reveses imprevistos, a não se deixar abater por eles e a se submeter aos decretos do destino. Nos sofrimentos mais pungentes, ela oferece ao homem de bem um retiro agradável dentro de si mesmo, onde a paz de uma boa consciência lhe fornecerá alguns consolos desconhecidos dos malvados – que, às infelicidades que experimentam, ainda são forçados a juntar a vergonha e os remorsos de seus vícios e de suas ações criminosas.

Aristóteles observa com muita justiça que "nós não recebemos nenhuma das virtudes morais da natureza. Nós nos tornamos bons e justos da mesma maneira que alguém se torna um bom arquiteto ou um bom músico". A natureza não nos dá senão algumas disposições, com cuja ajuda estamos mais ou menos aptos a nos tornar bons, justos, benfazejos etc. Um homem nascido sem sutileza no ouvido e sem agilidade nos dedos jamais se tornará um músico hábil. O malvado é um ser mal organizado, malcriado, ou no qual a educação não pôde retificar o vício de sua conformação. Do mesmo modo como um mau músico, um mau pintor ou um escultor inábil gostariam muito de ser excelentes nas suas profissões, o malvado presta muitas vezes homenagem ao mérito da virtude, que ele não tem força para seguir; ele gostaria de ser bom, mas o hábito o reconduz ao vício, cujos inconvenientes ele sente. Essas reflexões podem servir para lançar luz sobre a moral e para nos explicar a conduta de muitos homens que fazem quase sempre o mal a despeito de si mesmos.

O mais cruel tormento de um malvado no infortúnio é a consciência de seu caráter atroz, do ódio que ele é feito para despertar e da justiça do castigo que ele sofre. Diz Epicuro: "É preferível ser infeliz e racional a ser feliz e desprovido de razão".

O verdadeiro sábio não é, de modo algum, um homem impassível. Ele não tem absolutamente as pretensões desse estoico insensato que, em meio aos tormentos, clamava que a dor não era de maneira alguma um mal. Ele não é insensível à perda da fortuna, da saúde, de seus parentes e de seus amigos; ele não faz que a virtude consista em contemplar com os olhos secos a privação dos objetos mais preciosos para o seu coração; ele geme, como qualquer outro, com o rigor do destino. Porém, ele encontra na virtude alguns auxílios e forças; ele sente que com ela não se pode ser completamente infeliz[80], e que sem ela o poder, a grandeza, a opulência e a saúde são incapazes de proporcionar a verdadeira felicidade. Enfim, na velhice, e até na beira do túmulo, o homem virtuoso é sustentado pela lembrança consoladora de uma vida pacífica, pura e bem ordenada[81].

---

80. "*Est etiam quiete, et pure, et eleganter actae aetatis placida, ac lenis senectus*" [O crepúsculo de uma vida calma, elegante e pura também tem a sua doçura e o seu encanto] (Cícero, *Da velhice*, cap. V). Diz Dacer: "É uma verdade constatada que a velhice feliz é uma coroa de glória e de segurança, que não se encontra senão no caminho da virtude" (cf. *Comparação entre Pirro e Mário*, na parte final).
81. "Não se cai de maneira alguma na infelicidade" – dizia Demócrito – "enquanto se está longe da injustiça."

Capítulo IX – Da morte

Uma conduta regulada pela moral não só nos proporciona uma paz inalterável e uma felicidade pura durante a nossa estada neste mundo; ela não só nos faz desfrutar de uma velhice feliz e considerada, mas também fortalece contra os temores da morte, tão terríveis para os culpados. Se, como já dissemos anteriormente, a religião, seja natural ou revelada, jamais pode contradizer os deveres que a natureza impõe ao ser sociável; se essa religião não é verdadeira senão por sua conformidade com as leis da sã moral, ou pela felicidade que ela proporciona aos homens; enfim, se a religião nada mais faz que juntar alguns motivos sobrenaturais aos motivos naturais, humanos e conhecidos, dos quais a moral universal pode se servir para incitar à virtude, nada é feito para perturbar a segurança do homem honesto pronto a sair desta vida para começar outra. Persuadido de que o universo está sob o domínio de um monarca cheio de benevolência por seus súditos, ele não pode, ao morrer, experimentar nenhuma inquietude quanto à sua sorte. Que razão o homem de bem teria para desconfiar dos caprichos ou para recear a cólera de um Deus cuja bondade e justiça constituem o caráter essencial e imutável? A ideia de uma vida futura, que serve de base para todas as religiões, não está ela própria fundamentada senão nas recompensas que a virtude deve esperar mais cedo ou mais tarde de um Deus cheio de equidade. Será que um Deus justo pode não amar o homem justo? Será que um

Deus bom pode odiar aquele que, neste mundo, fez o bem aos seus semelhantes? Será que um Deus cheio de misericórdia pode rejeitar aquele cujo coração se comoveu com os infortúnios de seus irmãos? Enfim, aquele que tratou de ser útil à sociedade temerá encontrar, ao fim de seus dias, um juiz inexorável no soberano da natureza, no criador, no conservador e no pai da espécie humana, nesse legislador de cuja vontade a religião faz derivar as regras da moral? Não, sem dúvida; acreditar por um só instante que o homem de bem pode desagradá-la seria contradizer todas as perfeições morais atribuídas à Divindade.

É verdade que a religião exige também outras virtudes no homem para merecer o favor divino. Porém, no decorrer desta obra, nos propusemos unicamente a apresentar a todos os habitantes da Terra os motivos humanos, sensíveis e naturais que podem levá-los a fazer o bem no mundo atual, mesmo abstraindo as suas ideias religiosas. Não lhes falamos senão dos meios de obter uma felicidade tão durável quanto a vida presente. É aos teólogos que cabe exclusivamente mostrar aos mortais os motivos divinos, invisíveis e sobrenaturais que devem conduzi-los um dia à felicidade permanente que a religião faz esperar para além dos limites da vida. Embora nada deva parecer mais eficaz, para incitar os homens à virtude e desviá-los do mal, do que a ideia de uma felicidade eterna, espiritual e inefável, do que o temor de castigos severos e infindáveis, a experiência, no entanto, nos faz ver que esses motivos, apresentados todos os dias pelos ministros da religião, nada podem – ou pelo menos não atuam senão debilmente – sobre a multidão. Dominados pelo presente, os homens, na sua maioria, quase não pensam no futuro, que lhes parece sempre muito distante. O mundo está repleto de seres viciosos que declaram publicamente se submeter à religião e acreditar nas recompensas e nos castigos que ela anuncia – sem, no entanto, que essas ideias produzam nenhum bem real na sua conduta no mundo cá de baixo.

Com efeito, quando vemos os vícios, as desordens e os crimes a que se permitem tantos homens que se dizem muito convictos da realidade das recompensas e dos castigos eternos que a religião anuncia, seríamos tentados a crer que eles não passam de vãs quimeras que não enganam ninguém, ou que essas ideias sedutoras e terríveis são um freio muitíssimo fraco para conter as paixões. Tantos soberanos religiosos e devotos, pelas suas guerras cruéis, inúteis e frequentes, pelas suas injustas conquistas, pela tirania e pelas extorsões a que submetem os seus povos e pelos desregramentos aos quais os vemos se entregar cotidianamente, parecem dar a entender que a religião na qual eles fingem crer, que eles protegem e que aparentam respeitar, não é feita para eles e não passa de um espantalho destinado a conter os seus crédulos súditos. Estes últimos, no entanto, não estão, na sua maioria, mais contentes do que os seus senhores. As nações mais religiosas nos mostram uma multidão de homens que todos os dias aliam a crença e a prática exterior da religião com a injustiça, a desumanidade, a rapina, a fraude e a devassidão. Nessas nações veem-se alguns ladrões públicos, tratantes, patifes, prostitutas e libertinos – e, entre o povo, alguns bêbados e devassos – que jamais tiveram dúvidas sobre a outra vida e que, no entanto, não agem em conformidade com isso. Suas desordens habituais são o objeto contínuo das advertências inúteis de nossos oradores sacros.

Porém, se a religião assusta, com as suas ameaças, os transgressores da moral, alguns filósofos acusam seus ministros de confirmá-los em seus desregramentos e de tranquilizá-los pelos meios fáceis que lhes dão de acalmar a sua consciência, de expiar as suas iniquidades e de apaziguar a cólera divina. Dizem eles: "De que servem esses terrores de outra vida, se basta, para fazê-los desaparecer, submeter-se a alguns ritos estéreis, a algumas confissões humilhantes naquele momento, a algumas cerimônias, algumas fórmulas, algumas esmolas e algumas preces[82]? Perguntam eles: "Não será aniquilar o efeito dos temores que a religião inspira, assegurar que um arrependimento tardio, em artigo de morte,

---

82. Não há nada mais ridículo do que as extravagantes cerimônias que a superstição fez imaginar em alguns povos para tranquilizar os homens contra os temores da morte. Um baniano se sente seguro de que todos os seus pecados lhe serão perdoados se ele puder, ao expirar, segurar o rabo de uma vaca e receber a urina dela no seu rosto. Outros se creem seguros de estar salvos se puderem morrer às margens do Ganges. Os pársis não duvidam de maneira alguma de que as suas faltas serão expiadas se um sacerdote fizer por eles algumas preces e cerimônias junto ao fogo sagrado. Para assegurar a salvação do maometano, colocam-lhe nas mãos, quando ele está morrendo, algum trecho do Corão. O sacerdote russo, em troca de dinheiro, expede ao moribundo um passaporte para o outro mundo.

seja capaz de apagar todas as máculas de uma vida criminosa?". Eles acham que os ministros da religião, quase sempre muito indulgentes para com os poderosos da Terra, aplanam o caminho do céu para esses ilustres culpados, cujos remorsos eles deveriam preferivelmente estimular. Levando-se ou não em conta essas críticas, os próprios sacerdotes da Divindade admitem que nada é mais raro do que ver a religião efetuar nos corações corrompidos uma mudança sincera e própria para merecer a felicidade futura.

Todavia, os teólogos encontram-se muitas vezes pouco de acordo entre si quanto aos meios de satisfazer à justiça divina e de obter a felicidade eterna. Uns exigem muito pouco dos homens ou lhes proporcionam expiações fáceis; outros, por um rigorismo excessivo, os repelem, mostram-lhes o caminho do céu cheio de tantas dificuldades que os lançam no desespero ou em um fanatismo feroz e insociável, tão contrário à verdadeira moral quanto as desordens mais funestas. Nada é menos feito para a vida social do que o supersticioso sombrio e melancólico que, tornando-se inimigo de si mesmo, se acredita obrigado a se atormentar incessantemente, a renunciar aos prazeres mais inocentes, a se separar dos vivos e a pensar no seu fim em meio aos túmulos. Que bem para a espécie humana pode resultar dessa conduta insociável? O homem continuamente afogado em suas lágrimas, nutrido pela melancolia, agitado por vãos escrúpulos e por terrores imaginários, amargurado pela solidão e pelas privações, pode ser um membro útil ou agradável para a sociedade? Será, pois, cumprir com os deveres da moral fazer o mal a si mesmo, sem fazer o bem a ninguém? Sem dúvida, é ter ideias bem sinistras e bem contraditórias sobre um Deus cheio de amor pelos homens acreditar que só se pode agradá-lo atormentando-se sem descanso ou permanecendo sequestrado do resto dos humanos. Se alguns casuístas pouco exigentes abrem o céu para os maiores celerados, os rigoristas exagerados o fecham para todo mundo. Poucas pessoas sabem encontrar um meio justo entre esses dois extremos.

Algumas inconsequências tão patentes são a causa de muitas pessoas ousarem duvidar da utilidade ou do poder que se atribui à religião. Todavia, como a história antiga e moderna mostra a cada página os excessos, as devastações, os ódios imortais, as perseguições atrozes e os massacres lamentáveis que muitas vezes foram produzidos na Terra pela ambição dos sacerdotes e pelo zelo furioso de seus partidários fanáticos, alguns pensadores concluíram que essa religião, que tantas vezes serviu de pretexto para crimes, era não somente inútil, mas também incompatível com a sã moral, com a verdadeira política e com o bem-estar e o repouso das sociedades. Consequentemente, alguns filósofos se acreditaram suficientemente autorizados a sacudir o jugo de uma religião que lhes parecia incômoda e perigosa. A existência de outra vida, da qual eles viam que a ideia não continha de maneira alguma as paixões mesmo daqueles que deveriam estar mais fortemente convencidos dela, pareceu-lhes quimérica ou duvidosa. Em poucas palavras, não se pode deixar de convir que a insociabilidade, a intolerância, a ambição e a avareza de vários ministros da religião tenham, em todos os tempos, suscitado para eles um grande número de inimigos, mesmo entre os homens esclarecidos e virtuosos.

É aos teólogos que compete conciliar essa conduta com os princípios, seja da moral natural, seja da religião, ou ao menos se justificar de acusações tão graves; que eles reconduzam os transviados de boa-fé por meio de alguns raciocínios capazes de desenganá-los de suas ideias pouco favoráveis sobre a utilidade do sistema da outra vida. Limitados, nesta obra, a fazer conhecer os motivos humanos de uma moral destinada a todos os homens (quaisquer que possam ser, aliás, as suas opiniões verdadeiras ou falsas), diremos àqueles que rejeitam a religião revelada e seus dogmas sobre a outra vida que nem por isso eles estão menos obrigados a se conformar durante a sua vida presente aos preceitos humanos e naturais da moral universal, sob pena de atrair para si o desprezo e o ódio da sociedade – castigos seguros e de cuja incredulidade mais forte jamais se poderá duvidar.

Além disso, se é verdadeiramente o interesse da moral e o bem-estar da vida social que determinaram o filósofo a se divorciar da religião, ele é obrigado, mais do que qualquer outro, a mostrar em público os costumes mais sociáveis, mais brandos e mais honestos – em poucas palavras, uma conduta menos censurável do que aquela que ele imputa aos partidários dessa religião. Não convém de maneira alguma àquele que se afasta dos princípios religiosos, sob o pretexto do mal que eles produziram sobre a Terra, permitir-se à intolerância, à teimosia e ao ódio para com aqueles que não pensam como ele. Igualmente não lhe é permitido entregar-se a alguns vícios que a razão condena. A verdadeira filosofia deve sempre anunciar costumes inocentes e severos; séria, sem ser nem triste, nem intratável, ela não deve jamais se prestar aos desregramentos dos homens.

Diremos, portanto, a todos aqueles que renunciam à religião apenas porque ela atrapalha as suas paixões que eles não devem de maneira alguma, por isso, se acreditarem filósofos ou amigos da sabedoria. A verdadeira sabedoria foi e sempre será incompatível com o vício e com o desregramento; seus preceitos não podem jamais ser opostos aos da moral. Filósofos sem bons costumes e sem virtude seriam impostores, charlatães desprezíveis. Esses pretensos amigos da sabedoria, esses apóstolos da razão, seriam insensatos, cegos e ignorantes se eles se tornassem os apologistas do vício e os adversários da virtude, que é a única coisa que pode fazer a nossa felicidade neste mundo. Então seria possível, com justo motivo, considerar os filósofos dessa têmpera libertinos, corruptores e inimigos da espécie humana. Eles são tão condenáveis quanto esses casuístas relaxados que, por uma covarde complacência para com os vícios e as paixões dos homens, enfraquecem seus escrúpulos ou seus remorsos e tornam para eles o caminho do céu mais fácil do que a religião permite.

Todo homem que tiver refletido sobre a natureza humana e sobre os verdadeiros interesses da sociedade – quaisquer que possam ser, aliás, as suas ideias religiosas – é forçado a reconhecer que a virtude é útil e necessária nesse mundo; que, sem ela, nenhuma sociedade pode prosperar, nem subsistir; que, sem ela, nenhum indivíduo pode se fazer amar e considerar; que o vício é destrutivo para as nações assim como para as famílias, e para cada um de seus membros – em poucas palavras, todo homem que pensa deve sentir que não existe nenhuma desordem que não encontre seu castigo, mesmo nesta vida; que não existe nenhuma virtude que nela não encontre algum consolo ou recompensa e não contribua para a felicidade daquele que a exerce. Um filósofo que desconhecesse algumas verdades tão claras seria um estúpido, um ignorante, um homem pouco suscetível de experiência e de reflexão. Estranha filosofia, sem dúvida, seria aquela que não visse os efeitos tão notáveis da desordem, da libertinagem e do vício, bem como sua influência funesta sobre as nações e sobre os indivíduos, ou que não percebesse as vantagens inestimáveis que a virtude proporciona a todos aqueles que a cultivam, mesmo no seio das sociedades corrompidas!

Todavia, basta conhecer e praticar algumas verdades tão simples para viver ditosamente sobre a Terra. Assim, qualquer que possa ser a sua sorte na outra vida, o incrédulo, se for um homem honesto ou verdadeiramente filósofo, poderá, nesta vida passageira, observando fielmente os deveres da moral humana, obter toda a felicidade de que ele tem ideia. Se ele exerce com cuidado as virtudes sociais, se ele evita os vícios, as imperfeições e os defeitos que podem desagradar aos outros e causar dano a ele mesmo, e se ele contribui com os seus talentos e com os seus trabalhos para a utilidade geral, ele se tornará querido por todos aqueles que tiverem relações com ele; ele será um bom pai, um esposo fiel, um amigo sincero e um cidadão estimável; e qualquer que seja o lugar que a religião lhe designe no outro mundo, ele desfrutará neste aqui da afeição e da consideração devidas ao mérito. Limitado em suas esperanças, ele não se vangloriará absolutamente de obter as alegrias inefáveis de outra vida; ele se contentará com aquelas que se encontram cá embaixo. Quando ele tiver merecido muito do gênero humano, por seus serviços, na falta da esperança de uma imortalidade sobrenatural (que só o homem religioso tem o direito de se prometer), ele se orgulhará de obter uma imortalidade natural, ou de existir depois da sua morte na memória dos homens. Assim, satisfeito com a própria sorte neste mundo, privado de esperanças e de temores quanto ao futuro e cheio de confiança nos seus direitos sobre a ternura da posteridade, o incrédulo honesto e virtuoso pode viver muito feliz e ver seu fim com olhos mais tranquilos do que os de tantos homens submissos à religião que eles tão pouco praticam.

Quaisquer que sejam as opiniões verdadeiras ou falsas dos homens, as leis inflexíveis de sua natureza os obrigam igualmente; sua moral deve ser a mesma; e tudo lhes provará que, no mundo que eles habitam, a virtude conduz à felicidade, e o vício, à infelicidade. Se for possível nos extraviarmos facilmente em matéria de especulação, jamais nos extraviaremos em nossa conduta vivendo em conformidade com a natureza de um ser sociável, inteligente e racional, que conhece a sua verdadeira felicidade e os meios de obtê-la. Seguindo o caminho indicado pela moral, o homem de bem viverá contente e morrerá sem alarmes. O momento do falecimento, tão cruel para tantos seres inúteis ou nocivos à Terra, não pode assustar o homem virtuoso que, satisfeito com o papel que desempenhou, retira-se de cena com tranquilidade e diz, como o poeta: "Eu vivi e percorri bem o caminho que a sorte me traçou"[83].

Apenas o homem de bem, o homem racional, o homem útil aos outros homens pode dizer com verdade: *eu vivi*. Não contribuir de maneira alguma para a felicidade de seus semelhantes não é viver, é vegetar. Estar na Terra para nela fazer apenas o mal é existir como as plantas venenosas ou os minerais tóxicos. Apenas aquele cujo espírito foi adornado pela sabedoria e cujo coração foi fortalecido pela razão adquiriu o direito de morrer com coragem e de se pôr acima dos terrores da morte, tão acabrunhantes para tantos seres pusilânimes que se prendem loucamente à vida sem, no entanto, saber tirar nenhum proveito dela.

É no momento da morte que o pobre e o desafortunado têm uma vantagem acentuada sobre esses homens que o vulgo acredita serem os possuidores exclusivos da felicidade. O indigente, o artesão, o lavrador e o homem do povo não deixam absolutamente a vida com essa repugnância que ob-

---

83. "*Vixi, et quem dederat cursum fortuna, peregi*" (Virgílio).

servamos comumente naqueles que morrem em um colchão de plumas. O desgraçado não vê em sua morte senão o fim de seus sofrimentos; o homem de bem, quase sempre exposto aos rigores da fortuna em um mundo perverso onde ele não tem outro recurso além da sua virtude, encara seu fim como o porto que vai colocá-lo em segurança.

Além disso, existiram em todos os tempos alguns homens que, para se subtraírem aos desgostos da vida, aceleraram voluntariamente o seu término. A Antiguidade admirou sua ação e a considerou sinal de uma coragem heroica. Os modernos, com relação a isso, mudaram de opinião. A religião condena o suicídio como uma desobediência formal à vontade divina, como uma deserção covarde que nos faz abandonar o posto no qual Deus nos colocou – enfim, como uma fraqueza que faz que nós não possamos suportar os golpes da fortuna.

Efetivamente, o suicídio, como já demos a entender, é o efeito de uma verdadeira doença, de um desarranjo súbito ou lento no organismo. Para estar totalmente desgostoso com a vida – que, apesar dos seus percalços, oferece tão variados prazeres a todos os homens –, para sufocar nos homens o desejo de se conservar inseparável de sua natureza, para extinguir inteiramente a esperança que resta no fundo dos corações, mesmo em meio às maiores desgraças, é forçoso uma revolução terrível, uma subversão geral nas ideias, da qual resulte uma forte aversão pela existência, transformada pela nossa imaginação no mais deplorável de todos os males e no mais irreparável. Efeitos tão cruéis não podem ser produzidos senão por uma verdadeira doença, que poderia ser comparada a um acesso de loucura ou de raiva que nos cega ou a uma moléstia prostrante que nos envolve surdamente e nos conduz à morte. Assim como os insensatos ou como os loucos varridos, os homens que terminam por se destruir estão unicamente ocupados com um único objeto, sem cuja posse eles não veem mais nada de agradável na vida. Em Catão de Útica, esse objeto foi a liberdade de seu país; em um avarento, será a perda de seu ouro; em um amante, será a perda daquela que ele ama com furor; em um homem vão, será a privação das coisas que adulam a sua vaidade. A ausência desses diversos objetos age diferentemente sobre os homens em razão de seus temperamentos ou de seus caracteres. Uns, mais impetuosos, entregam-se subitamente ao desespero; outros, de um temperamento menos ardente ou mais melancólico, incubam por um longuíssimo tempo em seu seio o projeto de morrer. Nessas diferentes maneiras de se destruir não existe propriamente nem força, nem fraqueza, nem coragem, nem covardia – existe doença, seja aguda ou crônica. Os homens, acostumados a julgar as ações pelos motivos que as fazem nascer, admiraram o suicídio produzido pelo amor à pátria, à liberdade e à virtude; e o censuraram quando ele não teve como motivo senão a avareza, um amor louco ou uma vaidade pueril. O suicídio é uma loucura; cabe à religião decidir se ela torna culpado aos olhos da Divindade.

Se o suicídio é o efeito de uma doença, seria pouco sensato pretender combatê-lo por meio de raciocínios. Mas a moral pode ao menos fornecer os meios de se preservar de um mal tão estranho, que se torna epidêmico nas nações malgovernadas, entregues ao luxo, à vaidade, à avareza, à corrupção dos costumes e aos prazeres desregrados. Uma vida sábia, desejos moderados, a economia dos prazeres, a fuga do luxo e dos objetos capazes de inflamar as paixões e a vaidade e, enfim, o trabalho são preservativos contra uma doença cujo efeito é nos desgostar da vida e nos armar contra nós mesmos. A verdadeira força consiste em resistir às paixões perigosas. Reformando os costumes, um bom governo tornará os homens mais contentes com a sua sorte e os suicídios menos frequentes.

O homem de bem e esclarecido é o único que pode ter a verdadeira coragem e contemplar com sangue-frio as proximidades da morte. A ignorância e o vício são sempre covardes, incertos e tímidos; os levianos e os perversos jamais tiveram tempo de considerar o seu fim. A resignação do sábio, em seus últimos momentos, não pode ser senão o efeito da reflexão e da calma que proporciona uma boa consciência. Uma vida pura, uma conduta racional e refletida: eis a melhor, a única preparação para a morte. Enfim, apenas o homem justo, caridoso e estimável vê, em seus derradeiros instantes, seu leito rodeado de amigos fiéis e tem sua urna regada de lágrimas sinceras. O que existe de mais apropriado para consolar da necessidade de morrer que a ideia de subsistir na memória dos outros e de ainda produzir durante longo tempo sentimentos de ternura nos corações de todos aqueles que se deixa para trás no mundo?

Quantas pessoas morrem sem jamais terem sabido aproveitar a vida! Viver é agir; é gozar, é saborear o prazer de ser amado. Fazer alguns felizes é tornar os outros contentes, a fim de estar por si mesmo contente. Mas esses prazeres, reservados às almas honestas e sensíveis, são desconhecidos dos malvados empedernidos que, depois de terem vivido na perturbação, morrem desesperados. Esses prazeres não são de modo algum feitos para os homens entregues aos vícios, à dissipação e aos prazeres criminosos ou frívolos, que a morte vem sempre surpreender e não encontra, de modo algum, fortificados contra seus golpes. Enfim, os prazeres consoladores da virtude, tão apropriados a fortalecer os corações, são ignorados pela maior parte dos príncipes, dos poderosos e dos ricos que, colocados na Terra para torná-la feliz, nada mais fazem do que redobrar os seus males. Tudo nos mostra que os homens que a posição e a fortuna colocam em condições de fazerem bem são quase sempre inúteis ou nocivos durante toda a vida, não sabem usufruir de nada e não carregam, ao morrer, as lástimas de ninguém. Na falta de conhecerem o contentamento ligado à virtude caridosa, os mortais que poderiam se tornar mais felizes vivem no estupor do tédio ou em uma agitação fatigante, seja para eles mesmos, seja para os outros. Sua morte, desejada por aqueles que os rodeiam, é para estes um momento de libertação e de alegria. Com que direito, com efeito, aquele que não fez qualquer bem sobre a Terra, que não viveu senão para si mesmo, que nada mais terá feito além de afligir os infelizes que o rodeiam, poderia pretender que o lastimem? As lágrimas e os lamentos dos vivos são homenagens do coração, que não são devidas senão a um homem de bem, sensível e terno. A vida feliz e a morte tranquila não podem ser senão efeitos da utilidade, dos talentos, da bondade e da virtude.

Reconhecei, pois, ó, homens, que apenas na virtude reside essa felicidade que se deseja e que se busca tão inutilmente. Não é senão vos mostrando úteis e bons que podereis aspirar ao amor de vossos semelhantes, e que vós tereis o direito de amar a vós mesmos. Aprendei, enfim, a conhecer o vosso *interesse* mais precioso, o mais real. Aprendei a maneira pela qual cada um de vós deve se amar. Esse amor por si é necessário, natural e inseparável do homem e aprovado pela moral; mas ele vos impõe o dever de amar os outros e contribuir para o bem-estar deles, se quereis merecer a sua ternura e o seu auxílio. Ocupai-vos, portanto, daqueles que caminham convosco pelas sendas difíceis da vida. Emprestai-lhes uma mão caridosa, a fim de convidá-los, por sua vez, a vos assistir. Concentrar-se em si mesmo seria se odiar e esquecer as atenções, a benevolência e os cuidados que se deve mostrar aos outros. Seria uma empreitada tão louca quanto inútil a de viver feliz na sociedade sem os auxílios de seus associados. Infelizmente, nenhum dentre vós, ó, mortais, está protegido dos dardos da sorte. Nenhum dentre vós está seguro de não beber algum dia na taça do infortúnio. Nenhum dentre vós, em qualquer posição em que se encontre, pode dispensar por um só instante a assistência dos outros, seja para desviar o mal, seja para obter algum prazer. "Amai para ser amado"[84]: eis o preceito simples ao qual pode ser reduzida a moral universal.

Povos que a natureza espalhou sobre as diferentes regiões da Terra, amai-vos, pois, uns aos outros; terminai os combates eternos que destroem a todo momento a vossa felicidade! Soberanos: amai vossos povos e encontrareis em seu amor um sustentáculo que nada pode abalar! Grandes, nobres, ricos e poderosos deste mundo: fazei o bem aos homens e vós sereis verdadeiramente queridos e distintos! Sábios e eruditos: esclarecei as nações, sede verdadeiramente úteis; vós sereis considerados e vossos ilustres nomes se transmitirão à posteridade! Esposos, pais, amigos e mestres: amai, para obter a ternura, que é a única coisa que pode espalhar encantos sobre as vossas diversas associações! Cidadãos: em vossas ligações habituais, não perdei jamais de vista o desejo de serem amados ou de agradar! Conformando-vos a algumas regras tão claras, desfrutareis neste mundo de toda* a felicidade da qual a natureza humana é suscetível. Cada um de vós, ó, mortais, viverá contente sobre a Terra e não experimentará nenhum alarme quando se vir forçado a deixá-la.

FIM

---

84. "*Si vis amari, ama*" (Sêneca).
*   A edição de 1776 traz "da felicidade". Utilizamos, nesse caso, o texto da edição de 1820. (N. T.)

1a edição julho de 2015 | **Fonte** Rotis Semi Serif Std/Adobe Garamond Pro
Papel Offset 63 g/m2 | **Impressão e acabamento** Imprensa da fé